소태산 평전

소태산 평전

2018년 11월 16일 1판 1쇄 발행
2018년 12월 20일 1판 2쇄 발행

지은이   이혜화
펴낸이   한기호
편집   정안나
디자인   블랙페퍼디자인
경영지원   국순근
펴낸곳   북바이북
    출판등록 2009년 5월 12일 제313-2009-100호
    주소 121-839 서울시 마포구 서교동 484-1 삼성빌딩A동 2층
    전화 02-336-5675 팩스 02-337-5347
    이메일 kpm@kpm21.co.kr
    홈페이지 www.kpm21.co.kr

ISBN 979-11-85400-83-9 03810

이 도서의 국립중앙도서관 출판예정도서목록(CIP)은 서지정보유통지원시스템 홈페이지(http://seoji.nl.go.kr)와 국가자료공동목록시스템(http://www.nl.go.kr/kolisnet)에서 이용하실 수 있습니다.(CIP제어번호: CIP2018033936)

소태산 평전

이혜화 지음

북바이북

‖ 원불교 교조 소태산 대종사 진영, 1931년(40세)에 찍은 사진.

‖ 원불교 제2세 종법사 정산 송규(1900~1962).

‖ 원불교 제3세 종법사 대산 김대거
  (1914~1998).

‖ **복원한 소태산 탄생가**: 1세(1891)부터 15세(1905)까지 거주.(영산선학대학교 제공)

‖ **길룡리 마을 전경**: 소태산이 탄생하여 대각을 이루고 초기 전법을 행하던 곳.(최도근교
도 제공)

‖ **노루목 대각터**: 소태산이 1916년(26세) 대각을 이룬 노루목, 성역화 작업이 완료된 현재의 모습.(최도근교도 제공)

‖ **정관평 들판**: 소태산이 1919년에 제자들과 더불어 방언공사로 마련한 농지(정관평)의 현재 모습.(圓滿人블로그 제공)

‖ **변산 인장바위**: 소태산이 은거 중인 석두암(1920년 건축)에서 마주 보던 인장바위, '엄지 척'을 연상시킨다.(원불교신문 제공)

‖ **변산 월명암**: 소태산은 1919년 12월, 변산 월명암으로 가서 한동안 백학명의 신세를 졌다. (원불교신문 제공)

‖ **원불교 소태산 기념관**: 소태산의 대각과 원불교 역사의 출발 100년을 기념하는 '원불교 소태산기념관'을 서울 흑석동 한강변에 건립 중이다. 2019년 완공을 목표로 공사 중인 건물의 조감도.

‖ **원불교 총부**: 소태산이 원기 9년(1924) 익산에 원불교 총부를 세우고 20년을 활동했다. 도로 중심으로 왼편이 총부이고 오른편이 원광대 캠퍼스다.(고대진교무 제공)

‖ **100주년 기념대회**: 소태산이 대각을 이루고 원불교를 펴기 시작한 지 100년이 된 것을 기념하는 대회가 2016년 5월 1일 서울 상암동 월드컵경기장에서 열렸다.(원불교신문 제공)

차 례

IV. 영산에서 – 땅을 열고 하늘도 열고

V. 변산에서 – 숨어서 그물을 짜다

I. 서장
- 하늘·땅·사람

이름도 모르고 얼굴도 없다

박중빈朴重彬. 법호 소태산少太山. 존칭 대종사. 1891년 전남 영광에서 나서 고행 수도 끝에 1916년 깨달음을 얻은 후 불법연구회(원불교 전신)를 창건 하여 전북 익산을 중심으로 포교하다가 1943년에 사망.

이렇게 소개를 해도 박중빈은 지식층에게나 일반 대중에게나 다 같 이 생소한 인물이다. 근세 인물들이 어떤 의미로든 정치적 색채를 띠고 있으나 박중빈은 그렇지 않기 때문일까. 종교적 인물로도 최제우, 최시 형, 전봉준, 손병희, 나철, 한용운, 백용성 등 정치적 배경을 가진 인물 이라야 근현대사의 밑그림 위에 조명을 받는다. 박중빈은 정치사 중심 의 연구 풍토에서 연구자의 관심을 끌 만한 매력적인 대상이 되지 못했 고, 개인의 가치 실현보다 국가목적에 충실하려는 제도권 교육의 학습 내용 선정에서도 찬밥 신세였다. 박중빈은 한국사의 표면에서 오래도 록 얼굴과 이름을 감추고 있었고, 교육 현장에서도 소외될 수밖에 없 었다.[1]

---

1) 교육 현장에서는 1990년대 이후 초등학교 사회 교과서 혹은 중등학교 역사 교과서나 윤 리 교과서 등에서 원불교와 함께 교조 박중빈이 소개되기 시작했다.

그는 체제나 정권에 도전하지도 않았고, 반외세나 반봉건의 기치를 들고 사회를 격동시킨 바도 없다. 민중을 선동하거나 권력에 저항하는 것은 바랄 일도 아니지만, 하다못해 모여서 만세 한 번을 부르거나 남에게 삿대질 한 번을 해본 적이 없다. 그는 한국 근현대사에서 자기 존재를 홍보할 효과적 아이템을 한 가지도 확보하지 못한 것 같다.

그러나 한국의 종교사 내지 불교사에서 박중빈만큼 혁명적 사상을 가지고 그 실천 또한 혁명적이었던 인물도 찾기 힘들 것이다. 충분히 사회의 이목을 끌고 자신을 드러낼 상품성을 가지고 있었지만 그의 마케팅 전략은 남들과 달랐다. 병든 사회를 치료하고 도탄에 빠진 민중을 구원하려는 그의 혁명은 예수처럼 저항적이지 않았으며, 수운(최제우)처럼 배타적이지도 않았다. 어쩌면 예수나 수운이 택한 충격요법의 비극적 결과가 반면교사로 작용했을 가능성도 없지 않다. 예수가 지배 권력(로마)과 종교 기득권층(바리새파와 사두개파)을 상대로 저항하고, 수운이 부패 무능한 왕권과 반민족적 외세(서학, 청·일)에 저항하였다면, 전 생애를 일제 침략기에 살았던 박중빈이 왜 일제에 저항하지 않았을까. 수운이 말끝마다 '개 같은 왜적놈'(《안심가》)이라 저주하였지만 박중빈은 오히려 제자들에게 '일본 사람 미워하지 말라'고 가르쳤고, '일본놈'이라고 말하는 제자에게 '일본 사람'으로 고쳐 부르라며 나무랐다.

그는 비록 자발적인 친일 행위는 하지 않았지만, 일제가 국방헌금을 하라고 강요하자 순순히 돈을 내놓았고, 창씨개명을 하라고 압박하니 제자들과 함께 이름도 바꾸었다. 아무리 봐도 정치적 소신이나 민족의식이 결핍된 인물 같지 않은가. 역동적 근현대사에서 이런 불투명한 인물이 주목받을 여지는 거의 없어 보인다. 그를 혁명적 종교 지도자라

한다면 이는 도무지 말이 안 된다. 그의 스타일, 그의 경륜은 예수나 수운과 달랐다. 그는 넘실대는 흙탕물을 맑히기 위해 한 줄기 샘물이 되고자 했고, 산야 가득한 적설을 녹이기 위해 훈훈한 봄바람이기를 자처하였다. 그는 피비린내 풍기고 아우성치는 혁명이 아니라 조용조용히 눈치채지 않게 스며드는 혁명을 하고자 했던 것이다. 남들이 총칼이나 최소한 죽창을 들 때 그는 은밀하게 촛불 하나를 들었을 뿐이다.

비록 근현대사 같은 정치 과잉의 격동기에 그 존재감을 드러내지 못하는 인물이라 할지라도 종교적으로 사회의 시선을 끄는 방법은 있다. 막강한 서구 열강이 뒷배를 봐주는 사이, 푸른 눈의 선교사를 앞세워 문명의 이기로 호기심을 자극한 후, 학교를 세우고 병원을 열어 민중의 마음을 훔친 서학(기독교)은 처음부터 열외다. 그러면 박중빈에게 주어진 선택지는 어떤 것들이 있었을까.

하나는, 기이한 행적과 신비주의로 포장하여 일시에 민중의 이목을 집중시키는 방식이다. 증산 강일순은 가지가지 기적을 행하고 신비스러운 언행을 보이면서 단기간에 사회적 주목의 대상이 되었다. 그러나 박중빈은 초자연적 언행을 기피하였고, 자신의 초능력을 애써 감추었다. 다른 하나는, 고단한 삶에 지친 민중에게 구원의 깃발을 흔들어 유인하는 것이다. 차경석(보천교)이나 조철제(태극도)는 차천자, 조천자로 등극하여 이상 국가를 건설하리란 소문으로 민중의 꿈을 자극하며 폭발적인 성장을 이루었다. 그러나 박중빈은 고작 숯장수, 엿장수를 하면서 한 푼 두 푼 저축이나 독려하였으니 참 답답하다. 수운은 아니고 증산도 싫고 차경석이나 조철제 방식도 벤치마킹할 수 없다면, 그에게는 아무래도 민심을 끌어모을 수단이나 방법이 없어 보인다.

그것이 끝일까? 박중빈의 정공법과 지공술遲攻術[2]은 제자들에게 전수되었고 그 결실은 늦게나마 나타나기 시작하였다. 2006년, 국방부에서 군종병과에 개신교(군종목사), 천주교(군종신부), 불교(군종법사)에 이어 원불교(군종교무)를 추가함으로써 국가가 공식적으로 원불교를 제4종교로 승인하였다. 이어서 2009년 6월의 노무현 전 대통령 장례와, 같은 해 8월의 김대중 전 대통령 장례에서 행해진 종교의식에 불교, 개신교, 천주교와 더불어 원불교가 참여하자 사람들은 비로소 원불교의 존재감에 아연하였다. 듣도 보도 못한 종파라고 생각한 이들이 한꺼번에 주요 인터넷 포털사이트에서 '원불교'를 검색하다 보니 실시간 이슈 검색어 1위를 차지하는 기현상이 일어났다. 국내에선 꼬마 교단으로 거인 교단(불교, 개신교, 천주교) 틈에 끼어 4대 종교로 대접받는 모습이 어이없어 보이는 것도 사실이다. 하지만 나름 강소 교단으로 자리를 잡아가는 것도 소태산의 이소성대以小成大(작은 것으로 시작하여 점진적으로 큰 것을 이룸) 유훈이 만만치 않은 저력을 보이는 증좌다.

또 하나의 증좌는 해외 포교의 실상에서 보인다. 2017년 기준, 이 꼬마 교단이 뉴욕(미국), 모스크바(러시아), 파리(프랑스), 베이징(중국), 오사카(일본), 프랑크푸르트(독일), 시드니(오스트레일리아), 상파울루(브라질) 등 유명 도시를 비롯하여 라마코카(남아프리카공화국), 까풍아(스와질란드), 라다크(인도), 포카라(네팔), 레겐스부르크(독일), 바탐방(캄보디아) 등 낯선 지역에 이르기까지 24개국 90여 개 지역에 교당(개척지 포함) 및 기관을 설치하고 있음을 보면 놀랍다. 특히 미국에는 필라델피

---

2) 참조할 법설이 있다. "큰 도에 발원한 사람은 짧은 시일에 속히 이루기를 바라지 말라. 잦은걸음으로는 먼 길을 가지 못하고, 조급한 마음으로는 큰 도를 이루기 어렵나니, 저 큰 나무도 작은 싹이 썩지 않고 여러 해 큰 결과요, 불보살도 처음 발원을 퇴전하지 않고 오래오래 공을 쌓은 결과이니라."(『대종경』, 요훈품10)

아 시에 공인된 정규 대학원대학교(미주선학대, 2001년 개교)가 있고, 뉴욕 주 컬럼비아 카운티의 172만 제곱미터(52만 평) 광대한 부지에는 원불교미주총부법인(원다르마센터, 2011년 설립)이 있으며, 교당과 기관이 26개나 된다. 중국, 인도, 네팔, 캐나다, 러시아, 독일 등지에서 찾아온 이국인들이 원불교 성직자로 새 삶을 누리는 것도 이제 이상하지 않다.

해외 포교 연장선에 있는 얘기지만, 해외의 언어적 수요에 부응하여 경전 번역이 활발하다. 흔히 원불교 경서를 7종 교서라 하는데, 이들 모두가 원불교 100년 성업에 맞추어 10개 국어로 번역이 완료되었다. 영어, 중국어, 일본어, 독일어, 프랑스어, 스페인어, 포르투갈어, 러시아어, 아랍어, 여기에 에스페란토가 첨가되었다.

1943년에 열반(사망)한 박중빈은 21세기 원불교 안에서 생전보다 더욱 강력한 영향력으로 살아 있다. 그리고 한국 현실만 보더라도 그의 교법이 갖는 시대적 수요는 더욱 불어나고 있다. 한강의 기적으로 경제 성장과 물질적 풍요가 세계 10위권에 진입했다지만, 삶의 만족도나 행복지수는 오히려 떨어져 젊은 층은 '헬조선'을 입에 달고 산다. 경제협력개발기구OECD 회원국 가운데 청년층 자살률 1위, 노년층 자살률 1위에, 노동자 산재 사망률 1위, 저출산 1위라는 부정적 통계가 '헬조선'의 증거물이다. 게다가 분단 체제의 멍에와 핵전쟁의 공포, 미·중·일·러 등 강대국의 눈치를 보아야 하는 지정학적 불안은 또 어찌할까. 1인당 국민소득 3만 달러나 어떤 초강력 무기로도 문제는 해결되지 않는다. 하물며 그 범위를 지구촌으로 확대하면, 문제는 공간의 크기만큼이나 증폭된다. 그렇다면 소태산의 생애가 온몸으로 구현한 가르침(교법)은 개인 구원과 더불어 사회와 국가의 구원, 더 나아가 인류와 세계의 구원을 담보할 수 있다는 말인가. 필사는 이 의문에 대한 해답을 찾으러 독자와 동행하는 짧지 않은 여행길에 나서려 한다.

○

출세와 후천개벽

어떤 인물이 됐건 한 인간의 출생 배경은 그 생애를 두고 막대한 영향을 끼치게 마련이지만, 시대와 영웅 사이의 함수관계를 생각할 때, 한 종교의 창시자라면 그가 세상에 태어난 시대가 각별한 의미를 가질 수밖에 없다.

대체로 석가나 예수를 비롯하여 교조들은 한결같이 중생구제나 인류구원 같은 모종의 서원을 품고 소명의식을 자각함으로써 그 출생에 역사적 의미를 부여받는다. 박중빈도 예외가 아니었다. 박중빈은 "내가 다생 겁래로 많은 회상을 열어왔으나 이 회상이 가장 판이 크다"(『대종경』, 부촉품10)고 한 것을 보면, 스스로 여러 생을 통하여 여러 차례 회상會上, religious body 창립을 수행遂行했음과, 이번에 창립하는 회상 불법연구회(원불교)는 그가 열었던 회상들 어느 것보다 큰 규모가 될 것임을 자부하고 있다. 원불교 2세 교주 송규(1900~1962)는 "대종사께서 이 회상 여실 준비로 이 땅에 여러 번 나오셨다. 나옹 대사·진묵 대사·영원 조사는 물론, 드러나지 않게도 여러 번 나시어, 미리 인연을 이 땅에 심으셨다"(이공전, 『범범록』)고 하였다. 송규는 박중빈 출세의 당위를 이렇게 말하기도 했다.

영산회상이 지난 지 이미 3천 년이 되옵고 동서 각지에 성자의 자취가 끊어진 지 또한 오래되오매 참된 교화가 행하지 못하고 바른 법이 서지 못한 위기에 당하여, 대종사께서 희미한 불일을 도로 밝히시고 쉬려는 법륜을 다시 굴려주시니 (…) (『정산종사법어』, 기연편15)

요컨대 석가불의 불교가 가진 시효가 끝났기에 새로운 주세불主世佛 (세상을 구원할 으뜸 부처)이 필요했고 박중빈의 출세는 바로 그 부름의 응답이라는 뜻이다. 그것은 비슷한 것으로는 안 되고 다른 것이 필요하기에 답습이 아닌 창신이어야 한다. 이는 불교의 삼시三時(정법·상법·말법)에 후속하는 미륵불 출세의 시대관과 맞물려 있음도 사실이다. 그러나 삼시의 연한도 구구각색이고, 신흥종교의 교조들이 저마다 미륵불이나 메시아를 자처하며 바람몰이를 하는 상황에서 난감한 바 없지 않다. 하지만 박중빈은 결코 자신을 미륵불로 자처한 적도 없고 자기 회상(원불교)을 용화회상(미륵불의 회상)이라 부르지도 않았다.

여기서 필연적으로 도달하는 생각은 이른바 선후천의 역사관이요 개벽사상이다. 극미의 원자부터 극대의 천체까지 만물의 존재 방식을 모두 순환(원운동)이라 한다면, 그 순환은 단순 반복이 아니라 단계적·주기적 리듬(운도)을 가진다고 보는 것이 순환적 시간관이다. 한 해가 춘하추동의 사계절로 순환하듯이 우주에도 주기적 순환 리듬이 있는데, 이것이 인류 역사와도 연동된다고 보는 것이다. 순환의 마지막 단계에서 다시 처음 단계로 돌아가서 새로 시작하는 것을 '원시반본元始返本'이라 하고 이 시점이 묵은 세상(선천)과 새 세상(후천)을 가르는 기준이다. 우리는 19세기 이후 나온 민족종교 대부분이 이런 동양적 순환 사관을 적극 수용하고 있음에 주목할 필요가 있다.

후천개벽설의 배경

개벽은 천개지벽(하늘이 열리고 땅이 열리다)의 준말이다. 한국 근세사에서, 선천이 가고 새로운 하늘땅이 열린다는 후천개벽설이 갑자기 부상했다. 그러나 알고 보면 '갑작스런 부상'이 아니라 그 사상의 배경은 그야말로 유구하다 할 것이다. 성주괴공의 반복을 말하는 불가의 겁설이나, 하도낙서와 음양오행에 따른 유가의 역易이나, 상수학적 이론으로 탈바꿈한 도가의 원회운세설元會運世說[3]에 모두 상통하는 것이다.

> 1860년 수운 최제우崔濟愚는 동학을 열면서 앞 시대인 선천이 끝나고 5만 년 운도運度를 가진 무극대도의 후천개벽시대가 도래했음을 주장했고, 1879년 일부一夫 김항金恒은 복희팔괘·문왕팔괘로 표상되는 『주역』의 선천시대는 우주의 불완전 미완성 시대였던바 자신이 창안한 정역正易에 의하여 후천개벽시대가 열려야 한다고 주창하였다. 증산도의 강일순姜一淳은 1909년 득도 후 이른바 천지공사天地公事라는 독특한 의식을 통하여 후천개벽을 적극적으로 추구하였다. 우주의 질서와 인간의 가치체계가 왜곡되었던 선천시대의 어두움을 걷어내고 후천개벽의 새 시대를 열어야 하고 또 그 시대가 온다는 이 개벽관은 소태산이 대각을 이루고 회상을 열던 당시에 우리나라 민중 사이에 팽배해 있던 구원의 역사관이었다.(이혜화, 『'새로 쓴' 소태산 박중빈의 문학세계』, 36~37쪽)

정산 송규는 선천과 후천을 구분하는 기준을 이렇게 지적한 바 있다.

선천과 후천을 여러 방면으로 구분하여 보자면 이러하다. 연령이라면 서른 살 이전과 서른 살 이후요, 사람이라면 철나기 전과 철난 후이며, 생활이라면 타력 생활과 자력 생활이요, 하루라면 밤과 낮이며, 종교의 경로라면 신화적인 것과 사실적인 것이요, 정치라면 군국주의·전체주의와 합의주의·민주주의이며, 처세라면 권모술수와 언행 구비요, 사물이라면 분리와 합치이며, 기운이라면 하향과 상향이요, 상태라면 정과 동이며, 본위라면 천존과 인존이다.(박정훈, 『한울안 한 이치에』, 104~105쪽)

흥미로운 것은 후천개벽의 시발점이 언제냐 하는 것이다. 근세 민족종교에서 후천개벽을 처음 언급한 것은 수운 최제우다.[4] 『용담유사』의 가사들을 통하여 그는 5만 년 주기의 후천개벽을 말하기도 하고, 새로운 시대의 시작을 이른바 상원갑上元甲[5]으로 제시하기도 했다. 이후 후천의 시작인 갑자년이 어느 해를 가리키는지에 관심이 집중된 것으로 보인다. 수운이 말한 하원갑이나 상원갑이 특정 연도(예컨대 갑자년)를 가리킨다고 보는 것은 무리다. "하원갑 지내거든/ 상원갑 호시절에/ 만고 없는 무극대도/ 이 세상에 날 것이니"(〈몽중노소문답가〉) 등에서 보

---

3) 송나라 소강절이 『주역』을 근거로 발전시킨 이론. 순환적 시간관에 의하여 우주의 변화를 놓고, 원회운세의 시간 단위 중 가장 큰 주기가 끝나는 시점까지를 선천이라 말하고, 다시 새로운 역사가 시작되는 것을 후천개벽이라고 하였다.

4) 이 역시 이유규가 먼저 선후킨교역을 주장했나고노 하나 드러난 것은 시차가 있어서 선후를 따지기가 애매하다.

5) 술수가에서 쓰는 시대적 변화의 단위로 삼원갑(상원갑, 중원갑, 하원갑) 180년을 놓고 각 시대에 1갑자 60년을 배당한다.

듯이 이들은 시점이 아니라 기간이다. 즉 해당 주기의 60년을 가리키는 것이니, 수운이 말한 하원갑은 갑자(1804)~계해(1863)가 되고, 이어지는 상원갑은 갑자(1864)~계해(1923)가 된다. 개벽이 무슨 우주 탄생의 빅뱅도 아니겠다 굳이 갑자년 한 해를 꼭 집어 말할 것까지는 없지만, 수운이 순교한 해가 1864년 갑자년이고 보니 동학(천도교) 쪽에서는 이 해에 의미를 부여하고, 증산교 역시 1864년 갑자를 후천의 시발로 보는 듯하다.[6] 이 밖에도 후천개벽사상을 받아들이는 신종교들은 이 갑자년을 언제로 보는가에 대해 다양한 의견을 내놨고 그 가운데는 견강부회가 심한 것도 꽤 있다.

증산교에 이어 원불교에서도 수운의 5만 년 운도와 후천개벽 개념을 받아들이고 있다. 후천의 시작을 수운의 상원갑(1864~1923)에 맞추어 보자면, 박중빈의 대각(1916)과 법인성사(1919) 및 교강 제정(1920) 등 핵심 사건이 모두 이 상원갑 기간에 이루어진다. 그러나 굳이 갑자년에 코드를 맞춘다면 1924년이 된다. 원불교에서는 이 해 6월에 교단(당시엔 불법연구회)을 창립했고, 12월에 익산에 총부를 건설했음에 의미를 부여한다. 그러니까 동학이나 증산교의 1864년 상원갑 갑자에서 다시 1갑자 뒤니까 정확히는 중원갑 첫해가 되는 셈이다.

• 갑자년(1924) 이후부터는 후천양시대後天陽時代의 새 운이 열리기는 하

---

6) "(…) 내가 이에 서양 대법국 천계탑에 강(降)하여 삼계를 주시하고 천하에 대순하다 (…) 모악산 금산사에 금신을 건(建)하여 지심기원하여 오던 곳에 지(止)하여 30년을 지내면서 최제우에게 천명과 신교를 내려 대도를 수창케 하였으나 최제우가 능히 (…) 대도의 진광을 열지 못함으로 드디어 갑자(甲子)에 천명과 신교를 거두고 (…) 신미(辛未)에 스스로 인세에 강(降)하였노라."(『대순전경』, 9-11)

였으나 아직도 다 돌아오지는 못하고 선천음시대先天陰時代의 혼란 겁운
이 그대로 돌고 있으니 이 시대가 정히 천지 혼란기이다.(『대종경선외록』,
도운개벽장10)

• 지난 갑자년(1924)은 1월 1일과 같으니 진급기에 가장 중요한 해이다.(『한
울안 한 이치에』, 116쪽)

• 갑자년(1924) 이전은 선천이고 갑자년 이후부터 후천인데, 우리 회상이
갑자년부터 총부로 옮겼기 때문에 후천개벽의 시초다.(『66년도 최초법어
부연법문』, 49쪽)

여기 인용한 글은 순서대로 원불교의 교조 박중빈과, 그 후계자인
2세 정산 송규, 3세 대산 김대거 들의 법문에 해당한다. 이것은 박중빈
이, 수운(동학)과 증산(증산교) 등 선지자들의 뒤를 이음으로써 비로소
후천개벽이 본격화한다고 한 주장과 유관하다. 예컨대 삼산 김기천은
"선인들이 말씀하신 후천개벽의 순서를 계명이야분鷄鳴而夜分하고 견폐
이인귀犬吠而人歸라는 전래 가사(해월 최시형의 〈강서〉)에 따라 날이 새는
것에 비유하옵고, 최 선생의 행적은 만뢰가 깊이 잠든 자시子時에 첫 새
벽을 알리는 금계金鷄의 행적이요, 강 선생의 행적은 아직도 자는 사람
이 많은 축시丑時에 일찍 깬 사람이 기척을 미리 알리는 영오靈獒의 행적
이요, 대종사의 행적은 날이 겨우 밝은 인시寅時에 활동을 개시한 주인
主人의 행적이라 하오면 어떠하오리까"(『대종경선외록』, 원시반본장2) 하였
는데, 여기서 최 선생은 수운 최제우를 가리키고 강 선생은 증산 강일
순을 가리킨다. 이런 인식은 『원불교교사』(1-1-4. 선지자들의 자취)에서
도 확인된다.

낡은 선천시대가 가고 새로운 후천시대가 오는 선후천교역기에 새

회상 새 종교를 연 박중빈, 그는 과연 후천의 성자로서 새 시대를 열어 갈 자격과 능력을 갖추었을까? 그는 과연 생애 중에 그 역할을 하고 갔을까? '개벽'을 키워드로 출세한 세 사람 중 수운이 동세개벽動世開闢을, 증산이 정세개벽靖世開闢을 시대적 책무로 자부하였음[7]에 이들을 수용하면서도 뛰어넘는 변증법적 임무가 소태산의 개벽일진대 그것은 어떤 방향일까. 앞에서 말한 것처럼 소태산 출세의 시대적 배경은 선후천이 바뀌는 교역기交易期, changing era이다. 그러면 교역기의 세계사 내지 국가사적 배경은 어떠했던가.

박중빈이 태어난 시기(1891)를 전후하여, 큰 깨달음을 얻고(1916) 교조로서 입신한 시기는 세계사나 국가사로 보아 그 시대적 배경이 아주 독특한 의미를 띤다고 할 만하다. 『원불교교사』(약칭 『교사』)에서는 이 시대를 '인류 역사상 일찍이 없었던 큰 격동의 시대요 일대 전환의 시대'라고 규정한다. 세계사로 이 시대를 조감할 때는 두 가지 특징을 지적할 수 있다.

첫째, 전쟁과 혁명의 시기였다. 영국, 프랑스, 독일, 이탈리아 등 서구 열강의 제국주의적 힘겨루기는 유럽에 불을 지르고, 식민지 개척을 목적으로 한 전쟁은 아프리카와 아시아로 번져갔다. 그 절정에서 제1차 세계대전(1914)이 폭발한다. 와중에 유럽은 질서 개편의 몸살을 앓으면서 여러 나라에서 제정 혹은 왕정을 전복시키는 혁명이 일어나고, 그 정점에 러시아 볼셰비키혁명이 자리한다. 이런 격동의 파장은 당장 조

---

7) 동세개벽과 정세개벽을 두고 증산이 수운과의 역할 분담을 말한 바도 있다.
   "(…) 作亂者(작란자)도 造化(조화)요 靖亂者(정란자)도 造化(조화)라. 崔水雲(최수운)은 動世 (동세)를 맡았고 나는 靖世(정세)를 맡았나니 全明淑(전명숙)의 動(동)은 곧 천하의 亂(란)을 動(동)케 하였나니라."(『대순전경』, 9-13)

선에 영향을 주지는 않았으나 시차를 두고 일본이란 매개체를 통하여 큰 충격으로 다가온다.

둘째, 과학기술 문명의 비약적 발전기였다. 방직기계 발명과 증기기관의 등장으로 영국에서 시작된 1차 산업혁명(기계혁명)은 프랑스, 독일, 미국 등으로 번지며 19세기 전반을 격동시키더니, 중반으로 오면서 전기 산업과 석유 산업의 발달에 따른 2차 산업혁명(에너지혁명)이 일어나며 과학기술과 기계문명은 인류에게 엄청난 풍요와 편리를 안겨준다. 그리고 이것이 산업화와 자본주의의 발달을 촉진하는 한편 여러 가지 부작용을 일으켰다. 도시·농촌·환경 등의 사회문제와 더불어 물신주의로 인한 도덕적 타락, 인간소외, 가치관 혼란 등이 그런 예이다. 요컨대 무한 질주의 욕망을 절제하지 못하고 확대되는 격차(불평등)를 축소할 길이 없어서 자본주의 대안으로 사회주의가 등장했음은, 이 시대의 두 가지 특징이 따로 노는 것이 아니라 맞물려 돌아가는 두 개의 톱니바퀴임을 보여주는 것이기도 하다.

당대 조선이 처한 국가사적 형편은 또 어떠했던가. 왕권의 몰락과 외세의 발호로 정리할 수 있다. 주자학적 가치관과 체제에 근거한 조선왕조는 임진왜란과 병자호란 이후 쇠락의 길을 걷기 시작하다가 19세기에 들어오면서 무능하고 부패한 정치로 왕권은 더욱 무너지고 한반도를 둘러싼 청·일·러 등 외세의 각축장이 되었다. 그중에도 일본은 메이지유신으로 서구 문명과 제도를 받아들이면서 급속히 발전한 신흥강국으로 제국주의적 야망을 발동하였고, 청일전쟁과 러일전쟁의 승리로 침략전쟁에 자신감을 얻었다. 조선에 군림하던 중국(청)이 쇠락하자 일본은 마음 놓고 조선을 압박하였고 결국 한일강제병합을 이뤄내고 만다. 물론 그사이 조선의 조정과 백성이 마냥 손을 놓고 있었던 것만은 아니다. 외세에 대해서는 수구적 서항파와 적극적 개화파의 이념 갈등이 있었다. 주자학의 가치에 대한 대안으로 실학, 서학, 동학 들이 등장했지만, 이들의 시도는 이미 실패했거나 한계를 지니고 있었다.

박중빈은 일제의 침략이 노골화하던 1891년에 태어났고, 을사조약으로 조선이 독립 주권을 상실하던 1905년은 그의 나이 15세로 결혼하던 해였고, 한일강제병합으로 국권을 상실하던 1910년은 부친이 사망하고 20세로 가장이 되던 해였다. 1916년 26세로 깨달음을 얻고 새 종교를 일으킨 교조일진대 박중빈에게는 예의 격동기, 대전환기에 발생하는 세계사적 문제에 해법을 내놓고 비전을 제시할 의무가 있다. 또한 반만년 역사를 가진 나라의 정체성을 담보하고 도탄에 빠진 인민에게 희망과 구원의 메시지를 내놓을 책임이 있다. 그는 과연 어떤 해법과 비전을 제시했으며 어떤 메시지를 내놓았을까.

○

출세의 공간 - 호남

박중빈 출세(세상에 태어남)의 공간적 배경은 출생지 영광靈光의 확대판으로서 호남에 대한 지정학적·종교학적 접근이 필요하다. 그 대표적 의견이 호남인의 집단 트라우마라고나 할 뿌리 깊은 차별의식, 변방 콤플렉스에 관한 것이다.

근래에 『1300년 역사의 비주류, 호남의 한』(양정석, 징소리, 2012) 같은 책도 나왔지만, 호남인이 권력의 중심에서 밀려난 비주류로 소외감을 느끼기 시작한 것은 백제가 신라에게 멸망한 7세기(660)까지 소급될는지도 모른다. 그것이 일회적 사건으로 끝났다면 세월 따라 망국의 한은 희석되고 말았을 것이다. 패망 직후에 일어난 백제부흥운동의 좌절은 그렇다 치더라도 13세기에도 이연년 형제의 백제부흥운동이 있었던 걸 보면 백제 유민으로서 호남인의 망국한은 지속되었던 모양이다. 통일신라 말기, 왕권이 쇠약해지자 기다렸다는 듯이 일어났던 견훤의 후백제 건국 역시 백제부흥이란 명분과 민심을 배경으로 가능했고, 그것이 고려의 왕건에게 무너지면서 다시 좌절의 한이 심화되었음 직하다. 더구나 왕건의 〈훈요십조〉는 그 좌절감에 절망이란 대못을 친 일이었다.

> 차현이남車峴以南과 공주강외公州江外는 산형과 지세가 모두 배역하였으니 인심도 역시 그러하다. 그 아래에 있는 주나 군의 사람이 조정에 참여하고 왕후·국척과 혼인하여 권력에 결탁하게 되면 국가에 변란을 초래하거나 통합당한 원망을 품고 임금이 거동하는 길을 범하여 난을 일으킬 것이며 (…) 비록 선량한 백성일지라도 마땅히 벼슬자리에 두어 권력의 길에 들게 하지 말라.(〈훈요십조〉, 제8조)

〈훈요십조〉에 대해서는 두 가지의 부정적 시각이 있다. 하나는 〈훈요십조〉가 애당초 존재하지 않았고 조작이라는 주장이요, 또 하나는 〈훈요십조〉를 인정하더라도 '차현이남車峴以南과 공주강외公州江外'가 호남을 가리키지는 않는다는 주장이다. 앞을 조작설이라 한다면, 뒤는 오독설이라 하겠지만, 중요한 것은 조작이냐 오독이냐의 문제가 아니라 실제로 호남이 배역의 땅으로 치부되어 권력으로부터 소외를 당했다

는 점이다.[8]

조선의 건국과 더불어 〈훈요〉의 시효가 끝날 만도 하고, 이중환도 "우리나라(조선조)에 들어와서는 이 금령이 있으나 마나 하게 되었다"(『택리지』, 팔도총론 전라도 편)고 했지만, 『조선왕조실록』(세종22년 4월 4일)에는 왕의 입으로 "전라도는 산수山水가 배치背馳하여 쏠리고 인심이 지극히 험하다"고 말하는 대목이 있으니 고려의 인식이 승계되고 있음을 알 만하다. 특히 16세기 정여립의 모반 이후 호남인을 향한 정치적 차별은 정당화되었다. 18세기 성호 이익이 금강을 '반궁수反弓水'(풍수상 배역의 수류)라 일컬으며 그 유역 일대를 배역의 형으로 푼 것(『성호사설 3』, 천지문, 한도)도 〈훈요〉 제8조의 시각이 의연히 작동하고 있음을 보여준다.

닭이 먼저냐 달걀이 먼저냐는 모를 일이로되, 호남은 반역의 땅이 되고 호남인은 한을 품은 반골이 되어가지 않았을까? 결과론일지 모르지만, 승자인 신라의 정신적·종교적 에너지가 정토신앙에 근거한 불국토사상임에 비하여 패자인 백제 땅의 그것은 현실에 불만을 품고 세상을 바꾸려는 미륵하생신앙임은 시사하는 바가 작지 않다.[9] 수운 최제우의 동학이 영남에서 일어났으되 동학농민전쟁으로 확대된 것은 정작 호남의 저항 에너지를 공급받고 난 뒤의 일이었음도 그렇다. 수운은 득도 이듬해인 1861년, 전북 남원 은적암에 들어 칼노래를 부르고

---

8) 조작설을 주장하는 사람이든 오독설을 주장하는 사람이든, 적어도 고려 현종 이후 백제 (후백제) 세력이 거세되고 신라 세력이 등장하는 배경에 이 제8조가 정치적 합리화의 장치로 이용되었음은 부인하지 않는다.

9) 같은 미륵신앙이라 하더라도 신라의 경우는 엘리트주의로 화랑도와 습합하였으나 백제의 경우는 민중과 결합하여 혁명불교로 기능하였다고 볼 만하다.

칼춤을 추는 검결의식을 통해 남접 제자들에게 전투적 혁명의 불씨를 지폈다. 그래서 수운의 후계자인 영남(북접)의 최시형은 무력 봉기를 견제하였으되 호남(남접)의 전봉준은 불을 싸지르고야 직성을 풀 수 있었을 것이다.

이런 지리적·역사적 배경에서 근대 격동기의 호남 땅은 혁명의 보금자리였다. 동학농민전쟁 이후 일제시대의 광주학생항일운동(1929)이나 정부수립 후 여수·순천10.19사건(1948) 및 한국전쟁 전후의 빨치산 활동이나 광주5.18민주항쟁(1980)에 이르기까지, 여타 지역과 비교할 수 없이 강력한 반란 에너지가 살아 있음을 확인시킨다. 같은 배경에서 호남 땅은 전통적으로 메시아니즘이 왕성한 곳이다. 정여립과 유관하다는 혐의를 받는『정감록』등의 감결류, 뿌리 깊은 남조선신앙, 운주사의 와불 전설 등도 배경은 같다고 본다.

호남 땅은 미륵신앙의 중심지요 구세 성자들의 못자리판이었다. 대종교를 창시한 홍암 나철(1863~1916)은 전남 보성 출신이고, 증산교를 창시한 증산 강일순(1871~1909)은 전북 정읍 출신이고, 남학(오방불교)의 창시자 김광화(1855~1894)는 전북 진안 출신이고, 보천교주 차경석(1880~1936)은 전북 고창 출신이다. 경남 함안 출신 조철제(태극도)나 경북 영천 출신 여처자(선도교) 등도 호남에 와서야 뜻을 폈다. 그리고 전설적 이인異人 연담 이운규(1804~?)가 충남 논산에서 경륜을 폈고 정역(영가무도교)의 창시자 일부 김항(1826~1898)도 논산 출신인데, 이들도 호남권에 넣을 만하다. 행정구역으로는 호서(충청)이지만, '반궁수(금강)이남' ㄱ 배역의 땅이요 백제 및 후백제의 요지로시 〈훈요〉 세8소에서 지적한 '차현이남 공주강외'에 해당되는 곳이기 때문이다.[10] 신흥종교의 온상이라 할 모악산(김제), 계룡산(신도안) 역시 지리적 배경이 같다. 이런 인문·지리적 배경에서 박중빈이 호남 영광에서 태어났고 호남을 중심으로 원불교를 창시했다면 우연만은 아닐 듯하다.

'인걸人傑은 지령地靈'이란 말은 당나라 왕발王勃의 〈등왕각서滕王閣序〉가 출처라고 하지만, 우리나라에서도 이중환의 『택리지』(팔도총론, 전라도 편) 이후 애용되었고, 수운 최제우(〈용담가〉, 〈몽중노소문답가〉) 등도 즐겨 썼다. 이는 풍수지리적 시각이든 인문지리적 시각이든 호남 내지 영광을 배경으로 한 박중빈의 출세에도 시사하는 바가 결코 작지 않다.

○

영광, 그 땅의 의미

백두대간을 따라 태백산맥이 벋어 내리고 그 지맥으로 소백산맥이 생겨나고 소백산맥을 이어받은 노령산맥이 남서향으로 흘러간다. 그 낙맥의 끝에 구수산(351미터) 연봉이 이어지다가 서해 칠산바다 해풍에 놀란 듯 문득 옴츠러든 끝자락에 옥녀봉(152미터)이 있는데 그 아랫마을이 곧 영광군 백수면 길룡리 영촌, 박중빈의 탄생지다.

전남 영광, 행정구역으론 해안을 끼고 전남에서 가장 북쪽에 위치하며, 동쪽은 장성군, 남쪽은 함평군, 북쪽은 전북 고창군과 닿아 있다.

---

10) 어디까지 믿어야 할지는 모르나 수운 최제우 역시 논산에서 이운규의 가르침을 받았다는 설이 있다. 즉 사람을 알아보는 능력이 뛰어난 이운규가 세상을 구할 사람으로 최제우·김광화(金光華)·김항 등 3인을 선택하여 가르치되 최제우는 선도(仙道)를 계승할 자로, 김광화는 불교를 계승할 자로, 김항은 유학을 계승할 자로 선정하여 각기 자기 분야에서 후천개벽사상을 펴게 했다는 것이다.

또 가까이 남동쪽으로 광주광역시가 있고, 서쪽으로는 드넓은 칠산바다가 펼쳐진다. 지세는 동부에 산간이 많고 서부에는 평야가 많으며, 평야지에 이어지는 바닷가는 리아스식 해안으로 길이가 199킬로미터나 된다.

앞에서 언급한 바 역사·지리적으로 호남이 가진 보편적 의미, 원한과 저항의 에너지가 드리운 지역이라 함에서 영광도 예외가 아니다. 아니 그 에너지가 더 충만한 지역이라 함이 옳을 듯하다. 영광은 16세기(1532), 17세기(1629), 18세기(1755) 때 읍호가 군에서 현으로 강등되었다. 우선 조선 역사 가운데 읍호가 세 차례나 강등된 경우도 흔치는 않을 터이지만, 이들은 모두 역모 등 당시 국시와 체제에 반역한 이유로 응징된 것이었다.[11]

19세기에 와서는 읍호 강등 정도로 끝날 반역의 도를 훨씬 넘었으니 그 절정이 갑오년(1894) 동학농민전쟁이었고, 영광은 호남의 어느 지역보다 적극적이었다. 고부봉기 이후 동학농민전쟁의 실질적 시발점이 된 것은 무장봉기이니, 무장은 본래 신라 경덕왕 16년(758) 이래 19세기 군 승격 이전까지 무령군(→영광군)의 영현이었다.[12] 무장기포 이후 전주성 전투 등 전북지역과 여수, 나주 등 전남 남해안지역의 전투에 이르기까지, 영광 출신 동학농민군은 참여자도 희생자도 가장 많았다고 한다. 그것은 조창(법성창)이 있음으로 해서 관의 폐막(고치기 어려운 폐단)이 특히 심했기에 민간의 피해가 컸고 원한이 사무친 곳이기 때문

---

11) ① 중종 27년(1532) 읍리의 군수 묘 발굴사건, ② 인조 7년(1629) 진사 이극규의 모반사건, ③ 영조 31년(1755) 군민 이주의 역모사건 등이다.
12) 지금처럼 전북 고창군에 속하게 된 것은 1914년 이후다.

이었다.

동학농민전쟁에는 종파를 넘어 승려들도 큰 몫을 했는데 그 태반이 호남의 사찰에 은거한 당취黨聚(조선 후기 승려의 반체제 비밀결사) 소속이었다. 호남 당취의 지휘소가 영광 불갑사였고 수련장 역시 무장 선운사였다는 것, 심지어는 전봉준에게 병법을 전수한 이가 해불암(불갑사 말사) 금화錦華 스님이었다는 설까지 있으니 영광의 지정학적 의미를 다시보게 한다. 박중빈의 사후이지만, 한국전쟁 때 학살된 민간희생자가 가장 많이 나온 곳이 호남이며 호남 가운데서도 피해가 가장 심한 곳이 영광이란 사실[13]은 20세기에도 이 지역에서 저 뿌리 깊은 원한과 저항의 에너지는 해소되지 않았음을 보여주는 본보기라 할 만하다.

영광을 말하기로 하면 법성포를 떠나서 설명할 수가 없다. 영광 곧 법성포는 세속적 측면과 종교적 측면을 함께 가진 공간이다. 법성포를 세속적으로 설명할 열쇳말은 조창과 조기 두 가지다. 조창은 나라의 세곡을 수납, 보관, 운송하는 구실을 하던 국가기관이다. 고려 성종(970) 때 법성포에 해운창(부용창→법성창)이 설치된 이래 근세까지 곡창 호남의 중요한 물류 항이었고, 더구나 전라 2대 조창으로 꼽던 나주 영산창의 업무가 중종 때 법성으로 이관 통합되면서 16세기 이후 전국 조창 가운데 규모가 가장 컸다.[14] 그런데 세미 운반이 시작되면, 조운선과 병선이 떼로 몰려 자리를 차지하는 바람에 정작 포구의 주인이던 어선들이 변두리로 밀려났고, 일본 상선 역시 여러 척이 정박해 있었다고

---

13) 정부 통계국에서 1952년에 작성한 기록에 의하면 전국 약 6만 명 민간희생자 가운데 5만 명 가까이가 호남인이며, 그중 영광군 피해자가 2만 1천여 명이니 단연 전국 최다다. 이것은 인민군과 좌익에 의한 피살자 수이지만, 국군과 우익에 의한 피살자도 이에 못지않았을 것으로 추산되고 있다.(《월간조선》, 2002년 4월호)

한다. 조창과 더불어 법성포는 온갖 비리와 부패로 군민의 원한을 산 적폐[15]의 중심지였다. 그리하여 갑오년(1894) 동학농민전쟁에서는 주민들 원한의 표적으로서 농민군의 공격을 받았고, 더구나 동학농민군이 조창에서 군량을 확보하기 위하여 병력을 집결시키다 보니 영광은 싫든 좋든 치열한 항쟁의 무대가 되었다.

갑오년 이후 급속히 위축되던 조창은 한일합병과 더불어 명운을 다한 대신 법성포는 어업으로 '영광굴비'의 영광을 누린다. 영광군 서쪽 바다에 떠 있는 칠산바다 어장을 중심으로 최근세까지 조기 파시가 열리며 법성포는 흥청거렸다. 조기 파시는 4~5월경 성어기에 엄청난 규모로 이루어졌는데 1930년대까지만 해도 무려 2~3만 척의 어선이 바다를 메웠다고 한다. 당시 파시의 중심은 위도蝟島(당시엔 영광군에 속했으나 지금은 부안군 소속)였다고 하지만 법성포 역시 감당할 수 없을 만큼 호황을 누렸다.

역사 속과 박중빈 당시의 영광 법성포가 같지 않고, 또 현재의 영광 법성포가 다르다는 점도 간과해서는 안 될 것이다. 즉 박중빈 당대의 영광은 조기 파시와 해운창으로 물류가 왕성하던 그 시절의 영광이 아니다. 갑오 농민전쟁 이후 일제강점과 더불어 조창은 사라졌고, 칠산어장의 흥어가 반복되고 퇴적토로 법성항이 기능을 잃어가며 조기 파시

---

14) 조창으로서 법성포에는 동헌을 비롯한 관아 건물 15채가 들어섰고, 배가 20척에서 50척까지, 전선이 22척, 수군 1,700여 명이 머물렀다 한다. 인근 27개 고을에서 조세로 거두어 법성창에 보관하던 양이 선치미 1,265섬, 대동치미 675섬, 군병훈련도감미 384섬, 호조군 및 효끼미 165섬에 이르렀다 한다.

15) 갑오 동학농민전쟁 시에 지적된 사항으로는 전운사(轉運司) 및 균전관(均田官)의 적폐, 분전수세(分錢收稅)의 비리, 포구의 선주 늑탈, 일본 잠상(潛商)의 밀무역 폐해, 소금 시장세의 불합리, 일본 상품 도매상의 폭리, 백지 징세와 고리대 등이 있었다.

의 추억도 점차 희미해졌다.[16)]

박중빈이 태어난 백수면(1980년 읍 승격) 길룡리는 법성포와는 또 달라서 조기 파시의 흥청거림과 조창의 풍요함과는 달리 농토 없는 농촌이었으니, 간척지는 아직 없던 궁핍한 곳이었다. 1914년 행정구역 개편으로 백수면이란 이름이 생겼지[17)] 이전엔 구수면이었는데 이는 구수산(351미터)을 끼고 있기 때문이었다. 구수산은 길룡리에 있지만, 구수면 내지 길룡리는 해발 200~300미터 전후한 지맥들에 갇혀 있는 두메로 겨우 구수산과 대덕산 틈으로 흐르는 와탄천을 따라 조수가 드나들며 숨통을 터놓은 곳이었다. 박중빈은 제자들에게 "나의 자라난 길룡리는 그대들이 아는 바와 같이 생활의 빈궁함과 인지의 미개함이 세상에 드문 곳이라"(『대종경』, 수행품47)고 말하고 있다. 고로들이 전하는 말로도 길룡리·법성포 일대의 논은 대부분 후대에 이룬 간척지요 당시엔 밭이나 있지 논을 찾아보기 힘든 지역이었다고 한다. 볏짚을 구하기 어려워서 초가지붕의 이엉조차 갯벌에 나는 바다갈대와 구수산에 자생하는 남날기풀(참억새)로 엮었다. 갯벌이 있되 조개 줍고 낙지 잡는 펄이 없고 나문재와 행자(칠면초) 등 함초나 무성할 뿐이었다. 흔한 말로 '큰애기 쌀 한 말도 못 먹어보고 시집간다' 하리만큼 입쌀이 귀하다 보니 주식이 보리밥, 조밥이었다. 요컨대 박중빈의 탄생지는 갯벌은 있되 어업이 없고 산골에 밭뙈기나 어우러진 빈한한 두메였다. 종교적 성자의 탄

---

16) 지방 인구 감소는 전국적 현상이긴 하지만, 영광 인구는 1968년도 163,240명에서 2017년말 5만 4천 명으로 3분의 1 수준까지 줄었다. 법성항만 하더라도 거의 폐항 수준이라 조기도 잡히지 않아서 외지에서 들여온 조기로 영광굴비의 명맥을 유지하고 있다.

17) 구수산에 구십구봉이 있다고 하여 일백 백(百)에서 하나를 뺀 흰 백(白) 자 백수로 작명하였다 하니 산촌으로서 소태산 출생지의 지형적 특성을 보여준다.

생이 스스로 선택하는 것이라 가정한다면 박중빈은 2,500년 전 석가와는 전혀 다른 선택을 한 셈이다. 이는 선천과 후천의 성격 차와도 밀접한 관련이 있어 보인다.

영광이 가진 또 하나의 의미는 종교적 에너지가 충만하다는 점이다. 법성포는 백제불교의 첫 수입지로 알려져 있다. 백제 침류왕 원년(384)에 인도승 마라난타 존자가 남중국의 동진東晉(317~419)을 거쳐 영광으로 들어왔다고 한다. 항구 이름인 법성포法聖浦에도 불법을 가진 성자가 들어온 곳이라는 뜻이 있다. 최초 이름인 아무포阿無浦가 아미타불에서 나왔다는 설이나, 직전 이름 부용포芙蓉浦의 부용이 연꽃을 뜻하니 이 역시 불교와의 인연에서 나왔다는 주장도 있다. 고려 초부터 명명된 영광이란 지명도 '신령스런 빛' 또는 '영혼의 빛'을 의미하니 역시 종교적 이미지가 강렬하다. 영광군 불갑산에는 유명 사찰 불갑사가 있다. 이 절이 침류왕 대에 창사되었다든가 혹은 마라난타가 세웠다든가 하는 기록과 전설이 맞는지는 미심쩍을지 모르겠다. 그럼에도 처음이나 으뜸을 뜻하는 갑甲을 넣어 지은 불갑사, 그것은 으뜸가는 부처를 모신 절이라든가, 불사 중에 최초라든가 그런 해석을 가능하게 하는 이름이다. 불갑사의 말사인 해불암海佛庵은 바다로부터 떠오는 불상을 건져 모셨다는 연기설화가 있는데 이 역시 '백제불교 최초도래지'다운 발상이다.

원한이 깊을수록 저항심도 크지만, 원한의 종교적 승화로 미륵하생 신앙이 깊어진 것 또한 자연스러운 현상이다. 선운사 도솔암의 마애불(미륵보살) 배꼽에 숨긴 비기가 나오는 날이면 새 세상이 열린다 하여 비기탈취사건이 있었다든가 하는 전설도 영광권에서 이해된다. 옥녀봉에서 와탄천을 건너 마주 보는 법성면 입암리 해변에서 발견된 매향비埋香碑를 보면[18] 미륵 세상을 기다리는 매향신앙이 오래고 강한 지역임도 알 만하다. 영광에는 법성면 및 불갑면의 불교도래성지, 백수면의 원불교 근원성지 외에도 영광읍의 천주교 순교성지, 염산면의 개신교 순교성지가 있다. 그러다 보니 근래 들어서 영광군은 4대 종교의 성지를 품은 희한한 지역으로 주목받기도 한다.

이상을 정리하면, 박중빈이 태어난 영광이란 땅은 호남이 가진 보편적 원한의 에너지가 어느 지역보다도 농축된 곳이요, 아울러 종교적·정신적 에너지 역시 오래도록 축적돼온 유서 깊은 곳이며, 사회·경제적으로는 매우 소외되고 궁핍한 지역이었다는 것으로 요약된다.

○

가계와 혈통

이른바 선천시대 종교의 교조들은 본인의 뜻과 같든 다르든 여러 가지 미화 장치에 싸여 거룩한 존재, 탁월한 존재, 초월적 존재로 인식된다. 그런 장치 중 하나가 신분의 미화이니, 말하자면 뼈대 있는 집안을 배경으로 한다는 것이다. 그래서 석가모니는 카필라국 정반왕의 태자로 태어났고 석가족의 영웅이어야 했다. 예수교의 경우는 이중적이다. 가난한 목수의 아들, 말구유에서 태어난 아기 등으로 서민성을 내

---

18) 주로 해안에서 발견되는 매향비는 고려 말, 조선 초 무렵에 많이 행해진 풍속으로 미륵하생신앙에 근거한 민간불교적 흔적이다. 입암리 매향비에는 고려 말(1371)과 조선 초 (1410) 등 두 차례의 매향의식이 기록으로 남아 전하는데 침향은 1960년대에 발굴되고 비석은 1980년대에 확인되었다.

세우다가 결국 목수 요셉은 양부일 뿐 예수의 생부는 하느님이요 모친 마리아는 처녀잉태를 한 것이라고 했다. 그러다간 다시 요셉의 혈통을 내세워 종교적 영웅 아브라함과 정치적 영웅 다윗의 혈통임을 강조한다. 마호메트는 선택받은 아랍족의 후예로서 크라이슈족의 명문인 하심가家의 손자임을 자랑스러워했다. 한국 신종교의 선배인 수운 최제우는 기회가 있을 때마다 조상(7대조 최진립)의 충렬과 부친(최옥)의 학문적 명성을 자랑했다.[19]

이에 비하여 박중빈은 가계나 선조 혹은 성씨를 내세우는 일은 하지 않았다. 가까운 조상 중에 내세울 만한 인물이 없기도 하지만, 그보다는 가문을 내세워 배경으로 삼는 일은 그가 '불합리한 차별제도'로서 가장 꺼린 일이기도 했기 때문이다.[20] 그는 어쩌면 평등을 구세의 메시지로 전하기 위해 가장 빈천한 출신이기를 자원했는지도 모른다. 소태산에게도 굳이 자랑스러운 가문을 내세우기로 하면 못할 것도 없다. 시조 박혁거세 이후 신라 54대 경명왕의 장남으로 밀양 본을 얻은 밀성대군에 이어, 중시조인 규정공 박현朴鉉이 벼슬깨나 했고, 13대조 청재공 박심문朴審問(1408~1456)은 사육신과 함께 충렬로 추앙받은 인물이다. 박중빈은 시조 혁거세로부터 63세요, 중시조 규정공으로부터

---

19) 『용담유사』나 『동경대전』의 곳곳에서 확인된다. "거룩한 가암 최 씨/ 복덕산 아닐런가/ 구미산 생긴 후에/ 우리 선조 나셨구나"(《용담가》), "나도 또한 충렬손(忠烈孫)이(인용자주: 임진란 때 순국한 7대조 최진립을 두고 한 말) 초야에 자라나서"(《권학가》), "선조(인용자주: 최진립)의 충의는 절개가 용산서원에 남아 있고, (…) 이와 같은 조상 음덕은 흐르는 것같이 끊임없어서, 아버님께서 세상에 나시매 몃성이 오 드(道)를 몃히 사님에서 한가지로 알지 아니함이 없었다. 덕이 여섯 대를 이었으니 어찌 자손의 남은 경사가 아니겠는가."(《수덕문》)

20) 그는 『정전』에서 지자본위를 강조하며 가장 타파할 과거의 폐단으로 남녀의 차별, 노소의 차별, 적서의 차별 등과 함께 '반상의 차별' 혹은 '종족의 차별'을 지적하고 있다.

는 19세가 된다.

그러나 청재공 이후로는 벼슬길과 멀어지고 한갓 선비의 자존감만 지키며 영월, 양주 등 여러 곳을 전전하다가 청재공의 7세손이자 박중빈의 7대조인 박억朴億에 와서 전남 영광으로 이주하였고, 이후 거의 군내를 벗어나지 않았다. 박억이 영광에 자리 잡을 무렵엔 형편이 가장 안 좋아 명색뿐인 양반에 불과하였지만, 특히 부친 박성삼朴成三 대에 와선 가세가 바닥을 쳤던 듯하다. 〈불법연구회창건사〉(약칭 〈창건사〉, 송규, 1937)엔 "소시에 가빈家貧하여 학문學文이 없었다"고 나와 있고, 한 연구자는 주민들의 구전을 인용하여 소시의 부친이 '남의집살이'를 전전할 정도로 궁핍했다고 전한다. 부친(박성삼)에게 박중빈은 셋째 아들이었고 출생서열로는 여섯 남매 중 다섯째였다. 그러니까 그는 외동아들도 아니었고 더구나 늙어서 힘들게 얻은 만득자도 아니었다. 그가 태어나기 이전에 이미 아들 둘과 누나 둘이 있었고 그의 출생 이후에도 남동생이 하나 더 생겼던 것이다. 가계나 가족 구성에서 박중빈이 놓인 이런 위치를 보더라도 박중빈은 석가모니처럼 고귀한 신분과는 처음부터 무관할뿐더러 오히려 비천함에 좀 더 가깝다 할 것이다.

Ⅱ. 아동기
- 맹랑한 싹수

춘삼월 호시절

박중빈은 조선조 26대 임금 고종 즉위 29년에 해당하는 1891년의 5월 5일, 음력으로 신묘년 춘삼월 스무이렛날 태어났다. 탄생 3년 전인 무자년부터 팔도강산에 큰 가뭄이 들어 흉작으로 민생이 궁지에 몰렸고, 흉년이 기축년, 경인년까지 이어지면서 영광 일대엔 민심조차 흉흉했다고 한다.

3년을 비가 안 와서 흉년이 들었단 말이여. 초근목피로 그 근방 주민들이 살 수 없으니까 외처에 머슴살이 나가 풀이라도 뜯어 곡식을 구해 와 살아가는 지경이란 말이여. 구수산 산이란 산은 초목이 고갈되어 노변의 잔디 풀밭이 전멸되고, 산에 불을 지르면 하루아침에 다 탈 정도로 수기가 고갈되어 땅이 벌어지고 땅속에 곤충이 다 기어 나와 죽고 무서운 흉한 세상이 되었어.(박용덕, 김형오 구술 자료,『원불교초기교단사 1』, 75쪽 재인용)

그러던 중 신묘년 춘삼월, 박중빈의 탄생에 즈음하여 마침내 단비가 내리고 3년에 걸친 가뭄이 해소되며 흉작의 공포는 사라졌다. 숙목이다. '춘삼월'도 의미가 있어 보인다. 민요, 판소리, 고소설 등에서 보듯 전통적으로 한국인이 가장 선호하는 계절이기도 하지만, 수운 최제우의 가

사 "춘삼월 호시절에/ 태평가를 불러보세"(《안심가》)처럼[1] 예언적 참요로
풀 여지도 없지 않기 때문이다. 꽃 피고 새 우는 춘삼월은 만물이 생생
약동하는 시절로 재생 내지 부활의 상징성이 강하다. 이것은 박중빈이
을사년(1905) 춘삼월에 결혼을 하고, 병진년(1916) 춘삼월에 큰 깨달음
[大覺]을 얻음으로써 그 의미에 상승효과를 보탠다.

탄생한 곳은 전라남도 영광군 백수면 길룡리 영촌이란 두메 마을,
박성삼의 초가에서였다. 길룡리는 법성포에서 들어오는 조수를 영광
읍내로 끌고 가는 물길 와탄천瓦灘川이 지나는 갯벌을 낀 마을이었다.
탄생지의 위치와 형태를 놓고 풍수가들은 몇 가지 전설 같은 이야기를
진지하게 전한다.

첫째, 와탄천을 사이에 두고 법성면 쪽에는 대덕산이 있고 백수면
쪽에는 구수산 자락이 있어 에스s 자로 굽이치며 드나드는데 이것이
풍수상 산태극 수태극의 형국에 부합한다는 것이다. 유명한 하회마을
을 비롯하여 전국에 해당지가 적지 않은 모양이지만, 사람들은 산과 물
이 싸고돌며 흐르는 산태극 수태극의 길지이기에 여기서 성자 박중빈
이 났다고 믿는다.

둘째, 생가 가까이 있는 옥녀봉에 관한 전설이다. 수려한 산봉을 천
상에서 하강한 선녀로 비유한 옥녀봉은 전국에 산재한 봉우리 이름이
니, 박중빈의 출세 후 결과론적 해설일지도 모르겠다. 여기 옥녀봉은
옥녀가 기슭에 흐르는 개울물로 세수하고 화장한 후 풀어헤친 머리를
곱게 땋고 나서 설레는 마음으로, 칠산바다 밖에서 법을 가져올 임(성

---

1) 수운 가사에는 이 밖에도 "춘삼월 호시절에/ 또다시 만나볼까"(《도수사》), "춘삼월 호시절
에/ 놀고 보고 먹고 보세"(《권학가》) 등이 보인다.

자)을 기다리는 형국이라고 푼다. 건너편에 있는 촛대바위와 엮어 이른
바 옥녀치성형玉女致誠形이라 한다. 옥녀봉 기를 받아 다섯 명의 성인[五
聖]이 출세하는데 생가터야말로 성인 출세의 명당이어서 박중빈이 났
다는 것이다.

셋째, 탄생지 일원을 영산이라 부르는데 이 영산을 통틀어 형국을
논하는 주장도 있다. 구호동이니 노루목이니 하는 마을 이름이 보여주
듯이, 아홉 마리의 호랑이가 한 마리 노루를 놓고 서로 견제하는 구호
농장九虎弄獐의 형국이란다. 적절한 긴장 속에서 힘의 균형을 이루어 평
화와 상생을 이루는 터라는 것이다. 아홉 호랑이를 상징하는 구수산은
풍수상 구호산이고 박중빈은 그 산의 정기를 받아 난 인물이 된다.

이 밖에 풍수비기에도 영광에 아룡도강형兒龍渡江形 명당이 있다 했
다는 둥 여러 가지 전설과 풍수적 해석이 구구하지만, 호사가들의 이
런 입방아에 굳이 의미를 부여하는 것은 박중빈의 뜻과는 거리가 먼
일일 듯하여 생략하고, 태몽에 관해서만 한마디 덧붙이기로 한다. 입태
과정에서 임부나 가까운 가족이 꾸는 꿈 가운데 잉태를 예고하는 태
몽, 이 꿈은 태아의 인물이나 운명을 예고하는 것으로 종종 해석된다.
더구나 성현이나 영웅의 경우, 그 신비한 태몽의 상징성에 호기심을 발
동하는 경우가 많은 것은 불가피한 일이다. 석가는 마야부인이 여섯 개
상아를 가진 흰 코끼리가 하늘에서 내려와 오른쪽 옆구리로 들어가는
꿈을 꾼 후 잉태되었고, 예수는 동정녀가 성령으로 잉태하였음을 천사
가 현몽하여 알려주었다 했고, 공자나 노자 같은 성인들 역시 탄생담
에 신비한 전설이 따라다닌다 일연이 『삼국유사』를 쓰면서 첫머리에
〈기이〉 편을 두고 제왕의 출생이 이적을 동반함을 강조한 것도 그런 뜻
이었다.

박중빈의 모친은 옥녀봉에 뜬 태양이 갑자기 가슴에 안기는 꿈을 꾸고 그를 잉태하였다고 한다. 그러나 박중빈은 제자들에게 태몽의 신비로 교조를 장엄하는 따위의 섣부른 짓을 하지 못하도록 엄히 당부하였다. 이 점은 박중빈의 의도를 톺아볼 필요가 있다.

- 그래서 대종사님께서 말씀하셨어요. "후세 사람들이 어머니께 '나 낳을 때 꿈은 어떻던가요?' 물을 때, '아니, 너는 별 꿈 없이 낳았다' 하면, '나는 공자님같이도 못 되고, 부처님같이도 못 되겠네' 하고 생각할 것 아니냐. 그러니 과거 성자들이 한 것은 말할 것이 없고, 내 역사를 쓸 때에는 평범하게 쓰라."(『항타원종사문집』, 106~107쪽)
- "과거 세상에는 불보살이나 회상을 연 도인들의 역사와 경전을 꾸밀 때에 태몽을 비롯하여 특별한 이적, 특별한 예언 등을 많이 넣어서 장엄이 심하였다. 그것이 그분들을 신봉하게 하는 데에나 권선을 하는 데에는 다소 효과가 있었을 것이다. 그러나 그로 말미암아 일반대중 가운데에서는 큰 도인이 나지 못하게 하였던 것이다. 그대들은 나의 역사나 경전을 만들 때에 절대로 장엄을 실상에 넘치게 하지 말라."(『대종경선외록』, 유시계후장16)

뜻인즉, 신비화되고 미화된 성자의 탄생담이 발심 단계에 있는 후세인의 의욕을 꺾고 아예 꿈조차 꾸지 못하게 만드는 부작용이 있다는 것이다. 요컨대 될성부른 나무는 떡잎부터 알아본다고 하니 그럴듯한 태몽도 없는 사람은 시작 단계에서 자포자기하는 좌절을 겪을 수 있다. '평범'을 강조한 박중빈의 이런 태도는 강증산(강일순)의 경우와 비교하면 차별화의 본의가 두드러진다.

- 하늘이 南北(남북)으로 갈라지며 큰 불덩이가 내려와 몸을 덮음에 天下(천하)가 光明(광명)하여지는 꿈을 꾸고 이로부터 有身(유신, 임신)하였더니 그 誕降(탄강)하실 때에 産室(산실)에 異香(이향)이 가득하며 밝은 빛이 집을 둘러 하늘에 뻗쳤더라.(『대순전경』, 1-2)
- 모친은 (…) 어느 날 꿈에 하늘이 남북으로 갈라지며 큰 불덩이가 몸을 덮으면서 천지가 밝아지도다. 그 뒤에 태기가 있더니 열석 달 만에 상제께서 탄강하셨도다. 상제께서 탄강하실 때에, 유달리 밝아지는 산실에 하늘로부터 두 선녀가 내려와서 아기 상제를 모시니 방 안은 이상한 향기로 가득 차고 밝은 기운이 온 집을 둘러싸고 하늘에 뻗쳐 있었도다.(『도전』, 행록1, 9-10)

박중빈은 어떤 계급이나 신분에게 주어진 성불의 특혜, 특권을 인정하지 않았다. 그의 법설에 종종 "유무식 남녀노소 빈부귀천을 막론하고"가 등장하는 것도 그래서이다. 기원전 3세기의 진승陳勝 이후 정치적 반란 에너지의 샘이 된 "왕후장상의 씨가 따로 있더냐[王侯將相寧有種乎]"의 종교 버전일지도 모르겠다. 석가(싯다르타)는 처음부터 왕위 계승 0순위인 태자로 태어났으니 말할 것도 없지만, 공자의 후인들은 그를 두고 소왕素王(왕위에 있지는 않으나 왕자의 덕을 갖춘 사람)이라 하여 아쉬움을 달랬다. 예수는 태어나면서부터 "유대인의 왕으로 나신 이"(〈마태복음〉, 2장 2절)로 지정되어 오늘도 "예수 우리 왕이여"(새찬송가38)로 찬양을 받는다. "왕이신 나의 하느님"(시편145)이라 하면서 그 왕(예수 또는 하느님)의 부하인 'Pope'가 황제(교황)로 불리는 것도 위세가 옛살리긴 하지만, 아무튼 왕조시대의 풍속이다. 하기야 박중빈과 시대를 공유하면서도 증산교의 강일순이나 태극도의 조철제(1895~1958)처럼 상제를 자칭하거나 보천교의 차경석처럼 천자를 사칭한 이들도 있긴 하다. 아마 왕 정도로는 성에 안 차서 천자니 상제니 한 모양이다. 민주시대를 내다본 박중빈은 역으로 빈천한 신분이기를 스스로 선택한 것인가. 이를 두고 2세 교주 정산 송규는 석가와 박중빈의 출생 의미를 다음과 같이 비교 정리한 바 있다.

"과거에는 왕궁 부귀가에 나시고 이생에는 농촌 빈천가에 나시니, 그 역시 부처님의 제도 방편이시다. 과거에는 부귀자로 극단의 빈천을 자초하여 부귀자를 깨우치고, 이생에는 빈한자로 엄청난 경륜을 펴시어 빈천자들의 힘을 돋우신 것이다."(『범범록』, 511쪽)

생가는 1981년에 박중빈 탄생 90년이 되던 해를 기념하여 복원하였다. 대지 148평에 건평이 16평인 초가 네 칸 겹집이다. 방 둘에 마루가 있고 부엌과 외양간이 붙어 있다. 이 무렵엔 부친의 살림 형편이 좋아져 소도 키우며 농사를 지을 만큼 여유가 있었다 하나 소박하기 이를 데 없는 농가 모습이다.

○

달을 잡으려는 아이

박중빈의 아명은 진섭鎭燮으로 알려져 있으니 이 글에서도 유소년기의 이름은 이것으로 부르기로 한다. 유년기는 몇 가지 일화로 엿볼 수 있다. 진섭이 아주 어릴 때(우리 식 나이로 네 살 때) 어머니 등에 업혀 저

녘 마실을 나갔다가 노루목 산마루에 걸린 보름달을 보고 "엄마, 저 달 잡으러 가자"고 졸라댔다는 것이다. 윤석중의 동요 〈달 따러 가자〉에 "애들아 나오너라 달 따러 가자/ 장대 들고 망태 메고 뒷동산으로/ 뒷동산 올라가 무등을 타고/ 장대로 달을 따서 망태에 담자" 하는 대목이 나오지만, 진섭의 일화는 시적 상상력이라기보다는 사물에 대한 천부적 호기심으로 보는 쪽이 타당하지 않을까 싶다. 선가禪家의 은유인 마음의 달[心月], 지혜의 달[慧月], 성품의 달[性月]을 포착하겠다는 뜻일 수도 있다고 해석한다면 이는 너무 나간 것일까.

이번에도 네 살 때, 동학농민전쟁이 일어난 갑오년의 일이다. 출생년도가 신묘년(1891)이고 갑오년(1894)의 사건이라면 확실히 네 살 때다. 이에 대한 기록은 〈불법연구회창건사〉와 〈대종사약전大宗師略傳〉(약칭 〈약전〉, 송도성, 1945?) 등 두 군데에 나오지만 내용이 대동소이하니 간추리면 다음과 같다.

어느 날, 부친과 함께 아침밥을 들던 아이가 자기 밥이 적다고 아버지 밥그릇에서 밥을 덜어갔다. 부친은 그런 모습이 사랑스럽긴 하지만 짐짓 아이를 꾸짖었다. "네가 어른 밥을 덜어가니 매를 맞아야 하겠다." 그러자 그는 "아버지가 나를 때린다면 그 전에 내가 먼저 아버지를 놀라게 할 테야" 했고, 아버지는 "네가 무슨 수로 나를 놀라게 하겠느냐" 하며 웃고 말았다. 부친은 이내 그 일을 잊어버린 채 딴 일에 몰두했고, 얼마 후 피곤하여 낮잠을 자게 되었다. 잠이 살포시 들었을 때 마루에서 놀던 아이가 갑자기 큰 소리로 외쳤다. "저기 누루목 앞길에 동힉고 봐라!" 삼설에 이 외침을 듣고 깜짝 놀란 부친은 얼결에 뒷담을 넘어 대숲으로 달아났다. 그러나 시간이 한참 지나도록 동네가 조용하자 모친이 가만히 밖으로 나가서 동태를 살폈다. 동학군의 기척은 어디에도 없었다. 의심이 난 모친이 아들에게 "너 노루목에 동학군 오는 거 참말 보았느냐"고 캐묻자 아이는 동학군을 본 적이 없다고 자백했다. "그럼 왜 아까 거짓말을 했어?" 하고 나무라자 아이는 태연히 대답했다. "아버지를 놀래주려고 그랬지. 아까 아버지하고 약속했잖아." 모친은 남편이 숨은 데를 찾아가 아이가 거짓으로 말하게 된 경위를 전하고, 나와도 된다고 일렀다. 그러나 아버지는 아직도 의심을 풀지 못하여 어머니가 재차 동네를 돌아 이상 유무를 확인하고 나서야 비로소 안심하고 대숲에서 나왔다.(인용자 재구성)

어른들이 하는 말을 귀담아들은 덕분이겠지만, 아버지를 골탕 먹이는 아이의 기발한 착상이 놀랍다. 불과 네 살배기가 저지른 일치고는 대형 사고가 아닐 수 없다. 어린 박중빈은 참으로 맹랑한 아이, 대담한 아이였다. 여기서 먼저 짚고 넘어갈 것이 있다. 진섭의 부친은 동학군이 나타났다는 말에 왜 그리 과민 반응을 했는가, 하는 점이다. 앞의 두 기록에는 "폭민들이 동학당을 이용하여 약탈이 심하고 또는 가세가 과히 빈한하지 아니하므로 그 난당이 온다 온다 하는 예보가 있어서 항상 조심 중에 있던바"라고 했지만, 그래도 개운한 느낌이 없다. 무언가 켕기는 데가 있었던 것은 아닐까. 부친 박성삼은 상당 기간 영광 부자 조승지(조강환)네 토지를 관리해주던 마름이었다. 마름은 지주 대신 소작인을 선정하거나 변경하고, 작황을 조사하여 소작료를 확정한 뒤 소작료를 징수하는 일 등을 하는 지주의 대리인이다. 그렇다면 박성삼은 지주의 이익을 챙기느라고 혹시 소작인들의 원성을 샀던 것은 아닐까. 박성삼이 부호도 아니면서도 벌벌 떤 것은 지주를 편들 수밖에 없는 마름의 직책 때문이 아니었을까, 추측된다.

진섭은 나이가 들어가면서 천지자연에 대한 의문과 호기심이 발동하였다. 〈불법연구회창건사〉에서 인용하겠다. 여기서 '대종사'는 진섭을 가리킨다.

　　대종사 7세 되시던 해에 벌써 큰 의심이 나시었다. 어느 날 일기가 심히 화창하고 하늘에는 한 점의 구름이 없으며 사방 산천에는 청명한 기운이 충만하여 마치 새 천지를 보는 듯한 때이다. 대종사 고요히 앉으시어 이 대자연의 풍광을 사랑하시며 위로 맑은 하늘을 이윽히 보시더니 문득 생각이 나시기를, "저 하늘은 얼마나 높고 큰 것이며 어찌하여 저렇게 깨끗하게 보이는고?" 하는 것이 제일 먼저 의심이었고, 그 뒤에는 또 생각나시기를, "저와 같이 깨끗한 천지에서 우연히 바람이 동하고 구름이 일어나니 그 바람과 구름은 또한 어떻게 되는 것인고?" 하는 것이 두 번째 의심이었다. 그리하여 한번 의심머리가 시작됨을 따라 일백 의심이 꼬리를 물고 일어나서, 나를 생각한즉 내가 스스로 의심되고, 물건을 생각한즉 물건이 또한 의심이 되고, 주야나 사시를 생각한즉 주야 사시가 모두 의심되어, 이 의심 저 의심이 한가지로 대종사의 가슴을 긴장하게 하였다. (…) 어느 때는 하늘을 연구하시다가 하늘이 산에 닿은 듯한 것을 발견하시고 몇 번이나 산에 올라 그 실지를 탐사하셨다 하며, 또 어느 때는 구름을 생각하시다가 인간의 모든 연화(불 때서 생긴 연기)가 위에서 구름이 된 줄로 인증하시고 스스로 상쾌한 마음을 내신 일도 있었다 한다.

　　개인차는 있을망정 누구나 어린 날의 추억 가운데 자연현상에 대한 의문으로 고심하던 일, 어른들에게 물어도 만족한 답을 얻을 수 없어서 답답하던 일, 호기심과 모험심으로 엉뚱한 일을 저지르고 야단맞던 일 들이 있을 것이다. 보통 아이들의 경우 그런 의문은 점차 강도가 떨어지다가 체념으로 이어지게 마련이고, 그런 호기심과 모험심은 조만간 제풀에 꺾이고 만다. 진섭의 경우는 남달랐다. 그는 사물에 민감하게 반응했고 해답을 얻기까지 집요하게 탐색했다. 만약 자연물이나 자연현상에 대한 의문에 탐구심을 집중했더라면 그는 과학자의 길로 나아갔을지도 모른다. 그러나 그의 의문은 자연현상에서 시작하여 인간사와 사회현상으로 점차 그 폭을 넓혀갔다. 예컨대 "엄마와 아버지는 왜 저리 친할까?"에서 시작되어 "사람이 태어나는 것은 어디서 오는 것이며 죽으면 어디로 가는 것일까?" 하는 원초적인 질문에 이르렀다. 이것이 그를 종교가의 길로 들어서게 하는 숙명적 단초가 되었을 것이다. 원불교 역사에서는 소태산의 생애를 열 단계[十相]로 정리하면서 이 단계를 제1단계 '관천기의상觀天起疑相'(하늘을 보고 의심을 내는 모습)이라 일컫는다.

○

퇴학 맞은 방화범

진섭의 학업은 어땠을까? 19세기 말 20세기 초, 그 무렵의 변방 두메라면 신교육은 말할 것도 없고 구교육도 선택된 사람에게만 주어지는 혜택이었을 것이다. 뒤에 다시 이야기하겠지만, 부친은 네 아들 중 셋째인 진섭에게 각별한 애정을 보였고, 다른 아들들보다 총명한 그에게 기대도 컸던 모양이다. 진섭의 고향 친구가 "(진섭이) 지게 진 것 한 번을 못 봤고 일하는 것 보지 못했다"고 증언[2]하는 것으로 보더라도 박성삼은 다른 아들에겐 몰라도 진섭에겐 농사일을 안 가르친 정황이 보인다. 노동력이 아쉬워서이기도 하고 살림 형편이 여유롭지 못해서 그렇기도 했겠지만, 어쨌든 박성삼은 여섯 자녀 네 아들 중 진섭만을 선택하여 글방에 보냈다. 정확히 몇 살 때부터 공부를 하게 되었는지 모르나 전후 사정으로 보아 열 살이 되어서야 시작한 듯싶다. 글방은 이웃 동네인 구호동에 있었고 훈장은 이화숙李華淑이란 이였다고 한다. 바로 그 열 살 때 글방에서 진섭이가 또 사고를 친다. 또가 아니라 이거야말로 초대형 사고라고 해야 할 것이다. 예의 두 전기를 참고하여 사건을 요약하면 다음과 같다.

글방 훈장이 동지를 맞이하여 팥죽을 쑤었다. 끼니때가 되자 훈장은 다른 학동은 내실로 따로 불러 팥죽을 대접하면서 진섭은 사랑에서 혼자 찬밥을 온수도 없이 먹게 두었다. 진섭은 내심에 훈장이 자기 집 감나무에 열린 먹음직스러운 장두감(대봉시)을 탐냈으나 그걸 선물하지 못한 것에 마음이 상해서 그 갚음으로 자기를 박대하는 것임을 눈치챘다. 진섭은 마음이 적잖이 서운했다. 며칠 후 서당에 훈장 친구분이 손님으로 와서 담화를 하였다. 들자니 훈장은 친구에게 "나는 평생 무엇에 놀라본 적이 없고 구타당하거나 위협을 당한 적도 없다"고 큰소리쳤다. 진섭은 속으로 웃으며 말하기를 "제가 오늘 해지기 전에 선생님을 놀라게 해볼까요?" 그러자 훈장은 분한 낯으로 "네가 어찌 감히 나를 놀라게 해? 그런다면 너의 집안에 큰 파벽破僻이 될 것이야" 하고 한껏 조롱하더니 이번엔 이렇게 겁을 주었다. "만일 네가 해지기 전에 나를 놀라게 하기 못한다면 이름을 소농안

---

2) 『초기교단사 1』, 96쪽

죄로 네 종아리는 성치 못할 거야." 진섭도 질세라 맞받았다. "제가 선생님을 놀라게 하지 못한다면 그 벌을 받겠지만, 만일 놀라게 해드린다면 선생님은 어떡하시겠습니까?" "하기는 뭘 어떡해?" "만일 선생님을 놀라게 하면, 다음부터는 팥죽을 주시려거든 차별하지 말고 공평하게 주시라는 말입니다." 그때 옆에 있던 친구분이 이상하게 생각하여 말했다. "자네, 언제 저 아이에게 팥죽 안 준 일이 있었던가? 자네를 놀라게 하거든 앞으로는 팥죽을 차별 없이 주게. 그리고 너는 약속대로 해지기 전에 선생님을 놀라게 못 하면 내가 나서서라도 너를 꼭 종아리 맞게 할 거다."

그날 오후, 진섭은 훈장의 일곱 살 난 아들을 데리고 마당으로 나왔다. 마당엔 땔나무가 가득 쌓여 있었으니 그것은 훈장의 생계를 맡은 소중한 소득원이었다. 여러 사람의 산장을 수호하는 대신 해마다 숲에서 잡목을 벌채하여 땔감으로 판매하였는데, 마침 며칠 전부터 동네 일꾼을 사서 소나무 땔감을 숱하게 거둬들여 산처럼 쌓아두었던 터였다. 그리고 그 판매용 땔감에서 떨어진 솔잎이랑 잔가지 따위를 따로 모아 집에서 때려고 쌓아놓은 것이 있었다. 진섭은 훈장 아들을 증인으로 세워두고 그 따로 모은 솔잎 낟가리에 불을 댕겼다. 순식간에 화광이 하늘을 찌르고 연기가 피어올랐다. 불이야! 불이야! 동네 사람들이 모여들고, 훈장은 혼비백산 뛰쳐나와 불을 끈다는 것이 저고리를 벗어 오줌통에 넣어 적셔서는 불길에 뿌려대며 갈팡질팡하였다. 동네 사람 도움으로 다행히 판매용 땔감에까지 불이 옮겨붙기 전에 끄긴 껐지만 훈장의 수염은 타고 얼굴이며 옷이며 망신스럽기가 짝이 없었다.

겨우 숨을 돌리자 인부의 실수로 불이 났는가 싶어 실화 책임을 따지고 있는 판에 훈장 앞에 나타난 일곱 살배기 아들이 일러바친 말인즉, "불은 아까 진섭이가 놓았습니다." 이 말을 들은 훈장은 노기가 하늘까지 뻗쳐 벼락같이 소리를 지르며 진섭을 찾으니 진섭이 태연히 말했다. "선생님, 무얼 그리 화내십니까? 아침에 약속한 대로 한 것뿐입니다." 훈장은 진섭을 붙잡으러 쫓아가나 진섭은 이미 잽싸게 도망쳤다.

진섭의 짧은 학창 시절은 일단 이로써 끝장이 났다. 아버지 뜻이라 다니긴 했지만 원래 글공부에는 맘이 없었다. 한편 훈장 쪽에서도 그는 달갑지 않은 학동이었다. 남들처럼 가르치는 대로 다소곳이 듣고, 시키는 대로 고분고분 외우는 것이 아니라 매번 '왜 그렇지라우?' 묻고 따지고 말이 많아서 적잖이 귀찮은 상대였다.

이 사건을 놓고 당시 세인들의 평가는 두 갈래였다고 한다. 이 일화 끝에 붙은 후록에는 "그때에 참견한 여러 사람들은 혹은 비방도 하고 혹은 장차 비범한 인물이 되리라고 말하였다"(《창건사》)고 했다. 아마 '싸가지가 없다' 하는 식의 비방은 예상하겠지만, '비범한 인물'로 예측하는 것은 사람을 볼 줄 아는, 이른바 지인지감知人之鑑이 있는 사람 아닐까 싶다. 그러면 훈장은 어느 쪽일까? 당연히 전자일까? 그러나 훈장이 마음을 가라앉히고 한 말 "그런다면 너의 집안에 큰 파벽破僻이 될 것이야"를 돌이켜 생각한다면 얘기는 또 달라질 수 있다. '파벽'이, "양반이 없는 시골이나 인구수가 적은 성씨에 인재가 나서 본래의 미천한 상태를 벗어남"(『표준국어대사전』)을 가리킨다면, "너의 집안에 한 인물 나는 거야" 정도가 아닐까 싶다. 결론적으로 보아, 윷놀이라면 모 아니면 도라고나 할까! 일단 지켜볼 일이다.

진섭은 글방을 다시 가고 싶지 않았지만 얼기 후 아비지 등쌀에 심화천金華天이란 젊은 훈장이 가르치는 다른 글방으로 옮겨 다시 한문 공부를 계속하였다. 여기서도 결석이 잦고 진도도 더뎠던 모양이다. 열

다섯 살 되도록까지 햇수로는 5년이니 글방을 들락거렸지만 수업일수로 따지면 만 2년을 넘지 못했다고 한다. 어쨌건『천자문』부터 시작하여 아마도『동몽선습』을 거쳤을 것이고, 마지막에『통감』몇 권을 떼긴 했다고 하니 억지 춘향으로라도 초등학교 졸업은 한 셈이다. 그런데 박중빈이 훗날 이 학창 시절에 대해 한 이야기는 제법 흥미롭다.

내가 어려서 얼마 동안 같이 글 배운 사람 하나가 있는데, 그는 공부에는 뜻이 적고 광대소리 하기를 즐겨 하여 책을 펴놓고도 그 소리, 길을 가면서도 그 소리이더니 마침내 백발이 성성하도록 그 소리를 놓지 못하고 숨은 명창 노릇 하는 것을 연전에 보았고, 나는 또 어렸을 때부터 우연히 진리 방면에 취미를 가지기 시작하여 독서에는 별로 정성이 적고 밤낮으로 생각하는 바가 현묘한 그 이치이어서 이로 인하여 침식을 다 잊고 명상에 잠긴 적이 한두 번이 아니었으며, 그로부터 정성이 조금도 쉬지 않은 결과 드디어 이날까지 진리생활을 하게 되었으니 (…) (『대종경』, 수행품11)

남도 판소리 광대의 소질과 끼를 주체하지 못하는 미래의 명창과, 구도의 열정으로 명상에 빠진 미래의 종교가가 똑같이 한문 공부에 맘을 못 붙이는 모습이 선하나.

○

산신령을 찾아라

일곱 살 어린 나이에 자연과 인간사에 의문을 품고 집요한 탐구를 시작한 진섭은 서당 다니는 동안에도 그 의문을 풀지 못해 고심했지만, 열한 살 때에 드디어 구도의 길에 나선다. 남들 같으면 먹는 것, 입는 것, 노는 것에 마음이 끌릴 나이에 진섭은 오직 사물에 대한 의문을 풀기 위해 몰두했다. 그가 큰 깨달음에 이르기까지 지속된 의문은 두 가지로 정리된다. '우주 만물 그 이치와 생사고락 그 이치', 그러니까 앞엣것은 자연에 대한 의문이요 뒤엣것은 인생에 대한 의문이다. 특정한 의문에 해답을 찾기 위해 집중적이고 지속적인 몰입이 가능한 것은 분명 천재의 특성일 듯하다. 로베르 클라르크의 『천재들의 뇌』(해나무, 2003)에는 다음과 같은 대목이 나온다.

천재의 본질적인 특성들 중에서도 가장 두드러지는 것은 그들이 편집광偏執狂이라는 것이다. 그들은 자신의 창조적 대상을 향해 결코 흐트러지지 않는 끈기와 정력을 쏟아붓고 사유의 핵심을 고스란히 바친다. 천재들은 정신적 긴장 상태에서 강박적일 정도로 끈질기게 자신이 골몰하는 개념에 매달린다. 그를 사로잡는 지적·정서적 흥분은 때때로 너무 강해서 마치 먹고 자는 것도 잊어버린 신들린 사람처럼 보이기도 한다.

여기에 쓰인 '편집광'의 증상을 의학 용어로는 편집증이라 하는데, 사전적 풀이는 "체계적이고 지속적으로 특정한 망상을 가지는 병적 상태"라고 나온다. '편집광'이라 하면 말이 지나칠지 모르나 진섭에게도 편집증에 준하는 집념이 있었다. 그가 열한 살 때에 드디어 중요한 계기가 찾아온다. 의문의 해결사로서 '산신'이란 초월자가 있다는 걸 알게 된 것이다. 전기들에 나온 이야기를 간추리면 다음과 같다.

진섭이 열한 살 되던 1901년 음력 10월 15일, 영광군 군서면 마읍리 소재 선산에서 모시는 시향제에 참례하였다. 관찰력이 남다른 진섭이 제례 절차를 보다 보니 조상에게 제를 지내기에 앞서 산신제를 모시는 것이었다. 진섭은 여기에 의문이 생겨 유식한 문중 어른을 찾아가 문답을 하게 된다. "이 시향은 선조께 올리는 제례인데 왜 산신에게 먼저 제사를 지냅니까?" "산신은 묘소가 있는 이 산의 주재자이기에 먼저 제사를 드리는 것이란다." "산신이 있는 것은 확실합니까?" "아무렴, 있을 뿐 아니라 조화 능력은 다 말할 수 없단다." "그렇다면 산신을 사람이 볼 수도 있습니까?" "정성이 지극한 사람에게는 혹 보이기도 한다더라." 어른은 산신불공으로 영험을 얻은 몇 가지 전설을 덧붙여 이야기해주었다. 진섭은 '산신이 이처럼 훌륭할진대 나의 평생 원하는 바 모든 의심을 이 산신에게 물어보면 반드시 알게 하는 능력이 있으리라' 하는 생각이 들었고, 그날부터 내심에 산신을 만나기로 단단히 결심하였다.

진섭이 산신령을 만나기 위해 정성을 들이기 시작하니, 기도처는 "구수산 서북단 고봉 정상, 주택이 있는 길룡리(영촌)에서 약 1리(4킬로미터)나 되는" 삼밭재[3]의 마당바위이며, 당시 "산중 형편은 삼림이 무성하고 맹수가 종횡하여 비록 장정이라도 단독으로는 그 산에 오르기를 싫어하는" 처지였다고 〈불법연구회창건사〉에 기록되어 있다. 지금도 답사객들이 공감하듯이, 상당히 험준한 길을 거쳐서 도달하는 산마루턱인데 진섭은 왜 그 험한 산마루를 기도처로 택했을까? 어른들에게 자

---

3) 삼밭재는 한자로 적을 때 마전령(麻田嶺)설과 삼(전)령(蔘(田)嶺)설이 대립하고 있으나 어느 것으로 단정하긴 어렵다. 현재 원불교단에서는 삼령(蔘嶺)을 표준으로 잡고 있다.

문을 구했을 듯도 하지만, 진섭이 깐에도 산신령이 나타날 만한 데는 아무래도 인간이 함부로 범접할 수 없는 곳으로 생각했을 듯하다. 그래도 다른 곳이 아닌 삼밭재를 선택한 것은 거기가 어떤 신성한 공간이라는 인식이 있지 않았을까.

그곳은 일명 개미절터라고 하여 전설 속의 폐사 자리인 걸 보면 종교적 명당터, 성스러운 곳이라는 추측이 가능했을 것으로 보인다. 지금은 순례 코스로 정비되어 있지만, 숲이 무성하고 산짐승이 출몰하던 1901년 당시에 열한 살 어린이가 오르내리기엔 체력뿐 아니라 심리적으로도 부담이 컸을 것이다. 그럼에도 진섭은 열다섯 살 겨울까지 만 4년간을 하루도 빠짐없이 오르내리며 지극한 정성으로 기도를 모셨다고 한다. 예의 십상에선 이를 제2단계인 '삼령기원상蔘嶺祈願相'(삼밭재에서 기원하는 모습)이라 한다. 송도성은 〈대종사약전〉에서 이렇게 적고 있다.

그 후로는 매일 식후면 산중을 두류하사 산과山果를 보는 대로 거두시며 혹은 가중家中에서 청결한 음식을 보시면 반드시 가지시고 곧 (…) 삼밭재 마당바위에 오르시사 제물을 암상巖上에 진설하시고 전후 사방을 향하여 종일토록 예배하시다가 일몰 후에 귀래歸來하시기를 매일 과정적으로 하시되(혹은 그곳에서 밤을 샌 적도 있었음) 풍우상설風雨霜雪을 가리지 아니하고 하루도 빠짐없이 이와 같이 하기를 만 4개년 즉 15세 되실 때까지 계속하셨으니 그 견인불발하신 의지와 순일무사하신 정성이야말로 천지에 사무쳤다 할 것이며, 겨우 10여 세의 유년으로 수목이 탱천하고 맹수가 종횡하던 당시의 산로를 격어서 무인절정에 흘로 앉아 기노아셨음을 상상할 때 그 담력이 과연 어떠하셨음을 넉넉히 추측할 수 있을 것이다.

여기 '담력'이란 말이 등장하는데, 진섭을 이해하는 열쇳말로 대단히 유용해 보인다. 네댓 살 어린 날의 일화 가운데, 또래들과 냇가에서 놀다가 큰 구렁이를 만난 일이 나온다. 동무들은 무서워하며 도망쳤지만 진섭은 물러서지 않고 오히려 뱀에게 호령을 하여 물리쳤다. 동학군이 나타났다고 하여 아버지를 놀라게 한 일이나 땔감에 불을 싸질러 훈장을 혼비백산케 한 일이나 다 그렇지만, 진섭에겐 범상한 아이에게서 찾을 수 없는 대담성이 있었다. 믿거나 말거나이지만, 최초 제자 김성섭의 장남 김홍철이 어른들에게 들었다는 다음과 같은 구전도 있다. 열한 살 진섭이 삼밭재에서 기도하다가 마당바위에서 잠이 들기도 했는데, 추위에 잠든 진섭이 포근한 느낌에 눈을 떠보면 호랑이가 와서 감싸주고 있었고, 진섭이 잠에서 깨면 호랑이는 슬그머니 자취를 감추곤 했다는 것이다.[4] 당시 구수산엔 호랑이가 개 끓듯 했다는 시공간적 배경에서 나온 이야기지만, 어쨌건 진섭의 대담성을 설명하는 일화로 보인다.

그런데 이 삼밭재 기도에는 그냥 받아들이기에 좀 찜찜한 구석이 없지 않다. 10여 세에 불과한 아이가 눈비를 무릅쓰고 울창한 숲속 길을 혼자 걸어 산마루에 올라가고 더러는 밤을 새우기도 했다는 것까지는 그럴 수 있다 치더라도, 아무리 미신이 횡행하던 시대에 두메에서 자란 아이라지만 산신령의 존재를 철석같이 믿었다? 그것도 자그마치

---

4) 김성섭이 17세 때 1년간 음양복술을 익히느라고 대덕산에 들어 움막을 짓고 주문 공부를 할 때 밤마다 큰 호랑이가 와서 문밖을 지켰는데 나중엔 개처럼 친근하게 지냈다는 일화가 전한다. 또 삼산 김기천이 기도하러 대파리봉에 가니 호랑이가 길을 환히 밝히며 기도터에 앉아 있기에 삼산이 겁 없이 다가갔더니 호랑이가 벌떡 뒤로 넘어지며 사라지더란다. 이런 일화들로 보더라도 진섭과 호랑이 간의 일화에 신빙성이 있어 보인다.

온[滿] 4년을 그랬다? 사실이라면 진섭이 좀 멍청한 것 아닐까? 혹시 종교적 설화가 늘 그렇듯 교조의 신성성을 강화하기 위해서 후대에 조작한 신화는 아닐까? 대답을 한번 찾아보자.

우선 생각나는 것은, 진섭이 대담하고 엉뚱한 아이이기도 했지만 고지식하고 어수룩한 측면이 있는 아이이기도 했다는 점이다. 서당에서 진섭의 성적은 또래들에게 뒤졌고 때로는 바보처럼 어수룩한 구석도 있었던 모양이다. 천재와 백치, 혹은 천재와 광인은 백지 한 장 차이라는 말도 있지만, 천재들은 어떤 면에서 바보나 미치광이 같은 일면이 있다. 지능지수 70 미만의 서번트 증후군 환자 중엔 암기력이나 계산이나 예술 분야에서 천재성을 발휘하는 사람도 있어서 '백치천재'라는 형용모순의 칭호를 얻기도 한다. 창의적인 천재의 두뇌는 서로 반대되는 특성들을 함께 가지는 복합성이 있어서 양립하는 두 주제의 병존을 허용한다고 한다. 예컨대 아이 같은 천진성과 어른스러운 원숙함이 혼재한다는 것이다. 다음 일화가 참고할 만하다.

종사님(박중빈)은 열 살 되시고 우리 아버지(장문갑)는 열여섯 살인디, 그때 세안[歲-]에 종사님께서 계란 망태를 결으셨는디(엮으셨는데), 아 처음 결으셔서 짚으로 결었지. 종사님이 우리 아버지에게 "짚 거친 것을 어떻게 없애는가?" 우리 아버지가 항상 웃음엣소리를 잘 헌게, "그 뜯기 쉽네. 그 터럭 없애기 쉬운게(쉬우니까) 집에 가지고 가서 내가 시키는 대로만 히봐. 자네 오늘 저녁에 검불을 하나(가득) 그 망태기 속에다 넣고는 불을 확 질러 시 딱 허니 잎어놓고 뛰노 돌아보시 말고, 사고 내일 아심에 본나지넌 깨끗 헐렁게." 아, 종사님이 그 말씀을 참말로 알아듣고는, 저녁밥을 먹고 나더니 그 망태기 속에다 검불을 하나(가득)를 딱 허니 담아 가지고 가서는 마당에다 놓고 불을 확 허니 질러서 엎어놓고 방으로 들어갔었지. 종사님 어머니가 아침에 가만히 본께 아 뭔 큰 방석이나 맹그는(만드는) 줄 알고 봤더니 다 터져버렸어. 그리 가지고 재만 수북이 있응게, 아 종사님이 와서 법회 보심성(보시면서) "아, 내가 문갑이 성한테 돌려버렸구만!" 이럼시렁(이러면서) 그 이야기를 허신단 말여.[5]

이 이야기는 장문갑의 아들 되는 장종선張宗善의 증언이다. 짚 망태기를 엮고 그 너덜거리는 부푸러기를 제거하는 엉터리 방법, 말도 안 되는 방법을 곧이곧대로 믿고 멍텅구리 짓을 한 것이다. 같은 시기의 진섭인지라 산신령 만나려고 '4년 기도'라는 바보짓을 했다고 보면, 설득이 되려나 모르겠다. 그래도 의혹이나 꺼림칙한 마음이 남는다면 다른 근거를 하나 더 보탤 수도 있다.

1900년대 영광 지방의 신앙과 풍속을 인문·지리학 시각에서 고찰하다 보면 의외의 소득이 나올 수 있다. 우선 산신령에 대한 믿음을, 지금 생각하듯이 미신이라고만 치부해버리면 곤란하다. 산이나 절에 가면 산신각이 있어서 지금도 산신은 기도 대상이 되고 있다. 산신신앙은 단군이 세상을 마친 후 산신이 되었다는 『삼국유사』의 기록처럼 유구한 것이고, 산악숭배나 호랑이토템과도 연결된다. 〈금도끼 은도끼〉에 나오는 산신령을 요즘의 똑똑한 아이들은 그냥 산타할아버지처럼 실존하지 않는 존재라고 생각하겠지만, 진섭의 산신기도가 당시로선 그리 이해 못할 미신 행위는 아닌 것이다.

---

5) 이 기록은 영산선원에서 1989년에 탄생지 주민들의 증언을 채록하여 육정진이 엮은 육필 복사본 책자에서 발췌한 것이다. 이 일화는 필자도 장종선 옹한테 직접 들은 바 있다.

산신령님의 목소리

다음 설화는 영광향토문화연구회에서 채록한 것인데 진섭의 산신기
도를 이해함에 도움이 될 적절한 자료라고 본다.(『영광의 노래와 글모음』,
263~264쪽 발췌)

수복이는 그의 부모님께서 딸만 내리 셋을 낳으신 끝에, 그것도 나
이 오십 줄에 들어서야 가까스로 얻은 아들이었다. 그를 키우면서
부모님은, 불면 꺼질까 놓으면 사그라질까 매양 마음을 졸일 수밖
에 없었거니와 그런 마음 때문만이 아니라 실제로 그는 병약하기
그지없었다. '이게 제대로 커서 사람 구실을 하려는가?' 하는 근심
걱정이 태산 같았다. 그래서 아버지와 어머니는 각기 따로 특별한
공력을 들이게 되었다.

아버지의 공력은 다름이 아니라 멀리 불갑산, 대절산, 태청산, 어떤
때는 백릿길이 넘는 지리산까지 찾아 등성이와 골짜기를 누비며
각종 약초를 캐다가 다려 먹이는 일이었다. 계속 값비싼 보약을 사
다 먹일 만한 집안 형편이 못 되었기 때문이기도 하려니와, 아버지
가 한약재에 대하여 상당한 지식을 터득하고 있었기 때문에 가능
한 일이었다.

이에 비해 어머니의 공력은 매월 보름밤에 마을 앞 물무산에 올라
가 산신령님께 치성을 드리는 일이었다. 비가 오나 눈이 오나 한 번
도 거르는 일이 없었다. ( )

수복이의 나이 다섯 살 되던 해 추석 보름날, 그날도 어머니는 수
복이를 데리고 물무산에 올랐다. 제단 놓고 무릎 꿇은 채 두 손을

비비면서 산신령님께 빌었다. 그리고 수복이에게 재촉했다. "큰 소리로 산신령께 여쭙거라." 수복이는 "산신령님! 나에게 장수와 부귀를 점지해주십시오" 하고 소리쳤다. 바로 그때였다. 휘영청 밝은 달빛 아래 방향을 가늠하지 못할, 그러나 분명히 가까운 곳에서 "오냐아-, 장수와아-, 부귀르으-ㄹ, 점지해주마아-" 하고 소리가 울려 퍼졌다. 어머니는 몸을 부들부들 떨며 수복이를 껴안았다. (⋯)

다섯 살까지라 했으니 여기서도 수복이 모친은 진섭이처럼 4년여를 지속적으로 빈 것이고, 아울러 야간 달밤에 빈 것을 보면 진섭이 왜 가끔 밤샘하며 빌었던가, 그 이유도 알 것 같다.

그래도 진섭이 이 기도를 계속할 수 있었던 것은 부모의 지지가 있었기 때문일 것이다. 대산 김대거의 '여시아문'은 이렇다.

"큰 성현이 나시려면 아버지 어머니나 성현을 뒷받침하는 큰 어른이 계신다. 우리 대사조부님(소태산 부친) 대사조모님(소태산 모친)께서는 4년간을, 없는 가정에서 곶감, 대추, 떡 같은 것의 제물을 한 끼니도 빼지 않고 챙겨주셨다고, 대종사님께서 말씀하시면서 '나는 우리 어머니 아버지 힘이 크다' 하셨다."(『법문집』, 188쪽)

Ⅲ. 청년기
-찬란한 귀환

15세에 결혼하다

신축년(1901) 큰물로 영촌에 있는 가옥이 침수 피해를 입자 박성삼은 벼르던 끝에 을사년(1905) 구호동에 새집을 짓고 이사를 한다. 구호동 집도 영촌 집과 같은 네 칸 겹집 구조였다고 한다. 영촌과 구호동은 같은 길룡리 안에 있는 이웃 동네다. 새집을 마련하면서 박성삼이 내심으로 기대한 것은 바로 삼남의 혼사였다. 이렇게 하여 진섭은 열다섯 살 되던 1905년 춘삼월(음력 3월 보름), 부모의 뜻에 따라 같은 면(백수면) 홍곡리 장지촌에 사는 양화일梁化日의 딸에게 장가들었다. '3월 보름날 신행길 와서 5월 열이렛날 시집을 갔다'는 그녀의 회고를 들고 보면, 신랑이 신부를 찾아가 대례를 올리는 절차는 3월 보름에 치르고 신부가 시집으로 들어오는 우귀于歸 절차는 약 두 달의 간격을 둔 후 있었음을 알 수 있다. 부인은 후일 하운夏雲이란 법명을 받았기에 원불교 교단에서는 공식적으로 그녀를 양하운 대사모大師母라고 부른다. 신부는 신랑보다 한 해 연상으로, 고운 자태를 내세울 용모가 못 되는 대신 키가 크고 뼈대는 굵어 여장부 같은 인상에 성격은 '기상이 활달하고 도량이 바다같이 넓다'는 평을 받았다. 큰며느리 임성진도 "어머님은 체격도 크시고, 여자라기보다 남성적인 성격으로 대범했다"(《여성회소식》, 102호)고 회고한다. 보아하니 불고가사不顧家事하는 수도인의 반려자[1]로서 맞춤했던 듯, 한마디로 누나 같은 아내가 아니었나 싶다. 결혼과 함께 진섭은 본이름 대신 자字까지 얻었으니 그의 자는 처화處化였다. 이제부터는 진섭이란 이름 대신 그를 처화로 부르기로 하겠다.

이쯤에서 처화의 가족 관계를 다시, 제대로 한번 살펴보자. "가난하여 학문은 없었으나 천성이 명민하여 평생에 사람들의 경모함을 받았다"(『원불교교사』)는 아버지 박성삼(법명 회경晦傾, 1852~1910), "천성이 인후하여 이웃에서 항상 덕인이라는 칭호를 받았다"(『원불교교사』)는 어머니 강릉 유 씨(법명 정천正天, 1862~1923). 그리고 이제부터 원불교 입장에선 매우 불편한 진실들을 풀어가겠다. 모친 강릉 유 씨는 원래 같은 군(영광군) 묘량면에 사는 광산 김 씨에게 시집가서 아들 하나 딸 하나 이렇게 남매를 낳고 살다가 남편이 돌림병으로 죽었다. 청춘과부가 된 유 씨는 남매를 데리고 길룡리 친정집으로 와서 의탁했던 모양이다. 이 무렵 부친 박성삼은 이미 같은 면(백수면) 대흥리가 친정인 나주 임 씨와 결혼하여 맏딸(이름과 생몰연대 미상)과 맏아들 군옥君玉(법명 노사老沙, 1880~1956) 이렇게 남매를 낳고 살았다. 박성삼은 본처 임 씨가 있는 상태에서 과부 유 씨를 소실로 맞이한 듯하다. 아마 1886년쯤이거나 늦어도 1887년 정월일 것으로 헤아려진다. 유 씨가 1887년 동짓달, 스물여섯 살 나이에 박성삼의 둘째 딸(법명 도선화道善華, 1887~?)을 낳았기 때문이다. 그리고 임 씨도 이듬해 세 번째 출산으로 둘째 아들 만옥萬玉(1888~1905)을 낳는다. 그 후 언제쯤일까 본처 임 씨가 죽었고, 소실인 유 씨는 후처의 지위를 얻는다. 박성삼의 삼남인 처화(박중빈)가 태어난

---

1) 원불교에서는 출가한 남편을 뒷바라지하며 가정을 꾸려나가는 이런 헌신적 아내를 흔히 권장부(勸奬婦)라 칭한다.

1891년, 확증할 자료는 없지만 이 무렵은 임 씨가 죽은 후여서 모친 유 씨가 소실의 처지는 아니었던 것으로 보인다. 유 씨는 그 후 다시 박성삼의 네 번째 아들 한석漢碩(법명 동국東局, 1897~1950)을 낳았다. 이상을 정리하면 다음과 같다.

- 박성삼의 자녀들

(숫자는 출생서열, 바탕이 흰 숫자는 임 씨 소생, 검은 바탕 숫자는 유 씨 소생. 괄호 안 이름은 법명)

① 장녀: ?

② 장남: 군옥(노사, 1880)

❸ 차녀: ?(도선화, 1887)

④ 차남: 만옥(1888)

❺ 삼남: 처화(중빈, 1891)

❻ 사남: 한석(동국, 1897)

여기에는 필연적으로 예상되는 갈등이 몇 가지 보인다. 첫째, 임 씨 생전에는 유 씨와의 처첩 갈등이 있었을 것이다. 둘은 이십대의 동갑내기였다고 한다. 처의 위치가 일단 유리하지만 거주지인 길룡리가 첩의 친정 동네이다 보니, 처는 명분에서 유리할 뿐 실리는 첩이 챙겼을 수도 있겠다. 둘째, 임 씨 사후에는 임 씨 소생 1녀 2남과 유 씨 소생 1녀 2남 간의 갈등이 있었을 것이다. 나이로 말하면 전처 소생들이 유리하지만 생모가 없고, 후처 소생들은 나이가 어린 대신 생모가 살아 있기에 실속은 후자 쪽에 있지 않았을까? 셋째, 후처인 유 씨에겐 전남편 소생 1남(김정집, 법명 영철永喆) 1녀가 있어서 후살이 간 생모 주변을 맴돌았으니[2] 처화(진섭)에겐 배나른 형들과 누나, 아버지 다른 형과 누나, 부모가 같은 누나와 동생 들을 놓고 친소 관계를 어떻게 조절해야 할지 적잖은 갈등을 느꼈을 법하다. 이런 복잡한 가족관계는 박중빈의 인생 화두 '생사고락 그 이치'와 불가분의 관계로 작용했을 것이다.

갈등은 차츰 이렇게 정리된다. 우선 처첩 갈등은 이미 말한 바처럼 처 임 씨의 요절과 유 씨의 후처 승격으로 해결되었고, 두 번째 갈등도 시간은 걸렸지만 해결된다. 전처 임 씨 소생인 장녀가 출가했다가 일찍 죽고, 장남 군옥은 재당숙(박진규)에게 양자로 보내지고, 차남 만옥은 18세에 요절하고 만다.[3] 그러니까 박성삼 가에서 전처 임 씨와 그녀가 낳은 자녀들은 모두 떠난 것이다. 둘째 갈등이 해결되면서 셋째 갈등은 제풀에 정리된 셈이다.

작은형 만옥의 요절은 공교롭게도 처화가 결혼하던 해의 사건이다. 출가한 큰누이의 죽음과 함께 작은형의 죽음은 사춘기 소년인 새신랑에게도 충격이 작지 않았을 것이다. 이것이야말로 예의 '생사고락'을 체감하는 사건이었을 테니까 말이다.

앞에서 말한 바와 같이, 결혼한 해에 훈장 김화천에게 마지막으로 통감通鑑(중국의 역사서 『통감절요』)을 배웠다고 한다. 그것으로 글 배우기는 마무리를 하고 글방 생활도 더 이상 없었던 모양이지만 그는 아직도 마당바위 삼밭재 그 험궂은 곳에서 산신령을 만나고자 기도를 계속하고 있었다. 모습은커녕 목소리조차 들려주지 않는 신령님을 무작정 기다리는 산신기도가 앞으로도 언제까지 갈는지 궁금한 일이다. 15세

---

2) 딸은 고창(무장)으로 출가하여 떠났다고 하지만, 아들은 성인이 돼서도 모친과 박중빈 주변을 떠나지 않았다고 한다.

3) 만옥은 이미 결혼하여 딸 하나(법명 병수)를 둔 처지였다.

처화의 몸과 신분은 이미 기도를 시작하던 11세 진섭이 아닐진대 그의 정신은 무지개를 잡으려는 소년 진섭으로 굳어버릴 것인가? 아, 그러나 15세 그해를 마치면서 소년 진섭이 성년 처화로 거듭나는 놀라운 계기가 찾아온다.

○

도사를 찾아라

1906년 정초, 새신랑 처화는 같은 면 홍곡리에 있는 처가로 새해 인사를 가는데 거기서 고소설 낭송을 듣는다. 조선조 후기에 사람을 모아놓고 소설을 읽어주는 일을 직업으로 삼은 전기수傳奇叟(여자의 경우엔 책비冊婢)가 활동했다는 사실史實까지 들먹일 것도 없다. 필자의 기억으론 1950~1960년대까지도 농한기(겨울)가 되면 동네 사랑방에 사람들을 모아놓고 밤을 새워가며 고소설을 낭송하는 독서모임이 농촌에 남아 있었다. 책 살 돈도 없고 글 읽는 것도 자신 없는 이들이 어찌어찌해서 딱지본 고소설을 구해다가 동네에서 글깨나 하고 청 좋은 사람에게 부탁하여 그룹 독서를 하는 셈인데, 읽는 독서가 아니라 듣는 독서라고 할 만하다. 처화의 처가에서 때마침 그런 모임이 있었고, 여기에서 처화도 청자가 되어 고소설을 들었다. 작품인즉 〈조웅전〉과 〈박태보전〉4)이었다고 하는데, 소설 낭송을 듣다가 뜻밖의 깨침이 온다.

그 소설의 주인공들이 천신만고 끝에 도사道士를 만나 소원을 성취하는지라 대종사의 심중에 큰 변동이 생기게 되었다. "내가 지금까지 만나고자

하던 산신은, 5년간 한결같이 정성을 들였으나 한 번도 보이지 않으니, 가히 믿을 수 없을뿐더러 그 유무를 확실히 알 수도 없는 것인즉, 나도 이제부터는 저 소설의 주인공같이 도사 만나는 데에 정성을 들인다면 도사는 사람이라 반드시 없지도 아니하리라" 생각하시고, 전날의 결심을 도사 만날 결심으로 돌리시었다.(『원불교교사』)

처화가 들은 이 소설들이 둘 다 도선사상을 배경으로 하고 있지만, 그중에도 가장 인기 있던 군담소설인 〈조웅전〉에는 조웅이란 주인공이 월경 대사, 화산 도사, 철관 도사 등 도선적 인물(도사) 여럿의 도움을 받아 소원을 성취하는 내용이 나온다. 처화는 이로부터 산신령을 찾는 기도를 중단하고 대신 초월적 능력을 갖춘 도사나 이인異人(재주가 신통하고 비범한 사람)을 만나기 위해 애를 쓴다. 이는 그가 몽환적 비현실세계에 대한 집착에서 현실세계에 대한 신뢰로 의식을 전환하고 있음을 보여준다고 하겠다. 그러나 신神에서 초인超人으로, 비현실에서 현실로 인식의 변화가 생겨났다고는 해도 여전히 자력보다는 타력에 의지하여 문제를 해결하려는 태도를 견지하고 있다. 군담류 영웅소설 가운데 〈조웅전〉은 영웅의 성취가 유난히 타력 의존적임을 주목할 만하다. 요컨대 처화도 자기의 문제를 스스로 풀 생각이 아니라 남의 도움에 기대려 했다는 점에서는 종전의 산신기도로부터 그다지 멀리 오지

---

4) 기록엔 朴太簿傳(《창건사》) 혹은 朴太傅傳(『교사』)으로 나오지만 필자가 통칭을 〈박태보전(朴泰輔傳)〉으로 비정한 바 있다. 《원광》(1985)에 연재한 논문 「문학적 시각에서 본 소태산의 생애와 사상」 참조. 아울러 참고할 자료는 구타원 이공주가 기록한 소태산 법문 중 "박태보가 그 인군에게 출비불가(出妃不可)를 동하였다"(1937. 7. 1. 기록)로 보아 소태산도 '박태보'로 인지하고 있음이 드러난다.

않았다는 점을 지적할 수 있다.

도사 혹은 이인이라니, 글쎄 이게 잘될까? 소설의 세계가 본래 허구이지만, 그중에도 우리 고소설의 허구성은 더욱 현실성이 부족하고, 그 중에도 영웅소설은 황당무계한 경우가 유난히 많은데 그 주인공을 모델 삼아 뜻을 이루어보겠단다. 아무튼 처화는 이로부터 도사나 이인을 찾아 나선다. 자세한 내역은 알 길이 없으나 〈불법연구회창건사〉에 소개된 일화가 두 가지 있다. 먼저 '걸인에게 둘리신 일'을 소개한다.

> 대종사께서 어느 때에 근촌의 주점을 지나시더니, 어떠한 걸인 하나가 주점 벽상에 씌어 있는 제갈공명의 시 '大夢誰先覺(대몽수선각) 平生我自知(평생아자지)'라는 글귀를 고성 낭독하는지라 대종사께서 이상히 여기사 그 걸인의 용태를 살펴보시니, 의복이 百結(백결)되고 전신에 腫瘡(종창)이 濃滿(농만)하여 누구든지 서로 가까이 앉기를 싫어할 정도가 되었는지라 대종사께서 내심에 생각하시기를, "古來(고래)에 도인이 혹 험상한 형모를 나토아(나타내어) 가지고 인간을 순시한다는 말이 있으니 이 걸인이 시를 유심히 왼 것이라든지 형용의 험상한 것이라든지 그 모든 것이 범상한 사람의 태도는 아닌 듯하다" 하시고, 나아가 인사를 한 후 곧 술과 밥을 사 먹이시고 인해 본댁으로 데리고 오셔서 수일간 식사를 공궤하고 대우를 극진히 하셨더니, 후에 그 내용을 알고 보니 아무 요량 없는 바보인 것이 판명되었다 한다.

벽상에 붙은 제갈공명의 시를 유창하게 낭송하는, 누더기에 부스럼투성이 거지라니, 처화는 〈조웅전〉에서 본 도사가 생각났을 것이다. 주막집 앞에서 벽상에 한시를 적어놓고 칼을 팔던 화산 도사의 초라

한 행색 말이다. 서양 민담에서도 거지로 변장하고 다니는 천사가 종종 나오지만, 동양에선 비범한 인물이 정체를 감추고 짐짓 바보처럼 혹은 거지처럼 보여 남의 이목을 피한다는 이야기가 많다. 더구나 공명의 저 시가 어떤 시인가. 『삼국지연의』에서 유현덕 등 3인이 삼고초려할 때, 제갈량이 짐짓 낮잠을 실컷 자고 나서 읊은 시다. 진리를 깨치려는 큰 꿈을 가진 처화로서는 '대몽'이나 '각'이란 말에 민감할 수도 있겠고, '내가 스스로 안다[我自知]'는 말에 귀가 번쩍 뜨일 수도 있지 않았을까?

부인 양 씨의 증언에 따르면 이 무렵 처화는 외부 출입도 잦았고 이상한 행색을 한 사람을 모셔다 접대하는 일도 잦았다고 한다. 〈창건사〉에 전하는 또 하나의 일화는 '처사를 시험하신 일'이다. 다소 문장이 길어서 줄거리만 요약하면 아래와 같다.

처화의 부친 박성삼이 아들을 위해 소문난 처사를 집으로 초빙하니, 그는 "나는 산중에서 공부하여 신통을 얻은 지가 오래니, 아드님이 나를 따라 배운다면 불가사의한 능력을 얻을 것이라"며 그 대가로 집에서 키우는 소를 달라고 요구했다. 그 말에 솔깃한 부친이 처화를 불러 상면케 했으나 처화는 미덥지 않아 그 처사에게 역제의를 했다. 사제의 의를 맺기 전에 스승으로서의 능력을 보여달라는 것이다. 처사는 자존심이 상하긴 했지만, "나는 육정육갑[5]을 통령하여 신장을 부르고 보내는 재주가 있으니 만일 원하면 시험해보라"고 큰소리를 쳤다. 처화는 이에 질세라 "그러면 내가 보

---

5) 민속 내지 무속에서 나오는 육정육갑(六丁六甲)은 둔갑술을 할 때에 부르는 신장(神將)의 이름이다. 신장은 귀신 가운데 무력을 맡은 장수신으로 사방의 잡귀나 악신을 몰아내는 구실을 한다.

는 앞에서 그 신장을 실제로 구경하게 해달라"고 맞섰다. 이리하여 처사는 그날 밤부터 방을 깨끗이 치우고 큰 소리로 주문을 외우기 시작했다. 밤을 꼬박 새우며 주문을 외웠으나 신장 같은 것이 나타날 리 없었다. 처사는 근동에 초상난 집이 있어서 그렇다는 둥 해산한 집이 있어서 그렇다는 둥 핑계를 대며 이튿날 밤에는 방을 옮기어 다시 시도했으나 역시 신장은 등장하지 않았다. 궁지에 처한 처사는 결국 주인 몰래 담을 넘어 도망치고 말았다.

처화의 도사 찾기는 이렇다 할 성과가 없었기에 일화도 더 이상 전하는 바가 없다. 그래도 오랜 기간을 두고 유력遊歷하고 방황하는 생활이 지속되었던 모양이다. 〈대종사약전〉에서 해당 부분을 참고하면 아래와 같다.

그리하여 주소일념晝宵一念이 항상 도사 찾는 데에 그치시사 노상에서라도 혹 이상한 걸인을 만나시면 이것이 혹 도사나 아닌가 생각하시고 데리고 와서 공대하여 보내시며, 어떠한 곳에 은사가 있다는 말을 들으시면 반드시 방문하여 심중소의心中所疑를 토론하여 보시고, 혹은 청하여다가 같이 지내시기도 하시니, 16세로부터 20세에 이르기까지 만 5개년간은 그러한 무리들과의 연락이 실로 빈번하셨다. 그러나 대종사께서는 다시 또 실망하지 않을 수 없으시었나니 이 세상에는 사실로 도사가 없다는 것을 느끼심이었다. 기실 도사라고 하는 수많은 사람을 지내보았으나 모두가 허위와 사술邪術에 지나지 못하는 무리로서 정당한 긴리를 뭇을 곳이 없나는 것을 깨달으실 때에 종래에 가져오시던 도사 만나고자 하는 생각도 차차 단념되시고 (…)

십상에서는 이를 제3단계 '구사고행상求師苦行相'(스승 찾아 고행하는 모습)이라 일컫는다. 그런데 구사고행의 과정에서 그는 기존의 종교단체, 예컨대 절이나 예배당을 찾아가 승려나 신부, 목사 같은 성직자들과 문답하지는 않았을까, 궁금하다. 혹은 동학과 증산교 계열의 신종교 고위층을 만나기도 하지 않았을까? 여러모로 짐작이나 추측은 가능하나 남겨진 기록이나 구전은 별반 없다. 다만 그가 깨달음에 이른 후인 1930년 금강산 유람 중에 독실한 기독교인을 만나 대화하는 중에 털어놓은 일화 둘[6]이 있다. 하나는 불교, 다른 하나는 기독교에 관해서다. 그런데 이 일화가 실제로 처화가 체험한 사실을 말하는지 아니면 방편으로 지어낸 픽션인지는 다소 의문이 있다. 설혹 픽션이 포함되었다 할지라도 생판 지어낸 이야기는 아닐 테니 참고로 들어둘 만하다. 심하게 낯선 말만 지금 말로 고치기로 한다.

나는 그 어느 해 여름철에, 피서차로 어느 유명한 사찰에 간 일이 있었다. 법당에 대형의 황금빛 불상을 놓아두고 일반 승려가 그 앞을 지날 때면 머리를 숙이고 허리를 굽히며 예불, 음식 공궤 등이 마치 효성스러운 아들이 산 부모를 봉양함과 다름없이 지성 또 극진하였다. 나도 처음에는 이 우상을 불신하였으나 중인이 존경하는 분위기에 싸여, 과연 그에게 어떠한 영험이 있는 것도 같으며 자연 존엄한 생각도 있었다. 그러나 평소에 부정하는 신념이 굳은 연고로 심중에 '저깟 것이……' 하고 업신여기는 감정도 없지 아니하였다. 그리하여 이 기회에 한번 진가眞假를 시험하리라는

6) 이것이 발표된 곳은 원불교의 전신인 불법연구회의 기관지 《월말통신》 27호(1930. 5.) 지면이다.

결심이 있었다.

승려들이 없는 틈을 타서 나 홀로 법당을 향하여 갔다. 들어갈 때에도 가슴이 두근거렸다. 만일 우상에 영험이 없다면이려니와, 있다면 그를 공격하는 나의 신상에 어떠한 벌을 주든지 심하면 죽일 것이니 어찌하랴, 하는 공포심이 있는 까닭이었다. 그러나 이미 호혈虎穴에 들어온 이상 죽음을 무릅쓰고 시험하리라는 용단과, 전일 미신이라는 자평심自評心(스스로 평가하는 마음)의 후원하에 단도직입적으로 뺨을 치고 허리를 쥐어박아보았다. 그런 후 돌아올 때에 몸과 마음은 심히 무서워 떨렸다. 가슴은 공포에 자극을 받아 요란히 고동치어 마지않았다. 돌아와 자리에 앉아도 한동안 마음은 안정되지 않는다. 죽음이냐? 삶이냐? 죽기 아니면 살기요, 살기 아니면 죽기다. 나의 생각은 이 생사 선상에서 방황하여 안정할 곳을 얻지 못하였다. 공포의 그날, 해는 어느덧 서산을 넘었다. 나는 공포 중에서 잠들게 되었다.

이튿날 이른 아침 일어날 때 문득 생각난 것은 전날 부처에 대한 그 일이다. 동시에 아무리 생각해도 내가 죽은 것같이만 여겨졌다. 내가 이게 영혼이냐 참이냐 하여 진가를 미처 모르다가 옆 사람에게 말을 붙여보니 평소나 다름없이 응대를 한다. 그때에야 비로소 살았다는 자신하에 용기를 발하여 동작하며 내심으로써 생각하되, 만일 부처가 영험이 있다면 치고 패는 나에게 어찌 벌을 주지 않았으며, 설사 자비스레 보아 벌은 주지 않는다 할지라도 잘 때 꿈에라도 어찌 경책함이 없을 것인가? 벌도 없으며 경책도 없으니 우상은 과연 무력한 것이다. 아니 적실한 미신이라고 확정하여버렸다, 2천 년 앞날 석가모니 그분은 내 모른다 할지라도 현내 각 사찰의 우상쯤은 의심할 여지가 없는 무령물無靈物(영험 없는 물건)이라고 자처하여 버리며 따라서 그를 업신여기고 모멸하던 평소 심리에 환원하고 말았다.

소태산은 본래 엉뚱하거나 익살맞은 데가 있는 인물이기는 하지만, 이 글에는 그런 성격이 잘 드러나 있고, 심리 묘사도 사실적이다. 앞엣것만큼 재미는 없지만, 기독교에 관한 것을 마저 보기로 하자.

또 그 어느 때에 예배당을 찾아가보니, 모든 사람이 '하늘 아버지, 하늘 아버지' 하며 복을 주십사, 병을 낫게 해주십사 하고, 혹은 예수가 하늘의 독생자로서 모든 인류의 죄를 대신하여 십자가에 못 박혀 죽었다 하며, 인간의 부귀빈천과 수명복락을 다 하늘이 자유 천단擅斷(제 마음대로 함)한다고 주창한다. 그 소리를 들은 나도 평소에는 심상하던 창창한 하늘에 과연 무엇이 들어 있는 것같이만 생각이 되었다. 그리하여 부처는 이미 허망한 것이려니와 혹 하늘에나 어떠한 영험이 있는가 하는 희망도 없지 아니하였다. 그러나 내가 그 사실을 알지 못하면 또한 믿기가 어려우므로 하늘을 또 한 번 시험하기로 내정하였다.

집에 돌아와 긴 막대로 하늘을 겨누어 치며, "이 하늘아! 영험이 있느냐? 없느냐? 영험이 있다면 표정을 하고 없으면 가만히 있거라!" 하였다. 그러나 나의 내심은 저 하늘이 만일 영험이 있어 죄를 주면 어찌하랴 하는 무서운 생각이 또 난다. 그러나 아무리 기다려도 종시 벌을 내리지 않는다. 혹 하늘이 듣지 않았는가, 의심하여 재차 대성질호大聲叱呼(큰소리로 꾸짖음)로써 무수히 욕하였다. 그러나 이내 별일은 없고 말았다. 이 시험이 있은 후부터는 하늘도 부처와 같이 허망한 것이며 그것을 믿는 사람도 따라서 허망한 사람이라 단정하는 동시에, 이것이나 저것이나 사람으로서 믿지 못할 것이라고 자인하였노라.

5년간 스승 찾기에 물불을 안 가린 처화, 심지어 거지와 사기꾼까지 집으로 모셔다 시험한 처화, '우주 만물 그 이치와 생사고락 그 이치'를 탐구하던 그가 어찌 불교와 예수교 같은 기성종교를 외면했겠는가. 군내 불갑면에는 불갑사 같은 유서 깊은 사찰이 있고, 읍내에는 무령교회라는 예배당도 문을 연 지가 한참 되던 때였다.[7] 요컨대 처화는 스승을 구하며 유력하는 동안 불교나 예수교를 찾아가 진지하게 기웃거렸음을 유추해 알 만하다. 문제는 그들에게서 그가 찾아낸 것이 한갓 '우상숭배'에 불과할 뿐 결코 그가 품은 의문에 답을 주지 못했다는 것이다. 유형의 불상을 숭배하는 불교든 무형의 하늘을 숭배하는 예수교든 그 본질이 우상숭배에 불과함을 처화는 일찌감치 간파한 것이다. 훗날 그가 숭배의 대상으로 진리 자체를 강조한 것도 그런 배경에서 나온 결실이었다.

그런데 연구자 중에서는 다시 한번 의문을 던지는 사람도 있다. 처화가 스승 찾아 유력할 때에 증산 강일순을 만나지 않았을까? 1906년 정월 이후로 구사고행을 했다면 1909년 6월 증산이 죽을 때까지 3년 남짓이 겹치는 기간이니, 처화는 귀동냥으로도 증산에 관한 소문을 듣지 않았을까. 더구나 증산의 활동이 영광(길룡리)에서 250리쯤 떨어진 김제(원평) 일대에서 이루어졌다면, 불원천리(천릿길도 멀다 하지 않음)라는 말도 있는데 걸어서 사나흘이면 되는 길을 처화가 왜 안 찾아갔겠는가 하는 합리적 의심이다. 처화가 찾아다녔다는 도사·이인 가운데 증산 강일순이 포함된다고 못 볼 것도 없지만, 이에 관한 기록이나 믿을 만한 전언은 없다. 다만 두 가지 유추가 가능하다. 하나는 만나지

---

7) 1905년 미국 남장로교 목사 배유지(한국명, 본명은 유진 벨Eugene Bell)가 선교사로 들어와 영광읍내 무령리에서 목회를 시작하여 이듬해 예배당이 설립되었다고 한다.(영광읍교회 90년사, 『초기교단사 1』, 148쪽 참조)

않았을 것, 다른 하나는 만나긴 했으나 코드가 맞지 않았을 것. 사제師弟의 법연法緣이란 시연時緣과 지연地緣의 단순 결합이 아니다. 같은 시기 같은 지역에 살았던 선후배 도인이라 하여 곧장 사제나 동지가 되지는 않는다. 더구나 소태산은 아직 십대 후반의 미숙한 소년이었을진대, 세상 사람이 이구동성으로 강증산을 가리켜 광인이라 이르는(『전경』, 행록3-34) 판에 군이 광인을 만날 일도 없다. 설령 만났다 할지라도 그의 황당한 언행, 예컨대 1907년 동짓달 초사흘, 젊은 여인 고판례가 증산의 배를 타고 올라앉아 칼을 겨누면서 진행하였다는 그 이상야릇한 '천지굿'을 보았다면 숫제 혼비백산하였을 수도 있잖은가.

- 나의 자라난 길룡리는 그대들이 아는 바와 같이 생활의 곤궁함과 인지의 미개함이 세상에 드문 곳이라, 내가 다행히 전세의 습관으로 어릴 때에 발심하여 성심으로 도는 구하였으나 가히 물을 곳이 없고 가히 지도받을 곳이 없으므로, 홀로 생각을 일어내어 난행고행을 하지 아니함이 없었나니 (…) (『대종경』, 수행품47)
- 나는 스승도 없이 나 혼자 도를 구한다고 산간에 들어가서 고생도 많이 하고 도를 얻었으나 그대들은 경전만 가지고도 공부 잘 할 수 있고 성불도 제중도 할 수 있다.(권우연, 『소태산대종사수필법문집』)

소태산이 깨달음에 이른 후 10년이나 지나서 나온 『증산천사공사기(대순전경)』(1926)를 읽어보고 최수운과 함께 강증산을 높이 평가한 건 맞다. 그러나 본인이 자수자각自修自覺할 때까지는 '물을 곳도 지도받을 곳도 없던' 처지였다면, 깨달음에 이르는 과정에서 증산을 만났다거나 그의 영향을 받은 것으로 볼 근거가 없다. 증산 사후에도 처화(소태산)는 무려 7년간이나 고행 적공하고서야 대각을 이루었다. 더구나 소태산의 교법은 내역이나 실천에서 증산의 그것과 전혀 다르잖은가. 다만 후천개벽이란 시대정신과 가치를 공유할 뿐이다.

◯

뒤뚱거리는 홀로서기

처화의 도사 찾기는 언제까지 계속되었을까? 5년이라면 20세까지이지만, 전후 상황으로 보면 19세 무렵 이미 도사 찾기에 회의적이거나 지친 것이 아닐까 싶다. 천재는 집중력과 지속성에서 특징적 징표를 보인다. 종교적 천재로서 소태산은 특정 테마에 일단 관심이 꽂히면 무서운 집중력을 보였고, 금방 시들해지는 것이 아니라 강박증처럼 집요했다. 그러기에 4년이라 해도 그 지속성은 놀라운 것이다. 어쨌건 청년 처화는 질풍노도의 십대 후반을 신이한 능력의 스승을 찾는 데 바쳤고, 이제 새로운 길을 모색한다. 소년기의 방황이 신神을 향한 무모한 짝사랑이었다면, 십대 후반 청년기는 초인을 향한 목마른 기대였는데 이제 그 모두가 헛수고임을 알았다. 당시 좌절감과 절망감은 한마디로 한없는 통곡, 그것이었다. 그는 훗날 가사 〈탄식가〉에서 이렇게 노래하였다.

여봐라 남주야 말 들어라/ 나도 또한 중생으로
세상에다 밥을 두고/ 매인 통곡 이러하니
생사고락 그 이치며/ 우주 만물 그 이치를
어찌하면 알아볼까/ 이러구러 발원하여

이 산으로 가도 통곡/ 저 산으로 가도 통곡

사방 두루 복배伏拜하고/ 산신을 만나볼까

도인을 만나볼까/ 이인을 만나볼까

이리저리 하여보나/ (…)

1909년 정월, 처화의 처는 첫애를 낳았다. 시집온 지 4년 만에 얻은
딸아이였다. 엄마가 되는 경험이 여자에게 엄청난 일이듯이, 아빠가 되
는 경험은 남자에게도 큰 사건이다. 관례라는 성인식이 있긴 하지만, 혼
례를 치르면서 한 여자의 지아비가 됨으로써 남자는 어른이 됐다는 실
감을 한다. 그러나 자식의 출생은 혼인과는 또 다른 큰 사건이다. 세대
世代가 한 계단 상승한다는 것, 그리고 이제 부양할 처자식을 가졌다는
자의식이 엄청난 부담으로 다가오면서 어깨가 짓눌리는 느낌을 뿌리칠
수 없다. 처화는 구사고행의 기나긴 방황을 이젠 끝내야 한다는 초조
감에 쫓겼다. 그는 저 2,500년 전 인도의 왕자 싯다르타, 아니 사문沙門
고타마가 그랬듯이, 기존의 수도자들을 스승으로 하여 가르침을 받으
려는 기대를 접고 홀로 닦아 깨침을 얻으려는 비장한 결심을 한다.

이때 처화는 다시 삼밭재를 찾은 것으로 추측된다. 산신령을 만나
고자 4년 동안 날마다 오르내린 그곳, 처화는 거기서 구도의 초심을 상
기하면서 몰입을 시도했던 것으로 보인다. 그러나 그때처럼 오르내리
는 방식에 만족을 못 느꼈다. 모름지기 그곳에 머무르면서 혼신의 정진
을 하고 싶었다. 그는 아버지에게 기도실을 지어달라고 간청했다. 그러
나 아버지 박성삼은 체력도 재력도 점차 고갈되고 있었다. 나이 예순
이 가까워지면서 자리에 눕는 날이 잦아졌고 웬일인지 재산도 눈에 띄
게 줄어들었다. 그래도 끝까지 아들을 신뢰하던 그는 처화의 요구를 들

어주고자 애썼다. 기도실의 규모는 '수간數間의 정사精舍'란 기록과 '삿갓 집 기도막祈禱幕'이란 구전의 두 설이 있는데 전후 사정으로 보아 후자 쪽이 더 설득력 있어 보인다. 박성삼은 번듯한 정사를 짓지는 못할망정 단칸 초막이라도 얽어주기로 작정하고 처남의 도움을 받아 건축을 추진한 것으로 알려졌다. 1910년, 처화가 20세 되는 해, 서리 내리기 이전에 완공하기로 기한을 정하고 공사를 시작했다. 그런데 초막 완공 이전과 이후에 커다란 사건 두 가지가 터진다. 이전은 국가사이고 이후는 가정사이다.

이해 가을이 오기 전(8월 29일) 500년 사직을 자랑하던 대조선국(대한제국)이 멸망하고 백성은 하루아침에 일본제국의 노예로 전락한다. 이것이 당장 처화에게 어떤 심각한 영향을 주지는 않았겠지만, 이후 일제강점기를 살아가는 소태산의 여생 33년은 구속과 장애로 심대한 타격을 입는다. 또 하나의 사건은 그의 구도 과정에서 불가결의 후원자였던 부친 박성삼의 사망이다. 59세 되는 해, 11월 30일이다. 이날이 음력으로 10월 그믐이었기에 훗날 소태산은 부친의 법명을 '그믐에 기울다'란 뜻으로 회경晦傾이라 지어 올린다. 국가·사회적으로나 가정적으로나 그것은 절망적 종말을 암시한다. 아무튼 3개월 간격으로 나라는 멸망하고 부친은 사망하니 구도자 처화에게는 글자 그대로 하늘이 무너지는 암울한 상황이 아닐 수 없었다.

아버지가 마지막 안간힘으로 지어서 남겨준 삿갓지붕의 단출한 초막이 그를 기다리고 있었지만, 그는 거기서 수도 정진하겠다는 계획이 얼마나 사치스럽고 세상 물정 모르는 꿈이었는지를 그민간 깨닫는다. 넌서 그는 아버지의 죽음이 단지 자신의 구도를 후원하던 버팀목이 뽑혔다는 의미에 그치지 않음을 알았다. 그것은 그가 한 가정, 한 가족을 책임질 호주가 되었다는 신분 상승(?)의 문제였다. 앞에서 언급한 바 있듯이, 박성삼의 여섯 남매 가운데 초취 임 씨 소생 셋 중 첫째인 큰누나는 시집갔다가 일찍 죽었고, 둘째인 맏형 군옥은 재당숙에게 양자 갔고, 셋째인 중형 만옥은 이미 5년 전에 죽었고, 재취 유 씨의 소생이자 넷째인 작은누나는 출가하였다. 출생순 다섯째이자 셋째 아들로서 가장이 된 처화에겐 젊은 아내와 첫아이인 딸이 있고, 거기다 그가 책임져야 할 식구로 모친 유 씨가 있고, 여섯째이자 동복아우인 한석이 겨우 열네 살로 형만 바라보고 있었다. 당장 생계가 만만치 않다. 그렇다고 하여 처화가 곧바로 구도의 길을 중단하고 생계를 위해 나섰을 것 같지는 않다. 더구나 아버지가 지어준 기도막이 그를 기다리고 있지 않은가. 막막한 처지에도 불구하고 일단 삼밭재 초막으로 들어갔으리란 추측에서 다음 글은 참고할 만하다.

본래의 자기 생각으로 돌아오면 오랜 방황 끝에 다시 찾은 고향처럼 편안해졌다. 그것이 결코 즐거운 자리는 아니건만 처화는 돌아온 원점이 오래 입어온 헌 옷처럼, 오래 신어온 신발처럼 편안했다. 일월성신과 풍운우로상설, 우주의 조화造化와 만물의 변태, 인간의 생사와 고락, 하늘·땅·사람, 춘·하·추·동, …… 동짓달 추위가 기승을 부리는 속에서 한 이레를 버티었다. 깊은 밤중 자시子時의 야기가 쌩하니 초막을 감돌고 있는데 문득 처화의 입에서 한 줄기 광선처럼 주문이 떠올랐다.
"우주신적기적기宇宙神適氣適氣."
처화는 황홀한 기분을 느끼며 주문을 외기 시작했다. 처음엔 말 배우는 아이처럼 어눌하게, 걸음마 배우는 어린애처럼 조심스럽게 입에 올려보았다.
"우-주-신-적-기-적-기……."

속도를 조금 빨리하여보았다.

"우·주·신·적·기·적·기……."

자신이 붙기 시작하자 속도도 점차 빨라졌다. 우주의 신령한 기운이 몸에 임하고 있음을 느꼈다. 갑자기 몸이 떨리기 시작했다. 손이 떨리고 팔다리가 떨리더니 기운이 전신으로 흘러갔다. 추워서 덜덜 떨리는 것이 아니라 온몸에 열기가 오르면서 부들부들 떨렸다. 그의 눈에는 찬란한 빛이 보이고 그의 귀에는 황홀한 음향이 들렸다.(이혜화, 『소태산 박중빈 1』, 51~52쪽)

하지만 불쏘시개 같은 이 체험은 불을 붙이는 데까진 이르지 못했다. 마구니 같은 장애가 나타난 것이다. 그것은 아버지가 남기고 간 부채負債였다. 빚쟁이의 채무 독촉이 심했다는 것, 빚쟁이가 영광읍내 사는 부자였다는 것이 구전으로 전하는데, 박용덕(청천)은 저서[8]에서 아마도 빚쟁이는 박성삼이 마름으로 있던 지주 조강환 승지의 아들 조희경이 아닐까 추측했다. 박성삼의 말년, 지주 조강환이 60세로 죽었다. 경영권을 승계한 35세 조희경은 야심만만한 사업가로서 늙고 병약한 마름 박성삼을 내치었을 뿐 아니라 선친에게 진 채무를 당장 갚으라고 닦달했을 것으로 유추한다.

그런데 제법 잘살던 박성삼에게 웬일로 묵은빚이 있었을까? 몇 가지 짐작할 근거는 있다. 첫째, 장녀, 차녀, 장남, 차남까지 혼사를 치르는 데 상당한 지출이 있었고, 특히 삼남인 처화는 구호동에 새집을 짓고 이듬해 치른 혼사여서 상당한 출혈을 감수했을 것이다. 둘째, 가장 기대하는 아들 처화의 구도 행각을 지원하느라고 재정 부담이 누적된

---

8) 『초기교단사 1』, 154~156쪽 참조.

데다, 만년에는 마름을 내놓은 실직자로서 와병 중이고 보니 치병 비용도 적지 않았을 것이다. 이 정도만으로도 박성삼이 빚쟁이가 된 배경을 짐작하기는 어렵지 않다.

박성삼이 죽자 상속자 처화에게 빚 독촉은 더욱 심했고 그로 인한 수모도 감당할 수 없는 지경에 이르렀다고 한다. 생활 능력이 없는 처화는 결국 가족 부양의 책임에다가 부친에게서 떠안은 빚까지 갚지 않으면 안 되는 절체절명의 궁지에 빠진다. 겨우 약관 20세 어린 나이에 말이다.

이제 처화는 구도 행위를 중단하고 생계를 위해 생활 전선에 나설 수밖에 없었다. 농사도 손에 설고 장사도 해본 적이 없는 그가 할 일은 마땅치 않다. 그래도 농토는 아내나 아우에게 맡기고 장사를 시작한 것으로 보인다. 법성포항을 중심으로 백수면 쪽으로도 목넹기, 구시미, 한시랭이 등에 흥청거리는 거래 분위기가 살아 있었기 때문이다. 그러나 그는 얼마 못 가 밑천을 털어먹고 난감한 처지에 빠진 듯하다. 박용덕은 같은 저서(157쪽)에서 몇 가지 취재한 입소문을 보고한다. 장돌뱅이로 떠돌았다거나, 주막과 노름방을 드나들었다거나, 힘깨나 쓰는 건달 노릇을 했다는 등. 어디까지 믿을 만한 얘기인지 혹은 오해에서 빚어진 뜬소문인지 확인할 길은 없으나 전혀 근거 없는 헛소문만은 아닐 듯하다. 타락까지는 아니더라도, 이때 처지를 감당할 수 없던 처화는 생활 방식도 그렇거니와 정신적으로도 방황이 심했을 터였다. 아마 이 무렵 그는 동네 사람들이 자신을 바라보는 시선이 어떠한지를 누구보다 잘 알고 있었던 것 같다. 그는 이때의 자기 처지와 이웃의 평판을 예의 〈탄식가〉에서 이렇게 노래한다.

조실부모 이내 몸이/ 사방에 우접寓接 없어

일편단신 되었으니/ 의식 도리 전혀 없고

일일삼시 먹는 것이/ 구설음해 욕이로다

이 노래를 듣다 보면, 먼저 '조실부모'란 말에 의문이 생긴다. 처화 20세에 부친이 죽고 모친은 훨씬 후인 33세에 죽지만, 이를 놓고 '일찍이 부모를 여의었다[早失父母]'고 말하는 건 좀 어이가 없다. 6세에 모친 잃고 17세에 부친 잃은 수운(최제우)이 "나도 또한 출세 후에/ 조실부모 아닐런가"(〈권학가〉)라고 한 것이야 봐줄 만하지만 말이다. 그러나 여기에는 당시 처화가 느꼈을 절망감과 고독감의 심각성이 드러나 있다. '사방에 우접 없다' 함은 어디 한군데 기댈 데 없다는 뜻이니, '일편단신一片單身'의 고단한 형편을 알 만하다. 수운이 〈안심가〉에서 "구설앙화 무섭더라"든가 "보고 나니 한숨이요/ 듣고 나니 눈물이라" 하고 하늘을 우러러 탄식했듯이, 처화도 이웃의 구설음해口舌陰害에 시달리며 탄식하는 외에 속수무책이었다.

○

주막으로 혹은 파시로

그때 처화가 생계와 빚을 해결하기 위해 도모한 몸부림으로 믿을 만한 증언이 두 가지 있다. 공식적인 『원불교교사』에선 빠진 부분이지만 현지 출신 교도들의 증언에다 박용덕 교무가 찾아낸 신빙성 있는 자료들을 조합하면, 잃어버린 고리를 복원하여 빠진 역사를 거의 재구성할 만하다. 주목할 만한 것은 ① 처화가 주모를 두고 주막을 경영하다가 실패한 일, ② 처화가 임자도 부근 파시를 따라가 돈을 번 일 등 두 가지다.

　궁지에서 허우적거리는 처화를 보다 못해 처음 손을 내민 사람은 같은 동네 사는 김성서金聖西(법명 성흥性興)였다. 처화의 부친 박성삼과 막역하게 지내던 친구로 그는 처화의 처지를 딱하게 여기다가 나름으로 도움을 줄 수 있는 의견을 냈다. 주모를 하나 구해서 장꾼들이 많이 다니는 길목에 주막을 내보라는 것이다. 김성서는 내심에, 읍내 사는 누이의 수양딸로 친정에 얹혀 지내던 이 씨 성의 과부 하나를 주모로 천거하려는 속셈이 있었다. 후에 법명을 원화願華로 받아 이원화로 불리게 된 이 여인은 불현듯 처화의 인생 한가운데로 뛰어든 운명의 여인이다. 동네에서 이 여자는 흔히 바랭이네로 불렸다고 한다. 바랭이는 그녀의 아들로 장옥이란 점잖은 이름이 있지만, 이름을 천하게 지어야 병 없이 자라고 복받는다는 속설에 따라 하찮은 잡초 이름을 빌려다가 아명으로 삼았다고 한다.[9] 그러니까 바랭이네는 바랭이 어머니란 뜻이 된다. 바랭이네라 불린 이 여인의 기구한 팔자를 잠깐 살펴보자.

　그녀는 전남 나주(영산포) 출신으로 네 살 때 부모 모르게 유괴되어 고아로 떠돌다가 아홉 살 무렵 영광읍내 김 진사네, 즉 김성서의 누이

────────────

9) 바랭이는 볏과의 한해살이풀로 길가나 밭두렁에 자라며 사람 발길에 밟히거나 가축에게 뜯어 먹히는 흔한 잡초다. 훗날 이야기지만 바랭이는 스물을 못 넘기고 죽었다니 천명장수(賤名長壽) 악명위복(惡名爲福)이란 말도 헛소리였나 보다.

10) 당시 민적부에는 부 이현일(李賢一), 모 정성녀(鄭姓女)의 둘째 딸에 본관은 전주로 되어 있다. 어떤 근거와 경위로 이렇게 기록되었는지 궁금하다. 『원불교법훈록』에는 '영산포 이 씨 집안 외동딸'로 되어 있다.

집에 종으로 팔려 왔다고 한다.[10] 마침 자녀가 없던 주인 여자에게 잘 보여 양녀가 되었다는데, 이름 좋아 양녀이지 부엌데기가 더 맞는 말이 었겠다 싶다. 그래도 수양딸로 이름 붙여 열일곱에 남자를 구해주었으나, 시집가서 첫 남편(문재환)과 사이에 아들 바랭이를 얻고 남편과 사별한 것이 스물셋 새파란 나이였다. 친정이랍시고 돌아온 수양딸이 거추장스럽던 양어머니는 다시 떠돌이 남자 하나를 얻어 짝채워 내보내니 이것이 둘째 남편(박판동)과의 재혼이다. 여기서 또 아들(옥봉)을 낳았으나 이번엔 남자가 그녀를 버리고 사라졌고, 다시 혼자가 된 그녀는 또 친정으로 기어들어간다. 양어머니 쪽에서는, 각성바지 두 아들을 데리고 빌붙어 지내는 바랭이네가 부담스러웠을 건 뻔하고, 그래서 남동생 김성서에게 어디 치울 데를 수소문해 달라고 부탁했을 법도 하지 않은가.

어쨌든 김성서는 누이 좋고 매부 좋은 일이라고 이 일을 밀어붙였고, 지푸라기라도 잡아야 할 형편의 처화는 못 이기는 체하고 바랭이네와 손을 잡는다. 김성서의 주선으로 처화가 밑천을 대어 귀영바위 길목에 주막을 차리니, 바랭이네는 애 둘을 데리고 들어와서 영업을 시작한다. 덩치가 장대하고 힘깨나 쓰던 처화는 주막에서 행패 부리는 건달들로부터 방패막이가 돼주니 그 구실인즉 바로 주모의 기둥서방이 된 것이다. 당시 작성된 면사무소 민적부에도 처화(박중빈)의 처(양 씨)와 나란히 첩으로 바랭이네(이 씨)가 올라 있고, 후에 처화의 장남 박광전(길진)도 이 씨를 '작은어머니'라고 불렀다고 회고했으니, 바랭이네가 소실의 신분이었음은 감출 수 없는 사실이다. 이것이 신앙심 깊은 원불교도들에겐 퍽이나 난감한 일로 받아들여지는 듯하다.[11] 그러나 그것은 '불편한 진실'이긴 할망정 그리 흠 잡힐 일이 아니다.

첫째, 그녀는 방황하는 구도자 박처화의 첩이지, 깨달음을 얻고 원불교를 창시한 소태산 박중빈의 첩은 아니기 때문이다. 출가 전의 왕자 싯다르타는 처첩을 거느렸지만, 출가하여 깨달음을 얻은 석가가 처첩을 거느리지 않았듯이 말이다. 둘째, 시대적으로 조선 사회에서 그것은 도덕적으로 용인되던 관행이었다. '성인도 시속을 따른다'는 속담처럼 누구라도 시공을 초월하여 살 수는 없기 때문이다. 한국 사회에서 축첩 공무원이 내몰리던 것도 겨우 1950~1960년대나 되어서다. 1911년의 처화로선 주변에 첩을 둔 이웃을 많이 보았고, 당장 그의 형(군옥)도 첩을 두었기에 바랭이네를 첩으로 받아들이는 일을 그다지 꺼리지 않았을 것이다. 더구나 그는 여색을 탐해서가 아니라 절박한 생계를 해결하기 위한 방편이라는 연고가 있다. 솔직히 말하자면, 바랭이네는 곰보에다 일곱 살이나 연상인 과부이니 여색을 탐할 처지가 아니고, 가진 것이라곤 어린애 둘뿐이니 실상 경제적으로도 처화가 덕 볼 일은 거의 없으니, 처화가 김성서에게 이용당했다는 편이 오히려 설득력 있다.

바랭이네는 비록 얽기는 했지만 밉상은 아닌 데다 제법 음식 솜씨가 있어서 술손님이고 밥손님이고 꼬이기 시작했다. 먹고 자는 일이 안정되고, 시간이 흐르면 빚 갚을 돈도 모이겠다, 이렇게 주막 경영은 장밋빛 앞날을 약속했다. 바랭이네는 그녀대로 신이 나서 일했고, 처화는

---

11) 신심 깊은 교도들 중에 더러는 처화와 바랭이네의 사이가 성관계 없는 동거였다는 주장도 한다. 예컨대 이 둘을 엮어준 김성서의 손자 되는 김형오도 그런 사람이다. 그는, 처화나 바랭이네가 각기 부부간에 자녀를 두던 젊은 남녀이기에 두 사람이 부부로 5년여를 살았다면 당연히 출산을 했을 것인데 그렇지 않잖으냐? 혹은 바랭이네가 훗날에 말하길 "내 소원은 (처화를) 서방님이라 한 번 불러보는 것"이라 했으니 그것은 실제 부부가 아니었다는 증거 아니냐? 등을 근거로 하여 외형만 부부이지 실제는 아니라는 주장을 했다. 김형오 구술을 박용덕이 정리한 「소태산대종사 생애담」, 《정신개벽》 12집(신룡교학회, 1993) 51~54쪽 참조.

처화대로 한숨 돌린 기분이었다. 이렇게 되자 처화에겐 다시 구도병이 도졌다. 주막이 있는 마을 이름이 귀영바위인 것은 그 마을 산기슭에 귀영바위라 불리는 바위가 있기 때문이었다. 사람 몇이 들어앉을 만한 굴이 있는 바위인데, '귀영'의 의미가 궁금하다. 원불교 창립 초기에 찍은 사진에는 귀영바위라 하고 한자로 이암耳岩이라 병기해놓은 것을 볼 수 있는데 이는 '귀영'을 '귀'의 방언으로 본 것이다. '귀밑머리'를 '귀영머리'라 하는 것을 보면 신빙성이 있어 보인다. 근래에 이를 '구룡암龜龍岩'으로 풀기도 하는데 억지스럽다. 역시 이암으로 보는 것이 가장 그럴듯한데, 굴을 보면 바위 모양이 귀바위라 할 만하기 때문이다. 이걸 천착하는 것은 처화가 이 바위굴, 그러니까 겉귀 모양의 얕은 굴에 들어앉아 명상 수행에 몰입했다는 점 때문이다. 소설에서 해당 대목을 인용하겠다.

석가모니가 길상초를 깔고 보리수 아래 앉았듯이 처화는 억새를 꺾어 깔고 책상다리를 하였다. 아늑하고 조용하고 알맞게 그늘진 바위 속 공간이 마치 모태 같았다. 지난해 삼밭재 삿갓집의 잊지 못할 체험 이후 거의 예닐곱 달을 허송한 뒤였기에 한동안 호흡이 고르지 못하고 좌력도 떨어져 있었다. 몸이 따끔거리고 얼굴과 목덜미에는 거미와 개미가 기어 다니고 있었다. 다리는 저리고 허리는 뻐근하고 엉덩이가 배겼다. 그간의 쓰라린 세월이, 벼리고 벼려진 그의 정신의 칼날을 얼마나 마모시켰는가, 혹은 숱하게 담금질한 육신의 철주를 얼마나 부식시켰는가를 생각하며 처화는 몸서리를 쳤다.

하루 이틀, 사흘 나흘, 혹은 닷새 엿새. 그는 막무가내로 버티며 자신의 먼지 끼고 녹슨 정신과 육신을 추스르기 위해 혼신의 힘을 기울였다. 한 달쯤 지났을 때 그는 차츰 변화를 느꼈다. 파다 만 우물에 괸 구정물과 진흙을 퍼내고 걷어내자 맑은 샘물이 조금씩 솟기 시작했다.

'우주신적기적기 우주신적기적기 우주신적기적기…….' 문득, 잊었던 친구의 이름이 떠오르듯 지난날의 주문이 떠올랐다. 자기도 모르게 입안에서 튀어나온 주문에 그는 놀랐다. 그동안 이 주문을 왜 까맣게 잊고 있었던가. 그런데 이상하게도 얼마 후부터 이 주문과 함께 다소 변형된 주문이 튀어나오기 시작했다.

"시방신접기접기十方神接氣接氣 시방신접기접기 시방신접기접기……."

황홀한 빛살이 귀영바위 귓속으로 비쳐들었다. 삼밭재에서 겪었던 이상한 떨림과 어지러움이 한두 차례 더 찾아왔다. 처화는 자신의 몸이 날아갈 듯 가벼워지고 키가 쑥쑥 자라나는 느낌이 들었다. 몸에는 물오른 버들처럼 팽팽한 생기가 돌고 마음에는 희망과 자신이 절로 붙었다.(『소태산 박중빈 1』, 67~68쪽)

그러나 이런 행복한 구도의 여유도 오래가지 못했다. 바랭이네의 밥장사 술장사 방식이 한계에 도달한 것이다. 손님이 들고 팔리긴 하되 앞으로 남고 뒤로 밑지는 짓이었다. 깔리는 외상을 감당할 만큼 밑천이 넉넉해야 하는데 자금 순환이 이루어지지 않으니 당장 술이며 음식 재료를 대줄 자본이 처화에겐 없었다. 술을 찾되 술이 없고 밥을 찾되 쌀이 떨어져서, 오는 손님을 그냥 보내야 하는 일이 되풀이되다 보니 손님은 떨어지고 마침내 문을 닫아야 하는 형편에 이르렀다. 문 닫고 외상값 받기는 불가능하다. 이렇게 해서 그나마 밑천을 까먹고 나니 채무 상환의 희망은 말할 것도 없고 다시 생계의 위협이 닥친다. 주막을 닫았지만 바랭이네는 떠날 생각을 않는다. 하긴 바랭이네로 보더라도 친정으로 다시 기어들어갈 염치도 없으니 오갈 데 없는 신세다. 본가의 네 식구도 먹이지 못하는 무능한 가장 처화가 졸지에 바랭이네 세 식구까지 떠맡으니 이건 그야말로 혹 떼러 갔다가 혹 붙인 황당한 꼴이었다.

귀영바위로 기어들어가 한가로이 가부좌하고 앉아 있을 수가 없으니 다시 불붙기 시작한 도 닦기도 도로아미타불이다. 한마디로 망연자실의 상태다. 그러나 죽으란 법도 없나 보다. 두 번째로 그에게 손을 내민 고마운 사람이 있었다. 이웃 마을 천정리 사는 이인명이란 사람이 그이니, 처화 외숙 유성국의 친구로 열두 살이나 연상이었기에 처화를 조카처럼 대하는 사이이다. 이인명은 그에게 파시에 가서 장사를 함께 해보자고 권유했다. 그러지 않아도 무엇이든 해야지 마냥 손 놓고 있을 수는 없는 처지였지만, 실패의 경험이 그를 망설이게 했을 법도 하다. 그럼에도 상대가 재력도 있고 평소에도 도움을 주던 사람인지라 신뢰가 갔고, 더구나 일행에 외숙 유성국도 동행한다고 하니 용기가 났던 모양이다. 고기가 한창 잡힐 때 바다 위에서 열리는 생선 시장이 이른바 파시波市인데, 조기 파시를 비롯하여 고등어나 멸치 등 성어기에 섬이나 포구를 중심으로 한 계절 흥청거리며 거래가 집중되었다. 어장 가까운 섬에 어선이 드나들고 어부와 상인들 사이에 큰돈이 오가다 보니 파시평波市坪(파시가 열리는 바닷가의 벌)에는 자연히 음식점과 술집이 들어서고 유흥가도 형성되었다. 이 판에 끼어들어 잘만 하면 짧은 기간에 큰돈을 만질 수 있으리라는 기대가 없지 않았을 것이다.

처화는 이인명과 유성국을 따라 바랭이네를 데리고 파시로 향했다. 처하는 빗은 내서 다소의 가본 을 댔고, 음식과 빨래 등 여자가 힐 일을 맡길 인력으로 바랭이네의 품을 투자한 셈이다. 영광에야 칠산바다 조기 파시가 있고, 가까운 위도의 조기 파시가 유명하지만, 처화 일행이

타리 민어 파시

타리 민어 파시에 관하여 당시 상황을 짐작할 맞춤한 글이 있다. 〈예종
석의 오늘 점심〉, '으뜸 복달임 음식 민어탕'(《한겨레》, 2010. 8. 4.)에서 인
용한다.

> 1920년대에 명성을 떨쳤던 임자도의 민어 파시에는 전국 각지에서
> 수천 명의 어부와 어선들이 몰려들었다는데 타리항에 수백 호의
> 초막이 급조되면 선구점과 음식점, 색주가가 들어서서 불야성을
> 이루었다고 한다. 그때는 일본 기생들까지 원정 와서 한복을 차려
> 입고 장사할 정도로 흥청거렸다는데 지금은 흔적도 찾기 어렵다.
> 백성을 먹여 살린다고 민어라 했을까. 그 무렵엔 민어 떼가 얼마나
> 몰려왔던지 시끌벅적한 울음소리 때문에 밤새 잠을 이룰 수 없었
> 다는 사연도 고담으로 전해질 뿐이다. 지금은 그 옛날 지게에 지고
> 다니던 자연산 대물민어는 가뭄 때의 콩보다 만나기가 어려워졌으
> 며 전국의 어시장 진열대에는 중국산 홍민어가 판을 치고 있다.
> 귀해지긴 했어도 민어는 여전히 맛있다. 정약전이 일찍이 갈파한
> 것처럼 '맛이 담담하면서도 달아' 어떻게 해 먹어도 훈감하다. 회도
> 맛있고 찜이나, 조림, 양념구이도 진진하며 기름이 동동 뜨는 고소
> 한 탕은 일품이다. 민어저냐는 동태저냐나 먹어본 입에는 상상도
> 안 되는 맛이며 씹을수록 쫄깃한 부레와 밥 싸 먹다 논밭 판다는
> 껍질, 소금에 절여 말린 암치, 숭어 어란은 울고 갈 어란은 덤으로
> 따라오는 별미이다.

간 곳은 조기 파시가 아니라 민어 파시였고 장소는 임자도에 딸린 타리섬[台耳島]이었다고 한다.[12] 타리섬은 섬타리(대태이도)와 뭍타리(소태이도)가 있는데 정확히는 섬타리 쪽으로 보인다. 타리섬이 지금은 무인도 취급을 당하리만큼 버려진 섬이지만 당시엔 민어 파시가 유명했다. 민어는 일본 사람들이 횟감으로 선호하여 값이 나갔다고 한다. 처화는 6월에 들어가서 서너 달을 지내다가 10월에 들어올 때 상당한 돈을 벌어 왔다. 섬에 들어가서는 일행이 따로 벌이를 한 모양인데, 처화는 무엇을 하여 어떻게 벌었을까. 전하는 말로는 처화가 이인명의 소개로 섬에서 만난 현지인 박 씨와의 남다른 인연이 주효했다고 한다. 객줏집도 운영하고 선구점船具店에 어선 임대도 하는 박 씨는 처화가 밀양 박 씨로 종친임을 확인하자 적극적으로 후원하여 선박용 물자를 대주고 어선을 연결해주는 등 은인이 되었다고 한다. 처화는 평소에 수첩형『밀양박씨세보기密陽朴氏世譜記』를 지니고 다녔는데 이것이 요긴한 연결고리로 작용한 듯하다. 아래의 구전[13]이 도움이 될 것이다. 여기서 '종사님'은 처화를 가리킨다.

• 〈취재 정리〉 주인 박 씨는 흔연히 승낙하고 선창가에 집을 정해주는 한편 물자도 대주고 고기잡이 나가는 배를 알선해주기까지 하였다. "내게 노는 배가 여러 척이니 거기에 물건을 대요. 그 배가 고기를 많이 잡아 오면 내게도 이문이 많이 생기니 그걸 떼드리죠." 이렇게 뱃사람들에게

---

12) 송도성이 〈대종사약전〉에 '진달이 다녀오신 이야기'가 나오고 김영보의 〈대종사 일사〉(《원광》, 창간호)에도 '진달이 다녀온 이야기'가 나와서 낙월도(진달이)로 알려졌으나 후에 타리섬으로 밝혀졌다.

13) 「소태산대종사 생애담」,《정신개벽》, 12집, 28~29쪽.

식량 등 물자를 대주고 잡은 고기와 교환하여 빙매하는 장사를 시작하였다.

- 〈인터뷰 녹취〉 그런디 고기잡이 나가는 배에도 양식, 기름, 그물, 장사하는 사람은 돈이든지 허다못해 고춧가루, 장까지도 거기(종사님 가게)서 대주어. 대어 올려주면 배에 싣고 나가서 한판 장사를 하든지 고기를 잡든지 그러고 고기를 많이 잡은 사람은 징을 울리고 춤을 추고 큰 기를 달고 집으로 돌아와. 그다음부터는 전부 종사님께 와서 물건을 대어가. 어떻게 된 일인지 종사님 계시는 데 와서 전곡이라든가 물건을 가져가면 장사를 하나 고기를 잡으나 다 만선이여. 다 잘되아. (…) 소문이 나버렸어. 박 서방네 집에서 양식이나 물건을 가지고 가면 재수 있단다. 그런 소문이 나버렸어. 무슨 일이나 잘 됐단 말이여. 어디 가도 배 한 척도 상한 디 없이 절대로 사람 안 상하고 돌아온단 말이여. 소문이 나버렸어. 서로 그 집에 와서 어떻게 박 서방한테 이야기하고 양식이라도 얻어가지고 가려는 사람이 많아. 인심이 좋아뿌려. 그렇게 이자를 갖다 붙인 게 아니라 장사 갔다 남은 거 갖다주어. 이자도 없이 물건 받아 고기 잡으러 나갔다 들어오면 고기를 말려서 가져오고, 고기를 팔아 돈도 이만큼 남았으니까 돈을 올려서 갚아주고 하니까 서로 이익을 따질 필요가 없어. 아, 3~4개월 그러시고 나니까 돈이 상당히 벌어졌단 말이여.

○

다시 구도의 길로

타리섬의 민어 파시에서 한몫을 잡은 처화는 당장 읍내 부자를 찾아가서 그간에 묵었던 빚을 깨끗이 갚았다고 한다. 그간 빚쟁이에게 시달린 일을 생각하면 얼마나 개운했을까 짐작이 된다. 그는 다시 중단했던 구도의 길에 복귀했다. 당시 처화의 머릿속을 점령한 한 생각은 "이 일을 장차 어찌할꼬?" 그뿐이었다. 그는 여전히 명상에 잠겼고 가부좌한 상태로 시간 가는 줄 모르는 날이 많았다. 1913년 여름, 장맛비에 귀영바위 집이 무너져 내리자 다시 집을 옮겨야 했다. 아내가 있는 본가는 같은 길룡리의 구호동에 그대로 있었고, 처화는 역시 길룡리에 속한 노루목에 비어 있는 집을 수리하여 들어갔다. 바랭이네도 함께했다. 파시 다녀온 이후로 달리 벌이가 없던 처화는 또다시 생계의 방도가 없었기에 이번엔 바랭이네가 품 팔고 남의 허드렛일을 해주며 끼니나마 때우게 되었다. 이 무렵에 둘째 남편(박판동)이 와서 자기 자식(옥봉)을 데려갔다고 하니 입은 하나 던 셈이지만, 당시 생계는 온전히 바랭이네의 몫이었던 모양이다. 처지가 얼마나 곤궁했는지를 전하는 구술이 있다.[14]

그러니 이제 먹고살 길이 없어. 가위 구걸을 하다시피 해가지고 밥도 얻고 혹 곡식도 얻으니 그걸로 늘려 먹기 위해서 나물을 캔다든지 쑥밥이라도 해서 종사님께 올리면, 그 상이라도 변변한 거 있는가. 다 부서진 상에다가 한 그릇 떠서 올리면, 그걸 잡수시는 것이 아니라, 거기다가 눈 감고 앉아서 하루 종일 그러고 앉아 있단 그 말이여. 그러니 어떻게 살 것이여. 그래서 할 수 없어서 하루아침에는 천정리 구룡동이라는 데가 있는데, 그 동네로 밥을 얻으러 갔다가 배도 고프고 춥기도 하니까, 그해 가을에 동네

14) 앞의 책, 49쪽. 구술자는 바랭이네를 처화에게 소개한 김성서의 손자 김형오이며, 여기서 '종사님'은 처화(소태산)를 가리킨다.

논구렁에 가 쓰러져버렸어. 그러니까 동네 사람들이 먼 데서 보고 아침에 나와서 업어다가 방에 뉘어놓고 다순 물을 멕이고 주무르고 그래가지고 살아났단 말이야.

그러면 처화의 본처 양 씨는 어떻게 살고 있었을까? 두메의 여느 아낙과 다른 점은 여자일 집안일뿐만 아니라 남자일과 들일을 온전히 혼자 해냈다는 점이다. 안에 들어서는, 일일이 절구질로 식량을 마련하고 길쌈질로 옷감을 장만하여 식구들을 먹이고 입혔고, 밖에 나가서는, 농사꾼이 되어 밭일을 하고 나무꾼이 되어 땔감을 해야 했다. 신체 조건이 좋기도 했지만 그녀는 억척스럽게 일을 했다. 문제는 그렇게 해서라도 생계가 어렵다 보니, 모친 유 씨는 결단을 내리지 않을 수 없었던 모양이다. 작은아들(한석)을 읍내 사는 재당숙(박세규)에게 양자로 보낸 것이다. 혼자 된 재당숙모가 재산이 좀 있으니, 형을 믿고 집만 지키기보다 스스로 살길을 찾아 떠나보냈으리라. 더구나 처화의 체면을 구긴 것은 어머니마저 양자 간 작은아들을 따라가 의탁했다는 점이다. 며느리 애쓰는 걸 보다 못해 입이라도 덜자는 배려가 없지야 않았겠지만, 까놓고 말하자면 큰아들에겐 더 이상 기대할 것이 없다고 체념하지 않았을까 싶다.

처화의 구도 정진이 이렇다 할 성과를 보여주지 못하는 사이, 아버지에 이어 이제 어머니마저 떠나고 아우도 떠났다. 그러나 비록 남루한 몰골에 기력조차 달릴지언정 처화 자신은 이 고행을 멈출 수가 없었다. 이런 그를 끝내 버릴 수 없었던 인연은 역시 두 여자였다. 그들은 처화에 대한 믿음을 놓지 못하고 기다리고 기다렸다. 그들은 나름의 방식으로 처화의 성공을 천지신명께 빌었다. 양 씨는 사방이 고요한 한밤중이 되면 구수산 개암골 후미진 기도터에 가서 정화수를 떠놓고 사방으로 아홉 번씩 절을 하며 치성을 드렸다. 훗날 회고에서 양 씨는 이렇게 비손했다고 기억을 더듬었다.

"천하 만물 다스려 잡아서 귀인 되기를 바라옵고 복이 무쇠 방석으로 되기를 점지해주소. 우리 처사 양반 소원 풀어주고 병이 나아주기를 비옵고 비옵나이다."

별로 세련된 문장은 못 된다. 그런데 여기서 주목할 것은 '병이 나아주기를'이다. 처화가 무슨 병에 걸렸을까? 첫째, 피부병이 심했던 모양이다. 종기가 심해서 얼굴을 제외한 온몸에 부스럼 딱지가 덮였다고 했다. 둘째, 배에 큰 적積이 생겨 아랫배가 불렀다고 한다. 한방에서 말하는 적병은 몸 안에 쌓인 기로 인하여 오랜 체증 끝에 오장에 생기는 덩어리라 하니 일종의 종양에 해당하는가 싶다. 후로도 30년 이상을 살았으니 악성종양(암)은 아니었음을 알겠다. 셋째, 해수병이 심했다. 선친 박성삼이 만년에 해수가 심하여 아침마다 가래가 가득 찬 타구를 비웠다는 며느리(양 씨)의 회고로 보건대 처화도 유전적으로 기관지가 약했던 것으로 보인다.

본처 양 씨 말고 바랭이네(이 씨)도 기도를 했다. 아침저녁 목욕재계를 하고 청수 한 그릇 떠서 후원에 놓고 팔방으로 절하며 천지신명께 축원을 올렸다는데 이쪽 비손은 내용에 조금 차이가 있다.

"비나이다, 비나이다, 천지신명께 비나이다. 부디 처사 양반 둘러싼 사마 잡귀 다 물리쳐버리고 병을 낫게 해주소서. 우리 처사 양반 발복하여 고을 원님 되게 하소서."

역시 치병을 부탁하긴 하는데 따로 '고을 원님' 되기를 빈다. 양 씨가 '소원 성취'를 빈 것에 비하면 상당히 구체적이다. 그러나 처사 양반

(처화)의 소원을 겨우 '고을 원님'으로 본 것은 엉뚱하다. 어쩌다 축원하는 소리를 들은 처화가 이렇게 당부한다.

"그까짓 고을 원님이 다 뭔가. 공들이려면, 신묘생 박처화 만국만민 다 구제하고 일체생령 제도하는 성자가 되도록 해달라고 비소."

현실은 초라하나 처화의 꿈이 얼마나 원대한지를 알 만하다. 낡은 노루목 초가에서 우두커니 앉아 지내던 처화는 자리를 옮겨 적공積功을 했으면 하는 생각이 났다. 운동선수들이 하는 전지훈련에다 견주면 어떨까 모르겠다. 한번은 고창 선운사 한 암자에 가서 지냈던 적이 있다는데 얼마 못 가 돌아온다. 드나드는 신도들이나 관광객이 오히려 한 생각을 골똘히 하는 데 방해가 되지 않았을까 싶다. 그 후 다시 한번 집을, 노루목을 떠난다. 이번엔 앞서의 이인명과는 다른 또 하나의 은인 김성섭이 주선한다. 같은 길룡리 살면서 처화보다 열두 살이나 연상인데 평소 형이니 아우니 하고 가까이 지내던 사람이다. 그는 처화의 딱한 처지를 동정하여 수소문하던 끝에 한의원을 하는 지인 한 분을 소개해준다. 같은 고창군 소속이지만, 선운사가 속한 아산면이 아니라 이웃인 심원면에 사는 사람이다.

음력 2월 초, 아직도 혹한이 산골을 점령하고 세전부터 내린 눈이 녹을 생각을 않는데, 김성섭은 처화를 안내하기 위하여 앞장섰다. 김성섭은 식량으로 쌀 대두 한 말과 간장 한 병을 장만하였고, 처화는 핫옷 한 벌을 준비했을 뿐 빈손으로 덜렁덜렁 따라나섰다. 도보로 행하는 길이다 보니 중간에서 하룻밤을 유하고 심원면 월산리 연강한의원에 이르러 인사를 나누었다. 미리 김성섭으로부터 처화를 소개받은 바 있는 한의사 김준상은 처화에게 또 하나의 잊지 못할 은인이다.

한의원에서 접대를 받으며 하룻밤을 유하고 나서 이튿날 경수산 기늙 연화봉(223미터)에 있는 초당으로 올라갔다. 비록 세 칸밖에 안 되는 좁은 집일망정 몇 그루 교목과 관목 수풀에 둘러싸인 초당은 정갈하고 조용하여 수양처로는 안성맞춤이었다. 처화는 독공처獨功處(혼자 정성을 들이는 곳)로서 마치 하늘이 자기를 위해 마련해둔 것처럼 흡족했다. 그는 여기서 용맹정진하여 반드시 어떤 결실을 얻어야 한다는 절박한 심정에서 본격적인 고행을 각오한 듯하다. 소설에는 이런 묘사가 나온다.

그는 자기 몸을 통제하여 몸의 욕구를 의지대로 다스리지 않으면 안 된다고 생각했다. 그의 몸은 아직도 그의 의지대로 고분고분 움직여주질 않았다. 그래도 그의 혀와 그의 눈과 그의 살갗, 그의 코는 반란을 일으키지 않았다. 그의 위와 창자도 길들여졌다. 그러나 아직도 몸은 편안하고자 했고, 쉬고 싶어 했다. 잠을 자고 싶어 했다. 그는 강인한 의지로 그의 몸이 원하는 것, 요구하는 것을 거부하였다. 이를 극복하고자 채찍을 들었다. 목이 타는 듯한 갈증도, 창자가 달라붙는 허기도 그는 짐짓 모른 체하고 앉아 있을 수 있었고, 온몸이 오그라드는 한기도 견딜 수 있었다. 그러나 졸음은 견디기 어려웠다. 아무리 가부좌를 틀고 앉아 괄약근을 당겨 항문을 오므리고 목과 허리를 꼿꼿이 세워봐도, 수마는 침노했다. 앉은 채로 잠이 쏟아졌고 선 채로도 잠은 왔다. 심지어 방을 이리저리 사방으로 걸어보아도 잠은 잘도 왔다. 처화는 연화정 샘으로 가서 옷을 홀딱 벗어부치고 얼음물을 퍼서 냉수욕을 했다. 동이에 물을 퍼 담고 바가지로 연거푸 알몸에 퍼붓노라면 절로 턱이 덜덜 떨리고 입에서 식음소리기 났다. 바남기라도 있으면 서릿발로 살을 찌르는 듯 따갑고 얼얼하였다. 감각이 마비되어 추운 건지 아픈 건지 구분이 되지 않았다.(『소태산 박중빈 1』, 100~101쪽)

이런 고행 정진 끝에 그는 의식이 사라지는 상태에 빠져들고 그러면 우주와 내가 따로 없고 세계와 내가 하나 되는 순간을 체험한다. 호흡은 거의 그치고 심장조차 조용히 잠드는 것 같다. 시간도 처소도 잊고 자신의 존재마저 잊어버리는 상태이다. 이러한 처화의 입정入定 상태는 몇 시간이 되기도 며칠이 되기도 했다. 그러던 끝에 어느 순간 그의 입에선 신음이 터졌다. 그리고 그 신음은 주문이 되어 나왔다.

"일타동공일타래一陀同功一陀來 이타동공이타래 삼타동공삼타래 (…) 구타동공구타래 십타동공십타래."

한 번 차례대로 갔던 주문은, 어느 순간 역순으로 나오기도 했다. 십타동공십타래 구타동공구타래 (…) 이타동공이타래 일타동공일타래. '우주신적기적기' 혹은 '시방신접기접기'라 하던 주문의 진화다. 도대체 무슨 뜻일까? 우주의 에너지를 모으는 기원, 깨달음을 비는 간절한 적공, 대강 그런 의미일까 싶기도 하지만, 굳이 풀려고 애쓸 일은 아니다. '옴마니반메훔'처럼 신비성을 지킴으로써 얻는 것이 더 많을지도 모르니까.

처화는 연화봉 초당에서 수행 정진하기를 석 달쯤 했다고 한다. 이 기간에 있었던 일화가 몇 가지 전해오는데 그중엔 팩트도 있고 신화도 있는 것 같다. 종교적 인물에 매양 따라다니는 신이한 이야기는 전적으로 믿을 것도 아니지만 그렇다고 코웃음 치고 말 일도 아니다. 일단 팩트로 보이는 것부터 환상까지 차례로 살펴본다.

첫째, 박 씨네 종중에서 선조의 묘를 이장하는 문제로 거기까지 사람이 다녀간 일이다. 7대조 박억朴億으로부터 영광에 터를 잡고 살다 보니 일가들이 시제도 모시고 하던 터라 의견을 수렴하는 과정이었던 모양이다. 왕가부터 서민에 이르기까지 이장이니 면례니 하는 것은 발복

풍수에 의지해 자손의 번영을 추구함이 목적이다. 이때 처화는 이장에 관심 둘 만큼 여유도 없었지만, 일가의 모사謀事를 한심스럽게 본 듯하다. 그가 일가에게 써준 한시 두 구가 있는데 이는 당시 처화의 생각을 보여주는 자료로 가치가 있다.

靑山白骨爲後事(청산백골위후사)
푸른 산에 묻힌 백골을 가지고 자손 일을 도모하니
虛名世傳無人市(허명세전무인시)
사람 없는 저자에 대대로 헛이름 전하려는 격이라

조상의 무덤을 좋은 자리에 써서 자손의 복락을 구하는 따위의 허접한 짓 그만두라는 충고다. 이는 훗날 인과보응이 불변의 진리임을 강조하던 소태산으로서 처화 시절에 이미 그 정도의 신념은 확립되었다는 이야기이기도 하다. 말이 나온 김에 이 무렵 처화가 지은 또 다른 한시를 소개한다. 초당을 찾아온 김성섭에게 주었다는 시이다.

硏道心秀千峰月(연도심수천봉월)
도를 닦으니 마음은 일천 봉우리에 솟은 달처럼 빼어나고
修德身如萬斛舟(수덕신여만곡주)
덕을 닦으니 몸은 일만 섬 실은 배만큼이나 크도다

도와 덕, 심과 신, 월과 주 등 대응이 참 매끈하다. 인품과 국량이 이처럼 호대한데 여기다 조상 무덤 옮겨서 복 받자고 하니 얼마나 어이없게 들렸겠나 싶다.

둘째, 주인집 딸이 연정을 품고 처화에게 접근했던 사건이다. 주인 김준상에게는 딸이 둘 있었다고 하는데, 그중 어느 딸인지는 모르나 꽃다운 나이의 아가씨가 어느 날 연화봉 초당으로 처화를 찾아왔다. 먼저 한의원에서 하룻밤 유하던 날에 처화를 보고 첫눈에 반하여 사모의 정을 품었던 그녀는 날씨가 풀리고 춘정이 동하자 용기를 냈다. 처화를 찾아와 당돌하게 사랑을 고백하고 자신을 받아달라고 애원한다. 유부남이기도 했지만, 지금의 처화에게 선녀인들 눈에 들어올 턱이 있겠나. 처화가 이 난감한 처지를 어떻게 모면했는지는 두 가지 설이 전한다. 하나는 여자를 장시간 혼자 두어 스스로 체념하고 돌아가게 했다는 것, 또 하나는 여자를 엄히 꾸짖고 회초리까지 쳐서 물리치니 울며 돌아갔다는 것이다. 어쨌건 아가씨는 참 망신을 톡톡히 당하고 말았다. 옛 설화에서 흔히 보듯이 이 여자가 돌아가 목이라도 맸다면 큰 낭패였겠지만 다행히 그러지는 않고 후에 시집 잘 가서 살았다는 걸 보면, 아무리 방편이라 하지만 처화의 처사가 그리 가혹하지는 않았던 듯하다.

셋째, 김성섭이 본 이적異蹟이다. 처화를 연화봉에 보내고도 김성섭은 더러 찾아가 상황을 점검했다고 하는데, 하루는 처화의 방에서 함께 잠을 자다가 이상한 일을 목격했다. 김형오가 김성섭에게 직접 들은 이야기인즉 이렇다.

한밤의 적막 속에 갑자기 허공에서 풍악이 울리기에 방문을 열고 보니, 초당 주위가 대낮과 같이 밝고 의관 도복을 차려입은 사람들이 구름처럼 모여들고 있었다. 그들은 차례차례 처화를 향해 예배를 올리며 경하慶賀의 말씀을 아뢰었다. 더구나 이런 현상은 그날 하룻밤의 일이 아니라 며칠 밤을 두고 이어지더란다. 반신반의할 사람도 있고 웃어버릴 사람도 있겠지만, 믿거나 말거나다. 이런 이적은 소태산이 자랑하는 바가 아니라 오히려 금기시하는 바이고, 따라서 원불교의 정통성 강화나 우월성 과시에는 아무 도움이 안 되기 때문이다.

처화가 3개월 만에 계획을 중단하고 연화봉 초당을 떠난 이유는 아무래도 주인집 딸의 접근으로 인한 난감함 때문인 듯하다. 그는 가지고 간 쌀 한 말에서 몇 되를 남겨 주인에게 사례하고 돌아온다. 장정이 쌀 한 말을 석 달 동안 먹고도 오히려 두어 되를 남겨가지고 온 것이 김준상이나 김성섭을 깜짝 놀라게 했다. 기적이란 것이다.

연화봉 사연

연화봉 수양 때 일들이 『대종경선외록』(이공전)에는 소태산의 증언 형식으로 다음과 같이 나와 있다.

"또 어느 때에는 무장 선운사에나 가보면 이 뜻을 이룰 수 있을까 생각하였다. 그러나 나에게는 아무런 계책이 없었다. 애를 태우고 있던 중 또 팔산이 내 뜻을 알고 선운사 부근의 제각 한 간을 얻어서 쌀 한 말과 간장 한 병을 마련해주고 갔다. 나는 거기서 주야 불철하고 일천 정성을 다 올리고 있었다. 그러는 중 하루는 그 제각 주인의 당혼한 딸이 부모 몰래 찾아와서 나의 마음을 움직이려 하였다. 그러나 나는 다른 마음이 일어날 여유가 없었다. 그렇게 3개월간 적공을 들였더니 신력神力은 얻어져서 간혹 내왕하는 팔산을 놀라게 한 일이 있었으나 그도 나의 참된 소망이 아니었다. 그래서

도로 내려오기로 작정하고 가지고 갔던 쌀을 살펴보니 절반이나 남았고 핫옷 한 벌 입고 간 것은 떨어져서 형편없이 되어 있었다. 그러나 얼굴은 세속에서 잘 지낸 사람보다 오히려 좋다고들 말하였다."(구도고행장5)

여기서 팔산은 김성섭의 법호이다. 그런데 이 기록은 사실적 증언으로서 한계가 있다. 경수산 연화봉과 선운산(일명 도솔산) 선운사의 혼동이 있고, 한의사의 초당을 제각祭閣이라 했다. 또 한 말 쌀이 절반이나 남았다고 하는 것은 두어 되 남았다고 하는 다른 구전과 상치된다.

아무튼 연화봉 적공 뒤 처화에겐 상당한 초능력(신통력)이 생긴 것만은 맞는 듯하다. 초능력은 현재 시점까지 과학이 밝혀내지 못한 것일 뿐 곧장 비과학으로 재단될 수는 없다. 같은 구전[15] 중에는, 김성섭이 처화를 동행하여 귀가하던 길에 어느 모정茅亭(짚이나 새 따위로 지붕을 이은 정자)에 놓인 화로에서 처화가 담뱃대에 불을 붙이려는 순간 불이 회오리바람처럼 솟아올랐다든가, 동네 샘터에서 물을 뜨려는 순간 물길이 분수처럼 솟아올랐다든가 하는 등의 이야기도 전하는데 이는 부지중 습득된 초능력을 처화가 미처 통제하지 못해 빚어진 현상이 아닐까 모르겠다.

---

15) 초기교단사를 꿰뚫고 있고 소태산을 시봉한 경력까지 갖춘 김형오는 초기교단의 일화들을 많이 구술하였고, 《원광》 창간호 등에 〈대종사 일사〉라고 하여 상당한 양의 구전을 게재한 바도 있다.

노루목의 폐인

처화는 애초 예정을 당기어 노루목으로 돌아왔다. 그리고 다시 적 공에 들어간다. 여전히 식생활조차 막연한 가운데 고행은 계속된다. 그 고행의 신산함과 구도의 치열함은 본인이 훗날 더러 털어놓기도 했다.

내가 어느 때에는 구도의 열의는 타올랐으나 어찌할 방향을 몰라서 엄동 설한 찬 방에 이불도 없이 혼자 앉아 "내 이 일을 어찌할꼬" 하는 걱정에만 잠겨 있었다. 근동 연장 친우로 있던 지금 팔산八山(김성섭)이 내 뜻을 알고 매일 아침에 조밥 한 그릇을 남몰래 갖다주므로 나는 그것을 두 때로 나 누어 소금국에 먹었었다. 두발頭髮은 길어서 사람 모양이 아니고 수족은 얼어 터지고 수염은 입김에 얼음덩어리가 되었다. 그러나 오히려 구도의 열 성은 하늘에 뻗질러서 조금도 쉬어본 일이 없었다.(『대종경선외록』, 구도고행 장4)

그러나 처화는 고행주의자가 아니다. 싯다르타(석가)도 끝내는 고 행주의를 포기했듯이, 처화는 부득이한 사정으로 인한 고행을 피하지 않은 것이지 고행을 수행법으로 추구하지는 않았다고 볼 만하다. 깨 달음을 얻은 후 그는 제자들에게 고행을 두려워 않는 구도의 열정을 요구하기는 할지언정 제자들이 행여 고행으로 몸을 상하지 않도록 경 계하였다.

내가 다행히 전세의 습관으로 어릴 때에 발심하여 성심으로 도는 구하였으나 가히 물을 곳이 없고 가히 지도받을 곳이 없으므로, 홀로 생각을 일어내어 난행難行고행苦行을 하지 아니함이 없었나니, 혹은 산에 들어가서 밤을 지내기도 하고, 혹은 길에 앉아서 날을 보내기도 하며, 혹은 방에 앉아 뜬눈으로 밤을 새우기도 하고, 혹은 얼음물에 목욕도 하며, 혹은 절식絶食도 하고, 혹은 찬 방에 거처도 하여, 필경 의식意識을 다 잊는 경계에까지 들었다가 마침내 그 의심한 바는 풀리었으나, 몸에 병근病根은 이미 깊어져서 기혈이 쇠함을 따라 병고는 점점 더해가나니, 나는 당시 길을 몰랐는지라 어찌할 수 없었지마는, 그대들은 다행히 나의 경력을 힘입어서 난행고행을 겪지 아니하고도 바로 대승 수행의 원만한 법을 알게 되었으니 이것이 그대들의 큰 복이니라. 무릇, 무시선·무처선의 공부는 다 대승 수행하는 바른길이라 사람이 이대로 닦는다면 사반공배事半功倍가 될 것이요, 병들지 아니하고 성공하리니 그대들은 삼가 나의 길 얻지 못할 때의 헛된 고행을 증거하여 몸을 상하는 폐단에 들지 않기를 간절히 부탁하노라.(『대종경』, 수행품47)

그러나 고행이 가진 긍정적 측면을 깡그리 무시해서도 안 될 것이다. 비르질 게오르규는 『마호메트 평전』(71쪽)에서, 아랍인이나 유대인 같은 유목민의 강점을 지적하면서 "아랍인은 사막을 건너 혹독한 유목 사회에서 생존했을 때 정화淨化되고, 다른 인간에 대한 우월감, 선민의식을 갖게 된다. 유대인들만 하더라도 40년 동안이나 사막을 방황한 끝에 새로운 민족으로 소생했다. 사막에서는 살아남기 위한 맹렬한 투쟁을 거쳐 육체적 조건과 덕성을 갖춘 인간이 선별되기 때문이다"라고 했는데 종교적 고행도 그 연장선이지 않을까 싶다. 어쨌건 처화의 막바지 구도 정진은 고행 자체였다. "부스럼이 많았고 고름이 찌걱찌걱 나가지고 앉아 계시면 그때는 사람들이 문둥병이 든 줄 알았다"(현지인 증언)할 만큼 피부병이 심해서 동네 사람들이 가까이하지를 않으려고 했다. 게다가 해수가 심하여 기침이 그치지를 않으니 보다 못한 바랭이네가 구해다준 꿀 한 단지를 다 먹고 기절하였던 적도 있고, 영양실조에 얼굴은 누렇게 뜨고 머리는 산발하여 폐인이 다 됐더라고 한다. 부인 양씨는 남편이 정신병에 걸린 줄 알고 점쟁이를 찾아가 점을 치고, 소경 불러 경을 읽고, 무당 불러 푸닥거리까지 했다고 한다.

처화가 한 독공은 애초에 명상 수련[16]이었다. 그것을 선禪으로 본다면 화두를 사용하여 진리를 깨닫고자 하는 간화선看話禪이었을까, 아니면 망상과 잡념을 없애고 고요히 앉아서 진리를 깨닫고자 하는 묵조선默照禪이었을까, 궁금하다. 앞에서 말한 바 있듯이 "생사고락 그 이치며/ 우주 만물 그 이치를/ 어찌하면 알아볼까/ 이러구러 발원하여"(〈탄식가〉)로 보건대 그것은 화두話頭를 잡고 하는 간화선 쪽으로 보인다. 화두를 들고 씨름하다가 막히면 "이 일을 장차 어찌할꼬?" 하고 고심했을 것이다. 그러나 묵조선의 흔적도 보인다. 이른바 입정돈망入定頓忘, 그러니까 선정에 들어 감각기관의 작용을 그치고 생각을 떨쳐버린 몰아 상태에 빠지는 일이 잦았다. 그 이전부터 종종 그런 현상이 있었지만 연화봉 적공 이후로 더욱 빈번하고 더욱 심각했던 모양이다. 바랭이네가 밥을 차려주고 일을 나갔는데 몇 시간 후 돌아와보니, 처화가 숟갈을 쥔 채 멍하니 있고 밥에는 파리만 새까맣게 붙어 있더라든가, 길가에

---

16) "밤낮으로 생각하는 바가 현묘한 그 이치이어서 이로 인하여 침식을 잊고 명상에 잠긴 적이 한두 번이 아니었으며"(『대종경』, 수행품11)에서 보듯이 명상(瞑想, 고요히 눈을 감고 깊이 생각함)이 주된 수행법이었다.

서 소변을 보다가 깜박하여 바지가 흘러내리는 것도 모른 채 멍하니 서 있더라든가, 그런 식이다. 지금 영산성지 선진포仙津浦[17]에는 늙은 팽나무 옆에 '선진포 입정터'라는 자연석 기념비가 서 있는데 이것은 교조 박중빈의 생애 십상 중 제4단계에 해당하는 '강변입정상江邊入定相'(강변에서 선정 상태에 몰입한 모습)의 유적지를 표한 것이다. 폐인처럼 방에만 있던 처화가 하루는 웬일로 법성포 장엘 가겠노라고 나서더니 선진포 나루에서 배를 기다리던 중 선 채로 깊은 명상에 들었고, 결국 장꾼들이 법성장을 보고 돌아올 때까지 한나절을 그대로 서 있더라는 이야기가 전하는 곳이다.

그러니까 이 무렵의 처화는 화두에 아등바등 매달리기보다 모든 의식을 놓고 무념무상 상태에 빠지거나 스스로 묵묵히 관조하는 시간을 가졌던 것으로 보인다. 철저한 이완 후에 오는 고도의 몰입이니 이것이 묵조선의 궁극적 경지이겠다. 필자는 송도성의 시 〈심촉心燭〉(제4연)을 대하면 그 궁극적 경지를 언뜻 훔쳐보는 느낌이다.

끄고 켜기 그 수 몇 번이었나
바람 자고 비 개인 맑은 하늘에
나의 마음 한낱의 밝은 촛불만
우주 간에 호올로 휘황하더라

범부로선 고작, 그 홀로 휘황한 경지야말로 노자가 말한 '도지위물

---

17) 영산선학대학교에서 동북쪽으로 1킬로미터쯤 떨어진 곳에 있는 나루터. 지금은 나루터의 구실을 못하고 있다.

유황유홀道之爲物 唯恍唯惚'(도의 본질은 오직 황홀할 따름.『노자』, 21장)인가 짐작할 뿐이다.

몰입

입정삼매入定三昧란 불교 용어가 있다. 성품의 본래에 합일하여 모든 삿된 생각을 완전히 잊은 상태를 입정이라 하고, 그 극치에서 한 가지에만 마음을 집중시키는 일심불란의 경지를 삼매라고 말한다. 이 입정삼매에 근접하는 것이 현대 긍정심리학에서 말하는 몰입이 아닐까 한다. 몰입 이론의 창시자인 미하이 칙센트미하이에 따르면 몰입(플로flow)은 '무언가에 흠뻑 빠져 있는 심리적 상태'를 의미하고, 자기와 환경의 구분이 거의 사라질 뿐만 아니라 시간의 흐름도 망각한다. 일단 몰입을 하면 몇 시간이 한순간처럼 짧게 느껴지는 시간 개념의 왜곡 현상이 일어나고 자신이 몰입하는 대상이 더 자세하고 뚜렷하게 보인다. 미해결의 중요하고 핵심적인 문제를 두고 강렬한 주의 집중이 일어나는바 그 집중력을 높이기 위해 불필요한 외부 정보를 차단하고 혼자만의 공간을 필요로 한다. 거기서 몰입 대상과 하나가 된 듯한 일체감을 가지며 자아에 대한 의식이 사라진다. 흔히 이러한 상태를 '무아지경' 또는 '몰아지경'이라고 부른다. 혼수상태와 달리 자아는 완전히 기능하지만 스스로 그것을 인식하지 못할 뿐이다. 칙센트미하이는 몰입했을 때의 느낌을 '물 흐르는 것처럼 편안한 느낌', '하늘을 날아가는 자유로운 느낌'이라고 했는데 몰입을 흐름flow이라고 부른 이유를 알 만하다.

소태산의 상태가 바로 몰입을 통한 입정삼매가 아니었을까 싶다.

그렇더라도 그가 깨달음을 얻은 후에 제자들에게 화두를 잡는 간화선을 권하지 않고 묵조 방식을 권장한 것은 의외라고 할 수 있다. 박중빈은 묵조선이란 말보다 단전주선이란 용어를 쓰긴 했지만, 이는 단전주丹田住(기운을 하단전에 집중함)를 방법으로 강조한 묵조선이라 하겠다.

간화선看話禪을 주장하는 측에서는 혹 이 단전주법을 무기無記의 사선死禪에 빠진다 하여 비난을 하기도 하나 간화선은 사람을 따라 임시의 방편은 될지언정 일반적으로 시키기는 어려운 일이니, 만일 화두話頭만 오래 계속하면 기운이 올라 병을 얻기가 쉽고 또한 화두에 근본적으로 의심이 걸리지 않는 사람은 선에 취미를 잘 얻지 못하나니라. 그러므로 우리는 좌선하는 시간과 의두연마하는 시간을 각각 정하고, 선을 할 때에는 선을 하고 연구를 할 때에는 연구를 하여 정과 혜를 쌍전시키나니, 이와 같이 하면 공적空寂에 빠지지도 아니하고 분별에 떨어지지도 아니하여 능히 동정 없는 진여성眞如性을 체득할 수 있나니라.(『정전』, 좌선법)

간화선이 견성을 목표로 지혜를 연마하는 방법이라면, 박중빈은 지혜가 아니라 수양, 혜慧가 아니라 정定의 공부법으로 단전주선을 채택한 것이다. 박중빈은 좌선을 "마음에 있어 망념을 쉬고 진성을 나타내는 공부이며, 몸에 있어 화기를 내리게 하고 수기를 오르게 하는 방법"(『정전』, 좌선법)으로 정의한다. '무기의 사선'(아무 소득 없는 무의미한 선)이란 비난은 중국 송나라 때(12세기) 간화선을 주장한 승려 대혜종고大慧宗杲(1089~1163)가 묵조선을 주장한 승려 굉지정각宏智正覺(1091~1157)을 공격하면서 쓴 말이니, 박중빈은 단전주선이 묵조선에 속함을 알고 이를 인정한 것이다. 박중빈 자신은 의단疑團(속에 늘 풀리지 않는 의심)을 '이 뭐꼬?' 삼아 전심전력했으니, 어찌 보면 화두에 매달려 간화를 한 셈인데 정작 제자들에겐 묵조를 권한 이유가 무엇일까? 그는 간화선을 부인한 것이 아니라 묵조(단전주)에 비하여 보편적으로 권장할 방법이 못 된다고 보았다. 간화가 삼학 중 혜와 정을 뒤섞어 혼란스럽다고 본 것이다. 그래서 선할 때는 정(수양)에 집중하고 혜(연구)는 별도의 시간에 별도의 방법으로 해야 한다고 여겼다. 박중빈은 불교의 화두(공안) 중에서 의심나는 제목을 연구하여 감정을 얻게 하는 방법으로 의두疑頭라는 용어를 썼다. 원불교의 공식적인 의두는 스무 개가 있다. 시간도 좌선 시간이 아니라 좌선 후 등 정신이 맑을 때 짧게 집중적으로 하라고 권장한다.

○

노루목에 피는 우담바라

좀 옆길로 빠진 듯하니 제자리로 돌아가자. 자, 이제 처화가 깨달음의 절대 경지에 오른다. 오도悟道니 득도得道니 성도成道니 용어도 많지만, 원불교에서는 대각大覺을 선호한다. '대각'을 보다 갖춘 용어로 하여 대원정각大圓正覺이라고도 한다. 대각, 원각, 정각 등이 모두 불교에서 쓰는 용어의 조합 같지만, 진리를 '원圓'으로 명명하고 '일원一圓'을 종지로 하는 원불교에서 쓰는 대원정각은 불교와 차별화된다는 점도 유의할 필요가 있다. 아무튼 이 '대각'의 순간은 얼마나 극적일까 기내되고 궁금하다. 〈불법연구회창건사〉에는 해당 대목이 나온다.

3월 26일 이른 새벽에, 대종사 묵묵히 앉으셨더니, 우연히 정신이 쇄락灑落 (기분이나 몸이 상쾌하고 깨끗함)하여 전에 없던 새로운 기분이 있으므로 이 상히 여기시어 밖에 나와 사면을 살펴보시니, 때에 천기가 심히 청랑淸朗 하고 별과 별이 교교皎皎한지라, 이에 그 맑은 공기를 호흡하며 장내를 두루 배회하시더니, 문득 이 생각 저 생각이 심두心頭에 나타나서 연래에 지내온 바가 모두 고생이 아닌가 하는 생각이며, 고생을 면하기로 하면 어떻게 하겠다는 생각이며, 날이 밝으면 우선 머리도 빗고 손톱도 자르고 세수도 하리라는 등의 생각이 계속되시었다. 어언간 날이 밝음에 먼저 청결하는 기구 등을 찾으시니 좌우 가족은 대종사의 의외 행동에 일변은 놀라고 일변은 기뻐하여 그 동작을 주시하였으니, 이것이 곧 대종사 출정出定의 초보이시다.

처화가 26세 되던 원기 원년(1916, 병진년)의 일이니 음력으로 3월 스무엿새이고 양력으로 환산하면 4월 28일이다. 송도성의 〈대종사약전〉에는 "병진 3월 26일, 이른 새벽에 대종사 묵묵히 앉으셨다가 문득 정신이 상쾌하여지심을 느끼시며 전에 없던 이상한 영기靈氣의 동動하여짐을 깨달았다. 대종사 이를 심히 괴이케 여기시사 문을 열고 나와 거니시며 사면을 살펴보시니 때에 천기가 심히 청명하고 새벽별들이 유난히 반짝거리는지라"라고 하였다. 이하는 거의 같다. 좀 실망스럽다고? 그렇다. 예컨대 "모든 하늘과 천신들은 보배 일산, 보배 꽃, 상서구름, 꽃비로 하늘을 가득 채우고, 끝없는 광명이 시방세계에 두루하며, 미묘한 음악이 창공을 울리는 서광 속에"(대한불교청년회 엮음, 『우리말 팔만대장경』) 깨달음의 즐거움(열반락)을 만끽했다는 싯다르타(석가)의 경우는 수천 년 전 사건에다 신화적 수사법이라서 그렇다 치자. 그러면 근세

수운 최제우의 각도覺道 모습을 보자. "사월이라 초오 일에/ 꿈일런가 잠일런가/ 천지가 아득해서/ 정신 수습 못 할러라/ 공중에서 외는 소리/ 천지가 진동할새"(〈안심가〉) 온 집안의 식구들이 경황실색하여 법석을 떨 만큼 요란스러웠다. 그런데 처화(박중빈)는 겨우 "천기 심히 청명하고 새벽별이 유난히 반짝거렸다" 하니 너무 약소하지 않은가. 날씨가 맑고 별이 반짝거리는 거야 그날만 그럴 것도 아니고, 청명함이 심하더라든가 반짝거림이 유난하더라든가 하는 것도 다분히 주관적 판단이지 않을까.

그렇다. 처화의 대각은 오감으로 극적 변화가 나타난다든가, 물리적으로 경천동지하는 충격적 이적이 나타나는 방식이 아니다. 깜깜한 방에 스위치를 넣자 갑자기 환해지는 것, 혹은 그믐밤 하늘에 펼쳐지는 불꽃놀이처럼 화려한 것, 그런 것은 천만부당한 말씀이다. 그것은 점진적이고 자연스러웠다. 어린아이가 성장하여 어느 날 별안간 짠! 하고 성인으로 바뀌지 않는 것처럼. 깨친다는 것은 단번에 툭 깨치기도 하겠지만 천각만각千覺萬覺이 수없이 쌓이는 데서 대각을 이룬다고 했다. 마치 복싱의 첫 라운드에서 전격적 원투 스트레이트 한 차례에 상대를 훅 보내는 경우도 있지만, 때로는 수백 번의 잽을 날리며 서서히 무너뜨리다가 막판에 휘청거리는 상대를 결정적 일격으로 주저앉힐 수도 있다. 그러니까 구도 과정의 작은 깨침이 누적된 결과 임계점에 도달한 어느 단계에서 큰 깨달음을 성취하는 것으로 볼 만하다. 말하자면 '대각'을 소각小覺 내지 중각中覺(?)의 연장 확대 심화 개념으로 보아도 좋을 듯하다. 이는 운 좋게 터뜨리는 로또 대박이 아니라 한두 푼씩 지혜하니 녹푯에 이르는 소태산 스타일의 치부 방식에 부합한다. 그가 제자들에게 늘 경영의 정도를 '이소성대'라고 가르친 것과도 일치한다.

내가 한 생각을 얻기 진에는 혹 기도도 올렸고, 혹은 나도 모르는 가운데 적묵寂黙에 잠기기도 하였는데, 우연히 한 생각을 얻어 지각知覺이 트이고 영문靈門이 열리게 된 후로는, 하루에도 밤과 낮으로, 한 달에도 선후 보름으로 밝았다 어두웠다 하는 변동이 생겼고, 이 변동에서 혜문慧門이 열릴 때에는 천하에 모를 일과 못할 일이 없이 자신이 있다가도 도로 닫히고 보면 내 몸 하나도 어찌할 방략이 없어서, 나의 앞길을 어떻게 하면 좋을까 하는 걱정이 새로 나며 무엇에 홀린 것 같은 의심도 나더니, 마침내 그 변동이 없어지고 지각이 한결같이 계속되었노라.(『대종경』, 수행품46)

적묵은 '고요히 명상에 잠기어 말이 없음'을 뜻하니 앞에서 말한 명상 수련을 말한 것이고, '한 생각'은 깨달음의 결정적 기틀을 말하는 것이겠다. 지각은 사리를 분별하는 힘이요, 영문은 수양의 힘이요, 혜문은 지혜의 힘이라고 단순화해도 무리가 없다. 아무튼 그 대각이란 것이 전광석화처럼 벼락 치듯이 오는 것이 아님을 알 만하다.[18] 다음 법문에서도 보듯이 박중빈은 돈오돈수에 대한 환상을 비판적으로 깨우치고 있다.[19]

"최상의 근기는 일시에 돈오돈수頓悟頓修(깨치면서 바로 지혜의 힘과 수행의 힘

---

18) 참고할 만한 주요한 자료로 〈기념문〉이 있다. 이는 소태산이 직접 지은 제문인데, 소태산의 대각이 병진년에서 정사년을 거치며 완결되었음을 고백한다. "그러하던 중 지난 병진(丙辰, 1916), 정사(丁巳, 1917)에 이르러서 천명이 그러함인지 부모님의 정성에 감화됨인지 소자의 정신에 일조의 서광이 비춰와서 평생 숙원인 일과 이치에 대강 분석이 나오며 양양한 전도를 가히 예측할 만한 기쁨을 얻게 되었습니다."
19) 『불법연구회근행법』(1943)에서는 돈점·오수의 조합을 점수돈오, 돈오점수, 돈오돈수 등 세 가지로 분류한다.

을 동시에 갖춤)를 한다 하였사오니 일시에 오悟와 수修를 끝마치나이까." 대
종사 말씀하시기를 "과거 불조 가운데 돈오돈수를 하였다 하는 이가 더러
있으나, 실은 견성의 경로도 천만층이요 수행도 여러 계단을 거쳐서 돈오
돈수를 이루는 것이니 비하건대 날이 샐 때에 어둠이 가는지 모르게 물러
가고 밝음이 오는 줄 모르게 오는 것 같나니라."(『대종경』, 변의품40)

특히 "날이 샐 때에 어둠이 가는지 모르게 물러가고 밝음이 오는
줄 모르게 오는 것"이 깨달음의 과정이라 함에 주목하게 된다.

다음으로 또 주목할 부분은 대각을 얻은 후에 따르는 환희다. 싯다
르타(석가)는 정각을 이룬 후 삼칠일 동안 미묘한 깨침의 세계, 끝없는
법열法悅의 선정 삼매에 들어 있었다고 한다. 그 환희의 경계를 "모든 하
늘이나 인간 세상의 누릴 수 있는 오욕의 즐거움을 이 선정의 즐거움
에 견준다면 그것은 애당초 비유도 안 되는도다"라고 했으니 이것이야
말로 불가사의요 언어도단일 것이다. 그러면 처화의 경우는 어땠을까?

대종사 득도하신 후 심독희자부心獨喜自負하신 법열의 심경을 다음과 같이
술회하시었다. "도道를 안 후로는 초동목수의 노랫소리도 나의 득도를 찬
양하는 것 같고, 농군들의 상두소리20)도 내가 안 이치를 노래하는 것 같
았다. (…) 또는 그해 겨울 범현동에 있을 때에는 생사고락 그 이치며 우주
만물 그 이치를 억만 사람 많은 중에 내가 어찌 알았는고, 생각하니 생각
할수록 흥이 나서 하룻밤을 흥타령21)으로 앉아 새우고, 이른 새벽 눈은

---

20) 여기서 상두소리는 모심을 때 부르는 노동요 상사소리(못소리)를 뜻하는 것으로 보인다.
『'새로 쓴' 소태산 박중빈의 문학세계』 403~405쪽 참조.

척설尺雪로 쌓였는데 굽 나막신을 신은 채 뒷산에 올라가 사방으로 돌아 다니다가 돌아왔으되 신발에 눈 한 점 묻어 있지 않은 일도 있었다."(『대종 경선외록』, 초도이적장2)

'심독희자부'란, 마음에 홀로 기쁘고 자신감이 충만하다는 뜻인가 한다. 이것은 수운 최제우가 〈용담가〉 등에서 쓴 바도 있거니와 처화는 남들이 모르는 혼자만의 기쁨을 이렇게 표현했다. 혼자 즐거워서 하룻 밤을 홍타령으로 보내는 처화를 그려보라. 환희용약이란 말도 있듯이, 참을 수 없는 기쁨에 나막신 신은 발로 한 자나 눈이 쌓인 산길을 뛰어 다니는 처화를 상상해보라.[22] 이 집약된 깨달음의 과정을 십상 중에서 는 제5단계인 '장항대각상獐項大覺相'(노루목에서 큰 깨달음을 얻는 모습)이 라고 한다. 처화가 대각을 이룬 노루목 집터 일대는 대각터라고 하여 오 늘날 원불교 최고의 성소로 되어 있지만, 풍수학적으로도 '구호농장 만 인가활지지九虎弄獐 萬人可活之地'(아홉 마리 범이 한 마리 노루를 희롱하는 곳이 니, 만인을 살릴 만한 땅이다)란 평판이 있다. 길룡리의 당산[23]으로 팽나무 그늘 아래 고인돌 두 기가 아직 남아 있으니 예로부터 지성소至聖所로 인 식되던 자리가 아니었나 싶다.

이제부터는 처화의 이름을 바꿔 부르기로 한다. 대각에 이른 처화 는 스스로 이름을 거듭 중重, 빛날 빈彬, 중빈으로 바꾼다. 박중빈은 자

---

21) 여기서는 경기민요 홍타령(일명 〈천안삼거리〉)이 아니고 남도민요 홍타령을 말할 것이다. 중모리장단에 육자배기토리로 되어 있고 "아이고 데고 허허 음 성화가 났네 헤~"라는 여 음구가 반복적으로 나온다.
22) 4월 28일(음력 3월 26일) 깨달음 후 한 자나 쌓인 눈길이라면 이는 당년(병진년)이 아니라 이듬해(정사년) 겨울 혹은 초봄이라고 해야 〈기념문〉과도 맞을 것이다.

신이 이미 전생에도 깨달음을 얻었고 회상을 열어 중생 구제에 힘썼다고 했다. 그러니까 전생에도 빛이 났고 이생에 다시 빛난다는 뜻이 아닐까 생각된다. 어쨌건 이제부터 박처화를 마감하고 박중빈으로 바꾸어 부르기로 한다.

대각을 이룬 박중빈은 용모부터가 달라졌다. 부스럼투성이에다 배만 불룩하고 피골이 상접한 폐인은 이미 거기 없었다.

- 대종사 득도하신 후로 가장 이상한 일은 형모形貌의 광명이시니, 연래에 신고하시던 그 숙병宿病은 일시에 춘설같이 사라지고, 초췌하신 용모와 피골상접된 체신에 일야간—夜間 혈육이 충만하여 피부의 윤활함과 형모의 광명함이 보름달과 같으시며 (…) (《대종사약전》)
- 자차自此 이후로는 대종사의 심신이 날이 지날수록 더욱 명랑하시며 초췌한 용모와 피골상련皮骨相連(살가죽과 뼈가 맞붙을 정도로 썩 마름)한 체신에 혈육이 충만하여, 얽히고 얽혔던 모든 병증도 차차 물약자효勿藥自效(약을 쓰지 않고도 저절로 병이 나음)되시었다.(《창건사》)

수운도 가사 〈안심곡〉에서 각도覺道 후에 자신의 모습이 바뀌었음을 밝힌다. "칠팔삭 지내더니/ 가는 몸이 굵어지고/ 검은 낯이 희어지네/ 어화 세상 사람들아/ 선풍도골 내 아닌가" 하는 노래가 그래서 나온다. 그와 달리 처화는 대각에 이르기 전 최악의 용모였기에 그 변화는 사람들을 더욱 놀라게 했을 것이다. '일야간'(하룻밤 사이에)은 물론 과장

---

23) 『영광의 설화와 민요』(영광향토문화연구회), 35쪽. 당산(堂山)은 토지나 마을의 수호신이 있다고 하여 신성시하는 마을 근처의 산이나 언덕이다.

이지만, 오도를 통한 심리적 변화가 신경계와 호르몬계의 재편을 가져오고 결국 신체적 변화와 용모의 변형에까지 이른다는 주장도 있긴 하다. "오늘 내가 비몽사몽 간에 여의주를 삼산에게 주었더니 받아먹고 즉시 환골탈태換骨奪胎[24]하는 것을 보았다"(성리품22) 함도 단순 비유만은 아닐 것이다. 환골탈태가 영육의 전인적 변신이라 한다면, 『주역』 혁괘革卦의 비유 "대인은 칡범의 가죽 무늬처럼 아름답게 변한다[大人虎變]"를 떠올릴 만도 하다. "어찌 얼굴이 이쁘든지 징그럽게도 이뻤지라우"(최두덕), "얼굴은 젊었을 때는 더 이쁘고 기릿는디(그랬는데)……"(은순례), "코도 덜렁허시고 참 이뻐슨게……"(이순례)[25] 등 당대를 기억하는 촌부들의 표현에 유독 '이쁘다'는 단어가 자주 등장하는 게 그래서였던가 싶다. 가까이 모셨던 제자들은 대개 박중빈 용모의 원형을 석가모니의 32상 80종호 전설에서 찾는다. 지금 남아 있는 박중빈의 영정을 그의 동생(박한석)이나 두 아들(박광전, 박광진) 사진과 견줘보면 유전자DNA로 설명하기가 어려운 게 사실이다. 기왕 말이 나온 김에 박중빈 용모와 육신을 한번 살펴보자.

- 한 치의 오차도 없이 잘 짜여 있다는 말은 첫째, 대종사님의 성체聖體가 매우 크셨다. 신장은 1미터 80센티미터 가까이 되셨고, 체중은 90킬로그램이 넘어 나가셨다. (…) 대종사님께서는 키가 크신 가운데 성체도 크셔서 키가 크게 느껴지지 않았다. 그래서 나는 꼭 찬 듯 잘 짜여진 성체

---

24) 본래 도가(道家)의 말로, 얼굴이 전보다 훨씬 아름다워지고 환하게 틔어서 딴 사람처럼 됨을 뜻한다. 이는 깨달음이 내면의 승화뿐 아니라 외형의 변화도 일으킴을 말한다.

25) 1989년 원불교영산선원 육정진 이름으로 낸 보고서에 나온 현지(길룡리) 원로들의 인터뷰 인용.

였다고 감히 표현하는 것이다. 이런 성체에 두상은 아주 원만하셨다. 이마와 눈·귀·코·입이 둥실둥실하셨는데 안상에 이목구비의 균형을 잘 갖추셨다. 부처님을 32상 80종호라고 하는데 대종사님 또한 32상 80종호를 갖추신 것이다. (…) 손과 발은 포동포동한 아기의 손발과 같이 뼈와 심줄이 하나도 보이지 않았고 아주 예쁘셨다. (…) 대종사님의 성음은 남성적이면서도 웅장하셨다. 큰 소리를 내실 때면 쩌렁쩌렁 울렸다. 쇳소리인 금성은 아니었고 우렁차다고 할 수 있다.(김정용, 『생불님의 함박웃음』, 266~268쪽)

• 대종사, 신장은 五척 六촌가량 되시고, 체중은 150근가량 되시고 전신의 상하좌우가 고루 골라 맞으셔서 어느 쪽에서 뵈어도 다 원만하고 거룩하시었다. (…) 어성語聲은 금성金聲에 약간 목성이 섞였고, 평상시에는 목성 같으시나 설법하실 때에는 금성이 많이 되셔서 (…) 전면 상궁上宮(미간)에는 뚜렷한 원일훈圓日暈(햇무리)의 백호白毫 광명이 상조常照(늘 비춤)하시어, 범상한 사람이라도 한 번 뵈오면 믿음을 발하게 하시었으며, 얼굴은 보름달 같으시어 그 원만하심과 광명하심을 누가 따를 수 없었고, 빛은 자금색紫金色(붉은 빛이 도는 금색)이시었으며, 얼굴뿐 아니라 전신에서 항상 광명을 비쳐주시었다. (…) 두상은 사방이 방고르시나 원圓으로 판을 짜놓으시고, 안광은 맑고 자색을 가지시되, (…) 치아는 희되 좀 푸른빛을 띠었고 (…) (『대종경선외록』, 실시위덕장1)

이 밖에도 가지가지 증언과 기록이 있다. 몸무게는 나이가 들어가면서 점차 부대해진 듯하지만, 키에서 차이가 큰 것은 의문이나. 170센티미터(5척 6촌)와 180센티미터라면 어느 쪽에 가까운지 밝힐 필요가 있다. 지금 남은 사진들로 보나 여러 증언을 들으면 남들보다 머리 하나쯤

솟아 보였다 하니 180센티미터가 설득력 있어 뵈지만, 그 시대 사람들이 지금에 비하여 체구가 왜소했으니까 박중빈의 실제 키는 생각보다 크지 않았을 듯하니 170센티미터 설도 일리가 있다. 참고로 두 아들의 키를 보면, 큰아들 박광전이 174센티미터 남짓이고 작은아들 박광진이 181센티미터라 하니 거기서 유추할 만하지 않을까 싶다. 아무튼 뛰어난 인물에다 당시로선 눈에 띄는 거구였던지라 외모만으로도 대중의 우러름을 받을 만한 카리스마가 형성된 듯하다.

박중빈의 진영을 본 후인의 소감 하나를 덧붙인다.

거의 30년 가까운 옛일이다. 그 전시회에서 한 사진 앞에 문득 멈춰선 나는 몇십 분이 지나도록 그 자리를 뜰 수 없는 이상한 경험을 한 적이 있다. 소태산 선생의 젊은 날의 한 흑백 사진이었다. '아, 원만!' 그것이다. 나는 이제껏 한국인, 아니 아시아인, 세계인 가운데 이렇게 원만한 얼굴을 가진 사람을 본 적이 없다. 부처님이니 뭐니 그런 생각은 스쳐간 적이 없었고, 다만 그 얼굴 안에 조국의 슬픈 산천과 그 산천으로부터 이제 막 솟아올라, 온 우주로 퍼져나가는, 한 빛나는 드넓은 세계가 가득히 담겨 있었던 것이 기억난다.(김지하, 제2기 소태산아카데미 기념특강 〈마당과 일원상〉, 2008. 9. 9.)

IV. 영산에서
-땅을 열고 하늘도 열고

에루화 낙화로다

박중빈을 매번 호명하는 것은 전통적 관례로 보아 불경스럽고 그래서 불편하니 이제 그를 법호法號인 소태산으로 부르겠다. 대각을 이룬 후 소태산이 처음 부닥친 회의는 "내가 정말 궁극적 깨달음에 도달하긴 했을까?" 혹은 "나의 깨달음이 이제까지 아무도 도달하지 못한 경지일까?" 하는 것이었다. 그는 아마도 미증유未曾有, 전인미답前人未踏, 전대미문前代未聞 혹은 파천황破天荒 같은 단어들을 떠올리면서 혼란을 겪었을 법하다. 그는 "동양에는 예로부터 유불선 삼교가 있고, 이 나라에도 근대에 몇 가지 새 종교가 일어났으며, 서양에도 몇 가지 종교가 있다 하나, 내가 지금까지 그 모든 교의를 자상히 들어본 적이 없었으니, 이제 그 모든 교서를 한 번 참고하여, 나의 얻은 바에 대조하여보리라"(『원불교교사』) 결심한다. 그가 이런 자기 확인을 마음먹게 된 기틀을 교사에서 유추하면 '대각'을 자각하던 계기와 유관하다.

1916년 4월 28일 아침, 소태산은 처음에 자신이 대각에 이른 것을 미처 모른 상태에서 그 아침에 밖에 나가 사람들을 만난다. 처음 만난 사람들은 천도교인스로 그들은 수운의 『동경내선東經大全』을 놓고 토론을 했다. 그중에 "오유영부 기명선약 기형태극 우형궁궁吾有靈符 其名仙藥 其形太極 又形弓弓", 이것은 동경대전 〈포덕문〉에 나오는 것이니 1860년 4월에 한울님(상제)이 수운에게 소리로만 들려주었다는 계시의 일부다. 소태산은 이 문장을 듣자 바로 그 뜻이 이해되었다. 물론 문자 풀이를 말하는 것이 아니라 그 신비한 의미가 확연히 납득되니 스스로도 신기하게 여겼다고 한다. 얼마 후 소태산은 유학을 하는 선비 두 사람을 만났는데, 그들은 『주역』〈문언전〉에 나오는 구절 "대인여천지합기덕 여일월합기명 여사시합기서 여귀신합기길흉大人與天地合其德 與日月合其明 與四時合其序 與鬼神合其吉凶"을 외면서 의견을 교환하는데 그 글귀를 듣자 바로 이해가 되었다. 소태산은 그동안 의문을 품었던 것들을 하나하나 떠올려 보았다. 신기하게도 걸림이 없이 모조리 이해되고 풀리는 것이었다. 이로써 그는 20년 가까이 시달리던 의문을 확연히 깨치고 대각에 이르렀음을 자각했다. 이때 심경을 읊은 것이 "청풍월상시 만상자연명淸風月上時 萬像自然明"(맑은 바람에 달이 뜨니 온 누리가 절로 밝네)이니, 이 〈대각송〉이 원불교문학의 효시이기도 하다. 이어서 "만유가 한 체성이며 만법이 한 근원이로다. 이 가운데 생멸 없는 도와 인과보응되는 이치가 서로 바탕하여 한 두렷한 기틀을 지었도다"라고 독백하니, 이것이 20년간 그를 붙잡았던 의두 '우주 만물 그 이치와 생사고락 그 이치'의 해답이었다. 우주 만물 그 이치는 불생불멸이요 생사고락 그 이치는 인과보응이니, 전자와 후자는 체體와 용用, 상常과 변變, 숨음[隱]과 드러남[顯], 안과 밖의 관계요 둘이면서도 하나다.

『동경대전』을 놓고 토론하는 천도교인을 만난 일과, 『주역』을 두고 토론하는 유생을 만난 일은, 그 절묘한 타이밍으로 볼 때, 소태산의 기억이 편집되었거나 아니면 찬술자의 의도적 끼워 넣기가 의심되긴 한다. 그러나 소태산이 깨달은 내용과 그의 통종교적 교리의 성격으로 볼 때 당위성과 필연성이 있다. 전통종교(유불선)와 민족종교의 융합이 소태산

사상의 특징이라면 여기서 『주역』은 전통종교인 유가의 가르침을 대표하고, 『동경대전』은 민족종교인 동학의 가르침을 대표한다. 훗날 불교를 대표하여 『금강경』이, 선교를 대표하여 『수심정경修心正經』이 등장하는데 이는 뒤에 다시 말할 기회가 있을 것이다. 『동경대전』의 해당 구절은 "나에게 신령스런 부적이 있으니 그 이름은 선약이요 그 형상은 태극이니 또 모양이 활 두 개 합친 것과도 같다"로 풀 수 있고, 『주역』의 해당 구절은 "대인은 천지와 더불어 그 덕을 합하고, 일월과 더불어 그 밝음을 합하고, 사시와 더불어 그 순서를 합하고, 귀신과 더불어 그 길흉을 합한다"라고 번역된다. 알고 보면, 『동경대전』에서 활(반원) 두 개 합친 모양은 원불교의 종지인 일원상(○)에 해당하고, 『주역』에서 대인이 합하는 내용은 일원상의 진리를 깨달은 사람(여래)이 도달하는 궁극이기도 하다. 이 점에서 두 경전 해당 구절과의 조우遭遇는 소태산에게 운명일지도 모른다. 요컨대 처화의 깨달음은 특수한 것이 아니라 여타의 기성종교와 통하는 보편적 진리였다는 말이다.

이로부터 소태산은 기성종교의 경전들을 섭렵하는 과정을 겪는다. 유서로 『논어』, 『맹자』, 『대학』, 『중용』 등 사서와 『소학』을 읽었고, 불서로 『금강경』, 『선요』, 『불교대전』, 『팔상록』을 읽었고, 선서로 『음부경』, 『옥추경』을 읽었고, 동학(천도교)의 『동경대전』, 『용담유사』를 보았고, 예수교의 『신약』과 『구약』을 읽었다. 그리고 그는 "나의 아는 바는 고인이 또한 먼저 알았도다" 하고 탄식한다. 자신의 깨달음이 생뚱맞은 것이 아니라 이미 오래전에 다른 종교 성자들이 깨친 것과 다름없음을 다시 한번 확인한 것이다. 그러나 모든 종교의 교법이 동등하다고 보시는 않았다. 그는 "모든 경전의 의지(말이나 글의 속뜻)가 대개 적절하여 별로 버릴 바가 없으나 그중에도 또한 진리의 심천深淺과 시대의 적부적

適不適이 있다"(《약전》) 하였고, "그 근본적 진리를 밝히기로는 불법이 제일이라"(《창건사》)고 결론을 낸다. 요컨대 불법이 깊은[深] 것이라면 여타 종파의 교리들은 상대적으로 얕다[淺]는 것이고, 같은 불법이라도 시대에 맞음[適]과 맞지 않음[不適]이 있다는 것이 그의 판단이었다.

여기서 주목할 것은 소태산과 금강경과의 인연이다.

대종사 이미 도를 얻으시었으나 그 무엇으로써 이 도를 이름하며 어떠한 방식으로써 중생을 교화할까 하여 심사묵고 연마에 연마를 거듭하시더니, 병진 4월 7일 새벽에 대종사께서 한 몽사를 얻으시니, 기골이 장대하고 풍채 헌앙軒昻(풍채가 좋고 의기가 당당함)한 도승 한 분이 찾아와서 인사를 마친 후에 소매 속으로부터 조그마한 책자 하나를 내어 대종사 전에 올리며 "선생님, 이 책의 뜻을 아시겠나이까" 하거늘, 대종사 그 표지를 보시니 '금강경' 석 자가 분명한지라, 대종사 답해 가라사대 "내가 아직 이 책을 읽어본 적이 없으나 읽으면 혹 알 듯도 하다"고 하셨다. 그 도승 또 말하기를 "이것이 선생님의 종지인즉 두고 잘 읽어보십시오" 하고 표연히 떠나가는지라 대종사 익조翌朝(이튿날 아침)에 제인을 대하사 그 몽중 소감을 말씀하시고 근처 사찰로 곧 사람을 보내어 금강경을 구해 오라 하시니, 영광군 불갑면 불갑사에는 금강경 판까지 있으므로 한 권의 책을 베껴 오는지라 대종사 크게 기뻐하사 전후 경의經義를 살펴보시고 무한 찬탄하시며 좌우 제인으로 하여금 독송 연구하라 하시니 이것이 곧 불교와의 첫 기연이었으며, 이로부터 『선요』, 『팔상록』, 『불교대전』 등 교서를 차제次第(차례)로 열람하시고 (…) (《대종사약전》)

소태산(대종사)의 몽중사가 병진(1916) 4월 7일(양력 5월 8일)이 맞을

까, 경판이 있다면서 왜 경을 베껴 왔다고 했을까, 경 이름이라면 '금강
경' 석 자가 아니라 '금강반야바라밀경' 여덟 자쯤 돼야 맞지 않을까, 더
나아가 소태산이 정말 그런 꿈을 꾸긴 꾸었을까 하는 의문까지도 가질
수 있다. 그러나 정작 중요한 것은 따로 있다. 소태산이 대표적 대승경전
인 금강경을 접한 사건이 석가모니를 '성중성聖中聖'으로 인식하는 계기,
나아가 석가를 자신의 종교적 연원으로 삼는 결정적 계기가 되었다는
사실이다. 소태산은 후에 불경 가운데서 몇 가지를 참고 교서로 채택
하는데 〈금강반야바라밀경〉과 〈반야심경〉을 으뜸으로 삼는다. 이로 보
건대 그는 대승불경 가운데서도 화엄부나 법화부보다 반야부에 코드
가 맞은 것이 확실해 보인다.

기성종교를 놓고 진리의 심천이나 시대의 적부적을 따진다든가, 같
은 불법이라도 경전의 우열을 재단한다든가 이런 것이 원불교 버전의
교상판석敎相判釋[1]이라 한다면, 소태산은 원불교학의 비조일 뿐 아니라
원불교 교상판석의 창시자이기도 하다.

O

최초법어와 방편 교화

〈불법연구회창건사〉와 『원불교교사』에는 소태산이 도를 이룬(대각)
후의 심리를 '심독희자부'라고 했지만, 그 기쁨 이면에는 또 다른 곡절

---

1) 불교의 다양한 교설(敎說)들을 각 종파의 기준에 따라서 교리의 얕고 깊음을 분류하고 종
합하여 하나의 유기적인 사상 체계로 이해하는 일.

이 있는 듯하다.

　대각 후 소태산은 추종자 몇을 모아 제자 삼고, 최초의 집회를 길룡리 돛드레미[帆懸洞]에 있는 전주 이 씨 제각에서 가진다. 돛드레미는 구도求道 무렵 소태산을 후원했던 지인 김성섭이 사는 동네이기도 한데 그가 관리를 맡은 제각을, 소태산이 머무르며 집회 장소로 쓰도록 주선한 것으로 보인다. 날짜는 모르지만 대체로 대각 후 달포 정도 지낸 후 집회가 열린 것으로 추측한다. 이 집회에서 소태산은 당대 사회를 관찰하고 그동안 열람한 경전을 참고하여 그의 감상을 발표한다. 후에 원불교에서는 이날의 법설을 〈최초법어〉라 하여 교전(『정전』)에 올렸다. '이날'의 법설이라고 말은 했지만, 내용의 양으로 보아 단 1회의 집회는 아닐 것이다. 그러면 최초의 법어法語(정법의 진리를 설하는 부처의 말씀) 내용은 어떤 것이었을까.

　첫째 '수신修身의 요법'이니, 학업에 충실하고 마음을 닦으라 한다. 둘째 '제가齊家의 요법'이니, 의식주를 해결하고, 자녀 교육 등 가족에 대한 책임을 지고, 가족은 서로 화목하고 존중하며 지내라 한다. 셋째 '강자와 약자의 진화상 요법'이니, 강자와 약자는 고정불변의 것이 아니니, 억압과 대항으로 대립하기보다 상생의 길로 나아가라 한다. 넷째 '지도인으로서 준비할 요법'이니, 지도자가 되려면 지도받는 사람보다 지식을 더 가지고, 신용을 잃지 말고, 사리를 취하지 말고, 일마다 지행知行을 대조하라 한다.

　이건 알고 보면 유가 경서 『대학』에 나오는 수신·제가·치국·평천하의 도에 지나지 않는다. '강자 약자 진화상 요법'에 치국과 평천하가 들어 있고 '지도인으로서 준비할 요법'에 치국과 평천하를 도모하려는 사람이 갖출 바를 말한 것일 뿐이다. 소태산 가사 〈권도가〉 중 "유도儒道로

문을 열고 불법佛法으로 주인 삼아"라는 구절이 있는데 그래서 그랬는가 모르지만, 아무튼 〈최초법어〉는 별난 게 아니라 너무나 평범하고 당연한 것이다. 소태산의 법은 본래 평범하고 당연하나 그렇긴 해도 이건 곤란하다. 소태산은 포교를 법法장사라고 했지만, 이래서는 정말 장사가 안 된다. 녹야원에서 행한 첫 설법에서 대뜸 중도를 말하고 사성제·팔정도를 설한 석가모니 수준은 못 미치더라도, 소태산은 고작 대학에 나오는 잘 알려진 문구를 가공하여 〈최초법어〉로 설했으니 그 집회에 기대를 하고 모인 사람들에게 적잖은 실망을 안겨주었을 게 뻔하다. 입소문을 타야 손님이 꼬이고 장사가 되는 법인데 이래가지고는 어림없다. 석가모니는 성도 후 처음 삼칠일(21일) 동안 화엄경을 설했지만 너무 어렵고 고원해서 장사가 안 됐다는데, 소태산은 역설적이게도 너무 쉽고 비근해서 장사가 안 된다. 고객이 안 모이고 장사가 안 되자 소태산은 고민에 빠진다. 우주만큼 너르고 큰 포부와 경륜을 가졌다 한들 엊그제까지 폐인 취급을 받던 그에게 누가 눈길 한번 주겠는가. 아무도 알아주지 않는 외로움과 답답함에 탄식이 절로 나왔다.

일일삼시 먹는 것이/ 구설음해 욕이로다/ 그리 그리 통곡타가/ 소원 성취한 연후에/ 사오 삭 지내가니/ 소원 성취 이내 일을/ 어디 가서 의논하며/ 어느 사람 알아볼까/ 쓸 곳이 전혀 없어/ 이리 가도 통곡/ 저리 가도 통곡/ 이 울음을 어찌하여 그만둘꼬 (…) (《탄식가》)

소태산은 낙천가다. 그는 〈탄식가〉를 "춘추법려春秋法侶도 놀아보자/ 에루화 낙화로다" 이렇게 마무리한다. 통곡하고 탄식하던 그는, 자존심(?) 상하는 일이지만 한바탕 방편을 쓰기로 작심한다. 음력 3월 대각에서 사오 삭朔(달)이라면 7~8월이니 그때 소태산이 취한 태도는 이렇다.

"도를 얻기 전에는 도를 얻지 못함으로써 한이더니 도를 얻은 후에는 믿어
주는 동지가 없음으로써 한이로다" 하시고, 장차 어떠한 기회를 기다리시
더니 때에 마침 증산교파가 사면에 일어나서 서로 말하기를, "하느님께 치
성하고 주문을 읽으면 정성이 지극한 사람에게는 3일 통령通靈 혹은 7일
통령으로 천제와 대화하며 인간 질병을 다 낫게 한다" 하여 모든 인심을
충동하는 중, 길룡리 부근에도 그 교의 전파가 자못 성행하는지라 대종사
께서 생각하시되, '내가 마땅히 이 기회를 이용하여 방편으로써 여러 사
람의 단결과 신앙을 얻은 후에 정도를 따라 차차 정법 교화를 하리라' 하
시고, 7월경에 친히 그 교파 선전원을 청하여 그 치성하고 주송하는 절차
를 물으신 후 청정한 장소를 선택하여 몇 사람 촌인으로 더불어 치재 송주
하시되 그 정성 들인 형상을 특별히 여러 사람의 안목에 보이게 하시고, 7
일을 지낸 후에는 보통 생각으로는 가히 추상할 수 없는 말씀과 또는 부
지중 호기심이 나게 할 만한 태도로써 좌우 모든 사람의 정신을 황홀하게
하시니, 모든 사람들은 대단 신기히 여기어 대종사가 사실 천제와 대화를
하신다 하여 불과 수월에 인근 각처에서 신종信從한 자 40여 인에 달하였
다.(《창건사》)

요컨대 한바탕 쇼를 연출한 것이다. 외숙 유성국과 의형 김성섭이
절차와 경비를 알아서 준비했다고 한다. 증산교파란 태을교를 말하고,
선전원은 이웃 지역인 무장(고창) 사람이었다. 이때는 강증산이 죽은
지 7년 되는 해다. 여덟 살이던 맏딸까지 동원하여 목욕재계하고 제물
을 차리고 주문 외고 절하는 식이었는데, 처음엔 방에다 차려놓고 하

다가 뒤엔 동네 안에 들어가서 했다. 동네 사람들 보시오, 구경꾼들 모이시오, 하고 행사는 이레 동안 연속된다.[2] 돼지고기, 쇠고기 등의 제물도 마련하였고 참여자는 열댓 명으로 시작했다 한다. 치성이 끝날 때마다 구경꾼들에게 음복하라고 제물도 나누어 먹였을 것이니 소문을 타고 사람들은 모여들고, 마지막 날엔 이벤트의 결정판이 연출된다. 이른바 개안開眼(불도의 진리를 깨달음)과 통령通靈(정신이 신령과 서로 통함)을 했다고 떠벌리고 천제와 대화를 한다고 구경꾼을 현혹했던 모양이다. 이런 쇼가 매양 그렇듯 구경꾼들의 과장된 입소문에 오르면서 제법 홍보가 되고 신종信從(믿고 따라 좇음)하는 이들이 늘어나면서 40여 명의 추종자를 확보한다. 이 치성의 구조는 내림굿과 많이 닮았지만, 성과는 제한적이었던 것 같다.

이 신자들과 4~5개월 동안 지내며 지켜본 결과 "대종사 그들을 앞에 놓으시고 그 심리를 살펴보시니, 모두가 허위, 미신, 일시적 충동으로 된 가위 부평초 같은 신념일 뿐 아니라 또한 그들은 종래로 통제적 훈련과 규칙 있는 생활을 하여 본 바가 없던 사람이므로 그 40여 인을 일률적으로 지도함이 곤란할 것을 간파하시고"(《약전》) 고민에 들어간다. 또 하나, 소태산은 이 치성으로 얻은 것도 있지만 잃은 것도 있었지 싶다. 첫째 방편일망정 당대에 '혹세무민惑世誣民'(세상을 어지럽히고 백성을 미혹하게 하여 속임)의 오해를 받을 빌미를 제공한 것이요, 둘째 후세에 일부 증산교파가 원불교를 증산교의 분파라고 무리한 주장을 펼 꼬투리를 제공한 것이요, 셋째 후대 제자들에겐 교세 확장을 위해서는

2) 이 7일 이후에도, 같은 해(1917) 음력 8월에 저축조합을 시작하기 전까지 종종 천제(天祭)라는 이름으로 행사가 지속된 것으로 보인다. 천제(天帝)의 대리자로서 카리스마를 구축하며 주민들의 신임을 확보하는 데 일회적 행사만으로는 부족했던 듯하다.

편법을 동원할 수도 있다는 고약한 메시지를 제공했다는 점이다.

다시 고민하던 소태산은, 당장은 신자 확보가 아니라 지도자 양성이 필요한 때라고 고쳐 생각한 것 같다. 현재의 원불교단 역시 그 기조를 유지하고 있겠지만, 소태산은 교화(포교) 측면에서 양면성을 보인다. 즉 신자(제자)가 되겠다는 사람에겐, 흔히 말하듯 '유무식-남녀노소-빈부귀천'을 안 가리고 누구에게나 문을 활짝 열었다. 입교에 조건을 붙이거나 자격을 두지 않고 평등하게 대했다. 그것은 석가의 방식과 같다고도 할 수 있다. 그러나 지도적 위치에 오를 사람에겐 상당히 까다로운 조건과 자격을 요구했다. 지도자는 소수정예가 맞는다고 본 것이다. 그는 정예분자로 여덟 명을 추렸다.

○

처음을 함께한 제자들

소태산이 처음 선발한 여덟 명의 제자는 아마도 우주를 응하여 팔방을 상징했던 것으로 보인다. 뒤에 그가 팔방을 『주역』의 팔괘(건·감·간·진·손·이·곤·태)로 대응시키고 있음도 시사하는 바가 작지 않다. 소태산이 대각을 이룬 첫날 유생들의 『주역』〈문언전〉 "대인 여천지 합기덕 운운" 토론을 들은 그 기연과 유관함직도 하다. 그러나 소태산이 석가와 불교에 연원을 두겠다고 했다면, 팔방보다야 시방十方이 맞지 않았을까. 맞다. 소태산은 처음부터 열 명으로 조직의 최소 단위를 삼는 이른바 '십인일단十人一團'을 염두에 두었다. 예수에게 십이사도를 말하지만, 석가에게는 십대 제자가 있었으니 그와도 관계있을까? 그러나 소태산이 먼저 여덟 명의 제자를 선발했지만 마음에 둔 것은 아홉 명이었음이 2~3년 후에 밝혀진다. 열이 아니라 아홉인 이유가 여전히 궁금한데, 아홉 번째 제자는 다소 지연된 시기에 합류한다. 중요한 것은 십인일단이란 조직에 제자는 아홉 명뿐이란 점이다. 그럼에도 십인일단인 것은 그 아홉 명에 추가되는 나머지 한 명이 바로 소태산 자신이기 때문이다.

석가의 십대 제자엔 당연히 석가가 들어가지 않고, 공문십철孔門十哲(공자의 십대 제자)에도 공자는 들어가지 않는다. 더구나 석가나 공자는 의도적으로 10인 조직을 만들지도 않았고, 열 명을 단위로 하여 무엇을 경영하지도 않았다. 그러나 소태산은 의도적으로 10인 동아리를 조직했고, 완전수인 10 안에 자신을 포함하여 완전체를 이룬다는 발상을 했으니 특이하다. 요컨대 소태산의 10은 제자의 숫자가 아니다. 그는 팔방을 응하는 제자들 외에 이들을 대표하고 지도하는 두 사람을 두었으니, 하늘에 상응하는 단장과 땅에 상응하는 중앙이었다. 마치 세속에서 10인 동아리의 조직이 회장 1인, 총무 1인, 일반회원 8인으로 이루어지는 방식과 같으니 가장 기초적인 서클[團]이라고 할 수 있다. 석가나 공자가 서클 밖에서 제자들을 내려다보고 지도하는 위치라면, 소태산은 서클 안에 들어와 지도하는 위치이다. 2,500여 년의 시대 간격을 두고, 석가나 공자가 슈퍼바이저로서의 리더였다면 소태산은 파트너십을 가진 리더가 되고자 했다.

그러면 이제 소태산이 '특별히 진실하고 신념 굳은 자'로 인정하여 뽑은 여덟 명 제자의 면면을 들여다볼 차례다.

김성섭(법명 광선, 1879~1939), 소태산 구도 시에 물심양면으로 많은 도움을 준 사람으로 소태산과 같은 영광군 백수면 길룡리에 살았다. 선대로부터 가까이 사귀던 터에 나이조차 열두 해 연상이라 소태산이 의형으로 모시던 처지였다. 한학을 많이 공부하여 실력을 자부하였고, 한때는 음양복술 陰陽卜術(점치는 술법)을 공부하려고 산에 들어가서 초막을 짓고 구도 생활을 한 적도 있다. 남자로선 소태산의 첫 제자이다.

김성구(법명 기천, 1890~1935), 영광군 백수면 천정리 사람인데, 출가한 누이의 시동생 되는 김성섭의 인도로 입문했다. 일찍이 한학에 정진하여 동네서 훈장 노릇을 할 만큼 한문 실력을 인정받고 있었다. 소태산보다 한 살 연상이다.

박한석(법명 동국, 1897~1950), 소태산의 친아우다. 소태산보다 여섯 살 연하로 형의 부름에 응하여 제자가 되었다.

오재겸(법명 창건, 1887~1953), 영광군 백수면 학산리 사람으로 증산교(태을도) 치성에 열심이었으나 역시 김성섭의 인도로 제자가 되었다. 소태산보다 네 살 연상으로 진즉부터 서로는 잘 아는 사이였다. 한문을 4~5년 수학한 적이 있었다.

유성국(법명 건, 1880~1963), 소태산의 열한 살 연상인 외숙으로 같은 동네에서 나서 살았다. 일찍이 동학(천도교)에 심취하여 믿음을 바쳤으나 생질인 소태산이 득도하자 거기에 귀의했다.

이인명(법명 순순, 1879~1941), 김기천과 같은, 영광군 백수면 천정리 사람으로 유성국의 안내로 입문하였다. 소태산보다 열두 살 연상으로 소태산이 구도 시 곤궁한 처지를 알고 유성국과 함께 타리섬 파시로 안내하여 장사를 하도록 주선한 인물이다.

이재풍(법명 재철, 1891~1943), 영광군 군서면 학정리 사람으로 동학을 신봉하고 있었는데 오재겸의 안내로 소태산을 처음 만나보고 제자가 되었다.

나이는 소태산과 동갑이다. 소태산의 부탁을 받고 불갑사에 가서 금강경 판본을 얻어다준 사람이다.

박경문(법명 세철, 1879~1926), 소태산과 같은 길룡리 사람으로 집안 조카뻘이지만 나이는 열두 살 연상이었다. 학문은 없고 농사일에 전념하던 차 유성국의 인도로 제자가 되었다.

이들을 묶어 본다면, 주목할 것이 두 가지 있다. 우선 고향이 모두 영광군이란 점이다. 그중에도 이재풍이 이웃 면 출신일 뿐(후에 백수면으로 이사) 나머지는 소태산과 같은 백수면 출신이고, 그나마 절반은 같은 동네인 길룡리 출신이다. 기독교나 이슬람교와 비교하면 흥미롭다. 성경에선 고향 나사렛에 갔다가 엄청 박대받은 예수가, 본래 선지자는 자기 고향, 자기 친척, 자기 집에서는 존경을 받지 못하는 법이라고 자위하고(〈마가복음〉) "내가 진실로 너희에게 이르노니 선지자가 고향에서 환영을 받는 자가 없느니라"(〈누가복음〉) 하며 박해를 합리화했다. 이슬람교의 마호메트도 자기 부족 크라이슈족으로부터 극심한 박해를 받았고 고향 메카에선 견딜 수 없어 탈출(히즈라)했음은 유명한 이야기다. 그래서 "몇몇 예언자가 살해되고 돌로 쫓김을 당한 것은 예언자와 같은 민족, 그 가족, 또는 그들 자신의 부족의 손에 의해서였다. 마호메트를 수호해야 할 것은 유대교도로부터가 아니라 메카의 크라이슈족으로부터였다"(『마호메트 평전』, 99쪽)고 했다. 그러나 소태산은 고향인 영광에서 초기 제자들을 모았을 뿐 아니라 그 후로도 추종자들이 고향 사람과 친족 중에서 가장 많이 나왔고, 출가자들이 가장 많이 나온 곳도 영광 내지 호남이다. 예수나 마호메트는 고향에서 가장 인기가 없었고 소태산은 고향에서 가장 인기가 높았다면, 그 이유는 무엇일까.

인적 구성에서 두 번째로 주목할 바는 소태산과 제자들의 기존 관계와 연령대이다. 제자들 중엔 친아우가 있고 외숙이 있고 촌수 먼 조카가 있다. 그리고 의형과 동네 친구들이 있다. 놀랍게도 연하는 친아우 하나뿐으로 생일이 앞선 동갑이 하나 있긴 하지만 나머지는 다 연상, 그것도 10년 이상의 연상이 넷이나 된다. 이재풍 한 사람 빼놓고는 이전부터 아는 사람들이다. 고향 마을에서 친구를 제자로 삼기도 어렵지만, 열 살 이상 연상에다 같은 남자끼리라면 그를 손아래 제자로 거느리기란 결코 쉽지 않다. 더구나 외숙을 제자로 거느린다면 윤리에 어긋난다는 생각조차 가질 법하다.

그건 그렇고, 짚고 갈 인물이 하나 있다. 박경문은 빠진 자리를 채우면서 다소 늦게 들어온 인물이니, 본래 그 자리는 오내진吳乃辰 (1874~1918)이란 사람의 몫이었다. 그는 영광군 백수면 학산리 사람으로 한 동네 사는 오재겸의 인도로 제자가 되었다. 소태산보다 무려 열여덟 살 연상으로 서클 안에서도 가장 나이가 많았다. 그런데 아쉽게도 이십대 스승과 사십대 제자의 만남은 결말이 비극이었다.

어느 날 대종사께서 8인을 한곳에 모으시고 엄숙한 위의를 보이시며 물으시기를 "제군들이 이제 나를 좇는 것은 그 뜻이 장차 무엇을 하기 위함인가?" "장차 창생을 널리 제도하려고 서원하나이다." "제군의 서원은 이 세상에 다시없는 큰 서원이라 벌써 범상한 사람의 심리에는 초월한 생각이니 반드시 천지 허공의 명감冥鑑(은근한 보살핌)이 있으리라" 하신 후, 또 물으시기를 "만일 이와 같은 서원을 세우고 중도에 혹 변심이 있는 때에는 어찌할 것인가?" 하시고 묵묵히 8인의 답변을 기다리시니 8인 등이 모두 일심을 모은 후 각각 말하기를 "저희 등이 만일 중도에 변심이 있는 때는

즉시 생명으로써 속죄하여도 여한이 없겠나이다" 하였다.(《창건사》)

이렇게 시작한 관계인데 오내진이 배반을 한다. 그는 본래 주색에
빠졌던 전력이 있는 사람으로 개심했다가 다시 돌아가 "주색에 방탕하
고 패류悖類(언행이 도리에 어긋난 무리)를 상종하며"(《창건사》) 소태산과
단원 동지들을 훼방함이 심했다. 소태산으로서는 출발선에서 부닥친
시험이었다. 심각한 것은 오내진 한 사람의 이탈에 있지 않고 여타 단
원 동지들의 흔들림이 눈에 보였기 때문이다. 목숨까지 들먹이며 했던
지난날의 맹약이 일거에 흩어질 위기였다. 흔들린 사람으로서는 김성
구가 대표적 인물이니, 김성구는 오내진과 술을 마시며 맞장구를 친다.
소설에는 이들 둘의 대화가 이렇게 그려진다.

"아니, 그 사람이 자기 말로는 도통을 혔느니 개안을 혔느니 큰소릴 치지
만, 솔직히 말해서 천자문도 제대로 뗀 적이 없는 무식쟁이 아닌가베. 대
신에 무슨 신통 이적을 보여주지도 못허면서 아무 소득도 없이 미쳤다고
저를 따라댕기? 나가 볼 땐 그 사람 한마디로 사기꾼잉 기라."
"글씨, 나도 의심이 안 가는 건 아니라. 저번에 나가 고금(학질)에 걸려서 죽
을 고상을 안 혔소! 그 양반이 정작 도통을 혔으면 그깐 고금쯤은 고쳐줄
수도 있겠지라? 야소 씨는 죽은 사람도 살렸다 혔고, 수운 선생이나 증산
선생도 벨 빙을 다 고쳤는디! 나가 송장이 다 되얐을 때 김성섭 씨가 오더
니, 당신님께 나 빙들어 죽게 생겼다 혔더니 고작 헌다는 말씸이, 어서 의
원한티 데끄 가라 그 만만 척더릐ㅣ 인 히요?"
"긍게 도통 혔단 소린 밀짱 거짓말여. 사기꾼이랑께!"
"글씨, 그래도 도덕을 말하자면 그 양반 말씸이 백번 맞는디……. 아자씨!

우리 그라지 말고 좀 더 지켜봅시다이. 그때 가서 암만 혀도 벨 수 없다 싶으면 같이 나와번집시다."

"난 끝났소. 조카님은 더 오래 있음서 사기를 당하든지 같이 사기꾼이 되든지 알아서 허소. 난 성미가 칼 같아서 아니면 아니지 미련은 없소." (『소태산 박중빈 1』, 180~181쪽)

얼마 지나지 않아 오내진의 갑작스런 부고가 날아온다. 술에 취해 밤에 집에 돌아온 오내진은 식구들이 지켜보는 가운데 마루에서 고꾸라지면서 피를 흘리고 죽었다는 것이다. 소식을 들은 단원들은 소스라치게 놀랐다. 모두 졸지에 바짝 얼어서 공포에 질려버렸다. 그중에도 김성구의 두려움은 누구보다도 컸다. 바야흐로 소태산의 카리스마가 튼튼해지는 계기가 되었고 제자들은 스승에게 절대복종하게 되었을 것이다. 교사敎史는 이 점을 굳이 숨기지 않고, "모두 공구恐懼(몹시 두려워함)하여 처음 신근信根(부처의 가르침을 깊이 믿는 일)에 더욱 큰 도움이 되었었다"(《창건사》)라고 기록했다.

소태산은 스스로 하늘[上]을 응하는 단장이 되고 땅[下]을 응하는 중앙 자리는 비워둔 채 팔방을 응하는 여덟 제자와 함께 정기적으로 법회를 가지며, 제자들을 지도자로 훈련시키는 일을 한다. 이때는 열흘에 한 번씩 음력 초엿새(6일), 열엿새(16일), 스무엿새(26일) 매월 세 차례 모였는데 그때마다 소태산은 제자들이 열흘간 어떻게 살았는가를 빈틈없이 점검했다. 성계명시독誠誡明示讀이란 이름으로 불리는 체크리스트로 마음공부 실적을 일지日誌처럼 적어가며 자기 변화를 확인하는 방법이었다. 이 공부법은 뒤에 보다 정교해지면서 원불교의 일기법(상시일기/정기일기)으로 정착한다.

문학가 소태산과『법의대전』

소태산은 뇌의 기능 면에서 도덕지능MQ이나 영성지능SQ이 뛰어난 인물이란 데는 이의가 없을 것이다. 그러면 그의 지적지능IQ 혹은 감성지능EQ은 어떠했는지 궁금하지만 테스트를 받아본 적은 물론 없다. 그러나 그의 지적지능은 대단한 것으로 보인다. 특히 득도 후 소태산은 학문적으로도 엄청난 능력을 보이면서 제자들을 놀라게 한다. 그의 외숙이자 제자인 유성국은 "전에 어떤 인물인지는 다 아는 터이고, 통감을 약간 배웠다고 하나 한 냥, 두 냥도 잘 적지 못하였는데 별안간 글도 거의 모르는 것이 없게 되고, 배운 일도 없는 한시도 척척 지을 뿐 아니라……"[3] 하고 증언하였다. 그의 후계자인 송규는 이를 두고 "대종사께서는 다생 겁래에 많이 닦으신 어른으로 돈오돈수頓悟頓修하시고 생이지지生而知之(학문을 닦지 않아도 태어나면서부터 앎)하신 어른이시다"(『한울안 한 이치에』, 96쪽)라고 했다. 비록 남의 말처럼 했지만, 소태산도 "숙겁에 수도를 하고 왔으므로 이생에 와서 불학이자득不學而自得(배우지 않고도 스스로 터득함) 생이지지하는 사람도 있다"고 하여 '생이지지'의 실존을 에둘러 긍정한 바 있다. 그런데 흥미로운 것은 감성지능이다.

• 돈암동에 계실 때 이동백이라는 명창을 데리고 대종사님을 즐겁게 해드

---

3) 〈칠산 옹으로부터 들은 이야기〉,《원광》, 42호(1963. 3.), 60쪽.

리려고 왔습니다. 그때 여름이었는데 그렇게 앉았다 일어났다 하시는 게 보통 재미있으신 게 아닌가 보다 하는 생각이 들었습니다. 또 춘향전 연극을 보시다가 사또가 춘향이를 고문하는 장면에 눈물 흘리시는 모습을 뵙고, 나는 미안하고 죄송스럽고 그랬습니다. 대종사님께서는 그렇게 정 많으신 어른이셨습니다.(박장식, 『평화의 염원』, 133쪽)

• 대종사께서는 눈물이 많으셨다. 도산 이동안 대봉도님이 열반하셨을 때도 우셨고, 팔산 김광선 종사께서 열반하셨을 때도 우셨다고 들었다. 내가 직접 본 것은 삼산 김기천 종사님이 열반하셨을 때이다. 삼산 종사께서 부산 하단교당 교무로 계시다 열반하셨다는 소식이 총부에 전해지자, 새벽 5시에 전부 대각전으로 모였다. 불도 안 켠 캄캄한 상태에서 모든 사람이 앉아 있었다. 법좌에 앉아 계셨던 대종사께서는 느닷없이 흑! 하고 우셨다. 그러자 대각전에 모여 있던 이들이 일제히 통곡했다.(전성완 인터뷰, 《원불교신문》, 2015. 6. 19.)

앞은 판소리와 연극(아마도 창극일 듯)을 관람하며 때론 흥겨워하고 때론 눈물을 흘리는 모습이고, 뒤는 아끼고 사랑하는 제자들의 초상 때 오열하는 장면이다.

세상에선 흔히 도덕과 윤리를 다루는 이들을 대할 때, 근엄한 태도라든가 차가운 이성을 떠올리는 대신 감성과 정서는 억제해야 한다고 여기는 경향이 있다. 그래서 보다 쉽게 다가가고 어리광 부릴 수 있는 모성 내지 여성성이 필요했고, 그 때문에 종교는 대중의 요구를 반영할 필요를 느끼는 것 아닐까? 6년간 설산에서 고행하는 싯다르타의 피골이 상접한 모습을 상상하며, 혹은 광야에서 40일 단식을 하고 십자가에 못 박힌 참혹한 예수 수난상을 대하면서, 대중들은 자기 상처를 어루만져달라고 보챌 염치가 없다. 왜냐하면 자기보다 몇십 배 몇백 배 고통받은 성자들인지라 "야야, 엄살떨지 마라! 그 정도는 나한테 비하면 아무것도 아니니까 참아내라고!" 그럴 것만 같잖은가? 아무튼 그 지점에서, 대승불교는 관음보살을 비롯한 모성적 보살들이 부처의 아쉬운 자리를 메꾸어야 했고, 가톨릭에선 성모 마리아가 예수의 아쉬운 부분을 채우는 장치로 자리 잡았을 법하다.

그건 그렇다 치고, 아무튼 소태산은 가부장적 카리스마와 별도로 감성이 풍부한 자비스런 이미지를 구축하는 데 성공한다. "대종사는 자비스러운 어머니와도 같으시고 엄하신 아버지와도 같으셨다"는 송영봉 교무의 회고[4]는 영산성지 주민들의 증언으로도 확인된다. "종사님 풍채는 위엄스럽고 엄격허심스렁 항시 따습고 포근했지라우."(오막례) "그때 뵌게 더 그냥 어스럽고(어색하고) 무냥(무진장) 무섭고 어찌허면 다정허시고 그렇게 인자하시고 그러더랑게."(은순례) 이들에게 비친 소태산은 엄부嚴父 성격과 자모慈母 성격이 겹치는 양성구유적兩性具有的 전인이다. "교도들은 거개 다습게 뵈옵고 자애로운 어머님 같으시다고 말하였다"(『대종경선외록』, 실시위덕장14) 한 것도 인간 소태산의 로고스(이성) 못지않은 파토스(정서)를 강조한 대목이다. 그는 희로애락을 발하지 않는 것이 아니라, 발하되 다만 절도에 맞았던 것뿐이다. 필자가 이 이야기를 하는 이유는, 이제부터 소태산의 예술적 감각, 문학적 감수성이 만만치 않더란 이야기를 하려는 참이기 때문이다.

그는 음악 특히 창극이나 판소리를 즐겼고 역사소설도 좋아했다.

---

4) 정산 송규의 맏딸이기도 한 승타원 송영봉 교무가 2011년 대각개교절 기념 법잔치에서 증언한 바 있다.(《원불교신문》, 2011. 5. 6.)

소태산은 대각 첫해부터 2~3년 안에 상당수의 한시와 가사를 손수 지은 것으로 보인다.

원기 2년(1917, 丁巳) 이래로, 대종사, 종종 김성섭에게 붓을 잡으라 하시고, 친히 수많은 문장과 시가 등을 읊어내어 기록케 하시고, 편집하여 『법의대전法義大全』이라 이름하시었다. 『법의대전』의 내용은 그 뜻이 심히 신비하여, 보통 지견으로써는 가히 다 헤아려 말할 수 없었으나, 그 대강은, 곧 도덕의 정맥이 끊어졌다가 다시 난다는 것과, 세계 대세가 역수가 지나면 다시 순수가 온다는 것과, 새 회상을 건설하실 계획 등이었다.

단원들은 이 『법의대전』을 재미있게 읊고 노래하여, 그 신념 고취에 큰 자료가 되었으나, 이는 한때의 발심조흥은 될지언정 많은 사람을 제도할 정식 교서는 아니라 하여, 후일 봉래산에서 새 교강 발표 후 거두어 불사르게 하심으로써, 서문 첫 절과 11구의 한시가 구송으로 전하여 『대종경』에 수록되었을 뿐, 세상에 전하지 못하게 되었다. 이 밖에도 〈백일소白日蕭〉·〈심적편心迹篇〉·〈감응편感應篇〉 등의 저술과, 봉래산에서 지으신 〈회성곡回性曲〉이 있었으나, 그도 다 불사르게 하심으로써 후세에 남지 못하였다.(『교사』)[5]

소태산은 자기 흥(법흥)에 겨워서 시를 짓고 노래하기도 했고, 제자들의 흥(발심)을 돋우기 위해 시를 짓고 노래하기도 했다. 한문깨나 아는 유식한 제자들을 의식해서 한시를 쓰고 무식한 대중을 배려하여 조선말로 된 가사를 썼다. 소태산의 창작 동기와 행태는 이중적이라고

---

5) 여기서 사라진 작품 중에 〈감응편〉과 〈회성곡〉은 발굴되었고, 졸저 『소태산 박중빈의 문학세계』 등에 수록하거나 소개하였다.

할 만하다. 다음 표와 해설은 소태산 문학작품을 거칠게나마 정리한 것이다.(『'새로 쓴' 소태산 박중빈의 문학세계』, 298쪽)

유형	사용문자	주 독자층	주 양식(보조 양식)	주 목적	주 형태
A형	한자	유식/엘리트층	한시(한문)	성불(자기표현)	단형
B형	한글	무식/일반대중	가사(산문)	제중(타인교화)	장형

어차피 겹치는 부분이야 있겠지만 성격상으로 양분하면, 『교사』에서 말한 ① 심히 신비하고 보통 지견으로 헤아릴 수 없는 초월적인 부분은 A형에 해당하며, ② 재미있게 읊고 노래하여 발심조흥에 도움이 될 부분은 B형이라고 본다. 이렇게 A형과 B형을 아우르는 문학 활동을 한 도인으론 고려 말의 나옹 화상 혜근(1320~1376)이 있고 근세엔 수운 최제우가 있다. 나옹이 불교적 한시가로 〈완주가〉, 〈고루가〉, 〈백납가〉를 짓고, 우리말 불교가사로 〈서왕가〉, 〈낙도가〉, 〈심우가〉, 〈승원가〉 등을 지었다면, 수운은 『동경대전』에 실린 한시문을 짓고 『용담유사』에 실린 한글가사를 지었다. 이들이 소태산과 같은 방식의 문학을 한 점은 우연일까, 필연일까?

여기서 『법의대전』과 더불어 주목할 것은 수운 최제우의 『동경대전』이다. 소태산이 대각 후 열람한 경서 목록에 『동경대전』이 들어 있기 때문이다. 소태산은 『동경대전』을 보고 자신의 교법을 정리한 문장으로 『법의대전』을 엮은 것으로 유추된다. 소태산이 『동경대전』과 아울러 수운의 '가사'를 열람했다고 했으니 그것은 아마 『용담유사』를 가리키는 것으로 보인다. 수습된 소태산 가사는 현재 열네 편이지만, 이것은 수운 가사 아홉 편에 비하여 다섯 편이 많다. 재미있는 것은 수운 가사와 소태산 가사가 그 제목부터 용어나 문체 등에 이르기까지 제법 닮아 있다는 것이다. 제목만 들어보더라도, 〈교훈편〉(←교훈가), 〈안심곡〉(←안심가), 〈권업가〉(←권학가), 〈권도가〉(←도덕가), 〈몽각가〉(←몽중노소문답가) 등과 같이 영향을 받은 흔적이 보인다. 다만 소태산은 '대전大全(어떤 분야에 대한 사항이나 어떤 사람이 쓴 글을 빠짐없이 모아 엮은 책)'이란 명칭에 걸맞게 『동경대전』과 『용담유사』를 합친 성격의 『법의대전』을 만들었을 것으로 판단된다. 그러나 앞에 인용한 글대로, 정식 교법이 제정된 이후 혼란을 막기 위해 『법의대전』을 불태워버리도록 명했다. 훗날 소태산은, 이를 지나쳤다고 생각하고 사라진 작품을 아쉬워하는 눈치다.

한때에 종사주宗師主(소태산) 봉래정사에 계시사 모든 학도들에게 일러 가라사대, "내 전일 한 생각을 얻은 후 모든 문자를 많이 기록해놓았다가 여러 가지 사정으로 소화燒火(불에 태움)한 후, 그것이 본시 나의 정신에서 나온 것이므로 나의 생전에는 다시 저술하기가 용이할 줄 알았더니 이제는 여러 가지 사무에 끌리는 관계인지 혹 상기上氣(기혈이 머리 쪽으로 치밀어 오르는 증상)도 되고 정신이 혼미해지니 한이로다" 하시고 (…) 《회보》, 31호, 1936)

다시 말하면 소태산은 자신의 저술과 작품을 취소하여 없앤 것을 후회한다. 그렇게 흔적조차 없앨 것까지는 아니었다고 하는 아쉬움이 배어 있다. 필요하다면 다시 읊을 수 있다고 생각했는데 그게 복원이 안 되더라는 말이다.

○

여봐라 처자야 말 들어라

지금 남은 작품으로 전통적 한시체인 사구四句는 서너 편에 불과하고 나머지는 이구二句로 된 시가 태반이다. 제자들의 기억이 살려낸바『법의대전』에 실렸던 시 두 편를 소개한다. 해설은 졸저『소태산 박중빈의 문학세계』에서 빌려 왔다.

矢射日光蒼天中(시사일광창천중)
화살로 푸른 하늘 가운데 햇빛을 쏘니
其穴五雲降身繞(기혈오운강신요)
그 구멍에서 오색구름이 내려 온몸을 감싸더라

중국신화에서 명궁수 후예가 화살로 해를 맞히어 떨어뜨리는 이야기가 나오고, 한국 무속신화에서도 대별왕이 활로 해를 쏘아 떨어뜨린다. 과녁의 한가운데 정곡이 빨간 원으로 된 것은 태양을 나타낸다고도 하지만, 이른바 사양신화射陽神話가 광명사상과 유관하다는 주장은 주목할 만하다. 시적 메타포라 할지라도 예사롭지 않은 신비감이 느껴진다.

放風空中天地鳴(방풍공중천지명)
허공에 바람을 불리니 하늘땅이 울리고
掛月東方萬國明(괘월동방만국명)

동방에 달이 걸리니 온 누리가 밝도다

공중에 풀어놓아 천지를 흔드는 '바람', 그것이 무엇일까. 소태산이 각고의 결실로 포착한 일원대도가 고고지성을 발하여 온 세계를 태풍처럼 흔드니 이를 일러 법풍이라 한다. 이 '바람'은 정치의 서북풍에 상대가 되는 도가의 동남풍이니, 모든 부처님과 성자들의 교법이 이 '바람 불리는 법'이라 했다. "참 달은 허공에 홀로 있건마는 그 그림자 달은 일천 강에 비치는" 월인천강月印千江의 소식은 어둠에 싸인 온 세상에 광명을 던지는 태양[日]에 상응하는 것이다.

잘은 모르겠지만, 어쨌든 소태산의 한시에 드러난 시상은 신비감과 더불어 그 기세가 단연 압도적이다. 붕새의 그것처럼 웅장한 스케일을 느끼지 않을 수 없다. 그러나 한시는 그가 그리 선호한 양식이 아니었다. 한문이라야 권위가 있다고 생각한 제자들을 종종 깨우친 사례가 있다.

"내가 지금 한문으로 교법을 불러낼 것이니 그대는 즉시로 받아쓰라." 대종사 즉석에서 수많은 한시와 한문을 연속하여 불러 내리셨다. 성섭이 한참 동안 받아쓰다가 부르시는 글을 미처 다 수필하지 못하고 황겁하여 어찌할 바를 몰랐다. 대종사 말씀하셨다. "도덕은 문자 여하에 매인 것이 아니니 그대는 이제 한문에 얽매이는 생각을 놓아버리라. (…) "(『대종경선외록』, 초도이적장5)

그러면 한글가사 중 맛보기로 짧은 것 하나와 긴 것 중 일부를 소개한다. 먼저 〈만장輓章〉이란 작품 전편을 이해하기 좋게, 맞춤법에 맞게 고치고 행과 단락을 구분하여 읽어보자. 해설은 졸저 『'새로 쓴' 소태산 박중빈의 문학세계』에서 빌려 왔다.

저 산아 푸렀느냐 나는 누렀도다

나는 또한 푸레지고 너는 또한 누레진다

푸렀다 누렀다 이 사이에 완산 칠봉完山 七峰 다시 본다

소소영령 이 천지가 변화무궁 여기로다

여봐라 처자야 말 들어라

애고대고 그만두고 오는 기약이나 들어보라

사람마다 가는 기약은 알지마는 오는 기약은 부지不知로다

갈 거去 자라 하는 것이 올 래來 자가 아니면은

갈 거 자가 왜 있으리

갈 거 올 래 하는 때에 나 올 기약을 알아보소

오는 때는 어느 때뇨 저기 저 산 누레지고

여기 이 산 푸르거든 날인 줄만 알려무나

서산에 졌던 해가 동방에 밝았도다

거년에 누른 가지 금년에 푸렀도다

허허 몽중이로고

흥망성쇠 있는 줄을 이같이 몰랐으니

허송세월 되는 줄을 앞날에 알았더면

죽을 사 자가 왜 있으리 허허 웃어볼까 울어볼까(〈만장〉 전문)

통상 만장이라 하면 고인의 생전 업적을 기리거나 그의 죽음을 애

도하는 내용이기 마련이지만, 소태산의 이 작품은 전혀 그렇지가 않다. 이것이 단지 만장 형식을 빌린 가사가 아니라 실제로 김동순이라는 제자의 만장으로 쓰였음을 감안하면 전무후무한 격외의 만장이다. 33구의 짧은 길이이지만 우선 세 단락으로 나누어 살펴보겠다.

첫 단락(서사)에서는 '산:나' '푸르다:누르다'를 대응시켜 자연과 인간의 공통된 법칙으로 '변화'의 관념을 제시한다. '푸르다:누르다'는 생사 거래의 은유로써 변화무궁하는 천지의 신령스러움을 말하고자 한다. 고인이 전주에 살았고 장의도 전주에서 치러짐을 의식해서 천지의 대표격으로 완산 칠봉完山七峰[6]을 내세운 것은 허공중에 떠도는 관념을 단번에 '지금 여기'로 끌어다놓는 비상한 효과를 발휘한다.

둘째 단락(본사)에서 작자는 "여봐라 처자야 말 들어라" 하고 돈호법을 쓰면서 문득 대화상대로 유가족을 가리킨다. 애고대고 섧게 우는 처자를 보면서 소태산은 관행적 위로의 말이나 늘어놓는 것이 아니라 이 상황을, 생사법문生死法門을 들려줄 기회로 포착한다. 생과 사, 래來와 거去는 동전의 양면처럼 필연적이니 생자필멸의 숙명을 누가 거스르겠는가. 그러나 계절 따라 누레졌다가 다시 푸르러지는 순환 원리를 진리로 받아들인다면 거자필반去者必返(헤어진 사람은 언젠가 반드시 돌아오게 됨)의 이치를 믿고, 돌아올 기약이나 다짐함이 현명한 일이지 애통한들 무슨 소용이 있겠는가 하는 것이다.

서산에 졌던 해가 동방에 밝았도다

---

6) 여기서의 완산은 전주의 옛 이름으로 쓰인 것이 아니고, 노령산맥의 지맥 끄트머리인 전주에 자리한 해발 186미터의 작은 산봉 이름이다.

거년에 누른 가지 금년에 푸렀도다

'푸렀도다'는 '푸레졌도다'의 뜻이다. 소태산은 천도법문에서 이런 이치를 그대로 설명한다. "저 해가 오늘 비록 서천에 진다 할지라도 내일 다시 동천에 솟아오르는 것과 같이, 만물이 이생에 비록 죽어간다 할지라도 죽을 때에 떠나는 그 영식(넋)이 다시 이 세상에 새 몸을 받아 나타나게 되나니라"(『대종경』, 천도품9)가 그런 예이다.

셋째 단락(결사)은, 앞에서 베푼 천도법문을 듣고 생사 이치를 깨달은 경지를 가상해 말끝을 맺는다. 즉 이치를 깨닫고 보면 '죽을 사死' 자는 본래 없다는 것이다. 이는 "생사가 원래 둘이 아니요 생멸이 원래 없는지라, 깨친 사람은 이를 변화로 알고 깨치지 못한 사람은 이를 생사라 하나니라"(천도품8) 하는 생사 원리를 알고 보면, 왜 '허허 몽중이로고'로 시작하여 '허허 웃어볼까 울어볼까'로 마무리하는가를 알 만하다.

〈만장〉의 시학

이 작품에서 우리가 주목할 기교가 하나 있다. 그것은 화자(말하는 이)와 청자(듣는 이)의 역할 교대이다. 서사에서는 '저 산아'로 호칭하고 '산'을 의인화하여 청자로 놓고, '나는 또한 푸레지고 너는 또한 누레진다' 하여 화기의 실체가 불분명하다. 그러나 본사에서는 '너와라 서사야 말 들어라'로써 청자를 고인의 처자로 바꾸고 '갈 거去 올 래來 하는 때에 나 올 기약 알아보소' 혹은 '저기 저 산은 누레지고 여기 이 산이

푸르거든 날인 줄만 알려부나'에서 보듯이 화자 '나'가 다름 아닌 고인
임이 확실해진다. 결사에서는 청자가 사라지고 화자의 독백만이 남는
다. 이러한 화자와 청자 간의 주고받기는 이 작품이 비록 길이는 짧지
만 수사법으로도 입체적 구조미를 제대로 갖추었음을 보여준다.

한편, 화자가 작자 소태산이 아니라 엉뚱하게도 말을 할 수 없는 사자
死者라는 점은 기발한 발상이다. 이는 무속에서 보듯이 혼령이 무당에
빙의하는 현상으로 설명할 수밖에 없다. 말하자면 진혼굿인 씻김굿의
원형과 같으니 결국 이 형식은 사자와 유가족을 다 함께 천도하여 상
징적 명분과 실질적 효과를 동시에 성취하였다고 하겠다. 전반적으로
참 평이한 소재를 조물조물하더니 어느새 되게 고급스러운 설법을 만
들어내는 마법을 보여준다. 참 쉽고도 재미있다.

다음은 장편가사 〈안심곡〉 가운데 일부를 소개한다.

달아 달아 밝은 달아/ 구름 속에 노는 달아/ 너는 밝아 중천법계 월月이
되고/ 나는 밝아 백일중천 해가 되어/ 이리저리 밝혀내어/ 춘하추동 사시
절에/ 도화지桃花枝를 잡아들고/ 춘추법려로 놀아보자/ 에루화 낙화로다/
가련하다 가련하다/ 너의 신명 가련하다/ 대명천지 이 세상에/ 너의 시절
오래 가면/ 천지 운수 가련이라/ 봉사의 거동 보소/ 제 물건 잃었으되/ 물
건 잃은 줄도 모르고/ 들리나니 탄곡성歎哭聲이라/ 제정신 얻다 두고/ 서
로 붙잡으며/ 음식을 서로 내라 하며/ 서로 싸우는데/ 혹은 도적놈이라
하며/ 혹은 달아나며/ 혹 앉아 통곡하며/ 혹은 하늘을 보고 헛웃음하며/
이리저리 야단이라/ 얼씨구나 춘삼월/ 호시절이 이 아닌가/ 굿 중에는 상

굿이라/

〈안심곡〉은 파격이 심한 가사다. 소태산 가사 중에는 〈경축가〉 같은 전형적 4·4조 가락의 가사가 예외적으로 있긴 하지만, 앞의 〈만장〉에서도 보았듯이 격식에 얽매이지 않는 분방한 형식이 많다. 〈안심곡〉은 내용이나 형식이나 전통 가사에서 만나기 어려운 작품이다. 탈춤이나 꼭두각시놀음 등 남사당패놀이의 분위기에다 민요·무가·시조창 영향을 받고, 판소리 서술 방식을 원용한 주목할 만한 작품이다. 〈안심곡〉은 일명 〈봉사견청산奉事見靑山〉, '소경이 청산을 본다'는 뜻의 별칭을 가지고 있다. 즉 사리를 분별하지 못하는 무명 중생을 시각장애인으로 놓고, 인과의 진리를 모르는 중생들이 거짓 선생들에게 현혹되어 가패신망의 나락으로 떨어지는 실상을 해학적으로 풍자한다. 아울러 '춘추법려로 놀아보자 에루화 낙화로다'나 '얼씨구나 춘삼월 호시절이 아닌가'를 보면 그 흥겨움과 신바람이 도덕가사로 승화하는 현장을 체험하게 된다. 소태산, 알고 보면 그는 내공이 깊은 문학가다.

○

개교 표어와 남다른 생각

앞에서 이미 복수의 종파에서 주장하는 후천개벽을 언급했지만, 여기서 개벽의 관점 차이를 짚고 넘어갈 필요가 있다. 헤긴대 동학에서는 이른바 시운時運이 강조된다. 즉 인류사로 볼 때 부조리한 선천시대가 마감되고 새로운 질서와 문명이 열리는 후천개벽의 시점을 중시했다.

그래서 동학은 '드디어 때가 이르렀다'는 신념에서, 눈에 보이는 현실의 제반 모순을 물리적 힘을 동원해서라도 바로잡고자 했던 동세개벽動世開闢의 길을 선호할 수밖에 없었던가 싶다. 2세 교주 해월 최시형은 애초 호남을 중심으로 한 남접의 강경 노선에 반대했다고 하지만, 수운의 가사를 보면 동학 내면에 이미 동세개벽의 에너지는 충만해 보인다. "개 같은 왜적놈을/ 하느님께 조화 받아/ 일야에 멸하고자/ 전지무궁傳之無窮(사적을 영구히 전함) 하여놓고/ 대보단大報壇[7]에 맹세하고/ 한이汗夷(청 오랑캐) 원수 갚아보세."《안심가》 여기선 왜적 일본과 오랑캐 청을 싸잡아 치니, 사뭇 적개심과 호전성이 충일하다. 더구나 칼노래[8]를 부르며 칼춤을 추는 검결의식에 이르면 그 전투적 혁명성은 절정을 보여준다. 갑오년의 항쟁은 처절한 패배를 기록하고 동세개벽의 꿈은 여지없이 깨지고 말았지만 말이다.

한편 갑오년 그 슬픈 항쟁의 현장에 있던 증산 강일순, 산같이 쌓인 동학군의 시체를 본 충격에 식음을 전폐하고 사흘 낮밤을 대성통곡했다는 증산, 그는 학습효과 때문인지 부드럽고 조용한 정세개벽靖世開闢을 주장한다. 대외적 항거보다는 해원상생의 천지공사로 신명계의 모순까지 근원에서 바로잡자는 것이다. 그러다 보니 증산교의 개벽관은 교조의 역할에 초점이 맞추어져 증산이 천지 도수를 임의로 조정하는 위

---

7) 임진란 때 원병을 보내준 명나라 신종의 은의를 기리기 위해 창덕궁 안에 세운 제단. 명조에 대적한 청나라가 병자호란으로 가한 남한산성의 치욕을 씻기 위해 대명절의(大明節義)를 부르짖던 1704년(숙종) 세운 것으로 청나라에 적대하는 뜻이 내포됨.

8) 최수운이 남원 교룡산성 골짜기 선국사 은적암에서 지은 칼노래는 〈검결(劍訣)〉이다. "시호(時乎) 시호 이내 시호/ 부재래지(不再來之) 시호로다/ 만세일지(萬世一之) 장부로서/ 오만년지(五萬年之) 시호로다/ 용천검(龍泉劍) 드는 칼을/ 아니 쓰고 무엇 하리 (…)"로 시작하는 20구의 단편가사다.

력을 드러내는 데 몰두하는 듯하다.

소태산의 개벽은, 후천개벽의 시대적 징후가 시작됐다든가 선천의 적폐와 모순을 바로잡을 적절한 시기가 도래했다든가 하는 역사관에 동의하면서 출발하는 것은 맞다. 그러나 일시의 과격한 행동으로 달성한다든가, 어느 누가 천지 도수를 조정하여 한꺼번에 무엇이 달라진다든가 하는 시각에는 동의하지 않는다. 소태산은 인류의 각성과 노력으로 개벽이 이루어질 것으로 보았고, 그 지름길은 대립과 상극을 버리고 화합과 상생에서 찾아야 한다고 보았다. 수운 최제우의 공생애가 겨우 4년(1860~1864), 증산 강일순의 공생애가 불과 8년(1901~1909)임에 비하여 소태산은 27년(1916~1943)여에 이르는 만큼 여유가 있어서 느긋하게 임했는가 싶기도 하지만, 소태산의 개벽은 급진적이 아니라 점진적이고, 완료형이 아니라 진행형이었다.

소태산의 개벽관을 이해하려면 원불교의 개교 표어 "물질이 개벽되니 정신을 개벽하자"에 주목할 필요가 있다. 본래 개벽은 천개지벽天開地闢(하늘이 열리고 땅이 열림)의 준말이지만, 여기서 하늘은 정신문화이고 땅은 물질문명이라고 볼 만하다. 즉 이것은 인류가 오래 염원해 온바 정신문화와 물질문명의 동반 개벽을 지향하는 것이다. 그는 배고픈 정신문화나 타락한 물질문명으로는 진정한 이상세계(낙원세계)가 올 수 없음을 알았다. 근세에 들어 산업혁명과 더불어 과학기술이 발달하면서 물질세계는 개벽이란 이름을 붙일 만큼 놀라운 속도로 발전하고 있지만, 정신세계는 미처 그를 따라가지 못함으로써 이 불균형이 인류를 고해에서 헤매게 한다는 논리다. 더구나 그는 물질개벽(산업혁명)이 1차 기계혁명, 2차 에너지혁명에 그치지 않고, 3차 인터넷혁명이나 4차 인공지능혁명 등으로 진행할 것을 예견했으리라. 『정전』 제1장 〈개교의 동기〉에서 밝힌 소태산의 주장은 간단명료하다.

현하 과학의 문명이 발달함에 따라 물질을 사용하여야 할 사람의 정신은
점점 쇠약하고, 쇠약한 그 정신을 항복받아 물질의 지배를 받게 하므로,
모든 사람이 도리어 저 물질의 노예 생활을 면하지 못하게 되었으니, 그 생
활에 어찌 파란고해가 없으리오. 그러므로 진리적 종교의 신앙과 사실적
도덕의 훈련으로써 정신의 세력을 확장하고, 물질의 세력을 항복받아, 파
란고해의 일체 생령을 광대무량한 낙원으로 인도하려 함이 그 동기니라.

이 짧은 글에서 눈여겨볼 요소는 둘이다. 하나는 오독하지 말아야
할 부분이니, '물질의 세력을 항복받는다'는 대목이다. 이는 물질세계를
부정하거나 타도의 대상으로 삼는 것이 아니다. 물질과 정신의 동반이
맞기는 하되 주객 본말을 가리자면 정신이 주主요 본本이며 물질은 객
客이요 말末이니, 이 위계질서가 확립되지 않으면 인류가 결코 행복해질
수 없다는 것이다. 다른 하나는 이항 대립으로 보여주는 균형이다. 즉
물질:정신, 진리적 종교:사실적 도덕, 신앙:훈련(수행) 등이 그것이다.

달리 소태산 사상의 특성으로 두 가지를 지적할 수 있다. 하나는 겸
전주의兼全主義요 다른 하나는 통합주의이니 이는 소태산식의 중도주
의이기도 하다. 용수龍樹, Nāgarjuna(생몰년대 미상)의 팔불중도[9]가 양변을
부정하고 배제하는 양비론에 기초한다면 소태산의 중도는 대립항을

---

9) 어떤 것도 소멸하지 않고[不滅], 어떤 것도 생겨나지 않고[不生], 어떤 것도 단멸하지 않
고[不斷], 어떤 것도 상주하지 않고[不常], 어떤 것도 그 자체와 같지 않고[不一], 어떤 것
도 그 자체와 다르지 않고[不異], 어떤 것도 오지 않고[不來], 어떤 것도 가지 않음[不去]
등 여덟 가지 부정의 논법.

같이 긍정하고 수용하는 양시론에 근거한다고 할 만하다.

겸전(여러 가지를 다 갖추어 완전함)이란 '내외겸전' '문무겸전' 등에서 쓰이는 그것인데 필자가 굳이 이런 용어를 쓰는 이유는 소태산이 구사한 쌍전雙全, 쌍수雙修, 병진竝進, 병행竝行, 겸수兼修, 일여一如, 불이不二 등 다양한 용어를 하나로 묶기에 가장 무난하다고 보았기 때문이다. 원불교 표어 등에서 보듯이,[10] 영혼과 육신, 이론과 실천, 자력과 타력, 신앙과 수행, 수도와 생활 등 언뜻 대립적·배타적·이질적으로 보이는 요소들을 선택적인 것, 병립불가의 것으로 보는 태도를 지양하고 이들의 겸전만이 완성의 길이라고 보는 것이다. 일일이 해설하기는 번거로우므로 한두 가지만 본보기로 설명하자면 이렇다.

선천시대의 구도자는 정신과 영혼을 고귀하고 우월한 것으로 보아 추구하는 한편, 물질과 육신을 비천하고 열등한 것으로 보아 멀리하거나 학대하기를 능사로 하였다. 그러나 소태산은 영혼을 살찌우고 정신을 윤택하게 하는 수도 못지않게, 육신을 건강히 하고 의식주를 풍요롭게 가꾸는 생활도 중요하다고 보았다. 수도를 위하여서는 삼학(수양/定, 연구/慧, 취사/戒)이 필요하고 생활을 위해서는 의식주가 필요하므로 이 여섯이 인생의 육대강령이요 이른바 영육쌍전법靈肉雙全法(『정전』, 제16장)이다. '생활이 불법이요 불법이 생활'이란 표어도 그래서 나왔다. 구도를 위해서 세속을 떠난다든가 처자식을 버리는 것은 선천시대 종교의 폐습이란 뜻이다. 수행 하나를 보더라도 평생 산더미 같은 경전과 씨름하는 교종이나, 종일 참선하며 화두를 들고 안간힘을 쓰는 선종이

---

10) 동정일여(動靜一如), 이사병행(理事竝行), 영육쌍전(靈肉雙全), 자타력병진(自他力竝進), 도학과학겸수(道學科學兼修), 이참사참쌍수(理懺事懺雙修), 수도생활불이(修道生活不二), 지행겸전(知行兼全) 등이 그런 예이다.

나, 염불 혹은 주문(다라니)만 외우며 만사형통을 꿈꾸는 염불종이나, 시대에 맞지 않는 소승적 계율에 얽매어 사는 율종 등의 수행법을 비판했다. 삼학을 정신적 의식주로 삼아 이를 병진 겸수하는 것이 맞다고 보고, 교·선·율 혹은 염불종의 장점을 간이하게 묶어 함께 닦도록 했다. 혹자는 교종의 간경만 충실하려 해도, 출가하여 가족 부양도 않고 직업도 없이 팔만대장경을 읽는 것만으로도 평생이 부족할 판인데 너무 비현실적인 주장이라고 할는지도 모른다. 소태산은 『정전正典』이라 이름한, 고작 71쪽짜리 교과서 하나를 던져놓고, 나머지 경서는 참고서로나 보란다. 배짱 한번 좋다 할지 모르나 이것이 소태산의 자신감이요 자부심이기도 하다.

다음, 통합주의란 선천시대의 풍속으로 분할·편파·배타주의적 속성들을 모두 배제하고 이들을 통합 활용하자는 입장이다. 어찌 보면 통합주의는 겸전주의에 내포된 일면이기도 하다. 비유컨대, 시장에는 좋은 물건과 낮은 물건이 있지만 좋은 물건만 두고 낮은 물건을 버리지 않으며, 금옥보다 밥 한 그릇이 귀할 수도 있고, 양잿물같이 독한 물건이 필요한 때도 있기 때문에 그 성질과 용처를 알아 적절히 쓰면 된다는 것이다. 앞에 말한 선·교·율 및 염불종의 분열을 극복하는 것도 통합이지만, 더 크게는 유·불·선·기儒佛仙基 등 기성종교와 동학·증산교 등 신종교의 사상까지 수용 활용하고 민속신앙조차 합리적으로 수용하는 큰 그림을 그렸다. 다만 주종主從과 본말本末을 밝히고 시비是非와 정사正邪를 가리는 올바른 취사로써 혼합주의와 상대주의의 폐단을 경계하고 있음을 간과해서는 안 된다.(『'새로 쓴' 소태산 박중빈의 문학세계』, 24쪽 참조)

통합이란 용어를 쓰자니 해명할 거리가 있다. 예컨대 에드워드 윌슨

(1929~)의 'consilience'를 놓고 생물학자 최재천은 '통섭統攝'이라 번역하면서 물리적인 합침을 통합, 화학적인 합침을 융합, 생물학적인 합침을 통섭이라 하여 차별화하였지만, 소태산의 통합이라면 물리적인 측면만을 말하기보다는 최재천의 세 가지 개념을 포괄한다고 보는 것이 타당하다. 소태산의 장남 박광전(초대 원광대 총장)은 소태산의 사상적 성격을 혼합주의로 비판하는 이들에게 답변 삼아 비유담을 한 바가 있다. 이를 윤문한 것을 참고로 보자.

식물의 종자를 개량해내는 위대한 육종학자 한 분이 있었다. 그는 세상에 굶주리는 사람들이 많은 것을 보고 좋은 식량을 많이 생산하지 않으면 안 되겠다고 생각했다. 그래서 이제까지 사람들이 재배하고 있는 벼의 품종을 수집해보았다. 그런데 어떤 종자는 수확은 많지만 맛이 없어서 사람들이 싫어하고, 어떤 것은 맛은 좋으나 수확이 적고, 어떤 것은 맛이나 수확은 괜찮은데 병충해에 약하고, 또 다른 것은 병충해에는 강한 대신 맛이나 소출이 신통찮고 (…) 이런 식으로 각기 좋은 점과 나쁜 점이 뒤섞여 있어서 그 어느 것도 쓸 만한 것이 없었다. 이 육종학자는 수십 년 동안 애쓰며 연구한 결과 여러 가지 벼의 품종에서 각각 좋은 점만 뽑아내는 데 성공했다. 어떤 것에서는 맛을 뽑아내고, 어떤 것에서는 수확이 많은 성질을 뽑아내고, 또 어떤 것에서는 병충해에 강한 요소를 뽑아냈다. 그리하여 마침내 맛도 좋고 수확도 많고 병충해에도 강한 우량종을 개발해낸 것이다. 이로부터 사람들은 이제까지 재배하던 덜 좋은 종자를 버리고 우량한 새 품종을 얻어다 가꾸어서 크나큰 혜택을 누릴 수 있게 된 것이다. 그런데 사람에 따라서 "그 품종은 우리 벼에서 맛을 훔쳐갔다"는 둥, "왜 우리 벼의, 병충해에 강한 성질을 모방했느냐"는 둥, "우리 벼의 소출 많은 장점을 허락도 받지 않고 빼내 갔으니 그럴 수가 있느냐"는 둥 시비하고 헐뜯고 삐쭉 거린다면 이것은 과연 누구의 잘못인가?(이혜화, 『종교와 원불교』, 254~255쪽)

○

무모한 도전

원기 2년(1917) 음력 8월에, 소태산과 제자들은 협동조합을 설립한다. 〈불법연구회창건사〉에서는 '불법연구회기성조합'이라고 칭했지만 처음부터 그런 명칭이 부여되지는 않았을 것이다. 그러나 소태산만은 교단 설립을 위한 나름의 프로그램을 구상하고 그를 위한 준비로 설립한 것이 조합이다. 그 프로그램을 창립한도라 하였는데[11] ① 제1회(처음 12년)에 창립의 정신적·경제적 기초를 세우고 창립 인연을 만난다, ② 제2회(다음 12년)에 교법을 제정하고 교재를 편성한다, ③ 제3회(마지막 12년)에 인재를 양성 훈련하여 포교에 주력한다 등으로 되어 있다. 중요한 것은 창교 초기의 필요조건으로 '정신적 기초'와 나란히 '경제적 기초'를 내세운 점이다. 초기 교서인 『육대요령』(1932)에서는 우선순위를 숫제 '물질적 기초의 확립'이라고 못 박고 있다.

선천시대 성자들은 입으로 교단을 설립하고 운영하였다. 석가도 공자도 예수도 혹은 소크라테스도 수익사업 같은 일은 생각하지 않았다. 영혼과 정신을 풍요롭게 가꾸기 위하여 차라리 고행하고 걸식할지언

---

11) 소태산의 창립한도 발표를 〈불법연구회창건사〉와 『초기교단사 1』에서는 '시창 2년(1917) 10월경'의 일이라 하였는데 『원불교교사』와 『정산종사전』(박정훈)에서는 '원기 3년(1918) 10월'의 일이라 하여 1년의 시차가 보인다.

정 돈을 벌고 자본을 형성한다는 것은 세속적인 일 혹은 타락한 일로 여겼던 듯하다. 근세조선의 성자들, 예컨대 동학, 증산교, 남학, 대종교의 창교자들을 비롯한 그 누구도 후원자나 대중의 헌금이 아니면 조직을 이끌 수 없었다. 더구나 이들 중 상당수는 신자들로부터 재산을 긁어모아 부를 축적함으로써 사회문제가 된 일도 적지 않다. 그러나 소태산은 영육쌍전(혹은 물심양전物心兩全)의 교리대로 처음부터 재물과 육신을 무시하거나 멀리하지 않았다. 오히려 개인의 수도를 위해서나 민중을 제도濟度(중생을 고해에서 건져내어 극락세계로 이끌어줌)하기 위해서는 자본이 필요하고 건강한 육신이 필수적임을 강조하였다. 그는 교단(불법연구회)을 창립(기성)하기 위한 단체(조합)를 먼저 조직했다. 기금 조성을 위해 손쉬운 '묻지 마' 헌금에 의존하지 않았고, 협동조합 형태로 저축을 유도했음이 특이한 일이다.

소태산은 제자 조합원들을 설득한다. "우리가 경영하는 공부와 사업은 보통 사람이 다 하는 바가 아니며, 보통 사람이 다 하지 못할 바를 하기로 하면 반드시 특별한 생각과 특별한 인내와 특별한 노력이 아니면 능히 그 성공을 기약하지 못할 것이며, 또는 우리의 현금現今 생활이 모두 무산자의 처지에 있으니, 의복 음식과 기타 각항 용처에 특별한 소비 절약이 아니면 단 몇 원의 자금을 판출辦出(돈이나 물건 따위를 변통하여 마련해냄)하기가 어려울 것이다."《창건사》)

누구보다 소태산 자신이 '무산자'이며 조합원 태반도 무산자임을 전제로 하여 시작한 일이다. 그는 자본 마련을 위한 몇 가지 방법을 제시한다. ① 금연, 금주와 생활비 절약을 통하여 소비를 줄인 내금, ② 매월 공동 출역을 통한 임금, ③ 각자 부인들의 좀도리[節米] 운동을 통한 식량 저축 등이다. 소태산은 솔선하여 자신의 재산을 내놓는다. 가난하던 그가 400원의 거금[12]을 조합에 내놓았다. 이 돈은 대각 이후 소태산이 준비해온 자금인데, 그는 집과 밭과 가구를 팔고 심지어 가마솥, 쇠요강, 놋그릇 등 값나갈 만한 것은 모조리 정리하여 500원을 만들었고, 그중 100원은 당장 가족의 의식주를 해결할 최소한의 사유재산으로 남겨두고 나머지 전부를 내놓은 것이다.

이와는 별도로 조합원들이 모은 돈이 200원에 이르렀는데 소태산은 그 돈을 그냥 적금하듯이 두지 않고 수익사업을 하기로 한다. 그는 동네 부호 한 사람에게서 400원을 차입하여 보탠 후 이들 자금(합계 1천 원) 태반을 목탄(숯)사업에 투자한다. 당시 목탄 투자는 아마 오늘날 석유산업 투자만큼이나 비중이 컸을지도 모른다. 소태산은 완제품 목탄을 구입하기도 하고 사람을 부려 숯가마에서 직접 굽게도 했다. 숯의 매입가는 한 포에 25전 내지 30전이었는데 7~8개월 후에 2원 50전 내지 3원에 매각하였으니 무려 10배나 남는 투자였다. 그것은 당시 구주대전(제1차 세계대전)의 영향으로 목탄 무역에서 숯 값이 폭등한 때문이었다. 이는 우연이나 요행이 아니다. 아마도 소태산은 국제정세 등 시국에 대한 정보를 심도 있게 분석했고, 그에 못지않게 미래를 내다보는 예지력豫知力을 발휘하였을 것이다. 이리하여 조합 운영 1년 만에 8~9천 원의 거금을 마련하였으니 소태산의 경영능력은 놀랍다 하지 않을 수 없다.

이듬해 음력 3월경, 소태산은 조합원들을 상대로 깜짝 놀랄 만한 제안을 한다. 자본금이 준비되었으니 본격적인 사업을 일으키자는 것이

---

12) 박용덕은 당시 관보에 게재된 곡가표에 근거하여 이 돈이 쌀 46가마에 해당한다고 계산한다.(『초기교단사 1』, 313쪽)

다. 사업은 간척사업이니, 마을 앞 와탄천으로 드나드는 조수를 막고 개간하여 논을 풀자는 것이다. 교단 운영의 기본 자산을 마련한다는 실리와, 식량 생산으로 민생에 도움을 준다는 명분을 아울러 얻을 수 있다는 계산이다. 당시 길룡리 일대는 논이 거의 없어서 쌀이 귀했음을 감안하면 다른 쪽에 투자하는 것보다 더 절실한 문제였으리라. 처음에 조합원들은 비용 조달이 불가능하다고 선뜻 동의하지 않았지만, 자금 문제는 조합장인 소태산이 해결하겠다고 하자 더 이상 이의를 달지 않았다. 조합원들이 동의하자 저축조합의 성격이 이제 방언조합이 된다. 방조제는 새만금 이래 익숙해진 용어이지만, 당시엔 방조언[13]이 쓰인 것으로 보인다. 방조언의 준말로 보아도 될 방언防堰은 둑[堰]을 막는다[防]는 뜻에서 둑막이의 뜻으로 썼다.

소태산은 조합원의 동의를 곧이곧대로 받아들일 만큼 어수룩하지 않았다. 얼결에 혹은 분위기에 휩쓸려 합의해놓고 나중에 꽁무니를 빼거나 없던 일로 해버린다면 낭패다. 이미 오내진이란 제자가 그런 식으로 약속을 어긴 일이 있기에 소태산은 각자 서약서를 써내도록 했다. 서약서의 내용 일부를 발췌하면 이런 식이다. "마음은 한 사문師門(선생의 문하)에 바치고 몸은 공중사에 힘써서 영원한 일생을 이로써 결정하옵고 먼저 방언공사를 착수하오니, 오직 여덟 몸이 한 몸이 되고 여덟 마음이 한마음이 되어 영욕 고락에 진퇴를 같이하며, 비록 천신만고와 함지사지를 당할지라도 조금도 퇴전하지 아니하고 원망하지 아니하여 종신토록 그 일심을 변하지 않기로써 혈심 서약하오니, 천지신명은 일

---

13) 당시 신문(영광진촌농장에 우부대소동돌발(靈光津村農場에 又復大騷動突發), 《동아일보》, 1928. 2. 17. 2면)에 '방조언(防潮堰)'이란 용어가 보이는데 『원불교교사』에서 쓰이는 '언'은 방조언의 약칭으로 보면 된다.

제히 통촉하사 만일 이 서약에 어긴 자 있거든 밝히 죄를 내리소서.”

여기에 쓰인 천신만고千辛萬苦(마음과 몸을 온 가지로 수고롭게 하고 애씀)와 함지사지陷之死地(목숨이 위태로운 곳에 빠짐)는 이후로 원불교 문헌 속에 단골로 나오는 관용어가 되지만, 서약을 어긴 자의 죄벌을 자청하는 것은 각오의 진정성을 담보하는 것이기도 하다. 그리고 여덟 명을 언급한 것은, 방언공사 착수 때에는 아홉 제자 중 아직도 한 명이 합류하지 않았다는 뜻이다.

소태산은 개발주의자인가

갯벌의 가치가 재평가되는 오늘날, 소태산의 간석지 개간은 어떤 시각으로 바라보아야 하는가. 갯벌의 생태학적 배려나 환경적 가치는 어찌 되며, 경제적으로도 갯벌 유지가 개간보다 부가가치가 높다는 주장은 또 어찌 되는가.

2003년, 천주교 신부, 불교 스님, 개신교 목사와 함께 원불교 교무는 새만금방조제 공사의 중단을 호소하며 65일간 300여 킬로미터를 3보 1배로 행진하여 큰 반향을 일으킨 바 있다. 이후로도 4대 종단 성직자들은 단식기도 등 '새만금 살리기' 운동에 힘을 합쳤다. 그런데 새만금 개발 찬성론자 중에서는, 교조의 개간사업으로 교단사가 시작되는 원불교로서 새만금공사를 반대할 명분이 있는가 비판했다.

"이것(간석지)은 중인의 버린 바라. 우리가 방언하여 작답할진대 불과 기년에 완전한 토지가 될 뿐 아니라 폐물 이용으로 인하여 비록 적으나마 또한 국가 사회의 생산 중 한 도움이 될 것이니 (…) "(《창건사》)에서 보듯 소태산은 개간의 본질을 '폐물 이용'으로 규정한다. 소태산의 개간과 새만금 개발은 규모뿐 아니라 본질도 다르게 보아야 하는가. 그러나 정산 송규가 처음 본 썰물 때의 갯벌은 해산물이 생산되는 개펄 대신 '붉은 행자'(칠면초)가 일상 덮인 '폐물 땅'이었으니 경제적으로나 생태 환경 면에서나 그다지 가치가 있던 것으로는 안 보인다.

결과론이지만, 법성포로부터 와탄천으로 흘러오던 조수가 점차 줄어들며 해당 지역이 갯벌로서 기능을 잃은 지는 오래다. 특히 정부에서는 1987년부터 관개, 배수, 염해 방지를 위한 대대적 공사로 배수갑문을 설치하였는데, 이로 인해 2004년 이후 일대의 갯벌은 흔적조차 없이 사라졌다. '폐물' 판정에 더하여 소태산은 이미 갯벌이 유지될 수 없는 지역임을 예견했던 걸까.

소태산은 방언 개시 한 달 전부터 갯벌을 거닐며, 개간으로 위협받는 생명들에게 자리를 옮겨 떠나라고 당부하며 기도했다는 일화가 전한다. 아무리 그래도 개펄이 사라지며 삶의 터전을 잃고 희생된 생명들은 있을 것이다. 이에 대한 미안함은 후생에게도 부채감으로 남아 있는 듯, 방언공사 100주년이 되는 2018년 6월 4일, 여자교역자들이 현장에 모여서 '정관평 방언공사 희생영령을 위한 위령제'를 지내며, 희생된 생명들의 영혼을 위로하고 공덕을 기렸다.

방언공사는 음력 4월 초나흘(1918년 5월 13일) 시작되는데, 여기서 근대적 간석지 개척의 역사적 배경을 잠깐 살펴보기. 조수가 드나드는 개펄은 간석지라고 하여 그 개간의 역사는 오래거니와, 조선 후기에 와서는 나라에서 더욱 장려하는 사업이 되었다. 부족한 땅을 늘려

농작물을 생산하는 일은 국가적 관심거리이기도 하려니와 땅 없는 농민들로서도 매력적인 사업이라 할 만하다. 조선 말 내지 한일병합 이후 활발해진 간석지 개간은 주로 개펄이 많고 리아스식 해안선을 가진 서해안 일대에 집중되었고, 그중에서도 전라도 해안에서 성행하였다. 소태산의 방언이 시작되던 1918년을 전후하여 영광군 안에서만도 총독부의 허가를 얻은 여러 건의 개간이 이루어지는데 그 대표적 예가 홍농면弘農面 124정보의 개간이다.[14] 다만 이런 개간사업의 태반이 일인들의 손에 의한 것이고 조선인의 참여는 극소수의 부호에 한정될 뿐이었다.

이런 배경에서 이루어진 방언이라면 소태산의 기상천외한 발상은 아닐뿐더러 남이 안 하던 일을 선구적으로 한 것도 아니다. 그러나 소태산의 개간사업이 특별히 주목받을 부분은 분명히 있다. 종교인 아닌 실업가가 부의 증식을 위해서 하는 간석지 개간도 있고, 종교인이라 할지라도 절집에서 산전이나 황무지를 개간하는 경우는 더러 있었지만, 종교가에서 교조가 몸소 나서서 대규모 간석지 개간을 추진한 경우는 일찍이 없었다. 굳이 찾는다면 조철제의 경우가 있긴 하다. 1921년, 증산계파의 신종단 태을도(→무극대도→태극도)를 창건한 그는 교세가 급증하여 교인 수가 10만을 헤아리자 진업단進業團이라는 신도단체를 조직하여 충남 안면도에 20만 평 간석지를 개간했다고 전한다. 소태산의 간척보다 10년쯤 뒤진 일이고, 그마저 교조 자신이 직접 나선 것은 아니었지만 말이다.

---

14) 전라감사 이서구(李書九, 1754~1825)가 현장을 보고 칠암면(七巖面)을 홍농면(弘農面)으로 개명토록 하면서 훗날 큰 농지가 될 것을 예언했다는 전설이 있다.

벽해상전 꿈을 이루다

소태산이 착수한 방언공사는 방조제의 길이가 600미터에 이르러 홍농벌의 방조제와 맞먹었다고 한다. 공사 후 생길 개간지는 홍농의 12분의 1도 안 되는 작은 면적이지만 조수가 드나드는 물목은 차이가 없었다는 뜻이다. 그러다 보니 열 명도 안 되는 무산자가 빚까지 얻어 덤벼들기에는 누가 보더라도 버거운 규모였다. 그래서 방언조합의 무모한 도전에 비판과 조소가 쏟아지기 시작한다. 그것은 조합의 능력을 못미더워하는 데서 오는 것이기도 했지만, 두어 해 전만 해도 폐인 취급을 받던 소태산에 대한 불신이기도 했다. 그들은 공사의 실패를 공언하고 "얼마 지내지 아니하여 아까운 돈만 바닷속에 버리고, 조합도 못하고 싸움하고 남북으로 갈릴 것이네"라고 단정적으로 말하는 사람까지 있었다고 한다. 그래도 조합원들은 흔들리지 않고 조합장 소태산의 지도 감독에 순응하며 묵묵히 방언공사를 진행하였다.

측량을 하고, 물막이용 청솔을 베어 오고, 말뚝과 재목을 준비했다. 삽과 가래, 지게와 수레를 확보하고 일꾼들을 모았다. 제각에서의 모임은 폐하고 대신 갯벌 가까이 있는 강변 주막을 현장사무소 겸 집회소로 쓰기로 하였다. 박중빈은 몸소 현장에 나가서 공사를 감독했고, 여덟 명의 단원들은 처자식 등 집안 식구들을 다 동원하고, 상당한 품노 사서 작업을 했다. 작업은 물이 빠진 시간에 집중될 수밖에 없었으므로 많은 제약이 있었지만, 이렇다 할 장비가 없으니 맨손으로 하는 것이나 진배없어 그 애로는 말로 다할 수가 없었다. 밖에서 흙을 져 나를 수가 없기에 청솔가지를 얼키설키 놓고 안팎으로 가지런히 말뚝을 박으며 개흙을 쌓아 둑을 만들어가는 방식인데, 물이 한번 들어왔다 나가면 거의 도로아미타불이 되고 오히려 재료와 장비마저 잃어버리는 일이 한두 번이 아니었다. 그러나 그들은 삼복염천과 엄동설한을 무릅쓰고 비바람을 이기며 바닷물을 막아 자그마치 600미터 길이의 둑을 쌓았다.(『소태산 박중빈 1』, 193~194쪽)

주민들이 조합을 조롱하는 뜻으로 불렀다는 노래가 전한다. "옥녀봉에 박을 심고/ 촛대봉에 대를 심세/ 바다 막다 가패신망/ 저 불쌍한 조합꾼들/ 옥녀봉의 박을 따다/ 박짝 차고 빌어먹게/ 촛대봉의 대를 끊어/ 지팡 짚고 빌어먹게" 이런 식이었다. 소태산은 자신이 당한 어이없는 일화도 소개했다. 친구의 형 되는 천도교 간부가 와서 "천도교가 권세를 잡는 날이면 감사監司(관찰사) 한자리하기는 여반장이니, 방언을 중지하고 그 비용을 교회에 납부하면 문전옥답이 시글시글할 것이니 우선 천 원 하나만 납부하시게" 하고 여러 번 꼬드김을 당했다는 것이다.

아무튼 주변의 불신과 조롱을 견디며 묵묵히 공사는 추진되었다. 그 과정에 여러 가지 에피소드가 있지만 그중에서 같은 백수면 주민인 김덕일이란 부자와 관련된 일화를 보자.

방언공사가 본격화하면서 조합은 자금난에 몰렸던 모양이다. 여유가 있는 회원들의 투자가 있었지만 그것으론 어림도 없었기에 사채를 동원한다. 그러나 방언조합이 조롱거리가 된 처지에 누가 쉽사리 신용을 줄 리가 없다. 김성구는 이웃에 사는 부자 김덕일을 찾아가서 빚을 얻어다 투자했다. 그런데 이걸 약속한 기일에 갚지 못하자 김덕일은 김성구를 자기 집으로 불러다가 구타를 하고 '도둑놈' 소리까지 하면서 온갖 모욕을 다 주었다고 한다. 결국 그는 자기 땅 서 마지기를 팔아서 빚을 갚고야 곤경에서 벗어났다.

방언공사가 차츰 가시적 성과를 드러내면서 주민들도 서서히 생각을 바꾸더니 마침내 관심을 보이기 시작했다. 품삯을 제대로 주니 저마다 품을 팔러 모여들었다. 그들 눈에도 방언의 성공이 확실해 보였던지 조합이나 방언에 대한 비난이 수그러들었다. 이쯤에서 김덕일이 재등장한다. 그는 조합이 간척 허가를 신청했으나 아직 정식으로 허가를 취득하지 못했음을 알고 당국에 먼저 허가를 받아내려고 선수를 친다.[15] 그는 호마를 사서 타고[16] 호기를 부리며 도청으로 경찰서로 다니며 인맥과 금력을 동원하여 개간 허가를 먼저 얻어내려고 혈안이 되었다. "네놈들이 서서 언을 막으면 나는 앉아서 막겠다"고 큰소릴 치면서 다니니, 동네 사람들도 그 땅은 별수 없이 김덕일에게 넘어가겠다고 수군거렸다. 이 상황에서 조합원들의 사기는 떨어지고 소태산의 리더십은 도전을 받는다. 이 무렵의 사정이 교전에는 이렇게 나온다.

단원들이 방언 일을 진행할 때에 이웃 마을의 부호 한 사람이 이를 보고 곧 분쟁을 일으키어 자기도 간석지 개척원을 관청에 제출한 후 관계 당국에 자주 출입하여 장차 토지 소유권 문제에 걱정되는 바가 적지 아니한지라 단원들이 그를 깊이 미워하거늘, 대종사 말씀하시기를 "공사 중에 이러

---

15) 당시 일제가 조선인에게는 간석지 조성이 끝난 후에나 '대부 허가서'를 내주는 것이 관행이었다고 한다. 그러나 일본인에겐 사전 허가도 내주었고, 조선인이라도 배경이 있으면 미리 허가서를 얻기도 했다.

16) 재래종인 조랑말에 비하여 키가 크고 날렵한 중국산 말이 호마(胡馬)다. 김덕일은 1천 원의 거금을 쓰고 이 말을 사서 타고 거들먹거렸다고 하는데, 이는 요즘 말로 하면 고급 외제차를 타고 다니는 졸부의 행태와 비교된다.

한 분쟁이 생긴 것은 하늘이 우리의 정성을 시험하심인 듯하니 그대들은 조금도 이에 끌리지 말고 또는 저 사람을 미워하고 원망하지도 말라. 사필 귀정이 이치에 당연함이어니와 혹 우리의 노력한 바가 저 사람의 소유로 된다 할지라도 우리에 있어서는 양심에 부끄러울 바가 없으며, 또는 우리의 본의가 항상 공중을 위하여 활동하기로 한 바인데 비록 처음 계획과 같이 널리 사용되지는 못하나 그 사람도 또한 중인 가운데 한 사람은 되는 것이며, 이 빈궁한 해변 주민들에게 상당한 논이 생기게 되었으니 또한 대중에게 이익을 주는 일도 되지 않는가. 이때에 있어서 그대들은 자타의 관념을 초월하고 오직 공중을 위하는 본의로만 부지런히 힘쓴다면 일은 자연 바른 대로 해결되리라."(『대종경』, 서품9)

부자 김덕일의 음흉한 기도는 성공하지 못했다. 그에 관해서는 훗날 소태산이 직접 언급한 바가 있다. "그 부호는 의외에도 병이 들어 급사하고, 호마도 죽어버렸으며 부호 밑에서 모사謀事하던 모 씨도 어떤 사건에 혐의를 받아 경찰에 체포되고, 공교롭게도 그날 우리에게는 언답 개간 허가장이 나오게 되었다"[17]고 소개하며 인과 법문의 소재로 쓰고 있다. 이 지난한 방언의 성취는 십상 중 제6단계로 '영산방언상靈山防堰相'(영산에서 조수막이 둑을 쌓는 모습)이라고 부른다.

일본 경찰과 조합 사이에 물리적 충돌은 없었으나 공사 기간 내내 긴장 관계가 유지되었던 모양이다. 방언공사가 해를 넘기면서 성공적인 마무리 단계로 접어들자 영광경찰서에서 바짝 의혹의 눈초리를 품는

---

17) 이공주가 기록한 법문 〈辛巳(신사) 夏禪(하선) 결제시 훈사〉(1941. 6. 6.)에 자상한 사연이 있는데 소태산도 이때 마음이 많이 쓰인 듯하다.

다. 때는 1919년이니 서울서 시작된 삼일운동이 전국으로 확산하는 시기이다. 삼일운동은 신종교인 천도교가 중심이 되어 개신교 및 불교와 손잡고 일으킨 저항운동이기에, 일경이 신앙으로 뭉친 결사체인 방언조합에 주목할 만도 했다. 여기에 일경의 예민한 촉수를 범한 흥미로운 사건(?)이 전해지고 있음은 소태산의 인간됨을 탐색하려는 후인에게 놓칠 수 없는 정보다.

적수공권으로 단합된 9인 선진의 정성으로 약 일개 년 만에 한 길 두 길이 넘는 바다에 둑을 막아 언답을 개간한 대역사는 3.1독립항쟁이 불붙은 1919년 3월에 준공을 보았다. 준공을 맞은 9인 선진들께서 그동안 저임으로 수고한 인근 근로자들에게 노고에 대한 감사와 자축의 잔치가 있음 직했다. 그러나 대종사의 하명이 안 계시어 망설이고 있을 때 대종사 몇몇 제자를 불러 말씀하시기를 "이 엄청난 역사를 완공하였으나 자축연이라도 있음 직한데 어떻게 생각하는가?" 하니, 제자 "그러기에 말씀드리려 왔습니다." 대종사 "어떻게 하려는가?" "돼지 마리나 하고 술 섬이나 하면 합니다" 하매, 대종사 웃으시며 "대장부 천지공사를 완필한 마당에 겨우 그것뿐인가?" 하시며, "오늘 영광시장에 나가 황소 한 필하고 술 몇 섬을 준비하라" 하셨다. 제자들은 크게 놀래었으나 분부하신 대로 준비하였으나 막상 도살을 하려 함에 서로 눈치만 보고 있으니, 대종사 제자를 불러 황소를 대령케 하여 말뚝에 매어놓고 이르시기를 "만인을 구제하는 천지공사에 앞장선 우리가 어찌 한 생명을 희생시킴이 본의리오만 옛날에도 큰일을 위해 수를 희생하기도 한다 했으니 우공 그대는 천지내공사를 마무리 짓는 이 마당에 네 생명 하나 희생하여 이 일을 크게 잘 마무리 짓게 하라. 단, 그대의 내두사는 내가 책임을 지겠노라" 하시매 사납기만 하던 우공은 숙연히 이에 응하였다 한다. 이리하여 영광군 내 큰 잔치를 하여 자축과 함께 모든 사람에게 그동안의 수고를 치하했다.(이은석, 〈일제하의 교단 ③〉, 《원불교신문》, 333호, 1982. 11. 6.)

이 기사엔 두 가지 관심을 끄는 대목이 있다. 첫째, 소태산은 통이 크고 방편이 무량하여 처사가 결코 쩨쩨하지 않았다는 점이다. 한 푼 이 아쉽던 처지에 황소 한 마리를 척 내놓고 잔치하는 배포를 말하는 것만은 아니다. 후에 정착되지만, 소태산의 계문에는 불교의 불살생이 나 불식육이 ① 연고 없이 살생을 하지 말라, ② 사육을 먹지 말라 같 은 식으로 계승된다. 그럼에도 그는 '연고'에 방점을 찍고 공식적으로 '막행막식莫行莫食'(여기서는 살생과 육식 음주 등 계율로 금지된 일을 범한 것 을 뜻함)을 실행한 셈이다. 하긴, 규범이란 게 범인의 일상을 전제로 한 것이니 비범인의 비일상에 계와 금기가 무슨 의미 있으랴. 다른 하나는 우공牛公(소를 짐짓 높여서 부른 말)에게 "그대의 내두사(앞으로 닥칠 일)는 내가 책임을 지겠다"고 흥정한 것이다. 네가 죽어서 내게 고기를 주는 대신 나는 너의 사후 천도를 책임지겠노라는 것이니, 어차피 뼈 빠지 게 일하다 도살장에서 끝낼 일생인 우공에게 이런 거래는 천재일우의 횡재다. 문제는 이런 '내두사' 약속은 아무나 할 수 있는 것이 아니라는 데 있다.

어쨌건 이 소문이 읍내까지 알려지자 영광경찰서에서 경찰이 즉각 출동했다. 그들은 불시에 조합실을 압수수색하는 한편 소태산을 연행 하여 조사하고 심문하였다. 그런데 그 혐의라는 게 사뭇 자의적 의혹 이었다. 하나는 혹시 좌익이나 독립운동단체와 밀통하고 있지 않으냐? 무슨 꼬투리를 잡아서가 아니라 한번 넘겨짚어보는 것이다. 또 하나는 빈한한 8~9명 조합원이 어디서 난 무슨 돈으로 일꾼까지 사서 조수를 막고 개펄에 논을 푸는 이 엄청난 공사를 했느냐? 자본의 출처를 의심하다가 품삯으로 지불된 지폐가 혹 위조지폐가 아닌가 회수하여 검사하는 엉뚱한 짓까지 하였다고 한다. 의혹이 해소되자 소태산은 여러 날 만에 석방되었지만,[18] 일경으로서는 아무 소득이 없는 일은 아니었을 것이다. 말하자면 독립운동 근처에 얼씬도 하지 말라는 경고 같은 것이겠다.

방언을 위한 토목공사 막바지 바쁜 기간 중에 소태산은 건축공사를 추진한다. 1918년 음력 10월, 옥녀봉 아래에 원불교 역사 최초의 교당을 착공하여 음력 섣달에 준공했다. 통칭 구간도실九間道室이라고 하는데 이는 아홉 명 단원의 숫자를 상징하여 아홉 칸짜리 건물로 설계를 한 것이었다. 소태산은 상량에 '梭圓機日月(사원기일월) 織春秋法呂(직춘추법려)'[19] 혹은 '松收萬木餘春立(송수만목여춘립) 溪合千峰細雨鳴(계합천봉세우명)'[20] 같은 의미심장한 시구를 써넣더니, 준공 후엔 도실에다가 '大明局靈性巢左右通達萬物建判養生所(대명국영성소좌우통달건판양생소)'[21]란 턱없이 긴 이름을 갖다 붙였다. 모름지기 여기엔 후천개벽을 위한 소태산의 경륜과 메시지가 암호처럼 숨어 있었다.

---

18) 구류 기간은 7일 설과 13일 설이 있다. 최초 아홉 제자 중 1인이자 소태산의 외숙 되는 칠산 유건(성국)은 영광경찰서에 13일간 구류되었다고 증언(《원광》, 42호(1963. 3.), 63~64쪽)하였는데, 이은석 교무는 7일이라고 했다.(〈일제하의 교단 ③〉, 《원불교신문》, 333호, 1982. 11. 6.)

19) "둥근 베틀에 해와 달이 북질하여 춘추법려 비단을 짠다"

20) "솔은 일만 나무의 봄기운을 다 거두어 청청히 서 있고, 시내는 일천 봉우리의 빗물을 컵지 우렁차게 울더라"

21) 『원불교대사전』에 따르면, 대명국영성소(크고 밝은 영성의 보금자리)+좌우통달만물건판양생소(모든 주의와 사상을 막힘없이 통하게 하며 천지 만물을 새롭게 살려내는 곳)로 풀 수 있다.

군이 혹한기를 사양치 않고 이런 공사를 한 이유는 무엇일까? 기왕에 빌려 쓰던 전주 이 씨네 제각이나 방언공사 때 관리소로 쓰던 강변 주막이 조합의 집회 장소로선 협착하기 때문이란 설명도 틀린 것은 아니다. 그렇지만, 소태산에겐 방언 준공 이후 프로그램을 수행하기 위한 준비 단계로서 불가피한 결단이었으리라 추측된다.

○

아홉 번째 제자 송규

소태산은 신앙과 수행의 최소 구성단위(unit)로서 열 명 정원의 이른바 단團을 조직하면서 여덟 명의 제자만 확보하고 아홉 번째 제자를 정하지 않았다. 자신은 단장으로 하늘에 상응했고 팔방에 대응한 여덟 제자가 있으면서도 땅에 대응하는 한 제자, 그러니까 부단장 격인 중앙이란 자리를 비워두고 있었다. 그러다가 갯벌막이 공사에 착수한 지 한 달밖에 안 되어 한창 바쁜 시기임에도 소태산은 제자 김성섭을 대동하고 전북 정읍군 북면 화해리로 향했다. 무장, 고창, 흥덕을 거쳐 120리나 되는 노정을 도보로 행하니 곧 화해리 마동에 있는 김해운金海運(1872~1939)의 집이다. 거기엔 바로 경상도 청년 송도군宋道君이 머물고 있었다.

소태산은 간혹 밤하늘의 별자리를 관찰하며 "우리가 만나야 할 사람이 점점 가까이 오고 있다. 우리가 만일 그 사람을 만나지 못하면 우리 일이 이뤄지지 못한다" 하기도 했고, 2년차(1917) 음력 10월 어느 날엔 제자들에게 "그대들이 장성역에 가서, 체격이 작은 편이고 낮이 깨끗한 어떤 소년이 차에서 내려 갈 곳을 결정하지 못하고 서성거리거든 데리고 오라" 하였다가 취소한 적도 있다. 3년차(1918) 봄이 되자 한동안 천기天氣(하늘에 나타난 조짐)를 살피던 소태산은 "우리가 찾던 사람이 멀리 있지 않다" 하더니, 마침내 "내가 진작부터 늘 말하지 않던가, 우리와 만날 사람이 있다고. 그 사람을 데리러 가자." 결단을 내리고 아홉 번째 자리의 주인공 송도군을 만나러 몸소 나선 것이다.

이 과정을 보면 소태산은 처음부터 송도군의 동정과 궤적을 꿰뚫고 주목했던 것으로 보인다. 더구나 '체격이 작고 낯이 깨끗한 소년'에서 보듯이 송도군의 용모로부터, '장성역에 내려서 갈 곳 몰라 서성거리는' 에서 보듯 그 심리까지 손바닥처럼 읽고 있다. 당연한 일이지만, 정읍 화해리 어느 집에 몸을 의탁하고 있는지 GPS처럼 파악한 것이다. 이런 초자연적 능력은 범부들이 용훼(간섭하여 말참견을 함)할 경지는 아니라고 본다.

송도군은 경상북도 성주 출신이다. 좀 더 정확히는 저 말썽 많던 '고고도미사일방어체계THAAD' 배치로 나라를 갈등의 구렁으로 몰아넣은 곳, 롯데골프장 터가 있던 곳, 초전면 소성리가 곧 송도군의 고향이다. 어려서부터 할아버지에게 한학을 배우며 남다른 재능을 보였기에 유학자 공산恭山 송준필宋浚弼(1869~1943)의 고양서당에 맡겨져 공부하였다. 13세에 결혼하였으나 가정에 재미를 못 붙이고, 사서와 성리학을 배웠으되 유학에도 흥미를 잃었다. 그가 14~15세경에 지었다는 한시에 "바다 붕새로 천리나 되는 날개 가지고/ 조롱 속의 학으로 십 년을 사니 참으로 답답하네[海鵬千里翔翔羽 籠鶴十年蟄鬱身]" 하는 구절이 있었다고 한다. 남다른 포부와 꿈은 그로 하여금 고향을 떠나 가야산 등지로 구도의 행각을 하게 했고, 마침내 도꾼[22]으로 전라도 유력遊歷의 길에 나섰다. 그는 당대 민심을 요동치게 하던 증산교를 찾아갔으나 증산 강일순은 이미 죽었고, 때는 그의 후계자 자리를 놓고 증산의 수부 고판례와 제자 차경석이 주도권 다툼을 할 무렵이었다. 송도군은 후에 보천교 교주가 된 차경석을 만나보기도 하고 증산의 누이 선돌댁 혹은 딸 강순임(이순)을 만나기도 하면서 증산교에 대하여 탐색을 했다. 뒤에는 모악산 대원사에 머물며 도를 닦기도 하다가 김해운의 초청으로 화해리에 와 머무르며 적공積功의 세월을 보내던 처지였다. 소태산과 송도군의 역사적 만남이 여기서 이루어졌으니 그때 소태산의 나이는 28세, 송도군의 나이는 19세였다. 송도군, 그가 훗날 원불교의 2세 교주가 된 정산 송규이다. 잠깐 그에 대한 세상의 인물평을 만나보자.

먼저 철학자 안병욱의 에세이 〈가장 아름다운 얼굴〉에 나온 평이다.

내가 이 세상에서 본 한국인의 얼굴 중에서 가장 아름다운 얼굴은 이리 원불교 본부에서 본 송정산 선생의 얼굴이었다. 평생을 두고 잊을 수 없는 얼굴이다. (…) 하루는 원불교의 종법사님을 뵙도록 권면한다. 훌륭한 분이라고 한다. 현재 종법사는 정산 송규 선생으로 여러 해 동안 중풍을 앓고 계신다는 것이다. 나는 그분을 처음으로 알게 되었다. 한옥 넓은 방에 들어갔더니 나이 60세쯤 되는 동안 백발의 노인이 앉아 계신다. 나는 웃어른을 대하는 공손한 태도로 송정산 선생에게 인사를 드렸다. 나는 정면으로 그를 바라보았다. 참으로 좋은 얼굴이었다. 어린애와 같이 천진난만한 동안에 깊은 화열의 표정이 넘친다. 불그레한 안색은 백발과 조화하여 노숙의

---

22) 일삼아 도(道)를 닦고자 하는 사람을 일꾼에 빗대어 하는 말.

품위가 떠돈다. 한마디로 말해서 단아 무비한 얼굴이다. (…) 나는 황홀한 마음으로 그 얼굴을 가만히 바라보았다. 나는 사십 평생에 그렇게 좋은 얼굴을 일찍이 보지 못했기 때문이다. 품위와 예지와 성실의 빛이 흐르는 얼굴은 인간이 가질 수 있는 가장 고귀한 것에 속한다. 소설 같은 데서 도인의 얼굴은 보통 사람과 분명히 다르다는 이야기를 가끔 읽은 일이 있다. 나는 이제 그 본보기를 송정산 선생의 얼굴에서 실지로 보는 것 같았다. 그 얼굴은 분명히 뛰어난 도인의 얼굴이었다. 온몸에서 무엇인가 따뜻한 기운이 발하여 나를 흐뭇하게 안아주는 것만 같았다. 동심 동안의 미라고 느꼈다. 나는 하나의 경이를 눈앞에 보는 듯하였다. 보면 볼수록 마음이 공연히 기뻐지는 얼굴이었다. 얼마나 정성껏 수양의 생활을 쌓았기에 저와 같이 화열과 인자가 넘치는 얼굴이 되었을까. (…) 얼굴은 인간의 생활사요 정신사다. 생활의 결정이 얼굴에서 새겨진다. 나는 송정산 선생의 얼굴을 바라보면서 저 청순과 화열의 표정이 깊이 조각되기까지에는 얼마나 정성된 노력을 하였을까 생각했다. 저 화열의 표정은 저절로 주어지는 것이 아니다. 그가 스스로 만든 것이다. 꾸준한 인간 수양의 결정이다.(안병욱, 『인생은 예술처럼』)

외부인에 의한 또 다른 기록이 있으니 시인 고은의 기억이다. 1950년대, 그는 승려 생활 중에 한때 원불교를 찾아가 출가 생활을 한 적이 있었다. 그 기간은 3개월 정도에 불과했는데, 그는 그 생활이 너무 간고한 데다 건강이 나빠져서 견디지 못하고 도망쳤다고 한다. 그는 자전소설 『나, 고은』(민음사 1993)에서 종법사 송규에 대한 기억을 이렇게 떠올린다.

익산군 북일면의 원불교 중앙 총부에 들어가 이공진 법사의 안내로 정산 송규 종법사에게 인사를 드렸다. 나는 깜짝 놀랐다. 내가 입산한 이래 은사 효봉과의 만남 이외에는 그렇게 커다란 감동을 받은 대상이란 정산 종법사밖에 없을 정도였다. 그는 마치 확대된 보름달 같았다. 그리고 그의 미소는 우주와의 어떤 간극도 없는 조화의 극치였다. 그의 몇 마디 말은 마침내 고도의 음악이었다. 자비, 평화 그리고 진정한 위의의 살아 있는 표상이 그곳 종법실의 거처에 칠십 고령의 현신으로 존재했고 또한 우리나라 산신도 가운데서 가장 아름다운 산신령의 그림이 되어 앉아 있었다. 과연 그는 역대 고승의 일면성을 이겨낸 원만구족상을 충분히 갖추고 있었다.

여기서 '칠십 고령'이라 함은 헛짚은 것이다. 고은이 송규를 만난 것이 1956년이니까 1900년생인 송규는 이때 우리 나이로도 57세밖에 안 됐다. 그럼에도 '칠십 고령'으로 기억하는 것은 송규의 인품이 뿜는 완숙함 때문이었을 것이다.

화해花海, 꽃바다! 원불교에서는 이 범상치 않은 마을 이름을 종교적 은유로 보고 싶어 한다. 연화도 좋고 용화도 좋고 우담바라도 좋거니와 두 사람의 극적 상봉이란 스토리텔링이 곧 화엄華嚴의 알레고리로 간주된다. 한참 훗날 일이지만, 이 만남을 기념하는 화해제우비花海際遇碑도 세워졌고 '만남의 집' 건축불사도 있다.

화해리에서 사흘을 묵으며 회포를 푼 소태산과 송도군, 그들은 보자마자 오래 그린 연인이나 지기처럼 마음이 통했다. 요샛말로 소울메이트soulmate임을 단박에 알아버린 셈이다. 소태산이 송도군의 용모와 동정을 미리 들여다보고 있던 만큼은 아니라도 송도군도 소태산을 단박에 알아볼 만큼의 예지는 가지고 있었던 것이다. 송도군은 소태산에게 사배 四拜를 올려 맞이하였고 소태산은 그에게 형제 결의를 청하였다고 한다. 훗날 송도군은 "내가 일찍 경상도에서 구도할 때에 간혹 눈을 감으면 원만하신 용모의 큰 스승님과 고요한 해변의 풍경이 눈앞에 떠오르더니, 대종사를 영산에서 만나뵈오니 그때 떠오르던 그 어른이 대종사시요 그 강산이 영산이더라"(『정산종사법어』, 기연편6) 하고 회상하였다. 성주 초전면 산골에 살던 그가 해변의 영상을 떠올린 것도 신기하지만, 영산 (길룡리 일대)의 선진포 나루터에서 붉은 행자(칠면초)가 뒤덮인 갯벌을 보면서 송도군은 기시감에 깜짝 놀랐다고 한다. 소태산은 전세부터 그의 스승이었고, 영산은 전세부터 그가 인연 맺은 땅이란 것이겠다.

소태산은 송도군을 당장 데려가려 했지만, 김해운에겐 너무 갑작스러운 일이라 송도군을 보내줄 수 없었다. 김해운을 달래어 애착을 놓게 하는 데엔 시간이 필요했다. 두 사람은 후일을 기약하고 일단 헤어졌고, 넉 달 후에야 송도군이 김성섭의 안내를 받아 영산으로 올 수 있었다. 송도군은 훗날 이렇게 말했다. "나는 평생에 기쁜 일 두 가지가 있나니, 첫째는 이 나라에 태어남이요, 둘째는 대종사(소태산)를 만남이니라. 모든 사람이 스승의 은혜를 다 같이 느낄 것이나, 나는 특히 친히 찾아 이끌어주신 한 가지 은혜를 더 입었노라."(『정산종사법어』, 기연편8)

소태산은 송도군을 방언공사에 참여시키지 않았다. 옥녀봉 아래 토굴을 파놓고 평소에 거기서 숨어 살도록 했다. 낮에는 소태산의 가르침과 경륜을 반복 학습하다가 밤이면 토굴에서 나와 다른 여덟 제자들과 어울려 공부아 사업에 긴힌 도론과 협의에 동참하었나고 한다. 소태산은 왜 송도군을 공사에 투입하지 않고 주민 앞에 노출시키지도 않았을까? 여기엔 대체로 두 가지 이유가 있었던 듯하다. 하나는 삼일운동을 앞두고 시국이 민감하여 원주민 아닌 경상도 도인의 합류를 조직의 외연 확대로 보고 일제가 박해를 가할까 우려한 것이다. 이는 송도군의 인물이 범상치 않기에 더욱 조심스러웠으리라. 다른 하나는 송도군의 수도가 정도正道에서 벗어나 신통 묘술에 재미를 붙였기 때문에 이를 바로잡으려는 의도였다는 것이다. 전설적인 일화이지만, 송도군은 고향 성주에 있을 때나 화해리에 있을 때 갖가지 신비한 이적을 보였다고 한다. 예컨대 회오리바람을 일으킨다든가, 소낙비를 내린다든가, 지는 해를 한동안 잡아둔다든가, 그런 식의 이야기가 전설처럼 전해진다. 그 진위나 과장 여부를 따질 일은 아니지만, 소태산은 그런 짓을 정법 문하에 용납할 수 없다는 입장이어서 우쭐거리는 기를 꺾으려 했던 모양이다. 송도군도 "내가 그때는 도를 몰랐기 때문에 부질없는 일이 나타났으며, 혹 때로 나도 모르는 가운데 이상한 자취가 있었을 따름이니라"(『정산종사법어』, 기연편7) 하였다.

기존의 여덟 단원들은 단장의 뜻을 받들어 아우 같고 아들 같은 19세 송도군을 장형처럼 존경하고 받들었다고 한다.[23] 토굴 생활 8개월 동안에 송도군의 가슴에 도사렸던 사기邪氣가 사라지고 오기가 꺾이었다. 그리고 그는 소태산을 가까이 섬기면서 스승의 진면목을 접하게 되었다. 소태산의 위대성은 처음부터 직관으로 파악했지만, 이번엔 직관뿐 아니라 연역과 귀납을 통해 감복했다. 송도군은 어려서부터 유학을 공부하고 나서 불교와 신흥교단을 섭렵하며 나름의 평가와 소신이 섰으니, 그것은 "불교의 진수는 공空인바 그릇 들어가면 공망空妄에 떨어지

---

23) 21세 연상이던 팔산 김성섭조차 아들 같은 정산 송도군(규)을 보고 실제로 "정산 형님, 정산 형님!" 하고 불렀다고 한다.(『법문집』, 304쪽)

며, 유교의 진수는 규모(규범)인바 그릇 들어가면 국집하며, 도교의 진수는 무위자연인바 그릇 들어가면 자유방종에 흐르며, 과학의 진수는 분석 정확인바 그릇 들어가면 유(有)에 사로잡혀 물질에만 집착하나니, 이 네 가지 길에 그릇 들어가지 아니하고 모든 진수를 아울러 잘 활용하면 이른바 원만한 법통을 이루며 원만한 인격이 되리라"(『정산종사법어』, 도운편31)에 잘 드러나 있다. 송도군은 소태산의 사상과 경륜을 접하자 그가 찾던 '원만한 인격'의 구현이 곧 소태산이며, 소태산의 법이야말로 유불선 삼교의 진수와 근대과학의 강점을 종합하고 있음을 확신한 것이다.

그는 소태산 앞에 무릎을 꿇었다.

"제가 전날에 스승님과 형제의 의를 맺었으나 이제 와 생각하니 참으로 황송한 일입니다. 형제의 관계를 부자 관계로 바꾸게 해주십시오."

"네 좋을 대로 해라."

이로부터 송도군은 소태산을 아버지로 모시고 자식으로서의 도리를 다하였다. 뿐만 아니라 고향 성주에 머무르던 가족을 몽땅 소태산 법하로 인도하였다. 시창(원기) 4년(1919)에 송도군(송규)을 따라 그의 할아버지(송훈동), 아버지(송벽조), 어머니(이운외), 아내(여청운), 아우(송도성) 등 일가가 경북 성주군 초전면에서 전남 영광군 백수면, 산 설고 물선 땅으로 이주하였다. 송규는 물론 나중에 부친 송벽조와 아우 송도성까지 전무출신(출가)하여 원불교 교단사에서 막대한 역할을 수행하였다. 또한 고종사촌 형 되는 한학자 훈산薰山 이춘풍李春風(1876~1930)을 설득하여 소태산에 귀의케 하니, 그도 고향인 경북 금릉(김천)을 떠나 가족을 이끌고 전라도로 왔고, 그 자신과 딸 둘이 전무출신하여 교단의 큰 일꾼이 되었다.

개벽의 상두소리

방언공사는 착공 한 돌 만인 음력 3월 스무엿새(1919년 4월 26일)에 준공을 보았다. 음력 3월 스무엿새는 소태산이 대각을 이룬 지 세 돌이 되는 날이기도 하다. 그 공사의 과정이 지난한 작업이었기에 조합원들에겐 준공이 얼마나 감격스러웠을까 짐작할 만하다. 그들은 기념비라도 세우고 싶었으나 비용이 만만치 않을 것을 알기에 아쉬운 대로 자연석을 이용하여 기념문이라도 새겨두기로 합의하였다. 옥녀봉 기슭 간석지 쪽으로 향한 10척 바위 상단에 평평하게 시멘트를 발라 판석(90센티미터×45센티미터)을 만들고, 한자로 우측에서부터 세로글씨로 음각하니, 이 제명題名바위야말로 원불교단 최초의 금석문인 셈이다.

靈光白岫吉龍(영광백수길룡)

干潟地兩處防堰組合(간석지양처방언조합)

設施員(설시원)　朴重彬(박중빈)

李仁明(이인명)

朴京文(박경문)

金成燮(김성섭)

劉成國(유성국)

吳在謙(오재겸)

金聖久(김성구)

李載馮(이재풍)

朴漢碩(박한석)

大正七年四月四日始(대정칠년사월사일시)

大正八年三月二十六日終(대정팔년삼월이십육일종)

여기서 몇 가지 주목할 것이 있다. 첫째, '간석지 양처'이니, 이것은 수로(보은강)를 경계로 작은 언답과 큰 언답이 나뉘기 때문에 양처(두 군데)라고 한 것이다. 둘째, 조합원이라 하지 않고 '설시원'이라 한 대목 인데 이것은 공사에 직접 참여한 사람을 가리키는 것으로 '시공자施工者' 정도의 뜻으로 보인다. 셋째, 설시원의 명단이니, 단장 박중빈 다음 부터는 나이 순서로[24] 열거하였다. 명단에 송도군이 빠져 있음도 주목 된다. 증언으론 송도군도 인부 급식을 위한 현장식당 '강변주막'에서 한동안 조력했다고는 하나 직접 공사에 참여하지 않았음을 확인시켜 주는 것이다. 넷째, '다이쇼大正'란 연호를 썼다는 점이다. 단기나 서기 가 통용되지 않던 시절이기도 하거니와 시창 기원[圓紀]은 정립되지 못한 데다가 보편성도 없을 때이고, 간지로 무오년(1918)이니 기미년 (1919)이니 하기도 불편했을 것이다. 일제강점기이기에 굳이 일경의 눈 밖에 날 짓을 하여 트집 잡힐 일도 아니었겠다 싶다.

농지등기 격인 전라남도의 '대부허가貸付許可'가 드디어 났다. 준공 5 개월이 다 된 1919년 9월 16일자였다. 농경지의 면적은 2만 6천 평으 로, 훗날 여기에 정관평貞觀坪이란 이름을 붙였다.[25] 정관은 당태종의 연 호인데 여기에 왜 당태종이 나올까? '정관지치貞觀之治'라 하여 중국사

---

24) 이인명, 박경문, 김성섭 셋의 생년은 1879년으로 동갑이다. 생월일까지 따진다면 박경문 (1. 16.), 이인명(9. 1.), 김성섭(9. 6.)의 순서이지만, 그렇게까지 따져서 서열화하지는 않은 듯하다.

에서 태평성세로 인식되어 그리 명명했으리란 추측이지만 다소 생뚱맞다. 소태산의 뜻인지 송도군(혹은 송도성)의 뜻인지 모호하다 하는데, 한학에 조예가 깊은 송도군(혹은 송도성)의 발상으로 보는 것이 적절해 보인다.

기미년 삼일운동이 전국으로 퍼지며 3개월이 지나도록 열기는 식지 않고 있었다. 방언공사에 눈코 뜰 새 없던 처지이지만 소태산의 제자들도 당연히 마음이 격동했을 것이다. 소태산은 어떤 태도를 취했을까?

어느 날 한 교도가 묻기를 "기미년 만세운동 때 대종사께서 시국에 대하여 특별히 하신 말씀은 없었나이까?" 말씀하시기를 "개벽을 재촉하는 상두소리니 바쁘다 어서 방언 마치고 기도드리자" 하셨나니라.(『정산종사법어』, 국운편3)

여기서 열쇳말은 '상두소리'다. 상두란 상여의 속어로서 상두소리는 발인 운구 때에 고인을 애도하여 부르는 상여소리, 즉 만가輓歌다. 삼일운동의 만세소리가 '개벽을 재촉하는' 상두소리라니 도무지 어울리지 않는다. 필자는 진즉 "선천시대의 종언을 고하고 선천시대를 장사 지내는 상두소리요, 아울러 후천개벽을 재촉하는 소리"(『소태산 박중빈의 문학세계』, 51쪽)로 합리화하고자 했지만 아무래도 석연치 않았다. 그런데 참고할 만한 '상두소리'가 교서에 또 한 군데 나온다.

대종사 득도하신 후 심독희자부하신 법열의 심경을 다음과 같이 술회하시

---

25) 정관평은 1956년 2차 방언공사로 면적이 두 배로 늘어나 현재는 5만 3천 평이 되었다.

었다. "도를 안 후로는 초동목수의 노랫소리도 나를 찬양하는 것 같고, 농군들의 상두소리도 내가 안 이치를 노래하는 것 같았다. '일심 정력 들어대어 석 고르게 잡아서 방 고르게 잘 심세' 하는 농부의 노랫소리가 그대로 아는 말 같아서 그 사람을 붙들고 물어본 일도 있었다."(『대종경선외록』, 초도이적장2)

여기 쓰인 상두소리는 농군들의 노동요일 뿐 상두꾼의 상여소리가 전혀 아니다. "일심 정력 들이대어 석 고르게 잡아서 방 고르게 잘 심세"를 곧 '농군의 상두소리'라고 보아야 맞다. 이것은 모심기 노래다. 그렇다면 모심는 노동요를 상두소리라 함은 무슨 까닭인가? 경상도 정산이 들었다는 전라도 소태산의 워딩에 대한 기억이 얼마나 정확한지 그것도 의문이긴 하지만, 『대종경선외록』의 이 자료를 볼 때 그것까지 의심할 필요는 없어 보인다.

본래 모심기, 김매기, 달구질 등 집단적 노동에서 불리는 노동요는 선소리꾼의 앞소리에 이어 다수의 뒷소리가 따르는 교환창이 선호된다. 이때 뒷소리(후렴)에는 '상사두(도)야/ 상사뒤(디)야' 같은 여음이 붙는데 이로 인해 '상사소리, 상두소리' 같은 명칭이 쓰인 것으로 보인다. 영광에서 채집된 모심기 노래들은 흔히 '상사소리'란 용어로 불리긴 하지만, 노래 후렴엔 한결같이 이 '상사두(뒤/디)야'가 붙는다.[26] 그렇다면 소태산이 쓴 '상두소리'는 '상사소리'와 함께 혼용되었으리란 유추를 해볼 만하다. "일심정력一心精力 들이대어 석席 고르게 잡아

---

26) 영광 군남면에서 채집된 〈상두지심매기〉(국악방송전남1101, 영광군 군남면 대덕리 한수, 논매는소리 - 풍장소리)를 보면 김매기(지심매기)에 상두가 결합해 있다. '상두'가 전통적 노동결사인 두레에 딸린 용어라는 의견도 보인다.

서 방方 고르게[27] 살 심세"로 풀면, '석'은 위치를 '방'은 방향을 뜻할 것이다.

요컨대 소태산이 말했다는 '상두소리'는 만가보다는 농업노동요, 구체적으로는 모심기소리(모내기소리)로 보인다. 농촌에서 모심기는 한 해 농사의 시작이다. 삼일 만세소리는 한 해 농사의 모심기처럼 후천개벽의 개막을 촉구하는 거룩한 소식이라 풀 수 있지 않을까 싶다.

방언공사의 성공적 마무리와 더불어 방언조합은 발전적으로 해체되고 종교 본연의 목적에 맞게 불법연구회기성조합으로 변신하여 회상(교단) 건설에 전력한다. 협동조합이 경제조직으로부터 종교조직으로 환골탈태한 것이다. 따라서 소태산과 8~9인 제자는 경제적 조합의 구성원에서 종교적 교화단教化團의 일원으로 돌아갔다.

협동조합운동의 평가

방언조합이니 저축조합이니 혹은 기성조합이니 이름이야 바뀌지만, 교단 창립에서 차지하는 이 협동조합운동의 의의에 대해 새로운 평가를 요구하는 목소리가 작지 않다.

- 박중빈의 방언조합운동은 천도교나 기독교의 조합운동보다 8, 9년 앞섰고, 관 주도의 광주 금융조합보다는 7년 뒤에 설립되었다. 박중빈은 자신이 태어나고 자라난 고향에서 근검저축운동과 간석지 개척사업을 전개, 수천 년 농토가 없이 굶주리고 헐벗은 주민들에게 생업의 근거를 마련해주었다. (…) 방언조합은 관

주도 협동 활동에서 탈피한 순수한 민간 주도의 조합운동으로
가장 주된 사업은 목탄 구판사업과 간척사업을 들 수 있다. 이
두 사업은 박중빈이 깨달음을 얻은 후 최초로 전개한 경제활동
이라는 데 주목되며, 교단사상 귀감이 되고 있다.(『초기교단사 1』,
354~355쪽)

• 종교가 깊은 산으로 가지 않고 스스로 산업과 생산에 나섰다는
  점이 매우 중요하다. 그런 점에서 원불교는 세계 최초의 협동조
  합 종교라고 감히 말할 수 있다. 하지만 협동조합은 수단이지 목
  표가 아니다. 협동조합이라는 수단을 통해 자력 생활의 개척과
  신앙의 기틀을 잡는 것이 소태산의 깊은 뜻이라고 할 수 있다. 삶
  의 폐허에서 협동조합을 만들어 스스로 일자리를 만들고, 스스
  로 고용되고, 스스로 생산하고, 스스로 자력하는 삶을 통해 소태
  산은 궁극적으로 정신의 개벽이나 영혼의 구원에 이르고자 했
  다. 여기에서 원불교는 시작되었다.(정도상, 〈저축조합운동〉,《한울
  안》, 2015. 7. 4.)

방언조합 해체 후에도 이를 모델로 한 조합원들의 협동조합운동은 이
재풍 등의 묘량수신조합, 김성구 등의 천정조합 같은 사례로 연속되었
고, 익산 총부 건설 이후엔 상조조합이 뒤를 이었다.

---

27) '기방이 ┌ ┌ ╌'의 뜻을 가신 낱말 냉광 지방에서 '방 고르다'가 쓰이는 것을 영광 출신 이
공전 교무의 다음 글에서 확인할 수 있다. "그 어른의 얼굴은 사방이 두루 방 고르시고
키가 좀 작으신 것 외에는 이목구비 체상이 원만 무결하시었다."(주산추모사업회, 『민중의
활불 주산 종사』, 91쪽)

○

산상기도

방언공사가 끝나자 소태산은 "방언 마치고 기도드리자" 한 약속(프로그램)을 실천에 옮긴다. 그는 아홉 단원들에게 말했다. "지금 물질문명은 그 세력이 날로 융성하고, 물질을 사용하는 사람의 정신은 날로 쇠약하여, 개인·가정·사회·국가가 모두 안정을 얻지 못하고, 창생의 도탄이 장차 한이 없게 될지니, 세상을 구할 뜻을 가진 우리로서 어찌 이를 범연히 생각하고 있겠소." 이어서 모든 사람의 정신이 물질에 끌리지 아니하고 물질을 사용하는 사람이 되어주기를 천지에 기도하여 천의의 감동을 이끌어내자고 꼬드긴다. 이것은 소태산이 시대를 정확히 진단하고 문명의 미래를 예견했음이다. 주인이 돼야 할 인간이 도리어 물질의 노예로 소외되는 과학기술 문명의 무한 질주, 자본주의적 물신숭배의 횡행 등을 해결하지 않으면 인류는 고해에서 헤어나지 못할 것이라 판단했다.

소태산과 제자들이 실천한 조합운동은 자본주의의 대안으로 경제공동체의 시험이라고 여겨진다. 그러나 거기에 머물러선 안 된다. 다시 단원으로 돌아온 조합원 여덟과 송도군을 합친 아홉 사람은 음력 3월 26일부터 산상기도에 착수한다. 이 날짜는 소태산의 대각 세 돌인 동시에 방언공사의 준공일이다. 이는 무엇을 뜻하는가? 소태산은 방언공사의 후속 프로그램을 미리 치밀하게 준비해왔고, 공사 준공에 맞추어 지체 없이 다음 절차에 들어갔다는 것이다.

제자들은 영산의 주산인 구수산의 아홉 봉우리를 배정받았다. 소태산이 대각을 이룬 노루목 뒷산인 노루봉을 중앙봉으로 하고, 팔방에 해당하는 설레바위봉·장다리봉·밤나무골봉·눈썹바위봉·상여바위봉·옥녀봉·공동묘지봉·대파리봉 및 마촌앞산봉·촛대봉 등[28]이 그것이다. 구간도실에서 가까이론 400미터 거리인 중앙봉으로부터 멀리는 2킬로미터의 공동묘지봉까지, 비록 기하학적 방위 지정은 아니었지만, 『주역』 팔괘의 방위에 상응하는 배치였다.

기도는 음력으로 매월 엿새, 열엿새, 스무엿새 이렇게 세 차례(이를 3·6일이라고 칭했다) 시행되었다. 그러나 한 달이 꼭 서른 날이 아니니까 스무아흐레(29일)로 그믐이 된 다음 달 첫 기도는 열흘이 아니라 아흐레 만의 기도일이 된다.[29] 단원들은 평소부터 마음을 청결히 하고 목욕재계하고 살생, 도둑질, 간음 등을 금하는 계문을 준수하고, 기도일에는 오후 8시까지 구간도실에 모여 공동으로 기도의식을 치른 뒤, 단장인 소태산의 지시를 받들었다. 9시가 되자 단장은 미리 준비한 회중시계와, 흰 바탕에 검은 팔괘를 둥글게 배치하여 그린 단기團旗를 하나씩 나누어준다. 단원들은 시계와 단기를 받아 소중히 챙기고, 향과 초, 그리고 청수 그릇과 물병을 들었다. 단원들은 각자가 책임 맡은 지점에 도착하여 우선 단기인 팔괘기를 꽂는다. 물병에서 물을 따라 청수기를 채우고 향을 피우고 촛불을 켠 후 시곗바늘을 따라가다가 10시 정각이 되자 천지신명 전에 재배를 하고 정성껏 심고를 올린다. 이어서 준비해간 축문(공동발원문)을 독송했다.

단원 아무개는 삼가 재계하옵고 일심을 다하여 천지 부모 동포 법률 사은 전에 발원하옵나이다. 대범 사람은 만물의 주인이요 만물은 사람의 사용물이며 인도는 인의가 주체요 권모술수는 그 방편이니, 사람의 정신이 능히 만물을 지배하고 인의의 대도가 세상에 서게 되는 것은 이치의 당연함이어늘, 만근이래輓近以來(몇 해 전부터 현재까지 계속되어오는 상태)로 그 주장이 위를 잃고 권모 사술이 세간에 분등하여 대도가 크게 어지러울새 본 단원 등은 위로 대종사의 성의를 받들고 아래로 일반 동지의 결속을 견고히 하여 시대에 적합한 정법을 이 세상에 건설한 후 나날이 쇠퇴해가는 세도인심을 바로잡기를 성심 발원하오니 복원 사은이시여, 일제히 감응하시와 무궁한 위력과 한없는 자비로써 저희들의 원하는 바를 이루어지게 하여 주시옵소서.

요컨대 인도 정의가 어지럽고 권모술수가 판치는 세상을 바로잡기 위하여, 먼저 대도정법을 건설하고, 이어서 세도인심을 바로잡고자 하니 도와달라는 것이다. 대도정법의 건설은 회상(교단)을 새로 만들겠다는 계획이요, 세도인심을 바로잡는다는 것은 제생의세(중생구제)에 나서겠다는 약속이다. 〈불법연구회창건사〉에 "그 축문의 대략은 아래와 같다"고 한 것으로 보아 원본(오리지널)이 아니고 당시로부터 거의 20년이나 지나 재생한 것이니, 전후 사정으로 보아 원본이나 재생본이나 송도 군이 문안을 만든 것으로 보인다. 문체가 꽤나 예스럽고 유가적이다.

이 기도는 열흘에 한 번씩 이루어지므로 퍽 느슨해 보이지만, 소태산은 제자들의 마음을 치밀하게 관리 감독하고 있었다. 그는 이른바 성계명시독이란 점검부에다가 단원 스스로 '신성의 진퇴와 실행의 선부善否'(믿음의 정성이 진보했는가 퇴보했는가, 또한 실천이 잘 됐는가 잘못 됐는가)

를 대조하고 매일 기록하게 하였다. 그것을 단장이 확인 감독하고 그 성적을 상중하로 구분하여 채점하였다. 흥미로운 것은 성적 확인을 상은 청색, 중은 홍색, 하는 흑색 등 삼색 컬러로 표시하였다는 점이다. 마치 초등학교 저학년 아동에게 숙제를 내주고 담임선생님이 색연필이나 스탬프로 '참 잘했어요'라고 격려하는 것처럼 말이다. 소태산은 제자들의 마음이 풀어지거나 행동의 일탈이 생기지 않도록 영적靈的 CCTV를 통하여 완전히 장악하고 있었다. 신혼 기간에 있던 어느 제자가 기도 앞두고 부부관계를 가졌는데 소태산이 그걸 꿰뚫어 보고 나무랐다는 구전 일화가 있을 정도다. 〈창건사〉에는 정성이 부족했던 제자 하나가 도실에 당도하여 기도 장소로 출발하려 할 즈음에 '정신이 혼미하여지고 사지가 무력해지며 얼굴빛이 갑자기 변하는' 이변이 일어나서 동료 제자들이 그를 대신하여 천지신명께 사죄하고 그의 온몸을 주물러서 겨우 정신을 차리게 했다는 일화도 기록되어 있다.

기도를 시작한 지 열두 번째 되는 음력 7월 16일, 소태산은 단원들에게 엄청난 제안을 한다.

"그대들이 지금까지 기도해온 정성이 심히 장한 바 있으나, 나의 증험하는 바로는 아직도 천의를 움직이는 데는 그 거리가 먼 듯하니, 이는 그대들의 마음 가운데 아직도 어떠한 사념私念이 남아 있는 연고라, 그대들이 사실로 인류 세계를 위한다고 할진대, 그대들의 몸이 죽어 없어지더라도 우리의 정법이 세상에 드러나서 모든 창생이 도덕의 구원만 받는다면 조금도 여한 없이 그 일을 실행하겠는가?"

"그리하겠습니다."

이것을 단순화하면 이렇다. 소태산은 그들에게 살신성인을 말하고 인류를 위하여 목숨을 바치라고 요구했고, 제자들은 그 뜻을 정확히 알고 하는 대답인지 모르나 "예스!"를 한 것이다. 정말 이렇게 깔끔했을까? 아홉 개 산봉우리에서 일제히 기도를 올리고 동시에 각자가 가진 단도로 자결하여 기도의 제물이 된다. 예수나 이차돈처럼, 김대건이나 최제우처럼 타인에게 목숨을 맡기는 것이 아니라 스스로 자결한다. 그것도 아홉 명이 한꺼번에 칼을 들어 자신의 목에 혹은 심장에 칼을 꽂는다? 정말 이렇게 깔끔할 수 있을까? 당연한 의문이 생긴다.

소태산은 "생사는 인간의 대사이니, 조금이라도 남은 한이 있으면 안 되니 남의 말이나 체면에 구애되어 마음 내키지 않는 생명 희생은 강요하지 않겠다. 마음에 불만스러운 희생은 열 번 죽어도 천지신명을 감동시키지 못할 것이니 사실대로 고백하라"고 하며, 그런 사람에겐 목숨을 바치지 않고도 할 수 있는 역할을 찾아주겠다고 하였다. 하지만 아홉 명 전원은 "잠깐 비장한 태도를 보이더니 곧 지체 없이 일제히 희생하기로 고백하였다"(《창건사》)고 했다. 제자 하나(이재풍)가, 내 목숨 바치는 것은 미련 없는데 사후에 노모를 모실 사람이 없어서 걱정이라 하자, 소태산이 그것은 자신이 책임지겠으니 염려 말라고 했다든가 하는 식의 뒷말이 있기는 하다. 하지만 9인 제자의 각오는 여지가 없었던 것으로 보인다. 무슨 대단한 지사도 아닌 장삼이사 평범한 시골 사람들이 과연 그럴 수가 있을까, 의심이 가는 것도 사실이다. 그러나 그들이 이만큼 매서운 결심을 하도록 한 힘은 역시 소태산이란 성자의 카리스마가 아니면 설명되지 않는다. 기독교나 이슬람교에서 평범한 이들의 대규모 순교는 옛날도 지금도 우리의 상식을 뛰어넘듯이 말이다.

9인 제자들은 미리 단장이 주는 단도를 받아 몸에 지닌 후, 다시 10일간 치재致齋(몸을 깨끗이 하고 삼감)를 더한 다음, 음력 7월 26일(양력 8월 21일)을 최후의 희생일로 정하였다. 당일 밤 8시, 제자들은 청수 상에 각자의 단도를 늘어놓은 후 '사무여한死無餘恨'이라 쓰인 최후 증서에 인주 없이 맨 손가락으로 돌아가며 지장을 찍었다. 제자들은 엎드려서 마지막 결사의 심고心告(진리 전에 마음먹은 것을 고백하고 뜻이 이루어지기를 비는 일)를 올렸다. 의식이 끝난 후 증서를 살피던 소태산은 제자들의 지장이 핏빛으로 변한 것을 보았다. 그는 제자들에게 증서를 들어 보이며 "이것은 그대들의 일심에서 나타난 증거요" 하며 기쁨을 숨기지 않았다. 아홉 제자 중에 가장 오래 살았던 유성국은 죽기 얼마 전에 한 인터뷰에서 당시 상황을 이렇게 회고했다.

" (…) 우리는 며칠 전부터 죽을 것을 각오하고 칼을 짚으로 묶어 허리에 차고 다녔다. 밤이 상당히 깊었다. 때가 되니 각자 자기의 방위에 앉으라는 명령이 내렸다. 이어서 시계와 칼을 다 각자의 앞에 놓으라고 하셨다. 쭉 돌아가면서 사무여한의 결의가 되었는지를 다짐했다. 죽을 것은 이미 각오했다. 이윽고 중앙단원인 정산 법사님이 흰 종이를 들고 와서 하나하나 백인白印을 받아갔다. 서로 헷갈리지 않도록 떼어서 똑똑히 찍으라 했다. 그 종이는 다시 대종사에게로 갔다. 대종사 그 인印을 보시더니, '참 잘 됐다, 혈인이 나왔다'고 기뻐하시며 일동을 칭찬하고, '음부공사는 이에서 판결이 났다, 우리의 일은 이제 성공이라' 했다."(〈칠산 옹으로부터 들은 이야기〉, 《원광》, 42호(1963. 3.), 63~64쪽)

소태산은 곧 증서를 불살라 하늘에 고하고는, 바로 모든 행장을 차리어 기도 장소로 가라고 명했다. 제자들이 시계와 단도 등을 챙겨서 기도 장소로 가는 뒷모습을 한참 지켜보던 소태산이 별안간 제자들을 큰 소리로 불렀다. "내가 한 말 더 부탁할 바가 있으니 속히 도실로 돌아오시오." 돌아온 제자들에게 소태산은 이렇게 말했다.

"그대들의 마음은 천지신명이 이미 감응하였고 음부공사가 이제 판결이 났으니, 우리의 성공은 이로부터 비롯하였소. 이제 그대들의 몸은 곧 시방세계에 바친 몸이니, 앞으로 모든 일을 진행할 때에 비록 천신만고와 함지사지를 당할지라도 오직 오늘의 이 마음을 변하지 말고, 또는 가정 애착과 오욕의 경계를 당할 때에도 오직 오늘 일만 생각한다면 거기에 끌리지 아니할 것인즉, 그 끌림 없는 순일한 생각으로 공부와 사업에 오로지 힘쓰오."

중앙단원인 송도군은 단장의 지시에 따라 여덟 명의 단원들을 인솔하여 중앙봉에 올라 함께 기도하였다. 흥분을 가라앉힌 단원들이 구간도실로 돌아왔을 때 단장은 그들에게 법명을 주었다. 그리고 다소간 시간 차를 두고 법호를 주었다. 법호는 팔방(건·감·간·진·손·이·곤·태)까지는 건방부터 태방까지 일련번호로 부여하고 중앙단원인 송도군만은 달리하였다. 이재풍은 일산一山 재철載喆로, 이인명은 이산二山 순순旬旬으로, 김성구는 삼산三山 기천幾千으로, 오재겸은 사산四山 창건昌建으로, 박경문은 오산五山 세철世喆로, 박한석은 육산六山 동국東局으로, 유성국은 칠산七山 건巾으로, 김성섭은 팔산八山 광선光旋으로, 그리고 송도군은 정산鼎山 규奎였다.[30] 소태산은 법명의 의의를 "그대들의 전날 이름은 곧 세속 이름이었던바 그 이름을 가진 사람은 이미 죽어버렸고 이제 세계 공명公名인 새 이름을 주어 살리는 바이니 삼가 받들어 가지고 창생

---

30) 법인기도 직후 법명을 주었다는 것에는 이의가 없으나, 법호는 법명과 동시에 부여했다는 공식 기록(『교사』)과 달리 소태산의 변산 입산 후(1920) 별도로 내렸다는 증언과 주장(박용덕)도 있고, 송규의 법호(정산)는 진즉 주어졌다는 설도 있어 일률적으로 다루기는 어렵다.

을 제도하라"고 당부하였다. 죽음[俗名/私名]과 재생[法名/公名]의 기호학적 과정인 셈이다.

이 일련의 사건이 십상 중에 제7단계인 '혈인법인상血印法認相'(피 지장으로 진리계의 인증을 받는 모습)이니, 바로 소태산의 대각과 더불어 원불교에서 가장 의미 있는 사건으로 삼는 법인성사法認聖事다. 오늘날 교단에서는 앞엣것을 대각개교절, 뒤엣것을 법인절이라 칭하여 경축일로 삼는다.

○

땅공사 하늘공사

법인성사는 신화학적으로 볼 때, '죽음과 재생'의 일반적 구조에 들어맞는다. 필자는 법인성사의 개념을 소태산(교조)과 법(교리)과 회상(교단)에 대한 법계(진리계)의 인증이라고 정의하고, 그 외연을 방언공사까지 포함함이 옳다는 생각을 가지고 있다.[31]

최수운이 "유도 불도 누천년에 운이 역시 다했던가"(《교훈가》) 탄식할 때, 소태산은 "유도로 문을 열고 불법으로 주인 삼아"(《권도가》)로 대응하며, 후천개벽시대 종교의 진정한 면목은 빼기·버리기가 아니라 더하기·모으기의 통종교적 회통會通(서로 모순되고 어긋나는 것 같은 여러 가지 주장을 모아 한뜻으로 돌아가게 함)임을 깨달았다. 최수운이 5만 년의 천

---

31) 이혜화, 「법인성사의 신화학적 조명」, 『소태산대종사와 원불교사상』(문산 김삼룡 박사 고희 기념 논총간행위원회, 1994)

기를 누설할 때 그 우주사적 사이클을 추인하였고, 강증산이 해원상생을 개벽의 단초로 제시할 때 그 키워드를 시대정신으로 수용하였다. 증산이 부적 태우고 굿하며 기행 이적으로 "하늘도 뜯어고치고 땅도 뜯어고치는"(『대순전경』) 천지공사를 했다지만, 소태산은 둑 쌓아 바닷물 막는 물질개벽 지공사地公事를 했고, 아홉 제자의 목숨 건 산상기도로 정신개벽 천공사天公事를 치러냈다. 바닷물을 막는 방언공사는 인생 고해를 물리친다는 상징일 수도 있고, 벽해상전의 정관평 공사는 낙원세계 건설의 표상이기도 하다. 그러나 소태산에게는 지공사보다 천공사가 더욱 중요했고 그것이 회상의 종교성을 담보하는 것임을 누구보다 잘 알고 있었다. 여기서 천재적 종교가로서 소태산의 진면목이 드러난다.

교화 시작 몇 달 만에 얻은 40여 추종자 중에서 골라낸 '진실하고 신심 군은' 제자들이라지만, 다시 한 해 동안 방언공사로 신심 공심을 다진 제자들이라지만, 그들은 근본적으로 식민지 조선의 개땅 전라도 두메를 배경으로 태어나고 자란 장삼이사일 뿐이었다. 그들은 제생의세의 거룩한 사명을 감당하기에 턱없이 모자라는 인물들이었다. 싯다르타가 설산에서 죽어 부처가 되었듯이, 소태산이 노루목에서 죽어 여래가 되었듯이, 그들도 마땅히 죽어야 했다.

스승은 제자에게 죽음을 요구했다. 단도를 주고 자결하라 했다. 옛사람들이 하늘제사에 소나 돼지 혹은 양을 잡아 바쳤듯이, 그는 시방세계 제단에 제자를 바치겠단다. 하나도 둘도 아니고 아홉씩이나 그 선혈이 낭자한 생명을 제물로 바치겠다 한다. '사무여한'에 지장 찍어 최후 증서 올렸을 때, 그들은 죽었다. 사인, 속인, 범부로서 그들은 죽었다. 그리고 공인으로 성자로 보살로 재생하였다. 환웅의 곰이 굴속에 들어간 후 웅녀로 나오듯이, 비렁뱅이 가시내 심청이 인당수에 던져진 후 황후로 나오듯이, 천기의 딸로 감옥에 들어간 춘향이 사대부댁 정실부인으로 나오듯이, 아홉 제자는 범부로 죽어 보살로 재탄생하였다. 한갓 광석에 불과하던 그들은 부수고 녹이고 걸러서져 정금精金으로 거듭났고, 한갓 원석에 불과하던 그들은 자르고 쪼고 갈려서 미옥美玉으로 거듭났다. 이리하여 죽음과 재생의 원형적 제의는 성공적으로 치러진다.

방언공사가 밖으로 드러난 가시적可視的 성사聖事라면 혈인기도는 안으로 감추어진 비의적秘儀的 성사聖事이며, 혈인기도가 정신개벽·진리불공·영靈을 위한 것이라면 방언공사는 물질개벽·실지불공·육肉을 위한 것으로, 이 두 가지가 조화를 이룰 때 원불교의 정체성이 법인성사로 구현된다. 법인성사는 지공사로 전설이 되었고 천공사로 신화가 되었다. 원불교는 두 공사(천공사/지공사)를 통하여 입사제의initiation에 패스하고 새로운 종교로서 실존적 자격을 획득한다.

그런데 소태산은 처음부터 9인 제자들의 자결까지 각오했을까, 의문이다. 혈인이 나타나지 않았더라면 그들은 산상에서 기도 후 정말 자결할 수밖에 없었을까? 필자는 이 지점에서 구약 〈창세기〉 22장의 아브라함이 생각난다. 하나님은 아브라함에게 어렵사리 얻은 외아들 이삭을 지정한 장소에서 번제燔祭의 희생물로 바치라고 요구했다. 아브라함이 이삭을 데리고 가서 화목이 쌓인 제단 위에 결박하여 앉히고 칼을 들어 죽이려 할 때 하나님의 사자가 말려서 목숨을 구했는데 이것은 그가 하나님을 어느 정도나 경외하는지 '아브라함을 시험하시려고' 꾸민 각본이었다는 것이다. 혈인의 이적은 제자들의 힘으로만 나타난 것이 아니라 소태산이 이끌어낸 것이다. 소태산은 혈인이 이적을 통해 제자들의 신성信誠을 확인했기에 이미 시험을 통과한 그들에게 굳이 자결을 요구할 필요가 사라졌다. 모두가 여래의 방편이긴 하겠지만, 이런 각본을 쓸 수 있는 소태산은 역시 종교적 천재임에 틀림없다.

원불교의 순교정신

법인성사의 본질은 무엇인가? 물질개벽 시대에 세상을 구하고 창생을 건지려는 정신개벽의 서원에 하늘이 감동하여 '예스, 오케이!'를 한 사건이다. 이것은 회상에 대한 인증이요 교법에 대한 인증이요 개벽일꾼에 대한 인증이다. 맨 손가락 지장이 혈인으로 감응한 것은 법계에서 내린 '가可' 판정, 합격 발표이다. 이 순간, '사무여한'으로 상징적 죽음을 겪은 아홉 제자들은 이미 순교자가 되었다.

어쩐지 순교라고 하면 으스스 소름이 돋고 피비린내가 난다. 불교 공인을 위해 신라시대 이차돈의 목이 뎅겅 잘라지고 흰 피가 뿜어져 나왔다든가, 로마시대 원형극장 안에서 기독교도가 굶주린 사자에게 갈가리 찢겨 죽었다든가, 그런 것이 우선 떠오를지도 모른다. 근세에도 동학(천도교)에선 수운과 해월의 참수를 비롯하여 숱한 희생이 있었고, 서학(천주교)에서도 이승훈과 김대건을 비롯하여 숱한 순교자가 나왔다.

모두 선천시대의 풍속임에 틀림없다. 후천의 순교라면 결코 그런 야만적인 풍경을 연출하지는 않을 것이다. 더구나 상생상화를 주장하는 원불교의 순교는 그런 것이어선 안 된다. 신앙과 수행을 '사무여한'으로, 공부도 사업도 작정코 '사무여한'으로 한다면 그것이야말로 순교다. (이혜화, 〈사무여한과 법인성사〉,《원불교신문》, 2009. 8. 7.)

'사무여한'의 최후 증서에 찍은 맨손 지장이 혈인으로 변했다는 기록 내지 구전이 사실이냐 신화냐? 이것은 기적 팔이로 연명하는 선천시대 종교와 의도적으로 거리 두기를 하고 초자연적 현상을 적극 배제해온 원불교의 입장[32]에서 난감한 질문일 수 있다. 그러나 세상엔 과학으로 설명할 수 없는 불가사의한 현상이 많으니만큼 신비주의를 배격한다고 해서 곧장 이적을 부인해야 하는 것은 아니다. 다만 후천시대에는, 신통과 기적을 떠벌리는 것이 교화(포교)나 중생구제에 도움이 되기보다는 역효과가 클 것이라는 판단이다. 그렇다면 혈인을 과학적으로 설명할 다소간의 여지라도 있는가. 죽음을 다짐하는 지극한 심리적 집중이 그런 현상을 일으킬 여지는 없을까. 예컨대 물리적 수단을 이용하지 않고 초능력에 의해서 물리적 효과를 일으키는 현상인 염동念動, psychokinesis 같은 것을 생각할 수 있지 않을까 모르겠다. 초심리학의 연구에서는 인간의 강한 신념이 물리적인 변화를 일으키는 불가사의한 현상을 인정한다. 여러 사람이 특정한 감정이나 경험을 공유할 때 더욱 그렇다고 한다.[33]

---

32) 필자가 원불교 야사에서 수집한 기적, 이적은 대략 50여 건 정도이지만, 정사에서는 이들 중 태반이 흥밋거리 수준으로 가볍게 취급되는 게 현실이다.

33) 미국 프린스턴대학 초심리학 연구팀은 인간의 의식이 현실에 직접 영향을 미칠 수 있다는 연구 결과를 내놨다. 프린스턴대학 초심리학 연구 책임자인 로저 넬슨은 "많은 사람들이 특정한 감정이나 경험을 공유할 때 집단의식이 물리적인 힘으로 연결될 수 있다"고 했다.(SBS TV, 2016. 6. 23.)

V. 변산에서

- 숨어서 그물을 짜다

월명암 답사

방언과 법인기도라는 두 가지 큰 공사를 마친 소태산에게는 다음 프로그램이 준비되어 있었다. 소태산 그는 때로 수기응변하는 순발력을 보이기도 하지만, 대각 후 행적을 살피면 멀리 내다보는 프로그램에 근거하여 디테일한 현실적 대안을 찾아내는 실용주의자였다. 그 프로그램을 일컬어 창립한도라고 했다. 대각 이듬해(1917)에 이미 내정한 창립한도는 12년 단위[回]를 3회 거듭하여 36년 단위[代]로 묶었다. 훗날 소태산이 28년 만에 열반했을 때 제자들이 당황하거나 심지어 배신감을 느낀 것은 36년 프로그램을 마치려면 8년이나 남은 시점에 스승의 홀연한 기세棄世가 납득되지 않은 때문이었다. 물론 이러한 기본 계획은 일회성 행사 일정을 짜듯 맺고 끊는 로드맵이 될 수야 없다. 다만, 그는 법랍 28년의 공생애 동안 이 마스터플랜을 염두에 두고 매사 미리 준비하며 제자들이 눈치채지 못하는 복선을 깔았던 것으로 추측된다.

소태산은 1919년 8월 21일(음력 7월 26일)에 혈인의 이적과 함께 법인기도를 성공적으로 마친 뒤, 다시 이어 100일 동안의 2차 기도를 지속하도록 명했다. 11월 28일(음력 10월 6일)에 2차 기도를 해제하였다.

소태산은 방언조합의 명칭을 바꿀 필요와 함께 새 회상이 나아갈 방향을 보여주는 명칭을 마련하였다. 불법연구회佛法硏究會(약칭 불연)다. 이제까지 유불선을 두루뭉술하게 버무리던 태도를 벗어나 색깔을 분명히한 것이다. 일설에는 통종교적 성격을 보이는 만법연구회가 일차 대상이었다고도 한다. 그러나 소태산은 '불법'을 꼭 넣고 싶었던 듯하다. '기성조합'을 붙인 것은 불법연구회 창립을 조합의 사업목표로 제시한 것으로 5년 후인 1924년에 가서야 꼬리표가 떨어진다. 『교사』에는 당시상황이 이렇게 나온다.

원기 4년(1919) 10월 6일에, 대종사 저축조합의 이름을 불법연구회기성조합이라 하시고, 모든 기록에도 일제히 불법의 명호를 쓰게 하시며 말씀하시기를 "이제는 우리가 배울 바도 부처님의 도덕이요 후진을 가르칠 바도 부처님의 도덕이니, 그대들은 먼저 이 불법의 대의를 연구해서 그 진리를 깨치는 데에 노력하라. 내가 진작 이 불법의 진리를 알았으나 그대들의 정도가 아직 그 진리 분석에 못 미치는 바가 있고, 또는 불교가 이 나라에서 여러 백 년 동안 천대를 받아온 끝이라, 누구를 막론하고 불교의 명칭을 가진 데에는 존경하는 뜻이 적게 된지라, 열리지 못한 인심에 시대의 존경을 받지 못할까 하여 짐짓 법의 사정진위邪正眞僞를 막론하고 오직 인심의 정도를 따라 순서 없는 교화로 한갓 발심신앙에만 주력하여왔거니와, 이제 그 근본적 진리를 발견하고 참다운 공부를 성취하여 일체중생의 혜복 두 길을 인도하기로 하면 이 불법으로 주체를 삼아야 할 것이며, 불교는 장차 이 나라의 주교가 될 것이요, 또한 세계적 주교가 될 것이니라."

소태산은 여기까지 영산에서 할 일을 일단 마무리하자 1919년 12월

11일(음력 10월 20일) 오창건(재겸)을 대동하고[1] 변산(봉래산)으로 들어간다. 그러니까 ① 방언공사(준공) → ② 1차 기도(혈인이적) → ③ 2차 기도(해제) → ④ 불법의 선언(불법연구회기성조합) → ⑤ 변산 입산, 이 과정이 사슬처럼 꼬리를 물고 숨 가쁘게 돌아간다. 다소나마 틈이 벌어진 부분은 ④와 ⑤ 사이 2주간이 전부다. 그러나 소태산의 변산 입산은 온 4년을 머무는 것으로 예비 단계가 필수적이었다. 1919년 중 ① 4월 변산 월명암 예비답사 → ② 8월 송규 변산 월명암 파견 → ③ 9월 모악산 금산사 탐방 → ④ 12월 변산 입산, 이런 다소 복잡한 과정을 거친 것이다. 이 과정은 추적해볼 만한 의미가 있다.

1919년 3월에 일어난 조선독립운동은 소태산이 '개벽의 상두소리'라고 불렀듯이 조선인의 정치적·문화적 대각성을 촉진한 시민혁명이었다. 그런데 작은 의를 취하려다 큰일을 그르칠 것을 염려해서 그랬겠지만, 소태산의 로드맵엔 만세운동 동참이 처음부터 없었다. 만세운동이 확산되자 일경의 예비검속에 걸린 소태산이 영광경찰서에 연행되어 여러 날 신문받은 일을 앞서 이야기했지만, 여기서 풀려난 소태산은 마음으로 입산 준비를 한 것 같다. 영산에서 하려던 중요한 사업은 이미 성공적으로 마쳤으니, 일경의 감시망을 피하여 불법연구회 창립 구상을 하려면 은신이 불가피하다고 본 것이다. 더구나 몇 해 동안의 숨 가쁜 경영에서 일단 손을 떼고 호흡을 고르며 지친 심신을 휴양할 필요도 있었다.[2] 소태산이 일차로 물색한 곳이 변산이었던 모양이다. 거기

---

1) 송도성이 쓴 〈대종사약전〉에는 이때 소태산이 대동한 인물이 오산 박세철로 되어 있다.

2) 『교사』에선 대종사의 입산 동기를 "다년간 복잡하던 정신을 휴양하시며, 회상 창립의 교리 제도를 초안하시고, 사방 인연을 연락하여 회상 공개를 준비하시며, 험난한 시국에 중인(衆人)의 지목을 피하시기 위함이었다"라고 하였다.

는 월명암이 있었고, 월명암에는 주지 백학명白鶴鳴(1867~1929)이 주석한다. 백학명은 영광군 불갑면에서 태어났고 머리를 깎은 것도 불갑사이니 지연으로 보더라도 소태산을 박대는 않을 것이고, 무엇보다 매력적인 것은 그가 당대 선승으로는 일등급이었음이다. 『대종경』 천도품 25장에 나오는 "내가 어느 날 아침, 영광에서 부안 변산 쪽을 바라보니 허공 중천에 맑은 기운이 어리어 있는지라, 그 후 그곳에 가보았더니 월명암에 수도 대중이 모여들어 선을 시작하였더라" 하는 것이 작정의 중요한 계기였을지도 모른다. 그리고 소태산의 보다 심층적인 끌림은 월명암의 창건자인 부설 거사 일가의 성도담이라든가, 진묵 대사가 머무르고 중건한 암자라는 사실에 근거한 것일 수도 있다.

산, 이 뭐꼬?

산을 좋아하는 심리가 꼭 종교적인 것은 아니지만, 종교적 인물들이 산과 엮이는 것은 부정할 수 없는 듯하다. 예수는 감람산이나 겟세마네 동산에서 기도하고, 마호메트는 히라산의 동굴에서 계시를 받고, 공자의 요산樂山은 태산泰山에 미치고, 석가는 히말라야 설산에서 고행했다. 근세의 종교인 가운데도 동학의 최제우는 구미산과, 증산교의 강일순은 시루봉(두승산)과, 대종교의 나철은 구월산과 떨어질 수 없다.

원불교의 경우는 좀 더 적극적이다. 소태산은 옥녀봉 밑에서 태어나 구수산(삼밭재)에서 기도하고 연화봉서 수양하고 노루봉 아래서 대각했다. 9인 제자들은 구수산 아홉 산봉에서 기도하여 혈인의 이적을 냈

고, 다시 소태산은 모악산에서 봉래산(변산)에서 만덕산에서 인연을
만나고 법을 짠다. 4대 성지를 영산, 변산, 익산, 만덕산 등 산山 자 돌림
으로 한 것도 그렇다. 그뿐이랴. 박중빈은 자호를 소태산으로 했듯이,
남제자들의 법호를 '-산'으로 했고, 여제자들의 법호 '-타원' 역시 여
성화한 산이다. 2세 종법사 정산은 성주 달마산의 기를 받고, 3세 종법
사 대산은 진안 봉황산(혹은 만덕산)의 기를 받았다 한다. 교운을 예언
할 때엔 계룡산과 금강산이 덧붙는다. 어쩌면 이는 단군신화에서 환
웅이 하늘로부터 태백산으로 내렸다는 것처럼, 산을 천상과 지상을 잇
는 성소로 관념하는 한민족 내지 범인류적 산악숭배사상에다가 풍수
학적 배경이 보태진 결과일까.

① 1919년 4월 변산 월명암 예비답사

유치장에서 나온 소태산은 오재겸(창건)을 데리고 월명암을 향해
출발하였다. 방언공사는 거의 마무리 단계이기에 소태산이나 오재겸
의 부재가 그리 문제 될 건 없었다. 오재겸은 지난번 소태산이 경찰에
연행될 때 격렬히 저항하다가 경찰서에 끌려가 하룻밤을 묵으며 일경
으로부터 온갖 모욕과 구타를 당했으니 영광경찰서 유치장 동기다. 오
재겸에게도 휴식과 힐링이 필요하다고 생각했음 직하다. 월명암까지
200리 길이다. 해안선을 끼고 육로로 걸어가다가 중간에서 하룻밤을
유하고 이튿날 도착하였다. 학명은 소태산을 환영하였고, 소태산은 월
명선원에 무르익는 서풍에 감탄했을 것이다. 그러니 이 첫 방문에서 소
태산이 충격을 받을 일이 따로 있었다. 암자 주련에 새겨진 '불여만법
위려자시심마不與萬法爲侶者是甚麼', 만법과 더불어 짝하지 않는 것, 그것이

무엇인가? 이 화두에 막혔다. 무슨 말인지 알쏭달쏭했다. 처음 보는 문구이긴 하지만, 대각으로 심독희자부하던 그의 자부심이 무너졌다. 부끄러웠다. 마침 차를 내와서 받아 마시다가 문득 깨침이 왔다. 다시 이번엔 '만법귀일일귀하처萬法歸——歸何處'가 보였다. 이건 바로 알아졌다. 그러면 그렇지! 곧 마음에 평정이 왔다. 소태산은 이 사건(?)이 뜻하는 바를 알았다. 방언공사에 에너지를 과도하게 사용하였기에 지혜의 빛이 잠깐 흐려진 것이다. 그에게 에너지를 충전할 보림保任의 시간, 휴양이 필요하다는 신호이다. 3일간 안정 후 정상을 되찾았다고 알려져 있지만, 소태산은 열흘을 머물렀다. 소태산과 학명은 이 기간에 어떤 대화를 나누었으며 어떻게 소통하였을까?

학명 백계종과 소태산 박중빈은 동향이란 것 말고 24년이란 연령차, 승僧과 속俗이라는 신분 차를 극복할 동질성이 있었을까? 당연한 이야기지만, 불도를 고리로 한 두 사람의 대화는 끝이 없었을 것이다. 특히 반농반선半農半禪, 선농일치禪農—致를 주장하던 학명에게 소태산의 방언공사 소식은 두 사람을 지기知己로 묶기에 아쉬움이 없었을 것이다. 소태산과 오재겸은 학명에게 아쉬운 작별을 고하고 영산으로 돌아왔다.

② 1919년 8월 송규 변산 월명암 파견

8월 21일 법인성사(혈인기도)가 마무리되자 소태산은 애제자 송규를 변산 월명암으로 보내어 백학명의 시자가 되게 하였다. 보내면서 당부하기를, "불경은 읽지 마라" 했다. 후에 송규는 스승님의 지시를 받들어 경은커녕 경상經床(경을 올려놓는 책상)조차 보지 않았다고 회고하였다. 학명은 송규가 혜안이 밝은 것을 단박에 알아보고 그에게 명안明眼이란 법명을 주고 사랑하였다. 진작에 중국과 일본을 순방하며 내로라하는 선승들과 교유하고 돌아온 학명인지라, 명안에게 유학을 제안하기도 하였다 한다. 소태산은 왜 수제자 송규를 월명암 학명에게 의탁케 했을까? 흔히는, 후에 소태산이 변산으로 가서 자리 잡기 위한 준비 임무를 띠고 간 것이라 말한다. 소태산이 변산에 둥지 틀 준비도 준비이지만, 산중 풍속도 익힐 겸 선승 학명을 가까이 모시고 배울 것이 있다고 본 것 아닐까 싶다. 그러면 왜 불경은 보지 말라고 당부했을까? 소태산은 송규의 성격을 알기에, 그가 불경에 몰입한다면 오히려 불교혁신의 큰 뜻에 방해가 될 것을 우려한 때문이 아닐까? 유학 혹은 증산교에 빠져 허우적대는 것을 겨우 건져 올렸는데 불경의 법해法海에 빠진다면 이전보다 훨씬 많은 공력이 들 것으로 보고 경계하지 않았을까?

소태산은 처음부터 송규를 일정 기간만 맡겨두기로 했기에, 이때 소태산의 처사가 솔직하지 못했다고 비판하는 이도 없지 않다. 더구나 송규가 소태산과 자기의 친밀한 관계를 변명하기 위하여 학명에게 소태산을 자기 외숙이라고 둘러대기까지 했음을 들어 이는 소태산과 송규가 짜고 학명을 농락한 게 아니냐는 것이다. 소태산이 실질적으로 학명에게 피해를 준 것은 없지만, 소태산의 방편은 이 경우 말고도 범부들의 수용 한계를 뛰어넘는 일이 종종 있었다. 훗날 소태산은『정전』을 집필할 때, 법위등급의 대각여래위에서 "천만 방편으로 수기응변隨機應變하여 교화하되 대의에 어긋남이 없고 교화받는 사람으로서 그 방편을 알지 못하게 하며……"라고 했으니 그 경지를 심삭할 따름이다.

모악산 금산사 탐방

1919년 8월 21일의 법인성사가 마무리되고 송규(도군)를 월명암으로 보낸 후, 9월에 들어서자 소태산은 김광선(성섭)을 앞세워 김제 원평을 거쳐 금산사로 들어갔다. 남은 단원들에겐 2차 백일기도를 계속하도록 했다. 송규와 김광선의 빈자리를 대신할 후보 단원으로 이동안, 김명랑3)을 지명하고 단장은 오창건이 대리하도록 명했다.

모악산 금산사. 백제 법왕 원년(599)에 창건하였고, 통일신라 혜공왕 2년(766)에 진표 율사가 미륵불의 수기授記(부처가 그 제자에게 내생에 부처가 되리라고 예언함)를 받아 중창한 후 법상종을 열어 미륵신앙의 근본도량으로 삼았다. 전설인즉, 절터가 아홉 마리의 용이 사는 못이 있는데 진표가 소금 수만 섬을 풀어 용들을 내쫓고 그 자리에 절을 세웠다고 한다. 금당에 철제 육장불4)(혹은 장륙존상)을 세우려 했으나 못을 메운 자리라서인지 여러 차례 내려앉았다. 진표가 꿈을 꾸니 미륵보살이 현몽하여 "솥을 걸어라. 그 위에 부처를 세우면 바로 서리라" 하니, 과연 그대로 하여 불상을 세웠다고 한다. 이 철제 육장불은 정유재

---

3) 이동안(1892~1940)은 영광군 묘량면 출신으로 사촌 형인 이재철(재풍)의 인도로 입교하여 출가하였고, 김명랑(1893~?)은 소태산과 같은 마을 사람으로 유건(성국)의 인도로 입문한 방언공사 유공자다.

4) 미륵불의 크기를 놓고는 장륙, 육장 혹은 33척 등 다양한 기록이 보인다. 장륙은 16척, 육장은 60척인데, 오늘날의 기준으로는 1척이 30.3센티미터이지만, 주척(周尺)으로는 1척이 23.1센티미터가 된다. 역사적으로 1척의 길이가 고정된 것은 아니니 확정할 수는 없으나 거대 불상임에는 틀림없다.

란(1597~1598) 때 소실되었다. 1635년 수문 대사가 육장불 밑에 놓였던 솥 위에 다시 미륵대불을 세우니, 이 불상은 도금한 목불상으로 키가 36척(11미터)이라고 하고 양옆에 거대한 협시불을 아울러 세워 미륵삼존불의 형식을 갖추었다. 오늘 남아 있는 불상은 1930년대에 화재로 훼손된 목불상을 대신하여 39척(11.8미터) 석고상으로 다시 세운 것이지만 무쇠 가마솥 위에 세운다는 전통은 지속되었다. 여기서 굳이 '솥'에 방점을 찍는 것은 그럴 만한 사정이 있다.

교조 박중빈의 법호 소태산의 의미가 '솥의 산'이라고 하고, 수제자 송규의 법호 역시 '솥의 산'인 정산(솥 鼎, 메 山)이라고 한다면, 과거 진표 율사의 육장불이나 수문 대사의 미륵대불을 떠받치고 있는 솥은 미륵불의 메시지와 부합하지 않냐는 시각이다. 그러므로 조만간 변산으로 들어가 휴양하기로 맘먹은 소태산이, 2인자 송규를 월명암으로 미리 보내기까지 한 처지에 굳이 금산사를 찾은 것은 결코 '휴양처를 물색차'(『교사』) 간 것이 아니라는 이야기다. 정말 '솥'의 영감을 찾아나선 길일까?

솥, 이 뭐꼬?

박중빈의 법호 소태산을 두고 본인이 자호 해설을 한 적이 없다 보니 후인들이 가지가지 해석을 내놓았다. 그중 하나로 수긍받는 것이 '솥+이(의)+산'이다. 3세 종법사 대산 김대거는 "솥은 밥을 삶아내고 법은 대도인을 삶고 삼학은 세계인을 삶는다. 삼학 솥은 무량수를 무한히

삶을 수 있다"(동산문집편찬위, 『진리는 하나 세계도 하나』, 194쪽) 했으니 소
태산의 경륜을 짚어볼 수 있다.

'스승이 제자를 지성으로 가르치고 단련시켜가는 것'을 훈증熏蒸(찜)이
라 한다든가, '스승으로부터 교화敎化받는 것'을 훈자薰炙(굽고 삶음)라 한
다든가 하는데 여기서 스승의 역할이 곧 솥이다. 어떤 이는 『대순전경』
에 나오는 증산의 말 "솥이 들썩이니 미륵불이 출세하리로다"(6장 2절)
에 의미를 두기도 한다. 2세 종법사 송규의 법호 정산 역시 솥이라면
이는 우리말 '솥'을 한자 말 '鼎'으로 바꾼 것일 뿐 같은 뜻이란 말이 된
다. 차이가 있다면, 소태산의 솥은 서민적이요 정鼎은 귀족적이라는 것
뿐이다. 이것은 증산교의 교주 강일순의 호 증산(시루 甑, 메 山)과 비교
가 되기에 흥미롭다. 증산사상의 계승자를 자처하는 태극도의 도주 조
철제가 자호를 정산鼎山이라 한 것 또한 흥미롭다. 덧붙인다면, 역경 잡
괘에 나오는 '革去故也 鼎取新也(혁거고야 정취신야)'(혁은 옛것을 없애는
것이요 정은 새것을 취하는 것이다)에 근거하여 솥[鼎]을 새 종교의 탄생과
연관 지을 수도 있지 않을까 싶다. 소태산은 『조선불교혁신론』을 지었
지만, 혁신을 달리 혁정革鼎이라고도 한다.

어쨌건 소태산은 얼마간 머물기로 작정하고 금산사를 찾아들었다.
좁지 않은 경내에서 단연 대중이 모여들고 눈을 끄는 곳은 다름 아닌
미륵전이었다. 외양은 팔작지붕으로 삼층탑 형태를 띠고 있는 미륵전
은 웅장하고 아름다웠다. 층마다 대자보전大慈寶殿, 용화지회龍華之會, 미
륵전彌勒殿이란 편액이 따로 붙어 있었다. 대자는 미륵을 가리키는 것이
요 용화지회는 미륵의 회상을 가리키는 것이니 모두 미륵의 동어반복

이나 진배없다. 무슨 행사라도 준비하는 듯 사람들이 북적거리는 곳은 미륵전 주변이다. 김광선이 절에 부탁하여 미륵전 옆 송대(소나무 숲이 있는 도톰한 땅)에 자리한 노전(절에서 법당 등을 맡아보는 사람의 숙소)에 방 하나를 빌려 스승을 안내했다. 송대 노전은 미륵전을 관리하고 조석으로 예불하는 스님들의 숙소였다. 김광선은, 사람들이 미륵전 주변에서 북적거리는 이유를 어디서 듣고 와서 소태산에게 설명했다.

"올해로 강증산 선생이 화천(사망)한 지 10년인디 9월 열아흐렛날이 증산 탄신일인 대순절이랍디다. 아직 한 달이나 남았지만, 벌써부터 증산교 각파에서 증산의 환생을 기다리며 모여드는 중이라 하요."

증산은 자신의 출생 배경을 두고 "동토에 인연이 있는 고로 이 동방에 와서 30년 동안 금산사 미륵전에 머물렀노라" 했고, 임종을 앞두고는 "내가 금산사로 들어가리니 나를 보고 싶거든 금산사로 오라" 하였다. 전북 김제시 금산면, 증산이 생전에 활동하던 원평에서 고작 10리밖에 안 되는 금산사다. 그의 종도들은 그렇잖아도 스승의 원만한 얼굴이 금산사 미륵불과 흡사하다는 믿음을 가지고 있던 터라, 사후에 증산이 금산사에서 미륵불로 환생하리란 기대를 키워왔다. 그리하여 그들은 화천 10주년이 되는 이번 대순절을 증산 환생, 미륵 하생의 최적기로 점치고 있었던 것이다.

동서양을 막론하고 삶이 팍팍한 민중들은 메시아의 도래를 기대한다. 시대와 사회가 각별히 고통스러울 때일수록 구세주를 기다리는 열망은 다양하게 표출된다. 백제시대 이래 미륵신앙, 그중에도 미륵불이 구세주로 오시리란 하생신앙은 민중 사이에서 끈질기게 진승되었나. 내로는 미륵이 정도령이나 진인眞人으로 얼굴을 바꾸기도 했지만 본질은 하나였다. 금산사 미륵불의 수인手印을 보자. 오른손이 온갖 근심과 두려움을 없애준다는 시무외인施無畏印, 왼손이 중생의 원하는 바를 성취시켜준다는 여원인與願印이니, 이것이 중생의 믿는바 미륵불의 약속일 터이다.

소태산은 무슨 생각으로 금산사를 찾았을까? 미륵전의 미륵대불을 보고 혹은 '솥'을 확인하고 싶었을까? 혹시 진표 율사가 변산 불사의 방장에서 미륵불 수기를 받고 금산사로 온 것과, 진묵 대사가 변산 월명암에서 금산사로 온 것과, 소태산이 변산 월명암 거쳐 금산사로 온 것, 그 동선이 미륵불을 중심에 두고 그린 세 개의 동심원을 상징하는 것은 아닐까? 금산사에 들른 시점은 강증산 탄신일인 대순절을 계산한 결과일까? 우연일까? 결과론이지만 대각 후 소태산의 동정을 보면 빈틈없이 계획된 일정에 따른 듯이 보인다.

한 달이나 되는 금산사 체류 일정이 그저 '놀러' 혹은 '쉬러' 온 사람의 행적 같지는 않다. 그런데도 그리 서두르거나 쫓기는 일정은 아니었다. 금산사 도착 이튿날부터 소태산은 김광선에게 짚을 한 동 구해 오게 한 뒤 짚신을 삼기 시작했다. 마치 심심해서 소일하느라고 하듯이 두 사람은 노전 뒤에서 게으름 피지도 않고 서두르지도 않는 속도로 짚신을 삼는다. 절을 찾는 이들의 허름한 신을 보면 보는 대로 바꿔 신기고, 바꿔 신기고, 또 바꿔 신겼다. 소태산의 짚신 삼기는 돈이 아쉬워 한 것도 아니고, 군이 오래 묵으면서까지 심심풀이로 할 일은 더욱 아니었다. 그가 짚신을 삼는 것은 어쩌면 혹은 아무래도 모종의 메시지를 띄운 것 아닐까? 당나라 목주 화상도 지성으로 짚신을 삼았고, 『삼국유사』에 나오는 신라의 광덕 거사도 짚신 삼는 일을 생업으로 삼았다. 아니 중국이나 신라까지 갈 것도 없다. 근세 최고 선승 경허와, 그의 수제자 혜월과 수월도 짚신 삼기를 일삼아 했고, 동학의 2세 교주 해월도 영양 일월산에 숨어 매일 짚신 두 켤레씩 삼았단다. 몸에서 가장 천대받는 발바닥을 지키는 신, 그것도 고급스런 미투리가 아니라 가난한 서민이나 신는 초혜草鞋 털메기를 삼은 것이다. 상것들이나 하는 천한 일일지언정 마다하지 않고 손수 짚신을 삼아 그들의 발에 신기려는 뜻이 과연 무엇이었을까.

○

일원상과 김제경찰서

날이 갈수록 증산교 신자들은 불어났다. 그리고 언제부턴가 그들 사이엔 노전 뒤에서 묵묵히 짚신을 삼고 있는 두 사람이 화제에 올랐다. 그중에도 희고 맑은 얼굴, 장대한 풍채에 유난히 깨끗하고 비범한 상호를 보이는 젊은이가 주목을 끌었다. 형형한 안광을 중심으로 얼굴 전체에서 신비한 아우라가 발하는 것을 알아보는 사람들이 늘어났다. 그렇게 봐서 그런지 모르나 누군가 이 젊은이가 미륵전의 대불 상호를 닮았다는 주장을 했고, 사람들은 그 말도 전혀 엉뚱하지는 않다고 수긍하기 시작했다. 음식을 공양하거나 말을 시키는 이들도 늘어났다.

"저리도 잘난 얼굴, 훌륭한 상호를 갖고 어찌 짚신이나 삼고 있다요? 참 희한하요."

그들 가운데는 이 젊은이를 흠모하여 훗날 변산까지 찾아와 신성을 바친 이들도 있으니, 김제 사람 구남수와 이만갑 같은 여인들이 그들이었다. 그러는 사이 어느 날, 소태산은 숙소로 쓰는 방 문미 벽지 위에 붓으로 동그라미를, 훗날 불법연구회(→원불교)의 종지가 된 일원상을 그렸다. 이것이 원불교 역사에서 최초로 그려진 일원상이지만, 일원상이 신앙의 대상으로 법당에 자리 잡기(1935)까지는 상당한 시간이 더 필요했다. 소태산은 이때 이미, 불상 대신 일원상을 진리의 표상이자 신앙의 대상으로 삼을 구상을 마친 것으로 보인다. 소태산은 일원상을 독창적 영감으로 그렸을까? 아니면 불서에서, 혹은 사원의 벽화로 그려진 〈심우도〉 8번이나 〈목우십도송〉 10번의 그림 같은 데서 미리 접하고 공감해서 나온 것일까? 어느 쪽이든 간에 일원상이 종지의 상징으로 채택된 배경에는 소태산의 대각 후 최초 일성에 이미 내재해 있다고 본다. "만유가 한 체성이며 만법이 한 근원이로다. 이 가운데 생멸 없는 도와 인과보응되는 이치가 서로 바탕하여 한 두렷한 기틀을 지었도다." 여기서 '한 두렷한 기틀'이 곧 일원상—圓相이기 때문이다.[5]

그러는 사이, 대순절이 다가오고 금산사는 치성꾼들과 태을교 등 증산종도들로 북적거렸다. 마침내 9월 열아흐렛날 대순절 아침, 분위기는 잔칫집처럼 설레고 어디선가 무슨 엄청난 일이라도 터질 듯한 기대가 팽배했다. 그것은 구세주의 탄생을 기다리는 목마름이었고 신앙이었다. 이때 젊은 남자 신도 한 사람이 미륵전 앞마당에서 졸도하는 사건이 일어난다. 신도 아닌 승려가 맞는다든가, 졸도가 아니라 사망이라든가 하는 주장도 있지만, 승속의 구분이 중요하지는 않고, 의사의 진단이 없었으니 생사의 경계를 가린다는 것도 불가능한 일이다. 아무튼 남자의 상태는 뇌빈혈이나 쇼크로 인한 일시적 실신보다는 다소 심각했던 모양이다.[6] 놀란 사람들이 우왕좌왕하고 어찌할 바를 모를 때 소

---

5) 국립국어원의 『표준국어대사전』에는 '두렷하다'를 아주 분명하다로 풀고, '뚜렷하다'보다 여린 느낌이라고 하였으나, 정작 본래의 뜻인 둥글다를 빼먹었다.

태산이 다가가 남자를 반드시 뉘어놓고 모종의 조처를 했다. 그 조처가 무엇이었는지 이설이 없지 않지만, 손가락으로 이마에 열십자를 긋고 묵념을 했다든가 혹은 주물렀다든가 대체로 그랬던 것으로 보인다. 일종의 기 치료인지 영적 신유神癒인지 모르지만, 잠시 후 남자는 의식을 차리고 거뜬하게 일어났다. 이 사건을, 가사 상태에 빠진 식민지 조선의 백성을 소태산이 깨워 살린다는 알레고리로 풀고 싶어 하는 이들도 없지 않지만, 어쩌면 잠깐의 해프닝일 수도 있는 이 사건이 만만찮은 후폭풍을 몰고 왔다.

때가 대순절 타이밍인 데다가 군중심리 때문이겠지만 사람들은 소태산을 증산 천사의 부활 혹은 미륵불의 현신이라고 떠들고 그 소문이 일파만파로 번져갔다. 이 사건으로 소태산은 얻은 것과 잃은 것이 각각 한 가지씩 있다. 얻은 것은 앞에서 말한 구남수, 이만갑 외에 송적벽(찬오), 김남천 등 숱한 증산계열 남녀 추종자들이다. 뒤에 다시 말하겠지만 이들 추종자들은 자신뿐 아니라 훗날 소태산의 경륜을 도운 쟁쟁한 인물들을 무더기로 끌어들였다. 소태산의 금산사 방문, 짚신 삼기로 소비한 한 달의 세월이 가지는 진가는 바로 이런 제자들을 얻은 데 있지 않았을까. 그것은 산에 놀러 갔다가 우연히 산삼밭을 발견한 덕에 '심봤다!'가 된 것이 아니라고 본다. 적어도 소태산이라면 그 시간대 그 공간 그 사건까지 예측하고 촘촘하게 기획한 나들이였을 것이다. 휴양은 오히려 덤이었다.

그러나 세상에 공짜는 없다. 소태산의 대중적 관심은 곧 침략자 일

6) 『대종경선외록』 교단수난장4에는 "하루는 금산사 스님이 느닷없이 마당 한가운데서 죽었다. 그런데 틀림없이 죽은 그는 대종사께서 이마를 만지시니 도로 살아난 것이다. (…)"라고 하여 죽은 것으로 단정하고 있다.

본에게는 위협이었다. 밀정(주지 김윤창)의 보고를 접한 김제경찰서 고등 계는 이튿날 새벽, 형사 세 명을 급파하여 노전에서 잠든 소태산을 은밀히 연행하였다. 삼일운동의 뒤끝이라 독립운동과의 연결을 차단하려는 의도이지만, 시점은 정말 불리했다. 증산 사후 10년 되는 대순절, 증산의 수제자 김형렬金亨烈(1862~1932, 태을교→미륵불교 교주)이 신도를 떼로 몰고 와서 치성하는 것을 못마땅하게 본 금산사 주지가 독립운동 모의로 음해하는 바람에 일경을 바짝 긴장시켜놓았던 터였다. 소태산 은 경찰서 유치장에서 심문당하면서 일주일간(혹은 17일 설도 있음) 구류를 살았다. 이 당시 사연은 소태산을 감시하다가 제자가 된 일본경찰 황가봉(이천)과의 대화7)에서 흥미롭게 전한다.

"내가 김제경찰서에 가니까, 별 죄도 없고, 사람을 살렸다는 것이 죄는 안 될 것이고, 그냥 앉혀놓데. 이천, 경찰서가 무섭다더니 참 좋은 곳이더만."
"무엇이 그리 좋던가요?"
"아, 생각해보더라고. 여기 있으면 식사가 궁색한데, 거기 있으니 삼시 세 때 밥은 꼭 주지. 목마르면 물 주지. 저녁에 재워주지. 아침에 깨우지. 또 밤엔 나를 지켜주지. 그런 극락이 없더만. 그런데 왜 무섭다고 하는지 모르겠어."
"아 종사님, 그게 좋은 데가 아닙니다."
"죄짓고 있으면 자기 안방도 무섭지."

소태산의 성격은 본래 낙천적이고 익살맞다. 그는 희로애락을 표현

7) 《원광》, 105호(1981. 2.), 81쪽.

하는 데 인색한 사람이 아니다.[8] 『중용』의 문법을 빌린다면, '희로애락을 표출하지 않음[喜怒哀樂之未發]'으로 중中에 숨는 의뭉스러운 자가 아니라 필요할 때마다 '감정을 표출하되 절도에 꼭 맞게 함[發而皆中節]'으로 화和를 추구하는 천진한 사람이다. 인용문을 보면, 진지성은 그만두고라도 성실성조차 보이지 않는 대신, 다소 모자란 듯 짓궂은 그의 버릇이 잘 드러난다. 그러면서도 "죄짓고 있으면 자기 안방도 무섭지" 이 한마디로 판을 깨끗이 평정해버리는 그는 '뜻이 있는 농판', 어쩌면 '무서운 농판'[9]이다.

○

내변산으로 숨다

풍수지리를 아는 사람은, 사람뿐 아니라 산도 기가 센 산과 그렇지 않은 산이 있다고 한다. 대체로 바위가 많은 골산骨山은 살집이 두터운 육산肉山에 비해 기가 세다. 변성암으로 이뤄진 육산은 18~19억 년 까마득한 세월에 풍화와 침식을 겪으며 기가 소진되어 길든 짐승처럼 다소곳하다면, 화강암으로 이뤄진 골산은 불과 1~2억 년 전 지핵地核에서 용틀임하며 솟구치던 마그마의 야생적 기가 아직도 남아 있기 때문이

---

8) 대종사 교중에 일이 생기면 매양 대중과 같이 노력하실 일은 노력하시고, 즐겨하실 일은 즐겨하시고, 근심하실 일은 근심하시고, 슬퍼하실 일은 슬퍼하사, 조금도 인정에 박할 일과 분수에 넘치는 일과 요행한 일 등을 취하지 아니하시니라.(『대종경』, 실시품42)

9) 농판은 전남 사투리로 바보, 멍청이를 뜻한다. 소태산 가사에 〈천하농판〉이 있는데 그중에 "천하 농판 되는 사람/ 뜻이 있게 하고 보면/ 천하제일 아닐런가"란 구절이 있다.

다. 불사의방不思議房을 중심으로 변산 일대는 천기와 지기를 아우르고 있어서 기가 유난히 강한 곳이라고 한다.[10]

범인들은 이 강렬한 기감氣感에 자칫 심신을 다치고 주저앉지만, 정작 고수들은 오히려 그 기감에 끌려 여기를 찾아든다. 변산을 찾아드는 고수는 생사를 두려워 않는 무림과, 생명을 초개처럼 여기는 도인, 이렇게 두 종류가 있는 것 같다. 기력은 수양력이기도 하다. 밖으로 기질 수양과 안으로 심성 수양이 갖추어져야 온전한 수양이라 할진대, 한쪽만 갖춘 절름발이 수양은 온전한 기를 뽑지 못한다. 외수양만으로 변산에 기어들어 온 무림, 예컨대 망국의 원한을 품고 들어온 변한의 장수와 백제 저항군이나, 삿된 패기만으로 무장하고 산채에 똬리 틀었던 산적 떼(박지원, 〈허생전〉)는 변산의 기를 못 견디고 패망하거나 투항할 수밖에 없었다. 내수양만으로 겁 없이 뛰어들었던 얼치기 도인들도 죽거나 병신이 되어 하산할 수밖에 없었더란다. 하물며 오랫동안 내소사를 소굴 삼아 소 잡아먹는 일, 사람 두들겨 패는 일이나 하던 땡초들(최남선, 『심춘순례』)이야 말할 게 없다. 그러나 내외겸전의 수양 고수들은 기가 센 지대일수록 수련의 적지로 여기고 찾아든다. 대장간 화덕에서 달궈진 무쇠가 메질과 담금질을 당하면서 강인해지듯이, 산에서 뿜는 기로 먼저 단련하고 잘만 하면 천지의 신령스러운 기를 자기 것으로 만들어 부려 쓸 수 있는 단계까지도 갈 수 있기 때문이다.

수양의 고단자들은 승려 등 도꾼(수도인)들이다. 기가 센 도꾼들이 변산을 찾다 보니 결국 변산은 자연스레 고승들의 둥지가 되었다. 일찌감치 원효와 의상은 울금바위 원효방장과 마천대 의상암에서 마주 보

10) 조용헌, 『사찰기행』, 44쪽.

며 기를 겨루었다. 선덕여왕 때 김제 만경에 살던 부설 거사 일가(부설 외에 처 묘화, 아들 등운, 딸 월명)가 변산에 들어 몽땅 성도하였다 하고, 부설이 딸 월명을 위해 691년에 창건하고 의상도 와서 주석했다는 월명암은 변산의 명소다. 다시 김제 만경 출신 진표가 출가하여 760년에 변산으로 들어왔다. 그는 변산 최고봉인 의상봉에 불사의방을 꾸리고 3년간 치열하게 정진하다가 기력이 진하자 목숨을 건 승부수를 던졌고, 그것이 통하여 미륵보살로부터 교시를 받아 금산사를 창건하고 미륵신앙의 중심지로 삼았다. 근세조선에 와선 거승 진묵(1562~1633)이 역시 김제 만경 출신으로 변산에 들어와 득도하고 월명암서 무려 17년 동안 머물며 제자를 키웠다. 미륵불을 자처하던 증산 강일순도 변산을 찾아와 개벽의 본의를 개진하였거니와[11] 이제 그 변산에 다시 명승 백학명이 월명선원을 열어 눈 푸른 납자들을 키우고 있다. 이렇게 기가 서슬 푸르게 응축된 변산, 미륵신앙의 성지 변산으로 소태산은 뚜벅뚜벅 걸어 들어가는 것이다.

　1919년 12월 12일(음력 10월 20일), 소태산은 사산 오창건을 데리고 육로를 걸어 변산 월명암으로 향했다. 오창건은 4월 예비답사에 동행한 전력도 있으니 이번에도 동행함이 자연스러웠다. 이번엔 4월의 예비답사나 10월의 금산사 탐방처럼 단기간의 나들이가 아니었다. 영광의 제자들은 작별을 슬퍼하고, 단원들은 산상기도 때 받았던 회중시계를 거두어 여비에 보태라고 내놓았다. 노자 대신 가다가 팔아 쓰라고 돗자리 한 닢을 오창건의 등에 메어주는 이도 있었고, 행로에 허기를 끄라고 깜밥

---

11) 1902년 7월, 증산은 신원일 등 제자를 데리고 변산 개암사에 와서 이적을 보인 뒤, 그가 추구하는 개벽의 방식이 재민혁세(災民革世) 아닌 화민정세(化民靖世)임을 강조한다.(『대순전경』, 3-36)

(누룽지) 한 덩이를 챙겨주는 이도 있었다. 방언과 기도 이후, 실제로 소태산은 심신의 기력이 고갈되었을 뿐 아니라 경제적으로도 탈탈 털어다 넣고 빈손이 되었던 모양이다. 자, 변산이다. 이제부터 소태산은, 부설 거사가 창건하고 진묵 대사가 중창해서 적공하던 월명암에서, 변산의 영기를 충전하면서 태공망의 전설처럼 느긋이 천시를 기다릴 것이었다.

몇 달 만에 스승을 만난 송규는 기쁘기가 한량없었지만, 백학명의 환대도 만만찮았다. 불교 쪽에서는 소태산을 백학명이 수없이 만난 재가신자 중 하나일 뿐이라며 짐짓 무시하려는 태도가 없지 않고, 반대로 원불교 쪽에서는 백학명이 걸출한 승려이긴 하지만 소태산과는 상대가 안 되는 수준이라고 격하하려는 저의가 없지 않다. 그러나 여러 자료를 볼 때 학명이 소태산을 그렇게 만만하게 보지도 않았고, 소태산 역시 학명을 얕보았을 리가 없다.

학명과 소태산은 종종 차담을 나누었을 것이다. 두 사람의 관심사로 보아 화제는 우선 불교혁신이 아니었을까 싶다. "대중들에게 약속하여 '농사를 지으면서 참선을 하여야 한다'는 안案을 주장하면서, 호미를 잡으면서 조사들의 화두를 들었고, 골짜기를 경작하면서 물소 水牯(화두의 하나)를 길들였으니……"(《학명선사사리탑명병서》)[12]와 "괭이를 든 농부도 선을 할 수 있고, 마치를 든 공장도 선을 할 수 있고, 주판을 든 점원도 선을 할 수 있고……"(『정전』, 무시선법)의 유사성에서 보듯이 두 사람은 이심전심 소통이 되었을 것이다. 그리고 다소 의외일지 모르지만 두 사람은 문학적으로 소통이 잘 되었을 것이다. 학명은 선시의 대가지만, 한시 말고 한글가사를 적잖이 지었다. 학명이

___
12) 박희선, 『환학의 울음소리』, 307쪽.

〈신년가〉, 〈왕생가〉, 〈참선곡〉, 〈원적가〉 등 일곱 편의 가사를 전하고 있지만, 소태산은 영산에서 〈탄식가〉, 〈경축가〉, 〈권도가〉 등을 지었고 변산 입산 몇 달 안에 〈회성곡〉, 〈교훈편〉, 〈안심곡〉 등을 지을 정도로 왕성한 창작 의욕을 보였으니 두 사람은 문학을 두고도 통하는 게 많았을 것이다. "도끼 들고 산에 들면/ 덤불 쳐서 개량하고/ 괭이 들고 돌밭 파면/ 황무지가 옥토 된다/ 우리 밭에 보리 싹은/ 눈 속에도 푸러 있고/ 우리 새음(샘) 물줄기는/ 소리 치고 흘러간다"(〈신년가〉) 같은 학명의 작품은, 실제의 개간과 심전 개발을 중의적으로 다룬 수작으로 그 게미(씹을수록 고소한 맛)를 소태산의 입맛이 어찌 몰라볼까.

문학 이야기가 나왔으니 말이지만, 소태산은 입산 얼마 후 영광 제자들에게 주자朱熹(1130~1200)의 〈무이구곡가武夷九曲歌〉를 써 보내고 이를 부르게 하였다. 조선 성리학에서 공맹 버금으로 받드는 주자, 그가 명승지 무이산에서 제자를 기르면서 그 풍광을 아홉 굽이로 나누어 읊은 노래가 칠언절구 열 수로 구성된 이 작품이다. 이 시는 숱한 유사품을 낳았고 서예와 병풍화 등 그림으로도 끝없이 재생산되었다. 조선에도 경승지마다 구곡이란 칭호가 붙고, 구곡가란 시(시조)가 불리고, 구곡도란 산수화도 많다 보니 통칭 '구곡문화'라는 말까지 생겼다. 율곡 이이가 〈고산구곡가〉를 지은 것도, 우암 송시열이 괴산에 들어 화양구곡을 명명한 것도 모두 주자를 사모한 뜻이었다. 변산(봉래산)에도 봉래구곡이 유명하다. 배로 오르는 무이구곡과 도보로 오르는 봉래구곡을 놓고 규모로나 풍치로나 비교할 여지가 없지만, 직소폭포 같은 절경이 없지 않다 보니 봉래구곡도 그런대로 유람객의 사랑을 받고 있다.

그린네 소태산은 변산에 들어온 지 얼마 안 되어 영광 제자들에게 〈무이구곡가〉를 써 보내고 이것을 외우라고 당부했다니 도대체 무슨 뜻이 있는가? 혹자는 스승을 그리는 제자들에게 안부 삼아 정회를 표했다고 보기도 하지만 설득력이 부족하다. 〈무이구곡가〉는 무이산 계곡의 절승을 읊은 산수시로 읽기도 하고, 주자의 성리학적 탐구 경로를 은유한 도학시로 읽기도 하여 평가가 갈린다.[13] 소태산이나 그 후계자들이 시가를 보는 태도는 결코 순수한 서경이나 서정에 머무르지는 않았다. 만약 이 작품이 단지 서경에 불과했다면 율곡을 비롯한 조선의 유학자들이 그렇게 애송하지도 않았으려니와, 소태산 역시 무슨 유람 온 것도 아닌데 한가하게 제자들에게 이 시를 써 보내고 더구나 부르게까지 했겠는가. 구곡가는 단순히 아름다운 경치를 노래한 것이 아니라 일곡에서 구곡까지 인격과 도의 완성 단계를 자연에 투사한 것이라는 해석이 옳다고 본다.

무이구곡가

제1곡에 '무지개다리 한 번 끊어진 뒤 소식이 없도다[虹橋一斷無消息.]'가 속계와 선계의 단절로 실낙원失樂園을 은유했다면, 제2곡부터 단계를 밟으며 진급하여 제9곡 평천에 이르러 도원桃源을 말하고 별유천이라 마무리한 것은 도의 완결이 낙원세계 실현, 즉 복낙원復樂園임을 보여주는 듯하다. 주자는 무이구곡에 안겨 검박한 생활을 하며 〈무이구곡가〉, 〈무이정사잡영〉 등 시를 짓고, 무이정사를 지어 제자를 기르고 사서四書 등을 주석했다. 한편 소태산은 봉래구곡에 파묻혀 검박한 생활을 하며 〈회성곡〉, 〈안심곡〉 등 가사를 짓고, 봉래정사를 지어 제자를 모으고 『수양연구요론』, 『조선불교혁신론』 등 교법을 초안하였다. 그럴듯한 대응이다. 증산 강일순의『현무경』21~23쪽에 허령/지각/신명부에 무이구곡이 연이어 나옴으로써 증산교에서도 여러 해석이 나오는데 '수련의 과정'과 '이상향'을 열쇳말로 하여 푸는 경향이니 참고할 만하다.

변산은 봉래산으로도 많이 불리지만 이는 신선이 산다는 이상향을 가리킨다. 3세 종법사 대산 김대거는 무이구곡을 신선이 사는 곳으로 보고, 소태산의 변산 은거를 그런 쪽에서 설명한 적이 있다. 보림 함축의 수양을 위해서 최적의 땅이란 것이다.(『법문집』, 404~406쪽) 주자가 유교에 속하지만 수양을 위해서는 신선의 땅 무이구곡에 들어갔듯이, 소태산은 불교에 속하지만 수양을 위해서 신선의 땅 봉래구곡을 찾아간 셈이다.

○

봉래정사 석두거사

영광 제자들은 스승 소태산의 변산(봉래산) 거취에 아무리 동행하고 싶어도 학명에게 부담이 되니까 서로 자제하였지만, 금산사에서 소태산을 눈여겨보았거나 풍문으로라도 신심이 동한 증산도꾼들에겐 그런 눈치를 볼 것이 없었다. 먼저 찾아온 것은 금산사에서 만났던 이만

---

13) 〈무이구곡가〉를 두고, 퇴계 이황과 고봉 기대승 등이 주자가 무이구곡의 사물을 보고 일어난 감흥을 노래했다고 이해한 데 반해, 하서 김인후와 포저 조익 등은 주자학의 오묘한 이치와 도학의 성취 단계를 노래했다고 이해했다.

갑, 구남수 두 여인이고, 다음은 소문 듣고 찾아온 송찬오와 김성규였다. 그들은 김제, 영광을 두루 수소문하여 동짓달 추위를 뚫고 깊디깊은 내변산까지 찾아왔다. 특히 송찬오는 증산 강일순의 친자종도親炙從徒(스승이 직접 가르친 제자)로서 증산교사에 실명이 종종 오를 만큼 교단의 요인이었다. 송찬오와 김성규는 송규를 연원으로 이미 입교를 하여 각각 적벽赤壁, 남천南天으로 법명까지 받은 바 있다. 그런데 이들 증산교도의 입교는 증산을 배신한 개종과는 의미가 다르다. 그것은 오히려 증산의 유훈을 실천한 셈이니 '송찬오(적벽)의 말'이라고 전한 이공전 교무의 구술 자료를 참고할 만하다.

"저는 증산 천사님께서 화천하시기 몇 해 전에 입문하였는데, 천사님께서 늘 말씀하시기를 '나는 대리 선생이고 앞으로 큰 선생이 한 분 나면, 동학도는 수운 신사께서 다시 오셨다 할 것이고, 야소교는 예수가 재림하셨다고 하며, 부처 믿는 사람은 미륵불이 하생하셨다 하며 다 따르리라' 하시면서 저보고 '영광에서 소식 있거든 짚신 들메고 쫓아가라' 하셨는데, 이 늙은 눈구녕이 진작 알아뵙지 못하고 이제사 큰 선생님을 찾아 여기까지 왔습니다."(『초기교단사 2』, 173쪽 재인용)

대선생代先生과 대선생大先生의 뉘앙스[14]도 그렇고 '동학도는 수운 신사께서 운운'은 『대순전경』(4-61)에도 실려 있지만, "영광에서 소식 있거든 짚신 들메고 쫓아가라" 이 말은 기록에 없는 유훈이다. '들메다'는

---

[14] 박용덕 교무는 이 대목을 아래와 같이 해설한다. "증산은 수운과 소태산의 중간자 역할로 '나는 참 동학을 한다. 나는 수운 선생의 대리 선생이요 내 뒤에 큰 선생이 온다'고 정확하게 자기 역할을 말하였다."(초기교사 스페셜,《한울안신문》, 2016. 9. 3.)

벗어지지 않도록 신을 발에다 끈으로 동여맨다는 뜻이니, 실행의 확실성과 시급성을 담보하는 낱말이다. 어쨌건 소태산을 찾은 태반의 증산 도꾼들은 그를 진정한 대선생大先生으로 알고 찾아와 미륵불의 하생으로 보고 싶었던 듯하다. 이후 소태산 품으로 들어간 이교도는 불교, 유교, 동학(천도교), 기독교 출신 등 다양했지만 그 양(수효)에서나 질(신심)에서나 증산계열 신자들이 단연 으뜸이었다.

처음 한동안을 월명암에서 지내면서 소태산은 차츰 백학명의 눈치가 보였던 듯싶다. 객식구여서라기보다도 더 큰 이유는 딴 데 있었다. 당장 그 겨울로 증산도 신도들의 입문이 줄을 이었고, 다시 그들이 다단계 판매하듯 새끼를 쳐서 지인들을 인도하였다. 그런데 절을 출입하는 이들이 법당의 부처님이나 주지 학명에게 예배하지는 않고, 한갓 식객 신세인 젊은이 소태산을 대선생이니 생불님이니 하고 떠받드니 학명 보기가 여간 거북하지 않았다. 소태산도 처음부터 월명암에 오래 눌러앉을 생각은 물론 아니었다. 그래도 겨울이나 나거든 새 거처를 마련해보라는 학명 주지의 권고를 못 이기는 체하고 받아들일 생각이 없지 않았는데 말이다. 이심전심이라, 소태산은 학명에게 이사할 뜻을 말했고 학명도 굳이 잡지 않았다. 그렇다고 이 의기투합한 젊은 거사를 멀리 보내기 싫었던 백학명은 실상사 한만허에게 부탁하여 실상동쯤에 거처를 물색케 했다. 마침 실상사 옆 배裵 씨네 초옥이 비었다는 소식을 듣고 집주인을 불러 흥정을 붙였다. 방 한 칸에 부엌 한 칸인데, 마당을 사이에 두고 헛간이 있고, 뒤꼍에는 작은 연못과 도랑이 있었다. 집 터는 실상사 땅이지만, 배 씨 소유의 논 닛 마지기와 밭 한 뙈기를 같이 사기로 했다. 소태산을 제쳐놓고 오창건과 송적벽, 김남천이 나서서 흥정을 마무리했고, 대금은 그중 여유 있던 이만갑이 부담하였다. 그러나

방이 하나라서 불편하다 보니 바로 증축을 하기로 했다. 오창건이 감독을 하고 김남천을 목수로, 송적벽을 토수로 부리어 한 달 만에 방 한 칸을 붙여 지으니, 이 집이 『교사』에서 실상초당으로 불리는 바로 그 집이다. 결국 세전歲前에 기어이 이사를 마쳤다.

옥녀봉과 인장바위

석두암이 있는 실상동의 위치인즉 내변산의 중심으로 가까이 옥녀봉이 있고 인장바위가 보인다. 외변산에도 옥녀봉이 있지만 내변산 옥녀봉은 남쪽에 해당하여 남옥녀봉이라 불러 구별하기도 하는 모양이다. 영광의 옥녀봉이 옥녀치성형으로 선녀가 치성을 들이며 성인의 출현을 기다리는 형국이라면, 여기의 옥녀봉은 옥녀직금형玉女織錦形이니 선녀가 베틀에 앉아 비단을 짜는 형국이란다. 동쪽 근처에 바디재가 있다. 바디인즉 날실을 끼워놓고 씨실을 담은 북을 통과시키는 구실을 하는 기구이니 직금에는 필수적 장치다. 소태산이 여기서 법의 비단을 짰으니 신기하다. 1918년 영광 옥녀봉 아래 구간도실을 지을 때 상량문으로 "사원기일월梭圓機日月 직춘추법려織春秋法呂"(둥근 베틀에 해와 달이 북질하여 춘추법려 비단을 짠다)라 하여 교법 제정을 은유한 본의가 옥녀직금과 안성맞춤으로 대응된다. 아울러 손톱까지 형상화한 '엄지척' 모양의 인장바위인즉 소태산이 변산에서 만드는 교법을 하늘이 인증한다는 것인가. 이 역시 산상기도 후 9인이 맨손으로 찍은 지장[拇印]이 혈인으로 나타나던 이적을 연상시키니 의미가 예사롭지 않아 보인다.

흥밋거리 삼아 부담 없이 해본 소리다.

김남천은, 홀몸이 되어 혈육 하나만 품고 살던 딸을 데려다 소태산 시봉을 들게 했다. 딸이 김혜월이고 외손녀가 이청풍이다. 자, 이렇게 내 집을 갖고 보니 생활비 마련이 짐스럽긴 했지만, 이제 소태산도 제자들을 마음 놓고 만날 수 있게 되었다. 다만, 학명의 상좌 노릇을 하는 송규로선 자신을 거두어주는 고마운 스님을 저버릴 수도 없던 터에, 초당에 당장 합류할 만한 여유 공간이 없다 보니 여전히 월명암에 머무를 수밖에 없었다. 다만 스승 소태산에 대한 그리움을 풀 길 없어서 밤에 스님 몰래 산길을 타고 실상초당으로 내려와 가르침을 받들고 새벽에 다시 돌아감으로써 학명이 그 출입을 알지 못하게 했다.

이 무렵 실상초당에 상주한 제자로는 영광서 함께 온 오창건 외에 남자로 김남천, 송적벽이 있고, 여자로는 김남천의 딸과 외손녀인 김혜월, 이청풍 모녀가 있다고 앞에서 말했다. 또한 상주하는 식구는 아니라도 자주 찾는 여제자로 구남수, 이만갑 외에 또 한 인물 장적조 (1878~1960)를 언급해두어야 할 듯하다. 구남수, 이만갑은 소태산을 만나기에 앞서 정읍 일대를 유력하던 정산 송규를 만나 인연을 걸었다고 하지만, 금산사에서 소태산을 만난 이후 열성 신자가 되어 변산까지 찾아온 전북 김제 사람들이다. 하지만 장적조는 경남 통영 사람으로 남편과 자식을 두고 가출한 후 황아장수(집집마다 찾아다니며 자질구레한 일용 잡화를 파는 사람)로 변신하여 건리도에 있다가 증산교에 심취한 여인이었다. 그녀가, 김제 원평에서 만난 이만갑에게 변산에 생불님이 계시다는 말을 듣고 실상초당으로 소태산을 찾아와 제자 된 것이 1921년 5

월이었다. 장적조는 바람같이 전국을 잘 쏘다니기에 처음 법명을 장풍張風으로 받았다고 한다. 그녀는 전무출신을 단행하고 부산으로부터 만주 목단강시牡丹江市까지 보폭을 넓히며 열정적으로 교화의 바람을 불렸으니, 선입자인 이만갑이나 구남수를 제치고 '창립기 삼대 여걸'로 꼽힐 만큼 활동적인 인물이 되었다. 하도 설치고 다니는 꼴을 보다 못한 소태산은 후에 그 바람을 재울 필요가 있어서 '고요히 마음을 비추는 공부를 하라'는 뜻으로 고요 적寂 비출 조照, 적조로 바꿔주었다는 일화가 전한다. 『대종경』에는 이들 세 여인을 주인공으로 한 흥미로운 법문이 실려 있다.

> 대종사 석두암에 계실 때에, 장적조, 구남수, 이만갑 등이 여자의 연약한 몸으로 백 리의 먼 길을 내왕하며 알뜰한 신성을 바치는지라, 대종사 기특히 여기시어 말씀하시기를 "그대들의 신심이 이렇게 독실하니 지금 내가 똥이라도 먹으라 하면 바로 먹겠는가?" 하시니, 세 사람이 바로 나가 똥을 가져오는지라, 대종사 "그대로 앉으라" 하시고 말씀하시기를 "그대들의 거동을 보니 똥보다 더한 것이라도 먹을 만한 신심이로다. 그러나 지금은 회상이 단순해서 그대들을 친절히 챙겨줄 기회가 자주 있지마는 이 앞으로 회상이 커지고 보면 그대들의 오고 가는 것조차 내가 일일이 알 수 없을지 모르니, 그러한 때에라도 오늘 같은 신성이 계속되겠는가 생각하여보아서 오늘의 이 신성으로 영겁을 일관하라."(신성품13)

이 법문은, 소태산이 갓 서른 젊은이로서 비록 행색은 초라하고 궁핍할지 모르나 제자들로부터 받은 존경과 신뢰가 얼마나 극진했는가를 알려주는 상징적 일화라고 하겠다.

해를 넘기자 영광, 김제, 전주 등지에서 제자들이 모여들고 거처가 비좁아 불편해졌다. 다시 이듬해(1921) 실상초당 이웃에 산기슭 쪽으로 축대를 쌓고 두 칸짜리 새 초가집을 지었다. 부엌은 필요가 없어서 아궁이만 냈고, 방에는 칸막이에 다락을 달고 밖으로는 마루를 크게 내서 제법 쓸모가 있었다. 실상초당 증축 때처럼 송적벽과 김남천이 몸으로 하고 이만갑, 구남수가 비용을 대는 방식도 유사했다. 이번에도 학명은 집터를 주선하고 재목을 보조하였고, 준공이 되자 두 자 길이의 달마도 한 폭을 선물로 주고 '석두암石頭庵'이란 당호의 현판을 써주었다. 석두암이란 명명은 대숲에 둘러싸인 집터 옆에 거북 모양의 바위가 있어서 붙여진 것이다. 이후 실상초당과 석두암을 합쳐 봉래정사라 불렀지만 소태산이 머무는 석두암이 정사의 중심이 되었다. 이로부터 소태산은 스스로 한동안(총부 건설하던 1924년 12월까지도) 석두거사란 아호를 애용한다.

흔히들 '석두'란 이름을 눈여겨보지만, 정작 주목할 것이 '석두'보다는 오히려 '거사'라는 것이 필자의 생각이다. 소태산은 평소 제자들에게 부설 거사의 저 유명한 신행담을 비롯하여 인도의 유마 거사, 중국의 방 거사龐居士 등 거사들의 성도설화를 많이 이야기했다고 한다. 소태산이 그리는 이상적 수도자 상은 출가 승려가 아니라 재가 거사였다. 소태산은 훗날 경주 석굴암을 탐방했을 때(1931) 방문록에 기념문을 쓰고 '불려거사不侶居士'라 서명을 한 적도 있다. 수제자(2세 교주)인 정산 송규가 부인과 오래도록 별거하자, 그러는 건 부부의 도리가 아니라고 나무라고 그를 부인에게 돌려 보내어 결국 딸 둘을 얻게 안 섯노 소태산이다. 그가 제자에게 요구한 모습이 비구승 아닌 거사였음을 뜻한다. 정산과 더불어 수제자(3세 교주)인 대산 김대거에게 소태산은 출세거사

出世居士라는 아호를 주었다. 소태산, 정산, 대산 이들 종법사 3세대는 모두 출가 신분이었음에도 재가 수도인을 뜻하는 거사를 지향한 셈이다. 소태산과 정산은 출가 이전에 이미 결혼을 했고 대산은 출가 이후에 결혼을 한 차이는 있다.

소태산은 거사 말고도 문서(서신)에서 일인칭으로 처사處士라는 지칭을 쓰기도 했다. 처사는 벼슬하지 않고 초야에 묻혀 사는 선비를 가리키지만 본질적으로 거사와 유사한 말이다. 다만 상대적으로 처사가 유교적 배경을 가진다면 거사는 불교적 배경을 가지는 것이 다를 뿐이지만 이것도 실상 혼용돼왔다. 변산에 머무는 동안 소태산은 실제로 상투에 유관을 쓰고 승려들을 상대했다. 이완철은 "보름달 같으신 면모에 윤기 나는 수염을 날리시며 머리에 정자관을 쓰시고 늠름히 거니시던 그 선풍도골의 풍채"[15]라고 묘사한 바도 있지만, 봉래정사의 소태산 풍모는, 삭발에 그나마 대머리가 훤하고 안경에 콧수염만 살린 현행 표준영정과는 사뭇 달랐다. 백호를 쳐서 솎아내고야 상투를 틀 만큼 머리숱이 탐스러운 데다 검은 턱수염을 길게 기르고 정자관까지 써서 늠름한 풍채를 자랑했다는 증언들이 있다. 그것도 탕건이나 유건이 아니라 위엄을 과시하는 삼층 정자관을 쓰고 폼을 잡은 소태산은 한갓 멋쟁이였을까? 아니면 다른 의도가 있었을까.

월명암에 의탁한 정산 송규에게 불경을 보지 말라고 지시한 소태산, 제자들에게 주자의 〈무이구곡가〉를 외우게 하고 거처하는 초옥에다가 무이정사를 모방하여 봉래정사라 이름 붙인 소태산, 알상투에 탕건조차 안 쓰던 영산 시절과 달리, 선비들이 정자程子(북송 유학의 대가

15) 이완철, 〈봉래산실상사탐승기〉,《원광》, 17호(1956).

정호, 정이 형제를 가리킴)를 사모하여 애용하던 정자관을 굳이 쓴 소태산, 그는 아마도 불교와 일정한 거리를 유지하려 했던 것 같다. 내장사 소재 학명선사추모비 명단에 새긴 '청신사 박중빈'이 시사하듯 월명암이나 실상사의 승려들은 소태산을 청신사淸信士(남자불교신자)로 자리매김하고 싶었을 것이다. 산중 풍속에선 출가승과 재가신도의 신분 차이는 성聖과 속俗, 스승[師]과 제자[弟]로 대응된다. 다시 말하면 백학명(월명암)은 물론 한만허, 송만암(실상사) 등 승려들과의 관계를 대등하게 하려면 소태산이 유학의 선비나 도교의 도사 혹은 야소교의 신부, 목사가 아니면 안 되는 것이다. 선택지 중에 소태산이 택할 수 있는 것은 선비밖에 없었다. 혹 모를 사람은 소태산이 굴기하심하지 않고 아만심에 사로잡힌 게 아니냐고 볼지도 모르겠다. 뒤에 보면 알겠지만, 소태산이 승려들을 상대할 때 상하 아닌 수평적 관계가 필요했던 불가피한 이유가 있어 보인다. 이것은 추종자들을 다수 거느린 소태산으로서 위격을 지키는 방편일 뿐 아니라 다른 한편으론 승려들의 체면을 살려주는 길이기도 했기 때문이다.

○

교법의 그물을 짜다

소태산이 4년 남짓 봉래산(변산)에 머무른 기간은, 그의 생애 단계 십상에서 제8단계인 '봉래제법상蓬萊制法相'(봉래산에서 교법을 만드는 모습)에 해당한다. 소태산은 변산 입산 이듬해 음력 4월에 원불교 교법의 골격인 교강敎綱을 발표하고, 같은 맥락의 '교과서 초안'(송규)이라 할

『조선불교혁신론』과 『수양연구요론』의 초고를 만든다. 바로 이것 때문에 '봉래제법'의 의미가 부여되고, 내변산 일대가 제법성지로 일컬어진다. 제법성지 변산은 근원성지 영산, 전법성지 익산과 더불어 원불교 삼대 성지 중 하나로 손꼽힐 만큼 중요시된다.

그런데 시창(원기) 3년(1918)에 밝힌 소태산의 교단 창립 스케줄, 이른바 창립한도 '1대 3회 36년'에서 보면, 제1회 12년(1916~1927)까지는 교단 창립의 정신적·경제적 기초를 세우고 창립의 인연을 만나는 데 주력하는 기간이다. 그러니까 법인기도와 방언공사로서 정신적·경제적 토대를 세웠으니 그것은 그렇다 치고, 창립의 인연은 영산이든 변산이든 계속 만날 것이니 진행형이다. 여기까지는 스케줄에 어긋남이 없다. 다만 '제법'(교법 제정)은 변산에 있던 1923년까지는 해당이 안 된다. 애초 스케줄은 제2회 12년(1928~1939)에 교법을 제정하고 회원의 훈련 교재도 만들기로 한 것이었다. 그러니까 1928년 이후에나 하기로 한 제법을 변산에서 한다면 이는 과속이다. 더구나 그것이 입산 이듬해인 시창 5년(1920)의 일이니 너무 앞질러 나아가는 것이다. 소태산은 왜 그랬을까? 왜 이리 서둘렀을까? 교단 창립 스케줄은 주먹구구였던가? 여기엔 해명이 필요하다.

변산에서의 제법은 제2회의 '교법 제정'과 혼동할 여지가 있음이 사실이다. 그러나 소태산은 제1회의 스케줄에 있는 '정신적 기초'를 세우는 일의 일환으로 본 것 같다. 왜냐하면 변산에서의 제법은 원불교의 이념적 지향 혹은 교법의 골격을 제시하는 정도였기 때문이다. 정작 본격적 교법의 형성과 제도의 정착 과정을 보면 변산에서의 제법은 실로 '정신적 기초'를 세우는 작업에 불과함을 수긍하게 된다. 그렇더라도 제법이라 부를 만큼의 작업을 서두른 것은 까닭이 있을 것이다.

소태산은 1916년 대각 이후 1919년 변산 입산까지 제자들을 모으고 설법을 하였으나 교리의 체계적 정리는 엄두를 낼 수 없었다. 숨 가쁜 창립 스케줄에 쫓기기도 했지만, 교리도의 거북이 형상이 상징하듯 수만 년을 통용할 교법을 만드는 일이라면 졸속으로 할 일은 아니기 때문이다. 그럼에도 제법을 서두른 이유는 분명히 있었다. 소태산은 대각 첫해부터 한글로 가사를 짓고 한문으로 시문을 지어서 제자들에게 부르게 하였고, 이들 작품을 모아 『법의대전』을 엮기도 했다. 그 후로도 변산에 와서까지 〈회성곡〉 등 장편의 가사 작품들을 썼다. 그러다가 영광, 전주, 김제 등지에서 추종자들이 빈번히 찾아오고 가르침을 청하자 이렇다 할 교재가 없음이 아쉬웠다. 입산 몇 달 만에 소태산은 고민에 빠진 것 같다. 대각 이후 〈탄식가〉, 〈경축가〉, 〈권도가〉, 〈권업가〉, 〈낙도가〉, 〈백일소〉, 〈심적편〉, 『법의대전』……, 불과 3~4년 사이에 그는 한글과 한문으로 숱한 작품을 써내었다. 앞에서도 언급했듯이, 소태산은 학문이 없는 대중을 배려하여 흥겨운 한글가사를 지었고 한학을 한 엘리트층을 염두에 두고서는 심오한 한시도 많이 지었다. 소태산은 이들 흥겨운 작품들이 "재미있게 읊고 노래하여, 그 신심 고취에 자료가 되었으나 이는 한때의 발심조흥은 될지언정 많은 사람을 제도할 정식 교서가 될 수 없음"(『교사』)을 깨달았다. 아울러 "그 의지가 심히 신비하여 보통 지견으로는 가히 다 규지할 수 없음"(〈창건사〉)을 품은 심오한 작품들에도 독소가 있음을 깨달았다.

발심조흥 대목은 주로 가사에 해당하고 신비 대목은 주로 한시에 해당한다. "춘추범려로 놀아보자 에루화 낙화로다"(〈탄식가〉), "일심으로 경축하니 우리 천지 만만세라"(〈경축가〉), "태평곡 격양가로 만세호창 하여 보세"(〈회성곡〉), "얼씨구나 춘삼월 호시절이 이 아닌가"(〈안심곡〉), "만

세로다 만세로다 도성덕립 만세로다"(《권입가》) 등 가사 속에서 발심조
흥의 의도를 손쉽게 읽어낼 수 있다. 아울러 『법의대전』에 실렸던 한시
나 비기는 예의 신비에 해당함을 금방 알 수 있다. 그는 맹목적 열정이
나 신비주의 몰입을 위험하다고 보았다. "자발심이 나서 찾아오는 사람
들도 그것이 정법에 대한 진眞 발심이 아니요, 수고 없이 구하려는 마음
과 호풍환우나 이산도수 등의 신기 묘술을 구하는 허무맹랑한 허위 미
신 등"(서대원, 『종화록』)에 빠진 대중을 제도하기 위하여 그는 미신과 신
비에 과감한 결별을 고한 것이다.

　원기 5년(1920) 음력 4월, 소태산은 『법의대전』을 비롯한 일체의 저
작과 작품을 태워버리도록 명했다. 이들 작품은 훗날 우여곡절을 겪으
며 상당수 발굴되거나 복원된 부분도 없지 않고 또 소태산도 그것을
묵인하였지만, 당시의 소태산은 자신의 피 같은 저작들을 미련 없이 폐
기하고 금서 조치를 내릴 만큼 단호했다. 주도면밀한 소태산은 그 일을
실행하기 전에 대안으로 통일된 교과서를 만드는 작업을 시작했고 교
법의 강령인 사은사요四恩四要 삼학팔조三學八條를 발표하였다. 이 교강은
후에 구송에 편리하게 정리되고 〈일상수행의 요법〉이란 이름으로 교서
에 실릴 뿐 아니라 법회의식 때마다 암송된다.

일상수행의 요법

사은사요 삼학팔조라는 교법의 강령을 〈일상수행의 요법〉으로 한 것
은 문맹자조차 구송하며 잊지 않도록 한 방편으로 보인다. 기억하기
편리한 문장으로 되어 있다.

1. 심지는 원래 요란함이 없건마는 경계를 따라 있어지나니 그 요란함을 없게 하는 것으로써 자성의 정을 세우자.

2. 심지는 원래 어리석음이 없건마는 경계를 따라 있어지나니 그 어리석음을 없게 하는 것으로써 자성의 혜를 세우자.

3. 심지는 원래 그름이 없건마는 경계를 따라 있어지나니 그 그름을 없게 하는 것으로써 자성의 계를 세우자.

4. 신과 분과 의와 성으로써 불신과 탐욕과 나와 우를 제거하자.

5. 원망 생활을 감사 생활로 돌리자.

6. 타력 생활을 자력 생활로 돌리자.

7. 배울 줄 모르는 사람을 잘 배우는 사람으로 돌리자.

8. 가르칠 줄 모르는 사람을 잘 가르치는 사람으로 돌리자.

9. 공익심 없는 사람을 공익심 있는 사람으로 돌리자.

정혜계定慧戒 삼학은 '세우자'는 말로써, 팔조는 긍정 4조목으로 부정 4조목을 제거하자는 말로써 차별화하였다. 여기(1~4조)까지가 수행문이다. 5조는 사은을 말하려는 것인데 거두절미하고 감사 생활을 하자고 했다. 은혜를 느낀다면 감사하라는 당부다. 6조부터 9조까지 넷이 사요(자력양성, 지자본위, 타자녀교육, 공도자숭배)다. 이 부분(5~9조)은 신앙문인데 모두 '돌리자'는 말을 반복하여 마무리한다. 이 아홉 조목에 교리의 핵심이 다 들어 있으니, 교도로 하여금 조석으로 이를 구송하게 하여 생활화하고자 했다.

소태산의 교법은, 교리도를 보면 바로 알 수 있듯이, 진리부처인 법신불 일원상의 종지宗旨(교의의 근본 되는 뜻) 아래 신앙문과 수행문이라는 두 축으로 되어 있다. 사은사요는 신앙에 해당하고 삼학팔조는 수행에 해당한다. 신앙과 수행 중 어느 하나라도 빠지면 온전한 종교가 될 수 없다. 이들은 동전의 양면이요 새의 양 날개요 수레의 두 바퀴다. 타력신앙과 자력수행으로 대비해보면 알 만하다. 기독교나 이슬람교 등 신의 은총에 기대는 계시종교는 믿음이 곧 구원으로 신앙성에 치중한다면, 유가(성리학)나 선가(노장학)는 수행만 강조하여 신앙성에 결함이 있다고 본 것이다. 같은 불교라도 밀교처럼 신앙에 치중하거나 선종처럼 수행을 강조하는 등 한편에 치우침을 경계하였다. 소태산은 자력신앙과 타력신앙을 병진하지 않으면 종교로서 온전하지 못하고 성공할 수도 없다고 보았다.

소태산은 신앙의 본질을 절대자에게 맹목적으로 순종하거나 소망을 기구祈求하는 것으로 보지 않았다. 편의상 불교 혹은 기독교와 비교하여 바라보면 이해가 쉽다. 불교는 인생을 '고苦'라고 보는 데서 신앙이 출발한다. 생로병사의 불가피한 고에다 무명 중생의 욕심에서 생기는 고를 말하고 일체개고—切皆苦(모든 것은 괴로움이다)라 한다. 그래서 팔정도를 실천하여야만 해탈에 이를 수 있음을 말한다. 한편 기독교의 신앙은 '죄罪'에서 출발한다. 원죄를 말하고 모든 인간은 죄인이란다. 예수는 회개하라고 부르짖었고, 예수의 죽음은 인류를 대신한 속죄라고 한다. 그러므로 예수를 믿음으로써만 죄 사함을 받고 구원에 이른다고 말한다. 이에 비해 소태산의 신앙적 출발은 '은恩'에서 비롯한다. 인생은 온갖 은혜 속에 이루어지고 있다고 보았다. 아울러 우리는 이 은혜를 알고 그에 보답하는 길을 걸음으로써 행복을 얻을 수 있다고 보는 것이다.

불교에서나 기독교에서도 은혜를 말하지만 대상이 제한적이다. 소태산이 말하는 은혜는 전제조건도 제한도 없는 총체적 은혜다. 고를 말하는 석가나 죄를 말하는 예수에 비하면 일단 긍정적이다. 소태산은 은혜를 네 가지[四恩]로 나눈다. 천지은, 부모은, 동포은, 법률은이다. 소태산이 인식하는 은은 전통적 개념과 더러 비슷하지만 알고 보면 엄청난 차이가 있다. 만법(우주에 있는 유형, 무형의 모든 사물)을 은혜로 파악하는 이런 인생관, 세계관은 참 아름답고 어찌 보면 성스럽기까지 하다. 그러나 너무 낭만적 견해가 아닐까? 현실과 동떨어진 일종의 판타지 아닐까? 이런 의문이 드는 것은 극히 당연하다. 예컨대 지진과 홍수나 해일로 주민이 몰살당하는 경우에도 천지은(천지자연의 은혜)을 말할 수 있고, 자식을 학대하여 죽음에 이르게 하고 자녀에게 패륜적 폭행을 저지르는 부모에게도 부모은(삼세 부모의 은혜)을 말할 수 있나? 침략전쟁으로 약소국가의 무고한 민간인을 학살하는 강대국의 호전적 권력자들, 또는 인간을 공격하는 맹수나 독사, 혹은 전염병으로 숱한 사람의 목숨을 빼앗는 세균이나 바이러스 같은 병원체라도 모두 동포은(생명체 상호간의 은혜)을 가진 이라고 해야 하는가. 부정한 정치권력, 부패한 경제 권력이 유착하여 만들어놓은 각종 악법과 차별제도로 인하여 피눈물을 흘리는 약자들이 얼마나 많은데 법률은(도덕과 규범의 은혜)을 말할 수 있는가?

소태산은 매번 "없어도 살 수 있는가?"라는 질문을 던진다. 지진이 있을망정, 해일이 있을망정, 홍수가 있을망정 땅이 바다가 물이 없어도 살 수 있는가? 못된 부모일망정 그나마 부모가 없었더라면 애초에 태어날 수 있고 살아날 수 있었던가? 온갖 악독한 인간, 독 旦, 병균이 있을망정 다른 인간이 몽땅 사라지거나 다른 동식물이 다 없어지거나 미생물이 전혀 없다면 우리가 살 수 있을까? 비록 부당한 규범이 없지 않더라도 안녕질서를 유지하여 인류사회를 굴러가게 하려면 법률이 없고야 살 수 없잖은가. 그리고 보면 소태산의 은은 거시적인 태도의 문제가 아닐까 싶다. 만법은 본질적으로 가치중립적이거나 상대적이므로 이를 은혜로 평가하는 것은 인간의 시각視角(사물을 관찰하고 파악하는 기본적인 자세)에 달린 것이다. 또한 천지자연이 우리에게 피해를 끼치지 않는다면, 부모가 내게 잘못만 하지 않는다면, 동포가 우리에게 나쁜 짓만 하지 않는다면, 법률이 내게 불리하게 작용하지만 않는다면, 만약에 이런 조건을 걸고 은혜를 인정한다면 그 은혜는 상대적이고 특수한 것이 된다. 소태산이 말하는 은혜는 절대적이고 보편적인 것이다. 편협한 인간중심주의와 근시안적 이기주의의 색안경만 벗으면 은혜의 세계는 무한대다. 원불교 사은의 사四는 사방의 사와 같이 우주를 총괄하는 수다. 즉 많은 은혜 가운데 중요한 것 넷을 가려 뽑은 것이 아니라 모든 은혜를 넷으로 묶은 셈이니, 이 넷 외에 남은 은혜는 없다.

소태산의 신앙문은 단지 은혜를 알아서 숭배하고 공경하는 데 그치지 않고 실천적 보은행이 따라야 한다. 여기에 방법론으로 등장한 것이 사요四要라고 할 수 있다. 사요란 "인생의 마땅히 행할 도로서 세상을 구원할 요법"《창건사》)이니 네 가지 요긴한 덕목, 요구되는 실천 과제로 볼 수 있다. 즉 사은신앙을 바탕으로 하여 인류세계를 낙원세상으로 만들어가기 위해 네 가지 덕목을 실천하자는 것이다. 그것이 남녀권리동일, 지우차별智愚差別, 무자녀자 타자녀교양, 공도헌신자 이부사지以父事之 등이니 후에 자력양성, 지자본위, 타자녀교육, 공도자숭배 등으로 용어 변경이 생겼다. 전체적 지향은 이기심을 극복하고 평등세계를 실현하는 것이다. 소태산은 고루 잘 사는 이상세계를 '전반세계毗盤世界'16)라는 독특한 용어로 표현한 바 있다. 이는 소태산의 법이 단지 중생의 아픔을 위로하고 자기계발에 힘쓰라고 격려하는 데 그치는 소극적 자세가 아니라, 이른바 '병든 사회'라는 진단을 전제로 구조적 병폐를 제거함으로써 불평등 해소에 나서라는 요구이다.

수행이란 깨달음(인격 완성)을 목표로 몸과 마음을 닦아 나아가는 과정과 행위라고 할 수 있다. 신앙이 절대자에게 귀의하여 구원을 비는 타력 의존적 태도와 행위라면, 수행은 자신의 내면에 감추어진 불성을 깨워내고 길러내어 자아완성(성불)에 도달하려는 자력 정진의 태도와 행위라고 할 수 있다. 소태산이 "공부인의 마땅히 밟을 도로서 생령을 제도하는 요법"으로 찾아낸 수행법은 불교적 삼학(정·혜·계)에 연원한 정신수양, 사리연구, 작업취사다. 그러나 불교와 다른 점은 정신수양의 모델은 선교이고, 작업취사의 모델은 유교이고, 사리연구의 모델만 불교로 삼았다는 점이다. 그러니까 원불교의 삼학은 유불선의 합작품이다.

삼학을 뒷받침하기 위하여 소태산은 여덟 조목의 수행방법을 제시한다. 신념, 분발, 의문, 정성 네 가지와 불신, 탐욕, 나태, 우치 네 가지이니 앞의 넷은 수행에 도움이 되는 것이요 뒤의 넷은 방해가 되는 것이다. 당연히 앞의 넷은 갖추어야 할 것이요 뒤의 넷은 버려야 할 것이다.

이상의 팔조는 특별히 종교적 포장을 하지 않더라도 학문 어느 분야에서나 쉽게 납득할 내용들이다. 그리고 어쩌면 당연하겠지만 이들 팔조는 이미 기성종교에서 나온 것들이다. 신분의성 네 가지는 『선요』

---

16) 전반은 카펫(양탄자)이다 카펫은 만드는 방식에는, 남요처럼 촘촘한 바탕 직물에 털(보풀)을 압축하여 붙이는 펠트 방식과, 성근 바탕 직물에 굵은 털을 가지런히 심는 태피스트리 방식이 있는데, 여기서 쓰인 전반은 후자에 해당한다. 전반은 인조잔디처럼 가지런한 높이로 모두가 평등하게 누리는 세계를 뜻하는 것이니 그것이 평등세계요 낙원세계다.

등 불서에 나오는 '신근信根 -분지忿志 -의정疑情'에 플러스알파로 정성精誠 하나를 덧붙였고, 불신-탐욕-나태-우치 네 가지는 선서仙書『수심정경』의 '탐욕貪慾-나懶-우愚-불신不信'을 순서만 바꿔놓은 셈이다. 그리고 『선요』나 『수심정경』은 명백히 소태산이 읽은 경서들이니 삼학뿐 아니라 팔조도 소태산의 온전한 창작이 아니다.

소태산 교법의 핵심을 ① 일원상, ② 사은, ③ 사요, ④ 삼학, ⑤ 팔조로 열거하고 보면, 대체로 뒤로 갈수록 독창성이 떨어진다고 할 만하다. 그러나 어차피 태양 아래 새로운 것이란 없다. 대각을 이룬 후 소태산이 "나의 안 바는 옛 성인들이 또한 먼저 알았도다" 하였듯이 소태산은 선인들이 이룩한 기존의 성과가 최선이라면 무슨 자존심 세우기도 아닌데 굳이 이를 외면할 이유가 없었을 것이다. 법고창신法古創新(옛것을 본받아 새것을 만든다)이란 말이 적합하다. 정작 중요한 것은 삼학팔조란 하드웨어가 아니라 거기에 달린 소프트웨어의 내용이다. 예컨대 불교의 참선법 하나만 놓고 보자.

소태산의 참선법은 좌선 중심의 불교 선법과 구별되는 무시선법無時禪法이라 하는 것이다. "이 법이 심히 어려운 것 같으나 닦는 법만 자상히 알고 보면 괭이를 든 농부도 선을 할 수 있고, 마치를 든 공장工匠도 선을 할 수 있으며, 주판을 든 점원도 선을 할 수 있고, 정사를 잡은 관리도 선을 할 수 있으며, 내왕하면서도 선을 할 수 있고, 집에서도 선을 할 수 있나니 어찌 구차히 처소를 택하며 동정을 말하리요."(『대종경』, 무시선법) 이것은 시대를 한 세기나 뒤로 돌린 현대무용가 홍신자의 수사학에도 결코 뒤지지 않을 만큼 참신하다.

그(홍신자)는 명상을 가부좌 틀고 어렵게 해야 한다는 고정관념에서도 벗어나야 한다고 말한다. "명상은 빨래하면서, 설거지하면서, 걸으면서, 춤을 추면서, 음악을 들으면서, 노동을 하면서 할 수 있어야 합니다."('짬' 홍신자 인터뷰,《한겨레》, 2015. 4. 8.)

수행문(삼학팔조)이 자기구원(성불)에 초점을 맞추었다면, 신앙문(사은사요)은 사회구원(제중)에 무게중심이 있다. 소태산은 수행문과 신앙문의 관계를, 부처라는 의사가 중생이란 환자를 치료함에 비유하여, 수행문은 의술이요 신앙문은 약재라고도 했다. 처방은 있으되 약품이 없다거나 약품은 넘쳐나는데 처방이 없다면 병을 치료하긴 어렵다.

○

불교를 혁신하려면

변산 입산 초기에 소태산이 제자를 대하는 상황을 『교사』에서는 "그 심산궁곡에 찾아오는 사람이 차차 많아지는지라, 대종사, 그들의 정성에 감응하시어, 매양 흔연 영접하시며 조석으로 설법하시니, 당시의 법설 요지는 대개 관심입정觀心入定과 견성성불하는 방법이었다"라고 기록한다. 여기서 '관심입정'은 삼학 중 정신수양 공부를 말하고 '견성성불'은 삼학 중 사리연구 공부를 말하니, 삼학 중에서 작업취사만은 따로 하지 않은 것으로 보인다. 영산에선 오히려 성계명시독이란 체크리스트까지 주고 작업취사를 꼼꼼하게 지도하면서 정신수양과 사리연구에 손이 못 미치던 것과는 거리가 있다.

소태산은 교법의 핵심인 사은사요 삼학팔조를 발표한 후 『수양연구요론』과 『조선불교혁신론』 등 두 가지 '교과서' 저술을 초안하기 시작한다. 출판이 쉽지 않던 당시인지라 이들이 필사 단계를 거쳐 실제로 인쇄되어 나오기까지는 상당한 시일을 기다려야 했다.

『수양연구요론』은 초안 7년 후인 1927년에 발간되었고, 『불교혁신론』은 초안 15년 후인 1935년에 가서야 발간되었다. 『수양연구요론』은 〈수양〉 편과 〈연구〉 편으로 나누어지는데, 〈수양〉 편은 정산 송규가 유력 중이던 1917년에, 고인이 된 증산 강일순의 본가에서 그의 외동딸 강순임(이순)으로부터 입수한 『영보국정정편靈寶局定靜篇』이란 선서仙書에 다가 도교의 내단수련서 네 가지를 종합 개편하여 〈정정요론〉으로 이름 붙인 내용이요, 〈연구〉 편은 소태산이 구상한 삼학팔조와 137개 문목問目(불교의 화두 등 연마할 문항)을 묶은 것이다.

『조선불교혁신론』은 석가모니에 대한 존숭과 불교에 대한 지지라는 긍정적 입장과, 당대의 조선불교에 대한 거부감이라는 모순의 틈바구니에서 소태산이 선택한 타협의 산물이라고 볼 수 있다. 『수양연구요론』의 경우, 〈수양〉 편은 이춘풍 등 제자들의 번역과 윤문이어서 기실 소태산의 저술로 보기 어려운 반면, 『조선불교혁신론』은 비록 송규 등 제자들의 협조가 컸음에도 소태산의 불교관을 이해하기 위한 필수적 자료다. 소태산은 부처의 지혜와 능력을 조목조목 열거하고 나중에 묶어서 말하기를 "이 부처님의 지혜와 능력을 어리석은 중생의 입으로나 붓으로 어찌 다 성언成言하며 기록하리요마는 대략을 들어 중생제도와 그 교리를 말하자면, 높기로는 수미산 같고 깊기로는 항하수 같고 교리 수효로는 항하사 모래 수와 같고 너르고 크기로 말하면 천지만물 허공법계를 다 포함하였나니……"라고 극찬했다. 한편 교조 석가모니에 대한 극찬과 대조적으로 조선불교의 현황에 대한 비판적 안목은 무척 날카롭다.

① 풍진세상을 벗어나서 산수 좋고 경치 좋은 곳에 정결한 사원을 건축하고 존엄하신 불상을 모시고, 사방에 인연 없는 단순한 몸으로 몇 사람의 동지와 송풍나월松風蘿月에 마음을 의지하여 새소리 물소리 자연의 풍악을 사면으로 둘러놓고, 세속 사람이 가져다주는 의식으로 근심 걱정 하나 없이 등 따숩게 옷 입고 배부르게 밥 먹고, 몸에는 수수한 수도복 흑색장삼을 입고 어깨에는 비단 홍가사에 일월광을 흉배로 수놓아 둘러메고, 한 손에는 파초선 또 한 손에는 단주, 이와 같은 위의로 목탁을 울리는 가운데 염불이나 혹은 송경이나 혹은 좌선이나 하다가 수목 사이로 있는 화려하고 웅장한 대 건물 중에서 몸을 내어놓고 산보하는 것을 보면, 조선 사람의 생활로서는 그 위에 더 좋은 생활은 없을 줄로 알았다.

② 우리 세간 농촌 궁민의 생활하는 것을 보면, 두 줄 새에 목을 넣고 팥죽 같은 땀을 흘려가며 여름이 되고 보면, 보리밥 삶아 먹은 더운 방에서 모기 빈대 뜯겨가며 잠을 자고, 밥은 순 맥식(꽁보리밥)에 된장 간장이 반찬이요 그도 못 먹으면 혹은 보리죽을 먹으며, 자리는 갈자리나 밀대방석을 사용하며, 몸에는 흉악(모습이 보기에 언짢을 만큼 고약함)한 무명베로 검박한 옷을 해 입고, 삼복 시절 더운 날에 쉴 틈 없이 노력하여 겨우겨우 농사라고 지어놓으면, 빚 받을 사람은 성화같이 달려와서 다 가져가고 보면, 먹을 것이 없게 되어 필경에는 부모처자 식구들까지라도 서로 싸우고 원망하며, 이러한 세상 어서 죽었으면 좋겠다고 한숨으로 세월을 보내나니 (…)

귀족적 승려 생활과 비참한 민중 생활을 이처럼 극명하게 대비시키는 것은 문장 자체만으로도 탁월하지만, 비판적 안목이 놀랍다 하시지 않을 수 없다. 소태산은 ①번의 승려 생활을 두고 "세속 사람은 혹 만석을 받는 사람이나 혹 재상이나 이러한 부귀를 하는 사람이라도 그와 같이 한가한 생활, 정결한 생활, 취미 있는 생활은 하지 못할 것"이라 하고, ②번의 세속 사람의 생활에 비하면 산중 승려의 수도 생활은 '천상 선관의 생활'이라고 아니할 수 없다고까지 나무랐다. 이러한 관점에서 소태산은 불교혁신의 깃발을 들고 대안을 제시하니 그 요지는 대강 이렇다.

첫째, '외방의 불교를 조선의 불교로'이니, 소태산은 인도의 불교나 중국의 불교를 그대로 이식하는 방식으로는 불교의 목적을 달성할 수 없다고 지적한다. 조선 전래의 낡은 전통불교에 구애받지 말고 시대에 맞는 토착불교를 새로 만들자는 주장이다.

둘째, '소수인의 불교를 대중의 불교로'이니, 소태산은 조선의 불교가 세간을 버리고 산간에 은둔하면서 출가승 위주로 교리와 제도가 조직되어 세속인에게는 맞지 않게 되었다고 지적한다. 승려 본위의 제도를 재가신도 위주로 바꾸자는 구체적인 대안으로 교당의 위치를 속인의 거주지에 둔다든가, 출가자와 재가자의 차별을 철폐하고 공부와 사업의 실적에 따른 차이만 인정하자든가, 출가자도 정당한 직업을 갖도록 하고 결혼 여부도 본인의 선택에 맡기자든가 하는 등의 주장이다.

셋째, '분열된 교과과목을 통일하기로'이니, 소태산은 신자에게 특정 종파의 수행·신앙 방법만을 강요하지 말고 통합된 신행 과정을 권장해야 한다고 주장한다. 요컨대 경전, 좌선, 염불, 주문, 불공법 등 종파별로 선호하는 것이 따로 있어 그 하나에 집착하고 다른 종파를 비난하는 시비가 끊이지 않는데 이를 시정하여 선·교·율종을 종합하여 삼학을 고루 갖춘 통불교를 지향하자는 입장이다.

넷째, '등상불等像佛 숭배를 불성佛性 일원상으로'이니, 소태산은 불상을 우상화하여 불공을 유치하고 매불 행위를 함으로써 불법의 본질이 왜곡되고 있음을 지적한다. 신앙의 대상을, 부처의 외형을 표현한 불상이 아니라 부처의 내면을 상징하는 일원상으로 대치하여 불교를 본래적 모습으로 돌려놓자는 것이다.

그런데 불상 숭배의 허구성을 갈파한 구절이 너무나 적절한 비유로 되어 있음에 경탄하게 된다.

> 농부가 농사를 지어놓고 가을이 되고 보면, 뭇 새를 방지하기 위하여 인형人形 허수아비를 만들어 모든 새 오는 곳에 세워둔즉, 그 새들이 그 인형 허수아비를 보고 놀라며 며칠 동안은 오지 아니하다가 저희들도 또한 여러 방면으로 시험을 보았는지(?) 각성을 하였는지(?) 필경에는 달려들어 농작물을 작해하며 주워 먹다가, 그 인형 허수아비 위에 올라앉아 쉬기도 하고 혹은 똥도 싸며 유희장같이 사용하니, 이것을 본다면 그런 무식한 새 짐승도 인형 허수아비를 알거든 하물며 최령最靈한 사람으로 저 동작이 없는 인형 등상불을 근 2천 년 모셔보았으니 어찌 각성이 없으리오?

○

정산 송규와 변산 제자들

한편 석두암이 준공되고 숙소 문제가 해결되자 소태산은 송규를 불러들였다. 그동안 월명암에 의탁하여 학명 선사의 시자로 있으면서 밤이면 몰래 초당까지 내려와 가르침을 받그리고 본인노 불변하던 처지이지만, 소태산이나 송규로선 학명에게 미안한 노릇이었다. 처음엔 저술에 협력(받아쓰기)을 얻기 위해 필요하다고 둘러대고 양해를 구했다는데 학명이 진작 눈치는 챘을 것이다. 그 가을(음력 9월)로 소태산은 송규를 석두암에 묵게 두지 않고 만행萬行(여러 곳을 두루 돌아다니면서 닦는 온갖 수행) 삼아 일단 길을 떠나보낸다. 얼른 보기엔 사람을 빼돌린 처지에 민망함을 면하려 한 일 같기도 한데 소태산으로선 치밀한 계산이 있던 것 같다.

"이제 차츰 때가 되어간다. 어디든지 네 발길 내키는 대로 가보아라. 그러면 만나야 할 사람을 만날 것이다. 그런데 가다가 전주는 들르지 말고 가거라."

전주에 인연이 많지만 지금의 목적, 즉 만나야 할 사람은 전주에 있는 인연이 아니라는 귀뜸인 셈이다. 이것은 역으로 '전주 방향으로 가라'는 길 안내로 보인다. 승복 차림의 명안 스님 송규는 전주를 피해 가다가 길에서 미륵사 주지와 길동무가 되고, 결국 그를 따라 만덕산[17]에 있는 미륵사로 들어간다. 절은 작고 가난했지만 천년 고찰을 자처하고 명승 진묵이 머물렀던 절임을 자랑하는 곳이다. 송규는 이 절에서 겨울을 나면서 화주보살(인가를 순회하며 시주를 받아 절의 양식을 대는 여신도) 노릇을 하는 마흔 살 최도화崔道華(1883~1954)를 만난다. 전북 임실 출신으로 조혼하여 남매를 낳고 살았지만 생을 비관하여 자살 시도도 하고, 가출하여 승려 노릇도 하고, 때로는 보천교에 빠지기도 하고, 비단장수로 동네방네 떠돌기도 하는 등 곡절 많은 여인이었다. 사람 보는 안목이 있던 그녀는 명안(송규) 스님을 보자 대뜸 '생불님'이라고 숭배하며 따랐고, "미륵사에 생불님이 있다"고 입소문을 내서 이 절에 제법

---

17) 만덕산(萬德山)은 전남 강진 만덕산(408.6미터)도 있지만, 여기 나오는 같은 이름의 만덕산 (762미터)은 전북 진안과 완주에 걸친 산이다.

불공이 많이 들어오고 시주꾼들이 몰렸다고 한다. 중인의 주목을 받자 송규는 소태산에게 그간의 경과를 보고하는 편지를 써서 인편에 봉래정사(석두암)로 보냈다. 편지를 본 소태산은 거두절미하고 '곧 돌아오라'고 지시했고, 송규는 즉시 미륵사를 떠나 변산으로 귀환했다. 그러자 최도화는 갑자기 종적을 감춘 '생불님'을 찾아 물어물어 석두암까지 200리 길을 달려와 재회했고, 송규는 그녀를 소태산에게 인도했다. 소태산을 만나본 그녀가 이번엔 소태산에게 매료당하여 그를 미륵부처님이라고 단정한다. 여기서 소태산은 그녀에게 미륵불과 용화회상의 참뜻을 설명하는데 그것이 『대종경』에 나온다.

> 대종사 말씀하시기를 "미륵불이라 함은 법신불의 진리가 크게 드러나는 것이요, 용화회상이라 함은 크게 밝은 세상이 되는 것이니, 곧 처처불상 사사불공의 대의가 널리 행하여지는 것이니라."(전망품16)

주목되는 것은 특정 개인이 미륵불을 자처하거나 특정 교단이 용화회상을 자부하는 것에 소태산은 동의하지 않았음이다. 소태산을 숭배하는 마음이 간절하고 회상에 대한 자긍심이 크다 보니 후세에 소태산이야말로 진정한 미륵불이요 원불교야말로 진정한 용화회상이라고 주장하는 일이 잦아지지만, 그것이 소태산의 본의가 아님을 알 수 있다. 말하자면 '미륵불'이나 '용화회상'은 인물이나 종단을 가리키는 것이 아니라 특정한 상태를 은유한 용어에 불과하다는 것이다.

최도화는 떠돌이 비단장수로 마당밟이기고 후에 수많은 인연들을 소태산 품으로 끌어모은다. 그래서 훗날 '초기교단 삼대 여걸'이라고 불릴 만큼 여성 제자의 핵심이 된다. 그녀는 전북 일대에서 3백 수십 명의 인연들을 입교시켰는데, 수효만 많은 것이 아니라 그 인연들 가운데서 숱한 인재가 배출되었다. 3세 교주 김대거를 비롯하여 전음광, 송혜환, 오종태, 이청춘 등 교단의 동량들이 그녀의 손에 이끌려 교단을 찾았던 것이다. 더구나 서울 사는 박사시화를 설득함으로써 서울 교화의 물꼬를 튼 일은 교단사에 큰 획을 그은 사건이었다. 자신의 외아들 조갑종 역시 출가시켜 소태산의 핵심 제자가 되도록 후원하였다. 우리는 이쯤에서, 소태산이 송규를 석두암에서 떠나보내며 '만나야 할 사람'을 만난다고 한 뜻을 비로소 납득한다. 소태산은 송규가 어디로 가서 누구를 만나 인도할지, 또 그 사람이 이차, 삼차로 어떻게 인연의 망(네트워크)을 엮어갈지를 촘촘하게 구상해놓고 하수인으로 송규 혹은 최도화를 부린 셈이다.

최도화의 역할은 당년 섣달 소태산의 만덕산 일차 방문에서부터 시작된다. 변산에 근거지를 둔 채로, 소태산은 원기 7년(1923) 2월, 음력으론 섣달 그믐께에 최도화의 안내와 주선을 받아 만덕산 만덕암萬德菴으로 들어간다. 정산 송규가 꼭 한 해 전에 머물렀던 미륵사는 같은 만덕산이로되 완주군 소양면 쪽이지만, 소태산이 들어간 만덕산은 진안군 성수면 쪽이다. 호남정맥을 기준으로 본다면 미륵사는 북쪽이고 만덕암은 남쪽이다. 사산 오창건과 시자 송도성을 데리고 들어간 만덕산, 소태산은 김 씨네가 소유한 산제당(산신을 모신 당집)인 만덕암에서 얼추 석 달이나 머물렀다. 석두암만큼 깊은 산골은 아니나 만덕암 역시 마을에서 상당히 떨어진 외지고 높은 산 중턱에 자리 잡고 있었는데, 숙식도 불편하고 날씨도 추운데 소태산은 왜 굳이 거기에 가서 석 달 가까이 머물렀을까? 고개 하나 넘으면 송규가 인연을 터놓은 미륵사도 있건만 왜 하필 반기는 사람도 없는 산제당 만덕암이었을까.

소태산이 만덕암에 간 이튿날, 바로 음력으로 계해년(1923) 정월 초
하룻날에 진안군 마령면에 사는 과부 전삼삼과 열네 살 외동아들 전
음광 모자가 소태산을 찾아왔다. 전삼삼은 이미 최도화의 안내로 봉래
정사에 와서 한 차례 소태산을 뵙고 제자가 되기로 약조한 처지였다.
소태산은 전삼삼의 외아들 전음광을 제자이자 수양아들로 맞아들이
기로 하여 부자 결의를 한다. 불과 열 살에 권동화와 조혼을 한 전음광
은 같은 해에 부친을 잃고 의지할 데가 없는 처지인지라 소태산이 아
버지 구실을 자임하고 나선 것이다. 뒤에 소태산은 '은부시자(녀)恩父侍
子(女)'라고 하여 제도화하였지만, 교화 방편으로 혹은 외로운 이들에게
힘이 되어주고자 제자들과 종종 부자 혹은 부녀의 결의를 하였다. 정산
송규부터 그렇지만 그들은 소태산의 수양아들 혹은 수양딸이 된 것을
영광으로 알고 효성스런 자녀 제자가 되어 소태산의 든든한 지지자가
되어주었다.

　　소태산은 전음광 일가에게 전주로 이사하도록 권유하였고, 이들은
말씀대로 이사하였다. 이들의 전주 집은 이듬해 불법연구회 창립을 준
비하는 연락처로 요긴한 역할을 한다. 이 만덕산 임시 체류는 전음광
일가 세 식구를 얻기 위해서였고, 후에 3세 교주 김대거를 얻기 위한
포석이었다. 만덕암은 김해 김 씨 안경공파 김 참봉의 소유였으니 김
참봉은 바로 김대거의 종갓집이었다. 이때 김대거는 만으로 아홉 살이
미처 되지 못한 어린 나이였으므로 소태산은 좀 더 때를 기다리고 미
룬 듯하다.

　　변산에 머무는 동안에도 소태산에게는 새로운 제자들의 귀의와 합
류가 잇달았다. 그중에는 이미 말한 증산교도들의 무더기 입교도 있지
만, 1922년에 송도성(1907~1946)이 영광에서 찾아와 합류한 일은 의미

가 크다. 나중에 소태산의 사위가 된 송도성은 형 송규의 그늘에 가려 있지만, 19세에 수위단원 대리를 하고 20세에 경성(서울)지부 초대교무로 발령받을 만큼 스승과 대중의 두터운 신임을 받았다. 일찍이 유학과 한학에도 조예가 깊었던 그는, 40세 젊은 나이에 사망했음에도 원불교 최고의 법위인 대각여래위에 추존되리만큼 탁월한 인물이다. 그는 16세가 되자 부모 등 가족이 있는 영광에 머무르지 않고 스스로 스승을 찾아 변산으로 와서 소태산에게 출가를 서원하는 시를 써 바쳤다.

獻心靈父(헌심영부) 마음은 스승님께 드리고
許身世界(허신세계) 몸은 이 세계에 바쳐서
常隨法輪(상수법륜) 스승님의 가르침을 따라
永轉不休(영전불휴) 영겁토록 쉬지 않겠나이다

소태산은 그의 신성과 서원이 남다름을 기특하게 여겨 시자로 거두었다. 한편, 처음엔 일을 시키러 잠시 빌리는 것처럼 석두암으로 데려갔던 명안 수좌(송규)를 소태산이 끝내 올려 보내지 않자 백학명은 실망했다. 애지중지하던 제자를 졸지에 잃은 학명은 많이 서운했던 모양이다. 그래도 미련이 있던 차에 그 아우라는 송도성이 곧잘 월명암을 드나들었는데 보아하니 욕심이 났다. 그러자 학명은 이번엔 그를 탐내었다. 꿩 대신 닭이라고 형인 송규 대신 아우 송도성을 자기에게 양보하라고 타협을 시도했다 하는데, 소태산은 당신에게도 시자가 필요하다면서 그 또한 거절했다. 그러나 이 일로 두 사람 사이가 틀어지거나 하지 않았으니, 학명이 옹졸한 인물도 아니려니와 소태산 역시 그걸 아니까 그럴 수 있던 것 아닐까 한다.

봉래정사(석두암)에서 시봉하시던 십대 후반기, 하루는 월명암에 가시었는데 때마침 학명 스님이 달마상을 여러 장 그리고 계시었다. 옆에 앉아 그것을 바라보고 계시던 그 어른께서는 스님이 잠깐 밖에 나가신 틈에 달마도를 얼른 한 장 그려보았다. 스님이 돌아와 보시고 감탄하시며, '어디 몇 장 더 그려보라'고 권하시었다. 몇 장을 계속 그리어 스님의 칭찬을 거푸 들으시고는 그 후부터 달마 화가가 되기 시작하셨다 한다.(이공전, 〈주산 종사의 인간상〉, 『민중의 활불 주산 종사』, 93쪽)

주산 송도성의 유묵으로는 반야심경, 금강경 등과 함께 달마도가 세 폭 전해진다. 주산에게서 글씨를 배운 고산 이운권 교무나, 고산에게서 글씨를 배운 경산 장응철 교무가 달마도를 잘 그리니 원불교의 달마도 전통은 학명 화상의 유덕인 셈이다.

우리가 송도성에 주목할 것 중에는 그가 소태산을 모시고 변산에서 생활하던 당시의 일화들을 기록한 저서가 있다. 형인 정산 송규가 쓴 〈불법연구회창건사〉를 보고 빠진 부분을 수정 보완하려는 의도에서 그가 소태산 사후에 집필한 〈대종사약전〉이다. 미완성 유고이지만 여기에 들어 있는 흥미로운 일화 약간을 소개하고자 한다. 해설의 태반은 졸저 『원불교의 문학세계』(원불교출판사, 2012)에서 따다 쓴다.

① 대종사께서 실상사 부근에 수간의 초간을 매수하사 휴양의 처소를 삼으시니, 월명암과 거리가 십리허[許]라. 학명 선사와 상종이 빈번하였으며, 그 후 그곳에서 4~5년간을 지내시며 선사 항상 내종사에 출세도생出世度生하심을 권고하되, 대종사 웃으시며 말씀하시기를 "임연선어 불여퇴이결망臨淵羨魚不如退而結網이란 말과 같이 지금 이러고 있는 것이 곧 중생제

도라"고도 하셨으며, 또 혹 웃으시며 "선리소식禪理消息을 통했다는 분이 어찌 수재여모태중雖在如母胎中이나 수도중생필邃度衆生畢이라는 뜻을 모르느냐"고 농어弄語도 하셨다.

백학명은 산중불교의 한계를 벗어나고자 애쓴 근세의 명승이다. 그가 보기에 소태산 같은 인물이라면 산중에서 은둔자로 살지 말고 세상에 나가 중생제도에 힘쓰면 좋겠다고 생각한 것이다. 그러나 소태산이 산중에 온 것은 은둔이 목적이 아니라 시간을 벌며 중생을 제도할 법을 만들어 세상에 나가기 위한 준비 단계였다. 그래서 나온 답이 "임연선어 불여퇴이결망"이다. "못가에서 물고기를 탐내기보다는 물러나 고기 잡을 그물을 만들라"는 것이다. 이 말은 『한서漢書』 〈동중서전〉에 나오는 유명한 말이다. 비슷한 말로 『회남자淮南子』 〈설림훈〉 편에 "임하이 선어 불여귀가직망臨河而羨魚 不如歸家織網"이 있다. 요컨대 소태산은 섣불리 세상에 뛰어들기보다 구세의 경륜을 펴기 위한 준비를 착실히 하고 있다는 대답이다. 여기에 덧붙여 "수재여모태중 수도중생필"이라 했다. 스님은, 석가가 비록 모태 중에 있으나 마침내 중생제도를 마쳤다 하는 화두도 모르십니까, 하고 짐짓 놀렸다 함이다. 말하자면, 변산 석두암에 들어앉아 있으나 중생제도를 마쳤다는 것이다. 누구는 모태 중에서도 중생제도를 마쳤다는데 낸들 석두암에서 중생제도를 못 할 게 어디 있느냐는 뜻일 법도 하다.

② 한때에는 학명 선사 한시 절구 1수를 보내어 은연히 대종사의 출세를 권고하여 가로되

透天山絶頂(투천산절정)

하늘을 뚫을 듯한 산의 절정이여

歸海水成波(귀해수성파)

바다로 돌아간 물이 파도를 이룰지어다

不覺回身路(불각회신로)

몸 돌이킬 길을 깨닫지 못하여

石頭倚作家(석두의작가)

석두에 의탁하고 집을 짓도다

때에 대종사 거처하시는 가옥이 협루狹陋하다 하여 시봉 제자들이 상모相
謀하고 초가삼간을 신축하고 석두암石頭庵이라 편액을 붙였던 고로 석두의
작가石頭倚作家의 말이 나오게 되었던 것이다. 대종사 곧 화시和詩를 써 가
라사대

絶頂天眞秀(절정천진수)

절정도 천진 그대로 빼어남이요

大海天眞波(대해천진파)

대해도 천진 그대로의 파도로다

復覺回身路(부각회신로)

다시금 몸 돌이킬 길을 깨달으니

高露石頭家(고로석두가)

석두가에 높이 드러나도다[18]

---

[18] 번역은 원문에 없으나 필자가 붙인 것이다.

이것은 지금 숨은 석두암이 장래에 드러날 석두암이 될 것이라고 하신 의미이다.

이것은 『대종경』 성리품 19장에 채택된 것으로, 이미 『소태산 박중빈의 문학세계』에서도 상세히 언급한 바가 있는데, 불교 쪽의 이견이 있다. 학명의 시가 먼저가 아니라 소태산이 "만법은 귀일이라 하온데 하귀일이오리까?" 하고 물어서 나온 답시라는 주장이다.[19] 하지만 두 사람은 다 선문답의 고수들이다. '만법귀일……'은 선문답의 기본이니, 소태산이 몰라서 물었다고도 할 수 없고 학명의 실력을 시험하느라 물었다고도 할 수 없다. 더구나 학명의 시가 '만법귀일……' 질문에 대한 답시라고 하기엔 무리가 있지 않은가. 어쨌건 이 일화는 시화와 선화의 결합이라 할 선시화禪詩話로서 그 문학성도 배가된다 하겠다.

③ 하루는 대종사께서 실상사 주지 한만허韓滿虛 화상 동행하여 월명암에 올라가시더니 실상천實相川 흐르는 물가에 이르러서 문득 혼자 입속으로

"강류석부전江流石不轉이로구나!"

하고 가거늘 대종사 뒤에 따르시다가 큰 소리로

"강류하처거江流何處去오?"

하고 외치시니, 만허 화상 작지(작대기, 지팡이)를 멈추고 서서 아연啞然하는지라, 대종사 서서히 가라사대

"석부전강불류石不轉江不流로다."

하시고 두어 걸음 걸어가시다가 다시 만허 화상을 부르시어

19) 『흰학의 울음소리』, 188쪽.

"석역전강역류石亦轉江亦流라."

하시니, 그때에 수행하던 자 그 뜻을 알지 못하더라.

이는 선문답으로 법거량法擧量[20]을 한 전형적인 예라고 하겠다. 여기서는 거사 소태산이 선사 한만허(1856~1935)를 감히 시험한 희한한 장면인데, 소태산의 도전의식이 돋보인다.

"강물은 흐르는데 돌은 구르지 않는도다."(만허)

"강은 흘러서 어디로 가는가?"(소태산)

기습당한 선사 만허는, 이것이 "바다로 간다" 식 우답으로 모면할 수 없는 선문답 도전임을 알아차리고 보니 말문이 막힌 것이다. 그러자 이번엔 소태산이 답을 가르쳐주듯 말한다.

"돌이 구르지 않는다면 강도 흐르지 않는 거야."

아직도 얼떨떨한 화상을 다시 불러 못을 박는다.

"돌도 구르고 강도 흐르는 거라고!"

강이 '류流'함이나 돌이 '전轉'함을 묶으니 절로 만물유전萬物流轉이 상기된다. 변하기로 보면 강물이나 돌이나 다 변하는 것이요, 불변으로 보면 강물도 돌도 불변하는 것, 이것이 정산 송규가 〈원각가〉[21]에서 말한 변·불변의 이치일 터이다. 만허의 허점은, 강물은 변하고 돌은 불변한다고 잘못 말해버린 데 있다. 만허는 학명보다 11세 연상이니, 소태산보다는 35세나 연상이었다. 더구나 13세에 출가하여 변산에서만 법랍

---

20) 선종에서 제자가 한 두를 깨쳤는가 여부를 판변하고 인가하기 위하여 스승과 제자가 문답하는 절차.

21) 1938년에 정산 송규가 발표한 장편가사로 그의 깨달음을 노래한 작품이다. 작품 안에 "과거 미래 촌탁하니/ 변불변이 이치로다" 하는 구절이 들어 있다.

51년을 보낸 터줏대감 같은 큰스님 만허로선 굴러들어온 애송이 속인에게 당한 패배가 수치스러울 만도 하다. 그러기에 소태산을 재가거사의 신분보다는 차라리 유가 처사로 대하는 쪽이 스님들로서도 체면을 덜 구기는 일이라 함이 필자의 생각이다.

송도성의 기록에는 나와 있지 않지만, 기왕 말이 나온 김에 소태산이 학명 스님과 사귀면서 얻은 일화 하나를 『대종경』에서 더 인용하기로 한다.

대종사 봉래정사에 계실 때에 백학명 선사가 내왕하며 간혹 격외格外의 설說로써 성리 이야기하기를 즐기는지라 대종사 하루는 짐짓 동녀 이청풍李淸風에게 몇 말씀 일러두시었더니, 다음날 선사가 월명암月明庵으로부터 오는지라, 대종사 맞으시며 말씀하시기를 "저 방아 찧고 있는 청풍이가 도가 익어가는 것 같도다" 하시니, 선사가 곧 청풍의 앞으로 가서 큰 소리로 "발을 옮기지 말고 도를 일러 오라" 하니, 청풍이 엄연히 서서 절굿대를 공중에 쳐들고 있는지라, 선사가 말없이 방으로 들어오니, 청풍이 그 뒤를 따라 들어오거늘, 선사 말하되 "저 벽에 걸린 달마를 걸릴 수 있겠느냐." 청풍이 일어서서 서너 걸음 걸어가니, 선사 무릎을 치며 십삼세각十三歲覺이라고 허락하는지라, 대종사 그 광경을 보시고 미소하시며 말씀하시기를 "견성하는 것이 말에 있지도 아니하고 없지도 아니하나, 앞으로는 그런 방식을 가지고는 견성의 인가를 내리지 못하리라" 하시니라.(성리품18)

학명의 후인들이 보기에는 민망한 일이다. 소태산이 쳐놓은 덫에 학명이 걸려든 꼴이 되었기 때문이다. 학명 평전(『흰학의 울음소리』)의 편저자 박희선은, 당시 시자로 동행했던 손무곡孫無谷 스님의 전언을 근거로

'십삼세각' 뒤에 "십삼세 마장魔障22)이로다"라고 한 부분이 누락되었다고 말한다. 그리고 두 분(학명과 무곡)이 월명암 돌아가는 길에, '십삼세각'이라고 하고 나서 다시 '마장'이라 한 이유를 놓고 문답까지 했다는 사연을 덧붙였다.23) 글쎄, 둘이 돌아가면서 한 문답은 이쪽에서야 알 바 없으니 제쳐놓고 보자. 그렇더라도 '십삼세 마장'이 실제로 있었는데 이쪽에서 못 들었는지, 혹은 듣고도 애써 무시했는지, 혹은 현장에서 한 소리가 아니라 돌아가는 길에 두 사람만이 나눈 대화에 나왔는지 알 수 없는 노릇이다. 설령 '십삼세 마장'이란 말이 있었다 치더라도 납득이 안 되기는 마찬가지다. 13세 이청풍은 학명의 시험 두 가지를 흠 없이 통과했고, 그래서 합격발표(견성인가)까지 났으면 그만이지 '십삼세 마장'이란 군더더기는 왜 달았을까. 그러려면 처음부터 출제를 하지 말거나, 답안이 성에 안 차면 '합격[覺]'이란 소리나 하지를 말 일이다. 나이가 '마장'의 근거라면, 같은 역할을 청풍의 모친 김혜월이 했더라면 '마장'이 안 붙었을까? 이랬거나 저랬거나 학명이 소태산이 쳐놓은 덫에 걸렸다는 사실이나 이 법문(성리품18)의 교훈은 달라지지 않는다.

저자는 심사가 언짢았는지 "실상사 뒷골에 터를 잡아나가고 있었던 원불교의 창시자 박중빈 대종사가 어떤 기연으로 한두 차례뿐이긴 하되 백학명 선사의 회상에 인연을 맺었던가를……"(같은 책, 186쪽)이라고 하여 의도적으로 의미를 축소하려는 눈치가 보이는데, 소태산과 학명의 인연은 '한두 차례뿐'이 전혀 아니었다. 뒤에 다시 언급할 기회가 있을 것이다.

---

22) 마(魔)로 인한 장애라는 뜻으로, 불도 수행 과정에 나타나는 뜻밖의 방해나 훼살을 이르는 말.

23) 『흰학의 울음소리』, 188~189쪽.

변산 봉래정사 시절 일화들은 꽤 있지만, 그중에서도 꼭 짚고 가야 할 일화가 있다.[24)]

대종사 봉래정사蓬萊精舍에 계실 때에 하루는 어떤 노인 부부가 지나다가 말하기를, 자기들의 자부가 성질이 불순하여 불효가 막심하므로 실상사實相寺 부처님께 불공이나 올려볼까 하고 가는 중이라고 하는지라, 대종사 들으시고 말씀하시기를 "그대들이 어찌 등상불에게는 불공할 줄을 알면서 산부처님에게는 불공할 줄을 모르는가." 그 부부 여쭙기를 "산부처가 어디 계시나이까?" 대종사 말씀하시기를 "그대들의 집에 있는 자부가 곧 산부처이니, 그대들에게 효도하고 불효할 직접 권능이 그 사람에게 있는 연고라, 거기에 먼저 공을 드려봄이 어떠하겠는가." 그들이 다시 여쭙기를 "어떻게 공을 드리오리까." 대종사 말씀하시기를 "그대들이 불공할 비용으로 자부의 뜻에 맞을 물건도 사다주며 자부를 오직 부처님 공경하듯 위해주어 보라. 그리하면, 그대들의 정성을 따라 불공한 효과가 나타나리라." 그들이 집에 돌아가 그대로 하였더니, 과연 몇 달 안에 효부가 되는지라 그들이 다시 와서 무수히 감사를 올리거늘, 대종사 옆에 있는 제자들에게 말씀하시기를 "이것이 곧 죄복을 직접 당처에 비는 실지불공實地佛供이니라."(『대종경』, 교의품15)

불교 쪽에서나 실상사 쪽에서 보자면, 쏠쏠한 시주 하나를 잃는 것이요, 입소문을 타게 되면 더 큰 피해를 보는 셈이다. 그러나 소태산이

---

24) 이 일화의 자세한 스토리는 공타원 조전권의 입담으로 전해지고 있는데 장황하여 『대종경』의 해당 부분을 실었다. 공타원설교집 『행복자는 누구인가』(1979) 박용덕 편 172~174쪽 참조.

신도를 빼앗아 사리를 취한 것은 아니니 도의적으로 미안할 일은 물론 아니다. 그건 그렇다 치고, 여기서 소태산이 말하는 불공의 개념이 엄청 달라지는 것을 알게 된다. 『조선불교혁신론』에서 소태산은 등상불(석가모니의 형상을 모방한 불상)에게 불공드리는 것을 두고 "만일 각성이 생겨난다면 무상대도의 교리는 알지 못하고 다만 그 한 방편만 허무하다 하여 이해 없는 여러 사람에게 악선전하는 사람이 많이 있게 된다면 어찌 발전에 대한 장애가 없을 것이냐" 묻기도 하고, "불법에 대한 공부는 차차 없어지고 다만 영업집이 되고 말지라" 하며 아픈 꾸지람을 보내고 있다.

○

하산을 준비하다

소태산이 변산에 숨어 지내는 본의가 자기 존재를 밖으로 드러내지 않으려는 것이었다. 그럼에도 불구하고 학명 같은 고승부터 별 볼 일 없는 동네 사람까지 소태산이란 인물에 주목하는 이들이 적지 않았다. 그중에도 어떤 이들은 세상을 구하러 나서기를 기대했고, 어떤 이들은 대놓고 독립운동을 권고했다. 그럴 때 소태산이 한 대답은 바로 앞서 학명 선사에게 한 대답[不如退而結網]의 연장선에 있었다. "큰 고기를 잡을 사람은 몽둥이를 들고 바다로 뛰어들지 않고 깊은 산에 들어가 먼저 그물을 뜨고 모든 준비를 한 후에 바다에 나가 고기를 잡는 법이다."(『진리는 하나 세계도 하나』, 296쪽) '고기 잡는 법'이 환기시키는 것은 뜻밖에도 성경(〈마태복음〉 4장 19절 및 〈마가복음〉 1장 17절)에 나오는 예수의 비유법과 같다. 갈릴리 해변을 지나던 예수는 그물로 물고기를 잡던 어부 시몬과 안드레를 보고 "나를 따라오너라. 내가 너희로 사람을 낚는 어부가 되게 하리라" 했다. 무량한 고해 중생을 낚으려는 큰 어부 소태산은 내변산에 들어가 4년 동안 그물을 뜨며 때를 기다렸다. 그물 뜨기는 교법 제정制法의 은유다. 교리의 핵심 '삼학팔조 사은사요'를 '교강教綱'(교법의 벼리)이라 한 것도 그물에서 벼리綱(그물의 위쪽 코를 꿰어놓은 줄)가 가지는 의미에 각별히 유념한 때문일 것이다.

입산 5년차 되는 1923년, 소태산은 그물을 다 뜨고 바다로 뛰어들기 위해 워밍업을 시작한다. 본격적으로 하산을 부추긴 인물이 서동풍, 서중안 형제이다. 1922년 7월, 예의 장풍(장적조)은 서상진이란 오십대 남자를 소태산에게 인도한다. 김제 원평에서 한약방을 한다는 그에게 소태산은 동풍東風이란 법명을 주었다. 웬일인지 이 무렵의 소태산은 바람 풍風 자 법명을 잘 주었다. 장풍 외에 김남천 외손녀 이청풍, 송규의 고종사촌 형 이춘풍, 이번엔 동풍이다. 봄바람이란 뜻이지만, 봄 춘春 바람 풍風은 이춘풍이 먼저 차지했으니 춘풍 대신 동풍을 준 듯도 하고, 의술은 인술仁術이라 하니 인仁이 동방에 대응되어 그리한 듯도 하다. 서동풍에겐 역시 한의원으로 이름을 얻은 아우가 있었으니 그가 서상인 (1881~1930)이다. 서동풍의 입문 후 1년의 시차를 두고 서상인이 형의 인도로 봉래정사에 와서 소태산을 만난다. 소태산은 그에게 중안中安이란 법명을 주고 "늘 천천히 하는 가운데 안정을 주로 하는 공부를 하라"고 당부하였다. 그의 약점이 조급증임을 꿰뚫어본 때문이겠다. 서중안은 소태산을 한 번 본 후 단박에 홀린 듯했다. 이튿날 희한한 일이 벌어졌다. 서중안은 소태산에게 사제 관계와 더불어 부자의 인연을 맺자고 떼를 쓰는 것이었다. 열 살이나 연상인 그를 아들 삼기는 소태산도 거북했던지 일단 사양했으나 서중안은 흐느껴 울며 육신의 아버지가 아니라 정신적 아버지, 영부靈父로 모시겠다고 애원하였다. 실인즉 나이를 거스른 부자 관계에는 이미 선례가 있었다. 정산의 고종형 이춘풍이 바로 그이니 무려 열다섯 연하인 소태산을 아버지라고 불렀다. 소태산은 결국 서중안을 아들로 받아들이기로 승낙하였다.

소태산의 제자들은 남녀노소를 불문하고 소태산을 아버지처럼 따랐기에 구어로는 '아버지/아버님'이라 부르고, 문어로는 영부주靈父主나 은부주恩父主나 혹은 사부주師父主 같은 호칭을 즐겨 썼다. '父主'는 아버지의 높임말인 '아버님'에 해당한다. 그럼에도 '부주' 뒤에 다시 '님'을 붙여 쓰기도 했다. 석가도, 공자도, 예수도 제자들이 아버지라고 부르지 않았다. 근세의 수운이나 증산도 아버지로 불렸다는 말을 못 들었다. 혹시 예수나 신자들이 '아버지 하느님'이라 하는 것을 선례로 볼까 싶은데 이는 신과 인간의 관계를 부자로 엮은 것이니 선례로 보기에는 부적절하다. 소태산은 스승으로서 강력한 카리스마를 갖추었으면서도 가정적이고 친근한 혈연적 호칭인 '아버지'로 불렸으니 그 이유가 무엇일까.

훈산 이춘풍

정산 송규의 고종 형인 유학자 이지영李之永(1876~1930)은 1921년 음력 9월에 고모부인 송벽조의 안내를 받아 봉래정사의 소태산을 찾아보고 공자를 만난 듯 감격하였다. 즉석에서 제자가 되어 춘풍이란 법명을 받고 매우 만족하였다 한다. 그가 고향(경북 금릉)을 떠나 가까이 와서 모시고 싶다 하니, 소태산은 그 일가를 부안군 보안면 종곡으로 이

사하도록 권한다. 술포만 곰소나루가 가까운 곳이니, 영광과 변산을 왕래하던 소태산과 제자들이 해로를 이용할 때에 중간에 유숙할 적지였다. 그는 그해가 다 가기 전인 섣달에 가족을 이끌고 종곡으로 이사했고, 회원들의 왕래에 많은 도움을 주었다. 그로부터 봉래정사를 자주 다니며 소태산의 가르침을 받고 한문 경서의 번역 등 저술을 보좌하였고, 유고 『산중풍경』을 남겼다. 자신을 포함하여 자녀손 중에 전무출신이 많이 나왔다. 그의 일곱째 딸 이경순 교무는, 아버지 이춘풍이 소태산을 '아버지'라고 부르는 바람에 자기는 서른을 겨우 넘은 분에게 '할아버지'라고 불렀노라고 증언한 바 있다.(『초기교단사 2』, 68쪽) 이춘풍 집터는 2015년에 '소태산대종사 종곡 유숙터'(교적 12호)로 등재되었고, 2018년에는 법당을 갖춘 건물이 그 자리에 신축되었다.

서중안은 비록 외양이 왜소하여 보잘것없어 보이나 두뇌가 명민하고 결단력이 뛰어난 인물이었다고 한다. 그는 가난한 집안에 나서 어렵게 글공부를 했음에도 스무 살에 서당 훈장을 하고 스물여덟에 면장(김제군 성덕면)을 할 정도로 인정을 받았다. 한약방(인화당)을 차린 후에는 종업원 50여 명을 거느릴 정도로 번창하고 전북한의사협회 이사장을 맡을 만큼 사업 수완과 리더십도 갖췄던 모양이다. 그는 한 번 소태산을 만나고 돌아간 후 한 달도 안 되어 아내 정세월을 데리고 봉래정사를 다시 찾았다. 그리고 소태산에게 강력히 하산을 종용한다.

"이곳은 도로가 험난하고 장소가 협착합니다. 교통이 편리하고 장소가 광활한 곳을 택하여 도량을 정하시고 여러 사람의 전도를 널리 인도하심이 시대의 급선무일까 합니다."

소태산의 심정은 불감청不敢請이언정 고소원固所願[25]이었을 것이다. 아니 소태산으로선 이미 그런 인연을 꿰뚫고 기다렸을 것이다. 실은 서중안 내외가 오는 날 소태산은 봇짐을 싸놓고 영광으로 가려다가 발정을 늦추었다. 소태산은 서중안 내외가 등장하자 앉아 있던 마루에서 벌떡 일어나서 그리도 기쁘게 그들을 맞아들였다 한다. 정세월의 회고에선 "내가 어제 영광 가려고 했더니 아침에 좋은 기운이 둥둥 뜨길래, 대체 어떤 사람이 올라고 했기에 좋은 기운이 뜨는고 모르겠다 했더니, 쪼깐(조그만) 사람 올라고 그렇게 기분이 좋았던가" 하면서 싸놓은 봇짐까지 가리켜보였다 한다. 정세월이 체구가 작은 것을 보고 농담 삼아 '쪼깐 사람'이라 한 것이다. 서중안을 만난 이튿날 영광서 모친 병환이 심각하다는 연락이 왔고, 소태산은 한의사를 동반하여 귀가한다. 요컨대 본가에서 모친이 위독함을 예지력으로 알았다는 뜻이고, 같은 능력으로 서중안의 오고 감을 미리 알아서 기다렸으니 처음 만났을 때부터 그의 마음을 읽고 있었을 것이다.

깐깐한 성격의 서중안이 하산을 강력히 권고할 때는 그냥 한번 해보는 소리가 아님을 소태산은 알았다. 이 경우 늘 그렇듯이 소태산은 냉큼 승낙하지 않고 먼저 다짐을 받는다.

"내가 세상에 나가기는 어렵지 아니하나 그대가 능히 감당하겠는가?"

"소자 비록 물질(재산)이 많지 않고 정성이 부족하나 능히 담당하겠습니다."

---

[25] "감히 그러길 청하지는 못할지언정 진실로 바라는 바이다" 정도의 뜻인데, 『맹자』〈공손추〉 편에 나옴으로써 회자되는 고사성어다.

이렇게 되자 소태산은 당장 서중안과 함께 회상을 정식으로 열 계획을 의논하였다. 때마침 영광에서 모친이 위독하다는 급보가 날아오자 겨울쯤 다시 만나기로 기약하고 일단 헤어졌다. 소태산은 이튿날 줄포 곰소항을 거쳐 해로로 영광(법성포)에 이르렀고, 모친이 있는 영광읍내 아우 동국의 집으로 갔다. 모친 병환은 돌이킬 수 없는 지경이어서 보름 남짓 간병을 하다가 음력 7월 보름(8월 26일) 모친상을 당한다. 모친 유정천은 1862년에 나서 1923년에 가니 향년이 62세였다. 소태산의 모친상 소식이 전해지며 각지의 제자들이 문상차 모여들자 옥녀봉 아래 있던 최초의 교당인 구간도실로 안내되었다. 그런데 이 건물이 "너무 비좁아 대중을 수용하기가 심히 불편하고, 또는 기지가 비습卑濕(땅바닥이 낮고 습기가 많음)하여 영원한 교당 위치로는 적당치 아니하므로, 이에 교당의 이축을 발론하시어, 드디어 범현동 기슭에 새 터를 정하고 목조 초가 10간 1동과 8간 2동의 건축을 10월에 마치니, 이것이 곧 영산원靈山院의 첫 건설이었다."(『교사』) 여기서 10월은 음력이니 양력으로는 11월로 보면 될 듯하고, 이축(옮겨 지음)이라고 하나 '8간 2동'은 신축이어서 큰 역사였다. 모친상과 영산원 건축이 잇달다 보니 소태산은 3개월간 영광에서 떠나지 못했고, 12월이 되어서야 겨우 틈이 생겨서 이리·전주로 나들이를 한다. 아마 그의 머릿속은 회상 공개의 준비와 서중안과의 '겨울 기약'으로 바빴을 법하다.

먼저 이리(→익산)에 사는 김남천의 사위 박원석의 집에서 1박하고 전주 완산동 전음광의 집으로 가니 거기가 바로 서중안과 만나기로 약속한 곳이었다. 소태산은 회상 공개를 위한 본격적인 준비를 위해 동문 근방에 한 달짜리 셋집을 하나 얻고 임시출장소를 차린다. 여기서 회상(불법연구회) 창립에 관한 절차와 준비를 협의했다. 소태산은 서중안에게 규약의 작성과 인쇄를 비롯한 창립총회 준비를 일임하고 봉래정사로 돌아온다.

○

하산과 상경

위급한 모친을 살피러 떠났던 변산, 석두암의 주인은 꼭 6개월의 외유를 끝내고 원기 9년(1924) 2월에 봉래정사로 돌아왔다. 그러나 이 귀환은 돌아오기 위한 귀환이 아니라 다시 떠나기 위한 귀환이었다. 소태산의 가슴은 교단 창립을 앞둔 설렘으로 벅찼고, 그의 머리엔 꼼꼼하게 다듬고 거듭 고친 설계도가 갈무리되어 있었다. 그는 그간에 신세 진 일이며 사귄 정의를 생각하여 우선 학명 화상을 찾아가 하산 후의 구상을 털어놓았다. 그러자 학명도 못 보고 지낸 동안 나름으로 구상했던 계획을 줄줄이 늘어놓았다. 말하자면 늙은 학명의 경력과 젊은 소태산의 패기를 결합하여 불교혁신의 공동목표를 향한 동업을 하자는 것이었다. 백학명은 작은 규모의 선원인 월명암의 주지가 아니라 거찰 내장사의 주지로 전임을 앞두고 있었다. 학명의 성격도 그렇지만 그는 결코 인사 삼아 한번 해보는 소리가 아니라 구체적으로 많이 연마한 결과물을 보여주었다.

(…) 불법연구회의 장소는 ㄱ곳에다 정히어주시면, 그곳 원직암은 선생의 주소로 정하시고 고내장에는 선원급강원禪院及講院을 설립하여 모든 학인과 선원을 양성하고, 그 학인과 선원으로 하여금 선생님이 말씀하신 주작

야선 영육쌍전을 장려하여 월조암 선면에 호수를 막아 저수지를 만들고, 그 밑에 초생지에는 수전을 만들면 근 백여 두락이 될 것이며 내장사 부근 산판에 시목(감나무), 율목(밤나무) 기만 주를 식부하여 후일 인재 양성의 기금을 삼고, 현재 사중 도조 백여 석을 받아서는 (…) 초생지 작답에서 근 백여 석이 나올 것이고, 사중 산전 이용하는 데에도 기십 석이 나올 것이니, 이대로 차차 주선해가면 장차에는 기백 명의 인재라도 양성하게 될 것이니, 그대로 알으시고 바로 내장사로 오시라.《창건사》

소태산은 "이론에 있어서는 그럴듯하나 내장사로 말하면 개인 소유가 아니라 공유물이 되었으니 어찌 1, 2인의 생각으로 결정하리요마는……" 하고 염려를 표했으나 학명은 "그것은 염려 마시고 방침만 그렇게 정해주신다면, 내가 어떻게든 그 일을 원만히 성취하도록 하겠습니다"《약전》 하고 장담하니, 소태산도 호의를 딱 잘라 거절할 수 없어 일단 수락하였다. 소태산은 먼저 정산 송규, 팔산 김광선, 사산 오창건 등 다섯을 학명 화상에게 보내어놓고 자신은 봉래정사에서 설을 지내고 보름 안에 길을 떠나 익산 박원석의 집, 전주 전음광의 집, 김제 서중안의 집을 차례로 들러 회상 창립의 준비 상황을 점검한 후, 전음광 한 사람만 거느리고 내장사로 갔다. 먼저 보낸 송규 등 다섯 명의 제자들을 만나 경과를 듣고 나서 학명과 만나니, 예상대로 전에 약속한 강원 및 선원의 설립은 이미 물 건너간 상태였다. 산중 승려들의 처지에서는 듣도 보도 못한 속인들에게 강원과 선원의 운영을 맡긴다는 것이 자존심을 크게 해치는 일이었을 것이다. 승려들의 반대로 약속을 못 지키게 된 학명은 체면이 구겨지고, 신임 주지로서 절에서도 대중의 불신임을 받은 신세가 되니 마음을 많이 다친 처지였다. "산중 승려의 반대로 화상이 자유를 상실하고 심신이 불안 중에 있는 것을 보신"(《창건사》) 소태산은 오히려 학명을 위로하고 안심시키느나 애썼다.

소태산도 실망했을까? 그렇지 않을 것이다. 오히려 사내 대중들이 환영을 하며 내장사로 들어오라고 했더라면 소태산은 딜레마에 빠졌을 수도 있다. 소태산이 서중안과 약속한 것은 산중에서 시중으로 내려간다는 것이었지 변산에서 내장산으로 옮기자는 것이 아니었다. 변산에서 그물을 짰으니 이제 고기 잡으러 바다로 가자는 것이었지, 다른 산으로 옮겨서 노루나 꿩을 잡자는 것은 아니었다. 어떤 조건으로도 소태산은 내장산에 들어갈 이유가 없다. 소태산은 내장사 대중(승려)의 반대를 이미 알았을 것이고, 그래서 학명의 제안을 수락하는 척했을 것이다. 안될 줄 알면서 수락하는 것은 학명에 대한 인사였을 뿐이다. 더구나 이미 다섯 명의 똑똑한 제자들을 내장사로 보냈는데 그들이 내장사의 분위기를 어찌 모를 리가 있으며, 알았다면 파토 난 약속을 스승에게 진즉 보고 드리지 않았을 리가 있는가. 내장사에 가기 전, 그는 이미 최도화와 약조를 하고 서울 교화를 위한 프로그램을 꼼꼼하게 짜놓고 있었다.

소태산의 내장사 방문은 헛걸음이었지만, 어찌 보면 꼭 그렇지만도 않다. 절에서 수양하며 머무르던 송상면(1896~1931)[26]이란 처사의 귀의를 받았으니 생각지도 않은 곳에서 인재 하나를 거저 주운 것이다. 상경을 앞두고 그에게 만경萬京이란 법명을 준 것은, 서울에서의 교화가 크게 일어날 것을 기대하고 기원하는 뜻이라고 풀이하는 사람도 있다.

내장사를 떠나면서 소태산은 삭발을 했다. 사람들은 삶의 방식이나

---

26) 그는 김제군 용지면장을 지낸 인물로 전무출신하여 창립의 유공자가 되었다. 법호를 모산(慕山)이라 했다.

진로를 바꿀 때, 혹은 보종의 결연한 의지를 보일 때 삭발을 한다. 하산을 앞두고, 상경을 앞두고 소태산이 삭발을 했다.

소태산의 삭발

소태산은 정자관 아래 탐스럽게 기르던 머리를 박박 밀고, 수염은 콧수염만 남기고 턱과 볼에 난 나룻을 깨끗이 깎았다. 내변산 깊은 산골에서 산승처럼 살던 4년간 내내 길렀던 머리와 수염을 정작 하산하면서, 서울행을 하면서 깎은 이유는 무엇일까?

불교에선 머리카락을 무명초라 하여 번뇌의 상징으로 보기에 남녀를 막론하고 삭발을 출가승의 표지로 삼는다. 그래서 삭발위승削髮爲僧이라 했다. 소태산은 정작 입산 이후 정자관을 쓰고 승려를 상대했는데 하산에서는 삭발을 하니 거꾸로 가는 것이다. 혹시 4년 전 상투 튼 모습으로 변산에 들어와 가승입산假僧入山을 연출하고 이제 삭발하고 세상으로 내려와 진승하야眞僧下野를 입증하려는 것인지도 모르겠다.

사회적으로는 1895년 단발령 이래 상투는 수구와 개화를 가르는 지표가 되었다. 소태산은 내장사에서 학명의 좌절을 보면서 수구적 불교와의 미련 없는 결별을 역설적 삭발로 표한 것인가. 혹은 첫 상경을 앞두고 스스로 시대적 변화에 자발적으로 적응하겠다는 선언이었을까? 이후 소태산의 제자들도 앞다투어 삭발을 단행했다. 후에는 여제자들(이만갑, 정라선, 서공남, 이성권 등)도 삭발하는 경우가 생겨났다. 그러나 소태산은 여자들의 삭발을 용인하지 않았다. 그가 생각하는 여제자의 지향은 결코 여승의 모방이 아니었다. 당시 남자의 삭발은 승려의 지표가 아니라 개화의 수용이지만 여자는 그렇지 않았기 때문이다.

소태산은 내장사에서 김제·전주를 거쳐 이리역으로 와서 경성행 기차를 탄다. 동행으로 송규, 서중안, 전음광, 그리고 여자로서 최도화가 있었다. 두메에서 태어나 자란 소태산의 첫 서울 나들이, 여기서 일행을 안내하는 가이드는 바로 마당발 중년여성 최도화였다. 그녀는 비록 전북 진안 만덕산 골짜기를 배경으로 낳고 자랐지만 서울이 낯선 곳이 아니었다. 스물여섯 살 때 동네 방죽에 투신하여 자살을 기도한 이후 그때 건져준 여승의 설득으로 중이 되어 서울 생활을 두 해쯤 겪었다. 최도화가 사승을 따라가 머물던 '두뭇개 승방'은 서울 성동구 옥수동에 있는 종남산 미타사다.[27] 2년간 매일 천 배를 올리며 수행했다지만, 한군데 진득하니 엉덩이를 붙이지 못하는 성격의 최도화는 서울 경기 일대를 누빌 대로 누비고 다녔을 터였다.

그녀는 소태산 일행이 경성역 부근에 하룻밤 묵어갈 여관을 잡자 혼자서 용산으로 갔다. 거기에는 박사시화朴四時華(1867~1946)가 살았으니, 그녀는 최도화보다 열여섯 살이나 연상이었다. 남원 사람으로 과부가 되어 살다가 서울로 와서 삯바느질로 살아가는 쉰여덟 살 노파다. 그녀의 단골에 도정궁都正宮 마님[28]이 있었다. 도정궁은 종로구 사직동

---

27) 두뭇개는 한강(동호)과 중랑천, 이 두 물이 만나는 개라는 뜻으로, 한자로는 두모포(豆毛浦)로 적었다. 종남산은 남산의 농쪽 끝자락이란 뜻에서 붙은 이름이고, 미타사는 서울 근교에서 가장 오래된 승방(비구니 사찰)이라고 한다. 미타사가 미륵사로 와전된 것을 바로잡지 못하여 필자 저서(『소태산 박중빈 2』, 62쪽)에 미륵사로 오기한 것을 여기서 정정코자 한다.

에 있던 왕족(덕흥대원군 후손)의 종택이다. 박사시화는 도정궁 노대부인 마님의 사랑을 받아 그녀의 수양딸이 되었는데, 마님의 부탁을 받아 구례 화엄사로 불공을 드리러 가다가 기차 안에서 최도화를 만났다. 최도화는 변산 골짜기에 진짜 훌륭한 생불이 계시다고 잔뜩 호기심을 부추겨놓았고, 구미가 바짝 당긴 박사시화는 그 생불님을 언제 한번 만나봐야 하겠다고 다짐을 했었다. 박사시화, 가진 것도 없고 배운 것도 없고 자식조차 없는 이 늙고 가엾은 과부야말로 소태산에겐 행운의 여인이었다. 그녀는 소태산을 만나자 기쁨으로 충만하여 출가 제자가 되었고, 창립 일대(36년) 평가에서 무려 575명의 입교 연원으로 일등 성적을 낸 포교사이기도 하였다.

박사시화는 소태산 일행을 안내하여 쌍둥이 자매 박공명선과 외동딸 성성원이 사는 종로구 계동으로 갔다. 성성원의 남편은 세브란스 출신 내과의사 진주현(법명 대익)이었다. 이들은 후에 모두 열렬한 제자가 되었고, 소태산의 건교사업에 큰 도움을 주었다. 성성원의 집에서 사흘을 신세 지는 사이 서중안은 당주동에 한옥 한 채를 임대하였다. 한 달 계약으로 얻은 당주동 집은 지금 세종문화회관 뒤쪽에 있었다. 소태산은 그곳에 자리 잡고 기다렸고 제자들은 이러저러한 인연들을 설득하여 소태산에게 인도하였다. 일차로 박사시화가 데려온 사람은 이동진화李東震華(본명 경수, 1893~1968)였다. 도정궁을 드나들다 보니 궁가의 여

---

28) 도정궁은 조선 14대 왕 선조의 아버지 되는 덕흥대원군의 사저로, 아들이 왕이 되면서 궁으로 승격되었다. 대원군의 아들 1대 도정 하원군 이후 정3품 명예직인 도정이 세습되었다. 여기서 말하는 도정궁 마님은 '노대부인', '박사시화의 수양어머니' 및 연대 등 전후 맥락을 볼 때 당대 도정인 14대 창산군 이해창(1865~1945)의 선친인 13대 도정 경원군 이하전(1842~1862)의 부인이 아닐까 추측된다.

인들 중에 지인이 적지 않았던가 싶다. 그녀는 구황실 종친, 정확히는 고종황제의 오촌 조카인 이규용의 소실이었다. 뒤에 다시 언급할 테지만, 소태산의 열렬한 여제자 중엔 소실(첩)이 적잖이 있었으니 주목할 필요가 있다.

이동진화는 일찍 부모를 여의고 여기저기 친척 집으로 옮겨 다니다가 결국 그리된 처지였을지라도, 종실의 안사람이다 보니 품위와 교양을 갖추고 있었고 자존심도 강했다고 한다. 18세에 소실이 되어 32세가 된 그녀는 평소 "내가 사는 것이 꽃병에 꽂아놓은 꽃나무와 다를 게 없구나. 조만간 시들 것이고 시들면 버림받을 것이다" 자탄하며 불안감을 느끼고 있었다. 슬하에 혈육도 없었다. 그래서인지 그녀는 극도의 신경쇠약에 시달리며 위장병과 두통으로 고생을 했다. 첫 만남에서 소태산은 이 여인에게 이렇게 말했다. "사람이 세상에 나서 할 일 가운데 큰일이 둘 있으니 그 하나는 정법의 스승을 만나서 성불하는 일이요, 그 둘은 대도를 성취한 후에 중생을 건지는 일이라, 이 두 가지 일이 모든 일 가운데 가장 근본이 되는 큰일이 되나니라."(인도품6) 한마디로 '성불제중'인데 아마 소태산은 경전에서보다 실제로는 더 자상하고 평이한 말로 설했을 것이다. 중요한 것은, 삶의 무의미에 절망하던 그녀에게 이 법설이 먹혀들었다는 점이다. 그녀는 자신의 귀의에 이어 얼마 후, 절친한 침모를 인도하여 귀의케 하니 그녀의 법명은 김삼매화였다.

연줄이 닿은 여자들이 몇 명 더 왔고 제자가 되었다. 그중엔 이현공이 있었는데 그녀는 소태산이 전에 머물렀던 만덕산 산제당(만덕암)의 주인인 승지 김종진의 며느리이자 한봉 김정진의 처였다. 아마 그 집안 사정을 훤히 아는 최도화가 연결시켰을 것으로 보인다. 이현공은 외아들 학업 뒷바라지를 하느라고 서울에 올라와 있었다. 이만하면 소태산의 첫 상경 성과로는 만족스럽다. 박사시화, 박공명선 자매도 그렇고, 이동진화, 김삼매화도 그렇다. 박공명선의 딸 성성원은 후에 소태산의 수양딸이 되어 신성을 다 바쳤고, 이현공의 귀의는 진안 김 승지네 집안을 무더기로 귀의시키는 데 마중물 역할을 한 셈이니 매우 중요한 기연이다. 그런데 모두 여자들이다. 박사시화의 오라버니 박해산이나 박공명선의 사위 진주현도 시간 차를 두고 귀의하여 소중한 교도가 되지만, 적어도 소태산의 일차 상경 소득은 전적으로 여자들의 역할로 얻은 여자 제자들이다. 같은 무렵의 신종교라 할지라도 동학의 최수운이나 증산교의 강증산에겐 여자들이 남자와 나란히 서지 못했다. 그러나 소태산에겐 남자 제자와 동등하게 여자 제자들의 위상이 드러난다. 수운이나 증산이 남녀동권을 인정 안 해서가 아니라, 개벽의 순서가 소태산에게 와서야 제자리를 찾은 것이라 할지니, 『대종경선외록』(원시반본장 2)에 닭 우는 자시子時, 개 짖는 축시丑時를 거쳐 인시寅時가 되어서야 사람 활동이 있다는 비유가 합당할 듯도 하다.

상경 성과로서 여자들의 귀의는 이것으로 마무리되는가? 아니다. 소태산에겐 남모를 포석이 또 있었다. 정말 중요한 여제자가 숨어 있었으니 그녀가 후일 구타원 이공주로 불리는 이경길이다. 박공명선은 같은 계동에 사는 이웃인 젊은 과수댁 이경길을 소태산에게 꼭 소개하고 싶었다. 이현공도 아들이 그녀 집에서 하숙을 한 적이 있어서 서로 잘 아는 터였기에 그녀에게 소태산을 만나보라고 부추겼다. 이경길은 남편의 상중이라 외간 남자를 만날 수는 없다고 완곡히 사양했다. 그들은 이경길에게서, 탈상하는 대로 소태산을 만나겠다는 기약을 받아냈다. 탈상이 10월 열여드레, 소태산은 그녀를 포획하기 위한 통발 하나를 확실히 쳐두고 서울 나들이를 마무리하였다.

익산 새미르

소태산의 인재 찾기는 간단없이 계속되었다. 그중에도 주목할 것은 여성이라 했지만, 단지 성평등 차원에 머무르지 않고 신분상의 차별 역시 분명히 떨쳐버렸다.

> 대종사 영산에 계실 때에 창부 몇 사람이 입교하여 내왕하는지라 좌우 사람들이 꺼리어 사뢰기를 "이 청정한 법석에 저러한 사람들이 내왕하오면 외인의 치소가 있을 뿐 아니라, 반드시 발전에 장애가 될 것이오니, 미리 오지 못하게 하는 것이 좋을까 하나이다." 대종사 웃으시며 말씀하시기를 "그대들은 어찌 그리 녹록한 말을 하는가. 대개 불법의 대의는 항상 대자 대비의 정신으로 일체중생을 두루 제도하는 데에 있거니, 어찌 그들만은 그 범위에서 제외하리오. 제도의 문은 도리어 그러한 죄고 중생을 위하여 열리었나니, 그러한 중생일수록 더 반가이 맞아들여, 그 악을 느껴 스스로 깨치게 하고, 그 업을 부끄러워 스스로 놓게 하는 것이 교화의 본분이라, 어찌 다른 사람의 치소를 꺼리어 우리의 본분을 저버리겠는가. (…) "(『대종경』, 실시품7)

여기서의 '치소'는 '빈정거리는 웃음[嗤笑]'이고, '녹록하다'는 '평범하고 보잘것없다'는 뜻이다. 제자를 포함하여 녹록한 사람들에선 치소의 대상이었던 처사가 소태산에겐 당연한 일이었다.

소태산의 소신이 극적으로 드러난 것이 최도화의 인도로 찾아온 전주 기생 이화춘(1886~1955)의 경우다. 오랜 기녀 생활로 터득한바 남자 보는 눈으로 소태산의 인물됨을 단박에 알아본 그녀는 스스럼없이 신세 한탄을 늘어놓았다.

"서른여덟 퇴물 기생이 되고 보니 지치고 허망스럽기가 세상 사람이 백년 산 것만큼이나 되는가 싶어라우. 한번은 돼지 자웅이 노는 것을 봉께 내 인생이 저것들과 다를 게 없구나, 그런 생각이 들어서 살고 싶은 맘이 말짱 없어지더만요. 그래서 조천자(태을도 조철제)를 찾아가서 신(信)을 바쳐도 봤지만 이게 아니다 싶어 그만두고, 인자 살아도 사는 게 아니지라."

"이제부터라도 늦지 않았응게 새 인생을 살면 되지라우."

"글씨, 선생님을 뵈니께 지옥에서 부처님을 만난 것 같지만, 죄만 많이 짓고 다 망가진 비천한 인생인디 돌이킬 수 있겄능가 싶소. 한번 간 청춘이 다시 오겄어라?"

"육신에는 노소가 있고 신분에는 귀천이 있지만, 우리의 본래 성품에는 노소도 귀천도 없는 법이오. 나를 따라 공부하면 평생을 청춘으로 살 수도 있지라우."(『소태산 박중빈 2』, 79~80쪽)

소태산은 청춘을 그리워하는 그녀에게 청춘이란 법명을 주었다. 이 청춘, 극적으로 인생 반전에 성공한 이 여자에 대해서는 다시 말할 기회가 있을 것이다.

소태산의 인연 걸기는 이교도에게도 뻗쳤다. 불교, 동학(천도교), 증산교 등을 신봉하는 이들은 엄격한 의미에서 이교도라기보단 이웃 종교의 신자라 하는 편이 맞는다. 그런데 소태산은 마침내 서학, 좀 더 나아가 야소교(개신교) 쪽에서 인재를 구하러 나섰다. 봉래산에서 함께 생활했던 증산교 출신 송적벽이 다리를 놓아 만난 인물이 야소교 장로 조공진曹工珍(1876~1957)이었다. 어려서부터 사서삼경과 시서백가를 공부하며 유교를 받들다가 동학농민전쟁이 일어나자 전봉준을 따라다녔으나, 전봉준이 체포되자 그만 좌절하였다. 선교仙教에도 조예가 깊었으나 한의사로 일가를 이루어 명의로 소문을 얻은 후 독실한 개신교 신자가 되었다. 이런 다양한 경력을 드러낸 것이 그의 아호이니, 유학자로서 초학楚鶴, 선교 신봉자로선 옥정沃政, 야소교인으로선 아석亞石, 한의로선 야신也神 등을 썼는데 자서전을 『조옥정 백년사』라 한 걸 보면 선교 도호道號에 애착을 가진 것으로 볼 만하다. 이런 그는 개신교 입교 후 원평에 구봉교회란 예배당을 짓고 장로가 되었으며, 남녀 학교를 지어 육영사업도 하고, 독립지사들에게 자금도 지원하는 등 다방면으로 활동을 하였다. 그중에도 보따리 하나 메고 이 마을 저 마을을 도보로 전전하며 전도 행각을 했다 하니 신앙적 열정이 대단했던 모양이다. 그는 말세에 구세주가 도둑같이 다녀간다던 예언을 믿고 그 구세주를 만나게 해달라고 늘 기도했다고 한다.

1924년 음력 4월 열엿새, 지천명(50)을 한 해 앞두고 그는 소태산을 만난다. 희한하게도 전주팔경의 하나인 한벽당에서 최초의 상봉이 이루어지는데, 이웃 지인인 송찬오(적벽)가 하도 졸라대니 한번쯤 만나주리라 했지 그리 기대하지는 않은 듯하다. 소태산이 그에게 짐짓, 보통 사람과 달리 보이니 어떤 믿음을 가졌느냐고 묻자, 조공진은 "25년 동안 하나님을 신앙해온 예수교 장로로소이다" 하고 당당하게 답한다. 소태산은 "하나님은 어디 계시오?"라고 물었고, 조 장로는 "하나님은 전지전능하시고 무소부재하시니 계시지 않은 곳이 없소이다" 하고 받는다. 옳거니, 미끼를 제대로 물었구나 싶자, 소태산은 곧장 낚싯대를 챘다. "그렇다면 장로님은 하나님을 만날 수도 있고 말씀도 나누고 하시겠구려?" 조공진은 낚시미늘이 목에 걸리는 걸 느꼈다. "에…… 아직까지는…… 만난 적도 없고 말씀을 나눈 적도 없소이다만……." 소태산은 느긋한 표정으로 말한다. "그렇다면 장로님은 아직 예수의 심통心通 (마음속으로 느껴 뜻이 통함) 제자는 못 되는구려." 조 장로는 "선생은 부처를 믿는다고 하니, 그럼 선생은 부처를 만나고 말도 나누어보았소?" 하고 반격했다. 그러자 소태산은 천연덕스럽게 대답한다. "아무렴요! 부처님뿐 아니라 하나님도 수시로 만나고 말씀도 듣지요." 나름 공부를 할 만큼 한 조 장로인지라, 두어 마디 주고받은 문답으로, 15세 연하의 이 젊은 친구가 자기를 완전히 굴복시켰음을 금방 알아챘다. 조공진은 자리에서 일어나 큰절을 할 만큼 감복했다고 전한다.

그가 소태산의 진면목을 본 것은 그 후에 이어진다. "제자가 되어 스승으로 모시고 싶으나 예수교 장로로서 변절하는 것 같아서 양심에 자극이 됩니다." 조 장로가 개종의 갈등을 겪을 때 소태산은 이렇게 말했다. "예수의 심통 제자는 나의 하는 일을 알게 될 것이고 나의 심통 제자는 예수의 한 일을 알게 될 것이오. 모르는 사람은 이 교 저 교의 간격을 두어 변절한 것같이 생각하고 교회 사이에 서로 적대시하는 일도 있지마는 참으로 아는 사람은 때와 곳에 따라 이름만 다를 뿐 다 한집안으로 알게 되리라. 오든 가든 그것은 그대 자신이 알아서 하시오." 그가 결심을 굳히고 마침내 제자 되기를 발원하자 소태산은 "나의 제자가 된 후라도 하나님을 신봉하는 마음이 더 두터워져야 나의 참된 제자가 되는 것이오" 하고 못 박았다. 소태산은 그가 매번 "선생님의 도덕은 참으로 광대합니다" 하고 칭송함을 기연으로 그에게 송광頌廣이란 법명을 주었다. 조송광의 귀의는 훗날 소태산의 건교사업에 큰 도움을 주었으니 뒤에 다시 언급할 것이다.

5월 2일, 전주 전음광의 집에서는 불법연구회 창립을 위한 발기인회가 열렸다. 발기인에는 서중안, 문정규, 송만경, 이춘풍, 박원석 등과 전음광이 참여하였고, 여자로선 이청춘이 있었다. 눈에 띄는 것은, 불과 두어 달 전 내장사에서 귀의한 송만경이 참여한 것과 불과 열여섯 살 소년인 전음광이 참여한 것이다. 아니 그것보다 더 신기한 것은 여자로서 그것도 화류계 출신인 이청춘의 참여였다. 소태산의 파격적인 문호 개방을 여기서도 쉽게 엿볼 수 있다. 그간의 준비로 창립 절차에 관한 의견 수렴은 쉽게 풀려 나아갔다.

한벽당에서 이루어진 조송광과의 대면 이후 열흘 남짓 지난 6월 1일 10시, 이리읍 마동 죽산에 있는 작은 절 보광사普光寺에서 불법연구회 창립총회가 열렸다. 영광, 김제, 익산, 전주 등 각지에 주소를 둔 회원이 남자 60명, 여자 70명 도합 130명이었지만, 창립총회 참석 인원은 39명으로 조촐했다. 송만경이 개회사를 했고 서중안이 임시의장을 맡았다. 6장 22조로 되어 있는 규약을 한 조목씩 심의하여 만장일치로 채택한 후 임원 선출을 했다. 특이하게도 회장 위에 총재라는 직책이 있었으니, 총재는 "불법에 정통하고 범사에 모범이 될 만한 자로 본회를 지도 감독할 책임을 지는" 자격과 책무가 요구되었다. 회장은 "불법에 독실하고 매사에 주밀하며 공사에 전력하여 본회를 관리할 만한 자"로서 총재의 지휘를 받게 되어 있었다. 요컨대 총재는 교법적 주재자가 되고, 회장은 업무상 관리자가 되는 체제인데, 이런 전통은 지금도 출가가 종법사 되고 재가가 중앙교의회 의장을 맡는 식으로 일정 부분 계승되고 있는 셈이다.

고대는 말할 것도 없지만 근대 종교의 출발에 있어서 그 어느 종교

(교단)도 민주적 창립총회의 형식을 갖춘 경우는 거의 없을 것이다. 그런데 불법연구회는 그 절차적 민주주의부터 깍듯이 지켰다는 점이 놀랍다. 회의록을 보면, 개회선언부터 순서를 밟아 임원선거 순서가 되자, 총재 선출도 ① 이형천(동안)의 동의 ② 김성섭(광선)의 재청 ③ 오재겸(창건)의 특청을 거쳐 소태산이 만장일치로 추대된다. 경합자가 없는 단독 후보이니 추대가 됐지만, 교조인 소태산조차 임원이 되기 위한 선거 절차에는 예외가 없다. 이어서 회장에 서상인(중안), 서기 김성섭(광선), 평의원에 누구누구 등 선거 절차가 진행된다. 거기에 덧붙여 삼산 김기천의 공부법(수행방법) 강의와 《시대일보》(1924년 3월 최남선이 창간한 일간지) 이리지국장 정한조의 축사로 마무리하며 총회는 끝났다. 언론인까지 초청한 걸 보면, 오늘날 여느 창립총회와 견주어도 흠잡을 데가 없다. 회의록에 등장하는 인물들의 성명으로 법명이 아닌 호적명을 쓴 것도 법적 하자를 차단하기 위한 조처로 보인다. 그런데 총부를 어디에 건설할지, 그 기지 선정에 대해서는 의견이 분분했다. 불법연구회기성조합의 발상지이자 소태산의 고향인 영산(영광)이 총부 기지로 적지라는 의견을 비롯하여 몇 가지 의견이 나왔다. 묵묵히 제자들의 의견을 청취하고 난 소태산은 비로소 입을 열었다.

"솝리裡里 부근의 익산은 토지가 광활하고 또 교통이 편리하여 무산자가 생활하기도 좋고, 각처 회원이 왕래하기도 편리할 듯하니 그리로 함이 어떻소?"

자연의 풍광이 아니라 교통의 편리가 먼저였고, 세속 밖의 은둔 수도가 아니라 생활 속의 마음공부가 목표였고, 유산자보다는 무산자에 대한 배려가 우선이었다. 회원의 동의를 얻자 서중안 등 담당자 몇이 나서 익산 일대에서 적지를 물색한 결과 최종적으로 익산군 북일면 신룡리를 낙점하고 소태산의 재가를 얻기에 이른다.

용과 미르, 그리고 원불교

용은 상상의 동물이다. 상상의 동물이 많고도 많은데 한국인은 유별나게 용을 선호한다. 중국인이 왕권의 상징으로 용을 경외하지만, 벼농사를 위주로 하는 한국인은 수신水神이자 우신雨神인 용을 사랑한다. 불교 쪽에서 보면, 불법 수호신으로서 용이 동원되기 시작하더니, 대승불교 내지 밀교에 이르면 용이 수호신에 그치지 않고 고승을 뜻하거나 부처를 뜻하기도 한다. 더 중요한 건 용의 고유어가 '미르'이다 보니 삼국시대 이래로 '용(미르)'이 '미륵'과 유착되었다. 미륵불은 용화수[29] 아래서 성도하고 그 모임을 용화회상이라 일컬으니 유착의 배경은 더욱 공고하다. 미륵신앙을 배경으로 한 절 이름에 용龍 자가 자주 들어가는 것도 그 때문이다.

원불교는 용과 인연이 더욱 깊다. 소태산은 길룡리에서 태어났고 신룡리에서 전법을 했다. 소태산은 계룡산에 애착을 보였고 법설에선 용주(여의주)를 자주 인용했다. 1929년 총부에 지은 9간 크기 건물(공회당) 이름은 구룡헌九龍軒이라 했다. 미륵불의 용화회상을 후천개벽사상과 연계시킨다면 적잖이 흥미로운 일이다. 익산은 용화산(미륵산)과 미륵사에 뿌리를 둔 백제 미륵불교 1,400년 역사가 숨 쉬는 곳이기도 하다.

---

29) 현세불인 석가불의 보리수와, 당래불인 미륵불은 용화수가 대응되고, 석가불의 영산회상과 미륵의 용화회상이 대응된다. 용화수(龍華樹)는 용 모양의 꽃이 피는 나무라고 한다.

위치가 합의되자 서중안은 토지를 사들이기 시작하여 3,495평을 확보하였다. 이 무렵 불법연구회 총재인 소태산은 재정 확보라든가 건설공사 추진이라든가 모두 회장인 서중안에게 일임해놓고 훌쩍 진안 만덕산으로 들어간다. 대각 후 소태산의 생애를 보면 비록 양적 균형은 아닐지라도 리듬이 느껴진다. 호흡처럼 작업과 휴식, 긴장과 이완이 교대한다. 그러나 휴식과 이완도 알고 보면 그냥 놀고 쉬는 것이 아니라 다음 단계의 경륜 실행을 위한 준비 기간이기도 했다.

소태산은 지난해 겨울 만덕산 수양에 이어 이번에는 무더위 한여름을 만덕산에서 제자들과 보내기로 작정했다. 불교 풍속으로 말하자면 먼저는 동안거요 이번은 하안거인 셈이지만, 선객을 10여 명 동행한 이번 것을 원불교사에서는 초선初禪(첫 정기훈련)이라고 한다. 참석자는 영광 제자 송규, 오창건, 김광선, 김기천에, 진안 제자 전삼삼, 전음광 모자, 그리고 서울서 얻은 제자 박사시화, 이동진화, 김삼매화, 거기다가 전주에서 온 이청춘이 합세하였다. 다 중요한 인물들이지만, 정작 소태산이 노리고 있던 인연은 노덕송옥(1859~1933)과 그녀의 손자 김대거(1914~1998)로 보인다. 바로 산제당 만덕암의 주인인 김 참봉(법명 정진)의 당숙모 되는 노덕송옥이 비단장수 최도화의 감언이설(?)에 혹하여 생불님을 뵈러 손자를 데리고 동참한 것이다. 이렇게 하여 소태산 외에 선객 열두 명은 정확히 남녀 각 여섯 명으로 동수이니 사전에 그렇게 편성하고 시작한 것은 아니지만 의미 있는 일이다.

그런데 예순여섯 살 할머니는 왜 열한 살짜리 어린 손자를 이 자리에 데리고 갔을까. 할머니는 어렵사리 얻은[30] 맏손자가 단명하리라는 관상가의 말을 듣고 큰스님에게 수양아들로 팔면 수명을 늘일 수 있으리란 절박한 소망에서였다고 한다. 한편 소태산 쪽에서는 교단이란 집을 짓는 데 불가결한 들보로서 김대거를 얻어야 할 불가피한 요구가 있었다. 세인에겐 소태산의 탁월한 지감知鑑(사람을 잘 알아보는 능력)으로 치부되겠지만, 아마도 소태산은 정산 송규를 차기 후계자로 점찍고 정읍 화해리로 찾아갔듯이, 이번엔 김대거를 차차기 후계자로 점찍고 찾아 나섰던 것으로 보인다.

그러나 초선의 절차와 프로그램 운영이 그리 매끈하진 않았을 것이다. 참석자의 입선 시점도 시차가 적지 않았고, 인원도 들쭉날쭉한 흔적이 있다. 최도화, 조갑종 모자처럼 선객의 숫자에 들어가지는 못하지만 수시로 식량을 보급하러 오는 이들도 있었고, 또 최도화의 연줄로 소태산을 만나 입회하는 여인네들의 출입도 있었다. 기간도 한 달간이라는 설이 있지만, 통상의 안거처럼 석 달은 아닐지라도 한 달보다는 훨씬 길었던 것으로 보인다.[31] 이런저런 상황을 감안할 때, 새로운 훈련법에 따라 이듬해(1925) 6월(음력 5월 6일)부터 꼬박 3개월간 실시한 제1회 정기훈련이 진정한 의미에서 초선이라는 주장도 무리가 아니다. 그러나 대산 김대거 종법사는 이때의 만덕산 훈련을 초선이라 규정했고, 1985년 원불교중앙문화원에서는 만덕암 길목에 '만덕초선지' 기념비를 세웠다. 어느 제도도 처음부터 완벽하지는 않지만, 교조이자 1세 종법사인 소태산과 2세 종법사 정산 송규, 3세 종법사 대산 김대거 등 삼세의 종법사들이 처음으로 한자리에 모였다는 의미에서 만덕산 초선은 교단사적 의미가 크기 때문이다. 정산 송규가 한때 머물렀던 미륵사의 소재지가

---

30) 김내기의 소모와 보신 및 뇌소보 능는 아늘 낳기를 오래 기도하여, 결혼 10년 만에 첫 아들 김대거를 얻었다고 한다.

31) 대산 김대거는 훗날 회고에서 그 기간을 4개월이라 했지만, 이 역시 신빙성은 떨어져 보인다.(원불교신보사, 『구도역정기』, 17쪽)

만덕산이었고, 거기서 만난 최도화가 김대거를 인도했다든가, 소태산이 전후 두 차례나 만덕산에 와서 수양을 했다든가 하는 것이 모두 김대거를 얻기 위한 기획에 따른 것으로 보인다. 김대거는 어린 날의 회고에서, 동네에 온 승려를 두고 '때때중'(나이가 어린 중)이라고 놀린 적이 있는데 그 중이 1921년 미륵사에 머물며 왕래하던 정산 송규였을 것으로 추측했다.[32] 당시 송규가 스물두 살이니 어리다고 할 수는 없지만, 과장법은 조롱에서 필수다. 워낙 작은 키에 동안이다 보니 애들 눈에 그리 과장할 만도 했겠다. 송규는 정읍에 숨어 있는 자신을 소태산이 몸소 찾아 주었듯이, 자신은 또 그렇게 자신의 후계자 김대거를 찾기 위해 탁발승 차림으로 만덕산을 내려와 성수면 좌포리 김해 김 씨 집안을 은밀히 기웃거렸을지도 모를 일이다. 아무튼 아홉 살 차 송규에 이어 스물세 살 차 김대거도 소태산과 은부시자 의를 맺었고, 저절로 김대거는 열네 살 터울 송규를 의형으로 모시며 원불교 창립의 역사를 써 나간다.

서중안이 중심이 되어 각지에서 들어온 의연금 700~800원에다 부족한 대금 600여 원[33]을 쾌척하여 총부 본관 건물로 목조 2개 동 열일곱 칸을 완공한 것이 12월이었다. 이로써 창립총회와 총부 건설을 마치니, 격식과 실제 양면에서 불법연구회(원불교)의 창립은 이른바 '후천개벽의 원년'이란 갑자년(1924)에 일어난 사건이다.

---

32) 1921년이라면 김대거는 여덟 살이어서 정확한 기억을 못하지만, 의문이 나서 출가 후에 송규에게 물어보았더니 웃기만 하던 것으로 보아 그게 맞는 것 같다고 했다.(『구도역정기』, 14쪽)

구타원과 그 일행

총부 건축 공사가 한창일 때지만, 소태산은 일차 상경 때 기약했던 10월 열여드레가 되자 한 주일쯤 여유를 두고 나서 두 번째 상경을 단행했다. 이동진화가 본가 말고 요양 차 마련해둔 창신동 605번지 초옥으로 일행을 안내하였다. 박공명선의 연락을 받은 이경길이 어머니, 언니, 조카딸 등을 대동하고 창신동으로 소태산을 찾아간 것이 10월 스무이레였다. 궁금한 것이 있으면 물어보라는 소태산의 말에, 어머니가 먼저 "불교를 믿어왔지만, 삼세의 일이 궁금합니다" 했다. 큰딸은 스물둘에 혼자가 되고 작은딸은 스물일곱에 과부가 되었으니 도대체 무슨 업보랴 싶었을 것이다. 언니는 "미륵불이 출현하면 사도邪道가 분분해서 정도正道와 사도를 구분하기가 어렵다고 하니, 저는 그것을 분별하는 법을 알고 싶습니다" 했다. 마지막으로 이경길은 "저는 삼세인과의 도리와 정도 사도를 분별하는 법, 둘 다 알고 싶습니다" 했다. 소태산은 이들의 대답을 듣고 그들의 질문 수준이 높음을 칭찬하였다.

소태산은 그들이 궁금해하는 것을 차차 가르쳐주겠다고 약속하고, 사제의 인연을 기념하여 법명을 주겠다고 하였다. 어머니와 언니는 이미 백용성(1864~1940) 스님의 대각교에서 법명을 받았으니 난처하다고 해서 보류하였고, 아직 소속이 없던 이경길만 우선 법명을 받았다. "구

---

33) 당시 쌀 한 가마 값이 21원 19전이었다 하니(『초기교단사 3』, 46쪽 각주) 대강 가치를 추측할 수 있다. 다만 오늘날보다 쌀이 매우 귀하던 시절임을 감안해야 한다.

슬은 귀한 것이고 누구나 좋아하는 것이니까, 인제는 한 남편의 손바닥 위에서 노는 구슬이 아니라 만인이 한가지로 소중히 여기고 사랑하는 구슬이 되도록 하시오" 하는 의미를 설명하고 '함께 공共 구슬 주珠', 이 공주李共珠라 하였다. 아마 본명에 있는 구슬 경瓊 자를 좀 더 대중적인 구슬 주珠로 바꾼 것이 아닐까 싶다. 어머니와 언니는 대각교와의 오랜 인연을 어렵사리 끊고 후에 법명을 받으니, 어머니는 민자연화閔自然華, 언니는 이성각李性覺이다.

같은 무렵, 이성각의 외동딸로 경기고등여학교 학생이던 17세 김순득 역시 소태산을 만난 후 발심하여 김영신金永信(1908~1984)으로 법명을 받았고, 훗날 출가하여 정녀로 생애를 바쳤다. 소태산의 두 번째 상경은 미리 쳐둔 통발 속에 이공주 하나만 걸렸어도 성공일 텐데, 삼대에 걸친 여인네 일행을 한꺼번에 귀의케 했으니 성과치고도 이미 대박을 거둔 셈이었다. 이공주에 대하여는 좀 더 설명이 필요하다.

이경길(공주)은 서울에서 태어났다. 비교적 여유 있는 집안에 진보적 교육관을 가진 어른들 덕분에, 비록 여자지만 여섯 살부터 부친에게 한글과 한문을 배우고 열 살 즈음에는 유명한 신여성 하란사河蘭史(1875~1919)[34]가 세운 부인성서학원에 다니며 공부하였다. 하란사가 이화학당 교사로 이동하자 이경길도 이화 학생이 되어 공부하였으나 종교적 갈등으로 인해 동덕학교로 전학한다. 재학 중에 이경길은 대한제국 마지막 황후인 순정효황후 윤비尹妃(1894~1966)를 모시고 신식 공부를 함께할 시독侍讀[35]으로 뽑혀 입궁하는데 열세 살 때였다. 시내 여학교에서 차출된 시독이 모두 다섯 명인데 그중엔 성의철成義徹이란 소녀[36]도 있었다. 그들은 윤비와 더불어 한문과 일어를 배우고, 별도로 궁중 법도를 익히며 지냈다. 실은 이경자라는 본명을 버리고 이경길이라 한 것도 윤비의 뜻을 따른 것이지만, 그녀는 윤비의 남다른 사랑을 받았다. 그러다가 한일합방으로 나라를 잃자 시독 다섯 명도 4년간의 궁중 생활을 마치고 각자 사가로 돌아간다.

이경길은 다시 경성여자고등보통학교(경기여고 전신) 본과에 입학하여 꿈을 키웠고 문학박사가 되어 여성운동을 하겠다는 결심을 한다. 학교를 졸업하자 일본인 은사의 주선으로 동경 유학을 떠나려고 했지만, 집안에선 유학 대신 결혼을 하도록 강요하였다. 결국 졸업하던 1915년 스무 살의 나이로, 농촌계몽운동에 몸 바치던 남원 부잣집 아들 박장성과 결혼한다. 삼일운동 때에는 6개월 옥고를 치르기도 한 박장성은 출옥하자 일본 명치대학 정치경제과에 입학하였고, 그 후로도 방학 때면 귀국하여 순회강연을 하는 등 운동권에서 벗어나지 않았다. 그러는 사이 이경길은 큰아들 창기, 둘째 아들 원기 등 두 아들을 낳고 단란한 가정을 이룬다. 그러다가 1922년 하계방학에 귀국하여 순회강연을 다니던 박장성은 갑자기 쓰러졌고 병원에선 급성폐결핵 진단을 내렸다. 그해 가을 남편이 스물여덟 살 나이로 세상을 뜨니,

---

34) 평양 출신의 기혼녀로 이화학당을 거쳐 일본과 미국(오하이오 웨슬리안대학)에서 공부한 최초의 여학사(女學士)로 이화학당에서 교사로 있었다. 후에 독립운동에 뜻을 두고 중국 북경으로 갔다가 의문의 죽음으로 생을 마감한 선각자다. 본래 김 씨임에도 미국식으로 남편의 성을 따라 하 씨로 바꾸었고, 이름도 낸시(Nancy)를 음역하여 한자로 란사(蘭史)라 하였다. 기첩(妓妾)이었다는 설도 있다.

35) 시독은 대한제국 때, 궁내부의 황태자궁 시강원에 속한 벼슬인데, 이경길은 '창덕궁 여관 시보(女官試補)'로 추천받아 들어갔다고 증언했으니, 여기서는 한시적으로 황후의 공부를 돕는 수습(修習) 궁녀일까 싶다.

36) 이경길과 성의철은 황후의 시독이란 특수한 인연으로 만난 학우로뿐 아니라 원불교 법 동지로도 돈독한 관계를 지속하였다. 성의철의 남편이 제헌의회 부의장을 지낸 김동성(1890~1960)이고 딸은 숙명여대 총장을 지낸 김옥렬이니, 이들은 교단 현안 해결에 상당한 도움을 주기도 했다.

스물일곱 살 이경길은 졸지에 다섯 살, 세 살 두 아들을 둔 과부가 되고 만다. 이런 절망적인 상황에서 소태산이 구원의 등불을 들고 나타난 것이었다.

소태산은 서울을 떠나 총부로 간 후에도 이공주에게만은 따로 편지를 보내며 알뜰히 챙기었다. 편지 일부를 쉬운 말로 고치면 "서로 만난 지 얼마 안 되어 남과 북으로 나뉘어 있으나 서로 의지하는 마음은 진정 한시라도 풀어지지 않습니다. 바라건대 모름지기 서로 길이 사랑하여 세세생생 함께 영산회상 만들기를 빌어 마지않습니다." 아마 소태산이 제자에게 보낸 편지 중 이렇게 정감 있는 내용은 다시 못 볼 것이다. 연인끼리 주고받은 편지와 방불하다. 뒤에 다시 말하겠지만 이공주는 결국 소태산의 여제자 가운데 가장 열성적이고 중요한 인물이 된다.

또 이 무렵 소태산은 내장사로 편지하여 학명에게 안부를 물으며 아울러 경성 교화의 성과를 대강 설명한 듯하다. 학명이 소태산에게 보낸 답신이 남아 있다. '답박종사서'로 보건대, 학명은 문도들(승려)이 그의 비석에 소태산을 가리켜 '청신사 박중빈'이라 적어 넣은 것과는 달리[37] '종사'로 호칭했다. 초기엔 제자들도 '대종사'가 아니라 '종사'로 호칭했음을 감안하면 최상의 예우이고 내용 역시 깍듯하다. 을축년에 온 편지이니 1925년에 해당하는데 이때 학명 나이 59세, 소태산 나이 35세다. 학명은 건강이 좋지 않았음에도 1928년 4월에 몸소 익산 총부를 찾아와 정을 나누고 내장사로 돌아가 이듬해 3월에 63세로 입적했다. 백학

---

37) 학명 입적 후 내장사 입구에 세운 학명선사사리탑비 후면의 시주 명단에 '청신사 박중빈'이 있다. 청신사는 남자신도를 가리키는 말인데, 타 종단의 교주를 일개 사찰의 신도로 대우한 것은 적절치 않아 보인다. 비를 세운 해가 1935년이니 불법연구회를 창립한 지도 10년이 넘은 때이다.

명이 소태산에게는 은인이자 동지였다.

백학명이 보낸 서신

答朴宗師書

박 종사의 편지에 답함

深山古寺에 臥病呻吟타가 料外擲惠하야 喚起病鶴하시니 何喜如之
리오

깊은 산 옛 절에 앓아누워 신음하다가 뜻밖에 편지를 주시어 병든 학
명을 불러일으키시니 무슨 기쁨이 이만하리오.

京橋之一往은 想必所得이 不少矣리니 何羨如之리오

서울에 한번 다녀오심은 생각건대 얻은바 적지 않으실 듯 무슨 부러움
이 이만하리오.

老衲은 平生에 一無所做而之是獨善已이로다

이 늙은 중은 평생에 하나도 이룬 것 없이 다만 독선에 그쳤을 뿐이로
소이다.

一叩山門之示로 亦說도 例言이라 聞者도 亦以例言으로 知之나

산문을 한번 두드리시겠다는 기별은 말하는 이도 예사말로 말하는지
라 듣는 이도 예사말로 들어둘 따름이나

然이나 豈以形骸相從으로 爲勝事리요 只希月輪相照하야 無虧也하노
이다

그러나 어찌 몸으로 서로 따름만을 좋은 일이라 하리요. 다만 달이 서
로 비추듯 하여 이지러지지 않기만을 바라노이다.

소태산이 창립 스케줄(창립한도)에서 제1회 12년(1916~1927)까지는
교단 창립의 정신적·경제적 기초를 세우는 일과 더불어 창립의 인연을
만나는 데 주력하는 기간으로 잡았다고 했지만, 불법연구회 총부 준공
을 전후하여 이루어진 태을도 종도들의 입교는 꼭 짚고 갈 의미가 있
다. 강증산의 숭배자인 조철제는 1918년 전북 정읍 태인에서 증산교
분파인 태을도(→무극대도→태극도)를 창도하여 많은 신도를 모았는데,
또 다른 증산교 분파인 보천교의 차경석과 쌍벽을 이루어 세칭 '차 천
자'니 '조 천자'니 하던 막강한 인물이다. 1924년 12월에 조철제의 고모
인 조창환의 입교를 시작으로, 조 천자를 따르던 이들이 소태산을 찾
아온다. 그중 대표적 인물이 경남 창녕 출신 성정철成丁哲(1901~1987)이
다. 그는 조창환의 시동생으로 사돈지간인 조철제의 신임을 얻어 태을
도의 재무를 총괄하는 간부였다. 성정철은 조철제 교단의 비리를 속속
들이 알고 실망하던 끝에 강증산 유골탈취 사건을 계기로 결국 어머
니, 아내, 여동생, 남동생 등과 함께 소태산 문하로 왔다. 자신도 출가하
여 큰 몫을 했지만, 그 일족들이 모두 교단에 헌신하였다. 재미있는 것
은 조철제의 어머니(민하각)와 제수까지도 소태산 문하로 들어왔다는
사실이다.

VI. 익산에서
- 일원화 꽃을 피우다

갑자년 이후

갑자년(1924) 연말까지 소태산이 기획한 일은 마무리되었다. 도둑
떼가 출몰하여 도치[盜峙山] 혹은 도둑고개라고 불리는 황량한 언덕배
기에 덜렁 초가지붕 목조건물 두 채를 지어놓고 입구에 '불법연구회총
부佛法研究會總部'라 쓴 간판을 걸어놓긴 했지만, 그 썰렁한 겨울에 도무
지 일손이 잡힐 것 같지 않았다. 그래도 소태산만은 태평이었다.

일단 신앙공동체로서 둥지를 틀었으니, 수시로 오가는 사람이야 그
렇다지만 출가한 상주 인원 10여 명은 자급자족으로 생계를 해결해
야 했다. 이럴 때 영산 길룡리에 방언으로 개간한 2만 6천 평 논이 효
자 노릇을 할 만도 한데 알고 보면 어림없는 기대였다. 수천 년 소금으
로 찌든 갯벌에 당장 무슨 곡식이 자라겠는가. 당시 주민의 증언이 딱
맞는다. "논 치 갖고 처음으로 써래질해서 농사 지었는디 뻘거니 타 죽
었고만! 아, 뻘땅에다 모 심궁게(심으니까) 그것이 하메(행여나) 먹을라
든가?"(박화백) 민물로 씻어내고 빗물로 녹여내며 염독을 희석시키지만
아직은 뿌린 볍씨나 겨우 건지는 수준이었나 싶다.

당장 조바심이 난 제자들이 머리를 맞대고 의논히여 치음에 착수
한 게 엿집이었다. 김제 원평에서 엿도가(엿을 만들어 도거리로 파는 집)
를 해본 경험이 있던 송적벽의 제안에 대중이 동의한 일이었다. 고픈 배

는 엿밥으로 달랠 수도 있고, 엿 고느라 불을 많이 때니 군불은 따로 때지 않아도 추위를 견딜 만하다니 그럴듯하다. 하도 자신만만하게 나서니 마지못해 허락을 했지만 소태산은 처음부터 그리 탐탁하게 보진 않았던 듯하다. 우선 엿도가처럼 엿을 고아 도거리로 넘기는 것이 아니라 식구들이 행상에 나서야 하는 처지가 쉽지 않아 보였다. 영산에서 숯장사를 해보았다곤 하지만 그때도 숯을 지고 다니며 파는 것은 아니라 사들이거나 손수 구워서 쟁여놓았다가 한꺼번에 파는 식이었다. 그런데 장사라곤 해보지 않은 사람들이 이 동네 저 동네 다니면서 도부꾼 노릇을 어찌 해낼 수 있을까?

섣달 들어서면서 엿이 생산되었다. 엿 고는 일을 주로 하던 송적벽과 김광선을 제외한 회원들은 엿 목판을 메고 겨울 고샅을 누비며 엿을 팔았다. 당시에 회자되던 일화들은 훗날 재미난 웃음거리를 제공한다. 예컨대 면장까지 지낸 송만경은 엿 목판을 메기는 했으나 차마 "엿 사시오!" 하는 소리가 안 나와서 남의 뒤를 따라다니면서 남이 '엿 사시오' 하면 뒤를 잇대어 "나아 두우!" 그랬다든가, 집안이 제법 넉넉하여 고생을 모르고 자란 이동안도 차마 목소리가 안 나와서 고민하던 끝에 동네 아이들을 모아 엿 도막을 나누어주고 "엿 사시오!"를 대신 외치게 했다더라, 하는 식이다. 한번은 소태산이 엿 방을 둘러보다가 엿 목판을 밖에 쌓아두고 자는 제자들을 보고, 이러다가 도둑맞는 수가 있으니 방에 엿 목판을 들여놓고 자라고 이르고 친히 자물쇠까지 챙겨주었다. 그러나 제자들은, 늘 거기다 두고 잤지만 아무 사고 없었다면서, 건성 듣고 넘겼다. 그러던 며칠 후 아침에 일어나 보니 엿이 목판째 사라졌더란다. 제자들은 사라진 엿 목판의 경제적 손실뿐 아니라 스승의 분부를 거역한 죄송함으로 몸 둘 바를 몰랐다. 이때 소태산이

한 법설이『대종경』에 나온다.

> 근심하지 말라. 어젯밤에 다녀간 사람이 그대들에게는 큰 선생이니, 그대
> 들이 나를 제일 존중한 스승으로 믿고 있으나, 일전에 내가 말한 것만으로
> 는 정신을 차리지 못하다가 이제부터는 내가 말하지 아니하여도 크게 주
> 의를 할 것이니, 어젯밤 약간의 물품 손실은 그 선생을 대접한 학비로 알
> 라.(실시품4)

여래의 방편?

엿 목판은 이튿날 찾았고 엿만 약간 없어졌더란다. 필자는 슬그머니
여우의심[狐疑]이 난다. 혹시 소태산이 제자들을 깨우치기 위한 방편
으로 사람을 시켜 엿 목판을 감추었던 것은 아닐까?
이런 식의 의심은 실시품 30장에도 일어난다. 한 제자가 초가지붕을
이면서 나래를 두르고 새끼는 두르지 않으니까 "밤사이라도 혹 바람
이 불면 그 이어놓은 것이 허사가 아닌가" 하고 주의를 주었으나 제자
는 "이 지방은 바람이 심하지 아니합니다" 하고 이튿날 할 요량으로 그
대로 두었는데 그날 밤에 때 아닌 바람이 일어나 지붕이 다 걷혀버렸
다. 제자가 송구하여 "신통으로 미리 보시고 가르쳐주신 것을 이 어리
석은 것이 명을 어기어 이리 되었나이다" 하니, 이때 소태산은, 나를 신
기한 사람으로 돌리지 말라고 하며 "매사를 오직 든든하고 벗벗한 길
로만 밟아 행하라"고 타이른다. 여기서 의심인즉, 혹시 소태산이 제자
를 가르치기 위한 방편으로 신통을 부려서 밤새 돌풍을 일으킨 것은

아닐까?

필자가 팔타원 황정신행에게 직접 들은 이야기 하나. 한번은 서울에 온 소태산을 모시고 남녀 제자 넷이 남한산성으로 소풍을 갔는데 한 사람이 떡과 함께 보온병에 물을 담아 가지고 갔다. 이 제자가 보온병을 흔들면서 휘적휘적 가니, 소태산이 "그 병 속의 유리가 깨질지도 모르니 흔들지 말고 얌전히 가져가라"고 타일렀다. 그래도 그는 깨질 염려가 없다면서 여전히 흔들면서 갔다. 목적지에 도착하여 물을 마시려고 따르니 보온병 안이 깨져서 유리 조각들이 와르르 쏟아지더란다. 혹시 소태산이 그 제자의 경박스러움을 깨우치기 위한 방편으로 신통력을 부려 유리를 깨지게 한 것은 아닐까?

하지만 중요한 것은 소태산이 방편을 썼느냐 여부가 아니다. '오직 든든하고 떳떳한 길', 정답은 거기에 있다.

이 무렵 조선 백성 태반이 굶주리긴 했지만 불법연구회 익산 총부의 사정은 여느 가정보다도 별나게 생계가 힘들었던 모양이다. 당시 송도성의 별명이 송껄떡, 전음광의 별명이 전허천이었다는 마냥 안쓰러운 일화조차 전해온다. 껄떡쇠나 허천베기는 다름 아닌 거지귀신(걸귀)을 가리키는 말인데 거기다 비유한 것이다. 한창 먹을 나이에 배를 곯아 얼마나 허기가 졌는지 부엌에 나타나 엿밥이라도 한 술 더 얻어먹을까 하고 얼씬거리는 일이 빈번하여 조롱 삼아 붙여진 별명이었다.

엿집 경영은 그다지 수지맞는 사업도 아니었지만, 회원들이 지나치게 바깥으로 나도니까 수도 생활에 방해가 된다고 판단하였다. 결국 7월에 엿집 문을 닫고, 대신 논농사를 하기로 했다. 본관 준공 이전에도 한때 팔산 김광선 등이 오산면 송학리에 있는 논을 부쳐본 적이 있었기에, 이번엔 좀 더 본격적으로 나서서 동양척식회사로부터 만석리 논 열다섯 마지기를 임대하여 소작에 나섰다. 훗날 이공주는 『성가』 11장(공덕탑 노래) 가사에서 "영산 초에 숯을 팔아 자본 세워서/ 조수 내왕 바다 막아 언답 만들고/ 익산 총부 건설 당시 엿장사이며/ 만석평의 밭 갈기도 눈물겨워라"로 신심 깊은 교도들을 울리고 있지만, 정작 소태산과 그 일행은 그리 걱정도 않고 서두르지도 않으며 의연했던 것 같다. 아니 어찌 보면 소태산은 그 곤궁을 은근히 즐기기라도 한 것처럼 보인다.

내가 총부 서무부장 할 때이다. 그때의 총부 살림이 대단히 곤란할 때인데 영산에서는 1년에 천 석 정도는 수입했었다. 이때에 여자 임원들(서대인, 이경순, 오종태 등)은 제사공장, 고무공장(전주, 이리 소재) 다니며 손발이 다 부르트고 갖은 고생을 다했었다. 한 7년씩 다녔다. 그렇지 아니하면 살 수 없고 전무출신은 해야 하므로 다 공장에 다닌 것이다.
한번은 예산 편성을 하고 우리 젊은이들이 대종사님께 등장等狀(여러 사람이 연명으로 위에 올리고 하소연함)했었다. "1년에 천 석 정도 받으니 그 예산에 입각하여 어떤 계획을 세워가지고 교육도 시키고 하면 좋겠습니다" 하고 말씀드렸더니 심히 꾸중하시는데 일주일 이상 밥도 못 먹고 야단맞았다. 그 후에 풀어주시면서 말씀하시기를 "너희들 뒤에 봐라. 7년간 공장 다니며 감내하는 저 사람들이 쓸 사람이 되는가 못 되는가. 또 저 사람들이 교단의 근간이 되는가, 외국 유학한 사람들이 이 교단의 근간이 되는가, 두고 보라" 하셨는데 작년 250여 수녀들이 선서식을 볼 때 궁핍을 /년 동안 다닌 원로 10여 분이 모두 교단의 근간이 되었더라.(『법문집』, 139쪽)

이 글은 1975년 5월 2일에 종법사 김대거가 교정원 직원을 상대로 한 법문인데, 내용 속의 시점은 김대거가 서무부장 하던 1938년이다. 김대거 25세 때이기에 '우리 젊은이들'의 대표가 된 것으로 보인다. 천 석 수확이라 함은 과장으로 보이긴 하지만, 어쨌건 굳이 공장까지는 안 다녀도 될 형편임에도 불구하고 소태산에겐 젊은 수녀(정녀)들을 시련 속에서 단련시키려는 숨은 의도가 있었다. 여기서 문득 『맹자』(고자하)에 나오는 유명한 문장이 떠오른다. "하늘이 장차 누군가에게 큰 임무를 맡기려 할 때, 반드시 먼저 그 마음과 뜻을 수고롭게 하고 근육과 뼈를 괴롭게 하며, 육체를 굶주리게 하고, 길을 궁핍하게 하여, 하고자 하는 바를 어그러뜨리고 어지럽게 한다. 이렇게 하는 이유는 그의 마음을 분발시키고 인내심을 길러, 그가 할 수 없던 일들을 더 많이 잘할 수 있게 하기 위해서이다." 구약 〈욥기〉의 주제 역시 같은 의미가 아닌가 싶다.

곤궁한 형편이야 쉽게 펴질 것 같지 않지만, 당시 회원들은 노동과 공부(수도)를 병진하는 주작야선晝作夜禪으로 새로운 종교의 본색을 드러내 보이며 뚜벅뚜벅 소처럼 걸어갔다. 『불법연구회규약』(1927)을 보면 소급하여 짐작할 만하다. 한 예로 〈기침식사급청결규약〉만 보더라도 자고 일어나는 시간, 식사 방식, 청소 방법 등 상세하게 정해져 있고, 〈상벌규약〉까지 딸려 있어서, 요새로 말하면 군대나 학생기숙사를 연상시킬 정도였으니 나머지는 말할 것도 없다.

그러던 어느 날 이청춘이 소태산을 찾아왔다. 전주 기생으로 유명한 이화춘의 변신, 불법연구회 발기인으로도 참여했던 그녀는 뜻밖의 제안을 해왔다. 화류계에 있으면서 모은 재산으로 논 일흔 마지기를 사두었는데 그걸 몽땅 바치겠다는 것이다. 더구나 김대거의 증언으론 '돈 한 푼 쓰는 것도 벌벌 떠는' 사람이었다는데 말이다. 이럴 때 소태산은 결코 냉큼 받는 법이 없다. 혹시나 상대방이 한때의 흥분된 기분에서 덜컥 바치고 나서 두고두고 후회하지 않을까. 적어도 아까운 마음이 남아 있다면 그건 복이 감해질 일이다. 『대종경』에는 이때의 상황이 다음과 같이 나와 있다.

> 이청춘이 돼지 자웅의 노는 것을 보다가 마음에 깊이 깨친 바 있어 세간 향락을 청산하고 도문에 들어와 수도에 힘쓰던 중, 자기의 소유 토지 전부를 이 회상에 바치려 하는지라, 대종사 말씀하시기를 "그대의 뜻은 심히 아름다우나 사람의 마음이란 처음과 끝이 같지 아니할 수 있으니, 더 신중히 생각하여보라" 하시고 여러 번 거절하시니, 청춘은 한번 결정한 마음에 변동이 없을 뿐 아니라 대종사의 여러 번 거절하심에 더욱 감동하여 받아주시기를 굳이 원하거늘, 대종사 드디어 허락하시며 "덕을 쓸진대 천지같이 상相 없는 대덕을 써서 영원히 그 공덕이 멸하지 않도록 하라."(실시품26)

황무지에 겨우 둥지를 튼 신앙촌, 자체적으로 식생활도 해결하기 빠듯하여 허덕댔지만, 소태산과 그의 일행은 날마다 수도인의 일과를 지킬 뿐 아니라 1년에 무려 6개월이란 훈련을 꼬박 실시할 만큼 빈틈이 없었다. 불법연구회 식의 안거인 정기훈련을 선禪이란 이름으로 실시한 것도 총부가 문을 연 후 처음 맞는 1925년 정기훈련부터다. 하안거 격인 여름 훈련(하선)은 음력 5월 6일부터 8월 6일까지 석 달로 하였고, 동안거 격인 겨울 훈련(동선)은 음력 11월 6일부터 이듬해 2월 6일까지 석 달로 하였는데, 이것은 사원에서 하는 안거늘 농사짓는 현실에 맞도록 일정을 20일 정도 늦추잡은 것이다. 첫 번 하선에는 농번기라 남자 회원이 참가하지 못하여 겨우 여자회원 10여 명만을 상대로 했고, 동선은 남자회원이 참가하여 선객이 20여 명으로 불어났다. 처음엔 좌선, 경전, 강연, 회화, 염불, 일기뿐으로 과목을 고루 갖추지는 못했지만 횟수를 거듭하면서 차츰 훈련법에 규정한 11개 과목을 다 실시하는 방향으로 나아간 듯하다. 신앙과 수행의 공동체로서 불법연구회 총부는 제 역할을 본격적으로 가동한 셈이다.

한참 뒤에 나온 자료이지만 소태산의 정기훈련은 사찰의 안거와 확실히 차별화돼 있었다.

제25회 동선 결제식을 총부 대각전에서 거행할 때, 대종사 법좌에 오르시사 일반 선도에게 말씀하시었다.

"내 오늘은 재래 사원의 훈련방식과 본회 선방의 훈련방식에 대하여 대강을 말하여주리라. 즉 재래 사원의 제도로 말하면 염불당에서는 언제든지 염불만을 전문으로 시켰고, 강원에서는 언제든지 경전만을 전문으로 가르쳤으며, 선원에서는 주야에 화두를 들고 좌선만을 전문으로 하게 하였다. 그런데 현재 본회 선방의 제도로 말하면 그와는 아주 달라서 여러 가지 과목을 아울러가지고 훈련을 시켜나가나니, 하루를 놓고 말하더라도 매일 아침 청신淸晨(맑은 첫 새벽) 두 시간은 좌선, 오전 두 시간은 경전강의, 오후 두 시간은 정기일기나 혹은 한문, 밤 두 시간은 염불이나 회화나 강연 등을 시킨다."

요컨대 불교의 안거는 삼학 중 한 가지에 편중됐음에 비하여 불연의 정기훈련은 삼학 플러스알파로 통합성을 살렸다. 불연은 초기부터 규율이 상당히 엄격했던 듯, 회원 총합이 130명에 불과하던 창립 2년 만에 회원으로서의 의무[1]를 이행하지 않은 회원 13인을 제명 조처할 만큼 서슬이 퍼랬다. 그 숫자라면 10퍼센트에 해당하니 결코 적은 수가 아니다.

창립한도는 제2회 12년(1928~1939)에 교법을 제정하고 회원의 훈련 교재도 만들기로 한 것이 소태산의 계획이었음은 앞에서 말한 적이 있다. 만덕산 초선 등 이미 제도적 실행의 시험 단계를 거쳤지만, 소태산은 교단 규모가 극히 초라하던 시기임에도 '교법 제정과 교재 정비'라는 애초의 계획을 예정보다 당겨가면서 빈틈없이 시행했다. 정기훈련법, 상시훈련법, 학력고시법, 학위등급법, 사업고시법, 유공인대우법, 신분검사법……. 그 이름도 낯선 규범과 제도가 줄줄이 나왔다. 거기다 "조선의 근대 예법이 너무나 번거하여 인류 생활에 많은 구속을 주게 하고, 또는 경제 방면에도 공연한 허비를 하여 도리어 사회 발전상 장애된 바가 있음을 개탄하시어" 신정의례新定儀禮를 발표하였다. 전통적 통과의례를 간소화하고 혁신해서 출생의 예, 성년의 예, 혼인의 예, 상장의 예, 제사의 예 등으로 구분하여 규정을 정했다. 소태산은 삼남 길연의 출생 때에 '출생의 예'를, 장녀 길선의 결혼에 '혼인의 예'를 엄격하게 적용하여 모범을 보였다. 흥미로운 것은 신정의례가 상당한 저항을 받았다는 것이다. 1925년 2월에 서동풍이 열반했을 때 신정예법으로 장례를 치렀더니 김제 지역의 여론이 꽤나 나빴던 모양이다. 출생의 예나 혼인의 예하고는 또 달라서 상장의 예는 수구적 저항이 매우 컸다는 뜻이다. 소태산도 "수천 년 내려오는 예법을 고치는 바람에 사람들이, 불법연구회가 다른 법은 다 좋은데 이렇게 하면 오랑캐 법이라 하

---

1) 여기서 의무라 하는 것은 예컨대 '상시응용주의사항' 6조에서 예회 출석, 유무념조사, 일기조사법 같은 실적의 점검 평가나 회비 납부 같은 것이 아니었을까 생각된다.

여 회원들이 많이 떨어졌다"고 한탄했다는데(황이천), 역설적이게도 총독부에서 〈의례준칙〉을 제정할 때(1934) 불연의 예법을 가져다 쓴 것으로써 그나마 자위했다.[2]

또 이어서 사기념법四紀念法도 발표하였으니, 이는 생일, 명절, 제사, 환세(새해) 등의 가례를 공동으로 하고 그 절약된 비용을 복지사업(무자력자 보호) 및 공익사업에 쓰도록 하는 것이다. 이런 것은 지금 보면 지나쳐 보이고 그래서 시효가 끝났지만, 일제강점기 중후반 그 간고하고 엄혹하던 시절을 통과하기 위한, 비상한 방책이었던 셈이다.

교단은 또『불법연구회규약』,『수양연구요론』,『통치조단규약』,『보경육대요령』,『보경삼대요령』 등의 교재를 발간하고, 봉래산에서 초안한『조선불교혁신론』도 정식으로 인쇄 보급하였다. 그중에서 1932년에 발간한『보경육대요령寶經六大要領』은 '보배로운 경전'이란 이름처럼 정식 경전으로서 체제를 갖췄기에 가치가 큰데, 신기한 것은 국한혼용판과 한글전용판 등 두 가지로 냈다는 것이다. 혼용판으로 내는 것이 한자를 아는 사람에겐 이해가 빨랐겠지만, 부녀자 태반은 겨우 한글을 이해할 정도여서 부득이 별도의 판을 내었던 것이다. 2년 후 축약판『보경삼대요령』을 보면 혼용판으로 하되 한자에는 일일이 한글로 독음을 달아 굳이 두 가지 판으로 내는 수고를 덜었으니 이 방식은 이후 출판물에 모두 적용되었다. 이것은 불법연구회가 한역불경의 폐해를 극복해가는 한 표지로 보아도 될 것이다.『보경육대요령』이 주목받는 또 하나의 이유는 경전의 속표지에 저 유명한 표어 "물질이 개벽되니 정신을 개벽하자"가

---

2) 이는 1969년 대한민국 정부에서 〈가정의례준칙〉을 만들 때 원불교『예전』을 표준 삼은 일과 닮았는데, 이는 불연의 예법이 혁신적이면서도 보편타당성을 갖추었다는 뜻이 될 것이다.

문설주처럼 양쪽에 있고, 그 가운데로 문을 열고 들어가듯이 경명 '보경육대요령'이 큰 글씨로 적혀 있는 점이다. 이 표어야말로 불법연구회 개교의 이념을 뚜렷이 드러낸 사자후라 할 것이니, '물질과 정신'의 조화로운 '개벽'이 곧 원불교의 궁극적 지향이다. 정신과 물질은 음과 양, 천과 지처럼 전체를 양분한 것이요, 개벽이라는 실천적 혁명의 메시지 역시 정신의 영역인 '개開'와 물질의 영역인 '벽闢'의 조합이다.

O

강약의 도리

훈련 교재는 경서류의 제작 발간에 그치지 않고 정기간행물 발간에까지 나아간다. 1928년 5월 31일에 복사지로 필사하는 20여 쪽짜리 잡지 형식의《월말통신》이 창간됐는데 발행 부수는 고작 다섯 부였다. 이 초라한 잡지가 일제의 탄압 속에서도 등사판《월보》로, 다시 인쇄판《회보》로 진화하며 쪽수와 부수를 늘려간 것은 놀라운 발전이었다.

최초의 간행물인《월말통신》창간호는 비록 초라하기 이를 데 없었지만, 여기엔 썩 중요한 글이 실려 있다. 〈약자로 강자 되는 법문〉이란 제목의 소태산 법설인데 법설이 행해진 상황은 이렇게 나와 있다. "무진년 윤이월 26일 오전 10시경에, 선생께옵서 창신동(불법연구회 경성지부)으로부터 제자 송규 씨를 데리시고 계동 이공주의 집으로 오시니, 그곳에는 자연화, 성각, 공주 등이 복대伏待(기다림을 겸손하게 이르는 말)하고 있다가 맞아 모시고 실내로 들어가 좌정하옵셨다." 이때에 행해진 법설 중 한 가지를 이공주가 받아쓴 뒤 간행물에 게재한 것이다. 무진년 윤

이월 26일이라면 양력으로 1928년 4월 16일이다.

소태산은 세상의 강자와 약자가 자리이타법으로 상생win-win하는 방법이 있음에도 약육강식으로 원수가 되는 현실을 개탄하며 비유담 하나를 들려준다. 법설의 대강을 현대문으로 간략히 고쳐보면 이렇다.

갑甲 동네와 을乙 동네 이렇게 두 곳이 있는데, 갑 동네 사람들은 모두 가난 하고 무식하며 어리석은데 을 동네 사람들은 부유하고 유식하고 똑똑하 다 하자. 을 동네 사람들이 갑 동네 사람들을 업신여겨 갑 동네 와서 여러 가지 수단으로 갑 동네 사람들을 속여먹고 전곡과 재산도 빼앗고 토지와 전답도 차지한다. 심지어 그 땅의 세금을 저희가 받아먹고도 오히려 부족 하여 무식하니 미개하니 야만인이니 하고 갖은 학대를 하며 문서 없는 노 예를 삼고 각색으로 부려먹으면서도 압제는 압제대로 한다. 자, 이렇게 되 면, 갑 동네에선 어찌하겠는가. 물론 갑 동네에서는 할 수 없이 그 압제를 받지만 성깔깨나 있는 사람은 당장 압제받는 것만 원통하여 을 동네의 명 령에 저항하다가 혹독한 처분을 받으며, 혹은 갇히고 혹은 죽고 여러 가지 로 설움을 당한다.

여기까지만 보아도 갑은 조선이요 을은 일본임을 대번에 알 수 있 다. 요즘의 '갑질'에 맞추려면 일본을 갑, 조선을 을로 바꾸면 딱 맞는 다. 한일강제병합 10년 차에 삼일운동, 그로부터 다시 10년이 되는 이 해의 감회가 각별했을 법도 하다. 소태산은 다시 말을 잇는다.

혹 그중에 똑똑하고 꾀 있는 사람은 갑 동네가 압제받는 원인이 힘없고 무 식하기 때문인 줄 알게 된다. 그리하여 어떠한 방면으로든지 노력하여 을 동네처럼 강자가 되리라 굳게 결심하고 분발하여 공부하고 겨우 개인적으로 강자의 자리에 앉게 되었다 치자. 그는 우선 분풀이부터 하고 싶어져서 저와 같은 생각을 하는 동지를 구해보지만 몇 사람이 안 되고 모두 무식하여 자기의 뜻도 이해하는 자가 없음을 깨닫는다. 그러자 자기 동네 사람들을 욕하고 흉보며 하는 말이 "너희와 같이 생각 없고 무식한 자들 때문에 우리 동네는 이와 같은 설움을 당하면서도 대항도 못해본다" 하고 원망하다가, 그만 참지 못하여 몇몇 사람들을 모아 작당하여 을 동네에 대하여 무리함도 질책하고 시키는 일에 불복종하고 기회 있는 대로 을 동네를 해치려 한다. 그리되면 을 동네가 나서서 대항하게 되니 몇몇 사람의 힘으로는 도저히 당할 수 없는 터라 혹 욕을 보고 혹 죽임을 당하여 생명만 희생하게 된다.

소태산은 강약이 부동한 처지에 약자 조선이 강자 일본에 강대강强對强으로 저항하는 독립운동 방식에 분명히 선을 긋고 있다. 좀 배웠다고 동포들을 멸시하는 소수의 잘난 조선인의 태도, 길게 보지 못하고 당장 분풀이하듯 저항하다가 희생되는 독립투쟁 방식, 이런 것은 아니라고 보았다. 소태산은 이어서 "갑 동네에 참 정신이 박히고 대강의 예산이라도 있는 자가 있다면 생명 하나 희생 없이 강자가 되는 법이 있다"고 전제하고, 그 방법을 다시 비유담을 통하여 자상히 설파한다. 우선 강자에게 저항하지 말고 겉으로는 종노릇을 잘해주며 바보인 체하여 상대를 안심시키고 속으로는 몇 가지 준비를 하라는 것이다. 첫째 돈 벌기(경제)이니 근검저축 뜻을 모아 자본금을 세우고, 둘째 배우기(교육)이니 교육기관을 설치하여 인재 기르기에 힘쓰라는 것이다. 그리고 그 전제가 개인주의를 버리고 단체주의로 공공심(정신)을 키울 것을 당부했다. 독립을 준비하기 위하여 경제와 교육을 우선한다는 점은 역시 실질을 중시하는 소태산다운 사고다. 아울러 정신적 태도에서 개인주의를 버리고 단체주의(집단주의)로 간다는 것은 개인주의의 장점이나 단체주의의 단점을 간과한다는 의미보다 독립이란 목표를 달성하기까지는 단체주의가 유용하다는 의미로 읽힌다.

독립운동의 큰 줄기는 투쟁론과 준비론으로 나누어진다고들 한다. 투쟁론은 단재 신채호의 경우처럼 무장투쟁을 통해서만 독립을 찾을 수 있다는 것이고, 준비론은 도산 안창호의 경우처럼 독립을 달성하기 위해서는 미리 실력 양성을 통하여 준비를 해야 한다는 것이다. 이는 과격과 온건, 급진과 점진 등의 프레임으로도 바꿔볼 수 있겠지만, 양쪽은 나름의 논리가 있듯이, 저마다 현실적 약점을 안고 있음도 사실이다. 일본의 강고한 무력을 상대하여 중국 등지에 있던 유랑민 중심의 무장력이 얼마나 성과를 낼 수 있을까 생각하면 투쟁론의 한계가 보인다. 그렇다고 실력을 키우면서 준비나 한다는 것도 막연하고 기약이 없지 않은가 싶기도 하다. 도산이 본질적 변화를 가져오지 못하는 개량주의자라는 공격에 시달린 것도 그 때문이다.

소태산의 논리를 투쟁–준비 프레임에 넣는다면 이는 당연히 준비론에 속한다. '권력은 총구에서 나온다'는 말을 들먹일 것도 없이 무장력 없는 국권회복(독립)이 가능할까 하는 의문이 드는 것 또한 당연하다. 그는 어쩌면 상황이 무르익을 때를 기다리며, 훗날 마하트마 간디의 '비폭력 무저항'의 방식으로 성취한 인도의 독립운동을 예견한 것일까? 간디식 독립운동이, 비록 종교·민족·계급 등의 갈등으로 얼룩지기는 했지만, 소태산이 가장 선호한 방식일 수도 있다. 그러나 엄격히 말하면 간디는 비폭력non-violence일지언정 무저항non-resistance은 아니었다. 비폭력도 불복종도 비협조도 저항의 방식이었을 뿐이다. 이는 비폭력 저항nonviolent resistance의 번역 오류로 보인다. 간디식 저항운동은 영국의 무자비한 탄압을 불러 엄청난 희생자를 낸 것도 사실이다. 독립투쟁과 종교운동의 차이를 인정해야 하겠지만, 소태산은 비폭력뿐 아니라 글자 그대로 무저항이었다.

무장투쟁의 독립운동

독립운동사에서 안중근, 윤봉길 등 의사들이 벌인 항일 무장투쟁의 의미를 평가절하할 일은 아니지만, 무장투쟁의 한계 또한 생각 아니할 수 없다. 단재 신채호는 "폭력은 우리 혁명의 유일 무기이다. 우리는 민중 속에 가서 민중과 손을 잡고 끊임없는 폭력·암살·파괴·폭동으로써, 강도 일본의 통치를 타도하고 (…) 이상적 조선을 건설할지니라"(〈의열단 선언서〉)라고 했지만, 무장투쟁의 부작용 또한 만만치 않았다. 가장 성공적인 무장투쟁인 청산리대첩 등에 대한 다음의 평가를 보자.

일부 무장독립운동 세력은 1919년 후반부터 국내 침투작전을 전개하고 있었다. 이런 크고 작은 기습작전은 일본을 자극해 대대적 보복공격을 가져와 만주 지역의 독립운동 근거지조차 위태롭게 되었다. 이에 따라 1920년 4월 일제의 간도 침탈이 있자 이에 맞서 독립군 부대의 작전도 활발해져 6월에는 홍범도가 이끄는 대한독립군이 봉오동 전투에서 왜병 400명을 살상하는 승리를 거뒀고, 10월에는 홍범도와 김좌진, 이청천의 독립군 부대가 청산리에서 왜

병 1,200명을 시살하는 대승을 거뒀다. 하지만 1920년 4월의 간도 참변과 청산리대첩 이후 일본군의 연해주 보복 공격으로 연해주와 만주 지역에서 1만여 명의 동포가 무참히 살해당했고 수천 가구가 파괴돼 수십 년 동안의 근거지 구축이 잿더미로 변했다. 이로써 만주와 연해주 지역 독립운동단체의 통합과 협력 강화의 노력이 수포로 돌아갔다. 민심은 일본의 무차별적 만행에 대해 임시정부가 동포를 보호하지 못했다는 비판으로 흘렀다.(이태복, 『도산 안창호 평전』, 262쪽)

소태산은 결코 강자를 무조건 타도의 대상으로 보거나 약자를 선량한 피해자로 간주하는 계급주의적 편향성을 띠지 않았다. 다만 당대의 국제 관계나 계급 간의 갈등 혹은 개인 간의 인권적 불평등으로 인한 시대적 당면 과제를 누구보다 절실히 고민하고 있었음에 틀림없다. 그는 현실을 외면하고 고원한 형이상학이나 관념적 도덕에 매몰되지 않았다. 다음의 글은 불법연구회 기관지인 《회보》 14호(1935. 2.)에 실렸던 법설 〈우리는 고혈마가 되지 말자〉의 일부이다. 이를 보면 그가 시대 상황을 얼마나 예리하게 파악하고 있었는가를 알 수 있다. 원문을 고치지 않고 싣는다. 여기서 '종사님'은 소태산을 가리킨다.

부산 부민정 교당에서 종사님 법좌에 출석하시사 대중을 향하야 말삼하여 가라사대, 익산 본관에서는 산업부 경영으로 닭을 키우니까 나는 항상 닭 떼가 나와서 돌아다니는 것을 많이 보게 된다. 그래서 어떤 때에는 그것을 유심히 그것들의 행사를 보는바 이놈들이 사방으로 흩어져서 이리

저리 쉴 새 없이 돌아다니며 발과 주둥이로 진탕이(진탕/진창) 혹은 채전 밭 할 것 없이 허적이고 찾는 것이 오직 먹을 것이다. 그래서 벌거지 개아미 거시랑(지렁이) 구더기 등 무엇이나 앞에 앵기는 대로 눈에 보이는 대로 저보담 약한 놈의 생명을 겁나게 줏어먹고는 날마다 몸에 살을 찌우고 점점 커간다. 그와 같이 몸에 살을 찌워가지고는 결국 사람에게 희생을 당하는 것은 물론이요, 깐닥 잘못하면 저보담 힘이 세인 놈(즉 개나, 도야지 같은 놈)에게 그 생명을 빼앗기고 말지만은 거기에는 꼼짝도 못하게 되지 안는가. 또 그 개나 도야지로 말한다 하드래도 제의 수단대로는 언어먹고 몸에 살을 찌워가지고는 결국 사람에게 희생을 당하고 마나니 그것을 보면 저 금수 사이에는 법도 없고 차례도 없이 오직 힘세인 놈이 모든 패권을 잡고 대대층층으로 저보담 약한 놈의 고기를 잡어먹고 사는 것이 상사常事이오, 또 그 모든 멍청한 금수들은 지혜 잇고 앎이 많은 사람들이 드러서 마음대로 이용하고 잡어먹는 것이 사실이다.

여기까지는 야생의 질서인 약육강식의 실상을 가장 쉽게 설명하고 있다. 복선이다. 정작 하고 싶은 이야기는 이제부터다.

그러면 모든 금수를 이용하고 잡어먹는 사람들은 그 무엇이 드러서 잡어먹는지 아는가. 누구든지 알거든 대답하여보라 하시었다. 그때에 좌중에서 대답하되 "사람은 천지가 잡어먹습니다" 혹은 "귀신이 잡어먹습니다" 혹은 "자기가 드러서 잡어먹습니다" 혹은 "미균(세균)이 잡어먹습니다" 혹은 "제 마음이 드러서 잡어먹습니다"라고 하얏다 ᄀ때에 종사주께옵서는 여러 사람의 말을 일일이 청취하옵시고 말삼하여 가라사대 사람을 잡어먹는 것은 천지도 안이오, 귀신도 안이오, 미균도 안이오, 오즉 같은 사람이 들어서 잡아먹는 것이니라. 잡아먹는다 하니까 닭이 버러지를 잡아 먹듯 개가 병아리를 잡아먹듯 그 고기까지 먹는다는 것이 아니라 곳 약하 고 어리석은 사람의 피와 땀으로 번 재물을 강하고 앎이 많은 사람이 빼 서먹거나 돌라먹고(속여먹다/훔쳐먹다) 제 몸에 살찌우는 것을 일음이니 사 람의 피와 땀을 흘리여 죽도록 버른 재물을 무단히 빼사먹는 것이 사람을 잡아먹는 것이 아니고 그 무엇인가. 다시 말하면 저 사람을 해하여다가 자 기의 이익을 도모하고 저는 편안히 안저서 남에게 의뢰 생활하난 것은 고 혈마라고도 할 것이오, 사람을 잡아먹는 사람이라고도 할 것이니 ―[此間 百二十字不得已略(차간백이십자부득이략)]―

동물세계 또는 동물과 인간과의 관계에서 약육강식이야 어쩔 수 없 지만, 같은 인간끼리인데 강자가 약자의 고혈을 빨아먹는다면 이는 악 마나 마찬가지라는 고발이다. '차간백이십자부득이략'(이 사이 120자를 부득이 생략함)이 궁금하다. 생각건대 강자인 일본과 약자인 조선의 관 계를 유추할 수 있는 내용이 아니었을까? 일제 당국의 탄압을 의식한 자기검열이었을 것으로 추측된다.

○

도둑고개에서 피는 일원화

한 달 두 달, 한 해 두 해 세월이 흐르면서 황량한 도둑고개[盜峙]가 기름진 도덕고개[道峙]로 변모하는 것은 놀라운 일이었다. 전무출신 10여 명이 있던 신룡벌 3,500평 총부 경내로 회원(교도)들의 사가 건축과 이주도 늘어나는가 하면, 첫 건물 도치원道峰院에 이어 신축강당 영춘헌迎春軒, 조실 금강원金剛院 등 공가 건물이 추가로 들어섰다. 회원도 날로 불어났다. 전주 기전여학교 다니던 조송광의 넷째 딸 조전권曹專權(1909~1976)이 마귀에 흘린 아버지를 찾으려 왔다가 오히려 개종하고 신여성 정녀貞女(수녀, 비구니에 대응하는 원불교 용어)로 출가하였고, 대각사 포교당 독신자 이성각의 딸 김영신도 경기여고보를 졸업하고 정녀로 출가하는 등 처녀로 평생을 헌신하겠다고 나서는 이들도 속속 늘어났다. 익산 총부와 영광지부 외에 경성, 신흥(영광) 등 출장소도 새로 생겨났다. 그런데 놀랍게도 소태산은 1927년에 이미 최도화의 아들 조갑종에 이어 당신 딸 박길선과 김영신까지 세 사람을 서울 경성부기학원에 보내서 6개월 과정의 교육을 받게 하였다. 당시 신종교들은 물론 기성종교들도 회계가 불투명하여 많은 의혹에 휩싸였지만, 소태산은 처음부터 교단 내 모든 회계 처리에 복식부기를 적용하여 재정을 흠잡을 데 없이 깔끔하게 관리하였다.

소태산의 그늘 아래 인재들이 속속 모여들기 시작했다. 신심 깊은 회원들, 특히 박사시화, 장적조, 최도화 같은 걸출한 포교사들을 비롯하여 많은 회원이 인연들을 끌고 와서 소태산과의 면담을 주선했고, 그들은 소태산을 만나서 몇 마디 말을 나누다 보면 절로 감복하여 제자가 되었다. 그중엔 세상에서 내로라하는 인물들이지만 방황하고 고뇌하다가 입소문을 듣고 찾아와, 대면하고 문답하다가 확신을 얻고 기꺼이 제자가 되는 이들도 적지 않았다. 상당수는 가족과 함께 그냥 회원이 되기도 하지만, 처신이 자유로운 혹몸들은 전무출신으로 소태산의 회상에서 수행하고 헌신하는 이들이 줄을 이었다. 대표적인 몇 사람의 예를 보자.

박대완朴大完(1885~1958, 본명 정립正立), 그는 전남 순천 출신으로 13
세 나이에 한시 백일장에서 장원하리만큼 총명했다. 어려서 일본으로
건너가 소학교와 중학교를 마치고 귀국하여 삼일운동에 참가하였다가
중국으로 망명하였다. 그는 만주로, 러시아로, 다시 중국으로 다니며
독립운동을 하다가 결국 일경에 체포되었다. 3년간 옥고를 치르고 풀
려났으나 실의와 비탄에 차서 4년 동안 방랑 생활을 하던 끝에 1927년
소태산을 만났다. 그는 여섯 살이나 연하인 소태산에게서 독립의 희망
을 보고 삶의 의욕이 샘솟아 전무출신으로 나섰다. 학문과 경륜이 도
저到底한 그에게 젊은 스승이 처음부터 시킨 일은 지게 지고 다니며 거
름을 퍼다가 박을 심고 뽕나무를 가꾸는 등 궂은일이었다. 그래도 그
는 겸손한 마음으로 순종하였다. 훗날 그는 해박한 지식과 외국어 실
력을 이용하여 일본, 만주 등지로 다니며 포교하였고 국내 교당에서도
눈부신 활약을 하였다.

유허일柳虛一(1882~1958, 본명 상은相殷), 그는 전남 영광 출신으로 4세
때 한문사숙에 입문하고 5세에 시를 지어 신동으로 불렸다. 13세에 사
서삼경을 통독하고, 23세엔 유림강회儒林講會에서 주역을 강론하여 '유
주역'이란 별칭까지 얻었다. 이후 신학문을 하고 교원으로 지내던 중 한
국사 강의로 독립정신을 고취한 죄로 일경에 체포되었다. 갖은 고초를
겪은 끝에 사직한 후 좌절과 울분의 세월을 보내다가 소태산을 만났
다. 소태산은 그의 박학다식과 강직한 성품을 보고 쉰두 살 고령임에도
전무출신을 허가하였다. 이후 그는 아홉 살이나 아래인 소태산에게 절
대 순종하며 교정원장을 비롯한 교육, 행정 각 분야에서 교단의 중추
적 인물로 활약하였다.

전남 함평 출신 안이정은 백양사 송만암에게 출가했다가 현몽한 소

태산을 찾아 출가하였고, 최도화의 외아들 조갑종도 생불님 보자고 스스로 찾아와 출가하였고, 이공주도 속가 생활 청산하고 아들 박창기와 더불어 모자가 함께 출가하였고, 소태산의 생질 서대원과 그 누이 서대인도 출가하였고, 김대거도 16세가 되자 총부로 와서 출가하였다. 특히 고향인 영광에서 전무출신들이 무더기로 나왔다. 이동안, 이완철, 이운권 등 묘량면 함평 이 씨들이 줄줄이 출가를 단행했고, 군서면의 조희석, 백수면의 정광훈·정양선 남매가 출가하였고, 팔산 김광선 아들 김홍철도 출가 대열에 합류하였다. 소태산은 '물고기가 있어서만 방죽을 파는 것이 아니라 방죽을 파놓으면 물고기가 모여드는 법'이라고 말했다는데, 불법연구회는 문을 열고 총부를 건설하자 때를 기다린 듯 온갖 인재들이 찾아들고 상당수가 전무출신을 자원하였다.

소태산에게는 제 발로 찾아오는 인재, 혈연이나 지연 등 인연 따라오는 인재 외에 몸소 찾아 데려오는 인재가 있다고 했지만, 그밖에도 다양한 방법으로 인재를 구하였다. 그중에 색다른 예가 김석규 일가를 끌어들인 경우이다. 김석규는 정읍 사는 중년의 부농이었는데 아들 하나 딸 둘을 두고 있었다. 그의 아내는 병약하여 자리보전하는 일이 잦았고 남편과 잠자리를 하는 일도 어려워졌다. 미안해진 아내는 남편에게 작은집을 보라고 권유하였다. 남편 김석규가 펄쩍 뛰면서 거절하였지만, 아내는 집안의 화목을 깨지 않을 참한 소실을 스스로 고르고 있었다. 이 무렵 최도화가 소태산의 명을 받아 하성봉이란 처녀를 데리고 나타난다. 그녀는 정녀로서 순결한 몸으로 평생을 불법연구회에 헌신하겠다는 기특한 생각으로 이미 4년째 수도 적공하던 처지였다. 최도화에 늘려온 하성봉은 면접에서 큰마님한테 합격점을 받았을 뿐 아니라 영감 될 김석규의 마음을 움직이는 데 성공하였다. 작은집을 보지 않겠다고 허던 긴석규는 결국 하성봉을 집에 들였다. 여기에서 생기는 당연한 의문이 있다. 소태산은, 정녀의 길을 걷던 처녀를 왜 결혼으로 내몰았을까? 더구나 정처도 아닌 첩실로 보낸 것은 무슨 뜻일까?

하성봉은 전주에서 부유한 양반 가문의 딸로 태어나 곱게 자란 행복한 규수였다. 부모의 뜻에 따라 지체에 걸맞은 부잣집 아들과 정혼하였다. 그런데 일본 유학을 다녀와서 결혼하기로 했던 남자는 자기를 그리워하며 결혼 날짜를 손꼽아 기다리던 약혼녀에게 일방적으로 파혼을 선언하고 말았다. 남자는 일본 유학생 신여성과 결혼해버린 것이다. 채 스물도 안 된 꽃 같은 나이에 어이없는 파혼을 당하고 나니 결혼에 대한 환상은 깨지고 삶의 의욕을 상실하였다. 이때에 어머니 연원으로 불법연구회를 만나고 결국 정녀의 길을 걷기로 결심한 것이었다. 그런 그녀에게 뜻밖에도 스승님이 시집을 가라 하니 처음엔 완강히 거부할 수밖에 없었을 것이다. 소설에서는 상황을 이렇게 그리고 있다.

하성봉은 무릎을 꿇고 두 손을 모으며 애원하였다. 그러나 소태산은 성봉이가 가슴에 맺힌 멍을 풀 길이 결혼밖에 없음을 알고 있었다. 출가한 지가 네 해이건만 아직도 밤이면 남자를 원망하며 혼자 울고 있음을 알고 있었다.

"성봉아! 너는 한 번 시집을 가야 한이 풀릴 것이다. 서쪽에서 혼처가 나오면 아무 생각 말고 가거라. 선을 보면 상투 틀고 볼품없는 늙은이라 니가 좀 서운하긴 헐 테지만, 그래도 그 잘난 일본 유학생보다 몇 배 나을 것이다. 그 사람이 니 연분잉게 그리 알고 내가 시키는 대로만 하면 회상에도 좋고 너헌테도 이로운 일이 될 것이다."(『소태산 박중빈 2』, 150쪽)

늘 싸돌아다니는 최도화가 김석규의 가정사 정보를 소태산에게 제공하였을까? 그렇더라도 소태산은 어떻게 두 사람이 인연임을 알았을까? 그건 범부의 헤아릴 바가 아니다. 그래도 첩으로 보낸 건 너무 심하지 않은가? 이건 시대를 감안해야 할 것이다. 정혼만 해도 순결한 규수가 아닌 흠 있는 여자, '헌 여자'가 되던 시대다. 보수적 고도古都 전주의 지역적 정서가 또 그랬다. 그래서 감히 다른 남자(총각)를 뻔뻔하게 받아들일 수 없었을 것이고, 잘해야 후처 아니면 소실이었을 법하다.

소태산의 코치를 받은 하성봉은 김석규를 소태산에게 인도하였고, 결국 김석규는 전무출신으로 출가하였다. 뿐만 아니라 온 집안이 소태산에게 귀의하였고, 전실 두 딸 김지현·김이현 등은 정녀로 출가하여 교단의 동량이 되었다. 임무를 마친 하성봉 역시 파견 나갔다가 임무를 마치고 귀환하듯이 소태산 품으로 돌아와 수행자의 삶으로 복귀하였다.

인재가 꼬이다 보니 물론 웃지 못할 사연도 생겨났다. 한번은 남원에서 솝리에 이사와 살고 있다는 양 아무개가 와서 자기도 불법연구회회원이 되고 싶다고 하였다. 소태산은 입회를 선뜻 허가하지 않고, 다음에 다시 와서 보고 결심이 서거든 천천히 입회하라고 말렸다. 그래도 그가 꼭 그날로 입회하고 싶다고 간청하니, 소태산은 마지못해 그에게 입회를 허가하고 법명을 주었다. 그것이 일지日之였다. 제자들은 그 색다른 법명에 해석을 내놓지 못하고 고개를 갸웃거렸지만, 어쨌건 신입 양일지의 입회를 환영하였다. 그러자 얼마 안 되어 그가 환약을 꺼내놓더니, 좋은 약이라면서 자기를 믿고 사라고 권유하였다. 하는 짓이 하도어이없어 아무도 약을 사지 않자 그는 화를 냈고, 끝내는 짐을 싸서 그날로 돌아갔다. 이 일이 『대종경』 실시품 29장에 실려 있는데 마무리가

"해가 지기 선에 가버리니라"로 되어 있다. 제자들은 소태산이 그에게 '해[日]'의 뜻과 '가다[之]'의 뜻을 묶어 '일지'라는 법명을 준 이유를 비로소 알았다.

총부의 사정은 점차 좋아졌다. 영광 정관평도 염독이 가시면서 소출이 늘기 시작했고, 회원들이 불면서 입회비며 의연금(기부금)도 증가하였다. 농토가 늘어나고 사업이 다양해지면서 산업 분야가 벼농사 외에 양잠, 원예, 축산 등으로 확장되었다. 2~3년 지나면서부터는 과원만 하더라도 진안 만덕산에 4천 그루 감 과수원, 익산 황등에 2,400그루 밤 과수원, 영산에 1천 그루 복숭아 과수원, 영광 신흥에 2천 그루 종합 과수원, 그리고 총부 뒤 알봉에 밤 700그루, 총부 앞쪽에 복숭아 1천 그루 등 빠르게 불어났다.

『불법연구회규약』 초판(소화 2년, 1927)에 보면 교리 공부와 관련된 조직 외에 이미 경제적 조직으로 상조조합부와 농업부(→ 산업부)가 보이지만, 소화 9년(1934)에 나온 개정판을 보면 그 조직의 근대성과 세속성에 놀라게 된다. 우선 종법사(총재) → 회장 → 원장 → 부장이란 조직은 마치 정부의 대통령 → 국무총리 → 부총리 → 장관의 계선과 매우 닮았다. 원장은 교정원장/서정원장으로 정부조직의 사회부총리/경제부총리와 유사하다. 정부조직의 행정, 입법, 사법의 삼부 체제는 양원(교정원/서정원), 총대회, 입법위원회로 모양새를 갖추었다. 총대회의 구성원인 총대總代들은 지방에서 선출하여 모인 대표들이니 국회의원에 상응한다. 입법위원회는 이름과 달리 사법적 기능인데, 이는 불교 용어로 입법立法이 법을 제정한다는 뜻이 아니라 법의 기강을 세운다는 의미이기 때문이다. 재미있는 것은 총대회의 의결사항이라도 종법사의 거부권 행사 및 재의 요구가 가능하도록 되어 있으니 오늘날의 대통령 거부권을 연상시킨다.

부서는 총 열 개 조직이 있는데 이 가운데 신앙과 수행 및 포교에 관한 기능으로 순수 교정에 속한 부서(교무부와 연구부)를 제외하고 보면, 여덟 개 부서가 오늘날 정부조직과 유사성이 있고 아울러 경제와 경영의 영역에 속한다 할 것이다.

> 통신부(과학기술정보통신부), 감사부(감사원), 서무부(기획재정부), 산업부(산업통상자원부/농림축산식품부), 상조부(금융위원회), 공익부(보건복지부), 육영부(교육부), 공급부(조달청)

조직 운영도 주먹구구식이 아니라 각각 운영세칙이 있어서 회의, 결재, 회계, 검사, 기록 등 세세히 규정하고, 회의순서, 장부정비, 인장보관, 전표관리 등까지 구체적 매뉴얼이 있다. 주목할 것은 〈불법연구회상조부규약〉이다. 전문[頭言]에 "과거 도덕가에서는 인생 생활에 최대 강령인 농공상의 원 직업을 등한시하고 오직 의뢰 생활에 그쳐왔으나 현 세상에 있어서는 자력이 아니고는 살 수가 없는 고로 농공상의 원 직업을 규칙적으로 장려도 하며 또는 본회 십대 기관 내 한 기관을 영리적으로 정하여 상조부라 명칭하고 본회의 은행과 같이 각 기관의 자산을 통일하여 영리의 책임을 주었으며……"라고 하여 '영리營利'라는 용어를 거듭 사용한다. 저축과 금융이란 목적에 맞게 오늘날 원광새마을금고가 그 후신으로 역할을 담당하지만, 당대 소태산과 제자들이 일찍부터 금융에까지 눈을 떴다는 것은 신기하다. 초창기 저축조합의 경험 때문일지도 모르겠다. 일찍부터 세 사람의 젊은이를 서울 부기학원에 보내어 복식부기를 익히도록 한 것도 이런 복안에서인가 싶기도 하다.

당대의 신흥종교들이 어떤 식으로 교세를 확장해 나아가고 어떤 식으로 재산을 불려 나아갔던가. 태을도(무극대도)의 재무담당이던 성정철의 증언에 따르면 "이들은 자기들이 바라는 운수를 얻으려면 집안에 수저 하나도 남겨서는 안 된다고 하여, 있는 바를 온통 털어 바쳐야만 후천세계에 새 운수를 받는다고 하였다. 그러나 일제의 억압 속에 짓눌려 살던 민중들은 그래도 한 줄기 희망을 안고 가산을 탕진하면서 많은 사람들이 모여들기만 하였으며 전국 각지로 퍼져만 갔던 것이다. (…) 이때 거둬들인 돈과 물품은 이루 헤아릴 수 없지만 여자들의 은가락지만도 서 말이 넘었다."(『구도역정기』, 230~231쪽) 소태산의 불법연구회는 결코 그런 식으로 재물을 긁어모으지 않았다. 소태산을 비롯한 핵심회원들이 앞장서 재산을 내놓았고, 일반회원들은 회비를 내놓았다. 또한 믿음이 독실하고 부유한 회원들이 '의연금'이라는 명목으로 상당한 기부금을 내놓았다. 중요한 것은 제자들의 헌신과 더불어 소태산의 경영능력이 돋보인다. 소태산은 1935년 익산교당에서 대중에게 자신의 경영 노하우를 피력하며 '반드시 살림살이가 늘어서 자연히 부요(부유)한 생활을 하게 될 것임'을 역설한 적이 있다. 《회보》에 실린 법설 제목이 〈살림살이하는 법〉이니, 소태산은 고원한 불법을 말하지 않고 이렇게 생활과 불법이 둘이 아닌 자리를 일렀다. 먼저 대각을 이루기 전인 25세까지는 철이 없고 무능력하다 보니 살림도 엉망이고 처자의 고생이 컸지만 대각 후 각성이 생기면서 살림살이하는 법을 깨달았노라 하고, 그 과정을 이렇게 말한다.

집안 살림살이를 살펴어본즉 내 소유의 집도 한 채가 있고 기구 집물[3] 등도 약간 있었다. 그래서 나는 집과 시초갓(말린 잎담배)과 뒤주 등 가히 값 나갈 만한 것은 주워 모아 방매하였더니 합계가 한 500여 냥이나 되므로 그중에서 100냥은 떼어 조그마한 집 하나 사서 들고, 생활 방침은 농촌인 만큼 농사를 원업으로 정한 후 약간의 밑천을 내어놓고 보니 실 400냥이 남았었다. 나는 그와 같이 가사를 대강 정돈한 후에 그 남은 400냥은 아주 없는 폭을 잡기로 결정하고 부업의 자본금을 삼아가지고 여러 가지로 운전을 하여보았던바 요행히 큰 실수는 없었고, 또는 아무리 곤란한 일이 있더라도 결단코 그 돈만큼은 쓰지 않고 식리(재산을 불리어 이익을 늘림)하기에만 노력하였더니 불과 몇 해 동안에 4천여 원이라는 거액이 되어갔다. 그래서 나는 그 돈을 가지고 간석지 개척공사를 착수하였나니 현재 영광의 언답이 그것인바 오늘날에 있어서는 수백 두락의 문전옥답이 되었고, 매년 200여 석의 수확을 보게 된 것이다. 이것을 볼진대 일 가정의 흥패도 운수에만 있는 것이 아니라 그 주장 되는 사람의 역량과 지견 여하에 달렸다고 하여도 과언이 아니니 제군도 이런 말을 잘 참조하여 우선 각자의 살림을 먼저 개혁할 필요가 있다고 생각하노라.《회보》, 19호, 1935. 8/9)

간고한 살림에도 있는 살림을 정리하여 자본금 400냥을 마련하여 그 돈을 어떻게 운영하여 4천 원으로 만들고 다시 간석지에 투자하여 수백 마지기의 옥답을 만들어 매년 200여 석의 수확을 올리게 되었는가. 앞뒤의 소상한 내용을 다 소개할 수는 없으나 소태산은 자신의 경험과 타인의 성공 사례를 겸하여 소개하고 부업 경영의 매뉴얼을 일곱 가지로 제시했다. 가족의 생계를 지킬 안전판으로 최소한이 수입을 보

---

3) 가장집물. 집안 살림에 쓰는 갖가지 세간이나 그릇, 연장.

장하는 원업元業과, 수익을 창출하여 투자 성과를 내는 부업 경영을 골격으로, 그가 일러주는 투잡two jobs 경영 방식은 전혀 뜬구름 잡는 이야기가 아니라 아주 현실적이다. 기본은 소심하고 신중하되 적기에 과감하고 슬기로운 투자를 했고, 절약과 내핍을 하되 부도덕한 유혹은 경계했다. 주목할 것은 가족의 민주적 협의와 화목을 강조하는 점이다. 어찌 보면 그는 사회주의적 공동체 건설을 시범하려는 것인가 싶기도 하지만, 달리 보면 자본주의의 본질을 잘 꿰뚫은 경영의 달인이라는 느낌을 준다.

그의 익산 총부 경영은 이른바 낙원세계 건설의 미니어처랄까 시뮬레이션 같은 성격으로 보인다. 다만 낙원세계 건설의 수단이 기업 경영이나 조합 운영 같은 경제적 활동을 통해서가 아니라 종교적 진리의 실천을 통해서이다. 그래서 '불법시생활 생활시불법'이란 표어나 '불법활용'이란 강령이 생긴 것이다. 그는 어디까지나 성불제중, 제생의세를 목표로 하는 종교단체의 교주이다. 그 단적인 증거가 다음 법설에서 잘 보인다.

> 대종사 여러 제자에게 말씀하시기를 "그대들은 마땅히 불법을 활용하여 생활의 향상을 도모할지언정 불법에 사로잡힌 바 되어 일생을 헛되이 지내지 말라. 무릇, 불법은 원래 세상을 건지는 큰 도이거늘, 도리어 세속을 피하고 산에 들어가서 다만 염불이나 간경看經이나 좌선 등으로 일 없이 일생을 보내고 마침내 아무런 제중의 실적도 없다면 이러한 사람은 다 불법에 사로잡힌 바이라, 자신에도 별 성공이 없으려니와 세상에도 아무 이익이 없나니라."(『대종경』, 수행품51)

수도를 위한 수도, 불법을 위한 불법, 소태산은 그것을 매우 싫어했다. 심지어는 선종의 핵심 수행법인 참선參禪에 대해서도, 현실 생활에 응용하지 못하는 선은 "선 공부가 아니요 무용한 병신을 만드는 일"(『정전』, 무시선법)이라고 질타했다.

○

간이하게 비근하게

소태산 교법의 본질을 이해하는 데는 '간단하고 쉽게[簡易]'가 열쇳말이다. 그는 "경전도 그 정수를 가려서 일반 대중이 다 배울 수 있도록 쉬운 말로 편찬할 것"(서품18)이라 했고, 그래서 "오거시서[4]는 다 배워 무엇 하며 팔만장경은 다 읽어 무엇 하리요. 그대들은 삼가 많고 번거한 옛 경전들에 정신을 빼앗기지 말고, 마땅히 간단한 교리와 편리한 방법으로 부지런히 공부하여 뛰어난 역량을 얻은 후에, 저 옛 경전과 모든 학설은 참고로 한번 가져다 보라"(수행품22) 했다. 소태산의 법설과 교화는 이 연장선이니 '비근卑近'(흔히 주위에서 보고 들을 수 있을 만큼 알기 쉽고 실생활에 가까움)이 키워드다. "말씀은 항시 실생활에 연결되는 실담을 하셨고, 형이상학에 흐르는 고원한 말씀은 아니 하셨으며, 모든 제자에게 공리공론을 매양 크게 경계하시었다"(『대종경선외록』, 실시위덕

---

4) 오서시서은, 〈순향전〉 사설에 "오거시서(五車詩書) 백가어(百家語)를 적안영상(積案盈箱) 찰영(盈)"이 나오는 것으로 보아 호남 세속에서 흔히 쓰이던 용어로 보인다. 유가의 경서를 비롯한 온갖 고전들을 묶어서 이르는 말로 오거서(五車書) 내지 오거지서(五車之書)의 변형이라 할 만하다.

장15) 한 것이 그 뜻이다.[5] 원불교교전(『불교정전』)의 본문에 나오는 첫 단어가 '현하現下'인 점이 상징하는 것과도 통한다 할 수 있다. '현하'는 그가 구두 설법 중에도 사용한 용어이지만, 현(지금)과 하(여기)의 결합은 소태산의 생각이 허공에 떠도는 관념이 아니라 '지금 여기'라는 시대와 사회를 항상 의식하고 살았음을 보여주는 대목이기 때문이다.

소태산은 겉은 화려하되 실속이 없는 것을 보면 종종 '송정리 밥상'이란 비유를 사용하였다 한다. 그가 영산에서 익산을 왕래할 때 송정리역(→ 광주 송정역)으로 가서 기차를 기다리는 참에 식당에서 밥을 한 상 부탁하니, 반찬은 가짓수가 많은데 막상 먹을 만한 것이 없음이 이 말의 유래다. 경험의 공유를 환기시킴으로써 제자들에게 실감 나는 법설을 한 것이다. 이런 식의 법설은 보다 세련된 우화나 에피소드 형식을 띠기도 한다. 〈멍바우 장 보기〉도 소태산이 곧잘 인용한 우화 중 하나다. 소설에서 따다 쓴다.

소태산은 일부러 사투리를 써서 웃음을 유도하며 이야기를 시작하였다.
"예전에 영광에 멍바우라는 머슴이 있었는디 말여. 하루는 주인이 멍바우 헌티 '야, 니 오늘 장성장에 갔다 와야 쓰겄다' 항게, 멍바우가 '야, 가쥬' 혔 것다. 나중에 주인이 멍바우를 장에 보낼라고 찾응게 있어야제. 요상타 허고 있는디 한나절은 지나서 멍바우가 나타났어. '야, 니 워디 갔다 인자 온다냐?' 물응게 멍바우가 '장성장에 갔다 왔소' 그라지 않었어. 주인이 기가 막혀 '장성장엔 뭣 허러 갔다냐?' 긍게 멍바우 하는 말이 '아따, 아침에 장

5) 이에 대해서는 『'새로 쓴' 소태산 박중빈의 문학세계』의 〈소태산 법설의 모티브와 형식〉 (240~247쪽)에서 상세히 밝혀놓았다.

성장에 갔다 오라 혀놓고는 와 그런다요?' 하더란다."

대중들은 '하하 깔깔' 웃었다. 젊은 여자들도 스스럼없이 '까르르까르르'

웃어젖혔다.(『소태산 박중빈 2』, 247쪽)

요컨대 멍바우 장 보듯이 이승에서 저승으로 저승에서 이승으로 맹목적으로 오가지 말란 법문이다. 소태산은 학문의 기회를 얻지 못했던 대중을 의식해서 법문을 쉽고 재미있게 하려고 노력했다. 신성信誠에 관한 법문, 인연과보에 관한 법문 등에서 특히 고전 속 흥미로운 예화들이 많이 인용된 듯하다. 이차돈의 순교 때 젖 같은 피가 솟았다는 둥, 구정 선사는 스승의 명을 받들어 하룻밤에 솥을 아홉 번이나 다시 걸었다는 둥, 순임금은 못된 아버지를 만났지만 효를 다했다는 둥, 무식하던 육조 혜능이 어찌어찌해서 오조 홍인에게 법을 받았다는 둥, 워낙 회자되다 보니 식상할 법도 한 이야기들도 있다. 그러나 소태산이 각별히 밑줄을 그어가며 자주 언급한 이야기는 부설 거사 일가족의 성도담成道談이라든가, 진묵 대사의 전설적 일화라든가 등인데, 주목할 것은 소태산이 머물렀던 변산의 월명암 창건주가 부설 거사이고 중창주가 진묵 대사인 점이다. 그러고 보니 소태산은 여러 해 머무르던 변산 일대의 전설이나 그의 고향인 영광 일대의 인물담 등을 제자들에게 자주 이야기했다.

〈부설 거사 일가 성도담〉 외에도 배경을 같이한 전설이 여럿이다. 굶주린 지관地官과 벌초하던 머슴이 악연으로 만나 세세생생 교대하며 원수 갚기를 반복하더란 〈변산 포수 이야기〉, 변산 내소사 공양주 더버머리 총각이 남모르게 성도한 〈내소사 공양주 이야기〉, 이 진사란 선비가 비를 피하려 들른 변산 내소사에서 대방광불화엄경 독경 소리를 들은 공덕으로 축생보를 면했다는 〈이 진사 청법 공덕〉 등은 모두 변산에서 들은 이야기이다. 〈멍바우 장 보기〉 외에 영광 전설도 여럿이 있다. 영광 법성포 살던 관철이란 부자가 저승 갔다 와서 개과천선했다는 〈덕진다리의 유래〉, 영광 구수미 마을 주막의 주모로 살던 여자가 큰 공덕을 지었다는 〈최일양대 전설〉 등도 그러하다. 이 밖에도 삼세를 통하여 제자를 인도한 스님 이야기나 김제 흥복사의 중창 사연 등도 비슷한 지역 연고를 가지는 예화라 할 만하다.

이런 전설적 예화 외에도 소태산은 생활 속에서 법설 거리를 챙겼다. 예컨대 〈입선공부는 순우馴牛(소 길들이기)하는 것과 같다〉(《회보》, 42호) 등이 그런 예이다. 교리 훈련이 인간을 유용한 존재로 변화시키는 길임을 비유로 보인 법문이니, 〈목우십도송〉 같은 것을 해설하는 진부한 방식보다 얼마나 참신한가.

제군이 입선하여 매일 이와 같이 공부를 하는 것은 비컨대 소 길박기(길들이기)와 같다 하노라. 대저 소로 말하면 어려서 어미 젖 떨어지기 전에는 자행 자지하야 논에나 밭에도 뛰어들어 가고 혹은 곡식도 잘라 먹으며 그 외에도 모든 행동을 제 생각대로 하되 그대로 보지마는 차차 커서 젖만 떨어지게 된다면 그때에는 비로소 사람이 들어 길박기를 시작하나니, 같은 소에도 그 성질이 얌전한 것은 곧 길들기가 쉽고 불량한 것은 사람의 애를 많이 먹이는 것이다. 이에 그 경로를 대강 들어 말하자면, 맨 처음에는 목을 옭아서 말뚝에다가 잡아매두면 불의에 구속을 받게 된 송아지는 그만 죽는 소리를 치고 어미를 연속해 부르며 먹도 않고 눈이 벌게 가지고 몸살을 치나니, 그럴 때 같으면 곧 못 살 것 같지마는 그대로 여러 날이 지나고 또 지나면 점진적으로 안심을 하게 되는 것이다.

그다음은 목에다가 끄나풀(고삐)을 달아가지고 끌고 다니며 풀도 뜯기고 '이랴(오너라), 저라(가거라), 워(서라)' 등도 가르쳐 단련시키는 가운데 나날이 커가는 것이다. 그래 그 송아지에게 구루마질도 시켜보며 논밭도 갈려보는 등 점차로 버릇을 가르치게 되는 것이다. 그런데 처음으로 쟁기질을 시켜보면 해보지 못하던 일이라 정처 없이 뺑뺑이질만 하게 되므로 한 사람은 앞에서 잡아당기고 또 한 사람은 뒤에서 인도하여 이리저리 고^苦를 받을 때, 생각에는 길을 박지 못할 것 같으나 한 번 두 번, 한 달 두 달, 한 해 두 해, 이와 같이 꾸준히 연습을 시켜 숙^熟이 드는(익숙해지는) 날에는 그 멍청하던 것이 말귀도 척척 다 알아듣고 전답도 많이 갈게 되며, 사방에 곡식이 있으되 본 체도 않고 저는 풀이나 뜯어먹나니, 그렇게만 되고 보면 길 잘든 소라 하여 가치가 오르며 누구나 사다가 귀중히 여기게 되는 것이다.(〈입선공부는 순우하는 것과 같다〉 부분)

세상에 드러나는 불법연구회

1924년 6월 1일 보광사에서 치른 창립총회에서 축사를 했던 시대일보 이리지국장 정한조는 이 행사를 기사로 작성하여 본사로 보냈고, 6월 4일자 신문에 〈이리 불법연구회 창립〉이란 기사가 실렸다. 토막기사 일망정 불법연구회가 최초로 매스컴을 탄 것이 시대일보 덕이라면, 제대로 된 비중 있는 기사는 이듬해 《동아일보》가 〈익사에 수두원, 주경야독으로 불법을 연구해〉(1925. 5. 26.)라 할 것이다. 1928년, 동아일보는 불법연구회에 대한 사회적 평가를 가늠할 수 있는 주목할 만한 기사를 다시 실었다. 〈세상 풍진 벗어난 담호반의 이상적 생활〉(소화 3년 11월 25일자)이란 제목으로 나온 이 기사에서 동아일보는 창립 4년에 불과한 불법연구회를 본격적으로 세상에 소개하였다.

이리역에서 대전행 열차를 탑승하고 역 구내를 벗어나서 4, 5분 동안 북진하면 서편으로 용립한 호남 절승 배산盃山의 웅자가 점점 가까워오고, 동편으로 80리 주위를 대해연大海然한 담호淡湖 요교호腰橋湖의 은파, 요철 무상한 소산小山 너머로 보일락 말락 한다. 이리 황등의 가도가 백사형白蛇形으로 굽으려 들어오다가는 사그라지고 또 소림小林이 울창한 그 속에 전자에 보지 못한 대소 와초가瓦草家의 촌락이 분장한 장벽으로 농성하여 있다. 여기저기 반듯반듯한 밭이 개척되어 있어 무심히 행인들의 호기심을 유발하는 바가 있나니, 이곳은 익산군 북일면 신룡리 구내에 신설된, 조선의 명물이요 또는 이상향이라는 별칭을 가진 익산 불법연구회의 본부이며 또한 그 시설의 일부분이다.

그 위치 소개부터 현란하더니 결국 '조선의 명물', '(조선의) 이상향'이란 찬사까지 덧붙는다. 요교호란 김제 벽골제, 고부 눌제와 더불어 삼대 수리호水利湖로 불리던 황등제黃登堤를 말한다. 지금은 유명무실한 호수가 되었지만, 불법연구회 총부가 들어서기 한 해 전인 1923년에 일제가 수축을 했다고 하니, '큰 바다 같다'(대해연)까지는 아닐지라도 당시엔 호수가 꽤 넓고 나룻배도 다녔다고 한다. 이어지는 기사는 제법 팩트를 가지고 불법연구회 총부를 소개한다.

이 연구회는 오로지 불법에 근거하여 정신수양·사리연구·작업취사의 삼대 강령의 기치하에서 움직이면서도 현실화한 것이 특색이다. 지금에 경성과 영광에 지부가 있으며 경향을 통하여 신실한 남녀 회원이 4백이요, 현재 본부 시설 구내 공동 거주자만도 50여 명이다. 또 기본 자산이 10만 거금에 가까워 현 상태로는 하등의 궁색을 느끼지 않는 터이요, 앞으로 3년을 기하여 양식으로 굉장한 수도원을 건축키 위하여 이미 요교호반 절승지대에 광활한 기지까지 잡아놓았다. 또 대농원의 설계와 기타 만반의 계획이 착착 진행되는 중이라 함은 누구나 간과할 수 없는 찬양의 표적이라 하겠다.

그들의 질서 있고 규모 있는 조직적 부서와 설비는 실로 경탄치 않을 수 없으며 괄목치 않을 수 없다. 그리고 각자는 누구의 지휘를 기다리지 않고 그 할 바의 직능을 여실히 발휘 궁천窮踐하여 일거수일투족 한 가지도 심상한 바가 없다. 한 개의 종을 울림으로써 잠자고 일하고 먹고 공부하며 무엇에나 동하고 정하는 것을 여일 엄수하니, 경내에는 오직 염불소리와 타종소리만으로 그치지 않는다. 이렇게 수다 대중은 종 울리는 대로 오직 화기애애리에 매일의 과정을 힘쓰며 연구를 가하여 1, 2회씩의 강연이나 토론회를 개최하고, 남녀 회원이 큰방에 회집하여 각각 대 기염을 토하는 것이 정례이다. 그리하여 자유롭게 교양하고 자유롭게 노동하여 숭고 단란한 공동생활의 극치를 여실히 체험하고 있음은 과연 보는 자로 하여금 유연자재함을 느끼게 한다.

노동과 수도를 어떻게 조화롭게 하고 있는지를 비교적 소상하게 그리고 있다. 기사가 길어 다 옮기기 어려우나 뒷부분은 "7득은 이와 같이 만사에 허위가 없고 실질적이며 날로 융성의 결실을 거두며 매진한다" 하면서 그 주인공으로 유일한 지도자 박중빈이 있음을 말하고, 사진과 함께 그의 개인 이력과 단체의 역사를 소개했다. 끝으로 "전도는 실로 양양하여 일진월장의 형세로 발전하여 나간다 한다"로 마무리했다. 익산 정착 불과 네 해 만에 얻은 사회적 평가는 과분했다. 그것도 지방 신문이 아니라 당시 조선 사회에서 영향력이 가장 큰 《동아일보》가 아니던가. 동아일보는 소화 4년(1929. 5. 11.)에도 〈익산 불법대회〉란 제목으로 "이상의 왕국을 건설하고 정신수양·사리연구·작업취사의 삼강령 기치하에 4백여 회원이 움직이고 있는 익산 연구회 본부"의 정기총회 행사 소식을 실으며, "날로 회세가 확장하고 사업이 날로 발흥하고 있다"고 우호적 평가를 보였다.

그러나 모든 게 생각처럼 호락호락한 건 아니었다. 소태산의 리더십과는 무관하게 밖에서 오는 바람은 불법연구회에도 불어닥쳤다. 예컨대 경제공황이라든가 천재지변이라든가 혹은 제자들의 무지로 인한 실패 등이 그것이다. 소태산은 그런 위기를 편법으로 피하려 하지 않았다. 언제나처럼 시련이 오면 제자들을 고스란히 노출시키고 그것을 자력으로 극복하는 힘과 지혜를 얻도록 두고 지켜보기만 했다. 말하자면 교단 만년대계를 위해 정신적 근육이랄까 맷집을 키우는 기회로 삼았다. 그 대표적 예가 1930년 무렵에 닥친 비상한 시련이니, 1929년 10월에 시작된 미국발 세계경제공황의 여파로 산업 기반이 붕괴하고 농산물 가격이 폭락하는 현상이 일어났다. 불법연구회만 나 홀로 번영을 누릴 수는 없었다. 1930년 11월 《월말통신》 35호에 실린 〈경제회의〉란 글을 보면 당시 상황이 대강 헤아려진다.

(대공황의 여파가) 세계 방방곡곡 어느 곳 아니 미치는 데가 없으매 공장도

적막하고 상회도 한산하고 부자도 걱정이요 빈자도 근심이라. 이 판에 당하야 그 누가 생활의 전도를 우려치 않는 자 있으리요마는 그중에 더욱 혹심한 영향을 받는 것은 나날이 피폐 곤궁의 극에 달하여 가는 우리의 농촌이며 따라서 그 농촌을 토대 삼고 농업으로써 유지책을 세운 본회입니다. 본회 세입 3천여 원 중 2천여 원은 항상 도조 및 작농 수익으로써 보충하던 것이 금년에 이르러서는 익산 본관 직할의 도조 40여 석이 거의 불수不收에 귀歸하고, 본관의 농업부에서는 금춘 해제解制 이후로 오늘까지 오로지 작농업무作農業務에 혈안분투血眼奮鬪하였지마는 결국 소득이라고는 부채란 이름밖에는 아무것도 없이 되어 삼동 입선入禪도 주저 중에 있으니 어찌 통심치 않겠습니까? (…) 이리 보나 저리 보나 직접 간접으로 본회가 받은 영향은 실로 막대한 바 있나니 금년이야말로 본회 창립 도정에 있어서 최대 난관이며 최대 위기라 아니할 수 없습니다.

눈이 시뻘개서 아등바등(혈안분투)했으나 남은 것은 빚뿐이라 하고, '본회 창립 도정에 있어 최대 난관이며 최대 위기'라고 할 정도로 낙심천만이다. 여북하면 개관 이래 한 번도 거르지 않던 겨울 3개월 훈련조차 할지 말지 하다니 전문 도꾼으로서 어찌 마음 아프지 않겠는가? 머리 싸매고 협의하여 얻은 결론인즉, 나들이 때 자동차나 기차 타지 말고 도보로 다니자든가, 출장 때도 점심은 사먹지 말고 벤또(도시락)를 싸서 다니자든가, 램프 조명을 어둡게 해서 석유를 아끼자든가, 아침만 밥을 해먹고 점심은 찬밥, 저녁은 죽으로 때우자든가, 편지지는 이면지를 쓰자든가 따위의 자학 수준의 내핍 생활을 결의하는 것이 고작이었다.

그러나 아무리 절박한 사정이 있더라도 회원들은 소태산이 지켜보는 이상, 신심과 공심으로 시련을 극복하고 다시 일어섰다. "평지에 흙을 쌓아 태산을 짓고/ 시내의 물을 모아 바다 이뤘네"(『성가』 8장, 대봉도 대호법 찬송가)와 같은 과장법이 그리 부황하게만 들리지 않는 것도 그런 사정을 알기 때문이다. 소태산은 고행주의자가 아니지만, 제자들을 단련시키기 위해 때로는 고행에 준하는 담금질을 마다하지 않았다.

> (…) 너희들이 이 공부 이 사업을 하기 위하여 혹은 공장 혹은 식당 혹은 산업부 등에서 모든 괴로움을 참아가며 힘에 과한 일을 하는 것은 비하건 대 모든 쇠를 풀무 화로에 집어넣고 달구고 또 달구며 때리고 또 때려서 잡 철은 다 떨어버리고 좋은 쇠를 만들어 세상에 필요한 기구를 제조함과 같 나니, 너희들이 그러한 괴로운 경계 속에서 진리를 탐구하며 삼대력을 얻 어 나가야 범부의 잡철이 떨어지고 정금精金 같은 불보살을 이룰 것이라. 그 러므로 저 풀무 화로가 아니면 능히 좋은 쇠를 이뤄내지 못할 것이요 모든 괴로운 경계의 단련이 아니면 능히 뛰어난 인격을 이루지 못하리니, 너희 는 이 뜻을 알아서 항상 안심과 즐거움으로 생활해가라.(『대종경』, 교단품8)

그 난관을 자력으로 뚫자 회원은 속속 늘어나고 건물과 시설이 불 어났으며, 농업, 축산, 원예, 한약업 등 산업이 눈부시게 성장하였다. 묘 목, 약초, 채소를 재배하고 양계, 양돈, 양잠을 하여 재미를 보았다. 특 히 1930년 봄엔 양잠실 여섯 칸을 건축하여 규모 있게 누에치기를 하 고, 1934년엔 한약방을 합자회사 형식으로 설립하니 이것이 훗날 기업 화에 성공한 보화당한의원 혹은 원광한의원 등의 모체였다. 1937년엔 열여덟 칸의 계사를 신축하여 양계를 하였는데 생산된 계란을 만주에 까지 대량 수출할 정도로 산업 활동에 기세를 올렸다. 1940년에는 삼례에 임야 7만 평을 사들여 종합 과수원으로 설계하고 과수원의 산업화에 박차를 가했다.

경내에 회원들이 새집을 지어 이사를 오기도 하고, 공동건물도 속속 들어섰다. 1928년에 기와 올린 다섯 칸 뱃집인 영춘헌迎春軒(구 조실)을 건립하고 크다고 '대강당'이라 했는데 그에 비해도 1935년 4월의 대각전 준공은 단연 획기적 사건이었다. 84평의 양식 건물로 현재도 쓰이고 있지만, 당시 규모로 보면 지방에선 보기 드문 대법당이었다. 대각전은 사원으로 말하자면 주불을 모신 본당인 대웅전에 비견되는 건물이니, 총부 대각전의 준공은 단지 규모 있는 건물이 들어섰다는 의미에 그치지 않는다. 처음으로 불단에 불상이 아닌 일원상을 봉안함으로써 일원상 신앙의 기틀을 확고히 한 기념비적 건축불사였다. 이후 지부 교당에서도 법당을 대각전이라 부르며 일원상을 모시게 된다.

소태산의 경륜은 건물도 시설도 교세의 규모에도 있지 않기에 남들이 칭찬한다고 속없이 좋아하지 않았다. 또 일정의 탄압과 경제적 불황의 늪에서도 결코 주눅 들지 않았다. 다만 인재를 기르는 일과 교법을 짜는 일에는 엄청난 집중력을 발휘했다. 소태산은 자신이 만든 교법에 자부심이 대단했고, 후계를 맡을 인재에 자신감이 넘쳤다. 특히 인재가 으뜸이니, 정산은 〈소태산 비문〉에서 '중성공회衆聖共會'라는 용어를 썼다. 역사 속에 명멸했던 성현들이 소태산의 회상에 다시 모여들어 일을 함께한다는 것이다. 석가불 시대엔 '일여래 천보살'이었다면 소태산 회상엔 '천여래 만보살'이 모인다는 것이다. 그리고 소태산은 그 당장의 후계자로서 정산 송규를 가장 신뢰했던 것으로 보인다 소태산이 정산을 데려다가 영산 제자들에게 소개할 때 "내가 만나려던 사람을 만났으니 우리의 대사는 이제 결정났다"고 한 데서 알 수 있다. 1928년 삼산 김기천이 교단 최초로 견성인가를 받자 문정규가 의문을 보이다. 으뜸 제자로 치는 정산 송규를 제쳐놓고 삼산 김기천이 견성인가를 먼저 받는다는 것이 이상했나 보다. "저희가 일찍부터 정산을 존경하옵는데 그도 견성을 하였나이까?" 그러자 소태산은 이렇게 답했다. "집을 짓는데 큰 집과 작은 집을 다 같이 착수는 하였으나, 한 달에 끝날 집도 있고 혹은 1년 혹은 수 년을 걸려야 끝날 집도 있듯이 정산은 시일이 좀 걸리리라."(성리품22) 그로부터 4년 후인 1932년《월보》38호에 정산은 〈원각가〉라는 장편가사를 발표했다. 원각圓覺이라면 여래위(대원정각)이니 삼산이 견성이라면 정산은 성불의 경지에 도달했음이다.

> 호호망망 너른 천지/ 길고 긴 세월에/ 과거 미래 촌탁하니/ 변·불변이 이치로다/ 변화 변화 하는 것은/ 천지 순환 아닐런가/ 천지 순환 하는 때에/ 주야사시 변화로다/ 봄이 변해 여름 되니/ 만화방창 하여 있고/ 여름 변해 가을 되니/ 숙살 만물 하여 있고/ 가을 변해 겨울 되니/ 풍설 산하 하여 있고/ 겨울 변해 봄이 되니/ 만물 다시 화생일레/ 천지 변화 이 가운데/ 만물 변화 자연이요/ 만물 변화 하는 때에/ 인생 변화 아닐런가/ 인생 변화 하고 보니/ 세계 변화 절로 된다/ 변화에 싸인 생령들아/ 이런 이치 알아내어/ 동서남북 통해 보고/ 내두사를 기약하소 (…)

이렇게 시작하여 모두 252구를 이어가는데 "어화 우리 동무들아/ 일원대덕 지켜내어/ 불변 성심 맹세하고/ 만세동락 하여 보세/ 장하도다 장하도다/ 춘추법려 되었도다"로 마무리된다. 소태산은 자신이 예견한 대로 정산이 드디어 '큰 집'을 지었음을 확인하고 얼마나 대견스러웠을까 싶다. 그가 대각 후 최초로 부른 가사 〈탄식가〉의 마무리에서 "춘추법려로 놀아보자/ 에루화 낙화로다" 하던 그 '심독희자부'에 근접한 정산을 보았을 것이다.

○

불법연구회를 찾은 도산 안창호

불법연구회가 매스컴을 타며 어느새 유명세를 치르는 사건이 일어났다. 1936년 2월 20일 무렵, 불법연구회 익산 본관으로 도산 안창호가 예고 없이 찾아온 것이다. 1932년 당시 도산은 윤봉길 의사의 상하이 홍커우虹口 공원 폭탄 투척사건 이후 체포되어 국내로 압송되었다. 4년 징역형을 받고 경성형무소, 대전형무소를 거쳐 1935년 가출옥하기에 이른다. 도산은 그해 삼남 지방을 순회하며 민정을 살피고, 이듬해 2월에 다시 호남과 영남 지방을 순회하며 동포들의 생활상을 살폈다. 교육에 관심이 크던 도산은 김제군 백구면 치문학교 설립자 전치문全致文을 만나보고, 익산군 북일면 계문학교 설립자 김한규金翰圭를 만났다. 이때 동아일보 이리지국장 배헌裵憲[6]이 도산에게 불법연구회와 소태산을 소개하였는데 도산이 뜻밖의 관심을 보이면서 돌연한 방문이 이루어졌다.

소태산을 시봉하던 김형오가 일행의 안내를 맡았다. 신축한 대각전을 비롯하여 시설을 둘러본 후 응접실(청하원)에 와서 소태산을 만났

---

6) 그는 1928년 11월 25일자 《동아일보》에 불법연구회를 호의적으로 소개하는 기사를 썼던 인물이다. 해방 후 그는 제헌국회의원을 지내기도 했다.

다. 도산 일행은 배헌(동아일보), 이창태(매일신보), 조기화(조선일보), 김철중(중외일보) 등 기자들과 이리경찰서 고등계 형사들이었다. 도산은 옥중 생활에 건강을 다쳐 피곤하고 초췌한 상태였지만, 자세는 의연했고 눈에선 광채가 났다. 소태산은 변변치 못한 도량을 찾아준 데에 감사의 뜻을 표하고 나서, 그간 민족을 위한 도산의 노고에 치하를 하고, 3년여의 옥살이에 건강을 잃지는 않았는지 염려의 뜻을 표했다. 현장 목격자인 김형오가 전한 도산의 반응은 아래와 같다.

도산은 상상보다 큰 시설 규모에 놀랐다고 말하고, 좌우의 형사들을 가리키며 보시는 바와 같이 나는 내 발이지만 어디를 마음대로 갈 수도 없고, 내 입이지만 누구에게 내 맘대로 말할 수도 없다. 나뿐 아니라 내 뜻을 따르는 동지들도 구속이 많다. 여기서도 박 선생과 내가 속을 다 털어놓고 이야기하면 박 선생도 나 때문에 불편을 겪으실 것이다. 그러니 이렇게 얼굴이나 정답게 보고 가자, 하였다. 그리고 반항도 좋고 투쟁도 좋지만 참으로 민족 대계는 박 선생 같은 정신 운동이 더 소중하다고 생각한다. 나도 앞으로 민족의 정신 실력 향상에 힘쓸까 한다고 말하였다.(이공전, 〈대종사의 참 민족운동〉, 《원불교신문》, 1991. 10. 25.)

이상의 사연은 『대종경』 실시품 45장에 간략히 정리되어 있지만, 이 일로 인하여 불법연구회는 뜻밖의 피해를 본다. 당시 일경에 있던 제자 황가봉(이천)이 전한 말에 의하면, 도산이 다녀간 뒤로 이리경찰서는 벌집 쑤셔놓은 꼴로 수선스러웠다고 했다. 이리경찰서 고등계는 서장 주재 아래 긴급회의를 열었다. 두 사람의 대화를 시종 감청하던 형사들의 보고를 들은 서장은, 도산이 느닷없이 불법연구회를 방문하게 된 전

말을 철저히 조사하라고 지시하였다. 독립운동의 거두 도산이 찾아올 정도면 사전에 내통하지 않았을까, 혹은 앞으로 모종의 불온한 음모가 이루어지지 않을까 두려웠으리라. 이하의 경과는 뒤에 좀 더 상세하게 이야기하겠다.

도산이 불법연구회 방문 직전에 찾았던 계문학교가 익산군 북일면 신룡리 355-3에 소재한 것으로 볼 때, 같은 신룡리 344-2에 소재한 불법연구회를 덤으로 방문한 것에 교단적으로 무슨 큰 의미를 둘 일은 아닌지도 모른다. 그래서인지 예의 『대종경』 실시품 45장을 집필한 이 공전이 기록을 상세히 하려고 했으나 당시 종법사인 정산 송규가, 간략히 요지만 밝히라고 지시하여 부득이 축약 정리했노라고 말했다. 말인 즉 그렇다. 도산이 소태산을 찾아왔었다는 사실[7]을, 원불교단이 도산 명성에 얹혀 무슨 덕이나 보려는 것처럼 떠벌릴 일은 아니다. 그렇긴 하지만 도산과 소태산의 사상과 실천은 상통하는 대목이 적지 않은 것도 사실이다. 후일에 김구나 이승만이 원불교와 교류한 사실도 있긴 하지만, 민족운동가로서 소태산은 김구나 이승만보다는 안창호의 노선과 닮은 점이 많은 것은 허투루 지나칠 일이 아니다.

소태산과 도산이 닮다

도산은 1878년 평남 강서군에서 났고 소태산은 그보다 13년 연하로 전남 영광군에서 났다. 도산은 미국과 중국 등 외국에서 떠돌았고 소태산은 조선을 떠난 적이 없다. 도산은 기독교를 배경으로 뜻을 폈고 소태산은 불교를 배경으로 뜻을 폈다. 생년과 생장지와 활동 공간과 종교가 더 다르다. 그러나 두 사람은 닮은 데가 적지 않다. 시원하게 벗어진 이마랑, 안경을 쓰고 콧수염을 기른 외모가 닮았다는 이야기는 물론 아니다. 소태산의 법호 중 해중산海中山이 있는데 이는 도산島山과 같은 뜻이다. 그런 것도 아니다.

도산의 수양법은 정좌법靜坐法인데 이건 소태산의 좌선법과 유사하다. 도산은 무실역행을 모토로 실업을 강조하며 개간을 하고 농장을 만들었는데 이건 소태산의 방언공사와 많이 닮았다. 도산이 북만주의 밀산 기지 개척과 모범촌 건설에 집착했는데 소태산은 익산에 기지를 두고 이상촌 건설에 매진했다.

신민회 발기문에서 보듯이 도산의 준비론(실력양성론)이 ① 인재(교육), ② 금전(경제), ③ 단결력(정신) 등을 3대 요소로 보았는데 〈약자로 강자 되는 법문〉에서 밝힌 소태산의 준비론도 ① 자본 축적(경제), ② 가르치고 배우기(교육), ③ 공공심 양성(정신) 등 세 가지였으니 똑같은 내용이다.

그리고 결정적인 공통점은, 도산이나 소태산이나 온 생애를 바쳐서 동포를 구하려 했던 고매한 인격의 소유자였다는 점이다.

불법연구회는 날로 발전했다. 사회적 평판은 더욱 좋아지고 언론의

---

7) 이런 건 흥사단 기록이나 도산 전기에도 언급이 없다. 다만, 하와이 소재 재미교민단체(국민회)에서 내는 주간지 《국민보》(1956. 6. 20.)에서 도산의 총부 방문 및 소태산 접견을 상기하면서 〈도산 선생의 탄사, 본지특파원 성동호 씨 원불교 본부 현지답사, 지상낙원은 건설되는가〉라는 제목의 원불교 소개 기사를 냈다고 한다.(서문 성, 〈도산 안창호 총부 방문하다〉, 《원불교신문》, 2012. 3. 9.)

주목도 커졌다. 지방에 지부(교당)도 곳곳에 들어선다. 1940년 4월, 이른바 창립한도 1대 2회(창립 24년)를 마무리하는 통계를 보면 영광, 신흥(영광), 경성(서울)에 이어 마령(진안), 좌포(진안), 원평(김제), 하단(부산), 남부민(부산), 전주, 관촌(임실), 초량(부산), 대마(영광), 신하(영광), 용신(김제), 개성, 남원, 이리, 운봉(남원), 화해(정읍), 대덕(장흥), 호곡(남원) 등 20여 개에 이른다. 이 외에 주목되는 것은 외국 교화이니, 일본 오사카지부가 박대완 교무의 파견으로 교화를 본격화하였고, 장적조는 함경북도 청진으로 시작하여 만주 길림, 목단강, 용정, 장춘 등지에서 2백여 명의 회원을 확보하였다.

이러한 불법연구회의 성장에 눈을 크게 뜨고 관심을 기울인 것은 역시 언론이었다. 신문들이 앞다투어 불법연구회를 기사화하였다.《동아일보》와《대판조일신문》(소화 9년 5월 28일자),《조선일보》(소화 9년 8월 3일자) 등에 이어《매일신보》가 각별한 호감을 보였다.《매일신보》는 소화 10년(1935. 5. 9.)에 불법연구회의 역사와 교리 특성을 소개하고, 그 조직과 활동상을 찬양하는 기사를 처음 실었는데 그 후로도 15회에 걸쳐 불법연구회 관련 보도를 이어가며 관심을 보였다.[8] 소화 12년(1937)에는 〈심전계발과 자력갱생, 장래가 기대되는 익산 불법연구회〉라는 제목으로 교법에 대한 소개와 회상에 대한 칭찬이 두드러진 장문의 기사를 실었다. 그 일부를 보자.

거금 21년 전 전남 영광에서 박중빈의 창시에 의한 불법연구회란 것이 있었

---

8) 박윤철 교수의 〈일제강점기 민족 언론이 본 원불교〉(《원광》, 2018년 9월호)에 상세한 내용이 실렸다.

다. 그들은, 조선 고유의 불교는 시대와 배치되는 초세간적 생활을 함으로써 종지를 삼아왔는바 그것이 결코 불교의 종지가 아니라고 보았다. 또한 종래의 조선불교는 조선의 불교가 되지 못하고 외방의 불교를 모방한 불교이므로 이를 혁신하여 영구불변하는 무상대도하에 조선의 실정에 맞는 조선의 불교를 만들자는 것이다. 또한 초세간적인 불교로부터 시대적·대중적 불교가 되게 하여 세간생활에 필요한 인생의 요체를 규명하며, 교리 운전의 제도와 방편을 시대 인심에 적응하도록 쇄신하여 불교의 대중화를 도모하자는 것이 동 연구회의 취지였다. 그리하여 15년 전에 익산군 북일면으로 본부를 이전하는 동시에 건전한 발전을 이루어 현재 회원 약 4천여 명에 달한다는데, 이 불법연구회의 종지와 교리는 그 연원을 불교에 두었으면서도 현재 조선인 생활에 가장 적절한 수양기관으로 되어 있음에 묘미가 있다는 것이다.

불법연구회의 공동생활상이나 교리에 대한 관심뿐 아니라 지도자 소태산에 대한 관심 또한 지대하였다.

박 씨는 아직 오십 미만의 장년으로서 20여 년 전에 물심양전物心兩全(물질적 요구와 심리적 요구 양쪽을 다 갖춤)의 불법연구회를 목적하고 동지 8, 9인으로 더불어 불법연구회기성조합을 설시하였다. 씨는 조합원과 더불어 낮에는 미간 토지를 개척하여 생활의 근원을 삼고, 밤에는 불법의 진리를 연구하여 정신의 양식을 삼아서 드디어 연구회를 조직하고 종법사로 추대되어 금일에 이르렀다. 씨는 흔히 보듯이 정적이고 초연한 태도를 가진 종교인이 아니요 투지만만하게 의지를 실행하는 활동적 인물로 보인다. 씨는 익산에 본부를 설치한 15년간에 오로지 자립정신하에 회원, 즉 교도와 함께 척박한 토지를 개간하여 옥토를 만들고 산야를 개척하여 과수를 식재하며 양잠, 양돈 등 축산에도 힘썼다. 아울러 불교의 대중화에 진력하니 심지어 엿장사까지 하여 근검저축한 것이 현재 2천여만 원의 자산을 조성하였다. 씨의 양손에는 공이가 박혀서 농부 이상의 험상궂은 손을 가지고 있는 것으로 보아 씨를 종교인으로 대하는 것보다는 사력갱생의 살아 있는 모범으로 볼 수 있다.

같은 해 《조선일보》에서도 거듭되는 관심을 표했다. 그중에 〈불교혁신 실천자, 불법연구회 박중빈 씨〉라는 기사에서는 소태산 소개를 중심으로 각별히 우호적인 내용을 실었다.

씨는 20년 전에 재래불교의 시대적 종언에 입각하여 과거의 제 단계를 합리적으로 분석한 후 단연 혁신을 고양하여 불법연구회를 조직하였다. 동회가 표방하는 바는 종교의 시대화·대중화, 물심양면의 개발, 일체 미신의 타파, 정신수양·사리연구·작업취사 등 실로 민중의 현실적 의식을 반영하여 재래종교의 형이상학적 신비적 형태에서 완전 탈각한 대중적 종교라 아니할 수 없다. 이런 의미에서 씨는 조선불교사상에 루터라 하여도 과언이 아니다. 씨는 이상의 신종교를 창설하고 다수 대중을 포용한 불법연구회의 총재의 지위에 있건마는 근검질소하고 사私를 망각하여 촌토寸土의 소유와 일 푼의 사축私蓄이 없나니, 그 부인 양 씨는 상금도 밭 갈고 김매며 손수 생활비를 벌어 살고 있다.(소화 12년 8월 10일)

같은 해, 《중앙일보》(9. 15.)는 〈불교혁신운동과 불법연구회의 장래〉라는 장문의 기획기사를 3회에 나누어 연재하였다. 여기서는 익산 총부뿐 아니라 경성지부 소개를 포함하고 있음이 특이했다. 이후에도 《경성일보》(1941. 10. 21~24.)가 〈생활화한 조선불교〉란 제목으로 4일간 연재하기도 했지만, 이들 신문들이 이름 없는 작은 종교 집단에 불과한 불법연구회와 박중빈 종법사에게 각별한 관심을 가지고 찬양 일색의 기사[9]를 쓴 이유는 무엇일까. 당대에는 신흥종교들이 우후죽순처럼 많이도 생겨나고 민중을 현혹하던 시절인지라 그중의 하나인 불법연구회를 특별히 보았다면 어떤 차별성 때문이었을 것이다. 언론의 주목을 받은 것은 바로 생활과 유리되지 않은 실천종교의 면모 때문이었고, 그 교법의 건전성과 지도자의 도덕성 때문이었다.

익산 신룡벌을 터전으로 하여 활동하는 소태산의 모습은 십상 중 제9단계 '신룡전법상新龍轉法相'(신룡에서 법륜을 굴리는 모습)에 해당한다.

○

소태산의 여행 일기

천재의 특성 가운데 하나는 지적 호기심이다. 지적 호기심 없이 새로운 지식이나 신선한 정보에 접근할 수는 없다. 지적 호기심이 없다면 창의적 발상이나 모험적 도전은 없다. 앞에서 필자가 소태산을 일러

---

9) 불법연구회를 비난한 기사가 한 건 있었다. 조선일보에서 내던 월간지 《조광》 1937년 6월호 특집 〈유사종교소굴 탐방기〉에 다른 네 종교단체와 함께 〈교주를 생불 삼은 불법연구회 정체〉란 제목의 기사를 냈다. 교무도 출장 중이던 경성지부(돈암동 소재)만 찾아와 보고 악의적으로 쓴 부실한 기사다. 항의를 받은 조선일보사가 《조선일보》(8월 10일자)와 《조광》(10월호)에 각각 찬양하는 기사를 실어줌으로써 보상한, 한갓 해프닝으로 끝난 사건이다.

'천재적 종교가'라고 한 바가 있거니와, 그는 각별히 호기심이 많았던 것으로 보인다.

황정신행(온순)에게서 필자가 직접 들은 이야기인데, 소태산은 서울에 올 때마다 여기저기 구경을 다니자면 그다지 사양하지 않고 잘 따랐던 모양이다. 한번은 마장동 도축장 구경을 가자고 하니 소태산이 따라나서더란다. 소를 잡고 현장에서 선지피를 받아 나누어 마시는 것을 보고 소태산은 "징헌 놈들!"이라고 혀를 차더라고 했다. '징하다'는 전라도 사투리로 여러 경우에 쓰이지만, 여기서는 '징글맞다'(하는 짓이 불쾌할 만큼 몹시 흉하거나 역겹다)와 엇비슷해 보인다.[10] 그런 끔찍한 도살장 구경을 하는 이유가 따로 있었을까?

소태산은 장거리 이동에 주로 기차를 이용했지만, 한번은 비행기를 탄 적도 있다. 1942년 5월 초순으로 헤아려지는 어느 날이다. 경성에서 익산 총부로 가려던 소태산은 비행기를 이용하자는 박창기(이공주의 아들)의 권유를 기꺼이 수락하고, 마포나루에서 배를 타고 여의도로 가서 소형 프로펠러 비행기를 탄다. 당시는 군대와 민간이 같이 쓰던 비행장이라서 그런지 일본군 세 명이 동승했다. 소태산이 마주 앉은 박창기를 보니 두려움과 긴장으로 얼굴이 '아주 창백'하더라고 했다. 소태산 역시 "도중에 어떠한 고장이 생겨서 설사 떨어져 죽는 일이 있다 하더라도 절대 거기에는 흔들리지 않으리라는 각오를 단단히 하고 있었다"는 정도로 긴장한 것을 보건대, 처음으로 겪는 이 희한한 탑승 체험

---

10) 도살장 위치가 청계천 옆 평화시장 자리였다고도 하고, 소태산의 말이 "에이 증상스러운(생김새나 행동이 징그러울 정도로 밉살맞은 데가 있다) 놈!"이었다는 자료도 있다.(서문 성, 『원불교경성교화 2』, 159쪽)

은 그야말로 비상한 모험심이 필요했을 듯하다. 소태산은 "프로펠러가 돌면서 요란한 소리를 내고 하늘로 올라가는데 밑을 내려다본즉 마치 대소쿠리 속에 앉은 것 같았다"고 말했다. 이후 비행기를 '소쿠리'로 비유하는 일이 잦아졌지만, 소태산이 왜 비행기를 대소쿠리에 비유했는지 아직도 궁금하다.

한번은 황정신행이 소태산에게 창경원 동물원 구경을 시켜드렸더니 원숭이 노는 걸 흥미진진하게 구경했다. 그 후 황정신행은 원숭이 한 쌍을 구입하여 '대종사님 머리 식히시라'고 총부로 보냈다. 소태산은 우리를 지어 키우며 종종 원숭이들의 재롱을 한참씩 구경했다고 한다. 솝리(이리)에서도 원숭이 구경하러 오는 사람들이 적지 않았다는 것으로 보더라도 원숭이 사육이 호기심 많은 소태산에겐 눈요깃거리가 되었을 것이다. 더구나 그는 법문(인도품30)에서 같은 영장류인 성성이(오랑우탄) 우화를 인용한 적도 있으니 말이다.

그의 호기심을 충족시킬 색다른 경험으로선 여행만 한 것도 없었으리라. 그러나 그가 여행을 하는 것이 그냥 놀러 다니는 차원은 별로 없었던 것으로 보인다. 빈한하던 시절이라 돈이 적지 않게 드는 나들이를 자주 할 수도 없었을 터이고, 또한 교통수단이 발달한 요즘과는 달라서 한번 나섰다 하면 시간이 많이 걸렸을 것이다. 게다가 여행을 즐기기엔 소태산에게 치명적인 약점이 있었으니, 그의 발이 보행에 피로감을 쉽게 느끼는 평발이었기 때문이다. 그는 몸집이 커서 체중이 나가는 데다가 평발이고 보니 도보 이동에 적잖은 부담을 느꼈던 듯싶다.

소태산의 여행은 단순한 구경도 있지만, 대개는 종교적 순례 여행 또는 지방 교당 시찰이 태반이다. 안양 망해암(1930), 임실 운암댐(1938) 같은 경우는 '소창消暢[11] 삼아' 간 것으로 보이고, 이미 언급한 금산사, 월명암, 내장사 등 사원 탐방은 순례 성격이 컸고, 부산 초량교당 (1936)이나 개성교당(1939), 남원교당(1940) 같은 경우는 행사 참여와 시찰 때문이다. 경성을 빈번히 왕래한 것은 시국의 흐름을 살피고 정보를 수집하기 위해서라는 추측도 있거니와, 경성 체류 기간에는 왕성한 호기심으로 남한산성, 남산, 우이동, 송추 등 시내와 교외 각지를 다녔다. 법문(불지품19)에도 나오지만, 일제가 한일합병 20년 기념으로 1929년 10월에 경복궁에서 열었던 조선박람회 역시 빠뜨릴 그가 아니다. 장충동에 있던 일본 사찰 히로부미지[博文寺]를 찾은 것은 불가피한 사정도 있었으리라.

더러는 남들이 미처 짐작 못 할 사연의 여행도 있음 직하다. 예컨대 진안 마이산 탐방(1934) 같은 경우다. 마이산은 고려 말 나옹 화상이 수도한 곳이라는 전설이 있으니, 그렇다면 소태산이 만덕산 오가는 길에 구경 삼아 한번 들러본 것이 아니라 나옹의 후신으로서 소태산에게는 전생의 기억을 더듬기 위해 마이산을 찾을 절실한 욕구가 있을 수도 있지 않을까.

소태산의 여행 중에선 각별히 주목할 것들이 몇 개 있다. 1930년 3월 5일(음력 2월 6일)에 정기훈련(동선)을 해제한 뒤 소태산은 "내가 들은즉 전주 부근에 있는 봉서사 진묵 대사의 부도 한 면이 점차 희어진다 하니 내 한번 가보리라" 하고 이튿날 20여 명 제자들과 함께 봉서사 鳳棲寺 탐방에 나섰다. 암석이나 석불, 석탑 등의 백화현상은 미륵불의 출현을 예고하는 것이라고 하는 전래의 속설이 있다.

---

11) 소창의 사전적 의미는 '우울하거나 갑갑한 마음을 풀어 시원하게 함'이다. 요즈음엔 거의 안 쓰는 말이 돼버렸지만, 당시엔 소풍이나 오락을 두고 소창이란 용어를 흔히 썼다.

전북 완주군 서방산에 있는 봉서사는 큰 절은 아니나 명승 진묵 대사가 그 절에서 출가하고 그 절에서 열반했다 하여 이름을 얻은 절이다. 동이리역에서 경편열차를 타고 삼례역까지 이동하여 도보로 30리 길을 갔다 한다. 거기에 진묵 대사 부도浮屠(고승의 사리나 유골을 넣은 돌탑)가 있는데, 진묵 대사가 생전에 "내 부도가 희어지면 내가 다시 온 줄 알아라" 했다는 전설이 있다.[12] 강증산도 진묵을 사모했다지만[13] 소태산 역시 진묵을 사모하여 그의 이야기를 법설에 자주 인용했다. 정산은 진묵이 바로 소태산의 전생이었다고 했다.

소태산은 봉서사를 왜 갔을까? 부도탑의 백화현상을 확인하러 간다는 것은 제자들의 흥미를 돋우기 위한 핑계이고 실은 전생의 기억을 더듬으러 간 것일까? 그거야 어쨌건 예의 기독교 장로 출신 조송광의 자서전 『조옥정 백년사』에서 우리는 흥미로운 문장을 발견한다.

> 解制(해제) 후에 禪客(선객) 일동이 소창차로 법가를 배종하고 봉서사 가시는 중로에서 종사님이 홀연 停立(정립)하시고 "오직 나는 수천만 년 전과 이후 천만 년 사를 보기도 하고 만질 수도 有(유)하다" 하시거늘 그 意志(의지)를 상상할 수 없어서 更問(갱문)하온즉 "오직 나의 머리 위와 발아래를 보라" 하시다.(시창 15년 경오 2월 6일자)

---

12) 이런 식의 전설적 예언은 신도안 삼동원 이웃 절 정토사에도 있었다. 경내에 있는 검은 돌부처가 희어지면 새 세상이 온다는 전설인데, 1980년대 필자가 가보았을 때는 석불의 얼굴이 반쯤 백화 현상을 보였다. 이 불상에 쓰인 석재는 바로 '불종불박' 바위에서 떼어낸 것이란 설도 있다.

13) 증산의 명(名) 일순(一淳)이나 자(字) 사옥(士玉)에 들어 있는 일이나 옥은 본명이 일옥(一玉)인 진묵을 사모해서 지은 것으로 알려졌다. 증산이 모악산 대원사에 가서 득도한 것도 진묵의 전철을 밟은 것이라 한다.

참으로 아리송하다. 걷다 말고 우뚝 멈춰 서더니, 과거 수천만 년 이전 일과 앞으로 올 천만 년 이후의 일을 볼 수도 있고 만질 수도 있다?[14] '볼 수 있다'는 그렇다 치더라도 '만질 수 있다'는 또 뭘까? 시각과 촉각이란 감각적 깊이의 차이일 뿐인가, 다른 뜻이 있는가? 선뜻 이해가 안 되어 "무슨 뜻인지 좀 알아듣기 쉽게 말씀해보시라" 정도의 뜻으로 되물으니 "오직 나의 머리 위와 발아래를 보라!" 이건 숫제 한술 더 뜨는 것이지, 수수께끼 치고도 참 고약하다. 양쪽에 '오직'이란 부사가 붙어 있어 더욱 난감한데, 혹시 석가의 유아독존과 상통하는 것일까. 누가 묻지도 않는데 소태산은 왜 느닷없이 이런 뜬금없는 연출을 했을까? 훗날 조송광을 동행하여 통도사를 방문했을 적에도 황당한 퍼포먼스가 나오지만, 소태산은 제자들이 알아먹거나 말거나 곧잘 기이한 말이나 동작을 연출하곤 했다. 어떤 메시지를 전하고자 했는지, 아니면 충동적으로 드러나는 자아도취일 뿐인지, 역시 모를 일이다.

1936년 4월 21일부터 24일까지 소태산은 이공주, 전음광 등 10여 명을 동반하고 계룡산 신도안을 답사한다. 남선리에 교당(남선 → 신도 → 연산)이 있었고, 창립주인 이원리화 회원이 안내를 했던 모양이다. 조선 건국 직후 태조 이성계가 도읍을 계룡산으로 옮기려고 공사를 하다가 중도에 포기했는데 신도안에는 당시에 갖다 놓았다는 바윗돌 백여 개가 놓여 있으니 거기 이름이 대궐터다. 대궐 건축에 쓰려던 선돌立石형의 주춧돌 하나에 '佛宗佛朴(불종불박)'이란 글씨가 새겨져 있어서 화제가 되었다. 글씨인즉 크기나 배열이나 매우 졸하고, 마모가 심하여 이제는 알아보기도 쉽지 않지만 이걸 놓고 말들이 많다. 소태산이 계룡

---

14) 황이천도 1939년에 소태산이 "내가 수만 년 뒤의 일을 다 알아"라고 하는 말을 들었다 했다.

산을 탐방하기 이전에, 한 제자가 이 바위 사진을 보여주자 그는, '무학 대사가 장난을 쳤구만!' 하였다 한다. 무학이라면 소태산의 또 다른 전생이었다는 나옹 스님의 수제자가 아니던가.

1960년대에 이 바위를 포함한 위치에 원불교수양원인 삼동원이 들어섰고, 그래서인지 사람들이 여기에 그럴듯한 의미를 부여했다. '부처중의 으뜸은 박 씨 성을 가진 부처'라 풀고 보면, 앞으로 세상을 주장할 종교는 불교이고 주세불은 박 씨 부처인 소태산 박중빈이라는 해석이 된단다. 마침 이원리화가 《회보》 31호(1937. 1.)에 〈계룡산 탐승기〉라는 기행문을 발표한 바 있는데 거기에 '불종불박' 관련 대목이 나온다. 탐승일은 1936년 음력 8월 3일이고 계룡산수양원 하선 해제 기념 나들이였다.

임시 교무 서대원 선생을 선두로 하여 제일 먼저 신도내에서 화젯거리가 되어 있는 불종불박이라 씌어 있는 바위를 구경하였던바 (…) 불종불박이라 각刻한 글자는 무학 대사의 필적이라 하는데, 이는 무학 대사가 장래에는 불법이 주교가 되고 그때의 부처님은 박 씨라는 것을 예시함이라 하여 다른 데보다도 신도내에는 불교가 많은 모양이며, 또 어떤 분은 불박佛朴을 부처님의 덩치라 해석하여 그 바위를 떼어다 석불을 만든 일도 있고, 또 어떤 박 씨 한 분은 자기가 자칭 박불朴佛이라 하여 불법을 선전하고 다닌 일도 있다 하니, 하여간 이 불박불종(불종불박의 오기)이 비록 무형(無靈의 오기인 듯)한 바위이나 여러 사람의 마음을 끄는 모양이었습니다.

만약 소태산이 이 바위의 의미에 대해 무슨 말을 하였다면, 불과 1년 전의 일이니, 이원리화나 서대원이 해설을 하였을 것인데 그냥 남의 이야기를 하듯 넘어가는 것으로 보더라도, 불종불박이 불법연구회의 새 부처님 박중빈을 뜻한다는 식의 해석은 아전인수로 보이지 않을까 싶다. 하물며 1937년 1월 17일자 『선원일지』(정기훈련 기록)에 보면, 소태산의 법설에 '불종불박'을 우상화하는 미신을 나무라는 대목조차 나오는데 더 할 말이 없다. 무릇 비기秘記니 비결이니 하는 것들이 대개 다양한 해석의 여지를 남기는 아리송한 일면을 가지고 있고 그래서 신비감과 흥미를 더하는 것이지만, 비결서 『정감록』을 배경으로 하고 있어서 더 그럴 것이다. 불종불박이 소태산을 가리키는 것으로 해석하려는 노력보다는 후인들이 소태산을 불종불박으로 보지 않을 수 없도록 그의 뜻을 실현시켜가는 노력이 먼저일 듯하다. 소태산이 1943년에도 한차례 더 계룡산을 찾았다는데 역시 이원리화의 안내를 받았다.

그런데 뭐니 뭐니 해도 소태산의 여행으로 대표적인 것은 금강산 탐방과 경상도 여행이다.

소태산의 금강산 탐방 ①

소태산과 '금강'이란 용어는 각별한 인연이 있어 보인다. 앞에서도 말한 바 있듯이 소태산은 대각을 이룬 후 꿈속에서 이인異人으로부터 『금강경』을 소개받고 일산 이재풍(재철)을 시켜 불갑사에서 『금강경』을 얻어오게 하였다. 뿐만 아니라 『금강경』을 읽고 나서 석가를 성중성聖中聖으로 평가하고 불교를 주체로 한 회상을 열기로 결심했다. 익산 본관에서는 그가 거처하는 집을 금강원金剛院으로 불렀고, 사용하던 병풍도 금강산도金剛山圖로 표구한 것이었다. 1930년에 금강산 여행을 하였고, 그 이태 전에 금강산을 테마로 하는 법문도 하였다. 열반을 앞두고는 제자들에게 종종 "금강산에 수양하러 갈란다"고 했다. 그러니까 '금강'이 처음엔 경 이름(금강경)으로 시작하여 옥호(『금강원』)로 쓰이더니 마침내 산 이름(금강산)이 돼버렸다. 후계자인 정산 송규의 교운 관련 예언 "탁근은 길룡吉龍에서 하고, 개화는 신룡新龍에서 하며, 결실은 계룡鷄龍에서 하고, 결복은 금강金剛에서 한다"[15]에서도 금강은 금강산이다.

불경에서 쓰이는 금강은, '금강불괴金剛不壞'란 말도 있듯이, 여간해서 부서지지 않는 그 견고성, 불변성을 주로 은유한다. 그러면 소태산은 1928년 법설 〈금강산과 그 주인〉(《월말통신》, 8호)에서 금강을 어떻게 보았는지 알아보자.

현하 조선의 상태로 보면 여러분이 한 가지 아는 바와 같이 아무것도 자랑할 만한 것이 없다. 모두가 부패요 낙오요 모욕을 당하고 있지마는 오직 우리 금강산만은 날이 갈수록 세계의 면목이 열릴수록 더욱더욱 성가가 높아지며 세계인의 숭앙을 받게 되니 동서양 어느 나라 사람을 물론하고 금강산이라면 말만 들어도 기뻐하여 금강산을 구경한 사람이면 그로써 유일의 자랑거리를 삼으며 구경하지 못한 사람이면 한번 구경하기가 평생

---

15) 탁근(뿌리박기), 개화(꽃 피우기), 결실(열매 맺기), 결복(은혜 펴기)의 근거지로 길룡리(영산), 신룡리(익산), 계룡산, 금강산을 상징적으로 지칭한 것. 이 예언은 3세 종법사 대산 김대거가 정산 송규의 예언이라고 전한 것인데, 박정훈 교무가 엮은 『한울안 한 이치에』에는 이와 다소 다른 언급이 있다. "우리 회상이 영산에 뿌리박고 신룡에서 꽃 피워서 금강에서 열매 맺으리라."(116쪽) 계룡이 빠졌다.

소원이라 한다.

소태산은 '현하'(일제강점기 조선)를 부패, 낙오, 모욕이란 세 단어로 정리했다. 부패는 조선조 중기 이래 만연하여 말기에 이르러 절정에 달한 지배계급의 횡포를 염두에 둔 것일 터이요, 낙오는 선진 열강에 대비한 문명적·경제적 낙후를 말함일 듯하고, 모욕은 두말할 것 없이 식민통치의 설움을 지적한 것이라 볼 만하다. 같은 법설에서 "아무리 학식 없고 권리 없고 가난하고 천할지라도, 고국산천을 다 버리고 동서남북에 유리하여 남의 집에 밥을 빌러 다닐지라도"라고 하는 걸 보면 소태산이 당시 조선과 조선인의 처지를 얼마나 처절하게 인식했는지를 알 수 있다. 그럼에도 조선과 조선인이 자존심을 세울 만한 유일한 자랑거리는 세계인이 부러워하는 금강산을 가졌다는 것이다. 중국 송나라 소동파가 했다는 "원생고려국 일견금강산願生高麗國 一見金剛山"(원컨대 고려에 태어나 금강산을 한 번 보았으면)까지 갈 것도 없이, 영국 비숍 여사의 『조선과 그 이웃 나라들』(1898)이나 독일 베버 신부의 『고요한 아침의 나라』(1911) 등 외국인의 금강산 예찬이 알려졌을 때다. 내국인은 물론 외국에서도 이렇게 금강산을 찬미한다니 다른 건 몰라도 이 한 가지만이라도 으쓱할 만하지 않으냐, 그 말 같다. 솔직히 말해서, 해외여행이 일상화한 요즈음엔 한국인들도 세계적 명승지로 금강산만 한 경관이야 그리 드물지 않다는 것쯤은 안다. 해외 자연경관에 대한 정보가 어둡던 시절이긴 하지만, 조선에 오죽 자랑할 게 없으면 금강산을 내세웠을까, 애처로운 생각도 없지 않다.

그러나 뒤에 금강산 여행에서 다시 말하겠지만, 정작 소태산은 금강산의 경치에 방점을 찍은 것이 아니다. 소태산은 조선인이 금강산의 주인이 되려면 '순실, 정중, 견고' 등 세 가지 미덕을 갖추라고 당부한다. 순실純實인즉, 외식을 삼가고 실질을 주장하라 함이요, 정중鄭重인즉, 남이 알아주든 몰라주든 흔들리지 말라 함이요, 견고堅固인즉, 신념을 굳게 가져 변치 말라는 것이다. 소태산은 단지 명승지 금강산을 찬미하려는 것도 아니고, 금강산을 이용하여 '순실, 정중, 견고' 같은 교훈을 전하려는 것만도 아니고, 실은 자성금강自性金剛을 말하고자 하는 것으로 보인다. 조선인으로서 각자 마음속에 간직한 지혜 광명이 그것이다. 그 소중한 보물을 자산으로 삼고 조선과 조선인이, 그리고 회상(불법연구회)이 이 땅과 더불어 광채를 발휘하리라는 희망의 메시지다. 다음은 〈금강산완경록〉(작자미상)이란 조선 후기의 가사 작품 일부인데 필자의 추측에 적중한 것이어서 일부를 소개한다.

금강산이나 구경 가세/ 금강이 바로 자성일세/ 자성 금강 찾아가세/ 천하를 돌아다니며/ 밤낮없이 수행해도/ 자성 금강 못 얻으면/ 밤새도록 가는 길에/ 득도 못해 원통하지 (⋯)

1930년 음력 5월 초하루(5월 28일) 오전 8시 50분, 소태산은 경성역에서 경원선 기차를 탔다. 일행은 서울 회원인 이공주, 이동진화, 신원요 등 세 여인들이었다. 금강산 법설을 한 지 1년 반 만에 금강산행 8박 9일간의 나들이가 시작되었다. 소태산은 창신동에 있던 경성지부에 왔을 뿐인데, 세 여인이 소태산의 금강산행을 적극 밀어붙였다. 하긴 금강산을 세계의 명산으로, 조선의 자존심으로, 누구나 한번 구경하기를 평생소원이라 한다고 추켜세웠으니 달리 핑계 대기도 어려운 처지다. 아니, 소태산으로서도 금강산 유람은 필요한 일이었고 원하던 바였다. 여인들은 소태산에게 금강산 여행을 시켜드리자고 진작부터 계획을 세워놓고 때를 기다렸다. 이공주나 이동진화뿐 아니라 박공명 선의 딸(성성원) 친구 어머니란 인연으로 회원이 된 신원요 역시 여행 비에 구애받지 않을 만큼은 부유한 사람이었다. 다만 소태산이 갓 마흔이고 앞의 두 여인이 삼십대 나이임에 비하여 신원요는 64세의 노인이다. 그렇긴 하지만, 나이보다는 정정한 노파였으니 비용뿐 아니라 체력으로도 그리 걱정할 일은 없다. 금강산 탐승 후 총부에서 가진 법회에서 밝혔듯이, 소태산이 이 여행에 따라나선 목적은 두 가지였다. 하나는 표면적 목적이니 '소창'을 위해서다. 요샛말로 하면 구경하며 기분 풀러 갔다는 것이다. 또 하나 숨겨진 진짜 목적은 조선불교의 핵심을 살피려는 것이었다. 그는 "그곳은 고대 사찰이 즐비하야 가위 조선불교계의 근거지라 칭할 자격을 가졌고 또는 불법에 대한 연구자와 지식가가 많음을 들었으므로 그 제도와 법리法理를 시찰하려는 것"이 속내임을 밝히고 있다.

철원역에서 금강산행 전철로 바꿔 타고, 단발령을 거쳐 금강구에서 내려 다시 자동차로 바꿔 타고 달렸다. 오후 5시 반쯤 장안사 근처 온정리 금강여관에 여장을 풀 수 있었다. 첫날은 장안사 구경으로 일정을 마감하고, 이튿날부터 소태산은 파나마모자에 운동화 신고 단장 짚고 본격적인 유람 길에 나선다. 문인의 길을 소망했던 이공주는 이 8박 9일간의 여정을 자상하게 기록하여 〈세계적 명산 조선금강산 탐승기〉라는 이름으로 불법연구회 기관지 《월말통신》에 제27호부터 3회에 걸쳐 연재하였고, 같은 제27호에 소태산의 기행 소감도 실려 있다. 거기 나오는 고유명사를 중심으로 일정을 대강 보자면 압봉, 명경대, 영원암, 옥초대, 보문암, 관음암, 장경암, 장안사, 백천동, 명연암, 삼불암, 표훈사,

민폭동, 영아지, 보덕굴, 관음약수, 팔담, 사자암, 마하연, 만회암, 반야암, 불지암, 묘길상, 비로봉, 만물상, 만상정, 만상계, 관음굴, 극락현, 신계사 등이었다. 일정을 다 더듬을 수는 없으니 삽화별로 필요한 대목들을 점검하기로 한다.

둘째 날, 소태산은 영원암을 둘러본 후 '보습영원암步拾靈源庵 영원개골여靈源皆骨餘'라고 읊조렸다. '보습'은 '걸어서 돌아다니며 두루 구경함' 정도의 뜻으로 보인다. 영원 조사[16]가 10년 동안 피나는 수행 끝에 득도했다는 전설을 간직한 영원암이다. 영원 조사는 소태산의 전생으로 알려진 신라시대 승려. 그런데 소태산은 여기서 탄식을 한다. 영원암을 찾아가 두루 살펴보았지만 한갓 구경거리, 전설, 낡은 건물……. 영원암은 말짱 껍데기요 형해일 뿐이지 영원 조사의 그 치열한 구도 열정은 어디에도 계승되는 흔적이 없네그려! 뒤에 또 나오지만, '보습'으로 시작하여 '개골여'로 끝나는 시구는 금강산에 대한 소태산의 실망을 드러내는 장치다.

금강산은, 화엄경의 법기보살이 상주한다는 교종 사찰 표훈사, 문수보살과 인도에서 온 오십삼불 전설이 숨 쉬는 선종 도량 유점사, 미타신앙의 참선도량 신계사, 영원암의 본사이기도 한 유서 깊은 장안사 등 4대 사찰을 비롯하여 금강산 전체가 아미타 세계요 보살들의 상주처. 금강산은 그 하나에 조선불교의 정수가 배어 있고 역사와 전통이 담겨 있는 성지다. 그러나 소태산이 돌아본 금강산의 사찰과 선원,

---

16) 영원 조사는 생몰연대도 불확실하고 전설도 가지가지다. 그러나 신라 진덕여왕 원년(647)에 유점사 말사인 심원사라는 절을 창건했다는 기록이 유점사 본말사지에 기록으로 남아 있는 것으로 보면 대강 연대를 짐작할 만하다. 부산 범어사와 금강산 영원암을 배경으로 하여, 영원 조사의 성도 설화와 명학 스님의 천도 설화가 다양한 버전으로 전하고 있다.

승려와 수행자들은 본받을 것이 없었다. 유점사만 빼놓고 표훈사, 장안사, 신계사를 비롯하여 대표적인 사찰과 선원을 섭렵했고, 더구나 장안사, 신계사의 주지들과 만회암의 선승과는 장시간 대화까지 나누었다. 그럼에도 소태산이나 이공주가 이들 승려에 대해서는 애써 무시 전략을 쓰는 것이 신기할 정도다. 예의 비숍 여사가 금강산을 여행하고 나서, 승려들이 친절하고 정중하더라고 칭찬하면서도, 정작 조선불교가 '현세의 정의실현에 대한 높은 포부와 열망 같은 것'이 없다든가, 승려들이 '무척 무식하고 미신적'이라든가, 심지어 '불교가 악마 숭배로 얼룩져 있다'고까지 한 것이 모두 서양인으로서의 오해와 편견 때문만일까, 의문이 드는 이유다.

소태산은 곳곳을 돌아보고 다시 탄식한다. '보습금강경步拾金剛景 금강개골여金剛皆骨餘'라고. 영원암만 그런 것이 아니고 금강산 전체가 남은 거라고는 껍데기요 형해뿐이라는 것이다. 천지도 사람이 없으면 빈 껍데기라 하듯이, 정법이 무너지고 수행 전통이 사라진 금강산은 모두가 형해다.

금강개골여

'보습금강경 금강개골여'는 소태산이 금강산 탐승 기념으로 읊은 시라고 했지만, 이 구절은 "보습금강경步拾金剛景 청산개골여青山皆骨餘 기후기로객其後騎驢客 무흥단주저無興但躊躇"란 오언절구에서 발췌한 것으로 보인다. 다만 '청산'이 '금강'으로 교체된 것이다. 이 시의 원작자는 미수 허목許穆(1595~1682)이라고도 하고, 혹은 유사한 한시(步涉金剛景 若捨

金剛景)가 김삿갓의 작품으로 전하기도 하는데, 증산 강일순도 어록에서 이 시를 인용한 바로 보아 원작자가 누구든 그게 그리 중요하지는 않은 듯하다.

후 2구 기후기로객其後騎驢客 무흥단주저無興但躊躇까지 놓고 소태산의 의도를 캐보자면 이렇다. "그 후에 나귀 탄 나그네가, 흥이 없어 다만 머뭇거릴 뿐" 이렇게 풀어놓고 보면 '나귀 탄 나그네'가 무얼 말할까 궁금하다. 『전등록』 등 불서에 나오는 '기려멱려騎驢覓驢'(나귀를 타고 나귀를 찾는다)가 먼저 떠오른다. 가까운 데를 두고 멀리서 찾는 어리석음을 뜻하는 말이다. 집에 있는 파랑새를 찾겠다고 먼 산을 헤매는 아이들처럼 말이다. 소태산은 이미 자기가 찾아낸 제생의세의 교법을 두고 굳이 금강산까지 찾아와 피곤하게 헤매고 있다는 자각을 했으리라. 그러니 금강산 유람에 무슨 흥이 나랴.

> 산은 아무리 보아도 산이요 물은 아무리 보아도 물이었다. 산 외에 산이며 물 외에 물이며 여기도 물 저기도 산, 저기도 물 여기도 산이었다. 다만 같은 산 같은 물이건마는 사람 스스로가 고대 전설이나 기적을 인용하야 각종각색의 명사를 붙이므로 이 산과 저 물이 달리 보이고 달리 들릴 뿐이었다.
> 비로봉과 만물상이 이름이 다르다 하지만 산 아님이 아니요, 구룡연과 팔담이 다르다 하지만 물 아님이 아니었다. 그러면 금강산이 아무리 절승하다 할지라도 오직 산과 물 두 가지 외에는 없나니 (…) 구구히 다 보려고 아니하였다.(《독실한 신념은 인생의 행복이다》,
> 《월말통신》, 27호)

소태산의 금강산 탐방 ②

소태산은 이렇게 금강산에서 실망감을 느꼈으나 절망하지는 않았다. 아니, 오히려 조선의 미래에 희망을 주었으니 그것이 "금강현세계金剛現世界 조선갱조선朝鮮更朝鮮"이다. 금강이 세계에 드러나는 날엔 조선이 새로운 조선으로 거듭난다는 뜻이다. 여기서 금강이 단지 금강산이 아니라 자성금강, 즉 조선인의 갈무리된 역량과 지혜로 보면 그 뜻이 좀더 분명해진다. 소태산은 조선의 운명을 놓고 '어변성룡魚變成龍'에 비유한 적이 있지만(전망품23), 그는 일제강점기 가장 궁상맞고 절망스러운 상황에서도 조선의 미래를, 잉어가 용이 되어 등천하는 엄청난 축복으로 예언했다. 아울러 소태산은 "금강현세계金剛現世界 여래도중생如來渡衆生"이라 했다. 금강이 세계에 드러나는 날엔 부처가 인류를 구원하리라는, 인류 세계에 부치는 희망의 메시지다. 앞의 시구가 조선의 국가적 운명을 예언했다면 뒤의 시구는 소태산 회상(불법연구회)의 운명을 예언한 것이기도 하다.

소태산 일행은 제4일에 만회암에서 비로봉 꼭대기까지 다녀왔다. 험준한 산길 70여 리에 산행 시간만 열 시간이 걸린 강행군이었다. 부대한 덩치에 평발인 소태산으로서는 무리였으리라. 비도 오고 하여 제5일을 여관에서 쉬었건만, 만물상과 온정령 코스를 다녀온 제6일 저녁에는 드디어 탈이 났다. 노독으로 감기몸살이 와서 열이 심하게 나고 저녁 식사도 할 수 없었다. 감기약을 먹고도 밤새 끙끙 앓을 정도였다. 그는 후에 "석벽 절정과 단안 험로에 송구만 느낄 뿐이요 건강만 잃을 뿐이었다"고 푸념했지만, 그 무리한 산행임에도 불구하고 하루가 아깝다는 듯이 유람 일정을 의논하는 세 여인들 앞에서 체면을 적잖이 구겼을 법도 하다. 더구나 육십대 노파도 잘 따라다니는데 겨우 사십 된 사나이가 못 다니겠다고 빼자니 남자 체면이나 젊은이 자존심에 말이 아니다. 그러나 어찌 산행이 힘들어서만이랴. '금강산 팔만구암자'라고 하지만, 간장이 짜다는 걸 알기 위해 반드시 간장 한 독을 다 마셔보아야 하는 것은 아니다. 소태산은 후에 "나는 처음 그 한 곳을 본 후에 금강의 전경을 미리 추측하고 구구히 다 보려고 아니하였으나 동반자의 희망에 의하야 전산全山을 주유周遊한 것"이라고 털어놓았지만, 그는 탐승에 그다지 흥이 없었다. 자신의 전생이라 하는 나옹 대사의 작품 삼불암이나 묘길상의 마애불을 구경하면서 "나옹은 산간으로 돌아다니며 소리 없는 장난을 하였건마는 중생을 제도하였구나" 하고 한마디 툭 던진 것이 고작이다. 동반자 여인들은 내금강에선 유점사도 못 보고 외금강에선 구룡연도 못 보았기에 많이 아쉬워했지만, 제7일에도 소태산의 건강이 아직 덜 회복된 처지에 날씨까지 궂다 보니 여관에서 쉴 수밖에 없었다.

해우소 지붕 위의 다람쥐

금강산 탐승 셋째 날에 들른 암자 만회암[庵]을 지나 반야암[岩]이란 바위를 구경하고 오는 길에 보자니 만회암 해우소(화장실) 지붕에서 다람쥐 한 마리가 재롱을 떨고 있었다. 일행은 함께 다람쥐를 보고 있었는데 소태산이 돌멩이 한 개를 잡더니 다람쥐를 향해 팔매질을 했다.

다람쥐는 돌을 맞고 지붕에서 땅 위로 굴러떨어졌다. 다가가 보니 다람쥐는 머리에서 피를 흘리며 마지막 숨을 거두느라 사지를 떨고 있었다. 여인네들은 이 돌발 사고에 놀라서 어쩔 줄을 몰랐다. 이것이 소태산의 짓궂은 장난일 뿐일까? 그는 언제 그렇게 다람쥐 머리를 정통으로 맞힐 만큼 팔매질을 익혔을까?

"귀여워서 어쩌나 보려고 내가 돌 하나를 던졌는데 네가 그것을 피하지 못하고 그만 맞아 죽었구나. 그렇지만 너도 평생 금강산 다람쥐 노릇만 해서야 쓰겠느냐?"

소태산은 죽은 다람쥐를 들어보더니 이내 땅 위에 가만히 내려놓았다. 소태산은 다람쥐의 피를 손에 묻힌 채 걸어갔다. 여인네들은 다람쥐를 땅에 파묻어주고 스승을 따라갔다. 소태산은 여자들을 돌아보고 말했다.

"평안북도에 가서 여자로 태어날 것이오."

소태산은 이미 다람쥐를 천도했고, 다람쥐가 어디서 무엇으로 환생할지 훤히 내다보고 있다? 다람쥐와 소태산의 인연은 어떤 것일까? 변산에 머무를 때 소태산은 어느 홀아비와 홀어미를 소개하며, 그들이 전생에 꿩 부부였음을 말하고 함께 살도록 주선하였다는 일화가 전한다. 그들은 숙연에 감동하여 흐느껴 울었고 부부가 되었다고 했다. 꿩에서 사람으로, 다람쥐에서 사람으로 이렇게 윤회는 이루어지는가.

그런데 필자가 문득 느끼는 기시감, 이것의 정체는 무엇일까. 영원암의 주인공이자 소태산의 전생이었다는 영원 조사의 일화다. 동래 범어사에서 명학 스님을 사승 삼아 머리 깎은 영원 스님이 금강산 영원암으로 가서 노늘 이루었다. 한편 범어사에 남은 그의 스승 명학은 워낙 탐욕스러운 자였기에 죽어서 구렁이로 태어났다. 영원은 악도에 떨어진 스승을 모른 체할 수 없어서 범어사로 구렁이를 찾아간다. 영원은 스승의 후신인 구렁이를 찾아내서 그 머리를 돌로 찍어 죽인다. 죽은 구렁이는 영원의 도력으로 이번에는 사람으로 환생한다. 영원은 과거의 스승을 제자로 삼아 가르쳐서 마침내 득도케 한다. 대강 그런 스토리다.[17]

혹시 다람쥐는 악도(축생도)에 떨어진 수행승이 아니었을까? 전생에 소태산과 사제 관계이거나 도반은 아니었을까? 상상은 여기까지다.

제8일, 신계사 왕복만으로 일찌감치 산행을 접었다. 그런데 이날 밤 금강산 여행에서 가장 의미 있는 사건(?)이 벌어졌다. '의미 있는 사건'이라니 그게 과연 무엇일까?

익산 총부에 돌아가 처음 법회를 가진 음력 5월 보름날(6월 11일), 소태산은 법설에서 금강산 여행의 감상을 이야기했다. 그는 금강산을 못 가본 제자들에게 "나는 금강산을 한 번 본 후 하나도 남김없이 다 거두어 왔으니 여러분은 앉아서도 능히 금강의 산천을 볼 수 있을 것"이라고 말했다. 도대체 무슨 말인가 싶어 멍하니 있던 제자들에게 소태산은 겨우 금강산 경치를 찍어 만든 사진첩 한 권을 던져주며 "이것이 금강산 아니고 무엇이랴!" 하였다. 싱거운 양반이다. 소태산은 명승지로서 금강산을 굳이 평가하고 싶지 않았던 것이다. 못 가본 걸 한스러워할 것 하나 없다고 하며, 사진을 보면 그게 그거지 별것 아니라는 투다. 왜 그랬을까?

소태산은 금강산의 마지막 밤, 저녁밥을 먹은 후 여관방에서 여관

---

17) 구렁이 스스로 돌에 머리를 짓찧어 자살하게 한 후 그랬다고도 한다.

주인과 나눈 대화 그것을 여행에서 가장 보람 있는 경험으로 평가하고, 그것을 제자들에게 전하려 했다.

저녁 식사 후 여관 주인이 찾아왔다. 그는 당시 유수의 전문학교를 졸업한 경성 출신 인텔리로서 20여 년간 독실하게 예수를 믿어온 신자라고 했다. 한때는 뜻밖의 화재로 전 재산을 날리는 불행을 당하였으나 믿음으로 절망을 극복하고, 근검 근신 절약을 신조 삼아 잃은 재산을 회복했을 뿐만 아니라 그 몇 배의 재산을 모았다고 자랑 삼아 이야기했다. 그러더니 소태산에게 물었다. "손님은 술도 안 드시고 담배도 안 피시고 모든 동작이 범인과 달라 보이니 어느 종교를 믿고 계십니까? 혹시 불교입니까?" 소태산은 시치미를 떼고 이렇게 답했다. "나는 아무 종교도 믿지 않소이다. 심심할 때 구경 삼아 절에도 가보고 예배당에도 몇 번 가보았으나 평소에 내 생각은 불교 신자나 예수교 신자나 똑같이 허망한 사람들이란 것이오. 아무 말귀도 못 알아듣는 우상에 절하며 복을 비는 사람이나, 텅 빈 하늘을 향하여 죄가 어떠니 복이 어떠니 하는 사람이나 허망하기는 매일반이 아니겠소?" 이렇게 돼서 여관 주인과는 밤늦도록 이야기가 무르익었다.

소태산은 짓궂게도, 필자가 앞에서 소개한 바 있는 이야기를 했다. 불상의 영험을 시험하고자 절에 가서 부처님의 뺨을 때리고 벌을 받을까 두려워한 일이며, 장대로 하늘을 찌르고 하느님에게 무수히 욕을 하며 천벌이 내릴까 두려워한 일이며, 그 결과 아무런 징벌도 없었고 꿈에서조차 경책을 받은 일이 없었노라고 말했다. 우상숭배를 하는 불교 신자나 허공에다 대고 죄를 사해달라 복을 달라 하는 예수교인이나 다 허망한 사람이고, 불교나 예수교나 사람이 믿을 것이 못 되는 것으로 확신하노라고 어깃장을 놓았다. 그리고 나서 상대방의 당황한 기색을 살핀 후 넌지시 말길을 터준다.

"당신은 20여 년이나 예수를 믿어왔으니 하느님이 계신 곳과 영험 유무를 알 것이오. 하느님에 대한 나의 불경한 언행을 용서하고 그 계신 곳과 생긴 모양을 가르쳐줌이 어떻소?"

사실 이건 소태산이 예수교 신자와 부딪힐 때 써먹는 단골 메뉴다. 조송광 장로에게도 그랬고 그 딸 조전권에게도 그랬었다. 이런 질문을 받은 예수교 신자 대부분은 뜻밖에 당황한다는 것을 소태산은 잘 안다. 여관 주인 역시 그랬다.

"글쎄올시다. 저도 20여 년을 믿어올 때 이것이 제일 해결키 어려운 문제입니다. 거룩하신 하느님께서 있기는 기필코 있으시리라는 것은 자신하오나 어느 곳에 계시다는 것만은 사실 말씀드리기 어렵습니다."

이쯤에서 여관 주인은 본인의 믿음이 가진 허점을 얼결에 고백해 버린 것을 알고 당황하여 얼른 둘러댄다.

"하느님은 이 우주 강산에 계시지 않은 곳이 없나이다."

옳거니! 너 제대로 걸려들었다. 속으로 쾌재를 부른 소태산은 잠시의 틈도 주지 않고 비수를 꽂는다. 소태산은 옆에 놓였던 주판을 집어 들었다.

"그러면 여기도 있는가?"

그는 매우 어색한 웃음을 지으며 "거기에야 있겠습니까?" 했다. 다행히(?) 여관 주인이 바로 꼬리를 내렸으니 망정이지, 만약 그가 주판에도 당연히 하느님이 계시다고 했더라면, 소태산은 "구더기 속에도 있느냐?" "똥 속에도 있느냐?"고 들이댔을지도 모른다. 궁지에 몰려 어찌할 줄을 모르는 상대에게 소태산은 마지막으로 회심의 일격을 가한다. 승부처다.

"주판에는 없다면 그럼 어느 곳에는 있다는 건가? 그 계신 곳만 알려준다면 나도 하느님을 믿을게!"

소태산과 여관 주인 간의 시합은 이쯤에서 싱겁게 끝났다. 대답할 말을 얻지 못하여 당혹감과 수치심으로 입을 굳게 다물고 있는 그에게 소태산은, 눈에 안 보일망정 하느님은 어딘가 꼭 계시리란 말로 안심시키며 마무리를 짓는다. 소태산 앞에서 기독교 독신자가 제대로 망신을 당한 셈이다. 그러나 곧이어 반전이 기다리고 있었다. 여관 주인을 보내고 난 후 소태산은 여제자들에게 말했다. "내 일찍이 예수교 신자를 많이 보았으되 이 집 주인만큼 독실한 신앙을 가진 사람은 흔치 않은 줄 아오. 참으로 행복자이며 앞으로도 행복이 점점 많이 올 것이오." 익산 총부 법설에선 "그가 하느님의 소재는 비록 모른다 할지라도 확실한 신념이 행복을 주었다는 것만은 사실로 증명함을 절실히 느꼈소"(《월말통신》, 27호)라고 하였다. 그리고 덧붙였다. "이것이 곧 금강산 구경에서 얻은 나의 가치요." 즉 조선불교의 진수를 찾고자 그 근거지인 금강산에 가서 소태산은 정작 불교에는 실망했고, 오히려 예수교 신앙에 감동을 받아 거기서 금강산 여행의 보람을 찾았다. 참 아이러니가 아닐 수 없다.

○

소태산의 경상도 여행

1930년 금강산 여행길을 전하는 글은 동행한 이공주가 〈세계적 명산 조선금강산 탐승기〉로 남겼다고 했지만, 이듬해 부산, 양산, 경주 일대를 돌아보는 경상도 여행은 동행한 조송광이 자서전『조옥정 백년사』에 적어 남겼다. 일기문 형식으로 일정을 소상하게 기록한 이공주와는 달리 조송광은 일정을 묶어서 감상문 형식으로 기록하였다. 어느 대목은 견문과 소감이 자세하지만, 다른 대목은 생략이 심하고 날짜를 적지 않아서 일정을 추측하기도 어려운 점이 있다.

1931년 음력 8월에, 부산 아들 집에 머무르며 포교에 열중하던 장적조가 소태산을 초청한다. 서중안에 이어 불법연구회장을 맡고 있던 조송광은 56세의 중늙은이지만 41세 소태산을 스승으로 모시고 부산에 갔다. 일찍이 풍風이라 했다가 적조寂照로 법명을 바꾼 장적조는 부산에서도 바람몰이를 했고, 덕분에 소태산이 머물던 며칠 사이에 80여 명의 주민들이 입회(입교)하였다. 그중에도 남부민과 사하(하단)에 회원이 몰려 있어서 얼마 후 그 두 곳에 지부(교당)를 설립하는 근거를 마련하였다.

부산을 떠나면서 조송광은 스승을 모시고 동래온천으로 가서 온천욕을 하고 금정산에 올라 범어사를 찾았다. 소태산의 전생이었다는 영원 조사의 출가 도량이 범어사가 아니던가. 범어사를 찾아가는 소태산의 뜻이 우연을 가장한 것은 아니었을까 모를 일이다. 범어사에서 무슨 일이 있었는지는 알려진 것이 없다. 이튿날 일행은 양산 통도사로 가서 두루 구경하였다. 그리고 이런 기록이『조옥정 백년사』에 나온다.

오찬 후에 산보하다가 종사님은 대법당에 들어가시더니 법상에 올라서서 설법하는 動機(동기)를 豫示(예시)하셨다.

그러니까 점심 먹은 후 경내를 둘러보다가 소태산이 대법당에 들어갔다 했으니, 여기서 대법당이라면 불보사찰 통도사의 중핵인 대웅전이다. 부처님의 진신 사리를 봉안했기에 따로 불상을 모시지 않은 법당이니 적멸보궁, 대방광전, 금강계단 등의 편액이 붙어 있는 팔작지붕의 건물이다. 법당 안으로 들어간 소태산이, 고승들이 법을 설할 때 올라앉는 법상에 올라갔다. 소태산은 설법을 하지는 않았지만, '설법하는 동기를 예시'하였다. 법을 설하게 되는 계기를 미리 보여주었다? 뭔 소린지 참 애매하다. 필자는 일찍이 소설 『소태산 박중빈』에서 나름으로 추측하되, 불상이 없다 보니 법상에 오른 소태산이 설법하는 부처를 시늉하여 수인을 짓고 자세를 보인 것이 아닌가 하였다. 예컨대 설법인(전법륜인, 법을 설할 때 짓는 손 모양)이라든가 아니면 통인通印으로서 오른손은 고리를 지어 들고 왼손은 펴서 무릎 위에 놓는다든가, 아니면 그냥 설법하는 포즈를 취하고 내려왔는지도 모른다. 소태산, 그는 항상 이런 돌출적 언행을 할 수 있는 엉뚱한 혹은 짓궂은 데가 있는 사람이다.

소태산과 조송광은, 부산서 따라온 일행을 보내고 단둘이서 경주로 왔다. 첫날 소태산은 밀양 박 씨 후손으로서 시조인 혁거세의 능을 참배했고, 이튿날은 불국사를 거쳐 석굴암을 찾았다. 많은 탐승객들과 함께 힘들여 올라간 토함산 중턱에서 만난 석굴암은 소태산에게 어떤 감상을 안겨주었을까? 예술과 종교의 양면이 동전의 앞뒤같이 합세하여 엄청난 감동을 주었을까. 석굴암을 두고 '종교와 과학과 예술이 하나로 통합된 지고의 최미'(유홍준)라고 극찬한 소감도 있지만, 소태산의 감상법은 범인과 달랐다.

대불 앞에 서서 박은 기념사진을 보면, 소태산이 대불 왼편에 서고 한 걸음 떨어져 오른편에 조송광이 섰다. 흰색 바지저고리에 모자를 벗은 소태산은 왼손에 지팡이를 짚었고 오른손엔 접은 쥘부채로 보이는 것을 들었다. 다리를 벌리고 선 포즈가 다소 어색해 보이긴 해도 장년의 소태산답게 훤칠한 용모가 느껴진다. 석굴암 부근에 별당을 지어놓고 수호인(관리인)이 방명록에 왕래객의 서명을 받고 있었는데, 먼저 조송광이 소감을 적고 서명하였고, 이어서 소태산이 붓을 들었다.

- 吐含山石窟庵(토함산석굴암)

  無語佛度衆生(무어불도중생)

  - 頌廣(송광)

- 無情(무정)한 石窟庵(석굴암)도 모든 사람으 讚美(찬미)를 밧거든

  況(황) 區別力(구별력) 잇난 사람이 엇지 그저 잇시랴

  - 不侶居士(불려거사)

송광의 글은 미완성 육언시다. "토함산의 석굴암에서는/ 말 없는 부처가 중생을 제도하네" 정도가 되는데 본래 한시에선 달인 경지에 있는 송광의 소감답게 멋이 있다. 소태산의 소감은 "무정한 석굴암도 모든 사람의 찬미를 받거든 하물며 구별력[18] 있는 사람이 어찌 그저 있으랴" 했으니 문장인즉 평범한 산문이다. 그러나 가만히 보면 '무정한 석굴암'과 '구별력 있는 사람'의 대조임을 알 수 있다. 조송광의 글까지 참고하여 보건대 여기서 '석굴암'은 석굴암 대불을 가리키는 것이다. '況'(하물며)을 넣은 이유도 무정한 석굴암 대불과 유정한(구별력 있

---

18) 구별력이란 용어는 잘 쓰지 않는다. '사리분별을 하는 능력'쯤으로 보아 분별력으로 바꾸면 무난할 것이다.

는) 사람의 대조를 강조하기 위한 장치이다. 그저(다른 일은 하지 않고 그 냥) 있을 수 없다면 당연히 찬미받을 일을 해야 한다는 뜻, 그리하자는 뜻이리라. 그런데 주목할 바는 서명 '不侶居士'다. 이미 한 차례 언급한 바 있지만, '짝할 이 없는 거사'라 풀고 보면 유일한, 혹은 지존의 거사로 볼 만하다. 스스로 '거사' 칭호를 쓴 것은 이미 변산에서 쓰던 석두 거사가 있거니와 소태산의 꿈은 출가승 중심의 불교가 아니라 재가교도 중심의 불교를 만들려는 것이다. 서화가 김정희가 추사나 완당처럼 잘 알려진 아호 말고도 수백 가지나 되는 아호를 가졌다지만, 그것은 글씨 쓴 당시 상황에 따라 즉흥적으로 붙인 것이다. 소태산도 오직 석굴암에서 방명록에 소감을 적으면서 단 한번 이 법호를 쓴 것으로 보아 그 즉흥성에 놀라게 된다. 예의 엉뚱함이 소태산의 발상법이라 할 또 하나의 본보기다.

경주에 온 김에 찾지 않을 수 없는 곳이 수운 최제우의 본원지 구미 용담이다. 중간에 수운의 조카뻘 된다는 칠십대 노옹을 만나 그 생애를 듣는다. 노옹의 설명을 듣고 난 송광은 "최 선생의 솔성과 공부와 고생과 취지와 활동함이 모두 우리 선생님과 흡사하다"고 판단하고 "자고自古 도덕사업은 다 이러한가, 의려疑慮(의심하여 염려함)하였다"고 썼다. 조송광이 수운과 소태산이 흡사하다고 한 것은, 고난에 찬 구도 과정과 제중의 목적이 비슷하다고 본 것이다. 그런데 '자고로 도덕사업은 다 이러한가'에서 보면 그 방점이 수난에 찍힌 것 같다. 그래서 '의려'라고 했다. 아마 송광은, 수운이 고난에 찬 생애를 살다가 끝내는 참수형을 받고 삶을 마감한 것을 생각하며 혹시나 소태산의 종생이 일제에 의해 비극적으로 마무리되지 않을까 염려하고 살짝 두려움을 느낀 듯도 하다.

싸가지고 간 과일로 요기를 하고 나서 그들은 구미산 아래 용담 성지를 찾아갔다. 여기서 유적을 돌아보다가 소태산의 그 엉뚱 병이 또 나온다. 소태산은 계곡 상류에서 손으로 맑은 물 한 줌을 떠 마시고, "이분은 이렇게 놀았구나!" 하고 혼잣말을 하더니 느닷없이 대소大笑하였다. 고난과 좌절 끝에 참혹한 죽음을 당한 수운의 생애를 두고 '이렇게 놀았구나'라니 이건 또 무슨 경우이며, 더구나 큰 소리로 웃는 것은 무슨 뜬금없는 행태인가? 소태산은 금강산 탐방 때에도 삼불암과 묘길상을 보고는 '나옹의 장난'을 말했고, 계룡산의 불종불박을 보고도 '무학의 장난'이라고 했다더니, 목이 뎅겅 떨어져 죽은 사람을 놓고 '놀았구나'라고 말하는 것이 과연 타당한가? 소태산은 선인들을 두고 왜 이리 진지하지 못한 태도로 대하는가? "불보살들은 이 천지를 편안히 살고 가는 안주처를 삼기도 하고, 일을 하고 가는 사업장으로 삼기도 하며, 유유자재하게 놀고 가는 유희장을 삼기도 하나니라"(불지품 23) 하였으니, 그러면 그분들이 천지를 유희장으로 삼아 놀고 갔단 말인가? 혹 나옹과 무학이야 그럴 수 있다 치더라도 수운까지는 아니지 않은가? 성인의 경지를 넘보지 못하는 범부로서는 그냥 고개를 갸웃거려볼 따름이다.

이어서 수운 묘소를 찾았다. 조송광은 정작 묘소에 관해서는 '최 선생 묘소를 가보니' 단지 이 아홉 글자로 통과하고, 동학의 일파인 시천교에서 세운 수운 선생의 석상과 주변 경관을 두고는 치사하는 말이 장황하다. 그럼에도 난감한 이야기가 하나 전해온다. 소태산이 "자기 묘소 앞에 자기가 절을 하는 것을 보았나?"(손정윤, 『청풍월상시에 만상자연명이라』, 534쪽)라고 말했다는 것이니, 말인즉슨 소태산이 자기가 수운의 후신이라고 귀띔했다는 뜻이다. 이건 조송광이 전하지 않았다면 알

수 없을 일화인데, 그는 『조옥정 백년사』에는 적어놓지 않고 따로 구두로만 전했다는 것인가? 아마 그런 모양이다. 교무 김영신이 조송광으로부터 들은 이야기라면서 전하는 얘기인즉, 수운 묘소 참배 때 소태산이 혼잣말로 "내가 다시 몸을 받아 묏등(무덤)에 와 절을 해도 날 알아볼 이 없을 것이다" 그랬다는 것이다. 김영신은 또 소태산이 서울 머물때 '교동 천도교당'[19]에 갔을 때 소태산이 "공자님은 제 묏등에 가서 절을 하고 최수운은 여기 와 앉았어도 모를 것이다" 하는 아리송한 말을 하더라고 했다.(『구도역정기』, 299쪽) 정말 소태산이 수운의 후신일까? 소태산이 의도적으로 제자들에게 자신이 수운의 후신임을 넌지시 알린 것일까? 그게 맞다면, 정산 송규는 소태산의 전생을 나열할 때 신라의 영원 조사, 고려의 나옹 화상, 조선의 진묵 대사를 말하면서 정작 최근의 수운은 왜 빼놓았을까?

소태산은 그의 전생으로 알려진 이들의 연고지를 순회하였다. 영원 조사의 금강산 영원암과 동래 범어사, 나옹 선사의 금강산(삼불암, 묘길상)과 마이산, 진묵 대사의 봉서사와 월명암, 수운 대신사의 구미 용담과 서울 천도교대교당 등. 말하자면 전생의 추억을 더듬는 여행이었을까. 그냥 재미 삼아 해본 소리다.

山回路轉(산회노전) 내려오니 배는 고파 氣盡(기진)하고 갈 길은 茫然(망연)하여 濁酒(탁주) 一杯(일배) 免渴(면갈)하고 (…) (『조옥정 백년사』, 37)

---

19) 지금은 종로구 경운동에 속하고, 갖춘 이름은 천도교 중앙대교당이다. 1921년 준공된 건물로 서울특별시 유형문화재 제36호이다.

수운묘 참배의 마무리가 흥미롭다. 산길을 구불구불 내려오는데 배가 고파 기운이 진하고 갈 길은 아득하다 보니 술집에 들러 막걸리를 마시고 갈증을 겨우 면했다는 것이다. 막걸리 한 대접을 맛있게 들이켜고 안주 삼아 열무김치 한 젓갈 우적우적 씹는 소리가 들리는 듯하다.

소태산은 애주가?

대각 이전 소태산은 담배를 피웠다. 그래서 고창 연화봉 수행에서 돌아오는 길에 모정에 놓인 화로에서 담뱃불을 붙이려는 순간 불이 회오리바람처럼 솟아올랐다는 얘기도 있었고, 정읍 화해리에서 송규를 만나고 돌아올 때 정표로 자기 쓰던 담뱃대를 주었다는 얘기도 있다. 대각 후 8, 9인 제자들과 모임을 할 때는 버릇없는 제자가 더러 소태산의 담뱃대를 갖다 쓰는 경우가 있었는데 어느 날부터 그런 짓을 금지시키고 기강을 세웠다든가 하는 얘기도 전한다. 그러나 저축조합 만들며 금연을 선언하고 모두 담뱃대를 분질러버렸다고 한다.

그러면 술은 어땠을까? 대각 이전, 특히 방황하던 시절에는 술을 즐겼던 모양이다. 그것도 주량이 대단했다고 한다. 대각 후엔 저축조합 때 금연과 함께 금주를 선언했고, 제자들 중엔 이 음주 버릇을 못 끊어 고통받은 이야기도 종종 전한다. 후에 만든 30계문(보통급4조)에 '연고 없이 술을 마시지 말라'는 조항이 생겼다. 이것이 애초엔 '과음하지 말라'였다가 고친 것이라 하는데 여기에 '연고 없이'란 단서 조항을 붙여놓음으로써 '연고 있으면 마셔도 좋다'는 해석을 낳았다. 불교의 오계 중 '불음주'엔 단서가 없어도 음주하는 스님이 없지 않지만, 소태산은 기분이 좋으면 그걸 연고 삼아 술을 마시면서 즐거움을 누렸다. 소태산의 장남 박광전(길진)의 다음 증언에서도 알 수 있다.

> 배재중 2학년 때(1931년, 17세)인디 아버님이 『동경대전』과 『천지공사기(대순전경)』 읽으시다가 "이야, 기분 좋다." 성각 씨보고 그래요. "술 한잔 받아온나." 이 양반(성각)이 남대문시장 쫓아가 가지고 술하고 횟감 받아와서 상 차려 올렸어요. 아버님이 잡수시고 "야, 니도 한 잔 받아라" 해서 받아 마셨지.

『동경대전』은 최수운의 저술이고, 『천지공사기』는 강증산의 언행록이다. 아마 수운이나 증산의 개벽 코드가 소태산과 잘 맞다 보니 그렇게 술 한잔 안 할 수가 없었고, 대작할 사람이 마땅찮으니 17세 아들에게까지 권주한 것으로 보인다. 김영신은, 경성지부에서 소태산과 정산이 수운의 『용담유사』를 읽고 새기는데 무릎을 치며 그렇게 좋아하더란 일화도 전한다.(『구도역정기』, 299쪽)

○

황정신행이란 인물

황온순黃溫順(1903~2004)은 앞에서 이름이 이미 나왔지만, 여기서 정식으로 소개하고 가겠다.[20] 어느 종교 교조에게나 손 큰 후원자가 있게 마련이다. 석가에겐 수닷타Sudatta 장자가 있었고, 공자에겐 자공子貢

이 있었고, 마호메트에겐 부인 카디자Khadija가 있었다면,[21] 소태산에게
도 복수의 손 큰 후원자들이 있었다. 익산 총부 부지를 제공한 한의사
서중안, 궁핍하던 초창기에 땅 70마지기를 기부한 기녀 출신 이청춘,
논 1천 마지기나 되는 남편의 유산을 밑천으로 후원한 이공주, 그리고
마지막으로 합류한 이가 경성 거부 강익하의 부인 황온순(법명 황정신
행黃淨信行)이다.

　1935년 여름, 다섯 살짜리 아들 강필국을 동반한 황온순은 금강산
으로 갔다가 원산해수욕장으로 갔다가 다시 금강산으로 가는 식으로
마음과 몸이 방황하고 있었다. 경성법전 출신의 인텔리이자 장안에서
손꼽는 갑부가 남편이겠다, 이화여전 출신의 당대 엘리트 미녀 황온순
으로서는 도무지 남부러울 게 없어 보였다. 황해도 연안에서 자수성가
한 부자로 소문났던 아버지로부터 물려받은 재산이 적지 않은 데다가,
남편은 전기와 증권, 미두 등 사업이 날로 번창하고, 자신이 손댄 부동
산 투자도 성공적이었다. 게다가 첫딸을 낳고 기다리던 아들도 보았다.
그뿐 아니라 3천 평 부지를 확보하여 맘먹고 지은 이화동 1번지 대저
택 이화장梨花莊(사적 497호)은 이미 경성의 명물이 되어 있었다. 그런데
그녀는 행복하지가 않았다. 어린 자식들과 서른셋의 젊은 나이가 아니
라면 죽고만 싶었다.

　황온순은 이 방황 중에 이천륜이란 여자를 만난다. 그녀는 황온순
만은 못하지만 개성에서 내로라하는 부잣집 마님으로 불법연구회 경성

---

20) 편의상 졸저 소설 『소태산 박중빈 2』 201~202쪽에서 상당 부분 발췌한다.

21) 예수에게도 후원자가 있었을 것이다. 일설엔 아리마테아 요셉(Arimathea Joseph)을 들기
　 도 한다.(목영일, 『예수의 마지막 오딧세이』 등)

지부 교도였다. 황온순은 이천륜을 만나 사귀었고, 결국 그녀에게 속을 끓이던 신세 한탄을 한다. 황온순의 번뇌는 남편 때문이었다. 남편 강익하는 황온순을 사랑하여 만주 길림으로, 친정인 황해도 연안으로, 다시 경성으로 그녀가 가는 데마다 8년간이나 집요하게 쫓아다녔기에 겨우 승낙한 결혼이었다. 그러나 돈 많은 남자들이 으레 그렇듯 강익하에겐 바람기가 있었고, 단물을 빨고 난 남편은 이미 다른 여자에게 마음을 빼앗기고 있었다. 이천륜은 황온순을 위로하면서 불법연구회와 '세상일을 다 아는 깨친 스승님' 소태산을 소개한다. 필자가 황온순과의 인터뷰에서 들은 이야기 중 인상적인 것이 있다. 그녀는 이천륜과의 대화에서 충격을 받았다고 하면서 그 느낌을 "아, 이 사람들은 같은 운동장에서 경기를 하면서 나와는 다른 룰(경기 규칙)에 따라 뛰고 있구나" 했다고 한다. 말하자면 세계관의 차이가 너무 컸다는 뜻이다.

결국 황온순은 개성에서부터 달려와 안내하는 이천륜의 정성에 이끌려 돈암동에 있는 불법연구회 경성회관을 찾았고, 1936년 4월 드디어 소태산을 만나기에 이른다. 황온순이 기억하는 상황은 이랬다.

"어떻게 오셨습니까?"
"여기가 부처님 공부하는 곳이라는 이천륜 씨 소개를 듣고 왔습니다."
"그렇지라우."
"어떻게 부처 되는 공부를 합니까?"
"내가 가르쳐주지라우."

이렇게 시작된 첫 상면에서 황온순은 소태산에게 상반된 두 가지 인상을 받았다고 한다. 처음 대했을 때는 안광이 눈부시고 위풍에 눌

려 자기도 모르게 무릎 꿇을 만큼 압도적인 인물이더라고 했다. 그러
나 대화를 하면서 다시 보니, 옥양목 고의적삼을 입고 전라도 사투리
로 말하는 게 촌스럽고 만만하게 보이더라는 것이다. 처음엔 소태산이
어려워서 황온순이 말을 더듬거렸더니 마음을 편하게 가지라는 뜻으
로 소태산이 "나는 암시랑 않은 사람이오" 했다. 생전 처음 들어본 사
투리 '암시랑'이 나오자 긴장이 풀리고 그 말이 그렇게 우습더라고 했
다. 그래서 한동안 소태산을 가리켜 말할 때는, 정서적으로 멸시와 존
경이 결합한 '시골 선생님'이라는 호칭을 썼다고 한다. 당시 경성교당 교
무로는 남자교무 이완철과 여자교무 이동진화가 있었는데 소태산은 이
완철의 가르침을 받으라고 했다. 황온순은 치마저고리를 곱게 차려입
은 이동진화가 너무 아름다워서 그에게 배우고 싶었지만, 사투리가 심
하고 투박하게 생긴 이완철을 붙여주어서 불만이었다. 그래도 그녀는
법회에도 참석하고 금강경 과외도 받고 하면서 차츰 혜안이 열리었다.
업연業緣(선악의 업보로서 받는 고락의 인연)이 보이고 비로소 괴로움을 벗
어나게 됐다. "세상의 쾌락에는 고통이 뒤따르나니 탐내어 집착한들 무
엇 할 것이며, 한 번 참으면 길이 즐거울 것인데 어찌 수행하지 않겠는
가[世樂後苦, 何貪着哉, 一忍長樂, 何不修哉]"(『초발심자경문』) 하는 경구
가 가슴을 울렸노라 고백하던 걸 보면, 부의 축적이나 세속의 낙은 탐
착할 것이 못 된다는 깨침이 그 무렵 그녀에겐 더욱 절실했던 듯하다.

생각건대 황온순은 자기를 객관적으로 바라볼 수 있었을 것이다.
실인즉 황온순은 강익하의 소실이었다. 본처가 있는 강익하의 집념 어
린 구애를 뿌리치지 못한 것은 숙연宿緣(지난 세상에서 맺은 인연)의 굴레
임을 깨달았고, 자업자득의 업보가 보였을 것이다. 그녀는 초발심이 나
면서 수도에 불이 붙고 교당 생활에 열중하였다. 그리고 가끔 상경하는

소태산의 가르침에 목이 말라 수시로 익산 총부까지 오르내리면서 소태산의 가르침을 받들었다. 황온순에겐 소태산과 얽힌 숱한 사연과 일화들이 있어서 두고두고 후진들에게 이야깃거리가 됐다. 그 가운데 흥미 있는 몇 가지를 소개한다.

집으로 소태산을 초대하여 남편 강익하와 겸상하여 대접한 적이 있다. 진수성찬이었다. 강익하는 질문했다. "한번은 춘원 이광수가 저보고 도인 보러 가자고 해서 수락산으로 간 적이 있었죠. 한 도인이 토굴 안에 혼자 앉아 있는데 옷은 냄새나는 누더기에다 이가 스멀스멀 기어 다녀도 초연해요. 깡통에 든 밥을 먹다가 숟가락을 걸쳐놓았는데 파리가 새까맣게 달라붙어도 쫓지를 않더군요. 밥을 미물과도 함께 나누는 것 같습디다. 흖지 않은 도인을 만났습니다." 소태산이 답했다. "그런 도인도 있고 이런 도인도 있지요. 도인이라고 꼭 그렇게 괴벽한 모양만 하는 건 아니지요."

이광수와 강익하의 도인 기준이 '괴벽乖僻'(성격 따위가 이상야릇하고 까다로움)에 있다면 소태산의 기준은 오히려 '평범'이고 '상식'이다. 청결하고 단정한 옷차림에 성찬을 마다하지 않고 드는 소태산이 강익하 눈엔 도인답게 보이지 않았던 모양이다. 춘원 이광수는 강익하와 혈연으로도 연결되어 친교가 있었는데 그의 도인관을 엿볼 수 있는 대목이 〈산거일기〉에 보면 나온다.

양주 봉선사에 머무를 때 운허耘虛 스님에게 들은, 부도암의 환옹幻翁 스님 이야기가 그 예다. 예컨대 ① 누가 선물을 가져오면 "그게 다냐? 좀 더 가져오지, ㅗ게 뭐냐?"고 투정하지만, 시봉에게 내주고는 다시 찾는 일이 없었다, ② 평생 돈을 세어본 적이 없고, 재비가 넉넉히 들어올 때는 참례한 중들에게 손에 잡히는 대로 돈을 나누어준다, ③ 시주가 절의 안정적 재정을 위해 논밭을 부치자고 하자, 절에 돈 많으면 도둑이나 꼬인다고 거절하면서도, 절에 양식이 떨어지면 불기佛器(부처에게 올릴 밥을 담는 놋그릇)를 잡히고 식량을 꾸어 왔다, ④ 옷 갈아입을 일이 있으면 여자가 있거나 말거나 벌거벗고 갈아입는다, ⑤ 누가 법명을 지어달라면 문풍지를 죽 찢어서 써준다, ⑥ 누구를 보고도 '너'라고 하는 버릇이 있었다 등. 이 밖에 절에 든 도둑 떼에게 호통쳐서 기를 누르고 감복시킨 일화가 있긴 하지만, 춘원이 이들 일화를 듣고 '유쾌했다'고 정리하고, 환옹을 '이름 높은 선지식'이라고 단정한 걸 보면 그의 생각을 알 만하다.

①, ②, ③은 물질에 구애받지 않는 탈속한 인품을, ④, ⑤, ⑥은 세속적 예절이나 남녀 간의 에티켓조차 초탈한 인격을 말하는 것 같다. 소태산 같으면 어땠을까. 이를 필자는 다음과 같이 정리했다.

"그러나 나는 제자들에게 이렇게 가르친다오. 돈이 생기면 아껴 쓰고 알뜰하게 모았다가 쓸 자리에 광채 있게 써라. 특히 재비 같은 시줏돈은 고인의 복을 빌기 위한 것잉게 교육이나 자선사업에 써라. 그리고 금전출납은 부기를 배운 담당자를 시켜 꼼꼼히 기록하게 하지라우. 또 살림을 규모 있게 하여 식량이 떨어지지 않게 함으로써 불기 같은 신성한 물건을 잡히고 양식 얻어 오는 궁색한 일은 안 하도록 지도하지라우. 그뿐 아니라 우리 익산 총부에서는 재산의 증식을 위해 농사도 짓고 양계, 양돈, 양잠, 과수에 금융사업까지 하요. 제자 도인들로 하여금 시주나 동냥에 의존하기보단 각자 능력 따라 직업을 가지고 재물을 모아 도 닦는 비용으로도 쓰고 세상을 위한 사업의 밑천을 삼도록 하지라. 돈은 물론 반드시 세어서 주고받도록 하구요. 남녀 간의 예절은 더욱 깍듯이 하여 속옷이 아니라 겉옷을 갈아입더라도 남이 안 보는 곳에서 허도록 하요. 법명을 지어달라면 정당한 절차를 밟아 회원으로 등록하게 하고 규정된 용지에 정성껏 써서 줍니다. 법명 때문에 문풍지 찢을 일은 없지만, 만약 다른 용도로라도 문풍지를 찢는다면 꾸지람을 할 것이오."(『소태산 박중빈 2』, 208쪽)

황온순은 모교인 이화여전 교장 김활란과 소설가 이광수를 소태산에게 소개하고 싶어 했다. 두 사람은 그녀가 아는 사람 중에선 조선 최고의 엘리트였다. 소태산은 거부했다. 그래도 김활란만은 겨우 승낙을 받아 1940년 12월에 점심 식사를 함께하는 자리를 만드는 데 성공했다. 김활란 만나는 걸 애초엔 달가워하지 않던 소태산이지만 "퍽 유순하고 양전한 태도와 묵중한 성질이 사기 없는 진인으로 보였다"는 등 긍정적인 평가를 하고 있다. 그러나 일회성 만남으로 끝나고 다시 접촉할 기회를 만들지는 않았다. 해방 후 황온순은, 그녀가 1941년부터 소유했던 동대문부인병원을 김활란의 요청으로 이대의대 부속병원으로 무상임대해주었다가 결국 통째로 빼앗기고 만다. 그제서야 황온순은 소태산이 왜 김활란을 가까이하지 말라고 했는지를 깨달았다.

소태산은 김활란과 달리 춘원 이광수는 만나지 않았다. 황온순의 거듭된 권유에도 소태산은 끝내 허락하지 않고, 나중엔 역정까지 내면서 그만두라고 했다 한다. 황온순의 인도로 춘원 내외가 경성지부에 와서 이완철 교무까지도 만났다는데 소태산은 그를 거부했다. 춘원이 나이는 비록 소태산보다 한 살 연하이지만, 지명도 면에서는 비교할 수 없을 만큼 유명한 사람인지라 그에게는 소태산이 한갓 시골뜨기로밖에 인 모일시노 모른다. 소태산이 황온순에게 말했다. "아만심이 잔뜩 차 있어서 무슨 말을 해도 들어가지 않을 것이오." 자기가 연원이 되어 입회시키겠으니 법명이라도 지어달라고 부탁했지만, "법명은 주어도 안 받을 것이오" 하고 단호히 거절하였다. 황온순은 겨우 그의 부인 허영숙의 법명만 '제만濟晩'이라고 받아 전달하는 데 만족해야 했다. 허제만은 회관(경성교당)에 여러 번 와서 법회도 보고 했다.

소태산은 왜 춘원 만나기를 끝까지 거부하였을까? 단지 그의 아만심 때문만이었을까? 춘원이 이미 능동적 친일로써 지탄받은 때문일까? 따지고 보면 김활란도 오늘날까지 친일파로 비난받고 있으니 참고가 된다. 소태산 사후이지만, 그래도 이광수는 원불교에서 유일학림(원광대학교 전신)을 설립하고 그 교가의 가사를 부탁하자 기꺼이 지어주었다. 그것이 오늘날엔 『성가』에 편입된 〈불자의 노래〉[22]다. 이 작품을 원불교에 넘긴 직후 한국전쟁이 발발했고 이광수는 납북되었다. 허제만도 결국 원불교 교도가 되진 못했다. 적어도 이생엔 제도받기가 어렵다는 것을 알았기에 건질 제, 늦을 만으로 작명한 것인가.

황정신행의 요망한 소리

기적을 숭상하는 기독교 신앙에 젖어 그런지 모를 일이나 황온순에게 소태산은 기적을 행하고 이적을 보이는 스승으로 많이 기억되는 것 같다.

한번은 정기훈련 중에 황온순이 소태산 식후 밥상에 남아 있는 간장한 종지를 몰래 마셔버렸다.[23] 소태산이 어찌 알았는지 선방에서 대중에게 "전라도 간장은 짜서 손가락으로 찍어 맛보는 것인데 이 중에 어떤 사람은 한 종지를 다 마신 사람이 있다. 그런 멍청한 사람이 어디 있나!"하고 놀렸다. 이 일이 있은 후로, 수십 년 고생하던 인후염이 깨끗이 나았다. 황온순이, 덕분에 인후염이 신기하게 나았다고 고백하자, 소태산은 "내가 고쳤나? 그런 요망한 소리 하지 마시오" 하고 엄하게 입단속을 시켰다.

황온순이 동대문부인병원(현 이화여대부속 동대문병원)을 운영할 때 일이다. 지하실에서 지내던 여직원 셋이 연탄가스 중독으로 죽은 일이 있었다. 낮에도 이상한 불빛이 번쩍거리는 등 귀신이 무서워서 아무도 들어가려고 하지 않았다. 하소연을 들은 소태산이 지하실과 집안 구석구석을 둘러보고 가니 이후론 그런 공포가 완전히 사라졌다. 황온순이 "대종사님은 귀신도 쫓으시는군요" 하자, 소태산은 "귀신을 어떻게 쫓습니까! 행여 그런 요망스런 소리 하지 마시오" 하고 꾸짖었다.

이런 일도 보았다. 익산 총부에서 소태산의 법설을 듣던 중인데 한 할머니가 와서, 복통으로 죽어가는 아들을 살려달라고 매달렸다. 마지못한 소태산은, 호박잎을 따다가 배에 붙이라고 처방을 일러주었다. 그렇게 하니 병이 나았다. 그런 일이 있고 보면 병 고치러 오는 사람들이 줄을 잇는다. 병 고쳐달라고 찾아와 매달리는 사람들에게 소태산은 "병은 의사가 고치는 것이니 나한테 오지 말고 의사를 찾아가시오" 하고 딱 잘랐다. 플라세보(위약) 효과라든가 자기암시라든가 그런 설명도 나옴 직하다. 예수교에선 귀신 쫓는 일이나 병 고치는 일을 아직도 전도 방편으로 쓰고 있지만, 소태산의 태도는 분명했다.

이운외의 병이 위중하매 그의 집안사람이 급히 달려와 대종사께 빙쟁를 분의하는지라, 말씀하시기를 "곧 의사를 청하여 치료하라" 하시고, 얼마 후에 병이 평복되니, 대종사 말씀하시기를 "일전에 운외가 병이 중하매 나에게 먼저 방침을 물은 것은 그 길이 약간 어긋난 일이니라. 나는 원래 도덕을 알아서 그대들의 마음병을 치료해주는 선생이요, 육신병의 치료는 의사에게 문의하라. 그것이 그 길을 옳게 아는 것이니라."(『대종경』, 실시품31)

황온순은, 소태산이 기적이니 이적이니 하는 초자연적 행사行使라면 질색한다는 것을 익히 알고 있었다. 그러나 황온순은 다음 사건만은 두고두고 이야기하며 신기하게 생각했다.

어느 해 그녀는 익산 총부에서 하는 3개월짜리 겨울 훈련에 참석하였다. 미리 일을 처리할 건 처리하고 부탁할 건 부탁하여 중도에 일과를 빼먹고 서울 갈 일이 없도록 했다. 그런데 어느 날 소태산이 그녀에게 서울에 한번 다녀오라고 한다. 일설엔 미리 기차표까지 예매해주었다고도 한다. 갈 일이 없다고 버티었지만, 아무 말 말고 그냥 한번 다녀오라고 당부했다. 별수 없이 지시대로 서울에 갔다. 서울역에서 내려 택시를 타고 가자니 종각 쪽에서 화재가 크게 나서 연기가 솟는 게 보였다. 거기는 그녀가 직영하던 포목점 순천상회가 있는 위치였다. 가서 보니 아닌 게 아니라 바로 자기 포목점이 불에 타고 있었다. 그제서야 소

---

22) 『성가』 18장, 불자야 듣느냐(불자의 노래)는 "불자야 듣느냐 중생의 부름을/ 괴로움 바다와 불붙는 집에서/ 건져 주 살려 주 우짖는 저 소리/ 불자야 듣느냐 애끓는 저 소리"(1절)로 시작하여 3절까지 있고, 이흥렬 작곡으로 애창되고 있다.

23) 당시 여제자들은 소태산의 밥상에서 남긴 음식을 먹는 버릇들이 있었던 모양이다. 민자연화가 대종사 남긴 밥을 즐겨 먹는지라 이유를 묻자 "불서에 부처님 공양하고 남은 음식을 먹으면 천도 받고 성불도 할 수 있다 하였삽기로 그러하나이다"(『대종경』, 변의품 16) 하고 대답했다.

태산이 서둘러 서울 보낸 뜻을 알 만했다. 보험금을 타서 경제적인 손해도 없었고 화재의 책임 문제도 잘 해결이 되어 뒤처리를 깔끔하게 마치고 다시 익산 가서 소태산을 뵈니 그는 빙글빙글 웃기만 했다. 평소 "오죽 못난 도인이 꼬리를 잡히는가!" 하던 소태산도 이번만은 황온순에게 잡힌 꼬리를 굳이 감추려 하지 않았다.

VII. 수난기
-그래도 꺽은 없다

신종교의 수난

종교와 정치의 관계 설정은 미묘한 측면이 있다. "『정감록』에 이런 말이 있다. 왕 씨는 나를 벗 삼고[王氏友我], 이 씨는 나를 노예 삼고[李氏奴我], 정 씨는 나를 스승 삼는다[鄭氏師我] 하였는데, 이는 불교를 두고 한 말이다."(『한울안 한 이치에』, 117쪽) 이를 다시 풀어 고려의 친불親佛, 조선의 억불抑佛, 정 씨 나라(새 나라)의 숭불崇佛이라 하지만, 흥미로운 것은 바로 종교와 정치권력의 관계 설정이 정권의 운명에 지대한 영향을 끼친다는 시각이다. 종교는 종종 정권의 통치 이념이기도 하고 정권 유지를 위한 에너지 공급원이기도 하다.

종교는 절대적 가치체계를 가지기에 탄압받으면 저항 에너지가 응집한다. 그래서 정치권력에게 있어 종교는 뜨거운 감자다. 협력을 통해서 정권을 더욱 공고하게 만들기도 하지만 반목과 대결로 치달으면 정치권력이 위태로울 수도 있다. 로마의 콘스탄티누스 황제는 전통종교(다신교) 대신 박해받던 기독교(일신교)를 공인하고 우대함으로써 로마 재건의 동력을 삼았고, 조선은 타락한 불교 대신 유교에서 대안을 찾아 이 에너지가 정권을 500년간 지탱시켰다. 삼일운동에서, 천도교 같은 신종교와 기독교나 불교 같은 기성종교의 단합이 가져오는 파괴력을 보면서 일제에겐 학습효과가 더욱 컸을 것이다.

일제강점기 조선에서, 조선총독부의 종교정책은 어떠했을까. 일제는 모든 종교를 공인종교(기성종교)와 비공인종교(신종교)로 분리하여 대응하였다. 1915년 총독부에서 제정 공포한 포교규칙 제1조는 "본령에서 종교란 신도神道, 불교, 기독교를 말한다"로 되어 있으니 나머지는 숫제 종교 축에 끼워주지도 않는 방식이다. 1919년 3월, 문부성 종교국이 발표한 통첩(알림문서)에 따르면 신도, 불교, 기독교는 공인된 종교로서 문부성이 관리하였고, 공인되지 않은 종교는 유사종교로 규정하여 경무국 치안과의 단속대상이 되었다. 요컨대 공인된 기성종교들은 협력의 대상으로 하고, 공인되지 않은 유사종교들은 감시의 대상, 탄압의 대상으로 삼겠다는 의미다. 제정일치적 천황제의 배경으로 국교 지위를 누리는 신도를 제외하면 비록 공인종교라 해서 자유로운 활동을 보장받은 것은 아니지만, 유사종교로 분류된 신종교(민족종교)들의 경우는 법적 굴레를 씌워 가혹한 탄압을 가했다. 일제가 자기네 지시를 따르지 않는 조선 사람 개인에게, 불온하고 불량한 조선 사람이라는 뜻으로 불령선인不逞鮮人이란 딱지를 붙여 요시찰 인물로 괴롭혔듯이, 신종교들은 잠재적 범죄 집단으로 보아 언제든 트집만 잡히면 해체하리라 작정을 하고 있었다.

통상적으로는 일본의 식민지정책을 시기별로 나누어 1910년의 국권침탈 직후부터 1919년 삼일운동까지 유지한 무단정치시대의 우민정책, 1920년대에 실시한 문화정치시대의 동화정책, 1930년대부터 광복까지 중일전쟁과 태평양전쟁을 배경으로 한 민족말살통치기의 황국신민화정책으로 단계를 설명한다. 그러나 조선인을 저항할 줄 모르는 멍청이로 만드는 우민정책, 민족적 정체성을 잃고 일본의 이등 국민이 되게 하는 동화정책, 일본 왕의 신민으로 충성을 바치게 하는 황국신민화정책은 한시적 단계가 아니라 점층적으로 강화하는 정책이었다. 그러니까 1930년대 이후로는 우민정책, 동화정책, 황국신민화정책이 복합적으로 추진되었다고 할 일이다.

불교, 기독교 등 공인종교들도 사찰령, 본말사법, 재단법인법으로 통제하고 유교 같은 경우는 숫제 사회교육기관으로 취급하는 등 종교를 정치에 예속시키려 했지만, 비공인 유사종교인 민족종교들의 경우는 포교규칙 등에 의해 감시와 탄압의 강도가 훨씬 가혹했다. 그 대표적 예로 몇 가지 경우를 들어보면 다음과 같다.

청림교靑林敎는 동학의 한 파로 교세가 늘어 한때는 만주의 길림과 북간도 방면까지 뻗어나갔고, 42개의 지부와 50개소의 포교소에 신도가 30여만 명이었던 때도 있었다. 강력한 항일의식을 배경으로 교세를 넓히다가 2세 교주 태두섭과 많은 간부들이 항일투쟁의 죄명으로 일본 경찰에 체포된 뒤 교세가 약화하다가 1933년에 해체되어 완전히 소멸하였다.

보천교普天敎는 강증산의 사후 그 제자 차경석이 세운 종교로 1922년에는 정읍에 대규모 교당을 신축하는 등 600만 신도를 자랑할 정도로 교세가 왕성해졌다. 세력이 커지자 일제는 교단에 대한 탄압을 가하는 한편, 회유하기 시작하였다. 차경석은 종교활동을 보장받기 위해 시국대동단이라는 단체를 만들어 전 국토를 순회하면서 대동아 단결을 강조하는 등 친일적 태도를 보였지만, 1936년 차경석이 죽고 이어 조선총독부가 유사종교해산령을 선포함에 따라 교단은 해산당하고 말았다.

무극도無極道는 1921년 조철제가 세운 증산계 종단이다. 보천교와 더불어 신종교의 쌍벽을 이루며 1923년에는 정읍에 무려 120여 칸의 교당을 짓고 기세를 올렸다. 이때의 신도 수가 10만 명을 넘었다고 하는데, 1936년 조선총독부의 유사종교해산령으로 교당 건물이 철거되고 본부가 거의 해체되었다.[1]

백백교白白教는 동학에서 파생된 종단으로, 1899년 전정예가 세운 백도교를 1923년 우광현이 이름을 고쳐 재건한 종단이다. 전정예의 아들 전용해가 교주가 되어 여신도를 농락하고 살인을 저지르는 등 범죄가 발각되어 사회적 물의를 일으켰다. 전용해는 간부 문봉조 등과 함께 신도 314명을 살해한 혐의로 기소되었다. 1940년에 모두 체포되어 열두 명이 사형을 선고받았고, 나머지도 무기 내지 수 년씩의 징역형을 선고받음으로써 소멸하였다.

백백교처럼 성적 착취와 살인까진 아니 가더라도 사기, 미신, 금품사취 등 사교화한 종단도 있다 보니 일제로선 이를 신종교 탄압의 정당성을 홍보하는 호재로 삼았다. 하지만 실상은 조선인의 민족의식을 꺾고 국권회복운동을 원천적으로 봉쇄하려는 음모가 숨어 있었다. 조선민중의 결집을 두려워한 일제는 민족종교들을 대상으로 신국가 건설, 불온사상 유포, 비밀결사, 독립 주장 등의 죄목을 붙여 1920년대 중반부터 해방에 이르기까지 줄곧 종교인들을 사찰하고 체포, 투옥했다. 1936년 조선총독부는 유사종교해산령으로 사상 취체의 방침을 세워놓고, 민족적 색채가 있는 종교는 범죄 여부를 떠나 엄중히 탄압 지도한다는 정책을 발표하기에 이른다. 이 해산령으로 보천교, 무극도 외에도 동화교(이상호), 삼덕교(허욱) 혹은 이름조차 헷갈리는 태을교·수산

---

1) 해방 후(1948) 부산을 기지 삼아 태극도로 개칭하고 재건되었으며, 조철제 사후 증산도, 대순진리회 등으로 분화하였다.

교·삼성교·무을교·인천교·원군교 및 남학 계열(김일부 등)의 군소 종
단도 거의 다 자취를 감추었다.

　소태산의 깨달음과 법(교리)이 불교냐 하는 데는 이견이 없지 않다.
그가 "나의 연원을 부처님에게 정하노라" 하였고, "불교는 무상대도라"
하였고, "장차 회상을 열 때에도 불법으로 주체를 삼겠노라" 확언하였
음에도 초기부터 지금까지도 사라지지 않는 이의가 있다. 최초에 단체
명을 '불법연구회'라 정할 때도 '만법연구회'라 하자는 의견이 나왔다지
만, 오늘날까지도 소태산의 법을 불교의 울타리에 가두는 것에 저항감
을 느끼는 교도들이 상당수 있다. 그들의 주장은 소태산이 교명을 '불
법연구회'라 한 것이나, 교리에 불교를 강조한 것이나 그것은 본의가 아
니라 시국 사정으로 부득이했다는 논리이다. 일본은 메이지유신 이래
국왕신격화 방편으로 신불분리령神佛分離令을 발동하여 신도를 우대하
고 불교를 박해하던 시대가 있긴 했지만, 일제강점기엔 신주불종神主佛
從일망정 신도와 불교가 공존하는 시대로 접어든 지 오래다. 불법연구
회가 비록 일제의 종교정책에서 '유사종교'로 분류되어 감시와 탄압을
받아왔지만, '불교'나 '불법'을 전면에 내세움이 그들의 박해를 최소화
하는 안전장치였다는 것이다. 소태산이 불교를 전면에 내세운 이유가
단지 교단 유지를 위한 방편이었다는 식의 주장엔 동의할 수 없지만,
일제강점기에 창립한 신종교로서 해체의 위기에서 교단을 지켜내려는
고뇌가 반영되었을 개연성은 충분하다.
　소태산은 교단의 기반을 잡기 위해 법연을 모으는 일은 꾸준히 했
지만, 어찌 보면 양적 포교에는 소극적이었다고 할 만하다. 보천교의 차
경석은 정읍 입암면 1만여 평 부지에 5년 동안 목공만도 연인원 7천 명

을 동원하여, 건평 350평 높이 30미터로 경복궁의 정전인 근정전보다
도 훨씬 크고 화려한 십일전十一殿을 건축하고, 광화문을 능가하는 보
화문 등 40여 채 건물을 지었다. 또 무극도의 조철제는 연인원 12만 명
을 동원하여 정읍 태인면에 19개 동 120칸의 방대한 도장을 3년간 건
축했다. 그러나 소태산의 불법연구회에서 건축이라 하면 양잠실 짓고
양계장 엮기에 더 바쁘고, 큰 건물은 84평짜리 대각전(1935)이 고작이
었다. 다른 신종교들이 수십만 혹은 수백만 신도를 자랑할 때에도 불법
연구회 교도 총수는 6천 명(1940년 통계)이 미처 안 되었다. 그들이 방대
한 규모의 화려한 천제天祭를 치르며 기고만장할 때에도, 소태산은 고작
수십 명의 제자들을 데리고 낮에는 누에 치고 닭 기르며 과수원을 돌
보았고 밤에는 졸음을 참고 수행 정진하는 게 다였다. 수도 서울의 유
일한 교당인 경성지부조차 문을 연 지가 10여 년이 되도록 겨우 기십
명이 모여 법회를 보지만 그리 아쉬워하지도 않았다. 마치 보리 씨앗을
뿌린 농부가 한겨울에 싹이 웃자란 보리밭을 밟아주며 봄이 오기를 기
다리는 심정 같은 것이랄까, 안달하며 조바심하며 발버둥질 치지 않고
느긋이 때를 기다리는 것이었다.

　소태산이 박대완의 일본 포교나 장적조의 만주 포교를 적극 지지하
지 못한 것도 같은 맥락으로 보인다. 실제로 고등형사 황가봉의 증언에
따르면, 일경이 장적조의 동향을 비밀리에 주시하고 있었고 소련 공산
당과의 연계를 의심한 정황도 나온다.

　대종사는 일제 치하의 북방 교화에 대해 비관적으로 보았다. 대종사는 북
만주 목단강시에서 열렬하게 순교巡教하고 있는 장적조에게 불법연구회 간
판을 걸지 말 것을 명하는가 하면, 이에 앞서 원기 21년(1936) 일본 오사카

에서 두 개 교당을 내어 활발하게 교화를 전개하던 박대완 교무에게 활동을 중지시키고 총부로 불러들였던 일이 있었다.(박용덕, 『구수산 칠산바다』, 45쪽)

교화를 비관적으로 본 이유 못지않게 몸을 사린 것이 아닐까 싶다. 일본 중에서도 조선인이 많이 살던 오사카에서 기세를 올린다면 일제의 정보망에 걸려들지 않을 수 없다. 만주라면 대종교나 청림교 등 종교 항일운동의 근거지와 맥이 닿았음을 볼 때, 굳이 일제에게 불법연구회도 만주에 항일 근거지를 개척한다는 오해를 줄 필요가 없다고 생각했을 것이다. 특히 당시 목단강 일대는 대종교가 총본사를 옮기고 '발해농장'을 개척하며 무장독립운동을 도모하던 중심지가 아니던가.

소태산도 미처 몰랐던가

소태산은 전남에서 교화를 시작하여 전북으로 진출하고 경상남북도와 경성(서울), 부산 등지로 포교의 보폭을 넓혔지만 이상한 것은 북위 38도 선 이상은 교화를 하지 않았다는 점이다. 1936년부터 목단강시를 중심으로 218명의 교도를 확보하고 활발한 순교활동을 하던 장적조 등에게, 교당 간판도 걸지 못하게 하고 교무 파견도 거절하고 끝내는 포교를 포기하고 귀환하라고 명했다. 바로 소태산이 열반하기 전 해이다. 소태산은 경성 이북은 겨우 개성(38도 이남)까지만 교당 설립을 허가했다. 개성교당 교무 김영신이 평양으로 교화의 발걸음을 옮기려 했지만 소태산은 허락하지 않았다. 장적조의 목단강시 포교는 일제의 탄압을 의식한 일면과 겹치지만, 그것이 아니더라도 허락하지 않았을 것이다.

이때 나는 평양으로 교화하러나갈 생각을 하고 있었다. 야학을 가르쳤던 여학생 중의 하나가 평양으로 시집을 갔다. 남편이 큰 공장을 하고 종업원이 수백 명이라 법회를 볼 수 있다는 것이며, 먹고사는 것은 다 대주겠다는 것이다. 나는 종사님께 이 사실을 사뢰었더니, 가지 말라고, 한마디로 잘라 말씀하신다. (…) 지금 와 곰곰이 생각해보면, 아마도 종사님께서는 벌써 앞날을 예견하고 단호한 조처를 행하신 것이 아닌가 싶어진다.(『구도역정기』, 김영신 편)

한국전쟁으로 개성은 휴전선 이북 북한 땅이 되고, 626명(1950년 통계)의 교도 태반과 개성교당을 잃어버렸다. 생전에 한국전쟁을 여러 차례 예언한 소태산으로서 북한 땅에 교당 만드느라 애쓰는 것은 헛수고임을 알았기에 38선 이북에는 교화를 하지 않았을 것이라는 추측이 가능하다. 그러면 개성이 북한 치하에 들어갈 것까진 소태산도 미처 몰랐던가?

불과 10여 년의 짧은 역사에도 송달준, 백지명 등 전무출신을 아홉 명이나 배출하리만큼 신심 깊은 개성교당 교도들이 남쪽으로 상당수 피난 오면서 이들은 서울 중심으로 열성적인 교화 활동에 나섰다. 당시 경성 교화 30년이 되도록 단지 교당이 한 개밖에 없던 서울에, 월남한 개성교도들이 중심이 되어 종로교당, 원남교당을 설립하고, 이어서 사직교당, 원효교당, 구로교당, 유린교당(중랑구) 및 강화교당까지 무려 일곱 개나 교당을 설립했으니 대단한 성과다. 아울러 1990년 이후 원불교에서 북한 교화를 모색하면서 북한 당국과 대화하는 근거는 바로 개성시 북안동 312-2번지 소재 개성교당의 존재와 그 연고권이다. 말하자면 소태산은 개성교당으로 인해 서울 교화에 공적이 큰 인재들을 얻었을 뿐 아니라 남북 화해 후 북한 교화를 추진할 수 있는 근거와 동력을 확보해둔 셈이다. 일종의 '알박기'인지도 모른다.

소태산은 1928년 〈약자로 강자 되는 법문〉(《월말통신》, 창간호)에서 이미 일제에 대응하는 논리를 밝혀놓았지만, 그 신념은 여러 경로로 드러나고 있다.

집에 들면 노복 같고/ 들에 나면 농부 같고/ 산에 나면 목동 같고/ 길에 나면 고로(←雇奴) 같고/ 그렁저렁 공부하여/ 천하농판 되어 보소/ 천하농판 되는 사람/ 뜻이 있게 하고 보면/ 천하제일 아닐런가

이것은 소태산의 단편가사 〈천하농판〉 전문이니, 농판은 멍청이를 뜻하는 전라도 사투리다. 노복, 농부, 목동, 고로(머슴)처럼 노동과 공부나 꾸벅꾸벅하면서 '천하농판' 노릇을 한다면 그가 천하제일이라는 역설이다. "성인이 행동에 나설 때는 반드시 어리석게 보이도록 한다[聖人將動 必有愚色]"(『육도』, 무도편)는 말도 있지만, 소태산이 난세에 교단을 해체당하지 않기 위해 짐짓 바보 노릇을 하는 뜻을 알 만하다. 신자 600만 명 이상이던 차경석의 보천교는 흔적 없이 사라졌건만, 회원 6천 명 미만의 불법연구회가 살아남아 번영을 누리는 이유는 이 지혜 때문이다. 소태산이 정치권력이나 이데올로기에 대해 가지는 태도는

일관성이 있다.

"나의 교리와 제도는 어떤 나라 어떤 주의主義에 들어가도 다 맞게 짜놓았다. 앞으로 내 법을 가지고 어느 나라에 가서든지 교화 활동을 펴되, 그 나라의 법률에 위반하여서는 아니 되고, 그렇다고 그 나라 권력에 아부해서 나의 본의를 소홀히 하여서도 아니 될 것이다."(『대종경선외록』, 유시계후장21)

○

안도산 이후

동학농민전쟁부터 시작하여 삼일운동 등 항일운동에 앞장서는 종단으로 의암 손병희 사후에도 수백만 신도를 확보하고 막강한 영향력을 행사하는 천도교, 역시 수백만 신도를 조직하고 상해임시정부를 비롯하여 민족주의 세력뿐 아니라 사회주의 세력과도 맥이 닿아 있는 차경석의 보천교 등에 비하면 소태산의 불법연구회는 애초부터 일경의 눈에 거슬릴 일이 없었다. 차천자(차경석)의 보천교, 조천자(조철제)의 무극대도를 비롯하여 증산교 계열의 크고 작은 종단들도 유사종교해산령으로 된서리를 맞았지만, 불법연구회는 그동안 딱히 해산시킬 명분이 없었다. 불법연구회는 공인종교인 불교의 울타리에 들 수도 있으니까 더욱 그렇다. 그러나 도산 안창호가 익산군 북일면 신룡리 불법연구회 총부를 다녀간 후 상황은 바뀌었다. 그들이 당황한 것은 안창호의 불법연구회 방문이 자기들의 촘촘한 정보망에도 잡히지 않은 돌발 사태였기에 더 그랬던 것 같다. 일경의 당시 상황은 후에 소태산에게 귀의한 담당 순사 황가봉의 증언이므로 그냥 짐작이나 추측이 아니라 거의 팩트라고 보아야 한다.

이리경찰서에선 전북도경에 사태의 심각성을 보고하고 주재소 설치를 건의하였다고 한다. 그들은 여러 달을 두고 궁리하고 대책을 세우던 끝에 이해 10월에 불법연구회 총부 경내에 일경 두 명이 상주하는 주재소를 설치했다. 이것이 북일주재소다. 당시 이리경찰서 관내에는 이리역과 춘포면 두 군데밖에 주재소를 두지 않았는데 드디어 세 번째 주재소가 불법연구회 안방에 들어선 것이다. 주재소 건물을 미처 마련하지 못한 그들은 안창호를 접대했던 화양식 건물 청하원清河院을 내달라고 요구했고, 일본인 순사 고지마 교이치와 조선인 순사 황가봉, 이 두 사람이 상주하게 되었다. 어이없게도 불법연구회를 감시하는 주재소를 위하여 불법연구회에서 가장 번듯한 청하원을 징발한 후 응접실을 사무실로 삼고 숙소까지도 차지해버렸다.

《동아일보》등의 민족주의 언론이 극찬하는 불법연구회, 임시정부의 거물이었던 안창호가 몸소 찾아와 격려한 소태산. 일경은 이 숨죽이고 있는 작은 종단과, 농판처럼 몸을 사린 소태산에 주목하기 시작했다. 그런데 이들 주재소 순사들이 처음 겪은 황당한 사건(?)이 있었으니 그것은 상당한 의미가 있다. 두 사람은 하루 두 끼니를 주재소에서 해결해야 했는데 밥은 불법연구회 식당에 부탁하고 반찬은 각자 집에서 갖다 먹기로 했다. 반찬은 불법연구회 것이 변변찮았기에 집에서 해다 먹지만 밥이야 더운밥을 먹으려니 그 방법이 좋았던 것이다. 한 달이 지나자 불법연구회에서 밥값 청구서가 날아왔다. 밥그릇 수를 정확히 따져 계산을 했는데 한 그릇에 3전씩이었다. 이 청구서를 받고 두 사람의 반응은 달랐다. 일경 고지마는 몇 차례나 "나쁜 놈들!"이라고 분개

하면서 한번 걸려만 보라고 별렀고, 조선인 황가봉은 드러내놓고 말은 못 하나 속으로 경탄을 했다. 자기들을 감시하러 온 순사이니 잘못 보일까 두려워함이 맞다. 남들이라면 밥 아니라 술도 사고 떡도 살 처지 련만 고작 한 달에 2원이 채 안 되는 밥값에 청구서를 보내다니! 이는 고지마에겐 괘씸죄에 해당했지만, 황가봉이 보기엔 불법연구회가 조금도 경찰에 아부할 약점이 없다는 당당함으로 비쳤다. 두 사람은 비록 청구서를 받긴 했지만 짐짓 무시하고 밥값을 내지 않았다. 내거나 말거나 그래도 불법연구회에서는 매달 마지막 날이면 어김없이 청구서를 보냈다.

순사 둘이 이듬해 3월까지 5~6개월을 두고 여러모로 내사하고 감시하였는데 황가봉이 얻은 결론은 이랬다. "누구를 상대해보아도 인간으로서는 탈을 잡을 수 없이 얌전하게만 보이고, 또 구내의 질서정연한 점, 청소 철저한 점, 계산의 정확성 등 표면에 나타나는 것으로 보아 평화 집단체로 추정되었다."[2] 그는, 신경증(노이로제)이 심하여 친정에서 요양하고 있던 처를 데려다 총부 구내에서 살게 하여 파탄 날 뻔했던 가정을 복구하기까지 하였다.

그 무렵 저 유명한 백백교 사건이 터졌고, 일제는 조선의 '유사종교' 단체를 모조리 해산시키기로 정책 방향을 확정했다. 하루는 본서에서 황가봉을 호출하기에 가보니 경찰서장과 고등주임[3]이 기다리다가 특별한 주문을 하였다. 도경 경찰부장의 명으로 불법연구회 파견 전문사

---

2) 이하 황가봉(이천)에 관한 내용 중 출전을 따로 밝히지 않은 것은 그의 수기 〈내가 내사한 불법연구회 1~19〉,《원불교신보》(1973. 7.~1974. 5.)를 참고(인용)했다.

3) 일제강점기 경찰 조직에서, 조선인의 독립운동 및 정치적·사상적·문화적 움직임을 감시하고 탄압할 목적으로 둔 부서인 고등계를 책임진 형사.

찰원으로 임명하겠다는 것, 불연을 해산할 수 있도록 내사를 강화하되 그 요건은 첫째 남녀 문제, 둘째 재산 문제, 셋째 사상 문제 등 세 방면으로 하라는 것이었다. 만약 해산 근거를 찾아내는 데 성공한다면, 정부에서 종단의 재산을 압수하여 경매할 때에 황가봉이 종단 재산을 챙길 수 있도록 해주고, 아울러 관등의 승진을 약속하겠다고 했다.

지시에 따라 황가봉은 경찰에서 퇴직한 것으로 가장하였다. 경찰복을 입거나 경찰서를 드나들거나 하지 않고, 봉급도 가족에게로 보내고, 심지어는 경찰을 보아도 아는 체를 않고 인사도 하지 않기로 했다. 대신 불법연구회에 가입하여 열흘에 한 차례씩 하는 예회 참석은 물론 3개월씩 하는 정기훈련[禪]까지 받으며 멀쩡한(?) 교도 생활을 했다. 그는 성적 문란의 증거를 수집하려 여자 기숙사에 숨어 들어가 야간 잠복도 하고, 독립 모의나 반일적 의사 교환은 없나 하여 남자 숙소 마루 밑에 은신하여 도청하기도 했다. 신도 착취 등 자금 운영에 비리가 있나, 회계상에 부정은 없나, 비밀리에 서류 대장까지 열람하였다. 그러나 그는 어떤 비리나 의혹도 발견할 수가 없었다. 그가 이상을 발견할 수 없다고 보고하자 서에서는 교리와 제도에 관한 부분까지 철저히 탐구하라는 새로운 미션을 주었다고 했다. 그래도 황가봉이 만족할 만한 결과를 내놓지 못하자, 그들은 몸소 현장을 급습하여 해산의 근거를 색출하기로 작정했다. 세 차례의 결정적 사건이 기록과 증언으로 남아 있다.

하나는 김형오金亨悟(1911~1985)의 증언[4]에 따른 것으로 1937년의 일이다. 어느 날 새벽, 이리경찰서장 가와무라 마사미와 고등과장이 총독부에서 종교단체를 총괄하는 보안과장 등을 안내하여 지프차 두 대로 총부에 들이닥쳤다. 그들은 숙소를 급습하여 닥치는 대로 방문을 열어젖히며 꼬투리를 잡으려 했지만, 사람은 없고 잠자리 흔적조차 없이 이부자리가 가지런히 개어져 있었다. 그들이 마침내 대중 선방으로 쓰이는 공회당(구룡헌)에 이르러 보니 남녀 대중이 모여 단정히 앉아 좌선에 전심하는 모양새였다. 그들이 오거나 말거나 눈도 깜짝 않고 미동도 없는 남녀노소의 엄숙하고 평화로운 선정禪定은 그들을 압도하는 분위기였다.

소태산은 김형오를 통역으로 세우고 그들을 예의 청하원 응접실에서 접응하였다. 소태산은 차분하게 불교혁신의 취지를 설명하고, 그 실천 내역으로 만덕산에 밤나무와 참나무를 식재한 이야기를 시작으로 주섬주섬 몇 가지를 열거하였다. 엄정한 법당 분위기와 티끌조차 없이 청결한 도량에 한풀 꺾였던 그들은 소태산의 설명에 감복하였다. 소태산은 그들을 안내하여 식당이랑 선방이랑 시설을 소개하고, 산업부에 가서는 외양간, 돼지우리, 토끼장 같은 것을 일일이 보여주며, 시주받아 먹고사는 불교가 아니라 노동으로 산업을 통해 자급하고 있는 현황을 설명했다. 김형오의 증언에 따르면, 불법연구회의 비리를 잡거나 소태산을 심문하여 무엇이든 얻어가려던 그들이 신기하게도 '하이! 하이!'를 연발하며 감탄하였다. 서장은 일본 조동종의 개조 도겐 선사道元禪師 같다 하고, 고등과장은 일본 법화종(일련종)의 개조 니치렌 상인日蓮上人 같다고 하며 저희끼리 다투어 칭찬하였다.

---

4) 김형오는 영광 길룡리 출신으로 전무출신이 되어 소태산 측근에서 시봉하며 방문객을 위한 일어 통역도 잘했다. 언변이 좋고 초기교단사에 능통하여 증언한 자료가 많다. 이하 관련 내용은 박용덕의 〈김형오 구술 자료 「소태산생애담」〉, 《정신개벽》 12집(1993) 및 〈일제하의 교단사 내막〉, 《원광》 105호(1981. 2.)에 나와 있다.

도겐과 니치렌, 그리고 소태산

도겐 선사나 니치렌 상인은 13세기 일본 가마쿠라 시대(무신집권 막부 시대)에 불교 개혁운동으로 새 종파를 일으킨 명승들이기에 불교혁신을 표방하는 소태산을 거기다 견준 것으로 보인다. 말하자면 소태산을 새로운 불교 종파의 개창자로 본 것이다. 물론 그들이 소태산의 불교혁신 내용을 제대로 알고 하는 말은 아니니 탓할 일은 아니지만, 도겐이나 니치렌의 불교개혁과 소태산의 불교혁신이 그 내용에서는 별로 비슷한 게 없고 오히려 방향이 반대일 수도 있다.

도겐은 중국에서 선을 공부하고 돌아와 일본 조동종을 열었고 수행과 목으로 좌선(묵조선)을 강조했다. 니치렌은 법화경을 최고 유일의 경전으로 주장하면서 오직 '남묘호렝게쿄南無妙法蓮華經'를 주송하라고 했다. 더구나 니치렌은 "염불무간念佛無間(염불을 하면 지옥에 떨어진다), 선천마禪天魔(선종은 불법을 파괴하는 천마의 소행이다), 진언망국眞言亡國(진언종은 나라를 망하게 한다), 율국적律國賊(율종은 국가의 적이다)"이라는 과격한 주장을 펼치고 염불종, 선종, 진언종, 율종 등 불교의 여타 종파와 대결했다. 요컨대 이들 두 사람은 불교의 특정 수행법이나 경전을 절대시하며 다른 종파를 거부했다.

그러나 소태산은 오히려 유불선 등 다른 종교, 종파와 그들의 수행법을 통합적으로 받아들였다. 도겐이나 니치렌이 독선적이고 편협한 태도로써 여타 종파의 특징을 인정하지 않거나 심지어 적대시한 것에 비하면 소태산은 다름에 관대할뿐더러, 오히려 그 다름이 가진 장점을 인정하고 수용하기에 인색하지 않았다.

한편 생각하면, 일제가 전쟁을 치르면서 필요에 의해 니치렌 불교나 도겐의 불법을 천황숭배 및 국민정신교육 자료로 이용한 만큼, 소태산을 니치렌이나 도겐에 견주었다는 것은 훗날 불법연구회를 황도불교화하고자 획책한 일과 시각을 같이한 것으로도 볼 수 있다.

김형오는, 조사하고 심문하러 온 사람들이 소태산 하는 말마다 모두 좋다고 '하이, 하이' 하고 차 타고 떠나버리니 이것이 정말 기적이라고 생각했다. 도대체 무슨 일이 일어난 걸까, 처음엔 이해할 수가 없었다. 그러나 총독부 일행을 보내고 나서 지난 하루를 복기하고 난 김형오는 머리를 끄덕거리지 않을 수 없었다. 그 전날 일과日課 후에 웬일로 소태산이 몸소 나서서 총부 구내를 청소하기 시작했었다. 어른이 빗자루를 들고 설치니 대중은 덩달아 청소에 참예하였는데 이날따라 소태산은 제자들의 청소 방법에 까다로운 주문을 하였다. 덕분에 구석구석 쓸고 닦아서 절로 도량 대청소의 날이 되었다. 그런데 이튿날 새벽에 그 일이 터진 것이다. 이건 우연이 아니라, 닥칠 일을 소태산만은 이미 알고 있었다는 합리적 의심이 가는 대목이다. 누가 사전에 정보를 준 것이 아닐진대 소태산의 예지豫知 능력으로 볼 수밖에 없다. 황가봉이 "일본 사람들 말에, 소제(청소)는 사각으로 각지게 깨끗이 잘하되 마음은 둥글게 가지란 말이 있습니다" 하니, 소태산이 손수 유리창을 닦으면서 "알기는 황 순사가 잘 알아. 꼭 그렇제!" 하고 칭찬하더란 구체적 상황까지 기억하는 걸 보면 김형오의 증언은 한층 신빙성이 있어 보인다.

둘은 황가봉의 증언이다. 1937년 어느 날, 일경 두 사람이 갑자기 총부로 들이닥치더란다. 그들은 전북도경 내무국 회계주임과 고등계 형사였는데 회계감사를 전문으로 하는 인력이었다. 사무실 직원들에게 손을 들고 책상에서 물러서라 하고, 장부와 금고 일체를 샅샅이 뒤지고 몇 시간에 걸쳐 대조 확인을 하였다. 그 일이 끝나자 그들은 조실로 자리를 옮겨 소태산에게도 손을 들게 하고 몸수색을 하였다. 주머니에서 작은 주머니칼과 손수건 한 장을 찾아낸 그들은 김이 샜는지 헛웃음만 남기고 재정 관련 수사를 모두 마쳤다. 마지막으로 끓인 설탕물 한 잔씩 대접받고 가면서 그들은 황가봉에게 "이렇게 정확하게 장부 처리를 잘하는 곳은 처음이다. 어느 회사든 은행까지도 우리가 뒤져서 안 걸리는 데를 못 보았는데 여기는 1전 1리가 안 틀린다. 무슨 일을 맡겨도 틀림없겠다" 하며 극구 칭찬하였다는 것이다. 그 일이 『대종경』 실시품 14장의 배경이다. 소태산은 교도가 자신에게 선물 삼아 가져온 과자나 과일까지도 반드시 가격을 환산하여 기록하게 했고, 몸으로 봉사한 것도 품삯을 계산하고 기부금으로 간주하여 기록하게 함으로써 어떤 잣대로도 트집을 잡을 수 없게 했는데 이때 세운 관행이 오늘날까지 청렴성의 기준이 되고 있음은 놀랍다.

셋은 역시 황가봉의 증언이다. 1938년 8월경 자동차 두 대가 불시에 불법연구회 총부로 들이닥쳤다. 총독부 미쓰바시 경무국장, 전북도경 경찰부장, 고등과장, 이리경찰서장, 고등주임, 총독부 종교전문 담당관, 신문기자 등 7~8명이었다. 삼엄한 분위기 속에 당장 종법사 소태산을 불러 앉혔다. 경무국장은 황가봉을 통역으로 두고 다짜고짜 따져 물었다.

"당신들이 종지를 일원으로 하고 일원은 사은이라 하여 천지, 부모, 동포, 법률 네 자리를 모셨는데 왜 황은皇恩(천황의 은혜)을 모시지 않는 것이냐?"

황이천은 이 질문을 받자, 난다 긴다 하는 종법사도 '이제는 도리 없이 당하고 마는구나!' 하고 눈앞이 캄캄하였다고 한다. 빠져나갈 구멍이 없는 외통수라고 본 것이다. 그러나 소태산은 합장을 하여 한껏 공손한 태도를 보이더니 준비된 답변인 듯 거침없이 답하였다.

"예, 저희는 불제자입니다만 불은佛恩이란 말은 쓰지 않습니다. 불제자 입장에서 보면 사은이 모두 불은 아님이 없듯이, 국민 입장에서 보면 황은 아님이 없는 것입니다. 다시 말하면 사은이 불제자 입장에선 모두 불은이고 국민 입장에선 모두 황은입니다만, 불은을 따로 쓰지 않듯이 황은을 굳이 따로 쓰지 않은 것입니다."

통역을 하면서 황가봉은, 반격의 여지가 없는 논리와 잠시의 머뭇거림도 없이 받아치는 순발력에 감탄했다. 총독부 학무국 종교담당은 즉각 말귀를 알아듣고 '시카리데스(그렇습니다)'를 연발하며 만족스러워하였다. 말문이 막힌 경무국장이 무엇이라고 반격을 하고자 했지만, 말이 궁한 데다 종교담당이 오히려 말을 막으니 결국 입을 다물고 말았다.

시찰을 마친 후, 황 순사를 포함한 저희끼리 나눈 대화와 대책을 간략히 정리하면 이렇다. 불법연구회는 건전한 단체로 보인다, 무단히 해산할 수 없으나 그냥 두었다가 민족주의로 돌아설 가능성에 대비해야 한다, 농촌진흥이나 정신계몽에 이용하며 지켜보자는 것 등이다. 자화자찬인지 모르나 여기엔 황가봉의 용기 있는 설득이 주효했다고 한다. 어쨌건 저들은 소득 없이 돌아갔고, 불법연구회와 소태산으로선 큰 고비를 넘겼다.

그러나 저들의 집요한 해산 작전에 대비하여 소태산은 사전 사후 양면에서 근거를 마련하였으니 놀라운 혜안이다. 첫째 사전 대비인즉, 1년 수 개월 전에 소태산은 제자의 질문에 답변하는 형식으로 〈불타은과 국왕은)이란 제목의 설법을 하고 그 내용을《회보》34호(1937. 5.)에 실어 근거를 남겨두었다. 다시 말하면, 불은과 황은의 논리는 즉흥적인 임시방편이 아니라 불타은과 국왕은에서 명칭만 바꾸면 바로 쓸 수 있도록 준비를 한 셈이다. 아울러 사후 대비인즉, 1년 후인 1939년 11월 『불법연구회근행법』이란 팸플릿을 내면서 사은 위에 양대은兩大恩이라 하여 황실은(황은), 불타은(불은)을 넣어서 찍었다. 이는 1943년 발행한 『불교정전』에 이르기까지 혹처럼 붙어 다녔다. "국민으로서 황은을 알고자 할진댄 우리나라 천지는 곧 천황의 소유요 부모와 동포도 또한 천황의 적자赤子(갓난아이)요 법률도 천황께서 정하신 법률이다. 이 천지, 부모, 동포, 법률 사중은으로써 우리는 살게 되나니 이것이 곧 황은이요"(양대지은兩大知恩 중 황은 해당 부분), 이런 식이다. 소태산이 열반하던 소화 18년(1943)판 『근행법』에 나온 교리도를 보면 4대 강령 중 '무아봉공'이 진충보국盡忠報國으로 둔갑해 있다. 고육지계란 게 바로 이런 것이 아닐까 싶다.

○

일제 탄압의 대응법

일제가 소태산이나 불법연구회에 가한 탄압과 괴롭힘은 앞에서 언급한 것 외에도 크고 작은 것들이 많았지만 대표적인 것은 송벽조 교무의 불경죄 사건이다.[5]

1939년 농사철에 가뭄이 심했다. 전북 진안에 있는 마령지부 교무인 구산 송벽조(인기)는 어이없는 사고를 쳤다. 가뭄이 심한 것은 천황이 박덕한 때문이라며 조선 민중이 도탄에 빠졌으니 정신을 차려 새로운 정책을 세우라 꾸짖고, 발음이 '燒火(소화)'와 같은 연호 '昭和(소화)'를 당장 다른 것으로 바꾸라 하고, 조선총독은 물러나라는 등 진정서를 써서 무기명으로 투서를 한 것이다. 총독부 경무국에서 수사한 결과 범인을 잡고 보니 불법연구회 교무라는 것, 종법사 소태산의 사돈이요 두 아들 송규, 송도성 역시 불법연구회 간부라는 것 등이 드러났다. 일경에서는 이 사건을 송벽조 개인의 범죄로만 보지 않았다. 그러다 보니 교단에도 누가 컸고 여러 사람이 고통을 당하는 결과를 불러왔다. 본인은 불경죄로 징역형을 받아 1년 6개월[6]이나 수감 생활을 해야 했고, 장남 송규는 21일간 광주감옥에서 옥고를 치렀고, 소태산 역시 이리경찰서에 불려가 심문당하는 고통을 겪어야 했다. 뿐만 아니라 교단에 대한 일경의 감시와 탄압의 명분을 강화하는 결과를 가져왔다. 총독부 고등법원 검사국의 평가인즉 "(이 불경 사건은) 송인기(벽조) 개인의 의사 발동에 의한 것이 아니라 불법연구회 교리 자체에 불경불령사상이 내장되어 있기 때문이 아닌가, 라는 혐의를 품기에 이르러 목하 전북경찰서에서 극력 내사 중이다. 본 건은 약진 도상의 불법연구회에 있어서는 실로 유감된 불상不祥 사건이며, 교세 신장에 대하여 현저한 장애를 주는 것으로 관측된다."[7] 여기서 눈길이 가는 것은 ① 개인의 문제가 아니라 교단의 교리에 '불경불령사상'이 내

---

5) 박용덕의 『천하농판』(원불교출판사, 1999)의 〈Ⅲ. 일제하 교단의 수난과 대응〉에서 인용하거나 참고한 바가 많음.

6) 각종 기록에 '1년 6개월' 옥고로 되어 있는데, 공판기록부엔 징역 1년형으로 되어 있다. 아마 구치 기간까지 합산하여 그렇게 보는 듯하다.

7) 검사국 사상부에서 낸 《사상휘보》 22호(1940. 3.) 〈사상범죄로 본 최근 조선재래 유사종교〉에 실린 내용으로 박용덕의 『천하농판』 273쪽 재인용.

장되었다, ② 불법연구회가 약진 도상에 있다, ③ 교세 신장에 현저한 장애를 준다 등이다.

송벽조의 불경죄는 교단적인 차원에서 볼 때 용기 있는 항일독립운동의 성과로 내세우고 싶은 유혹도 없지 않을 것이나,[8] 지금 와서 보더라도 그건 상처와 비슷하지 별로 내세울 만하지는 못하다고 할 것이다. 가뭄의 원인을 일왕에게 전가한 것부터가 전근대적 사고방식이고, 연호 昭和(세상이 태평하고 군민이 일치함)의 독음이 燒火(불살라 태우다)와 같아서 가뭄이 든 것처럼 호도하는 것도 어이없다. 昭和와 燒火는 정작 일본 발음으론 쇼와しょうわ와 쇼카しょうか로 갈리거니와, 그런 식이라면 消火(불을 끔)도 있는데 굳이 燒火인가. 그러나 한편으로 보면, 송벽조가 이를 꼭 몰라서 그리한 것이 아닐 터이다. 본디 강직한 성격으로 일본 통치를 참기 힘들던 처지에 가뭄조차 심해지니 공분을 터뜨린 듯하다. 그렇더라도 어려운 시국의 터널을 통과하느라고 그동안 소태산이 얼마나 공을 들여왔는데 이런 실수를 하였는가 싶다. '약진 도상'에 있는 교단의 교세 신장에 '현저한 장애'를 주었기 때문이다.

시험에 통과한 혹은 낙방한 소태산

순사 황가봉이 전하는바, 일경이 소태산을 두고 여자와 술로 시험한 이야기는 흥미를 돋울 만한 일화다. 1940년 6월경의 일이라는데, 하루는

---

8) 송벽조의 항일 투서는 1919년 유림단 파리장서사건에 앞장선 성주 송 씨 일문의 유림 독립운동과 맥이 닿는다는 의견이 있다.(송인걸, 『대종경 속의 사람들』 115~116쪽)

고등과 형사부장인 미외尾崎가 부하 순사 한 사람과 기생 둘을 데리고 총부를 찾았더란다. 기생 중 하나는 유앵柳鶯이라 하여 소리 잘하고 미모로도 한가락 하는 여자였다. 오창건, 유허일 등이 그들을 송대로 안내하여 접대 자리를 마련했다. 그들이 요구하는 대로 정종을 한껏 준비하고 술판을 벌였다. 그들은 소태산에게 술을 자꾸 권했고 유앵은 갖은 애교로 소태산을 유혹했다. 소태산은 사양하지 않고 주는 대로 술을 받아 마셨어도 흐트러지지 않았지만 정작 일경들은 감당 못 하고 먼저 손을 들었다. 술판을 거두고 그들 일행을 인력거에 태워 보냈다. 소태산을 유혹하던 유앵은 그날 돌아가는 길에 인력거에서 굴러떨어져 얼굴을 다쳤다는 후문. 소태산은 덩치가 큰 만큼 주량도 대단했다는데 결코 어지러운 지경에 이르지 않았다. 일제강점기에 '유사종교' 교주쯤 하려면 주량도 어지간히 세어야 했던가 싶다.

그런가 하면 이런 일도 있었다.

소태산이 돈암동 회관(경성지부)에 가자 산부처님(생불)이 온다고 소문이 나서 동네 사람들이 몰려들었다. 점심 식사 때 소태산은 상추쌈을 맛있게 들었는데 이를 보고 주민들이 실망했다. 식사가 끝나자 소태산은 변소에 일을 보러 갔다. 이 모습을 본 주민들은 모두 속았다고 하며 돌아갔다. 소태산은 익산 본관(총부)으로 돌아와서 황이천에게 말했다. "이천! 내가 경성 가서 부처님 시험을 보고 낙방했다. 나보다 더한 사람도 다 낙방하겠더라. 사람들이 나를 보고 다 도망갔다." 설마 생불에게 공중부양이나 오병이어五餠二魚(예수가 빵 다섯 개와 물고기 두 마리로 5천 명을 먹였다 함)의 기적까진 기대하지 않았겠지만, 최소한 보통 사람처럼 먹고 배설하면 안 된다. 미숫가루에 생수 한 잔이면 합격했을까?

용변은, 꾹 참고 있다가 아무도 몰래 일을 보았더라면 합격했을까?

박해원옥朴解冤玉이란 여자 교도가 있었다. 남편 이만영은 전주에서 대서방을 하고 있었음에도, 굳이 익산 총부에 와서 살고 싶다는 아내를 위해 구내에 집을 마련하여주었다. 그녀는 더욱 독실한 믿음을 바치며 가르침을 받들었는데, 하루 저녁은 실수로 등화관제燈火管制[9] 지시를 따르지 못했다. 이것이 일경에 발각되어 그녀는 북일주재소로 끌려갔고, 담당 순사는 대뜸 이년 저년 하며 나무랐다. 생전 그런 모욕을 처음 당한 그녀는, 좋은 말로 하지 않고 왜 욕부터 하느냐고 항변하였다. 그러자 순사가 더욱 심한 욕지거리를 했고 해원옥도 지지 않고 대들었다. 성질이 뻗친 순사는 끝내 주먹질에 발길질까지 온갖 모진 짓을 다하며 펄펄 뛰었고, 해원옥은 별수 없이 잘못했노라고 손이 발이 되듯 빌고야 풀려났다. 집에 돌아온 그녀는 원통하고 분하여 울고불고 난리를 쳤는데, 이 소식을 접한 소태산은 일경을 원망하거나 순사에게 항의하지 않고 오히려 그녀를 나무랐다. "내가 뭐라 하더냐? 욕을 하면 욕을 먹고 때리면 맞고 바보같이 죽어 살라고 했냐 안 했냐? 나도 농판처럼 사는디 니가 꼭 똑똑한 체를 혀야 쓰겄냐?" 소태산은 가슴이 찢어졌다.

대산 김대거의 참고할 만한 증언이 있다. 박정희 유신시대(1975) 청년교도들이 정치적 항거를 염두에 두고 종법사이던 그에게 질문했을 때 대산은 "(대종사님이) 우리는 정치에 절대로 관여치 말라고 못 박아 부촉하셨다"고 답했다. 청년들이 교리적 근거로서 "정당한 일이거든 아

---

9) 적국(여기선 미국 등 연합국)의 야간 공습에 대비하여 조명을 끄거나 가리는 일.

무리 하기 싫어도 죽기로써 할 것이요"(솔성요론13)를 내세우며 정치 참여를 주장하자 대산은 상당히 현실적인 이유를 들어 당부한다. "우리 원불교가 얼마나 크고 많으냐? 아직은 어리고 약하다. 어린애가 어른과 싸우고 어른 싸움 틈에 끼어들어봐야 저 상처만 나고 피만 흘린다. 우리 교세가 국내에도 더 많이 펼치고(퍼지고) 더욱 미주美洲에 많은 발판을 놓아 교세가 커졌을 때에는 우리가 적극적으로 나라에 시정할 것을 (요구)하고 선도해야 한다."(『법문집』, 145~146쪽) 아직은 교세를 확장할 준비 단계이지 권력과 부딪칠 때가 아니라는 것이다. 군사독재에 항거하던 가톨릭의 용기를 부러워하던 젊은 교도들도 있었고, 또 불의에 저항할 줄 모르는 교단의 우유부단함에 실망하여 교단을 떠난 젊은이들도 제법 있었다. 그때 원불교가 서슬 퍼런 정권과 드잡이를 했다면 결과가 어찌 됐을까?

매사에 조급하고 참을성 없는 범인들로서는 소태산의 무저항이 무기력으로밖에 안 보일지도 모른다. 미래를 내다보는 성인에게 세상사는 다 때가 있는 법이다. 소태산은 1941년 3월 26일 예회에서 의미심장한 법문을 한다.

지난해 여름은 유달리도 밤나무 벚나무에 살쐐기가 번성하여 사람의 살 갗이 닿기만 하면 어떻게나 독하게 쏘던지 누구나 그 곁에 가기를 무서워했다. 즉 살쐐기의 위력이 아주 당당하여 거기에 살을 쏘일까 두려워하지 않는 사람이 없었던 것이다. 그러다가 가을이 되어 날씨가 차가워지고 무서리가 두어 차례 내리자 사방 나뭇잎에 진드기같이 붙어 있던 살쐐기들이 그만 힘없이 다 죽어 나뭇잎처럼 우수수 떨어져버리고 말았다. 그 정도의 추위에 전멸될 운명을 가진 살쐐기지만 여름 한 철은 그렇게도 기세등

등하였던 모양이다. 우리 인간의 일생도 그와 조금도 다름이 없어서 재산이나 학식이나 권세가 좀 있는 자는 그것을 이용하여 닥치는 대로 약자를 무시하고 농락하여 자신의 이익만을 도모하다가 결국 죽는 날에는 태산 같은 죄악만 남겨놓고 그의 행적은 물거품처럼 사라지고 말게 되니 어찌 허망치 아니하며 두렵지 아니할 것인가.

여기서 살쐐기라고 한 것은 풀쐐기(불나방의 애벌레)의 방언인데, 이것이 무엇을 비유하는지 알기는 어렵지 않다. 개인의 일에 빗댔지만, 소태산이 종종 "떠오르는 해를 먹구름이 가린들 얼마나 가겠느냐"고 하며 제자들의 울분을 다독였던 것으로 보아 이심전심이다. 소태산은 쐐기를 조심하면서 숲길을 지나다니고, 조바심하지 않고 먹구름이 걷히기를 기다릴 뿐이었다.

○

감화되는 일경들

소태산은 대각을 이루고 교화의 문을 연 이후 열반에 이르기까지 내내 일본 경찰의 주목 대상으로서 감시당하고 탄압받고 구속까지 당하며 여러모로 괴롭힘을 당했다. 흔히 인자무적仁者無敵이니 자비무적慈悲無敵이니 하지만, 소태산에게 일본 혹은 일본 경찰은 한번도 적敵인 적이 없을 뿐 아니라 남도 아니었다. 소태산이 조선을 사랑하지 않은 바 아니고, 조선을 사랑하였기에 조선의 참혹한 현실에 마음 아파하지 않을 수 없었을 것이다. 그렇다 하더라도 그것은 조선을 편애해서가 아니라 조선이 약자이기에 조선이 측은하기에 조선이 아프기 때문이었다.

자기들 주재소를 짓는다고 건축비 600원을 불법연구회에서 뜯어낸 이리경찰서장 이즈미가와泉川를 비롯하여 서장 하시구치 료조橋口良三, 형사부장 스키야마 세이기치杉山精吉, 고등주임 무카이向井, 그리고 조선인 순사 송종태, 김진홍 등 소태산과 불법연구회를 가지가지로 괴롭힌 자들도 있지만, 소태산에게 의외로 호의적인 인물도 적지 않았다. 이즈미가와 서장 후임인 스즈키 스미조鈴木住藏는 소태산을 가리켜 일본 에도시대의 농정가 니노미야 손토쿠二宮尊德(1787~1856)와 같은 위인이라며 존경심을 보였고, 불연에서 농사짓는 데 쓰라고 구하기 힘든 거름을 공급하는 등 도움을 주었다 한다. 그의 후임 가와무라 마사미河村正美[10] 역시 소태산을 니노미야 손토쿠에 견주며 존경하여 시국 관련 정보까지 미리 귀띔하는 식으로 도움을 주었고, 임지를 옮긴 후에도 불법연구회에 애로사항이 있을 때면 적극 손을 써주며 친교를 지속했다. 일본 동본원사 승려를 지낸 전력이 있는 마바구치馬場口 경부 같은 이는 종법실에 오면 무릎을 꿇고 언행을 공손히 하며 소태산과 참선에 관한 문답을 하였다 한다.

여기서 잠깐 주목할 바는 일경들이 소태산을 니노미야 손토쿠에 비교하며 존경하였다는 대목이다. 100년의 시차를 두지만, 유사성으로 둘을 비교할 만한 여지는 있다. 하나는, 두 사람이 통합적 종교사상가

---

10) 원광대 총장을 지낸 김정용(삼룡)은 『생불님의 함박웃음』 221쪽에서, 이리경찰서 시모무라(下村) 서장이 소태산을 존경하여 극진히 대우하였고, 불연에 상당한 도움을 주었다고 하였는데, 이는 가와무라(河村)와의 혼동이 아닌가 싶다. 당시엔 국음으로 '하촌'이라 불렸기 때문이다. 夏村(하촌)도 보이는데 이 역시 같은 사정 때문에 생긴 착오로 보인다.

라는 점이다. 니노미야는 유교, 불교, 신도 사상을 통합했고 소태산은 유교, 불교, 선교 사상을 통합했다. 둘은, 두 사람이 취한 도의 가치 실현이 입이나 머리로 하는 것이 아니라 농업 등 실업을 통하여 현실적·실천적 모습으로 나타났다는 점이다. 일본에서 니노미야가 정치적·교육적 목적으로 신격화하여 근로의 신, 농업의 신, 학문의 신으로 숭배되는 점을 감안할 때, 일경들이 소태산을 존숭하는 일은 이상할 게 없어 보인다.

그러나 뭐니 뭐니 해도 경찰을 극적으로 감화시킨 소태산의 인격은 조선인 순사 황가봉을 통해 확인된다. 황가봉은 5년 정도 소태산을 모시면서, 처음엔 일경의 사주를 받고 불법연구회를 감시하고 해산의 구실을 찾기 위해 노력하던 순사에 불과했다. 그러나 곧 감화를 받아 법명을 받은 뒤, 제자로서 교도로서 소태산의 충실한 정보원이 되었고 불연의 수호자가 되었다. 두 하늘이란 뜻의 '이천二天'을 법명으로 준 소태산의 의도를 놓고, 선천과 후천을 가리킨 것이란 해석과, 일본(혹은 일왕)과 조선(혹은 소태산)을 가리킨다는 해석이 있다. 소태산이 그에 대해 본인에게 설명한 바도 없고 본인도 묻지를 않았으니 어쩌면 화두 삼아 살라는 뜻이었는지도 모를 일이다. 수기나 구술에 나타난 변명을 모두 곧이곧대로 받아들일지는 이견이 없지 않겠지만, 그는 소태산 사후에도 충실했고 더구나 자녀를 전무출신으로 내놓을 만큼 신심이 있었다. 해방 후 순사직을 내놓은 그는 일선 교당을 순회하면서 당대의 실상과 내막을 증언하여 감동을 주기도 했다. 『대종경』에는 그의 사연이 다음과 같이 올라 있다.

형사 한 사람이 경찰 당국의 지령을 받아, 대종사와 교단을 감시하기 위하여 여러 해를 총부에 머무르는데, 대종사 그 사람을 챙기고 사랑하시기를 사랑하는 제자나 다름없이 하시는지라, 한 제자 여쭙기를 "그렇게까지 하실 것은 없지 않겠나이까." 대종사 말씀하시기를 "그대의 생각과 나의 생각이 다르도다. 그 사람을 감화시켜 제도를 받게 하여 안 될 것이 무엇이리요" 하시고, 그 사람이 있을 때나 없을 때나 매양 한결같이 챙기고 사랑하시더니, 그가 드디어 감복하여 입교하고 그 후로 교중 모든 일에 많은 도움을 주니 법명이 황이천黃二天이러라.(실시품12)

황이천 외에 주목할 인물은 이리경찰서에 있던 육무철 경부다. 학문이 있던 그는 소태산에 귀의하여 그 법열의 경지를 가사로 만들어 발표하기도 했는데 작품성이 뛰어나다. 그는 오대산 명승 탄허 (1913~1983)의 외숙이 되는 인물이었다고 한다.《회보》19호(1935)에 수록된 가사 〈차중 콧노래〉 중 일부를 싣는다. 지금 보기에는 낯선 '청도진경'(신선세계) 같은 용어도 눈에 띄고, 4.4조를 고수하느라고 '어여삐사'(어여삐 여기사)나 '거룩컨과'(거룩하거니와)처럼 무리하게 축약한 부분도 있지만, 전반적으로 내용은 충실하고 표현은 참신하다.

북쪽으로 가는 손님/ 우편으로 쳐다보소
남쪽으로 오는 벗님/ 왼편으로 바라보소
이리 황등 두 정거장/ 한가운데 그 어름에
철뚝 아래 머지않은/ 들 하나를 바로 건너
높고 낮은 언덕 우에/ 크고 작은 옥우屋宇로다
종소리도 맑은지고/ 상서 기운 싸고도니
티끌 인간 지척 새에/ 청도진경淸都眞境 여기런가

자네 자네 못 들었나/ 그 이름을 못 들었나

저기 저기 저 곳에는/ 거룩한 이 계시다네

어지러운 욕계중생/ 제석님이 어여뻬사

영광이라 길룡촌에/ 거룩한 이 낳으셨네

각고여행刻苦勵行 몇십 년에/ 생사경을 초탈하여

불멸 진리 얻은 후에/ 중생제도 하와지라

이 땅에다 터를 닦아/ 본회 총부 정하고서

모든 제자 더부시고/ 무상대도 베푸시네

거룩한 이 그 뉘신고/ 종사님이 그시라네

종사님도 거룩컨과/ 제자들도 장하더라

서로 맹세 굳은지라/ 맘과 몸을 바치기로

종사님을 중심 삼아/ 단체 이름 일컬으니

이름조차 거룩하여/ 불법연구회라 하네 (…)

○

벼랑에 선 불법연구회

극심한 압박과 감시 속에서 불법연구회는 심리적으로 위축이 불가
피했지만, 소태산은 교단이 해산되거나 제자들이 다치지 않도록 조심
조심, 그러나 뚜벅뚜벅 확실한 발걸음을 떼어놓았다. 1936년, 경성지부
에 머물며 한 달 이상(6월 15일~7월 23일) 매일 저녁 한 시간씩 설법을
했고, 부산 조량에서 초등학교 시설을 빌려 한 주일(7월 24~30일)을 두
고 몸소 『조선불교혁신론』으로 교리강습을 실시했다. 그는 이런 열정적

인 전법의 시간이 다시 올 수 없음을 알고 있었다. 김영신 교무에게 개성교당의 개척을 허락하였고(1937), 남원출장소와 화해출장소의 설립 신청이 올라와 있고, 머지않아 운봉출장소 설립도 가능할 것이다. 남원 지부는 번듯한 법당 건물을 신축하려고 준비가 한창 진행 중이다. 일제의 간섭과 탄압이 매서워도 이제 내성이 생긴지라 제자들도 웬만한 일에는 꿈쩍을 않는다. 이대로만 간다 하더라도 불법연구회의 회세는 날로 발전하여 몇 해 안에 조선 사회에 확실한 자리를 잡을 것으로 기대되었다.

시창 23년(1938) 1월, 남녀 회원 백여 명이 성황을 이룬 동선(겨울 정기훈련)을 해제하면서 늘 그랬듯이 깔깔대소회呵呵大笑會가 야간에 열렸다. 3개월의 훈련을 마치는 남녀노소 선도禪徒가 지위도 체면도 불고하고, 남녀내외법도 일시 접어둔 채, 노래하고 춤추고 장기자랑을 하면서 마음껏 웃고 즐거워했다. 황정신행이 승무를 추고, 유허일이 시조창을 하고, 최도화는 회심곡을 불렀다. 김형오가 점쟁이 흉내를 내고 박노신은 병신춤을 추고, 이렇다 할 재주가 없는 송규도 불려 나와 막춤을 추었다. 간식으로 겨우 깜밥과 삶은 고구마를 먹으면서도 그렇게 즐거워하는 제자들을 보며 소태산의 마음은 오히려 마냥 처연했다. 이 행복한 세월도 짧게 지나고, 좀처럼 넘기 힘든 시절이 시시각각 다가온다. 소태산은 한 걸음씩 다가오는 검은 그림자를 침착하게 응시하고 있었다. 이제 보따리를 싸야 할 시각이었다. 1938년 11월, 깨달음의 요체를 집약한 300자(제목 제외)의 짧은 경문 〈심불일원상내역급서원문心佛一圓相內譯及誓願文〉(→일원상서원문)을 발표하고, 교도 가정마다 심불일원상을 봉안하도록 권장하였다. 소태산은 〈사람의 열반 시를 당하여 영혼 천도하는 법설〉(《회보》, 54호)이니 〈열반 전후에 후생 길 인도하는 법문〉

《회보》, 57호)이니 〈영혼을 위하는 불공과 송경에 대하여〉(《회보》, 64호)
니 하는 천도 법설을 1939년부터 1940년 사이에 집중적으로 했다. 이
것은 우연이 아니다. 그는 길 떠날 준비를 서두르는 것이다. 이런 법문
이 실리는《회보》의 운명도 임종을 맞이했다.

사회적 언론의 평판이 좋아지고 교세가 융성할수록 일제의 감시망
은 날카로워지고 압박은 심해지더니 교단 내 언론에도 적잖은 수난으
로 다가왔다. 1928년에 창간한 기관지《월말통신》은 34호를 내고 경제
난으로 15개월이나 정간해야 했고, 속간하여 35호를 내고《월보》로 개
칭하여 내다가 당국에 48호를 몽땅 압수당한 후 강제로 폐간을 당했
다. 1933년에《회보》로 이름을 바꾸고 재창간하여 종교적으로뿐 아니
라 언론 문화 측면에서 활발한 기여를 하였지만 시국은 날이 갈수록 언
론 문화 환경을 어렵게 했다. 일제의 탄압이 노골화하기 시작한 1937년
이후 살벌한 감시 속에서 살아남기 위해《회보》가 택한 생존 전략은 ①
저들의 정책에 협조하여 친일적 색채를 가미하기, ② 불교적 색채를 강
화하기, 이 두 가지 방법이었다. ①은 저들의 비위를 거스르지 않으려
는 고육지책이었고, ②는 저들이 기본적으로 불교에는 친화책을 유지하
고 있기 때문이었다. 중일전쟁에서 전사한 서주西住 대위라는 일본군 전
차장戰車長을 미화한 〈소화 군신 서주 대위 일화〉를 해를 넘기며 연재한
다든가 〈신년 벽두에 보국을 서원하자〉 혹은 〈지원병이 되어 일사—死로
써 보국하자〉 같은 낯 뜨거운 회설(사설)을 싣는다든가 한 것이 바로 ①
에 해당하고, 〈고덕명시소개古德名詩紹介〉나 〈불해탐주佛海探珠〉 등 불교적
연재물을 많이 실은 것은 ②에 해당한다. 이것은 생존을 위해 부득이한
선택이었을망정 후대 원불교 교단에 일정 부분 부정적 그림자를 드리웠
다. ①은 소극적이나마 친일 부역을 했다는 자괴감으로 항일독립투쟁

을 한 종파 앞에 주눅 들게 하는 일면이 없지 않다. ②는 불교적 유산을 활용하여 교단을 살찌우는 긍정적 일면은 있지만, 달리 보면 원불교를 필요 이상 불교 편향으로 끌고 간 부정적 일면도 있지 않은가 한다. 경제·정치적으로 시국이 어렵다 보니 조선의 대표적 일간지《동아일보》와《조선일보》조차 자진 폐간이란 명목으로 1940년 8월에 문을 닫았다. 이들과 비교할 수 없이 근소한 발행 부수에다 신문 아닌 잡지였지만《회보》는 두 달 먼저인 6월에 65호를 끝으로 자진 폐간을 택했다.

1937년 중일전쟁 이후 미나미 지로南次郎 총독은 내선일체內鮮一體(일본과 조선이 한 몸이란 뜻)란 명분을 내걸고 조선 민족을 말살하려는 정책을 노골화하였다. 일본 왕에게 충성을 강요하고 신사참배를 강요하고, 학교에서는 조선어 과목을 폐지하고 일본어만 쓰도록 강요하였다. 법회 시작 때마다 일왕에게 충성을 맹세하는 황국신민서사皇國臣民誓詞[11]를 외우라고 하니 그도 거절하지 못했다. 1938년, 관에서 음력 폐지와 양력 시행을 권장하자, 합리주의자 소태산은 음력보다 양력이 합리적임을 제자들에게 조목조목 설명하며 교단의 모든 행사 일정을 양력으로 하도록 조처하였다. 1940년에는 창씨개명이라 하여 성을 일본식으로 짓고 이름도 일본식으로 바꾸라고 강요했다. 시한까지 정해놓고, 창씨를 거부하는 자는 불령선인으로 몰아 감시케 했으며, 그 자녀의 학교 입학을 금지하는 등 가지가지로 탄압을 가했다. 창씨에 대한 저항도 만만치 않아 다양한 거부운동이 일어났지만 소태산은 오히려 제자들을 달래며 창씨개명을 시범했다. 성씨는 일원一圓이고 이름은 증사證士였다. 일

---

11) "1. 우리는 황국신민(皇國臣民)이다. 충성으로써 군국(君國)에 보답하련다" 등 3개조로 되어 있는바 일본 왕에게 충성을 서약하는 글월이다.

원의 진리를 증오證悟(진리를 증득하여 깨달음)한 선비이니 일원증사라 하면 됐다. 수제자 정산 송규는 일원광─圓光, 대산 김대거는 일원대거─圓大擧, 전음광은 일원음광─圓飲光 그런 식이었다. 밀양 박 씨, 야성 송 씨, 김해 김 씨, 정선 전 씨 따질 것 없이 모두 일원 씨로 한집안이 되는 것이었다. 다만 일원─圓을 '이치엔'으로 읽어서 돈 1원처럼 들리는 것을 피하여 일─은 '모토'로 원圓은 '마루'로 읽어 '모토마루'라 부르기로 했다. 모토는 처음이니 근본이니 하는 뜻[原/元]을 취한 것이요 마루[圓/丸]는 동그라미를 가리킨다. 그러면 소태산(일원증사)은 모토마루 쇼시가 되는 셈이다.

총독부 경무국장이 다녀간 이후, 불법연구회를 해산할 명분을 찾지 못한 일제는 생각을 바꾸었다. 황가봉의 건의대로, 굳이 불법연구회를 해산시킬 게 아니라 이를 역으로 이용하는 길을 찾았다. 불연이 여기에 맞장구만 치면 교단의 생존은 보장되니 솔깃할 만도 하다. 선례가 있다. 동학계인 수운교는 1938년에 일본의 진종불교와 야합하여 아미타불을 모시고 본부에 흥룡사 간판을 붙이며 정체성을 포기한 대가로 해산을 피할 수 있었다. 일제는 불연으로 하여금 수운교의 전철을 밟도록 프로그램을 짰을까. 다만 불연뿐 아니라 조선불교 전반을 황도불교화하는 좀 더 큰 그림을 그리는 데 앞잡이로 이용하고자 했다는 견해도 있다. 그들의 눈에 불연의 소태산이 거물로 보이니 그를 앞장세우면 프로그램의 성공이 가능하리라고 구상했을까. 눈치 싼 소태산은 예의 '농판'으로 변신하여, 그들의 요구를 정면으로 거스르지 않으면서 모자란 듯 어눌한 듯 굽실거려서 그들 스스로 자기들 계획에 확신을 가지지 못하도록 했나.

일정 말엽에 일본 사람들이 원불교(불법연구회)를 앞잡이로 내세우려고 일본 관원이 와서 대종사님을 뵙고 "한국(조선) 전全 불교를 총합해 선생님께서 그 일을 맡아주셔야 하겠습니다" 하고 말씀드리니, "내가 무엇을 압니까, 백성은 나라에서 시키는 대로만 하면 되니 시키는 대로 잘 따라가겠습니다"라고 세 번 거듭하시고 세 번 절하셨다. 그 후에 통역을 맡았던 제자가 "대종사님, 그 관원과 이야기하신 것은 동문서답이셨습니다" 하니 "네가 종법사 잘하겠다. 지견이 못 미치면 별수 없다"고 하셨었다.(『법문집』, 146쪽)

예전엔 보신책으로 거짓 미친 체하는 광인 코스프레가 종종 있었다지만, 코미디도 아닌데 농판 코스프레라니 우습기는 하다. 하지만 그것이 폭탄이나 권총 들고 덤벼드는 것보다 훨씬 현명한 생존 비법이기도 하려니와 종교인으로서 마땅한 방식이기도 하다. 일제는 소태산의 코스프레에 속아 넘어갔을까? 때로는 의심을 품기도 했겠지만 그렇다고 교단 해산 등 막가는 조처를 취할 수는 없었다. 소위 대동아전쟁(태평양전쟁)이 막바지에 이르면서 일제의 국민동원 체제는 더욱 강화되었고 불법연구회도 그들의 요구에 많은 시달림을 당해야 했다. 늘 그랬듯이 소태산은 저항하지 않고 소극적으로나마 협력하는 자세를 취했다. 한번은 종교인들을 동원하여 순회 시국강연을 한다고 하였다. 그러나 소태산을 앞에 내세우려는 저들의 요구에는 예의 농판 코스프레로 대처하고, 대신 독립운동가 출신 유허일을 내보냈다. 그러나 유허일은 스승의 뜻을 아는지라 연사로 나서지는 않고 능란한 화술로 진행자가 되어 강연회를 이끌 뿐으로 반민족적 친일의 가책을 최소화하였다.

일제는 소태산에게 일본에 건너가서 일왕(천황)을 알현하도록 요구하였다. 불교를 천황숭배의 방편으로 쓰려는 이른바 황도불교화_{皇道佛敎}化를 전제한 수작이었다. 일왕을 친견하여 충성을 맹세하게 하고 그 대가로 회체의 존속을 용인하겠다는 것이니, 일종의 거래인 셈이다. 소태산은 그들의 요구에 너무도 순순히 응했다. 이공주의 아들 박창기의 안내로 경성 화신백화점에 가서 국민복과 군모를 사서 입고 모든 준비를 갖추었다. 당시 일왕 알현을 위한 국민복 정장 차림으로 박창기와 나란히 찍어둔 사진이 전한다. 지금 보기엔 꼴불견이지만 소태산의 계산은 따로 있었다. 저들에게 소태산이 흔쾌히 도일하여 천황을 알현하려 한다는 믿음을 주려는 위장술이었던 것이다. 1940년 10월, 소태산은 박창기를 동행하고 도일을 위해 부산으로 갔다. 이 무렵 소태산에게는 하필(?) 안질이 생겼다. 초량교당과 남부민교당에 머무르며 안과 치료를 받았다. 안질은 쉽게 낫질 않았다. 저들은 어서 일본으로 가자고 독촉했지만, 안질을 핑계로 도일 날짜를 계속 연기하였다. 안질은 전염성이 있어서 천황에게 병을 옮길 수 있으니 치료를 끝내고 가겠다는 명분을 내세웠다. 얼마 후 전북도경에서는 도일을 취소하고 돌아오라는 뜻밖의 연락을 해 왔다. 소태산은 저들의 요구를 거스르지 않는다는 확신을 주면서 일본에 가지 않으려는 목적을 달성했다. 만약 일본에 가서 천황을 알현하고 충성을 맹세하고 외형만이라도 황도불교로 변신하는 상황이 연출되었다면 어찌 되었을까?

당대 제자들의 후일담이지만, 만약 그리되었더라면, 불법연구회는 친일불교로 낙인찍히고 해방 후의 살벌한 정국 속에 타도의 대상이 되었을 것이라고 이구동성이다. 당시 부산까지 수행한 박장식 교무는 저들이 천황 알현 추진을 포기한 내막을 두고 "아마 일본에 가신다고 할 것 같으면 거기에 한인 동포들이 많이 살고 원체 인물이 훌륭하시니까 어떠한 변이라도 생기면 오히려 자기들의 입장이 곤란할 듯해 그런 것 같아요"라고 추측하였다. 박장식의 전언에 따르면, 소태산도 일본행을 피하기 어려울 것으로 알고 도일까지를 각오했던 듯하다. 안질 평계로 도일을 연기하는 것이 플랜 A였지만 실패할 경우를 대비해서, 도일은 하되 '천황 알현'은 회피하는 플랜 B(별도의 방안)도 가지고 있었을 것으로 짐작된다.

○

소태산을 따른 여자 제자들

소태산을 따르는 사람들은 주로 어떤 이들이었을까?

유교의 공자를 비롯하여 제자백가가 가는 길은 종교가 아니라 학문(사상)이었기에 따르는 이들도 여자가 아니라 남자였고 민중이 아니라 선비였다. 불교의 석가는 중생제도를 목적하는 종교의 길을 갔기에 카스트 사회이었음에도 남녀노소 빈부귀천을 가리지 않고 받아들였다. 이슬람의 경우, 초기에 마호메트를 따르는 이들이 주로 흑인, 이방인, 노예, 무법자였다고 했다. 그래서 마호메트가 속한 크라이슈의 족장들은, 마호메트가 가난한 사람이나 노예나 쓸모없는 사람들에게만 지지를 받고 있다고 비난했다. 기독교의 예수는 사랑과 구원을 목적으로 했기에 따르는 이들도 매춘부, 병자, 죄인, 이방인, 세리[12] 등 비천하

---

12) 당시 세리(稅吏)는 로마에 부역하는 반역자, 변절자로 간주되었기에 매춘부나 죄인 및 이방인들과 같은 부류로 취급받았다고 한다.

고 보잘것없는 이들이 많았다. 죄인이랑 세리들과 함께 있다고 비난받았을 때 예수가 한 말은 종교의 본질을 매우 잘 표현했다 할 만하다. "건강한 자에게는 의원이 쓸데없고 병든 자에게라야 쓸데 있나니, 내가 의인을 부르러 온 것이 아니요 죄인을 불러 회개시키러 왔노라."(〈누가복음〉 5장 31-32절)

근세 신종교의 경우도 마찬가지다. 증산은 "부귀한 자가 빈천을 즐기지 아니하며 강강剛强한 자가 유약을 즐기지 아니하며 지혜로운 자가 어리석음을 즐기지 아니하나니, 그러므로 빈천하고 병들고 어리석은 자가 내 사람이 되나니라"(『대순전경』, 8-48) 했다.

소태산은 교당을 병원으로, 성직자를 의사로, 교리를 약재와 의술로 비유한 바도 있지만, 종교를 절실히 필요로 하는 이들은 건강한 이들이 아니라 아픈 이들이고, 행복한 이들이 아니라 불행한 이들이고, 법 없어도 살 만한 선량한 이들이 아니라 죄 많고 참회할 일이 많은 이들이다. 그에게는 부귀한 이들보다 빈천한 신분을 가진 이들이 많이 몰렸고, 남자보다는 여자가 많이 따랐다. 여자 중에서도 열성적인 추종자들은 과부, 소박맞은 여자, 첩실, 화류계 출신 등 '흠 있는' 이들이 많았다. 열성적 남자 제자들의 발심 동기는 상대적으로 구도적 열정에 비중이 높았다면, 동진 출가(정녀)를 제외한 여자 제자들의 태반은 마음이 아픈 이들, 한이 깊은 이들이었다.

영산에서 초기 제자들을 모을 때는 남자 중심이었다. 여자가 있다 해도 남자의 배우자나 자녀로서 가장의 뜻에 추종하는 수준이었다. 최초 아홉 제자가 남자들일 수밖에 없었던 이유는 간단하다. 남녀가 유별하던 당시에 남편의 뜻을 어기고 소태산을 따를 여자는 구할 수가 없었고, 설령 얻는다 해도 그들을 데리고 남녀가 어울려 교화단을 구성한다든가 방언공사를 한다든가 산상기도(법인기도)를 한다든가 하는 일은 불가능하다. 당시 사회에선 용납할 수 없는 일이고, 소태산은 창립의 발걸음을 떼기도 전에 사회적 지탄의 대상이 되어 좌절했을 것이다.

원불교 교리의 핵심인 사요四要 가운데 첫째는 본래 '부부권리동일' 혹은 '남녀권리동일'이었다. 후에 더 보편적인 용어인 '자력양성'으로 바뀌었지만, 이만큼 소태산은 여성의 권리를 인권 차원에서 심각하게 인식하였다. 교법상 남녀 차별을 용납하지 않았던 소태산으로서도 난감한 일은 적지 않았다. 강연 훈련 때면, 남녀노소가 똑같이 연단에서 강연 발표를 하도록 했어도 여자 제자들은 너무나 수줍어하여 연단에 서려고 하지 않았다. 그런 경우에도 소태산은 커튼을 치고라도 강연을 하도록 조처하였다. 교무 양성도 남녀를 함께하였고, 새파란 애송이 정녀를 지방 교무로 파견하는 일도 꺼리지 않았다. 타 종단에선 오늘날조차 여자 사제나 여자 법사 혹은 여자 목사의 성립이 불가능하거나 쉽지 않은 현실을 생각하면 소태산이 여권에 대해 얼마나 열린 사고를 가지고 과감한 실천을 하였는지 알 만하다. 소태산이 수도 서울에 경성지부를 창립할 당시만 보더라도 여기 참여한 이들은 모두 여성들이었다. 물론 그 여자들의 태반은 남자의 허락이나 간섭을 받지 않아도 되는 과부, 독신녀(별거녀), 이혼녀 혹은 그들의 딸이기에 가능했다. 어느 지역보다 열린 사고를 가졌던 개성지부의 경우에도 교무 김영신은 물론 창립주들도 모두 여자였고, 모여든 교도들도 88퍼센트가 여자, 그중에도 "청춘에 홀로 사는 과부, 아들을 낳지 못한 부인, 남편이 첩을 두어 가정이 단란치 못한 부인, 이혼녀, 그리고 이외에도 상급학교 진학하지 못하는 야학생 등"(문체부, 『북한지역종교자료집』, 79쪽) 이었다.

불법연구회 교단 최고 의결기관이기도 한 수위단의 구성은 최초 9인 멤버. 그들이 죽거나 참여가 어려운 경우 보결단원이나 대리단원을 선출하였는데 이때도 모두 남자만으로 하였다. 1931년(원기 16) 나온『불법연구회통치조단규약』에, 정수위단[13]을 남녀 각 1단으로 조직하여 모든 단의 원시元始(원래의 처음)가 되기로 한다고 명시하였는바, 소태산은 이해에 여자 수위단 시보단試補團을 내정한다. 시보란 '어떤 직에 정식으로 임명되기 전에 실제로 그 일에 종사하여 익히는 일(혹은 직책)'이니 '견습/수습'과도 통하는 말이다. 그러나 시보단원에게 글자 그대로 실무 수습을 시키지는 않고 내정 단계에 머무른 것 같다. 남자 수위단과 나란히 여자 수위단을 구성하려는 꿈을 놓지 않았던 소태산이건만, 또 시보단의 구성을 마친 상태였건만 웬일인지 그는 이를 공표조차 하지 않은 채 무려 12년을 보냈다. 왜 그랬을까? 열반 두 달 전인 1943년 4월에 일부 단원을 교체하여 명단을 확정하고[14] 남자의 법호에 붙는 -산山 대신, 바다에서 경사가 완만한 섬[海中山]을 뜻하는 -타원陀圓을 붙인 그들의 법호까지 지었으나 역시 발표는 하지 못하고(혹은 안 하고) 열반에 들었다. 1945년 2월, 후임 종법사인 정산 송규가 비로소 이 명단을 발표하였다. 소태산 대신 정산이 하늘을 상징

---

13) 여기서의 정(正)은 종(從)/부(副)가 아님을 나타내는 접두사이니, 예비가 아닌 정식 수위단이란 정도의 뜻이다. 현행 제도에선 하위 수위단으로 봉도수위단(출가)과 호법수위단(재가)이 있다 보니 이들과 구분하는 뜻으로 쓰인다.

14) 1931년엔 소태산의 부인 양하운과 전음광의 모친 전삼삼이 각각 진방과 손방에 배정되었는데 1943년에 이 둘이 이월하여 황정신행으로 교체되고, 전체 순서(위계)도 1943년으로 재배정되었다. 황정신행은 1936년 입교이므로 1931년 내정한 시보단에 들 수 없었기에 추가하자니 전삼삼이 밀린 듯하고, 양하운은 소태산의 부인이기에 남들이 불편하게 생각할 것을 염려하여 최초의 여제자인 이원화로 대체한 듯하다.

하는 단장이 되고 땅을 상징하는 중앙엔 이공주, 나머지는 박사시화, 장적조, 최도화, 이원화, 이청춘, 이동진화, 정세월, 황정신행 등이 차례로 건·감·간·진·손·이·곤·태 팔방에 배치되었다. 이들의 법호는 이공주를 구타원으로 한 후 장적조로부터 황정신행에 이르기까지 일타원부터 팔타원이 배정되었다. 최초 남자 수위단이 일산부터 팔산까지 배정되던 것과 같은 방식이다. 다만 남자와는 달리 일타원부터 팔타원까지는 나이 순서로 배열되었고, 남자 중앙 정산鼎山에 상응하는 여자 중앙 이공주의 호가 정타원鼎陀圓 아닌 구타원九陀圓임이 차이라고 하겠다.

다시 한번 말하거니와 소태산은 왜 이들 여자 수위단을 다 준비하고도 생전에 공표하지 않았을까? 왜 후임 정산에게 그 일을 미루었을까? 이 의문에 대한 답변은 다시 뒤로 미루고, 여기서는 이들 아홉 사람의 구성이 어떻게 되었는지 이야기하겠다.

일타원 박사시화는 결혼 16년 동안 자식도 두지 못한 채 홀몸이 된 과부요, 이타원 장적조는 결혼하여 아들 둘을 둔 서른 살 주부로서 남편과 자식까지 버린 채 도망 나온 가출녀요, 삼타원 최도화는 결혼 생활에 재미를 못 느끼고 남편과 자식 남매를 둔 채 자살을 시도하기도 하고 가출하여 승려 생활도 해보았던 가출녀요, 사타원 이원화는 고아로 전전하다가 결혼하여 일찍 남편을 잃고 재혼하여 버림받고 성姓이 다른 두 자식을 데리고 소태산에게 의탁하였던 과부요, 오타원 이청춘은 전주에서 화류계 생활을 하다가 나이 들어 물러난 퇴기다. 육타원 이동진화는 어려서 부모 잃고 친척 집을 전전하다가 왕족의 첩이 되어 살다 가출한 여자요, 칠타원 정세월은 열여섯에 14년 연상인 남자(서중안)의 후처로 들어가 살다가 딸 하나를 낳고 서른다섯에 혼자가 된 과부요, 팔타원은 드물게 학벌 좋은 신여성으로 초혼에 실패하고 돈 많은 유부남의 첩으로 들어갔지만 시가나 본처와의 갈등 혹은 남편의 바람기로 고통에 시달리던 여자요, 구타원 이공주는 황후(순종비)의 시독에 당대 명문 출신이란 학벌에도 유학의 꿈을 접고 결혼한 남자가 유부남이었건만, 그마저 아들 둘을 두고 급환으로 사망하여 스물일곱에 혼자가 된 첩 출신 과부였다. 그러고 보면 그녀 아홉 사람들은 멀쩡한 여자가 하나도 없던 셈이다. 고아 출신에, 청춘과부에, 퇴물 기생에, 첩에, 가출녀에⋯⋯. 이러다 보니 그들에겐 남다른, 혹은 남모를 아픔과 한이 쌓여 마음 둘 데가 없었을 것이다. 중병으로 고통받는 환자가 물어물어 명의를 찾아왔으니, 그들은 소태산에게 갖은 신성을 바쳤고 거기서 위안을 얻고 구원을 받았다. 멀쩡한 여자들보다 이 '흠투성이 여자'들이 오늘날의 원불교를 건설한 갑종(일등급) 공로자들이니 더 말할 것이 없다. 참고로 출신지를 본다면, 전북 네 명(일/삼/오/칠타원), 전남 한 명(사타원), 경남 두 명(이/육타원), 황해 한 명(팔타원), 서울 한 명(구타원) 등으로 전북이 단연 많고 전남까지 합하면 호남이 다섯 명으로 절반을 넘는다. 남자 첫 수위단이 경북 한 명(정산)을 제외하면 전부 호남(전남)이었던 것에 비하면 그래도 출신지의 다양화가 이루어진 셈이다.

소태산 회상에선 남녀권리동일의 이상이 상당 수준으로 실현되었다. 시대적 상황을 감안하면 놀랍다. 기성종교들, 예컨대 불교나 기독교의 창립사에선, 교조들의 뜻이야 아니겠지만 여성의 위상이 극히 빈약하다. 유교나 선교에서 역시 그렇다. 후천개벽을 주창하고 나온 근세조선의 신종교들도 마찬가지다. 수운의 동학에도 일부의 정역(영가무도교)에도 증산의 흠치교(증산교)에도 홍암의 대종교에도 여성의 설 자리는 없다. 이른바 수부首婦를 내세워 음양 조화를 강조한 증산교에서조차 고작 증산의 초취 정 씨, 제1수부 김 씨, 제2수부 고 씨에다가 증산 누이 선돌댁, 증산 외동딸 강순임(이순) 등 교조의 배우자나 피붙이임을 근거로 조명받는 여성이 고작이다. 그러나 소태산의 회상엔 오히려 여초 현상이 심하다 할 만큼 여성들의 참여가 양적으로 가멸고 질적으로 알차다.

뺏은 년 뺏긴 년

마음 아픈 사람들, 그중에도 여자들이 소태산을 의지하는 것은 각별했다. 흥미로운 것은 남편이 첩을 두어 고통받는 여자가 있는 한편, 남의 첩이 되었기에 고통받는 여자도 있었다는 점이다. 법마상전급 십계에 "두 아내를 거느리지 말라"는 것이 있으니 이는 남자에게만 해당되는 것이 아니라 여자에겐 "남의 첩실이 되지 말라"는 뜻으로 이해되었다. 또 흥미로운 것은 같은 남자의 처와 첩이 동시에 소태산의 제자가 된 경우조차 종종 있었다. 전무출신으로 이지일이라는 여제자를 경성지부(서울교당)로 보내면서 소태산이 당부했단 말을 들으면 당시 상황이 유추되기도 한다.

> 시창 27년(1942) 이지일이 서울지부 감원으로 발령 났다. 이지일이 조실에 인사를 가니 소태산이 이런 당부를 하였다. "서울 가면 서방 뺏은 년, 뺏긴 년이 와서 원정하는 사람 있을 테니 거기 정신 뺏기지 말고 잘 살아야 한다."(『서울교당93년사 2』, 124쪽)

1942년 전후한 시기 서울교당엔 이공주, 황정신행, 성의철, 이동진화 등 '서방 뺏은 년'들이랑 지환선, 김삼매화, 이현공 등 '서방 뺏긴 년'들이 즐비했다. 양쪽 다 한이 많으니 그들의 원정原情(사정을 하소연함)을 들어주고 다독거리는 것도 소태산에겐 얼마나 신경 쓰이는 일이었을까. 그건 그렇고, 소태산은 제자들에게 정말 '년' 자를 놓았을까? 소태산은 외인이나 나이 든 제자들에게 존댓말을 썼지만, 그렇지 않은 제자들에겐 남녀 불문 반말(혹은 해라)을 했던 것으로 보인다. 특히 젊은 제자들에겐 호남 시속의 말투로 '년/놈'도 예사롭게 썼던 모양이다. 그것이 부모(부처)와 자녀(중생)로서 소통하는 또 하나의 방식이었을 것이다.

○

인간 소태산의 아픔

간고한 살림에도 한 술 두 술 좀도리 쌀을 모으고 숯을 구워 팔며 저축하여 평지조산 같은 방언공사를 이루어내었던 동지들, 사무여한을 다짐하며 산상기도로 뜻을 모아 백지혈인의 이적을 나투었던(나타냈던) 동지들, 일제의 온갖 탄압에도 불구하고 도둑고개 황무지에서 눈물겨운 희생을 마다 않던 동지들. 오직 스승에 대한 신성으로 일신의 안일과 가정의 안락을 통째로 바쳤던 제자들을 기억하는 소태산으로선 점차 옹색해져가는 불법연구회의 현황을 바라보는 마음이 신산했을 것이다. 9인 제자 중에선, 조선총독과도 바꾸지 않겠다며 아끼던 오산 박세철이 1926년에 일찌감치 열반에 들었다. 1935년, 초기 9인 제자 가운데 최초로 견성인가를 하며 기대했던 삼산 김기천이 부산 하단교당에서 49세에 순직했다. 삼산 열반 소식을 접한 소태산은 걷잡을 수 없는 슬픔으로 오열했다. 구도 행각 때부터 온갖 뒷바라지를 해주던 최초 제자 팔산 김광선이 1939년에 갔다. 소태산은 김광선의 열반 소식을 접한 후 통곡하였을 뿐 아니라, 법좌에 올라서도 팔산을 회고할 때마다 눈물을 줄줄 흘렸다. 이듬해엔 오산 박세철 사후 수위단 후임을 맡았던 도산 이동안이 역시 49세 창창한 나이에 떠났다. 소태산은 너무 아까운지라 "우리 교단 재산 절반을 주고라도 살릴 수만 있다면 살리고 싶다"고 하며 애통하였다. 다시 이듬해엔 9인 제자 중 타리 파시의 은인이기도 했던 이산 이순순도 떠났다.

1941년 동짓달, 차남 광령이 18세에 폐결핵으로 떠났다.

> 대종사, 차자 광령이 병들매 집안사람으로 하여금 힘을 다하여 간호하게 하시더니, 그가 요절하매 말씀하시기를 "오직 인사를 다할 따름이요, 마침내 인력으로 좌우하지 못할 것은 명이라" 하시고, 공사公事나 법설하심이 조금도 평시와 다르지 아니하시니라.(『대종경』, 실시품32)

공자가 만년에 아내를 잃고 이어서 외아들까지 잃었지만 그리 애통하진 않았던 모양인데, 수제자 안회가 죽자 "아! 하늘이 나를 버리는구나![噫天喪子]" 통곡했고, 애제자 자로가 죽자 "아! 하늘이 나를 끊어버리는구나![噫天祝子]" 하며 애통했다던가. 소태산도 제자가 죽었을 때는 소리 내어 울었지만 정작 아들 죽음에는 이렇게 태연했다. 말이야 그렇지만, 유난히 아버지를 따르던 어린 아들의 죽음인데, 목석이 아닌 이상 소태산에게 어찌 슬픔이 없었으랴. 개성교당 김여일화의 증언을 보면, 광령이 죽던 날 소태산이 눈물을 흘리며 당신의 새 옷을 아들 수의로 쓰라고 내어주더라 했다. 또 장남 광전의 회고에선, 창밖에 달아 놓은 아들의 열반표기(죽은 사람의 신상을 적어 49일간 걸어놓던 붉은색 깃발)가 바람에 펄럭이는 소리가 들리자 아버지는 자식의 죽음을 순간마다 환기시키는 그 소리를 차마 들을 수 없어서 다른 데로 옮기라고 하더라 했다. 이런 데서, 함부로 내색할 수 없던 부정父情의 쓰라림을 짐작할 만도 하지 않은가.

교단의 규모가 커지면서 대외적 요인 외에 내적 갈등도 적지 않았던 것으로 보인다. 사람 사는 세상이 다 그렇듯이 교단 내의 구성원 간에도 가지가지 갈등이 끊이지 않았다.

- 대종사님 당시에도 친제가 대종사님을 크게 괴롭힌 일이 있었습니다. 하감何敢(어찌 감히), 대종사님이 어느 분이신데 그럴 수 있겠습니까? 모르니까 그러는 것입니다. (…) 또한 선종법사님(정산 송규) 당시에 오죽해야 주산 종사(송도성)가, "우리 형제, 이곳을 떠나면 그만입니다" 하며 한스러워한 일도 있었습니다.(『원기72년도 신년부연법문』, 41쪽)

- 대종사님께서도 그러셨다. "이놈들아, 내가 한 자취 감추면 따라올 놈 하나도 없다. 너희들이 무엇을 안다고 껍죽거리느냐." 그때 처음 초창에 몇 사람이 안 되는 때인데 "이놈들, 내가 밥이 없어 여기 왔냐, 옷이 없어 여기 왔냐. 나 인제 간다" 하시며 보따리를 싸가지고 일어나셨다. 그래, 주산 종사께서 어르신을 붙잡을 수도 없고, 이로 그 발을 물고 엎어지셨다. 너희들 그렇게 할 수 있겠냐. 세 번을 그러셨다.(『삼삼조사 게송과 종법사님

하나씩 보자. 앞의 글 속의 먼저 나온 이야기는, 소태산이 친동생 육산 박동국 때문에 괴롭힘당한 일이다. 초기 아홉 제자 가운데 하나요 방언공사와 법인기도까지 치러낸 육산이 스승이자 친형인 소태산을 괴롭히다니! 여기엔 숨겨진 일화가 적지 않고 그것들은 원불교사에서 하나의 상처요 오점이다. 그러나 석가에게 스승을 죽이려던 사촌 동생 데바닷타(조달)가 있었듯이, 예수에게 스승을 죽음으로 몬 배신자 유다가 있었듯이, 소태산에겐 그런 아우 육산(박동국)이 있었다고 보면 어떨까 싶다. 데바닷타로 인해 불타의 위대성이 더 드러났고, 유다로 인해 예수의 거룩함이 더 빛났다면, 아우 육산으로 인해 소태산은 무엇을 얻었을까? 필자는 이 의미를 찾아 졸저『용과 봉이 있는 풍경』(육산 박동국 편)에서 나름의 변명을 한 바 있지만, 소태산으로선 둘도 없는 아우의 배신으로 인간적 아픔이 컸을 것이다.

두 번째 이야기는 정산이 종법사로 있던 시절 이야기다. 비록 소태산 사후의 일이지만, 소태산 생존 시에는 그 위엄에 눌리어 노출이 안 됐을 뿐이지 실은 소태산 역시 안으로 상당한 스트레스를 받았을 것이다. 아마도 지역 갈등이었을 듯싶다. 전라도 텃세에다 수적(數的)으로 보더라도 경상북도 출신 종법사 정산 쪽엔 부친 송벽조와 아우 주산 등 삼부자뿐으로 약세이고, 외사촌 형 이춘풍은 이미 죽고 없었다. 종법사 위에 오를 때에도 견제가 없지 않았지만 종권을 가진 후에도 고립감을 느꼈을 것이다. 이를 염려했던 소태산이 임종 전에 대산 김대거, 의산 조갑종 등을 앉혀놓고 "정산이 좀 약하다. 그러니 너희들이 받들어야 된다"(『66년도 최초법어부연법문』, 75쪽)고 당부까지 했던 것을 보면 상황이 짐작된다.

뒤의 글은 초창의 일이라고 했지만, 실은 만년 무렵까지도 지속적으로 겪은 일이다. 소태산이 리더로서 제자들을 지도하면서 미욱하거나 완악한 제자들로 인해 상당한 갈등을 겪은 것으로 보인다. 물론 소태산이 손수 만든 교단의 사업을 작파하고 정말 보따리를 싸가지고 자취를 감추기로 작정한 것은 아니리라 믿지만, 어쨌건 이런 협박(?)이라도 해야 할 만큼 제자들로 인해 힘들었다 할 것이다.

교단의 갈등, 제자들의 갈등은 여러 가지 갈래로 벌어졌다. 예컨대 제자들은 백지처럼 무종교 상태에서 소태산의 법을 받아들인 것이 아니라, 나름의 신앙 경험을 가진 이들이 적지 않았다. 유불선과 무속 등 전통적 종교는 기본이고, 기독교 신자에 동학(천도교) 출신에 증산계열 도꾼이라든가 등 그 신앙 전력으로 인해 그들끼리 가치 충돌이나 관습 충돌이 있었고, 이전 신앙에서 익힌 사고가 소태산의 교법과 맞지 않았던 것이다. 소태산은 증산교의 신비주의에 물든 정산의 버릇을 고치려고 토굴 속에 연금하는 강수를 두었으며, 산중불교를 동경하던 수위단원 서대원을 징계하였으며, 회장 직무도 팽개치고 풍월 읊기 등 신선놀음에 빠진 조송광을 소환하느라 고심했으며, 신문물을 선망하여 교단을 버리고 일본으로 떠나려는 제자들[15]을 눌러앉히느라 애써야 했다. 유가적 차별 제도가 엄존하던 당시에 남녀 갈등과 노소간의 세대 갈등도 당연히 있었다. 유가적 계급질서가 아직도 힘을 쓰던 시절이다

---

15) 대종사 말씀하시기를 "그런데 근래 공부인 가운데는 이 법문에 좌선(坐禪)이나 외약(外藥)을 더 숭상하는 사람이 있으며, 외지(外知)를 구하기 위하여 도리어 도문을 등지는 사람도 간혹 있으니 어찌 한탄스럽지 아니하리오."(『대종경』, 부촉품8) 양도신, 정광훈, 권우연 등 각별한 기대를 품었던 제자들도 소태산을 떠나 일본 유학을 가고자 했다.

보니 신분적 갈등이 있었다. 같은 신분, 같은 여자, 같은 지역, 같은 종파 출신이라도 그 나름의 갈등은 있게 마련이었다. 소태산의 총애를 다투며 시기와 질투로 서로에게 상처 주는 일도 많았다.

사랑하고 미워하며

더 인정받고 싶어 하고 더 사랑받고 싶어 하는 심리야 종교의 세계라고 다르랴만 이를 조정하는 것은 리더의 몫이기도 하다.

1990년대, 팔타원 황정신행은 필자 등과의 인터뷰에서 "총부에 대종사님을 뵈러 가면 중간에서 이공주 씨가 나를 못 만나게 방해했어요. 육타원(이동진화) 님이 나서서 주선해주지 않았으면 대종사님 만나기도 어려웠을 거요"라고 했다. 이 얘기를 들었을 때 필자는 깜짝 놀랐다. 법호로 구타원이라 부르지 않고 이공주 씨라고 한 호칭 선택에서 배어 나오는 감정의 진한 그림자 때문이다. 구타원 이공주는 이미 고인이 된 처지임에도 이렇게 뒤끝이 작렬하다니 말이다. 학벌이나 재산이나 인물 등 어느 면으로 보나 둘은 라이벌이었던 것이다. 둘은 갑부의 첩실이었다는 약점도 같이 가지고 있었다. 그러나 구타원은 출가 교무로 총부에서 소태산을 모시고 지냈고 팔타원은 재가 교도로 서울에 머무르다 보니 팔타원 쪽이 불리했지만, 그녀가 일곱 살이나 젊으니 그 점에서는 구타원보다 유리한 처지였을까. 두 사람의 중간 나이에다 소실 출신이란 같은 약점을 가졌음에도 나름 한가락 하던 육타원까지도 숨은 라이벌이 아니었을까, 모를 일이다.

남자라고 달랐을까? 송도성, 전음광, 조갑종 3인이 재가 수위단원인

이산, 육산, 칠산의 직무대리를 6년 하다가 1935년에 정식 대리단원이 되면서 소태산은 그들에게 법호를 준다. 이들은 당시 야심만만한 엘리트로서, 송도성은 소태산의 사위요, 전음광과 조갑종은 소태산의 은자(수양아들)들이었다. 소태산은 법호 세 개[主山, 惠山, 義山]를 지어놓고 이들을 불러 앉혔다. 소태산은 세 개의 법호를 제비뽑기로 하려는 것이다. 조갑종에게 먼저 뽑게 하니 의산이 나왔고, 전음광에게 두 번째로 뽑게 하니 혜산이 나왔고, 마지막 남은 것은 송도성 차지이니 주산이 나왔다. 이들은 라이벌이었다. 소태산은 옳을 의義 자 의산이나, 은혜 혜惠 자 혜산은 아무나 가져도 괜찮지만 임금/주인/우두머리의 뜻을 가진 주산은 모두 탐낼 것으로 이들 마음을 읽었다. 더구나 송도성에게 일방적으로 주산 호를 준다면 조갑종이나 전음광이 서운하게 생각할 것을 알았다. '아버지'(은부)께서는 우리를 공평하게 대하신다고 하지만 아무래도 당신의 사위에게 사랑을 더 느끼고 기대를 더 하시나 보다, 그렇게 생각할까 우려한 것이다. 그래서 제비뽑기란 희한한 방식으로 법호 선정을 했고, 그것도 뽑기 순서에서 송도성을 마지막에 둔 것이다. 아무리 종교가라 해도 리더는 이렇게까지 마음을 써야 했다.

소태산을 향한 불평불만도 적지 않았다. 누구는 소태산이 '바르고 떳떳한 도'만을 고집하고 방편으로서 이적을 행하지 않는다고 실망했으며, 누구는 공익과 교단만을 위하고 개개인의 사생활을 챙겨주지 않는다고 불평했으며, 누구는 과실을 저지른 회원에 대한 처벌이 미지근하다고 항의하는가 하면 누구는 개인의 실수에 관대하지 않다고 투덜거렸다. 또 누구는 교재(경전)나 법설이 간이하고 비근해서 품격이 없다고 아쉬워했다.

『대종경』교단품 4장의 근거가 된 다음 법설도 그런 배경에서 나왔다.

한때에 종사 여러 선도禪徒에게 일러 가라사대 "대범 사람들 중에 대부분은 특성이 몇 가지씩 각각 있으니 (…) 이 특성은 본래 각자의 익히고 아는 바로 인하여 습관이 굳어짐을 따라 각이各異하나니 이 특성을 서로 이해 못 하고 보면 아무리 다정한 동지 간에도 간혹 촉觸(부딪침)이 되고 충돌이 생기게 되나니라. 왜 그러냐 하면 이 세상 보통 인간들은 모든 사람들과 아울러 이 세상을 살아갈 때 요행히 익히고 아는 바가 동일하여 그 성질이 상합될 시는 그 사람과는 자연 뜻이 맞아서 서로 인정이 건네고 친절하게 지내지만은 만일 익히고 아는 바가 다르고 그 성질이 부동하여 나의 아는 바를 저 사람이 혹 모르고 보면 곧 나는 아는 사람으로 자처하고 저 사람은 무식한 사람으로 간주하여 나의 아는 바 몇 가지로써 저 사람의 아는 바 몇 가지 혹은 몇십 가지를 부인 또는 멸시하며 저 사람의 하는 것이 자연 서툴게 보이고 인정이 알뜰하게 건네지지 않으며, 심하면 증오심까지 생겨나서 매매사사每每事事가 서로 눈에 설게만 보이는 까닭이다. (…) 이것은 본래 익히고 아는 바로 인하여 그 습관이 굳어져서 사람마다 특성이 각이함을 서로 이해 못 하는 까닭이 아닌가. 그러므로 사람이 꼭 허물이 있어서만 남에게 숭(흉)을 잡히는 것은 아니니 조달調達이가 부처님 숭을 8만 4천 가지나 잡아냈으나 사실은 부처님에게 숭이 있어서 그러한 것이 아니요 익히고 아는 바가 달라서 삼세사三世事를 목전에 놓고 일하시는 부처님의 마음속을 알지 못하는 연고이다. 그런즉 본래 익히고 아는 바가 다른 각도 각읍 사람이 모인 대중 중에 처할 여러 사람들은 사람마다 특성이 있음을 서로 이해하여 아무쪼록 서로 흠을 잡지 말고 촉 되는 바가 없이 잘 지내기를 부탁한다" 하시더라.(《회보》, 3호, 1933. 10.)

○

서대원의 기행

불법연구회 초기교단에서 서대원徐大圓(1910~1945)은 독특한 캐릭터로 존재한다. 그는 소태산의 혈연이기도 하니, 누나인 박도선화의 아들로 소태산에겐 생질이다. 1929년 영광지부에 있는 조갑종을 따라 약관의 서대원이 익산 총부로 와서 정기훈련에 참가하더니 전무출신을 자원한다. 두뇌가 명석하고 그 나이에 이미 학문이 범상치 않은 서대원이 선뜻 출가 서원을 하다니, 이때 소태산으로서는 얼마나 대견하고 신통했을까. 20세에 입교하고 출가한 그는 고속 승진을 하여 25세에 연구부장, 28세에 감사부장, 30세 들어서는 최고위인 정수위단에 올랐다. 종법사인 소태산의 생질이어서 특혜를 입었는가? 그렇지는 않은 것이, 수위단원은 임명직 아닌 선출직이어서 대중의 신망이 높지 않으면 어림없다. 그렇다면 그는 어떻게 대중의 신망을 얻었을까?

그는 아홉 살 때부터 글방에서 한학을 배웠고 열네 살부터 다시 보통학교에 들어가 신학문을 배웠다. 이후 독서 생활을 하며 학문을 익히고 견문을 넓힌 모양인데, 같은 해에 출가한 대산 김대거는 네 살 연상인 서대원에게 불경을 배웠다고 했다. 서대원은 당대의 대강백으로 명성이 자자했던 박한영, 진진응 같은 고승들에게 불경을 배웠는데 "불경이라고 하는 건 다 배웠다"고 큰소리쳤다는 걸 보면 꽤나 자부심이 강했던 모양이다. 주산 송도성, 혜산 전음광, 원산 서대원을 만나본 춘원 이광수가 이들을 묶어 불법연구회의 삼 천재라고 일컬었다는 일화도 있다.[16] 송도성은 유교 경서에 능통했고, 전음광은 문장이 탁월했고, 서대원은 불경에 무불통지였다는 것이다. 그는 글도 잘 써서 《월말통신》, 《회보》 등에 가지가지 글을 실었다. 그중엔 〈현자오복덕경〉, 〈사십이장경〉, 〈업보차별경〉 등 불경을 번역한 것도 있고, 〈탄식가〉, 〈경축가〉 등 소태산의 초기 가사 작품을 발굴하여 『종화록』이란 이름으로 엮어 싣기도 했다. 아울러 시조, 시가, 문장(수필, 기행문) 등 자신의 창작물도 실었다. 번역 불경은 후에 교서 『불조요경』에 수렴되었고, 『종화록』은 사라질 뻔한 소태산문학의 소중한 유산으로 평가받는다. 그는 해박한 지식과 유창한 설교로 인기를 얻어 순회 강사로 지방을 다니며 감동을 선사하기도 하였다.

> 문정규 여쭙기를 "송규·송도성·서대원 세 사람이 지금은 젊사오나 앞으로 누가 더 유망하겠나이까." 대종사 한참 동안 묵연하시는지라, 정규 다시 여쭙기를 "서로 장단이 다르오니 저로서는 판단하기 어렵나이다." 대종사 말씀하시기를 "송규는 정규의 지량으로 능히 측량할 사람이 아니로다. 내가 송규 형제를 만난 후 그들로 인하여 크게 걱정하여본 일이 없었고, 무슨 일이나 내가 시켜서 아니 한 일과 두 번 시켜본 일이 없었노라. 그러므로 나의 마음이 그들의 마음이 되고 그들의 마음이 곧 나의 마음이 되었나니라."(『대종경』, 신성품18)

---

16) 대산 김대거의 증언이다. 『원불교 경성교화 2』 76쪽 참조.

이 글을 보면 대중의 평가가 서대원을 송규나 송도성과 나란히 놓고 있음을 알 수 있다. 물론 소태산의 평가 서열은 '송규 〉송도성 〉서대원'이지만, 서대원의 위상이 적어도 송규나 송도성에 버금갈 정도는 되는 셈이다.

그러나 서대원, 그에게는 치명적인 약점이 있었다. 신체적인 허약함과 심리적인 둔세遁世(속세를 피하여 은둔함) 취향이 그것이다. 26세 때 1년 휴무하고, 29세 때 다시 휴무하면서 계룡산 갑사, 수덕사 등에 머물며 염불과 참선을 하고 불경을 탐독했다. 이런 소문이 나자 교단에서는 그가 교단을 배반하고 승려가 되었다고 지탄하는 목소리가 커졌던 모양이다. 그는《회보》57호(1939년 8월)에 〈동지 제위께 고함〉이란 글을 실어서, 불교를 좀 더 연구해보려는 것과, 건강을 위한 정양 등을 이유로 밝히며 양해를 구했다. 소태산의 명을 받고 2년 만에 총부로 돌아와서『정전』편수에 전심하면서 대중들이 다시 그를 신임하였고, 마침내 수위단원으로 당당히 복귀하였다. 그러나 그는 다시 산으로 들어갔고, 인내심을 가지고 회심을 기다리던 수위단에서는 결국 그를 징계하기에 이른다. 이때 소태산은 조직위원회에서 읍참마속의 심정을 이렇게 피력한다. "서대원으로 말하면 원래 저의 심리가 이 법에 대하여 신앙심이 부족하거나 또는 영원히 본회를 이탈할 생으로 그러한 것이 아니고, 다만 어리석은 마음으로 일시적 전문 습정習定(≒참선)하여 독특한 신력神力(신묘한 도력)을 얻고자 한 것이 틀림는 사실인 것은 일반이 대개 짐작하는 바이니 (…) "(남자수위단조직위 제4회 회록)

아쉬운 마음이야 간절하지만, 결국 서대원의 저무출신 자격끠 수위단원 자격을 공식적으로 박탈한다. 친아우 박동국의 배신에 이은 생질 서대원의 배신은 소태산에게도 매우 아팠을 것이다. 불경에 해박할뿐

너러 글을 쓰면 문재로, 강연을 하면 화술로 대중을 탄복시키니 예뻐하지 않을 수 없는 제자가 아니더냐. 천도 독경을 하면 음성이 그렇게 간절하고 낭랑하여 망자가 절로 천도가 되겠다 싶지 않았더냐. 소태산은 끝내 "너는 이제 내 제자가 아니다" 하고 꾸짖기도 했다. 정작 교단에서 퇴출되자 서대원으로서도 충격이 컸다. 그는 결국 칼로 손목을 끊는 황당한 자해사건으로 총부를 발칵 뒤집어놓고야 말았다. 신성품 17장은 바로 그 일을 두고 한 법문이다.

제자 가운데 신信을 바치는 뜻으로 손을 끊은 사람이 있는지라 대종사 크게 꾸짖어 말씀하시기를 "몸은 곧 공부와 사업을 하는 데에 없지 못할 자본이거늘 그 중요한 자본을 상하여 신을 표한들 무슨 이익이 있으며, 또는 진정한 신성은 원래 마음에 달린 것이요 몸에 있는 것이 아니니, 앞으로는 누구든지 절대로 이러한 일을 하지 말라" 하시고, 이어서 말씀하시기를 "아무리 지식과 문장이 출중하고 또는 한때의 특행特行으로 여러 사람의 신망이 높아진다 하더라도, 그것만으로는 이 회상의 종통을 잇지 못하는 것이요, 오직 이 공부 이 사업에 죽어도 변하지 않을 신성으로 혈심血心 노력한 사람이라야 되나니라."

중국 선종의 초조 보리달마가 소림사에 있을 때 이조 혜가慧可 (487~593)가 찾아와 제자 되기를 간청하였으나 달마가 쉽사리 받아주지 않았다. 그러자 혜가는 팔을 끊어 바치며 신信을 보였고 이에 감동한 달마는 결국 혜가를 제자로 받아들여 후계로 삼았다는 혜가단비慧可斷臂의 고사가 있다. 팩트 여부를 떠나 제자가 스승의 인정을 구하는 마음가짐 혹은 구도의 열정을 보이는 본보기로 선종에선 가장 회자되는 설화다. 서대원이 설마 소태산의 후계 자리를 노리고 이런 짓을 한 것은 아니겠지만, 적어도 소태산과 불법연구회에 대한 자신의 변함 없는 신념을 확인시키고 싶었던 모양이다. 소태산은 서대원의 대형 사고에 정말 많이 노했던 모양이다. 그것은 소태산 교법의 핵심이기도 한 '영육쌍전'의 본질을 훼손하는 것이었기 때문이다.

원산 서대원의 갈등

원불교에서 소태산의 언행록이라 할 『대종경』은 소태산이 손수 만든 『정전』을 제외하면 가장 거룩한 경전이다. 제자로서 거기에 이름을 올린다는 것은 영광스럽다. 서대원은 『대종경』의 변의품, 신성품, 교단품, 전망품 등 모두 10개 장에 이름이나 존재를 드러내고 있다. 또한 『성가』에는 그가 지은 가사가 많다. 1968년도 『성가』 초판 126곡 가운데 서대원의 노랫말은 〈교가〉, 〈대종사찬송가〉, 〈석존찬송가〉 등 열 작품이나 된다. 후에 이공전이 구색 맞추느라고 무더기로 만들어넣은 것을 예외로 하고 보면, 『성가』 가사로는 서대원의 작품이 가장 많이 뽑히기도 했으려니와 작품 수준 또한 하나같이 우수하다.

그럼에도 서대원은 소태산 문하에서 이단아다. 그것은 전통불교에 대한 과도한 집착과 함께 그 둔세적 기질 때문이다. 그는 당대 교단의 희귀한 정남이기도 하지만, 웬일인지 가정생활뿐 아니라 세속 생활 자체를 좋아하지 않았다. 〈동지 제위께 고함〉(《회보》, 57호)이란 글에서 그는 "저에게는 세사를 그리 즐기지 않는 근성이 있었던 것"이라 했고, 〈성지순례기〉(《회보》, 60호)에서는 "매양 좋은 산수를 대하면 발광을 하는 것이 저의 병 (…) 면벽 9년의 달마가 되고 싶었었다"고 고백한다. 그는 소태산을 너무나 좋아하고 숭배하면서도 이러한 둔세적 기질로 인해 심한 갈등을 겪었던 것이다. 그의 유고집 『우당수기』(가제)에 실린 시조 〈흐르는 물을 따라〉에서는 그러한 심정이 은유적으로 나타나 있다.

> 흐르는 물길 따라 바다로 나갈거나
> 거슬러 막대론 저 구름 헤칠거나
> 화개동 물가에 서서 오도 가도 못 하노라

지리산 화개동에서 바다(세간)와 구름(산간)의 갈림길을 두고 '오도 가도 못 하는' 안타까운 모습이 보인다.

그는 건강이 매우 나빠졌다. 혜가 흉내를 내면서 과다한 출혈로 허약해진 데다가 결핵까지 감염되었다. 그는 백의종군하는 심정으로 경성지부(서울교당)에 가서 요양을 하며 참회의 생활을 하였다. 당시 경성지부엔 13년 연상의 동향인 응산 이완철 교무가 주석하고 있었는데 그가 아우 보살피듯 거두었던 모양이다. 만년에 필사본 문집[愚堂手記]에 소태산 법문과 자작 시가를 비롯하여 매우 다양한 자료를 기록해갔다. 아마 후에 글을 쓰기 위한 참고자료로 수집한 듯하다. 뜻밖에도 소태산의 열반 소식이 오자 그는 충격을 받고 총부로 달려가 "스승님을 뵈옵던 그날부터/ 쓸쓸한 내 가슴 한 모퉁이에/ 희망의 꽃망울 맺히었더니/ 서러운 영이별이 웬일일까 (…) "로 시작하는 〈추모의 노래〉(『성가』,

53장)를 짓고 통곡하였다. 이후 사면 복권이 되었으나 더욱 건강이 나빠지면서 1945년 5월에 36세로 요절한다. 3세 종법사 대산 김대거는 불경 공부를 시켜준 서대원에게 두고두고 고마워하면서도 "혼은 많이 낮은 사람"(『법문집』, 303쪽)이라 평했지만, 그에게 전무출신 공로자에게 주는 대봉도 법훈을 추서하고 원산圓山이란 법호도 추증했다. 그가 인도한 누이동생[17] 용타원 서대인(1914~2004)이 출가하여 여성 최초로 대각여래위에 올랐으니 그것만으로도 공로는 크다 할 일이다.

---

[17] 본래는 사촌 누이이지만, 서대원이 백부 되는 서대인 부친에게 양자로 갔기 때문에 족보나 호적상으로는 친 오라버니가 되었다.

VIII. 입멸
- 소태산의 만고일월

열반 준비

불법연구회는 일찍이 공익을 위한 사업 기반을 닦으려고 애썼다. 전통적 명절과 가례의 낭비적 요소가 큰 허례허식을 과감히 신정예법으로 바꾸고 거기서 절약된 비용을 상조조합에 저축하며 기금을 확보했고, 보화당 약방을 합자회사 형태로 하여 수익금을 목적사업비로만 쓰도록 조처한다든가 하는 방식이다. "우리의 사업 목표는 교화·교육·자선의 세 가지니 앞으로 이를 늘 병진하여야 우리의 사업에 결함이 없으리라."(부촉품15) 소태산은 교화, 교육, 자선 등 세 방면에서 공익기관의 설립을 차근차근 시행하도록 하였다. 이것은 어쩌면 기독교 선교사들이 조선에 들어와 예배당만 세우지 않고, 학교와 병원을 운영하는 것을 보고 벤치마킹했는지도 모른다. 조송광이 기독교 장로로 있을 때 그도 정읍 원평에서 한의원을 하면서 예배당(구봉교회)과 학교도 세워 운영했으니 발상은 같았을 것이다. 불법연구회는 제1회 12년을 결산하고 제2회 계획을 세울 때인 1928년 무렵부터 이미 유치원과 학교 등 교육기관이라든가, 양로원과 보육원 같은 자선기관과 병의원을 설립하도록 로드맵 같은 것을 만들고 있었다.

총부의 수도학원修道學院을 비롯하여 각 지부(교당)에서 야학을 장려하였고, 1942년부터 총부 구내에 열다섯 명의 고아들을 수용하여 보살피도록 하였고, 치병실을 두어 회원 아닌 환자까지 돌보고 치상까지 한 기록도 나온다. 소태산은 불교전수학원 설립 서류를 당국에 제출하고(1941), 탁아소 겸 보육원으로 자육원慈育院이란 이름의 기관 설립을 청원하였다. 특히 소태산은 전수학원 설립에 상당한 집념을 가졌던 것으로 보인다. 경성법전(서울법대 전신) 출신 박장식을 비롯한 학원 소속 교무들을 예비 발령한다든가, 일본 동양대학 졸업을 앞둔 박광전에게 전수학원장 사령장을 미리 발송한다든가, 선원과 강원의 규정[1]을 마련한다든가, 특정 지역(현 원광대 자리)을 가리키며 큰 교육기관이 설 자리임을 예언했다든가, 보화당 한약사를 처분하여 학교 설립의 자본금을 마련하기로 한 것 등이 그렇다. 그러나 이런 각종 기관의 설립 추진은 당국의 허가가 나지 않아 소태산 생전에 성과를 보지 못했다. 그런데 재정적 여유가 없고 당국의 허가도 얻기 어려운 것을 모르진 않았을 텐데도 소태산은 왜 만년에 이런 일들을 서둘러 추진했을까. 생각건대 소태산은 자신이 열반한 후에라도 우선적으로 추진할 사업을 두고 제자들에게 분명한 뜻을 남기고 싶었던 것 같다. 즉 산업기관을 통하여 수익을 창출하면 교당 등 교화기관을 설립하는 데 그치지 말고 교육, 자선 등 공익기관을 설립하는 일을 추진하라는 유명遺命을 실질적 메시지로 남기려 했다. 해방이 되고 여건이 갖춰지자, 후인들이 서둘러 대학과 중등학교 등 교육기관을 세우고, 병원과 한의원 등 의료기관을 세우고, 보육원과 양로원 등 자선기관을 세운 것도 소태산의 유훈을 실천한 것이었다.

---

[1] 불교 총림에 선원, 강원, 율원 등은 정·혜·계 삼학의 체계에 맞춘 교육기관이다. 소태산은 정기훈련을 맡을 상설기구로 선원을 설치하고, 대학 설립을 염두에 둔 예비 단계로 강원을 설치하려던 것으로 보인다.

1941년 4월, 소태산의 장남 박광전이 일본 동양대학 철학과 수학修
學을 끝내고 돌아왔다. 여유 없는 재정 형편에도 불구하고 장학생으로
박광전을 유학 보낸 것은, 전통적 도인들이 하던 도학에 현대철학을 접
목시켜 소태산 사상의 이론적 기반을 장만할 인재로 키운 것이요, 고등
교육기관을 세워서 학자를 키우는 일에 선도적 역할을 하도록 조처한
포석으로 보인다.

일본 군부의 야욕이 중일전쟁(지나사변), 태평양전쟁을 일으키며 전
세가 급박하게 돌아가자 불법연구회의 운명도 심각한 지경에 몰린다.
소태산은 순사 황이천이나 이리경찰서 가와무라 서장 등을 통해 전북
도경에서 나오는 정보를 수집했고, 수시로 경성을 오르내리면서 중앙
의 시국 정황과 소식을 접했다. 총독부 촉탁으로 있는 일본불교 임제종
의 불교신문사 사장 나카무라內村, 일본불교 조동종의 히로부미지博文寺
주지 우에노上野, 이공주 친척으로 총독부 편수관인 이종욱 등이 경성
쪽 정보원情報源이었다.

- 대종사 그에게 말씀하시었다. "일인 형사 한 사람이 나에게 귀띔해주기
  를, 경무국에서 나를 '조선의 간디'라고 지목하면서 더 크기 전에 불법연
  구회를 조처해야 후환이 없을 것이라고 말하더란다. 독이 올라 나를 본
  다고 하니 내가 멀리 가야겠다." (『대종경선외록』, 유시계시계후장6)
- 1942년, 운봉지부 교무 서공남이 종법실을 찾았다. (…) "경성에 대학교
  수라는 자가 총독부에 관련이 있어가지고 나를 암살시켜야 한다고 주장
  을 하는구나." "대체 그 사람이 누구데요?" "그런 사람이 있다." (『초기교단
  사 5』, 370~371쪽)

앞은 익산에서 얻은 정보요 뒤는 경성에서 얻은 정보일 듯하다. 소태산은 선견지명만으로 예단하지 않고 항상 주변의 인맥과 언론에서 얻은 정보로 크로스체크함으로써 보다 적중률 높은 상황 파악을 했던 것으로 보인다. 일제가 무저항주의자 종교인 소태산을 무슨 독립투사 간디에 견주어 겁먹었을 리는 없다. 소태산이 조선 사회에서 가지는 영향력이 간디가 인도 사회에 끼치는 영향력에 비교가 되겠는가. 그러나 소태산을 암살한다든가 후환을 키우지 않기 위해 불법연구회를 일찌감치 조치해야 되겠다든가 하는 것은 충분히 개연성이 있는 정보임에 틀림없다. 저들은 고종황제나 명성황후까지 암살했으니 왜소한 '유사종교'의 촌뜨기 같은 교조 소태산 정도 제거하는 것은 누워서 떡 먹기다. 승승장구하던 보천교 차경석 교주도 독살되었다 하고, 그의 죽음에 뒤이어 보천교도 해체되지 않았던가. 여러 차례 해방을 예언했다시피 소태산은 조만간 일제가 패망할 것을 예견하고 있었다. 그러나 이 고비 넘기기가 쉽지 않음 또한 알고 있었다.

소태산은 불법연구회와 교조 소태산 둘이 함께 없어지는 것은 막아야 한다고 생각한 듯하다. 소태산은 불법연구회가 보천교처럼 사라지는 것을 막고 저들을 안심시키기 위해 스스로 수명을 단축하는 쪽이 좋겠다고 결론 내렸음 직하다.

회원 제자들이 속속 당신 곁을 떠나는 것을 보면서 더욱 그랬겠지만, 소태산은 법설에서도 죽음을 주제로 한 언급을 자주 한다. 앞에서 말했다시피 1939년 무렵엔 〈열반 시를 당하여 영혼 천도하는 법설〉이라든가 〈열반 전후에 후생 길 인도하는 법문〉 등을 발표한다. 종전엔 제자들의 열반을 당하면 아쉬운 대로 불교에서 쓰던 의식문을 빌려다 쓰곤 했다. 〈시다림법문〉이라 하여 『석문의범』의 다비 편에 나오는 천도법문을 번역하여 '사람의 생사거래 길을 밝히는 말'이라 하여 썼으나, 1939년 무렵 소태산은 〈사람 죽을 때 길 인도하는 법문〉(현행 〈열반 전후에 후생 길 인도하는 법문〉)이란 의식문을 새로 지어 교체하였다.

만년에 소태산은 제자들을 사석에서 만나면 종종 "깊은 산중에 수양 갈란다", "금강산에 수도 갈란다", "내가 암만해도 수양을 가야겠다" 그런 말을 하였다. 평소 "나는 딱 당하여 유언하거나 숨 헐떡거리며 게송을 하지 않는다" 했던 소태산이 1941년에 게송을 내렸다. 열반 직전 고승들이 소수의 제자에게 은밀히 전한다[單傳密付]는 그 전법게송 말이다.

- 유有는 무無로 무는 유로/ 돌고 돌아 지극하면/ 유와 무가 구공俱空이나/ 구공 역시 구족具足이라.(게송)
- 원기 26년(1941) 1월에 대종사 게송을 내리시고 말씀하시기를 "옛 도인들은 대개 임종 당시에 바쁘게 전법게송을 전하였으나 나는 미리 그대들에게 이를 전하여 주며, 또는 몇 사람에게만 비밀히 전하였으나 나는 이와 같이 여러 사람에게 고루 전하여 주노라. 그러나 법을 오롯이 받고 못 받는 것은 그대들 각자의 공부에 있나니 각기 정진하여 후일 유감이 없게 하라."(『대종경』, 부촉품2)

소태산은 임종 직전이 아니라 열반 2년여를 앞두고, 특정인이 아니라 모든 제자들에게, 비밀스럽게 하지 않고 공개적으로, 자신이 도달한 깨달음의 구경처를 게송으로 전했다. 삼삼 조사 게송을 비롯하여 전통적 게송인즉 한시 사구체가 일반적이다. 우리말로 하되 사행시로 한 것은 전통을 깡그리 무시하진 않더라도 누구나 알아들을 쉬운 말로 하겠다는 의도다.[2] 공안이나 선문답에서 보여주는 '화려한 난센스'[3] 같은 방식도 지양하고, 문법은 오히려 논리적이다. 당연한 말이지만, 거기서 스승 법의 진수를 알아내고 깨달음에 이르느냐 그렇지 못하냐 하는 것은 제자들의 몫이다. 소태산은 "이 자리가 곧 성품의 진체이니 사량으로 알아내려 하지 말고 관조로써 이 자리를 깨쳐 얻으라"는 당부도 잊지 않았다.

불교의 조사나 고승들은 제자에게 전법게송과 함께 이른바 의발衣鉢(가사와 바리때)을 전수하는 방식으로 후계자를 지명하는 관행이 있었다. 오조 홍인은 육조 혜능에게 몰래 그 일을 함으로써 시기하는 경쟁자를 따돌렸으나, 경쟁자들은 그 의발을 탈취하려고 추격전을 벌였다는 전설도 그래서 생겨났다. 소태산은 열반 전해인 1942년부터 이듬해 제자들이 다 모이는 4월 연례총회 때까지 전무출신 모두에게 줄 검은 법복 200여 벌을 지어 선물하였고, 열반 전달에는 간부 제자들 40~50명에게 따로 새 법복을 지어주면서 맞춤형 부촉을 하였다. 말하자면 출가 제자 모두에게 의발을 전한다는 의미이다.

후계자로 찍은 정산 송규에겐 "그대는 나를 만난 후로 오늘에 이르기까지 모든 일을 오직 내가 시키는 대로 할 따름이요 따로 그대의 의견을 세우는 일이 없었으니, 이는 다 나를 신봉함이 지극한 연고인 줄로 알거니와, (…) 앞으로는 모든 일에 의견을 세워도 보며 자력으로 대중을 거느려도 보라"(부촉품5) 당부하여 후계 수업을 시켰다. 한번은 종

---

2) 미리, 공개적으로, 대중을 상대하여, 그리고 우리말(한글)로 전법게송을 발표하는 방식은 2세 종법사 송규, 3세 종법사 김대거 등으로 이어져 나름의 전통을 이룬다.

3) 카를 융이 분석심리학에서 'blühender Unsinn'이란 용어를 썼는데 저자는 이를 '화려한 난센스' 외에 '극심한 무의미'로 풀기도 했다.(이부영, 『분석심리학』(일조각, 1998), 365쪽)

법사 법상法床(설법하는 승려가 올라앉는 상) 외에 따로 좀 작은 법상을 만들어 옆에 놓고 법회에서 정산을 군이 그 자리에 앉히는 퍼포먼스를 치렀다고 한다.[4] 이는 석가가 가섭에게 하던 삼처전심三處傳心 중 다자탑 전분반좌多子塔前分半座[5]에 상응하는 것으로 해석되는데, 아마도 대중에게 자신 떠난 후 후계자로 정산을 모시라는 뜻으로 읽힌다. 어느 날 소태산은 3세 종법사가 된 대산 김대거에게 당신이 신던 헌 고무신을 내놓으면서 "너 가져가거라" 했다. 워낙 커서 그에겐 맞지도 않는 것을 준 것이다. 김대거는 소태산이 준 처음이자 마지막인 선물이었다고 회고했지만, 이것이 의발 전수의 상징임을 누구보다 잘 알았다.

이 무렵 소태산의 제자들은 스승이 자기들을 사사로이 불러 다소 헤픈 칭찬을 하면서 격려하던 일을 잊지 못한다. 밥때가 되면 초기에 고생하던 제자들을 차례로 불러 겸상하는 일이 잦았다. 황송한 제자들은 오히려 불편스러워했지만, 소태산은 군이 마주 앉히고 반찬을 챙겨 먹이며 그간의 노고를 따뜻한 말로 위로했다. 더러는 정표로 손때 묻은 자질구레한 물품을 챙겨주기도 했다. 그리고 지방의 교당들을 순회하면서 교무들의 어려운 하소연을 들어주고 격려하였다. 가까이로는 전주나 원평으로부터 멀리는 초량, 남부민, 당리 등 부산까지, 또는 북쪽으로 경성과 개성에 이르기까지. 훗날 혹시나 법적으로 분쟁이 안 생기도록, 교단 소유의 토지를 공증(등기)하는 일도 빈틈없이 챙겼다.

---

4) 퍼포먼스라 한 이유가 있다. 법상에 오르기를 사양하는 정산에게 군이 앉게 했음에도 그 일을 고작 한두 번 하고 나서 그 법상은 치워졌다고 한다. 그러니까 실용이 아니라 상징적인 것이었다.

5) 선종에서 말하는바 석가가 세 곳에서 가섭에게 마음을 전한 것을 삼처전심이라 한다. 그 중의 하나로, 다자탑 앞에서 석가가 설법할 때 늦게 참석한 가섭에게 법좌의 반을 나누어 같이 앉게 한 일이니 이는 가섭을 후계자로 인정한 것으로 간주된다.

불교정전

소태산이 정한 창립한도에서 제1회는 교단 창립의 정신적·경제적 기초를 세우고 창립의 인연을 만나는 기간으로, 마무리 해는 1927년이었고, 제2회는 교법을 제정하고 교재를 편성하는 기간으로 마무리 해는 1939년이다. 제3회 시작은 1940년부터이니, 앞으로 12년은 이미 마련된 기초 위에 인재를 양성하고 훈련하여 포교에 주력하는 기간이다. 소태산은 제2회에 마무리할 계획이었던 교법 제정과 교재 편성이 미진함을 느꼈다. 그 사이 『통치조단규약』(1930)이나 『회원수지』(1936), 『근행법』(1939)처럼 급한 대로 만들어 쓰던 소책자 외에도 『육대요령』(1932)이나 『삼대요령』(1934), 『조선불교혁신론』(1935) 등 얼마간 격식을 갖춘 교재도 만들었지만, 체계나 내용 면에서 완성도는 떨어졌다.

소태산이 혼신의 힘을 기울임에도 '창립한도'가 어긋나는 것에 마음을 쓴 흔적이 있다. 2회 말(1939)까지 마무리 지을 사업이 밀리고 있는 것이다. 일제강점기라는 시대적 장애 때문이다. 제자들에겐지 일제를 향했는지 모르지만 종종 "아이구, 이놈들 징하다" 하며 탄식하는 일이 잦았고, "내가 도수를 너무 일찍 잡았는가 모르겠다(잡은 것 같다)" 하고 자주 탄식했다고 한다.

늦었지만, 제3회 시작 해인 1940년에 소태산은 불법연구회의 신앙과 수행의 표준 교과서로서 종전의 경서들을 수정 보완한 『정전正典』의 제작을 서둘렀다. "선교 양종의 동파서류를 종합한 대성적 종전"(시창 25년도 사업보고서)이란 정의처럼 최종적 완성본을 의도한 것으로 보인다.

소태산은 "야들아, 나 없으면 너희들끼리 『정전』 못 만들어. 그러니 나 있을 때 빨리 만들어라" 하면서 작업을 서두르게 하였다. 이 말 속엔 ① 자신의 열반이 가까웠음을 시사함과 동시에, ② 교법의 완결을 제자들에게만 맡길 수는 없고 본인이 꼭 마무리하겠다는 의지가 담겨 있다. 이공주, 송도성, 서대원 등 교리를 잘 알고 소태산의 뜻을 잘 헤아릴 제자들에게 편찬 책임이 맡겨졌다. 처음엔 '종전宗典'이라고 명명하였다. 종전, 종헌, 종론, 종훈 등 마루 종宗을 통용한 것을 보면, 일제의 유사종교 탄압에 맞서 생존을 이어가기 위한 불가피한 선택으로 보인다. 불교의 종파로서 정체성을 가지지 않는다면 '유사종교'로서 해체 대상이 아니라는 주장을 내세울 수 없기 때문이다. 소태산은 담당자에게 〈목우십도송〉이나 〈사십이장경〉을 첨가하라거나 '처처불상處處佛像 사사불공事事佛供' 같은 표어를 넣으라거나 종전의 〈교리도〉를 새로 수정하여 주거나 하는 식으로, 수시로 편집 방향을 제시하고 자료 보완을 지시하며 경전 편찬에 집중했다.

곡절을 겪으며 마련한 최종 편집은 세 권으로 되어 있는데, 제1권은 불법연구회의 독창적 교리를 담았고, 제2권은 『금강경』, 『반야심경』 등 기존 불경에서 빌려왔고, 제3권은 수심결, 휴휴암좌선문 등 조사 고덕들의 법어를 묶었다. 1권과 2, 3권을 묶어 대비하면 대체로 3:5의 비중으로 불교의 경서 쪽에 무게가 실린다. 그러니까 불법연구회의 정체성을 담은 내용은 순서상 앞쪽인 제1권에 배치함으로써 본의는 살리되, 일제에게는 불교의 일파라는 점을 경서로서도 증명하려 한 것이다. 뒤에 '종전' 아닌 '정전'이란 이름으로 바꾼 것은 어쩌면 훗날 불교의 종파가 아닌 별개의 교파로서 독자성을 가지려는 의도를 은연중 드러낸 것인지도 모른다. 불법연구회가 해방 후 불교원불종이 아닌 원불교로 교명을 선택한 것과 같은 의도이다.

　출판의 결정적 장애는 일정 당국으로부터 허가를 받는 일이었다. 당국의 비위를 맞추느라 거듭 고심하며 원고를 손질했다. 교리의 핵심인 사은 위에다가도 황은(천황의 은혜)을 덧씌우고, 혹시 '혁신'이란 용어가 기성불교를 부정하는 뜻으로 비칠까 싶어 '개선'이란 온건한 용어로 바꾸기도 했다. 『정전』 원고가 마무리되자 전북경찰국에 출판 허가를 출원하였다. 혹시나 하는 기대가 없지 않았지만, 돌아온 것은 역시 거부였다. 이유는 두 가지다. '황도정신을 선양하는 내용이 없다'는 것이 그 하나요, '국어(일본어) 아닌 조선어로 되어 있다'는 것이 또 하나였다. 황도정신 선양은 교리의 왜곡이니 더 이상 양보할 수 없다 할지라도 문자는 일본 것을 써서라도 책을 내자고 주장하는 제자들이 나왔다. 이른바 '국어 상용'이 대세인 바에야 어차피 조선어는 사라질 말 아니냐, 일본문이라 해봐야 한문에다 조선 언문 토 대신 일본 가나假名 토 다는 것 정도가 아니냐, 이런 주장에도 설득력이 없지 않았다. 그러나 소태산은 단호했다. 일본 글과 말은 곧 없어진다고, 지금 일본 글로 책을 냈다가는 나중에 불쏘시개밖에 안 될 터이니 그런 소리는 꺼내지도 말라고, 교단(불법연구회)의 문을 닫는 일이 생기더라도 『정전』 초안을 가지고 산속으로 들어가면 기회가 온다고까지 했다. 그러나 『정전』 출판의 기회는 뜻밖의 인연으로 풀렸다.

　1940년 4월에는 창립 24년(제1대 제2회)을 결산하는 큰 잔치로서 기념총회가 계획되었지만 시국 관계로 좌절되었다. 당국은 불연을 일인 승려 주도의 친일불교단체 불교연맹에 가입시키고 각종 시국 행사에 동원했다. 게다가 일어 보급과 근로 작업에 참가시킴으로써 정례적인 법회도 줄이고 동하 3개월씩의 정기훈련(선) 기간도 단축해야 했다.

1942년 9월경에 어용불교단체가 꾸민 시국 강연회가 이리에서 열렸다. 여기엔 일본 일련종 총감 구로다黑田惠海라든가 조선불교시보사 사장 김태흡金泰洽(1899~1989), 봉은사 전 주지 나청호羅晴湖 등의 거물들이 참여하였는데 이리 불교계에는 총동원령이 내렸다. 시국 강연이란 것이 일본의 침략정책을 옹호하는 뻔한 짓이지만 불법연구회도 여기서 빠질 수는 없었다. 앞에서도 잠깐 언급하였지만, 소태산은 유허일을 참석케 하고 은밀한 미션 하나를 준 모양이다. 박학하고 말주변 좋은 유허일은 강연회 진행을 맡아 능숙하게 처리하고, 강연이 끝나자 김태흡과 나청호 등 두 조선 승려를 총부로 데리고 와 소태산 앞에 대령시켰다.

김태흡은 니혼대학 출신으로 당시엔 '조선 제일의 친일 포교사'로 지칭될 만큼 대표적인 친일파이기도 했다. 창씨개명은 가네야마 다이지金山泰洽로 했다. 나청호는 대찰 봉은사의 주지를 여러 번 지낼 만큼 영향력 있는 사람이지만 역시 친일 승려로 잘 알려진 인물이었다. 그들은 나름으로 한다 하는 명망가들이지만 소태산을 만나보고는 그 인품과 법력에 매우 감복했다. 잠깐 인사나 나누고 가려던 것이 무려 세 시간이나 대화를 나눌 만큼 자리를 뜰 줄 몰랐다. 특히 김태흡은 훗날, 한번 만나고 보니 도무지 떠나기가 싫었다고 고백하리만큼 소태산에게 호감을 가졌다. 그는 소태산에게, 제가 조선과 일본에서 많은 고승석덕을 만나보았지만 이렇게 자비와 지혜가 출중하신 분은 처음 뵙습니다, 하고 칭찬하더니, 자청하기를 "저는 친일하는 승려로 호號(세상에 널리 드러난 이름)가 난 사람이라 제가 도와드릴 일이 있으면 힘닿는 대로 돕겠으니 말씀만 해주십시오" 하였다. 소태산은 기다렸다는 듯이『정전』출판의 어려움을 말하고 도와주기를 부탁하였다.

김태흡은 진즉부터 불교현대화를 기치로 내걸고, 경성방송국에서 포교방송을 한다든가, 불교합창단을 만들어 찬불가 공연을 한다든가, 심지어는 극단을 만들고 희곡을 써서 몸소 연출까지 했다 하니, 소태산도 사전에 그의 인물됨을 파악하고 있었을 것이다. 아울러 김태흡의 영향력으로 볼 때 잘만 하면 출판 현안을 풀 수 있으리라는 기대를 할 만도 하다. 데려다놓기만 하면 그를 설득하는 것은 그리 어렵지 않다고 생각했을까? 적어도, 아니면 말고 식으로 일을 꾸밀 소태산은 아니다. 그를 총부로 데려오려면 유허일 정도의 학덕과 달변이 필요하리란 점도 계산한 일일 것이다.

원고를 일별한 뒤 김태흡은, 총독부 학무국에 있는 지인의 도움을 받으면 경기도경6)에서 출판 허가를 받아낼 수 있으리라고 내다봤다. 다만 발행처를 불법연구회 이름으로 해서는 허가받기 어려우니 자기가 발행인으로 있는 불교시보사佛敎時報社가 내는 것으로 할 것과, '정전'이란 이름보다는 불교라는 소속을 분명히 할 필요가 있으니 책 이름을 '불교정전'이라고 하자는 조건을 붙였다. 찬밥 더운밥 가릴 처지도 아니었지만, 그만 정도의 조건이라면 망설일 이유가 없었다.

김태흡이 일정을 마치고 귀경한 후, 총무부장 박장식은 정리된 원고를 가지고 서울로 찾아가서 다시 그를 만났다. 김태흡은 총독부 도서과에 있는 친구의 도움을 받아 도경 고등과에 출원했고, 출원한 지 일주일 만에 드디어 출판 허가를 받아냈다. 불연으로선 이 일이 얼마나 고마운지 말로 다할 수 없었다. 해방 후 세를 잃은 김태흡은 이름도 대은大隱으로 바꾸고 숨어 살다시피 했지만, 교단에서는 그에게 감사의

---

6) 당시 행정구역으로는 경성부(서울)가 경기도에 속했고, 출판 허가는 각도 경찰청에서 담당했다. 덧붙이자면 경성부는 해방 후(1946) 서울특별시로 승격하면서 경기도에서 분리 독립했다.

선물을 보내는 등 고마움을 잊지 않았다. 다만 창립 55주년 기념으로 공로자들에게 주는 대호법大護法의 명예를 바치려던 시도는 친일파 논란에 싸여 수포로 돌아갔다.

『불교정전』 원고는 경성 예지동에 있는 인쇄소 수영사에 맡겨졌다. 불교시보사 명의이니 경성에서 인쇄하는 것이 당연하기도 하지만, 전북에서는 좋은 인쇄소를 찾기도 어렵고, 무엇보다 전북도경에 정보가 새나갈 우려가 있었다. 시대가 시대인지라 편집, 조판, 교정 등 과정이 지루하고 더뎠다. 박장식, 유허일 등이 상경하여 교정을 보았고, 담당자가 경성과 익산을 오가면서 작업은 조심스럽게 진행되었다. 교정을 세 번 보고도 다시 한번 마지막 교정을 보고서야 교료(OK) 사인을 냈다. 그러고도 미심쩍어서 가제본을 만들어 와서 소태산이 손수 감수의 붓을 들었다. 소태산은 감수하는 손길을 늦추지 않으려고 밤을 새우는 일도 마다하지 않았다고 했다. 과연 『불교정전』은 소태산의 열반 전에 무사히 나올 수 있을까?

열반 전야

1941년 12월 8일, 일본이 하와이 진주만을 기습 공격함으로써 태평양전쟁은 시작되었다. 그들은, 아시아의 각 국가와 민족이 독립하기 위해서는 일본을 중심으로 협력하여 함께 번영해야 한다는 이른바 대동아공영권을 명분으로 내세우며, 한갓 침략전쟁을 대동아전쟁이라고 미화했다. 초기엔 동남아시아 및 태평양 전역을 점령하기 시작하며 승승 장구하던 그들은, 1942년 6월의 미드웨이 해전에서 미국에 패한 후 전세의 역전을 감수해야 했다. 패망의 길로 질주하는 일제의 광기는 날로 심해지고 와중에 불법연구회 역시 위기감을 더하였다.

조선강점기 말기로 갈수록 일제는 그들의 황민화정책에 방해가 되거나 거추장스러운 조선의 사회단체와 종교단체들을 해산(해체)하는 데 속도를 낸다. 조선사상범 예비검거령(1941)을 내리고, 조선어학회를 강제해산(1942)하고 대종교의 교주와 간부를 무더기로 검거(1942)하는가 하면,[7] 성결교(1941), 성공회(1942), 안식교(1943), 침례교(1944) 등 공인종교의 교단들도 해체하였다. 천주교, 장로교, 감리교, 불교 같은 종교들은 일제에게 잘 보이고자 비행기헌납운동까지 벌이며 충성 경쟁을 했다. 대형 공인종교들도 생존을 위해 이러는 판국인데 하물며 비공인 유사종교인 불법연구회의 운명을 누가 보장하겠는가. 상황은 더욱 절박하여 교단 자체의 창립연호인 '시창始創' 대신 저들의 연호 '쇼와昭和'만을 써야 했고, 관제 이리불교연맹에 가입하여 전승기원법요며 전몰장병위령법요 등에 동참하고 국방헌금에도 협조하였지만, 실은 하루하루가 전전긍긍이요 풍전등화였다. 일경은 불법연구회를 공인 불교의 부속 단체가 아니라 비공인 불교계 유사종교로 분류하고, 유사종교해산령의 대상이라고 보았다. 다만 유사종교로 확인하는 절차가 필요했고, 유사종교라 할지라도 해산할 만한 약점을 잡아내는 것이 필요했다. 불법연구회는, 우리도 불교의 일파이니 유사종교 아닌 공인종교로 보

---

7) 만주에 본부를 둔 대종교는 억지로 조선어학회 사건에 엮여 교주 윤세복을 비롯한 간부 20여 명이 검거되고 이 가운데 10명은 옥사하였다. 이 사건을 대종교에서는 임오교변(壬午敎變)이라 한다.

아달라는 주장을 지속적으로 해왔으나 그게 설득이 잘 안 되었다. 외형이나 내용이나 기성불교와는 너무 다르고 많이 낯설었기 때문이다. 불법연구회의 해산을 막으려면 불법연구회를 불교로 대우하고 품어줄 불교계 거물, 그중에서도 총독부에 영향력을 행사할 만한 실세가 절실히 필요했다.

소태산은 총무부장으로 있는 박장식을 불러 임무를 주었다. 그는 도덕과 법률 양쪽의 역량을 갖춘 엘리트였다. 약속한 『불교정전』 원고를 김태흡에게 전하면서 박장식은 은밀히 불연의 해산을 방어해줄 실세를 추천해달라고 부탁하였다. 이때 김태흡이 소개한 인물이 조계종 종무총장 이종욱(1884~1969)이었다. 이종욱은 조선불교를 대표하는 조계종의 최고위 실세이고 친일 승려로 막강한 힘이 있기도 했지만, 불연을 불교의 일부로 품어주고 보호해주기로 한다면 이종욱 이상 가는 인물은 없다. 그러나 중간에 상좌의 농간이 개입되어 상당액의 돈을 요구하면서 어그러졌다. 김태흡은 그 카드를 접고 차선책으로, 조선에 진출한 일본불교 조동종의 최고 실세이자 총독부 고문이기도 한 우에노 슌에이上野舜穎(1869~1947)를 추천했다. 그는 조선 침략의 원흉인 이토 히로부미伊藤博文의 공적을 현창하는 사찰 히로부미지 주지였다. 김태흡은 박장식을 데리고 장충단, 지금 신라호텔 자리에 있던 히로부미지로 갔다. 조선총독부 고문인 그의 권위를 이용하여 당장 교단 정체성을 인정받자는 것이지만, 우에노는 그리 호락호락한 인물이 아니었다. 그는 김태흡의 말만 믿고 불연을 인정할 수 없으니 총독부 경무국을 통하여 정체를 알아보아야겠다고 했고, 결국 김태흡의 중재로 두 가지 약속이 이루어진다. 하나는 우에노 주지로 하여금 직접 불법연구회를 탐방하여 교리와 현황을 실사하고 나서 해체 대상인지 보호 대상인지 판정하도록 하셨다는 것이다. 다른 하나는 보호 대상으로 판정된다면 히로부미지의 신도단체인 복취회福聚會를 이용하여 불연을 공인된 불교의 하위 단체로 인정하고 보호한다는 것이다.

1942년(시창 27년) 여름, 우에노는 경무국 촉탁의 신분으로, 김태흡의 안내를 받아 총부에 왔다. 그는 1주일 동안 머물며 이리경찰서 육무철 경부의 통역으로 불법연구회에서 간행된 교과서 일체를 검열하고 교리 전반에 대해 검토했다. 이어서 소태산과 면담하고 그 경륜에 감복한 우에노는 결국 "불법연구회는 인류사회에 이상향을 건설할 수 있는 교리를 갖추고, 불교 선양에 큰 기여를 하고 있다"고 찬양하고, 사회를 정화하기에 좋은 단체라고 평가했다. 우에노의 허락을 받아 불연 총부 정문에 '박문사복취회익산지부' 간판을 붙인 것은 이듬해 소태산이 열반한 뒤의 일이었지만, 어쨌건 우에노 주지 덕분에 불법연구회 해체라는 당장의 위협은 유예되었다.

불법연구회는 불교로 공인받기 위해 여러모로 마음 썼고 여기엔 김태흡의 도움이 컸다. 김태흡은 처음 불연에 와서 보니, 죽비 치고 호각 불어 일과를 진행한다든가, 법회 순서에 삼귀의례와 사홍서원이 없다든가 이런 것이 눈에 거슬렸다. 불연이 불교 종단으로 인정받으려면 의식을 행할 때 목탁 치고 경종을 울려라, 식순 머리와 꼬리에 삼귀의와 사홍서원을 넣어라, 그런 충고를 했다. 그것으로 미흡하다고 생각했는지 김태흡은 자기 상좌 하나를 불연 총부에 보내어 불교의식을 지도케 했다. 또 소태산의 장남으로 교무부장 직책을 맡고 있던 박광전은 볼모 잡히듯 머리 깎고 히로부미지로 들어가 우에노 주지 곁에서 불경을 배우고 의식 절차를 익혀야 했다. 삼귀의와 사홍서원을 그때 의식에 도입하였지만 현재는 폐지하였고, 죽비 외에 목탁과 좌종(경종)은 오늘날도 계속 사용하고 있다.

그건 그렇고, 온갖 노력과 방편에도 불구하고 시국은 바야흐로 불연의 숨통을 죄어오는 형국이었다. 유사종교해산령의 적용 대상이 아닌 공인종교(불교)로 인정받으려 했더니 이번엔 일본불교, 소위 황도불교가 되라는 것이다. 유사종교 불법연구회로 해산을 감수하느냐 공인종교인 황도불교(일본불교)가 되어 생존하느냐, 이제 사생결단의 순간이 다가오고 있다. 그 순간은 해산도 생존도 선택할 수 없는 절체절명의 시간이다. 소태산은 황도불교화로 살면 미래가 없기에 해산을 택하고 미래를 도모할까 고민했음 직하다. 그럴까? 소태산은 교단의 강제해산이란 최악의 경우를 걱정하는 제자들에게 이런 식으로 당부했다. 『정전』 초안이 다 되었으니 그걸 들고 산속으로 들어가서 이 고비만 참아 넘기라든가, 심지어 난리가 나서 다 없어지더라도 〈일원상서원문〉 하나만 남겨두면 다시 법을 펼 수 있으리라든가. 그러나 말이 그렇지, 불법연구회가 여기서 해산된다면 그동안 천신만고 겪으며 가꾸어온 꿈은 무산될지도 모른다.

> 선법사님(정산 송규)도 처음 나오실 때는 밝으셨지만 정신을 많이 쓰고 나니 많이 매昧해지셨다. 대종사님(소태산)도 그러셨다. 열반하시기 3년 전에는 다 매해버렸다고 그러셨다. 수겁數劫 생을 쓸 것을 다 써버려서 큰일 났다 하셨다.(『66년도 최초법어부연법문』, 56쪽)

이 글은 대사 김대거의 법문에 나온다. 요컨대 소태산이 비축했던 정신적 에너지를 구도 과정 20년과 대각 후 제도사업濟度事業 28년에 모두 소진시켜버렸다는 뜻이다. 특히 '매해버렸다' 함은, 그의 생애가 시대석으로 사회적으로 극악했던 환경을 떠나서 이해할 수 없다. 평시 같으면 몇백 생을 두고두고 써도 될 것을 과소비해버려서 에너지가 이미 고갈 상태에 이르렀다는 고백이다. 영적 기름이 소진되어 영혼의 등불이 흐려진 것이다. 이 상태에서 회체가 해산된다면 비록 소태산이 생존한다고 해도 처음으로 돌아가 다시 시작한다는 것은 무리다. 더구나 소태산은 또 하나의 시대적 위기를 예감하고 있었다.

> 오늘은 법설을 하시면서 근심스러운 성안으로, "큰일이 났다. 앞으로 동족상쟁 난리가 한바탕 크게 날 것이니, 슬픈 일이다. 그 무서운 난리 고비를 어찌들 넘길 것인가 걱정된다. 그 난리가 나면 사람들을 막 끌고 가서 명태 엮듯이 하여 총살을 할 것이고, 동족끼리 서로서로 끌어다가 죽이는 것을 예사로 할 것이다. 그 무서운 고비만 잘 넘기면 살아나는데 (…) 걱정이다" 하시고, 또 "인심은 점점 윤리가 말살되어가며 욕심이 치성하고 사람 죽이는 것을 보통으로 하고 죄짓는 중생들이 점점 늘어가게 되니, 제도사업이 급하다" 하시고, "물질문명에서 오는 병이다. 그러니 종교인들 책임이 무겁다. 어서어서 제도해야 한다" 하시었습니다.(『소태산대종사수필법문집』)

1950년에 발발할 6.25사변을 내다본 것이다. 소태산은 만년에 자주 한국전쟁을 예언하며 "시비곡절 없는 풍랑이 한바탕 일어나 무죄한 동포를 서로 해치고 죽이되 후회하는 마음이 없다"든가 "오랫동안 강약이 대립하고 차별이 혹심하여 억울하게 묻어둔 원한들이 많은지라 앞으로는 큰 전쟁이 한 번 터질 것"이라 하며, 그 상태를 일러 환장換腸(마음이나 행동 따위가 비정상적인 상태로 달라짐)이라 하고 '환장세계' 혹은

'환장하는 무리' 같은 용어를 썼다. 매해진(영적 에너지가 고갈된) 소태산이 설령 생존한다 해도 해체된 교단을 재건한다든가 환장세계에 대응한다든가 하기에는 무리다. 여래라고 하여 무한동력을 가진 것은 아니다.[8] 소진된 에너지를 충전하기 위하여 할 일은, 편안히 쉬면서 몸과 마음을 보양하는 휴양이다. 소태산은 만년 무렵 자주 '금강산 수양'을 언급했다. 이는 곧 금강산(자성 자리)으로 돌아가 쉬면서 에너지를 충전하겠다는 의미일 터이다. 이 지점에서 소태산의 열반은 불가피한 선택으로 보인다. 소태산의 열반은 교단 해산 내지 황도불교화의 압박을 또다시 한동안 유예시킬 수 있을 것이다.

시창(→ 원기) 28년이 되는 서기 1943년, 5월 16일에 소태산으로서는 마지막이 되는 예회(정례법회)가 열렸다. 소태산은 최후의 법설임을 자각하고, 대중에게 간절히 당부한다.

아이가 커서 어른이 되고 범부가 깨쳐 부처가 되며, 제자가 배워 스승이 되는 것이니, 그대들도 어서어서 참다운 실력을 얻어 그대들 후진의 스승이 되며, 제생의세의 큰 사업에 각기 큰 선도자들이 되라. 음부경陰符經에 이르기를 "생生은 사死의 근본이 되고 사는 생의 근본이라" 하였나니, 생사라 하는 것은 마치 사시가 순환하는 것과도 같고 주야가 반복되는 것과도 같아서, 이것이 곧 우주 만물을 운행하는 법칙이요 천지를 순환하게 하는 진리라. 불보살들은 그 거래에 매하지 아니하고 자유하시며, 범부중생은

---

8) 1919년 소태산이 방언공사와 법인기도를 마무리하고 월명암月明庵에 들어있을 때, 벽에 걸린 화두 '불여만법위려자시심마'(不與萬法爲侶者是甚麼, 만법과 더불어 짝하지 않는 그것이 무엇인가)를 보고 즉석에서 답이 떠오르지 않았다. '매(昧)'해진 것이다. 그는 그동안 심력(정신 에너지)을 과용한 탓으로 판단하고 이어서 보림(保任, 휴양)에 힘썼다고 했다.

그 거래에 매하고 부자유한 것이 다를 뿐이요, 육신의 생사는 불보살이나 범부중생이 다 같은 것이니, 그대들은 또한 사람만 믿지 말고 그 법을 믿으며, 각자 자신이 생사 거래에 매하지 아니하고 그에 자유할 실력을 얻기에 노력하라.(『대종경』, 부촉품14)

○

열반 ①

유소년기나 청년기 소태산이 어떠한 질병을 앓았다는 기록은 없다. 오히려 상당한 건강체로 알려져 있다. 26세 대각 직전의 소태산은 피부병이 심했고 해수병에다 뱃속에 적積이 있었다는데 대각과 함께 피부병은 사라졌다. 다만 양의학에서 만성폐쇄성폐질환이라거나 만성기관지염증으로 일컫는 해수병은 평생 소태산을 괴롭혔다. 환절기나 겨울철에 감기로 고통을 당하였고, 만년에는 설법 중에도 심한 기침이 나오고 가래도 뱉어야 했던 모양이다. 또한 '적'은 한의학의 복중적괴腹中積塊의 준말로 볼 수 있으니 뱃속에 덩어리가 만져지고 복부 팽만감과 더부룩함 등의 소화 장애가 있던 것으로 보인다. 그밖에 말을 많이 하거나 신경을 많이 쓰면 상기가 되어 힘들다 했다. 요즘 명상가에서 보는 상기증은 체내의 뜨거운 열기가 상체로 치밀어 오르면서 생겨나는 괴로운 증상이라고 한다.[9] 이들 질병은 소태산의 구도 고행에서 얻은 부작용에다가 전법轉法 과정의 과로가 보태져서 심화되었다.

이미 소태산 40세(1930) 무렵《월말통신》30호에 나온 서대원의 글[會說]에는 "하루도 쉴 새 없이 정력을 과비過費하옵신 결과 지어금일至

於今日에는 상기증이 발하여 하고 싶은 말씀도 중지하실뿐더러 찬물에 수건을 적시어 머리에 얹고 더운 기운을 방어하실 때가 많사오며, 극히 심하매 지至하여는 두통증이 생한다 하여 음식도 자시지 못하옵시고 위석하실 때가 항다반사이오니……"라고 했다. 서대원은 스승이 음식을 전폐하고 병석에 눕는 상황까지도 간다고 우려하면서 소태산에게 '수양'(휴식)할 시간을 드리자고 제언한다. 이로 보면, 그로부터 13년 후인 1943년의 건강은 더 악화했을 만도 하다. 그러나 만년에 비록 천식 치료기랑 해열 기구(양정기)를 필수로 할 만큼 해수병과 상기증에 시달리긴 했지만, 그런 만성 지병들이 수명을 단축시킬 정도로 치명적인 질환은 아니고 사인과도 무관해 보인다.

> 원기 28년(1943) 5월 16일, 조실 오후 1시경, 상추쌈 잡숫고 왼쪽 가슴 위가 결린다 하며 안색 창백 고통. 김병수 씨 내관, 뇌빈혈 강심제 주사.[10]

구타원 이공주의 간결한 메모다. 오전 예회에서 법설도 잘하고 점심에 상추쌈을 맛있게 먹었는데 오후 들어 갑자기 이상이 생겼다. 심장이 있는 왼쪽 가슴 위가 결리고 안색도 창백하다는 것과, 평소 가까이 지내던 이리 삼산병원장 김병수가 와서 뇌빈혈로 진단하고 강심제를 주사했다는 것이다. 뇌빈혈은 뇌의 혈액 순환이 일시적으로 나빠져

---

9) 1924년 되는 34세 소태산이 경성에서 이공주 등을 처음 만나고 나서 "나는 평소 사람들을 많이 응대하기 때문에 상기(上氣)가 잘 되오. 오늘 그대들과 이야기를 하니 오히려 하기(下氣)가 되니 심신이 상쾌합니다"(『구도역정기』, 김영신 편)라고 한 것은 보면 상기증로 고됨가 퍽 오랜 듯하다.

10) 이하 열반 관련 내용 중 별도 출처를 밝히지 않은 것은 《정신개벽》 13집(1994, 신룡교학회)에 게재한 박용덕의 「소태산 대종사의 열반에 관한 고찰 1」에서 인용 혹은 참고했다.

서 뇌 조직에 산소와 영양분이 충분히 공급되지 못하는 상태라 한다. 그래서 심장 기능을 회복시키는 효과가 있는 강심제를 주사했다. 심장병인가? 그런데 이후로 나타나는 증상은 종잡을 수가 없다. 치료에도 이리, 전주, 영광, 군산, 서울 등 각처에서 양한의가 동원되었지만 나름의 진단과 처방이 각색이어서 역시 종잡을 수가 없다. ① 뇌빈혈, ② 기관지염(천식증), ③ 신장염, ④ 설사병, 이 밖에 나타난 증상으로는 땀을 비 오듯 흘리더라든가, 신음하며 잠을 못 이루더라든가, 가슴이 결려서 눕지를 못하더라든가 체기가 있고 구역질을 하더라든가 등이 증언에 나타난다. 이들 증상을 참고하여 현대의 순환기 내과전문의는 ⑤ 급성 심근경색증이란 소견을 내놓기도 했다.[11]

소태산의 병세는 날로 위중해졌다. "홍어 속 같은 설사를 70여 번 내리쏟고 미음만 먹어도 설사다", "끙끙 앓는 소리가 방 바깥까지 들려 조실이 울릴 정도였다", "의자에 앉아 상기가 되어 몹시 숨이 가빠했다", "가래가 끓어서 고통스러워하므로 의사가 응급치료를 하니 누런 피를 뱉었다" 등의 증언이 있다. 이 무렵 제자들은 낮에는 방공防空 연습을 하거나 신궁神宮 출역에 동원되었고, 밤에는 등화관제로 등불조차 맘대로 켜지 못했다. 이런 와중에도 제자들은 내로라하는 의사들을 다투어 불러댔다. 때로는 한꺼번에 두세 사람이 겹쳐 오기도 했는데 소태산은 이를 꾸짖고 의사들을 동원하지 말라고 지시했다. 제자들이 이리 시내 병원에 입원시킬 의논을 하자 소태산은 이를 거부했다. 그래도 병세가 위중해지니 제자들은 다수결 방식으로 입원을 밀어붙인 모양이

---

11) 1997년 11월 25일 원불교사상연구원에서 전문의 박옥규가 '소태산 대종사 열반 상황의 의학적 견해'란 연구발표를 하며 내놓은 의견이라고 한다.(『초기교단사 5』, 410쪽 참조)

다. "(소태산이) '내가 병원에는 가고 싶지 않다' 하셨는데, 그때 대중이 병원만 가야 된다는 층이 있어서, '꼭 병원에 가야 됩니다' 하니, 그때 병원은 안 가도 좋겠다고 당신이 정한 바가 계신데, 그때 형세가 병원을 못 가시게 할 수가 없어. 10에 8할이 '병원에 가셔야 합니다', 해서 병원에 모셨다가 (…)"(『66년도 최초법어부연법문』, 75쪽) 김대거의 증언이다. 이로 보건대 소태산은 굳이 의사를 부르거나 병원에 입원까지 하는 일은 하고 싶지 않았음을 알 수 있다. 그도 그럴 것이 세상을 뜨기로 작정한 터에 의사나 병원이 무슨 의미가 있겠는가. 다만 제자들의 난처한 입장이나 정서적 불안을 감안하여 부득이 따른 것으로 보인다.

소태산은 결국 발병 열하루째 되는 5월 27일 오후 8시 반경 자동차에 실려 이리 시내에 있는 이리병원에 도착, 입원한다. 오후 6시 입원설도 있는 걸로 볼 때, 총부에서는 6시경에 입원 준비를 시작한 것으로 보인다. 이리병원은 조선인 산부인과전문의 문치순이 설립한 종합병원으로 일본인 내과전문의 와카스기若杉가 소태산의 주치의가 됐다. 이로부터 5일간, 병세는 날로 악화하였다. 그러나 소태산은 마지막까지 교단의 일을 당부하였고, 제자들이 받을 충격을 위로하며 간호인들의 불편을 보살필 만큼 자상했다.

- 대종사님 앓으시는 소리가 밖에까지 들렸지만, 나를 보신 대종사님께서는 오히려 여러 가지로 살펴주시는 말씀을 하셨다. 못자리는 다 했느냐고 물으시고, 교도들 안부며 교당 생활 형편 등을 자상하게 물으셨다.(마령교당 서대인)

- (대종사님이 나에게) "나는 의사가 곧 낫는다고 한다. 걱정하지 말아라" 하셨다.(남원교당 양도신)

- (대종사님이) "나는 괜찮으니 걱정 말고 어서 돌아가거라. 전무출신은 직장을 잘 지켜야 한다" 하셨다.(전주교당 정성숙)
- (대종사님이) "내가 다 이미 계획한 바 있다. 걱정 말라" 하시며, 최후까지 "내 걱정은 말라" 하시었다.(교무부장 김대거)
- (간호를 맡은) 우리들의 괴로움을 덜려고 잠만 자라고 하신다. 좌복(방석)도 주시고 베개 할 것도 주시며 그러하신다. 그리하여 황송함을 무릅쓰고 옆에 누워 있었다.(이은석)

심지어는 이런 일도 있었다. 총부에서 키우던 원숭이의 사육을 담당한 김서업이 병원에 가서 소태산의 식사 일을 돕고 있는데 그사이에 원숭이들이 먹이를 안 먹고 말라갔다. 이 말을 전해 들은 소태산이 김서업을 불러 일렀다. "원숭이를 살려야지. 서업이는 들어가 원숭이 밥 주거라." 김서업이 총부에 도착하자 그사이에 소태산이 열반했다는 소식이 들려왔다. 열반 직전임에도 밥 안 먹는 원숭이까지 챙긴 것이다.

소태산과 짐승들

원숭이를 애완동물로 키우는 이야기 이전에 소태산과 짐승의 인연을 찾아보자. 구호동이니 노루목이니 하는 마을 이름에서 노루와 함께 호랑이가 연상되긴 하지만, 『교사』에 드러난 짐승의 첫 인연은 역시 호랑이가 아닐까 싶다. 소태산이 열한 살 어린이 진섭일 때, 그가 구수산 삼밭재에서 산신을 만나고자 밤을 지새우며 기도하다 잠이 들면 호랑이가 와서 따뜻하게 품어주었다는 설화적 기록이 나온다. 산신이 데리고

다닌다는 영물로서 호랑이는, 산신을 만나려는 진섭이 기특하여 품어
주기까지 했을까.

불법연구회를 창립하고 익산에서 법을 펴기 10년이 되던 1934년 음력
10월 22일, 이리축산공진회에서 주최하는 소싸움대회가 공설운동장
에서 있었다. 북일면 대표로 불법연구회 부사리소가 출전하여 당당히
우승을 하고 상금 70원까지 받았다. 신바람이 난 회원들의 호위를 받
으며 돌아오는 황소를 마중한 소태산은 "네가 비록 미물이나 너도 우
리 회상 창립에 한몫을 거들고 있으니 참말 장하다"하며 기뻐하였다.
이 자리에 개가 빠질 수는 없다. 감동적인 장면이 『대종경』(실시품 34장)
에 나온다. 총부에서 기르던 어린 개가 동네 큰 개한테 물려 죽을 지경
에 이르러 그 비명이 매우 처량하였다. 이를 듣고 가엾이 여기던 소태산
은, 개가 죽자 재비를 손수 챙겨주며 예감(의식 담당자)에게 명하여 "떠
나는 개의 영혼을 위하여 칠칠 천도재를 지내주라" 했다는 것이다. 요
즘엔 반려동물의 치료나 장례에 적잖은 돈을 쓰기도 한다지만, 소태산
은 이미 그때 개를 보내는 정을 사람에 버금가게 극진히 한 셈이다.

더 극적인 경우는 이리경찰서 순경으로 있는 제자 황이천과의 마지
막 독대이니, 6월 1일의 일이다.

(병실에 들어가니) 의자에 앉아 계시는데 반가워하시며 이렇게 말씀하셔요.
"2, 3일 전 경찰서장 회의가 있었다던데?" 그것을 물으셔요. "이천!" "예."
"무슨 회의가 있었던가?" 종사님은 주야로 불법연구회에 관심만 계시지
다른 것은 관심이 없으셨어요. "이번에는 불법연구회 이야기는 아무것도

없고요, 저 전쟁에 부지런히 나가고 돈도 잘 내고 군자금도 잘 내서 총동원해서 하라고 그런 등등 이야기했는갑습니다." "그랬어!" 말씀을 하시는데 한 곳도 아픈 사람 같지 않아요. 그래서 제가 "종사님, 어찌 아프지 않으시구만 꾀병을 부리시나요? 밖에서는 굉장히들 걱정을 하는데 와서 보니 아무렇지도 않구만요. 무엇 때문에 꾀병을 부리시오?" "저 멍청이 봐. 금방 죽을 사람 보고 꾀병한다고 그러네." 그러셔요. 그런데 제 눈에는 아무 병도 없어 보였습니다.

황이천이 병원에서 나와 불과 200~300미터 거리인 경찰서로 곧장 와서 문을 막 열고 들어서는데 전화가 따르릉 걸려 와서 받아보니, "대종사님이 열반하셨다"는 소식이었단다. 이렇게 금방 죽을 사람이면서도 꾀병으로 의심할 만큼 '한 곳도 아픈 사람 같지 않게' 의연한 태도로 교단의 앞일을 걱정하고 숨을 거둔 것이다. 황이천이 200~300미터를 이동하는 동안에 병실 풍경은 어땠을까. 마침 병실에 들어와 있던 여교무 조전권이 본 풍경은 이랬다.

소태산은 안락의자에 앉아 있었고, 그 앞에 놓인 탁자에다가 장남 박광전이 탕약을 가져다가 놓았다. "아버님, 이 탕약을 자시면 차도가 있다고 합니다." 소태산은 "글쎄, 그것 먹고 나을까?" 하며 옆에 있던 조전권을 쳐다보았다. 조전권이 보기엔 '상기된 얼굴로 평상시 그대로의 모습'이었다. 그러나 잠시 후 소태산은 탁자로 몸을 스르르 기대며 쓰러졌다. 송도성이 손가락을 깨물어 피를 내고 소태산의 입속에 흘려 넣었다. 이렇다 할 효과가 없다. 송도성은 이번엔 스승의 코를 빨았다. 그것은 소박한 발상에서 인공호흡을 시도한 것이다. 코에서 피가 조금 흐를 뿐 숨을 되살리지는 못했다. "사람의 목숨은 숨 한 번 쉬는 사이에 있

다"(〈사십이장경〉, 38) 함을 몸소 증명해 보이듯이, 그렇게 순간적인 입적
入寂이었다, 입열반入涅槃이었다.

1943년 6월 1일, 공식적인 사망 시간은 오후 2시 반이다. 세수 53
세, 법랍 28년. 더 정확히는 탄생 후 52년 1개월, 대각 후 27년 1개월,
발병 후 16일이다. 지역사회 혹은 교도들 사이엔 소태산의 죽음이 좌탈
坐脫(앉아서 열반에 듦)로 소문나기도 한 모양이다. 그러나 소태산은 안락
의자에 앉았다가 탁자 위로 쓰러졌다 하니, 이건 좌탈이 아니다. 안락
의자에 앉은 것도 누우면 가슴이 결려서 고통스러웠기 때문이다. 가부
좌 자세로 죽거나, 서서 죽거나 심지어는 물구나무서서 죽는다는 선승
들의 야릇한 행태는 소태산이 선호하는 방식이 아니다. 아마 그는 반듯
이 누워서 죽고 싶었을 법하다. 석가가 등창이 나서 반듯이 눕지 못하
고 모로 누워 죽었다 하듯이, 소태산은 누우면 가슴이 결려서 앉아 있
다 죽은 것뿐이다.

소태산은 평범한 모습으로 죽었다. 아파서 끙끙 앓는 소리를 냈고,
숨이 가빠 헐떡거렸고, 땀을 비 오듯이 흘렸고, 뻔질나게 설사도 했고,
캑캑거리며 가래도 뱉었다. 범부들이 죽을 때 하듯이 다 했다. 여래라
하여 죽음 앞에 어떤 특혜(?)를 누리거나 예외가 되기를 원치 않았다.
어떤 마법 같은 이적을 연출하는 것도 원치 않았다.

이전에 삼산 김기천의 열반 때 그의 방에서 향내가 나더라고 전하자
소태산이 실망스럽게 말하였다. "삼산이 공부를 잘한 줄 알았더니 그
거 하나 못 감추나. 쯧쯧!" 범부가 죽은 방에서는 악취가 나지만,[12] 도인
이 죽은 방에서는 악취가 나지 않는다. B급 도인이 죽은 방에서는 향내
가 난다. 그러나 A급 도인이라면 그 향내조차 감출 능력이 있어야 한다.
삼산이 A급 도인인 줄 알았는데 향내를 못 감춘 걸 보니 B급밖에 안 된

다는 것이다. 진정한 도인은 범부와 구별이 안 된다. 어떤 사람이 "진정한 도인이라고 별다른 표적이 없나이까?" 물었을 때, 소태산은 "없나니라" 했다.[13] 소태산은 "나는 절대 사리를 남기지 않겠다. 혹 나한테 신기한 것을 찾으려 하지 마라. 그런 제자는 내 제자가 아니다."(김형오) 죽은 후에 다비하니 사리가 몇 알 나왔다는 것으로 생전 수행과 법력의 평가 척도를 삼는 풍습을 두고, 사리 하나 못 감추는 도인이 무슨 대단한 도인이냐고 비웃은 것이 소태산이다.

그러나 소태산의 열반일을 두고 박용덕 교무는 각별한 의미를 부여하기도 한다. 소태산이 익산에서 불법연구회 창립총회를 연 것이 1924년(갑자년) 6월 1일(음력 4월 29일)인데 열반일은 1943년(계미년) 6월 1일(음력 4월 29일)이니 19년의 간격을 두고 양력이나 음력이나 동일한 날이라는 점에 주목했다. 이는 우연의 일치이기보다 소태산이 생사일여의 이치를 온몸으로 보여준 의미심장한 일이라는 의견이다. 생사일여라는 의미 부여는 다소 견강부회 같기도 하지만, 아닌 게 아니라 우연의 일치치고는 절묘하다고 할 만하다.

훗날 회고담에서 김형오는 "종사님의 열반은 교운을 부지해주시기 위한 불가피한 방편이라 생각하였다" 했고, 황이천은 "종사님의 돌아가심은 아주 적절한 시기였다고 생각하였다" 했으니, 이들 말 속에 소태산 열반의 진정한 의미와 시점 선택의 비밀이 들어 있음 직도 하다.

---

12) 부산 초량교당에 있던 조전권이 이웃 소림사 스님을 문상하고 와서, 유체에서 악취가 많이 나서 언짢았다고 하는 말을 하자 소태산은 "냄새 하나도 못 감추면서 무슨 도인이냐" 했다고 한다.(『원불교선진열전 6』, 정녀 하, 97쪽)

13) '참 도인'을 두고 한 문답으로, 『대종경』 인도품 59장에 나온다.

○

열반 ②

소태산의 시신은 구급차에 실려 총부로 옮겨졌다. 제자들의 충격과 슬픔을 굳이 상술할 필요까지는 없다. 다만 제자들 중엔 소태산의 죽음을 현실로 받아들이지 않으려는 이들이 적지 않았던 모양이다.[14] 죽을 리가 없다거나, 정말 죽은 것이 아니라 선정에 든 것이라거나, 죽긴 했지만 조만간 부활의 이적을 보일 것이라거나. 시신의 손을 만져보니 살결이 부드럽고 온기도 있다며 염습을 며칠 미루고 기다리자는 의견도 있었다. 한때는 소태산이 소생한다는 소문이 나는 바람에 총부 구내가 발칵 뒤집힌 일까지 있었다. 죽음을 받아들인 이들도 시신을 방부 처리하자든가, 유리관에 알코올을 채워 영구 보관하자든가 했다. 그래서 성성원은 의사 남편을 통해 알코올을 구해 오고 황정신행은 일본에서 유리관을 구입하고자 서둘렀다. 그러나 일경은 속히 장례를 치르도록 지시하였다. 9일장을 신청했으나 6일장으로 타협을 보았고, 매장은 허가하지 않고 반드시 화장을 하도록 요구했다. 그러잖아도 잔뜩 흐리던 하늘에선 비가 내리기 시작했다. 비는 이튿날도 그다음날도 사흘간 주룩주룩 내렸다. 그가 태어나던 신묘년 춘삼월 스무이레부터, 3년간의 대한大旱에 시달리던 조선에 드디어 흡족한 비가 내렸다지만, 그가

---

14) 예를 들면, "일반으로 건강체로 평가받고 있었기 때문에 열반을 생각할 사람은 꿈에도 없었다."(송천은) "대종사님 열반이란 꿈에도 생각할 수 없었다. 만일 그런 이변이 일어난다면 우리 모두는 다 죽을 것이고 불법연구회는 문을 닫게 될 것으로 생각했었다."(정양선) 등이다.

떠난 날부터 날마다 내린 비는 또 무슨 의미였을까.

4일에 그친 비는 5일에 다시 오고 6일엔 하늘이 잔뜩 찌푸렸으나 비는 오지 않아 출상에 지장이 없었다. 10시에 발인식이 있었다. 불교시보사 김태흡의 주례와 유허일의 사회로 진행되었다. 이리불교연맹 소속 일인 승려 다섯 명이 독경을 했다. 의식 순서[15] 중 삼귀의는 불교식이지만, 찬송가는 기독교 방식에 가깝고, 심고는 신종교 방식이고, 일동통곡은 유교의 초상 절차 곡哭에 해당하는 등 혼합 형식이었던가 싶다. 이는 불연(원불교) 교리가 통종교적 문화 배경을 가지고 있는 데다가 아직 의례문화의 정체성을 확립하지 못한 탓도 있을 것이다. 전반적으로는 불교식이었지만, 일본 경찰과 불교연맹 등 일제의 간섭으로 장례 주도권을 행사할 수 없는 구조이다 보니 불연의 독자적 색깔을 가미하기에 한계가 있었다. 남아 있는 발인식 사진을 보면 불단 위쪽에 행사명이 '佛教聯盟 / 法要(불교연맹의 법요)'라 씌어 있는데 그게 낯설게 느껴지는 까닭도 그래서다.

전북경찰국 고등형사나 이리경찰서 형사들 5~6명이 주재하며 장의 절차와 참여 인원 제한 등 감시와 지시는 상당히 각박했던 듯싶다. 800~900여 명의 조객들이 모였으나 장의 행렬 참여를 230명으로 제한한 것은 소요의 가능성을 염두에 둔 대비였고, 절차의 간소화와 신속화 역시 돌발적 사태의 위험성을 차단하기 위한 조치였다. 남녀 제자들은 마지막 총회 때 스승이 전수한 검은 법복에 법락法絡을 두른 모습으로 말없이 상여 뒤를 따라 걸었다. 전통적 출상 운구에 준한 행렬

---

15) 순서는 개식-찬송가-삼귀의-심고-고백문-일동통곡-복제 배례-대표 분향-폐식 순이었다.

은 명정과 공포 대신 '불법연구회창조-소태산일원대종사-소화십팔년유월일일오후이시삼십분입적'[16]이라 쓴 열반표기와 일원상기를 앞세웠고, 머리띠를 한 젊은 제자 55명이 멘 상여 뒤를 친족과 남녀 회원 및 조객들이 따랐다. 색다른 것은 행렬 앞뒤에 자체 경호반이 배치되어 있는 것이었다. 도로 따라 행렬 좌우엔 일경들이 감시했고, 남은 조객 700여 명은 감히 다가서지 못하고 먼빛으로 상여를 배웅하며 눈물 흘릴 뿐이었다.

총부를 출발한 장의행렬은 15리쯤 떨어진 같은 면 금강리까지 이어졌고, 유체는 이리읍 지정 공동화장장이 있는 수도산까지 운구되었다. 오후 4시, 시신을 화구에 넣는 절차에서 문제가 생겼다. 관이 너무 커서 화구에 들어가지 않았던 것이다. 별수 없이 관 뚜껑을 떼어내자 시신에서 향기가 나더란다. 입회했던 형사부장 스기야마杉山가 시신의 허리 밑으로 손을 넣어보고 냄새를 맡더니 "이상하다. 향내가 나, 향내가 나!" 하고 고개를 갸웃거리면서 여러 번 냄새를 맡더란다. 무더운 여름 날씨에 6일장을 치르는데도 유체에서 향내가 나다니! 냄새를 숨기겠다는 소태산의 생전 의도가 이쯤에서 어긋나고 만 셈이다. 아니 어쩌면 소태산은 이 상황까지 계산에 넣고 은근슬쩍 향내 나는 유체의 신비를 과시한 것은 아닐까 싶기도 하지만, 이는 아마도 범부들의 괜한 잔머리 굴리기이리라. 화구에 점화하고 불길이 시신을 태우면서 화장막 굴뚝으로 연기가 솟아오르니, 거기 어디에 소태산의 색신이란 흔적이 남겠는가. 생전 소태산이 자주 언급했던 '금강산 수양(혹은 수도)'이 금강리

---

16) 한자 세로글씨 3행, 佛法研究會創祖 - 少太山一圓大宗師 - 昭和十八年六月一日午後二時三十分入寂. 당연하지만, 가운데 줄은 큰 글씨이고 좌우 행은 좀 작은 글씨로 되어 있다.

수도산 화장장으로 간다는 뜻이 아니었을까, 그렇게 풀어보는 사람도 더러 있다. 금강이 金剛 아닌 金江이라거나 수도가 修道 아닌 水道라거나 하는 것은 따질 '깜'도 안 되지만, 소태산의 성격으로 보아 그는 자신의 죽음조차 그렇게 희화화할 만한 사람이긴 하다. "느그들 고건 몰랐지라!" 하고 껄껄 웃으며 떠났을지도 모른다.

송도성·김형오·정광훈·서대원·정세월 등이 화장장에서 밤을 새우고 나서 7일 새벽, 식은 재를 헤치고 습골을 했다. 사리는 안 보였고 찾지도 않았다. 유골을 함에 담아 총부로 오자 정산 송규가 함을 받들어 열어보고 소태산이 생전 머물던 조실 금강원으로 옮겨 모셨다. 오전 7시, 발인식 때처럼 김태흡이 주례를 맡아 성해 봉안식을 치르고 기념 촬영을 했다. 열반 후 이레가 되는 날이기에 저녁에 초재를 모셨다. 6월 14일이 2·7재인데, 전날 밤 11시 경에 놀라운 일이 생겼다. 유골을 모신 조실 둘레에서 휘황한 빛이 하늘을 찔러 화재가 난 줄 알고 달려갈 정도였다. 이른바 방광放光(부처가 밝고 환한 빛을 발산함)이었다.[17] 유체에서 향내를 내거나, 유골에서 사리를 내거나 하는 것을 경멸하던 소태산도 평소 〈내소사 공양주〉[18] 이야기를 통해 사후 방광을 진정한 법력의 증표로 칭찬하였었다. 결국 소태산은 사후 두 주일이나 되어서 '방광' 한 가지를 넌지시 보여준 것이다. 방광으로 십상 중 마지막인 '계미열반상 癸未涅槃相'(계미년에 열반을 보인 모습)의 대미를 장식했다.

---

17) 《불교시보》에서는 2회(소화 18년 6. 15./7. 15.)에 걸친 추모기사를 냈는데 〈불법연구회 창조 고 박중빈 선생의 입적 후 기적〉이란 제목으로 이 일을 보도했다.

18) 소태산이 즐겨 인용한 예화. 한 더벅머리 총각이 내소사에 무보수 공양주로 들어와 청법을 즐기며 남모르게 수도하다 죽었는데 좌탈에 방광을 하였다 한다. 그런 사람이 큰 도인이라 하며 "내소사 공양주의 정신을 닮으라"고 당부하였다.

7월 19일, 대각전에서 소태산의 열반 49일, 종재식이 거행되었다. 송도성이 고유문을 올리는데 남들이 보니 그 손이 떨리고 목소리도 떨리더라 했고, 제자들은 스승님의 유업을 계승하겠다는 결연한 다짐을 했다. 그럴 것이다. 그런데 주목할 인물은 경성 히로부미지 주지 우에노 슌에이다. 그는 중풍으로 불편한 몸임에도 김태흡 등과 종재에 참예하여 간절한 애도의 모습을 보였다. 아래는 대산 김대거의 증언이다.

대종사님 열반하셨다는 말을 듣고 직접 태흡 스님을 데리고 와서 자기 할아버지나 아버지보다 더 슬퍼했다. 자기가 일본 있을 때 조동종 종정이 (소태산과 같은 나이) 쉰셋에 돌아가셨다고 그러면서, 나의 직접 스승이 돌아가셨어도 내가 이렇게 울지 않았고, 이 광경이 그때의 10배, 100배 더 크다고 하였다. 일본 사람이지마는 (…) 그렇게 울음을 울고 슬퍼하였다.(『66년도 최초법어부연법문』, 76쪽)

그는 추모법회에서 "대종사주가 열반하셨다는 것은 우주의 등불이 꺼진 것이나 같은 것으로 참으로 인류사회에 불행한 일이다. 대종사는 도겐 선사보다 수승한 스승이신 것을 나는 알고 있다"고 고백하기도 했다. 일본 종교계에서 그의 위상은 "내가 총독부에 미나미南次郎[19] 군을 불러다가 이렇게 이렇게 하라고 지시했다"는 말투에서 드러나듯이 자존심이 대단한 인물이다. 그러한 그가 종조 도겐이나 조동종 종정까지 싸잡아 비교하며 소태산에게 극찬을 아끼지 않았다는 점에서 당대 제

---

19) 미나미 지로는 제7대 조선총독(1936~1942)으로 창씨개명, 조선어사용금지 등 조선민족 문화 말살정책을 추진한 인물이다.

자들이 오히려 충격을 받았던 모양이다. 소태산 사후에도 그는 불법연구회를 일제의 해산 위협으로부터 지켜준 공로자였기에 교단에서는 1988년 늦게나마 명예대호법의 법훈을 추서한 바도 있다.

일제는 성해를 총부에는 모시지 못하게 했다. 7월 19일, 총부 대각전에서 종재식을 마치고 익산군 북일면 신흥리 장자산 공동묘지에 안장하고 소태산일원종사지묘少太山一圓宗師之墓라는 묘비를 세웠다.

소태산 열반 시 이리역에서부터 회원(교도)들의 총부행을 단속하였던 일경은 장례 후에는 묘지를 찾는 제자들의 접근조차 제한했고, 후일에는 숫제 금족령禁足令을 내리기까지 했다고 한다. 제자들이 유해나마 곁에 모시고 자유로이 추모할 수 있게 된 것은 해방 후의 일이다. 여담이 되겠지만, 장례에 들어온 부의금은 경비를 알뜰하게 쓰고 300원을 남겼는데 이마저 일제에게 국방헌금으로 몽땅 바쳐야 했다.

○

열반 이후 ①

소태산 사후 불법연구회의 운명은 몇 단계의 굴곡이 있다. 열반을 앞두고 소태산은 교단에 대해 어떤 점을 안심하고 어떤 점을 염려하였으며 무엇을 당부하고 싶었는가 알아보자. 다음은 묵타원 권우연 교무가 받아쓴 법문인데 여기에 몇 가지 시사점이 보인다.

오늘도 법설 하시면서 "내가 매양 오래 있을 수 없으니, 믿지는 말아라. 수명이 감한 것 같구나" 하시고, "교단은 이만하면 기초가 서졌고 경전도 다 짜졌으니, 경전만 가지고도 공부한다면 부처가 다 될 것이다. 그러나 못 잊는 것은 아직 자력이 서지 못한 저 어린 것들이 못 잊히고 걸린다. 더 키워주지 못하고 나는 수양은 가야 하니까 마음에 걸릴 뿐이다. 그러나 내가 없더라도 정산이 있으니까 정산을 나와 똑같이 알고 믿고 의지하며 공부해야 한다" 하시고, "정산도 나와 똑같은 사람으로 알아야 한다" 하시고, "정산의 영단은 우주에 꽉 차서 있다" 하시었습니다.(『소태산대종사수필법문집』, 362쪽)

첫째, 곧 열반에 들 것을 밝히고 있다. 그런데 그것이 애초의 예정보다 당겨졌다는 점이 주목된다. 양도신이 소태산의 와병 소식을 듣고, 혹시 세상을 뜨지 않을까 우려를 하니까 이공주가 "대종사께서 70세 정명定命이라고 하셨으니 절대로 큰일은 없어. 만일 큰일이 있다면 우리들을 속이심인데 절대로 큰일은 없을 것이다" 하고 단언했다는 증언이 있다. 소태산을 지근거리에서 모신 이공주에게 정해진 수명[天壽]이 70세라고 했다면 무려 17년을 당겨 가는 것이다. 또 소태산 열반 후 이공주는 비망록에 세 가지 의문을 적어놓았는데 그중 첫째가 "대종사께서 3회 36년을 정해놓으시고 왜 28년에 가셨나?" 그러니까 70세 정명은 양보하더라도 최소한 창립한도 36년 스케줄은 지켜야 했는데 그마저 못 지킨 것은 도무지 납득할 수 없다는 말이다. 36년에 맞추어도 8년을 당겨 떠난 것이다. 소태산은 정명도 창립 스케줄도 접고, 망가진 건강 상태와 일제의 절박한 위협(교단 해산 내지 교주 살해)으로 인해 열반에 들었으니, 이는 불가피한 선택이었음을 말하고 있는 듯하다.

둘째, 교단의 기초가 섰고 경전 편수가 끝났기에 안심하고 떠난다는 뜻이다. 사실 창립 스케줄에서 제1회 12년, 제2회 12년은 창립의 기초를 세우는 준비 기간이다. 제3회 12년은 이미 만들어진 기초 위에 포교의 성과를 확산하는 기간이다. 2회 24년이면 크게 아쉬울 게 없지만 그간 남은 아쉬움이라면 2회 말(24년)까지 끝내기로 작정했던 경전의 미완성이다. 일제의 방해로 미루어지던 것이, 비록 "때가 급하여 이제 만전을 다하지는 못하였으나"(부촉품3)[20] 김태흡 등의 도움으로 출간을 앞두고 있으니 홀가분하다는 뜻이다. 출간은 못 보았지만 가제본까지는 보았으니 그러면 안심할 만하다.

셋째, 자력이 서지 않은 제자들을 두고 가는 염려다.[21] 그러면서 여러 차례 정산(송규)을 믿고 따르라고 했다. 이 말 속 어딘지에 숨은 뜻이 있음 직하다. 그것은 '자력이 서지 못한 어린 것' 중에 정산도 포함된다는 느낌이다. 정산을 믿고 따르라는 말이 정산을 잘 부탁한다는 당부가 아닐까 싶다. 필자가 너무 넘겨짚은 것인가, 억측인가. 아니다. 소태산이 열반을 며칠 앞두고 대산 김대거와 의산 조갑종에게 한 유촉 가운데 "정산이 좀 약하다. 그러니 너희들이 받들어야 된다"고 한 말이 있지 않았던가. 마치 세종이 신하들에게 '어린 세손(단종)'을 부탁하고, 문종이 임종에 당하여 신하들에게 '어린 세자(단종)'를 부탁하던 심정을 연상시킨다. 정산이 왜 약할까? 법력의 부족이 아니라 리더십의 문제다. 그는 성격상으로도 대중을 압도하거나 좌지우지하는 카리스마가 없다. 교단에 참여할 당시부터 그는 나이가 가장 어렸고, 호남 인맥에 포위된 소수자로서 경상도 출신이었다. 초창부터 소태산의 보호막 안

---

20) 이는 편찬 자체의 불완전성을 말한다기보다 시국 때문에 본의가 굴절되고 왜곡된 점을 말한 것으로 보인다. 해방 후에 '대종사의 본의대로' 수정되고 개편되었다.

21) 이은석은 6월 1일자 일기에서 스승의 심정을 잘 읽고 있다. "11시경에 병원에 가서 병실로 갔다. 병세 침중하시고 계시다. 어쩐지 종부주께옵서도 슬픈 기색이시고 나를 보실 때 애처로워 보이셨는지 보고 웃으시고 보고 웃으신다. 그중에는 차마 못 보는 슬픔이 계신 것 같다."

에서 컸다. 소태산은 애초부터 일관되게 정산을 수위단 중앙으로 하여 후계 구도를 짰고, 부자지의를 맺어서 품었고, 다른 제자들이 방언공사 험한 일을 할 때도 토굴에 가두어 보살폈고, 친녀 길선을 정략혼으로 그의 제수가 되게 하여 외풍을 막았다. 그럼에도 자력을 얻지 못함이 걱정되어서 열반을 앞두고 "그대는 나를 만난 후로 오늘에 이르기까지 모든 일에 오직 내가 시키는 대로 할 따름이요 따로 그대의 의견을 세우는 일이 없었으니 (…) 앞으로는 모든 일에 의견을 세워도 보며 자력으로 대중을 거느려도 보라"(부촉품5)고 당부한다.

소태산과 정산의 이심전심

소태산과 정산은 말이 필요 없는 사제였다. 정산 송규는 스승 소태산의 사랑과 기대를 이심전심으로 알고 있었다.

① 원기 2년(1917) 11월에 엮은 『법의대전』에 '完田宋樞許付以當來事(완전송추허부이당래사)'라는 비밀 코드가 있었는데 이것이 '완전한 법밭法田인 송추에게 앞으로의 일을 맡기리라'로 번역된다. 이 책이 나온 지 반년이나 지나서 소태산이 정읍 화해리로 찾아왔을 때 소태산은 송도군에게 '가장 중요한 부분'을 뜻하는 樞(추)라는 이름을 주었다. 이는 공개적인 법명 奎(규)와는 달리 둘만이 은밀하게 주고받은 이름이었다. '완전한 법밭'은 영부靈父 소태산이 뿌린 씨를 길러 완성시킬 법모法母임을 전제로, '앞으로의 일'을 맡긴다는 뜻이니 곧 송규를 후계자로 지명한 것이었다.(『정산종사전』, 105

쪽 참조)

② "내가 영산에 있을 때나, 또는 월명암에 있으면서 초당에 내려와 대종사를 모시고 잔 일이 있었는데 자다가 깨어보면 대종사께서 나를 애기 만지듯 손을 어루만지고 계시었다."(『정산종사전』, 155쪽)

③ 소태산 열반 전해인 1942년, 영산지부장으로 있던 송규를 소태산이 익산 총부로 불러들였다. 이 무렵, 정양선이 정성껏 보약을 달여 가면 소태산은 당신이 먹지 않고 정산에게 보냈고, 정산은 또 소태산이 보냈다 하면 더 묻지 않고 받아 마셨다. 소태산은 약 달인 사람(정양진)이 섭섭하게 생각할까 봐 "정산이 영산에서 너무 애를 써서 몸이 약해져서 그러니 그리 알고 내가 먹은 것처럼 알아라" 하고 양해를 구했다.(「소태산대종사의 열반에 관한 고찰 1」,《정신개벽》, 13집)

소태산의 임종 때, 다른 제자들이 땅을 치고 울고불고 몸부림치며 대굴대굴 바닥에 구르기도 하고 심지어 졸도까지 할 때도 정작 정산은 침착했고 멀쩡(?)했다. 정산은 진작 소태산의 열반을 기정사실로 받아들이고 있었으니, 스승과는 미리부터 어떤 둘만의 내통이, 약속이 있었던 듯하다.

정산은 성격으로 보더라도 교단의 분열을 막고 회원의 단합을 이끌 장악력 그것이 부족했다.

당시 총부에는 유명한 인사들이 많이 계시었으니 류허일 선생, 이공주 선생, 조송광 선생, 박제봉 선생, 박대완 선생, 이외에도 사회적으로 유명한 분들이 많이 계시었다. 그러한 이분들 역시 대종사주 앞에만 가면 그야말로 전전긍긍 몸 둘 바를 모르고 움츠리고 있는 광경이 참으로 이해할 수 없이 나는 이상하고 우습게 생각되었다.(황이천, 〈내가 내사한 불법연구회〉,《원불교신문》, 1973. 8. 25.)

조선인 순사 황가봉(이천)이 처음 불법연구회를 감시하러 들어왔을 때 그에게 눈에 띈 인물은 유허일, 이공주, 조송광, 박제봉, 박대완 등이 었고 송규는 없다. 이때 송규는 영산지부장으로 가 있을 때이니 그래서 눈에 안 띄었다 치자. 그러나 소태산 열반 직후 이리경찰서에서 일경들이 한 상황 판단은 초기 황가봉과 별 차이가 없어 보인다.

서장은 전 간부를 불러놓고 대책을 논의하는 것이었다.
서장: "종법사가 사망하였으니, 그 후계가 어떻게 될 것인가."
이천: "전남 영광지부장으로 있는 송규가 후계할 것입니다."
고등주임: "그렇지 않다. 군이 뭘 보고 그렇게 생각하느냐. 후계자는 서로 종법사 감투를 놓고 치열한 투쟁이 벌어질 것이다. 유허일, 이공주, 전세권(음광), 오창건 등이 있지 않은가. 그래서 파벌이 생기곤 하여 자멸할 것이 분명하다. 두고 보아라."
그리하여 도에 보고하는 데는 내 말도 참착하고 하여 "전남지부장²²⁾ 송규가 유력하나 결국은 파당 싸움이 벌어져 자멸할 것이 분명하다"고 하였다.(앞의 글,《원불교신문》, 1974. 4. 25.)

서장은 이리경찰서장이고 이천은 황가봉을 가리킨다. 『대종경선외록』(교단수난장22)에는 일경이 '정산이 종법사에 올라도 파벌로 자멸하게 되리라'고 예측하고 전북도경에 '도토리 키 재기'란 보고를 했다는 말이 나온다. 이는 판을 평정할 만큼 강력한 파벌이 없고 모두 고만고만하기 때문에 나온 말이다. 그들이 불연의 미래를 그렇게 예측한 것은, 압박을 늦추리라는 예상이 되어 다행스럽지만, 정산이 명분으론 종법사가 될지 몰라도 실세가 못 된다는 평가이기도 하다. 불연을 샅샅이 감시하던 그들의 이런 평가는 상당한 근거가 있다고 본다. 이를 누구보다도 민감하게 인지한 사람이 전임 총무부장 박장식이었다.

소태산의 장례(6일장)를 치르고 나자 바로 후임 종법사 추대 절차에 돌입했다. 토의가 궤도에 오르기도 전에 박장식이 선수를 쳤다. "일제는 대종사께서 열반하시면 서로 종권 다툼이 일어나서 우리 회상이 자멸되리라 생각하고 있을 것입니다. 이런 때일수록 우리가 더욱 단결하여 이 회상을 잘 운영해 나아가야 하겠습니다. 그러니 후계 종법사 선정을 선거로 하는 것보다 평상시 대종사께서 하신 일과 말씀을 유언으로 알고 수위단 중앙단원인 정산 선생을 종법사로 모심이 당연한 줄로 생각합니다." 이렇게 되자 혹시 이의가 있는 자라도 감히 나설 분위기가 아니었다. 참석자 전원이 이의 없이 찬동하여 가결했더란다.(『정산종사전』, 301쪽) 회규에 따른 선출 절차를 생략하고 중진 간부회의에서 전격적으로 정산 송규를 후계 종법사로 정한 것이 6월 7일이다. 이튿날 바로 새 종법사 취임식을 치렀다. 이렇게 서두른 것은 일차적으로 일제의 방해 공작을 우려해서라 하지만, 달리 보면 교단의 분열을 차단하기

---

22) 전남지부장은 영광지부장의 잘못이다. 송규는 소태산 열반 1년여 전(1942년 4월) 친제 송도성에게 영산지부장을 맡기고 이미 총부에 와서 소태산을 보필하고 있었다. 아마도 황가봉의 기억에 착오가 있어 보인다.

위한 비상조처이기도 했다.

실제로 선거권자를 소집하여 선거를 치르는 절차[23]를 무시한 종법사 추대로 인해 뒷감당하기가 쉽지 않았던 모양이다. 회의에 참석하지 못한 이들이 "어찌 그것을 유언으로 할 수 있느냐?" 하며 이의를 제기하는 바람에 복잡한 상황이 벌어졌다. 소태산 열반의 충격도 있겠지만, 정산 취임 이후 교단을 떠나는 회원들, 전무출신을 자퇴한 제자들도 나왔다. 정산의 종법사 취임에 격한 반발을 보인 간부가 있었다는 일화도 전한다. 결국 대중을 공회당에 소집하고 새 종법사 정산이 "내가 만일 사심이 있어서 이 자리에 앉았다면 천벌을 받을 것이다"라고 과격한 언사까지 써가며 설득을 하고야 잠잠해졌다. 박장식도, 정산 종법사의 만류가 없었더라면, '선거 없이 정산을 추대하자'고 맨 먼저 제안한 사람으로서 대중에게 사죄하려 했다고 고백했다. 박장식은 당시 심경을 이렇게 밝혔다.

법의 훈련을 받은 우리이기에 그렇게 잘 되었던 것이지 그렇지 않았다면 다른 유사종교의 전철을 밟지 않았으리라 보장할 수 없는 노릇이었다. 이 문제를 수습하며 교단의 분열을 막겠다는 생각으로 제안해본 것이 너무 성급했나 하는 자책도 하게 되었다.(『평화의 염원』, 107쪽)

---

23) 불법연구회규약(소화 9년 개정판) 제8조에 '(종법사는) 총대회(總代會)에서 선정'으로 되어 있다. 제13조에 따르면, 총대는 지방회원들이 선거로 뽑은 지역대표를 뜻한다. 아울러 제 18, 19조에는 총대회의 의결이 반수 이상 출석에 반수 이상 동의를 조건으로 하고 있다.

열반 이후 ②

후계 종법사 선출이란 어젠다는 '교단 분열의 예방'이란 당면 과제와 분리해서 다룰 수 없었다. 이쯤에서 우리가 묶어 보아야 할 것은 이른바 '여자회상' 문제다. 이공주는 소태산 초상 때 적은 비망록에서 세 가지 의문을 제기했다. 하나는 앞에서 말한 바와 같이 '3회 36년을 정해놓으시고 왜 28년에 가셨나?' 하는 것이요, 또 하나는 '영원히 가시며 왜 수양 가신다고 하셨나?' 하는 것이요, 그리고 남은 중요한 하나가 '남녀회상을 말씀하시고 여자는 왜 불고하셨나?' 하는 것이다. 앞의 두 가지는 이미 대답이 나왔다고 보고, 마지막 한 가지 '남녀회상' 문제를 짚어보자. 남녀회상이란 남자회상과 여자회상을 가리키는 것인데, 소태산이 남자회상과 별도로 여자회상을 만든다고 해놓고 왜 그 약속을 지키지 않고 갔느냐, 하는 항의성 의문이다.

회상會上이란 영산회상이니 용화회상이니 하여 불교에선 익숙하게 쓰이지만, 원불교에서 보면 뉘앙스가 다른 쓰임이 두 가지 있다. '원불교회상'이라 할 때처럼 교단敎團과 동의어로 쓰이는 경우가 있고, '전북회상'처럼 신앙을 같이하는 사람들의 지역적 집합을 뜻하는 경우도 있다.[24] 전자는 제도적 조직을 말하고 후자는 추상적 집합을 말한다. 불법연구회 시절의 각종 규정엔 '본회'란 용어만 쓰이지 '회상'이란 용어

---

24) 정산 종사는 '삼타원(최도화)은 전북회상과 서울회상의 총연원이시다' 하였다.(『범범록』, 1954. 11. 5. 일기)

는 없고, 원불교로 교명을 바꾼 이후로 공적 문서엔 '교단'이란 용어만 쓰인다. 다시 말하면 회상이란 용어가 교단(제도적 조직)의 의미로 쓰이는 것은 공인된 것이 아니다.

이에 관해 대산 김대거는 종법사 재임 시 다음과 같은 법설을 한 적이 있는데 참조할 만하다.

> 대종사님께서 병환이 나시기를 5월 16일이지. 5월 16일 날 오전 내가 교무부장으로 있을 때인데, 국내에 일체의 서신 신문 일체 외부행사를, 점심 식사를 하고 보고를 드리는데, 점심 식사가 끝나고 뵈러 갔더니 다른 신문이나 편지는 일체 보지 않으시고, 날 보고 앉으라 하시면서, 큰일을 하시고 큰 경영을 하시려면 손가락으로 땅을 몇 번 치시면서 반드시 혼자 그렇게 하시는데, 앞으로 여자회상 문제에 대해서 아주 심각한 표정을 가지셔서 그때 내 마음에, 어찌 그렇게 큰, 심각한 태도를 가지시는가 한 일이 하나 있었고 (…) (『66년도 최초법어부연법문』, 75쪽)

여기엔 다른 기록과 다소 차이가 있는 부분이 두 군데 있다. 하나, '다른 신문이나 편지는 일체 보지 않으시고'가 『대종경선외록』(제생의세장15)에는 "때마침 도착한 각 기관의 우편물을 일일이 검열하여 보시고"로 나온다. '일체 보지 않으시고'는 다음 말의 중요도를 그만큼 강조하는 것이지만 사안의 본질은 차이가 없다. 또 하나, '앞으로 여자회상 문제에 대해서 아주 심각한 표정을 가지셔서'라고만 하였는데 『대종경선외록』엔 "'여자들 때문에 걱정이다' 하는 말씀을 연거푸 두세 번 하시고"로 하여 직접화법을 썼다. 더구나 같은 책의 원고판[25]에는 "여자들 때문에 걱정이다"가 "여자들 때문에 탈이다"로 나온다. '탈'이 정확한 워딩인데 감수 과정에서 이를 순화하여 '걱정'으로 바꾸었음을 알수 있다. 같은 김대거의 또 다른 증언을 보면 사안의 본질에 더 잘 접근할 만하다.

대종사님께서 열반하시던 5월에 병원에 입원해 계시면서 이런 말씀을 해주셨다. 의자에 기대어 앉으셨는데 손으로 의자를 여러 번 두드리시면서 "여자회상, 여자회상, 여자회상 연거푸 세 번 하신 후, 내가 동원만 시켜놓고 끝을 못 맺었다" 하시었다. 그때 최후로 여자회상에 큰 기운을 밀어주시었다.(『법문집』, 343쪽, 1976. 7. 12. 법설)

앞의 내용은 '5월 16일 조실'이란 시공간이 분명하고 뒤의 내용은 입원(5월 27일) 후 병원에서 있던 일이니 별개의 상황이다. 임종을 앞두고 소태산은 왜 이렇게 '여자회상'에 대해 심려를 하였을까? 여기에 대해서 3세 종법사 김대거가 내놓은 설명은 "대종사께서는 만대에 남녀균등을 하기 위해서 최후에 여자회상, 여자회상 하시면서 이렇게 세 번 치신 것"(『66년도 최초법어부연법문』, 78쪽)이라 하였다.

요컨대 '여자회상'은 넓게 보아도 교단 내 여자교도들의 집합이요, 좁게 보아 조직으로 이해한다면 여자 수위단이다. 이공주가 남녀회상이라 한 것도 수위단으로 보면 무난하다. 여자회상의 수장으로 예정된 이공주로선 소태산에게 서운한 점일 것이다. 소태산도 미안하고 아쉬운 마음에 "내가 동원만 시켜놓고 끝을 못 맺었다" 하였다. 양쪽이 다

---

25) 편저자 이공전은 『대종경선외록』(1982)을 출판하기 전에 《원불교신문》에 연재한 바 있는데, 제223호(1978. 12. 10.)에 해당 대목이 나온다.

그럴 만도 하다. 시창 16년(1931)에 발행된 『불법연구회통치조단규약』 7조에도 "본단의 목적을 총감하기로 정수위단이라 명칭하고 남자로 1단, 여자로 1단을 조직하여 모든 단의 원시元始가 되기로 함"이라고 명시했다. 소태산은 1931년에 여자 수위단을 실현시키기 위한 시보단試補團 조직을 구상하였고, 열반하던 1943년 4월에도 종전의 구상을 수정한 여자 수위단(시보단)을 편성하였다. 일타원부터 구타원까지 법호도 내정했다. 그럼에도 소태산은 끝내 시행을 미루다가 임종 무렵까지 '여자 회상'을 언급만 하다가 떠났다. 필자는 그 이유 역시 교단의 분열을 막기 위한 부득이한 조처였다고 본다. 소태산에겐 이미 두 가지 학습효과가 있다.

하나는 그가 방언조합을 해산하고 변산에 가서 몸을 숨겼을 때 일이다. 삼산 김기천이 고향(영광군 백수면 천정리)에서 소태산의 방언조합을 모델로 한 천정조합이란 이름의 단체를 만들어 노동, 교육, 종교 활동을 하였다. 김기천을 따르는 대중이 모여 세를 형성하면서 기존의 길룡리 대중과 패가 갈렸다. 소태산이 집을 비운 사이에 생겨난 분열의 단초였다. 이 상황을 간파한 소태산은 김기천을 불러 "지금 이 일이 작은 일 같으나 앞으로 큰 해독을 미침이 살인강도보다 더 클 수도 있다"고 강경한 경고를 하여 천정조합을 해체시켰다. 열반 당년인 1943년, 소태산은 대중에게 중근병을 경계하는 설법을 하던 중, 이 일을 굳이 상기시키며 "예전 삼산이 중근에 시달릴 적에 삼산 문하 패와 내 패가 나누어져서 한참 동안 내가 괴로웠다"(『대종경선외록』, 유시계후장14)고 고백했다. 일종의 트라우마로 보인다. 소태산은 자신의 사후 교단 분열의 싹을 남길 수는 없었을 것이다.

또 하나는 동학이나 증산교의 교조 사후 분열을 보며 깨친 학습효과다. '약한' 정산에겐 버거울 것으로 보아 제자들에게 정산을 지키라고 유촉한 것도 더욱 그래서이리라. 더구나 동학의 분열에서 보았듯이, 일제는 해체의 전 단계로 교단의 분열을 부추길 우려가 있다. 교단이 해산되거나 흔들리면, 정산 중심으로 정통성을 내세운 보수파가 생기고, 다른 쪽에선 구타원 이공주가 여자회상의 명분을 내세워 여자 수위단 중심의 새 교단을 만들지도 모른다. 더구나 종법사 선출 절차를 끌다가 과도기에 정산이 미처 종법사 자리에 오르기 전에 일제가 불연을 해산한다면? 이후로는 정산이 법통을 주장할 근거가 박약해지고 그의 밑으로 가기 싫은 이들은 또 다른 분파를 만들 수도 있다.

해방과 한국전쟁의 혼란을 극복하고 정산 종법사 체제도 12년차 안정기로 접어들 1954년(갑오년), 여자회상의 집단행동으로 교단 분열의 위기를 겪는 사건이 발생한다. 이것이 이른바 '갑오파동'이니, 이로 보면 소태산의 원려가 어디에 있었던가를 알 것이다.

여자회상과 갑오파동

서대인의 증언에 따르면, 소태산은 수첩에 여자 수위단 명단을 적은 후 항상 잠금장치를 잘 해두었던 문갑의 서랍에 넣어두고 열반하였고, 사후 유물조사 과정에서 명단이 발견되었다.(『대산종사 추모문집 1』, 82쪽) 소태산은 정산이 자리 잡고 교단이 안정되기 전에 명단이 발표되면 분열의 씨앗이 될 수 있음을 염려한 것으로 보인다. 이 봉인된 명단은 후임 종법사인 정산에게 곧장 전달되었을 것이다. 정산은 보안을 유지하며 당분간 이 명단을 발표하지 않았다. 교단 분열을 염려하는 스승의 뜻을 읽었기 때문이다.

소태산의 염려는 기우가 아니었다. 실제로 소태산 사후 12년차인 1954년(갑오년) 정기총회 후 교단 분열의 위기가 찾아왔다. 남자들 중심으로 경영하던 사업이 실패를 거듭하자 감찰원(원장 이공주) 중심으로 여교무 일동이 '남녀기관 분립' 성명서를 발표한다. 이를 계기로 촉발된 여자 교역자들의 반란과 남자 교역자들의 반격이 맞붙으며 심각한 분열 위기에 이르렀다. 종법사의 권위에 상당한 흠집이 갔고 정산은 상처가 컸을 것이다. 우여곡절을 겪으며 사건을 수습한 후, 종법사 정산은 이 사건을 '갑오파동'으로 일컬으며, 자신이 치른 홍역을 60년 전 갑오(1894)에 동학이 북접과 남접으로 분열할 때 2세 교주 해월 최시형이 겪은 수난에 견주기도 했다.

정산이 종법사 위에 오른 지 10여 년이나 지났음에도 이럴진대 소태산 열반 후 정산이 미처 조직을 장악하지 못한 상태에서 이런 사태가 발생했더라면 원불교가 남자회상과 여자회상 두 개로 분열했을 가능성이 없지 않다. 두 개로 분열한 것이 1단계 분열이라면, 이어서 또 다른 분파가 생기면서 2차 분열, 3차 분열로 번져갔을 수도 있다.

이공주, 유허일, 전음광, 박대완, 오창건 등을 거명하며, 종권 다툼이 일면 '도토리 키재기' 식으로 서로 권력 다툼하다가 끝내는 자멸할 것으로 본 일경의 추측이 꼭 틀리다고 할 수도 없잖은가. 수운 사후 동학(천도교)은 최시형의 북접과 서장옥·전봉준 등 남접의 대립으로 시작하여 적어도 10여 개의 분파가 생기며 지리멸렬해졌다. 증산 사후 흠치교(증산교)는 김형렬, 차경석, 고판례(수부), 안내성 등 친자종도에 조철제 등 사후에 끼어든 인물까지 합세하여 분열을 거듭하더니 일제가 강제해산시킬 때는 분파가 무려 100여 개였다고 하지 않던가. 불연도 처음엔 두어 개 파가 나뉘기 시작하고 조만간 10여 개로도 분화할 수 있다. 소태산은 가상현실을 내다보고 있었을 것이다. 소태산은 여자회 상을 통해 남녀평등을 교법적으로 실현하는 당위와, 교단 분열을 막아야 한다는 또 다른 당위 사이에서 무려 12년 동안을 홀로 갈등하고 있었을 것이다. 결국 교단 분열을 막는 일이 남녀평등보다 더욱 절박하다고 보았고, 그래서 여자회상(여자 수위단) 발표를 미루다 떠났을 것이다. 개교 100년이 넘도록 원불교는 아직 분열을 겪지 않았다. 해방 후 발생한 신종교의 경우도 그렇지만, 일제강점기를 겪은 신종교 가운데 분열을 겪지 않은 희귀한 예외다. 결코 쉬운 일이 아니다.

IX. 대단원
- 춤추는 니르바나

이제 다 이루었다

소태산 열반 두 달 후인 8월 5일, 신간 초판 『불교정전』 1천 권이 익산 총부에 도착했다.[1] 스승이 생전에 그리 심혈을 기울이던 정전의 출판을 맞이한 제자들의 감회는 얼마나 각별했겠는가. 뒤통수를 맞은 전남도경은 깜짝 놀라 경기도경에 항의하고 김태흡을 소환하는 등 호들갑을 떨었지만 이미 끝난 일이었다.

교조 열반 후, 자멸하리란 예상을 넘어 빠르게 자리 잡아가는 정산 종법사 체제하의 불법연구회를 보면서 일제는 꽤 난감하였다. 그렇다고 달리 해체의 명분을 찾을 수가 없으니 차선책으로 염두에 두었던 황도 불교화를 서두르는 것이 모범답안이라 생각했던가 싶다.

정산 종법사 대위에 오르시고 일인들의 황도불교에 대한 강요가 본격적으로 시작되었다. 어느 날 일본불교의 유지였던 중촌中村과 육군소장인 목牧 소장이 정산 종사님을 초청하였다. 이리 청목당靑木堂에서 시내 유지급 인사 수십 명과 함께 참석한 자리에 나는 정산 종사님을 모시고 참석하게

---

1) 『불교정전』 판권을 보면 발행일이 '소화 18년 3월 20일'로 돼 있다. 소화 18년은 1943년에 해당하지만, '3월 20일'이란 날짜는 무슨 이유로 그리되었는지 알 수 없다.

되었다. "귀 교단은 건실한 단체입니다. 앞으로 긴밀한 연락을 갖고 국가와 사회에 공헌하도록 잘 이끌어주십시오." 그들은 그 뒤로 찾아와서 황도 불교에 대한 구체적인 방안으로 교과서를 만들고 실천하라고 강요하였다. 군산에 웅본熊本 농장을 경영하는 주인을 데리고 와서 총부를 시찰하고는 뒷받침해주라는 것이다.(『평화의 염원』, 110쪽)

소태산은 창씨개명에 응하면서도 정작 일인 이름을 부를 때에는 꼬박꼬박 일본음 아닌 조선음으로 불렀다고 한다. 우에노上野는 상야 스님으로, 가와무라河村는 하촌 서장으로 부르는 식이다. 일본어를 잘하면서도 박장식이 나카무라 아닌 중촌中村, 마키 아닌 목牧, 구마모토 아닌 웅본熊本이라 일컫는 말투 역시 스승을 따른 것으로 보여 절로 미소가 떠오른다.

정산은 이로부터 '초중대한 시국'에 스승의 뜻을 받들고 회체를 지키기 위한 아슬아슬한 세월을 보낸다. 취임사에서 '전긍리박戰兢履薄의 태도'를 말한 바 있지만, 그야말로 전전긍긍(몹시 두려워서 벌벌 떨음)하며 여리박빙(살얼음을 밟듯이)으로 지냈다. 1944년 12월, 전라북도 병사부사령관인 마키 소장이 불법연구회를 친일단체로 만들기 위한 구체적 계획을 가지고 박장식 총무부장과 박광전 교무부장을 초청하여 황도불교화에 앞장설 것을 통고하였다. 일본 측 승려 5~6인을 앞세워 총부부장 박장식을 상대로 밀어붙였다.

이 비상한 시국, 시창 30년(1945) 1월 25일, 종법사 취임 1년 반이 된 정산은 이제 그 위상을 공고히 함으로써 교단 분열의 우려를 불식하고 자신감을 얻었던 것일까. 정산 송규 종법사는 스승 소태산이 내정만 하고 발표하지 않았던 여자 수위단 명단의 봉인을 뜯고 공개했다. 일타원 박사시화, 이타원 장적조, 삼타원 최도화, 사타원 이원화, 오타원 이청춘, 육타원 이동진화, 칠타원 정세월, 팔타원 황정신행, 구타원 이공주. 종법사를 하늘 삼고 구타원을 땅 삼고 팔방을 각각 맡으니 이것이 여자 회상이었다. 비상한 시국임에도, 아니 어쩌면 비상한 시국이기에 혹시 때를 놓칠까 싶어 더욱 서둘렀던 것일까. 후임 종법사 정산은 이제 자신을 배려하여 소태산이 생전에 발표를 미루고 비장해두었던 명단을 발표함으로써 스승이 여자들에게 졌던 묵은 빚을 대신 갚아버린 셈이다.

　1945년 2월경, 총독부와 마키 소장의 긴밀한 연락하에 불법연구회의 황도불교화 공작이 일방적으로 진행되어 문서 작성 단계까지 끝났다는 정보가 정산에게 들어왔다. 정산은 교정의 이인자인 총무부장 박장식을 전격적으로 해임하고 영광지부장으로 있던 친아우 송도성을 불러올려 후임으로 임명했다. 친정체제를 강화한다는 의미도 있겠지만, 저들의 황도불교화 작업에 있어 불법연구회 측 파트너였던 박장식을 뒤로 물림으로써 업무 지연의 핑계로 삼고 시간을 버는 실리를 챙겼던 것으로 보인다. 때마침 연합군의 폭격기가 부산 앞바다를 폭격하자, 미군 잠수함 출격설, 전함의 부산 포격설 등으로 민심이 흉흉해지고 있었다. 이를 핑계로 신임 총무부장에게 업무를 일임한 정산 종법사는 지방 시찰이란 명목으로 부산에 내려갔다.

　총독부 경무국 고등계에서는 조선인 출신 임제종 승려 하나야마華山宗達를 파견하였다. 그는 불법연구회 전주지부(현 교동교당)에 사무소를 차려놓고, 전북도경과 익산 총부를 오가며 서류 수속을 밟아 나아갔다. 불연이 온건하게 순종하는 태도를 보이면서도 결정적 조처(절차)를 미루자, 7월 25일 무렵에는 정문에 달 간판까지 준비하여 왔다고 한다. 그들은 종법사의 인준만 남겨놓은 상태에서 정산의 총부 귀관을 독촉하였다. 종법사 정산은 부산 민심이 예사롭지 않으니 수습하는 대로 귀관하겠다고 한껏 미루다가, 8월 15일 총부로 오는 도중 대전역에서 해방의 소식을 들었다.[2] 8.15라는 귀관 타이밍, 정산도 그 정도의 예지력은 확보하고 있었다.

해방된 조선, 일제의 사슬은 끊어지고 어느 종교보다 해방의 기쁨을 감격으로 맞이한 종단은 불법연구회일 것이다. 정산 종법사는 당장 전재동포구호사업을 지시하였고, 회원들은 만주와 일본에서 밀려오는 귀환 전재동포들을 구호하기 위한 사업에 착수하였다. 이리역전, 서울역전 및 부산, 전주 등지에서 구호소 및 후생부를 설치하고, 음식·의복의 공급과 숙소 안내와 응급치료, 분만보조, 사망자 치상에 이르기까지 헌신적인 손길을 뻗었다. 남아 있는 당시 사진을 보면, 어깨띠를 한 남녀 회원들이 '동포를 살이기 위하야 우리는 거리로 간다'는 구호 아래 서 있는 모습이 사뭇 비장한 느낌조차 준다. 이 과정에서 정산 종법사의 아우이기도 한 송도성 교무가 서울역 구호소에서 감염된 발진티푸스로 인해 순직하는 슬픔도 겪었다.

황정신행을 앞세워 전쟁고아를 수용하고 교단 최초로 고아원 보화원普和園을 발족시키니 이것이 훗날 숱한 자선기관 설립의 효시요, 이듬해 인재 양성을 위한 교육기관으로 유일학림唯一學林을 설립하니 이것이 원광대학교를 비롯한 각급 교육기관으로 발전하게 된다. 소태산이 마지막까지 자선기관으로 자육원, 교육기관으로 불교전수학원을 추진하다

---

2) 황도불교화에 관한 이상의 급박한 사연들은 이은석, 박광전 등 여러분의 구술과 저서 등을 묶어 박용덕 교무가 정리한 것을 참고하고 인용하였다.(『초기교단사 5』, 335~349쪽)

가 일제의 허가를 못 받아 좌절했던 것들이다.

정산은 『건국론』을 지어 밖으로 새 나라 건설을 위한 주장을 펴는 한편, 안으로 교헌 제정을 추진하였다. 해방된 이제 굳이 불법연구회 같은 어정쩡한 이름을 고수할 이유가 없다. 교명을 원불교로 고친 후, 일제하에서 비공인 '유사종교'로 받던 설움을 씻고 '재단법인 원불교'로 등록 인가를 받아냈다. 드디어 '공인종교'가 된 것이다. 24장 225조로 된 원불교교헌을 반포하는 한편, 1948년 4월 27일, 마침내 교명 선포식을 열고 '원불교라는 정식 교명을 천하에 공시'(『교사』)하였다.

성경 〈요한복음〉에 보면, 예수가 십자가 위에서 마지막 숨을 거두며 한 말이 있다. 십자가 위에서 한 말 일곱 마디[架上七言] 중 마지막 말이 무엇이었을까. "예수님께서는 신 포도주를 맛보신 다음 '이제 다 이루었다' 하시고 고개를 떨어뜨리며 숨을 거두셨다." 문득 이런 생각이 든다. 이때쯤이면, 소태산도 법계 어디선가 "이제 다 이루었다!" 하지 않았을까? 예수는 임종에 했지만 소태산은 피안에서, 여러 번 언급한 '금강산 수양' 중에 흐뭇하게 미소 지으면서 말이다.

○

뒷이야기

1949년 4월 25일, 총부 경내의 송림 가운데 5층 성탑을 세우고, 기단 위에 자리 잡은 구형球形 몸돌 안에 장자산에 있던 유해를 옮겨 안치했다. 소태산은 유해로나마 총부로 귀환했고, 제자들은 일상적으로 스승을 모시는 추모의 공간을 마련했다. 1953년에 대종사 성비가 세워졌다. 정산이 지은 비문은 제목이 〈원각성존소태산대종사비명병서〉로 되어 있는데, 병서에서는 "판탕한 시국을 당하였으나 사업을 주저하지 않으시고, 완강한 중생을 대할지라도 제도의 만능이 구비하시었으며"라는 구절이 눈길을 끈다. 판탕板蕩은, 잘못된 정치로 인해 나라의 형편이 어지러워짐을 이르는 말로 시전詩傳에 나오는 말이다. 아래 시는 명銘에서 일부를 뽑은 것이다. 우로지택雨露之澤과 일월지명日月之明, 이 두 마디가 백미다.

法輪復轉 佛日重輝(법륜부전 불일중휘)

진리의 수레바퀴 다시 굴리고 불법의 광명 거듭 빛내니

人天咸戴 六衆同歸(인천함대 육중동귀)

사람과 하늘이 모두 받들고 육도중생이 함께 귀의하였다

竪亘三際 橫遍十方(수긍삼제 횡편시방)

시간으론 삼세에 뻗치고 공간으론 우주에 가득하니

雨露之澤 日月之明(우로지택 일월지명)

은혜는 비와 이슬에 맞먹고 광명은 해와 달에 견주리라

無邊功德 標以斯石(무변공덕 표이사석)

대종사님 끝없는 공덕을 이 돌에 새기어 세우노니

永天永地 慕仰無極(영천영지 모앙무극)

그리워 우러름 끝없어서 하늘과 땅처럼 오래 가리라

2017년 6월 4일 국립극장(KB하늘극장)에서 첫 공연이 시작된 원불교서사극 〈이 일을 어찌할꼬〉의 마무리 장면에서 관객들은 허를 찔렸다. 소태산의 장의행렬에서 통곡하는 회원들을 향해 김형오가 '울지마!' 하고 거듭 절규하자 그 소리는 점차 메아리처럼 번져갔고 결국은 모두가 '울지 마!'를 연호하는 것이다. 그러다가 이번엔 모두가 덩실거리고 춤을 추기 시작한다. 마침내 출연자들이 모두 격렬한 춤사위에 몸을 맡기고 빙글빙글 돌아가며 흥겹게 춤을 춘다. 관객까지도 합세하여 '수지무지족지도지手之舞之足之蹈之'(감동하면 저도 모르는 사이에 손을 휘젓고 발을 들썩이며 춤을 추게 된다는 말)다. 정작 소태산의 임종 장면에는 울지 않던 관객들이 이 축제 같은 열반 뒤풀이에 그만 눈물을 펑펑 쏟는 모습, 이 무슨 아이러니일까. 이는 물론 연출기법의 성공이라 할 수도 있다. 그렇긴 해도 소태산 박중빈의 열반은 애도만이 아니라 축제가 되어야 하지 않을까 싶다. 완벽한 자아성취의 표본, 석굴암 대불이 보여주는 조화와 완성의 지미至美가 곧 이것이라면 말이다.

후기

온 2년을 들여 초고나마 탈고를 한 꼭두새벽, 심신이 탈진한 느낌이
었다. 마치 치약을 마지막 한 점까지 다 짜내고 남은 쭈글쭈글한 알루
미늄 튜브를 바라보는 듯했다. 남루한 근골 낡은 뇌수를 더러는 다독
이고 더러는 채찍질하며 동행한 끔찍한 원고덩어리. 지난 세월을 돌아
보며 그동안 수없이 반복한 질문을 다시 내게 던졌다. 왜 그 짓을 했을
까? 누가 시킨 것도 아니고 누가 기다리는 것도 아니련만 왜 그 짓을 했
을까?

그때마다 책상 위에 놓인 소태산의 영정을 바라본다. 얼굴을 마주
하면 매번, 외롭고 지친 나의 영혼을 어루만지고 깨우고 힘이 솟게 하
는 마법을 만난다. 그 정체가 무엇인지 모르지만, 그것이 수월찮은 여행
을 가능케 한 원동력이었던 것만은 틀림없다. 집필 2년이라고 말은 그
렇게 했지만 실은 내가 소태산을 알게 된 이래 지나온 생애 55년의 사
귐을 몽땅 이 원고에 담아내려 했다. 이런 만용과 과욕이 가능했던 것
도 그 마법의 힘 때문이었으리라.

자료를 한정 없이 모으는 일도 힘들었다. 그걸 분석하고 정리하는
작업은 좀 더 어려웠다. 글 쓰는 일은 그 자료의 심연에서 허우적거리

는 일이었고 나는 거기서 익사하지 않으려고 몸부림쳤다. 글쓰기는 어차피 하나의 고행이지만, 정작 쓰고 나서 성취감이 아닌 좌절감과 자괴감에 빠질 때가 있다. 나의 집념이 한갓 욕망에의 집착이고 강박증에 불과했다는 회한이 몰려오면 견디기 어려웠다. 글쓰기가 단지 고행이 아니라 마음공부임을 깨닫는 순간 나는 찬찬히 나를 응시하였다. 거품도 보이고 군살도 보이고 체지방덩어리도 보이기 시작했다. 칼질을 하기 시작했다. 나의 최선이라고 자부하던 것들을 걷어내고 깎아내고 도려내고 다시 꿰매기를 반복하기 다시 반년. 이제 겨우 마음이 놓이자 몸은 땅속으로 꺼졌다. 그래, 옛사람들은 이런 걸 두고 천학비재淺學非才라 일컬었던가 싶다. 분수를 알아야지.

이만큼이나 모양새를 갖추게 된 것은 보이게 혹은 보이지 않게 나를 도와준 고마운 이들 덕분이다. 이심전심 이 작업에 동기를 부여하고 떠나신 항산 김인철 스승께, 그리고 숱한 자료를 제공해준 선후학 여러분께 깊은 감사를 드린다. 또 이 작업이 진척되도록 마음을 격려하고 몸까지 챙겨주신 많은 분들께 감사한다. 거명하면 오히려 선의를 상처낼까 싶어 그냥 이심전심으로 고마운 뜻을 전하고 싶은 은혜로운 분들이 있음에 행복하다.

소태산 그분의 생애와 생각을 나는 제대로 읽은 것일까, 두려움은 죽는 날까지 안고 갈 업보다.

소태산이 떠난 지 75년(2018) 그날(6월 1일) 용봉재에서

소태산 박중빈 연보

원기(년)	서기(나이)	중요 사항	비고
-25	1891(1세)	• 5월 5일(음력 신묘 3월 27일) 전남 영광 군 백수면 길룡리 영촌에서, 밀양 박씨 규정공파 박성삼의 4남 2녀 중 3남 (출생서열 다섯 번째)으로 출생. 모친은 강릉 유씨 정천. 아명 진섭(鎭燮).	
-22	1894(4세)	• 부친에게 "동학군 온다"고 거짓말해서 부친으로 하여금 놀라 피신케 함.	• 동학농민전쟁 발발.
-19	1897(7세)	• 자연현상에서 시작하여 인간사에 이르기까지 의문이 생겨서 확대 심화 과정을 거침.	• 고종, 대한제국 수립 선포, 황제 즉위. • 아우 한석(동국) 출생.
-16	1900(10세)	• 한문서당 입학(훈장 이화숙). 훈장과의 갈등으로 훈장 집 땔감에 방화한 후 자퇴.	• 2세 종법사 송도군 (규), 경북 성주에서 출생.
-15	1901(11세)	• 음력 10월에, 집안 시제에 참석하여 산신에 관한 이야기 듣고 나서 자연현상과 인간사에 대한 오랜 의문을 산신에게 묻고자 구수산 삼밭재(마당바위)에서 산신기도 시작. 이후 15세까지 만 4년 동안 기도 계속.	• 수해로 길룡리 영촌 생가 훼손.
-11	1905(15세)	• 구호동 새집에서 제주 양 씨 하운과 결혼. 자를 처화(處化)로 함. • 두 번째 훈장 김화천에게 『통감』을 배우고 한문 공부 마침.	• 한일 간 을사조약 체결. • 손병희, 동학의 교단 명을 천도교로 개칭. • 중형 만옥 18세로 사망.

-10	1906(16세)	• 정초, 처가에 가서 고소설 〈조웅전〉, 〈박태보전〉 읽는 것을 듣다가 신비한 능력을 가진 도사(道士)의 존재를 발견. 이로부터 응답 없는 산신기도 대신 도사, 이인을 찾아 나섬. 이후 만 5년 동안 스승 찾아 고행함.	
-7	1909(19세)	• 1월, 장녀 길선 출생.	• 증산 강일순 화천 (사망). • 안중근 의사, 이토 히로부미 사살.
-6	1910(20세)	• 11월, 부친 사망. 중형 만옥의 요절에 이어 맏형 군옥이 양자로 간 터라 3남 처화가 가계를 계승함.	• 한일강제병합으로 대한제국 멸망하고 일제강점기 개시.
-5	1911(21세)	• 부친 채무의 상환 독촉과 생계 곤란으로 절박한 상황에 처함. • 과부 이원화 만나 길룡리 귀영바위에 밥집 차렸으나 실패. • 6~10월, 임자도 부근 타리섬 민어 파시에 가서 돈벌이하고 채무 상환.	
-4	1912(22세)	• 도사 찾기에 실망하고 단념함. '이 일을 장차 어찌할꼬?' 고뇌하며 홀로 명상하고 주문 외우며 구도.	
-3	1913(23세)	• 귀영바위 집 수해로 무너져 길룡리 노루목 빈집으로 이사함.	
-2	1914(24세)	• 음력 2~5월, 김광선의 주선으로 고창군 심원면 연화봉 초당을 빌려 3개월 간 독공(獨功).	• 3세 종법사 김대거, 전북 진안에서 출생.
-1	1915(25세)	• 종일 우두커니 앉아 있는 입정 상태가 깊어지고, 악성 피부병 등으로 건강이 악화하여 마을에서 폐인 취급을 당함. • 8월, 장남 길진(광전) 출생.	
1(원년)	1916(26세)	• 4월 28일(음력 병진 3월 26일) 대각을 이룸. 각 종교(유불선 및 기독교, 동학 등)의 경서 열람. • 6월, 이 씨 제가 묘인에서 〈처츠번어〉 발표. • 7월, 천제(天祭)를 빙자한 치성으로 방편 교화를 시작하여 추종자 40여 명 모음.	• 대종교 초대교주 나철 자결. • 소태산이 〈탄식가〉, 〈경축가〉, 〈권도가〉 등 가사 작품과 한시문을 원기 원년에서 2년 사이에 지은 것으로 보임.

		• 12월, 추종자 가운데 8인 뽑아 표준 제자로 삼음. • 스스로 법명을 중빈(重彬), 법호를 소태산(少太山)으로 함.	
2	1917(27세)	• 5월, 꿈으로 경 이름을 접하고 불갑사에서 『금강경』 구해다가 읽고 감동. • 9월, 저축조합 설립. 저축금으로 목탄 구입, 다음 해 약 10배의 이익을 남김. • 11월, 손수 지은 가사와 한시문 모아 『법의대전(法義大全)』 엮음.	
3	1918(28세)	• 음력 4월 4일(5월 13일), 마련된 8~9천 원을 자본으로 간석지 방언공사 개시. • 음력 4월 하순, 김광선 대동하고 정읍 화해리 은거 중인 송도군(규)을 찾아가 형제지의를 맺음. • 음력 6월 송도군을 영광으로 데려와 수제자로 삼음. • 음력 10월, 창립한도(3단계 36년 계획) 발표. • 12월, 옥녀봉 아래 조합사무소이자 최초 교당인 구간도실(九間道室) 착공하여 2개월 후 완공.	• 조철제, 무극도(→태극도) 창시.
4	1919(29세)	• 4월, 방언공사 완공(2만 6천 평 농경지 조성) • 방언공사 자금 출처 등 혐의로 일경에 연행되어 1주일 구금. • 4월 26일(음력 3월 26일), 9인 제자들 산상기도 결제, 음력 10월 6일 해제. • 8월 21일(음력 7월 26일) 9인 제자가 백지혈인(白指血印)의 이적을 보임(법인성사, 법인절 근거). • 9월, 김광선과 함께 금산사 가서 짚신 삼으며 한 달여 체류. 숙소 문미 벽지에 처음으로 일원상을 그림. • 음력 9월, 졸도한 승려(혹은 신도)를 살려낸 일로 민심이 동요하자 일경이 김제경찰서로 연행하여 1주일 구금. • 음력 3월에 부안 변산 월명암 가서 주지 백학명 만나고, 음력 7월말 송규를 학명의 시자로 위탁하고, 음력 10월에 몸소 제자 오창건과 월명암에 가서 학명에게 의탁함.	• 고종 승하. • 3.1운동 전국 확산. • 중국 상하이에 대한 민국 임시정부 수립. • 법인성사 후 9인 제자에게 법명을 주고 이어서 법호 수여. • 음력 10월 6일(11월 28일), 저축조합(방언조합) 명칭을 불법연구회기성조합으로 개칭.

5	1920(30세)	• 2월, 월명암에서 나와 실상사 부근에 초당을 마련한 후 백학명 외에 한만허, 송만암 등 실상사 승려들과도 사귐. • 음력 3월, 가사 〈회성곡〉, 〈교훈편〉, 〈안심곡〉 등을 지음. • 음력 4월, 『조선불교혁신론』, 『수양연구요론』 등 저술을 초안하고 교강 (4은4요, 3강령8조목)을 제정하여 발표.	• 김제, 전주 일대 증산교 신도 등 입소문을 타고 소태산 찾는 이들 증가(송적벽, 김남천, 이만갑, 구남수, 장적조 등). • 『법의대전』 등 이전에 제작한 저술과 가사 작품 등을 폐기.
6	1921(31세)	• 8월, 석두암 신축 착공하여 10월 준공. 이후 소태산은 석두거사란 자호를 사용. • 10월, 학명에게 위탁했던 송규를 소환하여 만행 길을 떠나보냄. 송규, 만덕산 미륵사 머물며 최도화 만남.	
7	1922(32세)	• 봄, 미륵사 송규 인연으로 최도화 변산 석두암 와서 소태산에 귀의. • 12월, 송규 친제 송도성 출가 서원하고 석두암 와서 소태산 시봉.	• 천도교주 의암 손병희 환원(사망).
8	1923(33세)	• 1월, 오창건 등과 진안 만덕산 산제당(만덕암)에서 3개월쯤 체류. 전음광 만나 은부시자 결의, 일가 귀의. • 7월, 서동풍의 인도로 친제 서중안이 변산 석두암에서 귀의하고 소태산의 하산을 종용. 교단 창립을 추진키로 약속하고 서중안에 준비 절차 일임. • 8월, 모친 유정천 별세.	• 모친 장례 치른 후 구간도실을 범현동으로 옮겨 영산원으로 증축.
9	1924(34세)	• 1월, 차남 길주(광령) 출생. • 2월, 내장사 방문. 주지 백학명이 제안한 강원 설립 등 합작 사업이 무산됨. 송만경 귀의. • 3월, 최도화 안내로 경성 가서, 4월 한 달간 당주동에 임시출장소 차리고 박사시화, 박공명선, 이동진화, 김삼매화 등 여성 제자의 귀의를 받음. • 5월, 송적벽 소개로 전주 한벽당에서 기독교 장로 주공집(주공)[?] 만남. • 6월 1일, 이리 보광사에서 불법연구회 창립총회 개최. 총재 소태산, 회장 서중안 선출.	• 소태산 상경 전 삭발. • 창립총회 시 회세 (회원 130여 명, 전무출신 13명).

		• 6월, 소태산과 12명의 남녀 제자들이 만덕산에서 최초로 훈련(初禪) 3개월. 이때 노덕송옥이 11살짜리 손자 김대 거와 합류. • 9월, 익산군 북일면 신룡리 일대를 불법연구회 총부 기지로 정하고, 서중안 회장이 3,500평을 매입하여 희사. • 11월, 소태산이 2차로 상경하여 이공 주 등 일가의 귀의를 받음. • 12월, 2개월의 공사 끝에 회관 건물로 초가 2동 17칸 건물을 준공함으로써 불법연구회 총부가 갑자년에 문을 열고 전무출신(출가자) 공동생활 개시.	
10	1925(35세)	• 1월, 총부 유지대책으로 엿방 차리고 전무출신 길거리 행상. 8~9개월 후 폐업하고 만석들 소작농으로 전업. • 7월, 훈련법에 따른 최초 정기훈련 (하선) 3개월 시행. • 12월, 정기훈련(동선) 3개월 시행.	• 조철제의 무극도 (태극도) 재정책임자 성정철 개종 입회, 전무출신 서원.
11	1926(36세)	• 3월, 신정의례 발표하고, 출생 및 혼상 제례를 이에 따라 시행. • 8월, 서울 창신동에 불법연구회 경성 출장소 개설(교무 송도성). • 12월, 삼남 길연(광진) 출생.	• 순종 승하, 6.10만세 사건.
12	1927(37세)	• 4~5월, 『취지규약서』, 『수양연구요론』 등 발간. • 10월, 장로 조공진(송광)의 귀의에 반대하던 3녀 조전권(기전여고보 3학년)이 개종하고 이듬해 전무출신하여 최초 정녀 됨. • 소태산 명으로 1차 조갑종, 2차 김영신, 박길선이 경성부기학원 6개월 과정 이수. • 김영신, 학교(경성여고보) 졸업 후 전무출신하여 후일에 정녀로서 최초 교무가 됨. • 산업부창립단과 육영부창립단 발족.	• 신흥(영광) 교당 신설. • 1대(12년) 결산 기념 총회 때 회세(회원 438 명, 전무출신 20여 명).

13	1928(38세)	• 5월 15일(음력 3월 26일) 불법연구회 제1대(12년) 기념총회. 제1대 서중안에 이어 제2대 회장으로 조송광 선출. • 5월, 기관지《월말통신》창간. • 음력 10월, 산업부에서 과수원 사업 시작. 이후 묘목, 약초, 양계, 양돈, 한약업 등 확대.	• 11월 25일자 《동아일보》에 〈세상 풍진 벗어난 담호반의 이상적 생활〉이란 기사 이후 각종 신문에 불법연구회 찬양 기사 빈번.
14	1929(39세)	• 장녀 길선과 송도성(송규 친제) 결혼.	• 마령(진안) 교당 신설. • 미국발 세계경제공황 (대공황) 발발. • 광주학생독립운동.
15	1930(40세)	• 5월, 금강산 유람(이공주, 이동진화 등 동행).	• 좌포(진안), 원평(김제) 교당 신설. • 6월, 제1대 회장 서중안 사망.
16	1931(41세)	• 4월, 여자 수위단 시보단 내정. • 9월, 장적조 초청으로 부산 가서 교화, 하단지부 창립 근거 마련. • 10월, 부산 일정 마치고 동래(범어사), 양산(통도사), 경주(석굴암, 수운묘 등) 등 경상도 탐방. • 11월, 일본 오사카 지역 교화 개시.	• 하단(부산) 교당 신설.
17	1932(42세)	• 4월, 최초 교리서 『보경육대요령』 발간. • 5월, 부산 출장소(하단) 초대 교무로 김기천 파견. • 5월,《월말통신》15개월간 정간 후 《월보》로 개제하여 속간.	• 정산 〈원각가〉 발표. • 윤봉길 의사 중국 홍커우공원 투탄사건.
18	1933(43세)	• 8월,《월보》48호 압수 폐간 후, 다시 출판 허가받아《회보》로 개제 후 속간. • 8월, 경성지부터로 돈암동에 585평 부지 마련 후 건축 시작하여 11월 준공 이사.	
19	1934(44세)	• 5월, 정기총회에서 양원 십부제로 회규를 개정하고 소태산을 종법사로 추대. • 8월, 합자회사 보화당 약방 설립.	• 남부민(부산) 교당 신설.

20	1935(45세)	• 4월, 일본 오사카지부 설립 (교무 박대완). • 4월, 총부 대각전 준공 (처음으로 일원상 공식 봉안). • 4월, 『조선불교혁신론』 발간. • 8월, 『예전』 발간.	• 전주, 오사카(일본) 교당 신설. • 4월, 장남 박길진 (광전) 일본 동양대학 철학과 진학. • 삼산 김기천 열반.
21	1936(46세)	• 2월, 도산 안창호 익산 총부 내방 면담. • 4월, 계룡산 신도안 탐방. • 7월, 부산 초량의 학교시설에서 소태 산이 몸소 1주일간 교리강습. • 8월, 경성지부에 1개월 이상 체류하며 정기훈련에서 매일 법설. • 9월, 오사카지부 폐쇄하고 박대완 교무 귀국. • 10월, 일경이 총부 구내 북일주재소 설치 후 상주하며 사찰.	• 관촌(임실), 초량(부산) 교당 신설. • 장적조, 함경북도 청진, 만주 용정, 목단 강시 등지에서 순교 활동. • 조선총독부, 유사종교 해산령 발동. • 보천교 교주 차경석 사망, 보천교 해체. • 조철제의 무극도 (태극도) 해체.
22	1937(47세)	• 이리경찰서장과 고등과장이 총독부 종교담당관 수행하여 새벽에 총부 급습, 생활관 등 수색하며 남녀문제 추궁. • 전북도경 회계주임과 고등계 형사 등이 불시에 총부 방문하여 회계자료 검색.	• 7월, 중일전쟁 발발. • 대마(영광), 신하 (영광), 용신(김제), 개성에 교당 신설. • 정산 〈불법연구회창 건사〉 발표.
23	1938(48세)	• 8월, 총독부 경무국장, 전북도경 경찰 부장 등 불시에 총부 방문, 소태산 사상 검증. • 11월, 필수 독송경문 〈심불일원상내역 급서원문(→ 일원상서원문)〉 작성 발표.	• 남원, 화해(정읍) 교당 신설.
24	1939(49세)	• 7월, 송벽조 교무(마령지부) 천황 불경죄로 구속(1년 6월 징역). 장남 송규 연좌 구금(21일)당하고 소태산도 연행되어 조사받음.	• 천도법문 연속 발표 (《회보》 54, 57, 64호) • 운봉(남원), 이리 교당 신설. • 팔산 김광선 열반.

25	1940(50세)	• 6월,《회보》65호로 종간. • 10월, 일제 강요로 '천황 알현' 준비하고 부산 체류하다가 자동 무산. • 일제의 창씨개명 강요로 소태산(一圓證士) 및 총부 회원들 일원(一圓) 씨로 창씨하여 개명.	• 제1대 제2회 회세 (회원 5,954명, 전무출신 80여 명). • 8월,《동아일보》,《조선일보》폐간. • 대덕(장흥), 호곡(남원) 교당 신설.
26	1941(51세)	• 1월, 〈게송〉 발표. • 1월, 불교전수학원(유일학림) 설립 신청, 불허.	• 4월, 소태산 장남 길진(광전) 동양대 졸업 후 총부 학원 교무 발령. • 진주 교당 신설. • 12월, 일본의 진주만 공격으로 태평양 전쟁 발발.
27	1942(52세)	• 전북도경에『정전』출판 허가를 신청했으나 거부당함. • 4월, 탁아소 겸 보육원(자육원) 설립 운영하면서 당국에 허가 신청했으나 불허. • 9월, 불교시보사장 김태흡 총부 방문.『정전』출판 협조 부탁. • 10월, 조동종 히로부미지 주지 우에노 슌에이(上野舜穎) 교리 시찰차 총부 내방. • 12월, 소태산 차남 길주(광령) 18세로 사망. • 12월, 김태흡 도움으로 출판 허가받아『불교정전』인쇄 부침.	• 신태인(정읍) 교당 신설. • 총부(수도학원) 및 지부에서 야학 운영. • 조선어학회 강제해산. 대종교 윤세복 교주와 간부 검거(임오교변).
28	1943(53세)	• 1월, 〈교리도〉 발표. • 3월,『불교정전』교정 완료. • 4월, 여자 수위단 조직 확정. • 5월 16일, 법회에서 생사법문 설하고 병석에 누움. • 5월 27일, 이리병원 입원. • 6월 1일, 오후 2시 반경 열반. • 6월 7일, 정산 송규를 2세 종법사로 추대, 8일 취임식. • 8월,『불교정전』1천 권 익산 총부 도착.	• 장남 박길진(광전), 경성 히로부미지(博文寺) 파견, 3개월간 조동종 의식 연구. • 3~4월, 경성 교당, 개성 교당 최후 순시. • 4월, 서대원 '손을 끊은 사건'으로 물의

29	1944	• 정산 종법사, 불법연구회를 황도불교 화하려는 일세의 집요한 요구에 시달림.	
30	1945	• 1월, 정산 종법사, 소태산이 내정했던 여자 수위단 9명 명단 공개. • 8월, 정산 종법사, 황도불교화 결재를 피하여 부산 체류 후 해방과 함께 총부 귀환. • 9월, 해방 후 전재동포구호사업에 거교적으로 나섬(서울, 전주, 이리, 부산 등지).	• 8.15해방.
31	1946	• 3월, 송도성 교무, 서울구호소에서 감염된 전염병으로 순직. • 5월, 교육기관 '유일학림'(중등부/ 전문부) 설립. • 11월, 자선기관 '보화원'(고아원) 설립.	• 유일학림 중등부는 원광중고, 전문부는 원광대학교 설립의 모체.
32	1947	• 1월 16일, 재단법인 원불교 등록 인가.	
33	1948	• 4월, 원불교교헌 제정, 교명 '원불교' 공표. • 6월, 자선기관 '전주양로원' 개원.	
34	1949	• 4월, 소태산대종사 성탑 건립. • 4월, 기관지 《원광》 창간.	

참고문헌

[자료 및 사전]

『대산종법사법문집 2~4』(법무실)

『대순전경』(초판본)

〈대종사약전〉(송도성)

『대종사법문초록모음』(칠사둥이 엮음)

『(대산종법사)법문집』(원기 52~62년도)

〈불법연구회창건사〉(송규)

『삽삼조사 게송과 종법사님 부연법문』(법무실)

『서울교당93년사 1』(원불교서울교당)

『원각성존』(소태산대종사수필법문집)

『원기72년도 신년부연법문』(법무실)

『원불교초기교서』(원광대 원불교자료실)

『원불교대사전』(원불교사상연구원)

『원불교용어사전』(손정윤)

『원불교전서』(정전, 대종경, 원불교교사)

『원불교70년정신사』(성업봉찬회, 1989)

『66년도 최초법어부연법문』(법무실)

기타(《월간월광》,《원불교신문》,『원불교 교고총간』 등)

[논저]

김인환,『최제우작품집』, 형설출판사, 1982.

김정용,『생불님의 함박웃음』, 원불교출판사, 2010.

대산문집편찬위,『조불불사대산여래 1, 2』(대산종사추모문집), 2008/2010.

대순진리회교무부,『전경』, 대순진리회출판부, 1988.

동산문집편찬위,『진리는 하나 세계도 하나』(동산문집 2), 원불교출판사, 1994.

박용덕(청천),『원불교초기교단사 1~5』, 1999.

──,「소태산대종사 생애담」,《정신개벽》, 12집(신룡교학회, 1993).

──,「소태산대종사의 열반에 관한 고찰 1」,《정신개벽》, 13집(신룡교학회, 1994).

박장식,『평화의 염원』, 원불교출판사, 2005.

박정훈,『한울안 한 이치에』, 원불교출판사, 1987.

──,『정산종사전』, 원불교출판사, 2002.

박희선,『휜학의 올 음소리』, 불교영상, 1994.

비르질 게오르규,『마호메트 평전』, 민희식 외 옮김, 초당, 2002.

서문 성,『원불교경성교화 1, 2』, 원불교출판사, 2008.

손정윤,『청풍월상시에 만상자연명이라』, 원불교출판사, 1984.

송인걸,『대종경 속의 사람들』, 월간원광사, 1996.

영광향토문화연구회,『영광의 노래와 글모음』, 1991.

──,『영광의 설화와 민요』, 1986.

원불교신보사,『구도역정기』, 원불교출판사, 1988.

육정진,『영산성지주민증언집』(가칭), 1989.

이공전,『대종경선외록』, 원불교출판사, 1982.

──,『범범록』, 원불교출판사, 1987.

이혜화,『소태산 박중빈 1, 2』, 동아시아, 2004.

──,『'새로 쓴' 소태산 박중빈의 문학세계』, 원불교출판사, 2012.

조용헌,『사찰기행』, 이가서, 2005.

주산추모사업회,『마음은 스승님께 몸은 세상에』(주산종사법문집), 원불교출판사.

──,『민중의 활불 주산 종사』(주산종사추모문집), 원불교출판사.